James Abbott
Höllenkönig

James Abbott

Höllenkönig

Roman

Deutsch von
Ole Johan Christiansen

penhaligon

Die Originalausgabe erschien 2017 unter dem Titel »The Never King« bei Pan Books, an imprint of Pan Macmillan, a division of Macmillan Publishers International Limited, London.

Sollte diese Publikation Links auf Webseiten Dritter enthalten, so übernehmen wir für deren Inhalte keine Haftung, da wir uns diese nicht zu eigen machen, sondern lediglich auf deren Stand zum Zeitpunkt der Erstveröffentlichung verweisen.

Verlagsgruppe Random House FSC® N001967
1. Auflage
Copyright der Originalausgabe © James Abbott 2017
Copyright der deutschsprachigen Ausgabe © 2018 by Penhaligon in der Verlagsgruppe Random House GmbH, Neumarkter Str. 28, 81673 München
Redaktion: Friedel Wahren
Umschlaggestaltung und -illustration: Max Meinzold, München unter Verwendung eines Motivs von Shutterstock.com (Volodymyr Tverdokhlib)
BL · Herstellung: sam
Satz: Vornehm Mediengestaltung GmbH, München
Druck und Bindung: CPI books GmbH, Leck
Printed in the Czech Republic
ISBN 978-3-7645-3199-7
www.penhaligon.de

Für Tobias

INHALT

Prolog
Das Neunte Zeitalter
126. Jahr 11

Das Neunte Zeitalter
131. Jahr 19
Die Tore der Hölle 21
Der Höllenkönig 29
Das Schmieden eines Friedens 36
Jarratox 40
Ein dunkles Gesicht 47
Elysia 53
Landrils Maskerade 66
Landril 72
Die Hexen 78
Sonderbare Geräusche 88
Die Rast 104
Das tote Tier 119
Die Wolfskönigin 127
Ein königliches Treffen 132
Der lange Marsch 145
Alte Haut 152
Die Speisen des Waldes 160
Nachtkampf 170
Aufbruch von Jarratox 179

Das Bluthaus 191
Eine weitere Nacht voller Träume 208
Der Stille See 227
Das Gefolge 244
Flüchtlinge 253
Schreie 261
Keine Zeit für Güte 274
Erdformen 280
Der Scheiterhaufen 285
Erinnerungen 290
Die Entschlüsselung 297
Eine zweite Flucht 307
Sonnenaufgang 312
Zeit für den Angriff 324
Albträume 336
Das Hauptquartier 354
Ein taktisches Manöver 370
Die Straße zur Golaxbastei 375
Ein Abend in der Taverne 387
Verblassende Träume 394
Zurück auf der Straße 404
Die Meuchelkunst 423
Im *Stillen Falken* 432
Ein Fest 443
Zerschlagene Magie 465
Das große Schmieden 472
Die Ankunft 481
Nachgang 490
Fragen 501
Das Warten ist vorüber 510
Der Geruch 522
Die Flut des Krieges 527
Die Speerspitze 533

Im Untergrund. 541
Kriegslärm 548
Die Wahl 552
Die Erlösung 558
Eine unerledigte Aufgabe. 564
Getümmel 573
Zurück in der Wirklichkeit. 591
Danksagungen 603

PROLOG

DAS NEUNTE ZEITALTER

126. JAHR

Kleidet euch wie Tiere! Verhaltet euch wie Tiere! *Beim Donner der Göttin*, dachte Jorund. *Redet sogar wie Tiere!* Nur mit Barbarei ließ sich Barbarei bekämpfen.

So hatten die Befehle eines Boten von König Cedius gelautet. Benehmt euch wie Barbaren, bis die Legion des Königs eintrifft, um den Grenzlanden beizustehen! Vor gerade einmal drei Monaten war Jorund in diese Siedlung verlegt worden und musste sich erst noch beweisen. Er war jedoch ein schlauer Wachmann und dachte nicht daran, einen Befehl von Cedius dem Weisen höchstpersönlich zu missachten, obwohl er nicht einsah, was an solchen Taktiken klug sein sollte.

In den beengten Verhältnissen seines Wachhauses strich sich Jorund Waid ins Gesicht und dachte über seine düstere Lage nach. Wer zu jung oder zu alt war, um an der bevorstehenden Schlacht teilzunehmen, wurde in die nahe gelegenen Höhlen gebracht – darunter auch Carmissa, Jorunds schwangere junge Frau. Wer zurückblieb, war ein entschlossener Kämpfer und zur Verteidigung seiner Heimat bereit.

In der gesamten Ortschaft wurden Clanabzeichen heruntergerissen und an ihrer Stelle rohe Tiertotems errichtet. Und der Grund für diese Täuschungsmanöver? Eine finstere Flut von Barbarenstämmen aus dem Norden näherte sich und fiel in die Mica-Ebene ein. Von dort strömten ihre Streitkräfte in die nördlichen Ausläufer von Stravimon. Dies bot dem König Anlass zur Sorge. Wenn die Stämme sich zu Tausenden zusammenfänden, würden sie ein grässliches Gemetzel in den Ortschaften und Städten noch weit jenseits von Baradiumsfall anrichten.

Deshalb hatten die nördlichsten Siedlungen die seltsame Anweisung erhalten, sich als Barbarendörfer zu tarnen. Man hoffte, die eindringenden Heere würden diese Orte für das Territorium ihres Volkes halten und sie einfach umgehen, um anderswo nach reicherer Beute zu suchen. Jorund wertete dies als Wunschdenken, obwohl die gleiche Maßnahme vor zwei Jahrzehnten schon einmal Erfolg gezeigt hatte. Trotzdem hoffte er, dass der Plan erneut aufging oder den Dörflern zumindest ausreichend Zeit bot, bis ihre Retter eintrafen. Cedius' Erster Legion eilten die besten Krieger des Königreichs voraus – die Sonnenkohorte. Leibhaftige Legenden würden an diesen Ort kommen. Jorunds Herz pochte schon wild beim bloßen Gedanken an große Namen wie Xavir, Dimarius, Felyos und Gatrok.

Jorund warf sich seine Felle über, packte seine Axt und trat in die nebelige, kalte Luft hinaus. Von der obersten Stufe der Wachhaustreppe aus spähte er die breite Straße entlang. Über das Lärmen der Dörfler hinweg hörte er das Getöse der Baradiumsfälle und nahm trotz des Waids, der ihm auf dem Gesicht trocknete, ihren stechenden Geruch wahr. Mehr als tausend wilde Krieger blickten ihm erwartungsvoll entgegen.

Ein Grinsen stahl sich auf Jorunds Lippen. *Es wird gelingen.* »Nun gut. Macht Lärm, ihr hässlichen Gestalten! Ihr sollt doch Wilde sein.«

Da brüllten die Männer von Baradiumsfall auf wie die Kreaturen der Wälder.

Hunderte von Dörflern, die sich als gänzlich andere ausgaben, stapften durch die ersten Baumreihen jenseits von Baradiumsfall. Belgrosia, die nächste Siedlung zwei Meilen im

Osten, hatte angeblich sogar eine doppelt so große Heerschar ausgehoben. Eine lange Nacht lag vor ihnen. Mit etwas Glück würde die List aufgehen ...

Blauer Nebel leuchtete zart im Licht des Dreiviertelmondes.

In der Düsternis wirkten die Menschen wie Geister. Männer und Frauen, Jung und Alt waren mit Schlamm, Waid und Fellen bedeckt. Kaum einen von ihnen erkannte Jorund wieder.

Um herauszufinden, wo die Nordbarbaren zuzuschlagen gedachten, hatte er Späher ausgesandt. Beim ersten Anzeichen von Ärger sollten sie Meldung erstatten. Der Marsch der Krieger ging in einen Trott über. Jorund wurde immer angespannter. In bleichen Schwaden stieg der Atem vor ihm auf. Irgendetwas stimmte nicht. Die Späher waren noch nicht zurückgekehrt, und das beunruhigte ihn. In der Ferne heulte ein Wolf.

Wölfe wagen sich doch nicht so weit nach Westen, dachte er. Dann grollte plötzlich lauter Donner durch den Wald, und der Boden erbebte sichtbar. Eilig nahmen die Kämpfer aus Baradiumsfall Aufstellung und schlugen mit den flachen Klingen gegen ihre Rüstungen, ganz so, wie ihre barbarischen Feinde es getan hätten. So würden sie für deren eigene Krieger gehalten werden. Zumindest hofften sie, diesen Eindruck zu erwecken. Hastig untersuchte Jorund die Baumstämme auf irgendwelche Hinweise, dass der Feind bis zu ihnen in den Wald vorgedrungen war. Schreie erhoben sich in einiger Entfernung über die Baumwipfel hinweg. Ihm pochte das Herz.

»Reiter!«, schrie jemand in der Finsternis.

»Die Männer des Königs!«

»Die Sonnenkohorte!«

Der Göttin sei Dank, dachte Jorund. Wenn sie nun angegriffen wurden, war Hilfe nicht mehr fern.

Etwas heulte auf wie der Schrei einer Todesfee, und in der Ferne erlosch das Licht eines Fackelträgers.

Dort musste sich der Feind aufhalten. Mit einem lauten Ruf befahl Jorund seinen Truppen den Sturmangriff. Mit hocherhobenem Langschwert schritt er durch das Farnkraut zwischen den turmhoch aufragenden Eichen. Mondlicht fiel auf eine Lichtung und erhellte den Boden vor ihm. Als er auf die Fläche hinaustrat, sah er nur aufgeschlitzte Leiber im Morast liegen. Leiber von Männern, die er aus Baradiumsfall kannte.

Wo sind die Angreifer? Barbaren legen keine Hinterhalte – ihnen fehlt schlicht der Feinsinn dafür. Auch mit den Wunden stimmte etwas nicht. Sie waren zu sauber, von geübter Hand zugefügt …

»Wachmann!«, schrie jemand. »Da, jenseits der Lichtung …«

»Beeilt euch!«, schrie Jorund.

Er erkannte nur Schemen, die von ihren Pferden stiegen, und war verwirrt über diese weitere Unstimmigkeit. *Seit wann reiten Barbaren auf Pferden?* Er konnte sich einfach nicht zusammenreimen, wer diese Krieger waren. Sechs Gestalten in Schwarz schnitten wie Dämonen aus einer anderen Welt eine Schneise zwischen den Bewohnern von Baradiumsfall hindurch. Die Schreie waren ohrenbetäubend. Jorund warf sich nach vorn in Richtung der Schlachtenreihe, doch dann hielt er voller Grauen inne. Auf den schwarzen Wappenröcken der Krieger prangten zinnenbewehrte Türme und eine aufgehende Sonne. Die Sonnenkohorte.

Das kann nicht sein.

»Hört auf!«, schrie er. »Wir sind Stravirer! Wir stehen auf der gleichen Seite!«

Doch im Wahnsinn des Gemetzels wurde seine Stimme vom Kampfeslärm erstickt.

Aufblitzende Klingen zerschnitten die Luft, während sie Gliedmaßen und Köpfe abtrennten. Binnen weniger kurzer

Augenblicke wurden Hunderte dahingemetzelt. Von nur sechs Streitern, wahrlich leibhaftigen Legenden. Jorund fiel auf die Knie, als die Angreifer drohend näher rückten. Das Schwert glitt ihm aus den Händen. Eilig streifte er seine Felle ab, riss sich die Knochenketten und Stammestotems vom Leib und deutete auf die einfache Lederbrustplatte mit dem Wachturm, die er darunter trug.

»Ich bin ein Stravirer!«, schluchzte er und starrte voller Pein auf die unschuldigen Dörfler ringsum, die ein derartig grausiges Ende gefunden hatten. »Wir sind alle Stravirer …«

Elegant steckte einer der Krieger zwei gewaltige Krummschwerter in die Scheiden auf seinen breiten Schultern und schritt über die Leichen hinweg auf ihn zu. Sein schmales Gesicht glänzte im Mondlicht vor Blut.

»Sprich, Mann!«

»Wir sind Stravirer. Wir alle. Wir sind keine Nordländer. Wir sind keine Barbaren.« Er wies auf die Toten. »Sie stammten aus Baradiumsfall.«

Der Hochgewachsene blickte rasch zu den anderen hinüber. »Dimarius?«

Mit verwirrtem Gesichtsausdruck trat eine blonde Gestalt heran. »Warum habt ihr euch als Barbaren verkleidet?«

»Es war ein Befehl des Königs«, murmelte Jorund.

Dimarius schüttelte den Kopf und verneigte sich leicht vor dem hochgewachsenen Krieger, der die Toten ringsum voller Grauen und Trauer anstarrte.

Jorund fuhr zusammen, als er sah, wie Wut und Scham das Antlitz des Soldaten verzerrten. »Was haben wir getan?«, fragte jener voller Bitterkeit.

Niemand hatte eine Antwort für ihn. Der Blick des Wachmanns war voller Tränen. In der Nähe schrie jemand vor Trauer laut auf.

DAS NEUNTE ZEITALTER

131. JAHR

DIE TORE DER HÖLLE

»Falls ihr Glück habt, werdet ihr hier sterben.«

Ein Windstoß fegte über den breiten Innenhof und blies Landril die Schneeflocken aus den Bergen ins Gesicht. Damit er sich so richtig elend fühlte, schien sich wie alles andere auch das Wetter gegen ihn verschworen zu haben.

Die Eiseskälte und Landrils Lage waren schon schlimm genug, doch auf ihrem Weg über die schmutzverkrusteten Steinplatten wurden die Gefangenen auf Schritt und Tritt auch noch unerbittlich gequält. Die Wächter verspotteten die Neuankömmlinge, spuckten ihnen ins Gesicht oder griffen sie tätlich an. Landril fragte sich, welch widernatürliches Vergnügen die Halunken an solchem Verhalten fanden. Wie armselig ihr Treiben auch sein mochte, die Gefangenen fühlten sich dadurch noch elender als ohnehin schon, nachdem das Schicksal sie an diesen Ort verschlagen hatte.

»Setzt euch in Bewegung, ihr Missgeburten!«, grunzte ein Wächter und stieß heftig mit dem Speer in Richtung all jener, die seiner Meinung nach nicht schnell genug über den Hof marschierten. »Eure Mütter müssen es mit Yaks getrieben haben, damit sie solche Lahmärsche wie euch gebären konnten.«

Der alte Mann mit Halbglatze vor Landril zuckte vor Schmerz zusammen und spuckte seinem Quälgeist trotzig vor die Füße.

Narr. Genau das wollen sie doch.

Eine Regung. Einen Anlass. Eine Gelegenheit, ihr kindisches Spiel in blutigen Ernst zu verwandeln.

Der Wärter näherte sich rasch und schleuderte den Alten zu Boden, während Landril jeden noch so leisen Anflug von Hilfsbereitschaft in sich niederrang. Die übrigen Häftlinge sahen tatenlos zu, äußerlich völlig ungerührt. Hier kämpfte jeder nur für sich. Die Wächter schlugen den Mann, schleiften ihn über den Stein und zurück in die weiße Weite. Es eilte ihnen offenbar nicht, ihre Taten zu Ende zu bringen, und sie stellten ihre Gewalt ungerührt zur Schau. Vielleicht als Warnung an die Zuschauer.

Landril behielt den Kopf unten und konnte daher nur verstohlen beobachten, wie die vier Wächter immer wieder auf den zusammengekauerten Häftling eintraten. Ein letzter grober Tritt ins Gesicht des Mannes schleuderte dessen Kopf mit einem Knirschen nach hinten. Blut spritzte, und Zähne schlugen auf Stein. Das Opfer brach im Schnee zusammen, während die Kerle sich lachend auf die Schultern klopften. Den Alten ließen sie einfach liegen. Landril war sich nicht sicher, ob er tot war oder noch lebte. Einen Moment lang konnte er den Blick nicht von dem zusammengesunkenen Leib lösen. Sollte dies auch sein Schicksal werden? Er nahm seine Umgebung näher in Augenschein. Wände aus gewaltigen Granitplatten und eine Reihe von Toren, die mehrere Innenhöfe unterteilten, eigens dazu angelegt, das Vorankommen aufständischer Häftlinge zu behindern. *Habe ich das Richtige getan?*, fragte er sich.

»Willkommen in der Höllenfeste!«, feixte einer der Wächter und winkte die Neuankömmlinge durch.

Kopf nach unten! Niemandem in die Augen sehen!

Die Höllenfeste. Ein passender Name. Viel passender als die offizielle Bezeichnung *Zitadelle sechsunddreißig*. Die hohen grauen Wände im Stil einer Festung waren auf dem dritthöchsten Gipfel der Seidenspitzberge errichtet worden, sechshundert Schritt über den vor Langem aufgegebenen Handelsrouten aus den Ostkönigreichen. Fernab der heimeligen Annehmlichkeiten von Stravimon. Dies war ein Ort, an dem die abgebrühtesten und schlimmsten Verbrecher verwahrt wurden. Alle jene, die zu gefährlich waren, um in ein gewöhnliches Gefängnis gesteckt zu werden, zugleich aber so wichtig oder gar nützlich, dass sie nicht hingerichtet wurden. Niemand war je von hier entkommen.

Weniger das Maß an Sicherheit machte die Anlage so unverwundbar als vielmehr ihre Lage – die Eiseskälte der Berghänge und die mangelnde Sicht durch den Schnee. Windumtoste, felsige und rutschige Pfade, die man ins dornige Gestrüpp gehauen hatte. Und die Hexen am Fuß des Berges.

Prüfend betrachtete Landril die fünfzehn stravirischen Soldaten in purpurnen Uniformen samt Bronzehelmen, die als Begleitung dienten. Es gab vier Dutzend weitere Männer im eigentlichen Gefängnis, die wahrscheinlich an Kohlefeuern hockten und ihr Pech verfluchten, an den Arsch der Welt versetzt worden zu sein. Sie waren hier genauso gefangen wie die Häftlinge.

Als sein Trupp in den innersten Teil des Gefängnisses eskortiert wurde, drang ihm der Gestank von Scheiße und ungewaschenen Leibern in die Nase. Ob des widerlichen Geruchs musste er fast würgen, war er doch eher an Weihrauch, Raumdüfte und das luxuriöse Stadtleben gewöhnt.

Der Ruf eines Horns hallte von den Wänden wider, und das gigantische Eisentor vor ihnen kreischte dämonisch, während es sich öffnete. Landril warf einen letzten zögernden Blick auf die Freiheit, bevor er mit den anderen Gefangenen durch das Tor zur Hölle gestoßen wurde.

Bei der Gnade der Göttin! Dieser Mistkerl ist hoffentlich noch am Leben, denn sonst bin ich verloren …

Durch Geflüster, durch Blicke und verborgene Gesten konnte jemand mit Landrils Erfahrung rasch nützliches Wissen sammeln. Nach nur wenigen Stunden in Gefangenschaft hatte er einen verschlagen aussehenden Mann von etwa fünfzig Sommern aufgetrieben, der sich äußerst dankbar für ein Päckchen von Landrils eingeschmuggelten Kräutern zeigte.

Sein Name lautete Krund, ein drahtiger Kerl mit ungepflegtem Bart und fettigem grauem Haar, das ihm auf die Schultern herabhing. Er war einer von drei Gefangenen, mit denen sich Landril die Zelle teilen musste. Alle Männer trugen die gleiche Kleidung, dicke graue Tuniken, die kratzten und juckten wie der Ausschlag einer Hafenhure.

»Eins verstehe ich nicht«, sagte Landril und gab den ahnungslosen Neuling.

»Was meinst du?«, seufzte Krund.

»Warum töten sie uns nicht und lassen es damit gut sein?«

»Tja, hier landen nur ganz bestimmte Männer«, raunte Krund. »Einem Dieb wird die Hand abgeschlagen. Ein gewöhnlicher Mörder wird geköpft. Aber wir? Wir sind irgendwem dort draußen noch etwas wert. Also spart man sich unseren Tod auf.«

»Gibt es hier denn auch Berühmtheiten? Bekannte Namen vom Hof?«

Krund warf ihm einen listigen Blick zu. »Woher soll ich das wissen? Hier drinnen ist jeder ein Niemand.«

Mit Mühe hielt Landril seine Enttäuschung im Zaum. Um sicherzugehen, würde er das Gesicht jedes einzelnen Insassen betrachten müssen. Und irgendwann würde er in die kalten, harten Augen des Mannes starren, den er suchte – den Helden der Zwölf Täler, der Qualebene und so gut wie sämtlicher Feldzüge unter der Herrschaft des alten Cedius.

»Wie bist du hier gelandet?«, fragte Krund mit kaum verhohlener Gleichgültigkeit. »Du hast keinen Akzent. Du siehst nicht aus wie einer, der sich mit dem Führen von Klingen auskennt.«

Wissen war Macht, das wusste Landril besser als jeder andere. Er lächelte geheimnisvoll.

»Es handelte sich ... sagen wir mal ... um eine politische Angelegenheit.«

Krund gluckste, und seine Züge wurden weicher. Sein Hauptaugenmerk galt jedoch noch immer dem Kräuterpäckchen, das Landril ihm gegeben hatte.

»Und du? Was hat dich hierher verschlagen, Krund?«

»Ich war Anwalt in den Diensten eines stravirischen Herzogs. Belassen wir es dabei, dass ich in Vorgänge verwickelt wurde, in die ich nicht hätte verwickelt sein sollen. Doch das Leben ist grausam. Deshalb zu grollen lohnt sich kaum, stimmt's? Ich habe mich mit meinem Los abgefunden. Und ich lebe noch, nicht wahr? Aber nun bin ich müde, Fremder. Ich könnte etwas Ruhe und Zeit mit deiner milden Gabe gebrauchen.«

Landril ließ Krund in seiner Ecke sitzen und wusste, dass der Mann ihm zur rechten Zeit noch als nützlicher Informant dienen würde. Er sah zu, wie die Tür seiner Zelle mit jäher Endgültigkeit verriegelt wurde. Wenig später erfolgte ein hallendes Gerumpel nach dem anderen, als die übrigen Insassen in ihre Zellen eingeschlossen wurden, die eher an Grüfte erinnerten. Der schmale Lichtstreifen, der durch eine Ritze im Stein hindurchfiel, erhellte den Raum nur wenig. Steinerne Liegen mit schmutzigen Decken, die kaum Wärme boten. Irgendjemand hatte behauptet, die Decken seien Spenden eines benachbarten Klosters. Landril konnte nur hoffen, dass sie noch nicht völlig flohverseucht waren. Ansonsten gab es in diesem Raum nichts als bekritzelte klamme Wände, einen Eimer für die Notdurft und die Gesellschaft elender, hoffnungsloser Gestalten.

Das war es dann also. Landril Devallios, Meisterspion, verreckt hier neben einem Eimer voller Pisse.

Er richtete seine Gedanken auf die vor ihm liegende Aufgabe. Morgen würde er mit der Suche nach dem Mann beginnen, der ihn aus diesem Verlies befreien konnte, und ihm eine Nachricht überbringen. Einige Tage später wären sie nicht mehr hier, falls die Gerüchte zutrafen, die über jenen Mann kursierten. Falls nicht, blieb er bis ans Ende seiner Tage in diesem grässlichen Rattenloch eingekerkert. Dann war der Tod die deutlich bessere Wahl.

Selbst bei einem Mann wie Landril, der sonst gern auf Zeit spielte, sorgten die Bedingungen in der Höllenfeste für Anspannung und Ungeduld. Sie ließen sich mit nichts vergleichen, was ihm je widerfahren war. Und von seiner Beute fehlte noch immer jede Spur. Ein Tag verlief wie der andere.

Sein Leben bemaß sich nur noch in kleinen Qualen – den Rückenschmerzen von den harten Steinplatten, der ständigen Kälte, dem ungenießbaren Fraß, den er zu jeder Mahlzeit mühsam hinunterwürgte. Seine Suche wurde immer verzweifelter. Man ließ die Insassen nur einmal am Tag aus ihren Zellen, sodass Landril nur ein kleines Zeitfenster blieb, um sein Ziel zu finden. Doch die finster dreinblickenden Häftlinge sahen alle gleich aus, unrasiert und verwahrlost. Vielleicht konnte die Körperform als erster Hinweis dienen. Manche Männer waren hager und hatten kaum Fleisch auf den Knochen, wohingegen andere trotz ihres Aufenthalts in dieser Hölle irgendwie ihre Muskeln behalten hatten. Ob der Mann, dessentwegen er hier war, noch genauso stark war wie früher? Er war zwar schon seit Jahren verschwunden, doch zumindest sollte er nicht geschrumpft sein. In den nächsten Tagen schlenderte Landril von Häftling zu Häftling, sorgsam darauf bedacht, seine Suche nicht allzu auffällig zu gestalten.

Allzu große Neugier konnte sich in dieser Umgebung als tödlich erweisen. Geschickt horchte er Krund über die anderen Häftlinge aus, doch sein Zellenkamerad wusste kaum etwas über die anderen Gefangenen. Keiner sprach über seine Vergangenheit.

Landril belauschte Gespräche und knüpfte rasch ein Netz aus Insassen, die ihm allesamt Meldung erstatteten. Ironischerweise unterschied sich der Aufbau des Zusammenlebens in diesem Gefängnis nicht sonderlich stark von den höfischen Ränken, wie er sie kannte. Die von ihm eingeschmuggelten Drogen erkauften ihm Augen und Ohren in den dunkleren Ecken des Kerkers, ganz so wie vor einem Jahr, als er noch rings um den Seufzerhof von Stravimon auf der Jagd nach Mördern gewesen war. Doch die Berichte in diesen Kerkern verrieten ihm nichts, was er nicht mit eigenen Augen sehen konnte – finstere Kerle, die gelangweilt und doch stets gewaltbereit herumlungerten. Das übliche Verhalten in einem Gefängnis.

Wie überall sonst existierte auch hier eine Hierarchie. Banden hatten sich gebildet, ganz so, als ob selbst abgebrühteste Kerle eine gewisse Struktur brauchten, die ihnen Halt und Sicherheit bot. Seine Informanten erzählten Landril vom Höllenkönig, den Blutspielern und den Kettenleichen. Die Banden hatten das Gefängnis unter sich aufgeteilt und sorgten dafür, dass für alle genügend verbotene Geschäfte und fragwürdige Gefälligkeiten abfielen, ohne dass sie sich gegenseitig ins Gehege kamen. Landril gelangte zu folgender Erkenntnis: Wenn er überhaupt irgendetwas über den gesuchten Mann herausfinden wollte, hatte er womöglich keine andere Wahl, als sich einer dieser Banden anzuschließen.

Landrils Einschätzung nach stellten die Schergen des Höllenkönigs die mächtigste Fraktion. Wie er hörte, war ihr

Anführer ein nachdenklicher, ernster Mann, der im gleichen Maß Strafen und Gnade walten ließ, meist mit raschen und oft blutigen Folgen. Sein Ruf war beängstigend, vermutlich wohl auch deshalb, weil ihn kaum einer je zu Gesicht bekam. Kein Informant aus seinem in aller Eile gespannten Netz konnte Landril eine genaue Beschreibung des Mannes liefern oder beim Hofgang gar verstohlen auf ihn deuten. Es schien fast so, als sei der Höllenkönig alles andere als leicht zu finden. Leider galt dies umgekehrt nicht für Landril.

DER HÖLLENKÖNIG

Zwei Tage lang hatte der hochgewachsene Häftling den verschlagenen kleinen Neuankömmling beobachtet wie ein hungriger Adler das nichts ahnende Kaninchen. Anfangs hielt er ihn nur für einen weiteren gedungenen Mörder, dem man seinen wahren Namen genannt hatte und der ihm nun unbedingt den Garaus machen wollte. Wie schon bei den gescheiterten Versuchen zuvor fände auch dieser Möchtegernmeuchler ohne jeden Zweifel ein trauriges Ende. Doch dann erkannte er ihn aus längst vergangenen Tagen wieder. Und er fragte sich, warum er hier gelandet war. Fernab jenes ausschweifenden Lebensstils, den sie beide früher genossen hatten. Weit entfernt von der Stadt. Weit entfernt von allem. Nach der langen Zeit in diesem Gefängnis konnte er sich kaum noch an seine Ankunft erinnern. In ihrer Gleichförmigkeit flossen die Tage ineinander, und seinem eigenen Gedächtnis traute er längst nicht mehr. Jene Erinnerungen jedoch, denen er tatsächlich trauen konnte, gefielen ihm nicht.

Nachdem er damals im Gefängnis angekommen war, hatte er seinen Namen nicht genannt und auch mit niemandem gesprochen. Er hatte sich nicht um die Machtspielchen der Banden geschert und wollte auch in keiner Weise an ihnen beteiligt sein. Doch man ließ ihm keine Wahl – Mollos war schon seit Jahren der Anführer einer der Banden gewesen. Der ehemalige Soldat hatte seinen Tätowierungen am

Hals zufolge eine recht beachtliche Dienstzeit hinter sich gebracht und wollte nur seine Dominanz gegenüber dem Neuling unter Beweis stellen. Sie beide waren ähnlich groß und muskelbepackt unter den weiten grauen Tuniken. Die Jahre im Feld hatten ihre Körper bis zur Vervollkommnung gestählt, und sie trugen ausreichend Narben, um zu beweisen, dass sie sich in einem Kampf zu behaupten wussten. Als der bärtige Bandenführer schließlich ein scharfes Stück Feuerstein zog und es dem Neuankömmling in die Schulter rammen wollte, sah dieser den Stoß kommen. Er beobachtete, wie die Wächter nickten und damit zu verstehen gaben, dass sie nicht einzugreifen gedachten. Er beobachtete, wie die anderen zur Seite wichen, um Mollos in dem engen Steinkorridor Platz zu machen. In einer blitzschnellen Bewegung packte er Mollos' Handgelenk und drosch es so hart gegen den Fels, dass der Feuerstein klirrend zu Boden fiel. Dann versetzte er seinem Angreifer einen Kopfstoß und rammte ihm anschließend das Gesicht gegen die Wand. Mollos sank in sich zusammen, und der Neuankömmling packte ihn mit einer Hand an der Kehle.

Er hätte Mollos' Leben auf der Stelle ein Ende bereiten können. Beide wussten das, und die grölenden Zuschauer wussten es auch. Doch er entschied sich dagegen. Im Lauf seines Lebens hatte er schon viel zu viel Blut gesehen und stieß Mollos einfach weg. Ehrfürchtig verstummten alle, denn niemand hatte Mollos im Kampf bisher besiegen können. Dieser Neuankömmling hatte dafür nur wenige Herzschläge gebraucht. An jenem Tag hatte er einen Namen erhalten: Höllenkönig. So begann seine Herrschaft in der Höllenfeste.

Letzten Endes beschloss der Höllenkönig, lieber selbst mit dem Spion zu sprechen, bevor dieser noch einem anderen in die Hände fiel. Er befahl seinen Männern, auf der anderen Seite des Hofs für Ablenkung zu sorgen. Und während sie die Aufmerksamkeit der Wächter auf sich lenkten, trat er an den Meisterspion heran.

»Landril«, murmelte der Höllenkönig. »Du bist fernab der Heimat. Und wenn du nicht achtgibst, beendet ein Messer deine Neugier in einer dunklen Ecke.« Er nickte in Richtung einer Gruppe von Blutspielern, die die beiden beäugten.

Landril starrte sein Gegenüber zunächst überrascht an, doch seine Verblüffung wich rasch offener Erleichterung, die er allerdings gleich zu zügeln wusste. »Xavir Argentum. Der Göttin sei Dank. Du bist *wirklich* noch am Leben.«

»Du hast ein Händchen dafür, das Offensichtliche zu bemerken, Spion.« Sie sprachen mit gesenkten Stimmen. Xavir war sich bewusst, dass man sie dennoch beobachtete und belauschte. Nicht einmal seine eigenen Anhänger ahnten etwas von seiner Vergangenheit, und so sollte es auch bleiben. »Hier drinnen lautet mein Name Höllenkönig«, fuhr er fort. »Am besten benutzt du keinen anderen.«

Landril lächelte. »Ich bin gekommen, um dich zu finden.«

»Das ist dir gelungen«, erwiderte Xavir. »Warum?«

»Ich muss mit dir über eine dringende Angelegenheit sprechen.«

»Mit der Welt dort draußen habe ich nichts mehr zu schaffen.«

»Tja, aber verdammt! Sie will durchaus etwas mit dir zu tun haben.«

Xavir funkelte Landril an. »Der Mann, der ich war, ist dort draußen gestorben. Schon vor Jahren. Meine Schwerter wurden mir genommen. An meinen Händen klebt das Blut Unschuldiger. Deswegen hat man mich hergeschickt, und das war nur rechtens. Für meine Taten gibt es keine Vergebung.«

»Da irrst du dich.« Landrils Worte mochten mutig klingen, doch seine Stimme bebte vor Angst. »Du warst Teil der Sonnenkohorte. Und jetzt lebst du unter Tieren.«

»Es sind ganz gewöhnliche Leute, Spion. Genau wie du. Manche waren früher einmal gute Männer.«

»Es sind Gefängnisratten«, knurrte Landril abschätzig. »Die Niedrigsten der Niedrigen.«

»Das glaubst du nicht ernsthaft. Viele der Häftlinge stammen aus guten Familien. Ein Mann deines Formats dürfte das an ihrem Zungenschlag bemerken. Und du bist schließlich auch hier, oder etwa nicht?«

»Ach ja«, erwiderte Landril. »Allerdings habe ich *kein* Verbrechen begangen.«

Xavir lächelte kalt und straffte die Schultern. »Alle hier würden etwas ganz Ähnliches behaupten.«

»Aber bei mir verhält es sich anders.«

»Natürlich. Hör zu, Spion! Wer immer du dort *draußen* warst …« Xavir deutete mit dem Finger gen Westen. »… hier *drinnen* bist du einen Hundedreck wert.«

»Genau genommen heißt es … *Meisterspion*. Wie dem auch sei. Du sollst erfahren, was ich zu sagen habe. Du bist nun schon über fünf Jahre hier, Xavir. In dieser Zeit hat sich vieles verändert.«

»Dass die Welt sich ändert, dürfte wohl das einzig Unveränderliche an ihr sein. Bist du hergekommen, um mir Laienphilosophie schmackhaft zu machen?«

Verkrampft rang Landril die Hände. »Lass mich ausreden, verdammt! Vor fünf Jahren hat *er* dich hier wegsperren lassen. Mardonius und seine Spießgesellen.«

Xavir gab keine Antwort.

»Ein Jahr später wurde er König, musst du wissen«, fuhr Landril fort. »Sobald Cedius verfault war.«

»Dann ist er also tatsächlich tot«, entgegnete Xavir. »Ich

hatte das Gerücht gehört, aber glauben mochte ich es nicht.«

»So ist es leider«, bestätigte Landril. »Der Alte war ohne dich und die Sechserlegion nicht mehr derselbe. Dann begann Mardonius mit seiner Kriegstreiberei. Er weitete die Clansgebiete immer mehr aus, und die Herzogtümer wuchsen und wuchsen. Das Volk war glücklich. Die Metallhändler waren glücklich. Die Städte und die Dörfer an den Grenzen verleibte man sich ein, und Stravimon ist heute größer als damals, als du sein Heer geführt hast.«

»Länder sind wie Lungen, Meisterspion. Sie dehnen sich aus und ziehen sich wieder zusammen. Daran ist nichts neu, insbesondere dann nicht, wenn es um die Clans geht. Wir sind ein Volk, das zum Kämpfen geboren wurde. Aber du willst mir wohl kaum erzählen, wie prächtig die Welt ist.«

»Nein, das habe ich nicht vor«, räumte Landril ein. »Mardonius führt einen Feldzug, um unser Land von jenen zu säubern, die die Göttin und andere Götter verehren.«

»Ich bin kein frommer Mann.«

Landril schüttelte den Kopf. »Du verstehst mich nicht. Er begeht einen Völkermord. Tausende unserer eigenen Leute wurden schon getötet. Gute Stravirer wurden ausgelöscht.«

»Wie kann das sein?«

»Ganz einfach! Erst verlangte er höhere Steuern von allen Clans, die sich der Göttin zugehörig fühlten, und danach von jenen, die Göttern wie Balax, Jarinus, Kalladorium und dem Großen Auge huldigten. Plötzlich verfolgte man von den Stützpunkten der königlichen Legion aus die Anhänger sämtlicher Glaubensrichtungen. Wer die Göttin anbetete, den traf es am härtesten, und ihre Verehrer wurden wie Abschaum behandelt. Einige wenige Familien verbargen ihren Glauben, aber der Großteil – viele Zehntausende – bekannte sich weiterhin dazu. Als die Menschen sich weigerten, ihre Häuser zu verlassen, wurden immer mehr Truppen in ihrer Nähe zusammengezogen, und dann *verschwanden* die Familien nach und nach. Von den dreißig Clans ist nur noch die Hälfte übrig – und von denen stehen fast alle auf seiner Seite.«

Xavir bedachte die Worte des Meisterspions. »Wie lange ist das her?«

»Die grausamsten Säuberungen begannen im letzten Sommer – während der Erntefeste und der Opferungen für die Göttin, doch die Saat wurde schon lange davor ausgebracht.«

»Die Gläubigen an ihren Feiertagen zu töten ist ein uraltes Vorgehen.«

»Dies ist nur ein Teil meiner Neuigkeiten, Xavir. Die Burgen deiner Familie an der Ostgrenze der Herzogtümer wurden gebrandschatzt. Nur die Festung in Gol Parrak ist erhalten geblieben, aber niemand steht an ihrer Seite.«

»Warum nicht?« Xavir ballte die Fäuste.

Landril trat vorsichtig einen Schritt zurück. »Weil die Clans rings um Gol Parrak während der letzten fünf Jahre bestochen wurden. Sie kämpfen inzwischen für *ihn*.«

»Hat meine Familie überlebt?« Seit Jahren hatte Xavir nicht an seinen Vater und seine Schwester gedacht. Für zu groß hielt er die Schande, dass er sich in diesem Gefängnis aufhielt.

Landrils Miene verfinsterte sich. »Dein Vater starb bei der Verteidigung Gol Parraks zusammen mit einer Reihe deiner anderen Verwandten. Deine Schwester konnte mit ihren Kindern entkommen.«

Landril wandte sich zu den drei Wächtern um, die an ihnen vorbeimarschierten, ohne dass einer von ihnen Xavir in die Augen geblickt hätte.

»Um mir davon zu berichten, hast du also den weiten Weg zurückgelegt«, murmelte Xavir. »Hast dein eigenes Leben aufs Spiel gesetzt und musstest dich wahrscheinlich auch brandmarken lassen, oder?«

Ein sanftes Nicken. Landril zog den Ärmel hoch und zeigte ein erhabenes X auf dem Oberarm. Das dauerhafte Mal eines Häftlings.

»Du hast Mut, Meisterspion. Das gestehe ich dir gern zu.«

»Zugegebenermaßen habe ich ein Elixier zu mir genommen, bevor man mir das Eisen auf die Haut drückte«, räumte Landril mit einem schiefen Lächeln ein. »Ich habe nichts gespürt, aber ich konnte verdammt noch mal riechen, wie mein eigenes Fleisch gebraten wurde.«

Xavir schüttelte den Kopf. »Warum hast du das alles auf dich genommen? Warum bist du gekommen?«

»Habe ich es denn nicht schon mehrmals gesagt?«, fragte Landril leicht verzweifelt.

»Warum wolltest du mich finden, Spion? Du arbeitest doch stets im Auftrag anderer. Also – wer hat dich geschickt?«, wollte Xavir wissen.

Ein Windstoß fuhr heulend an den Mauern der Festung entlang, und Landril erschauerte.

»Lupara. Die Wolfskönigin.«

DAS SCHMIEDEN EINES FRIEDENS

Davlor, ein lästiger Kerl von zwanzig Sommern mit schütterem braunem Haar, rattenhaften Zügen und kleinen Augen, schlurfte in der abgedunkelten Zelle auf Xavir zu. Der lag auf jener kahlen Steinplatte, die ihm als Bett diente. Auch wenn das Kloster erst an diesem Tag Decken gespendet hatte, achtete Xavir darauf, solche Bequemlichkeiten stets erst als Letzter zu bekommen.

Er war schon eine Weile wach, nachdem ihn ein Albtraum geplagt hatte. Eine Erinnerung. Je härter sich der Stein unter ihm anfühlte, desto schneller konnte er aus dem Schlaf in die Wirklichkeit zurückkehren. Wenn er in diesen Tagen überhaupt Schlaf fand ...

Davlor stand mit blutiger Nase neben ihm und wartete.

»Was ist geschehen?«, fragte Xavir.

»Irgendjemand meinte, ein Hexenstein sei hereingeschmuggelt worden, und ich wollte ihn mir holen.«

»Und wozu sollte der dienen?«, erkundigte sich Xavir. »Ein Hexenstein unter lauter Männern?«

Davlor hob die Schultern. »Ich dachte mir, er könnte irgendwie hilfreich sein, Herr.«

Verglichen mit den Neuigkeiten, die Landril über die Verbrechen in der weiten Welt jenseits der Kerkermauern mitgebracht hatte, hörte sich diese Aussage nur umso belangloser und lächerlicher an.

Xavir seufzte. »Und wer ist verantwortlich für den Stein und deine Nase?«

»Gallus von den Kettenleichen«, knurrte Davlor.

»Valderons Männer. Wie üblich. Ich treffe mich mit ihm.«

»Keine Rache?«, fragte Davlor überrascht.

»Nein, Junge.« Xavir ächzte. »Keine Rache. Sie sind immer noch stinkwütend, weil Jedral vor zehn Tagen Fellir die Augen aus den Höhlen gequetscht hat.«

»Aber … meine Nase …«, murmelte Davlor.

»Sieht viel besser aus als vorher«, unterbrach ihn Xavir ruhig. »Du solltest keinen Streit wegen unnötiger Kleinigkeiten anfangen.«

»Trotzdem sollte einer dem Gallus die Nase brechen!«

»Spar dir deinen Eifer für echte Kämpfe auf, Davlor! Du bist erst wenige Monate hier, und nicht nur deine Nase kann noch verstümmelt werden. Gewöhn dich also lieber an die Umstände oder reiß dich am Riemen! Sei immer schön wachsam und halt die Klappe, es sei denn, es geht nicht anders. Befindest du dich in einer Zelle mit Kerlen, denen du nicht über den Weg traust, dann konzentrierst du dich. Hörst zu. Erspürst die Bewegungen. Aber du hältst deine verdammte Klappe. Beherrschst deine Wut. Setzt sie taktisch ein. Falls du immer noch Zeit zu verschwenden hast, dann lauschst du Tylos' Gedichten.«

In der Nähe lachte jemand laut auf. Es mochte sogar Tylos gewesen sein.

»Du redest immer wie ein Krieger, nie wie ein Häftling.« Davlor musterte Xavir mit beinahe schon kindlicher Begeisterung für den vermeintlichen Ruhm des Soldatenlebens.

Xavir verscheuchte ihn mit einem Wink.

In ihrer gemeinsamen Zelle waren fünf Männer untergebracht, und trotzdem war sie noch geräumig. Im Austausch für diesen ganz besonderen Aufenthaltsort hatte Xavir eine kleine Vereinbarung mit einem der Wärter getroffen.

Er hörte Davlor immer noch Flüche über Gallus murmeln. Als verhältnismäßig neuer Insasse konnte Davlor nicht einmal erahnen, welche Anstrengungen es kostete, den Frieden zwischen den Banden ansatzweise zu bewahren. Andernfalls wäre jeden Tag Blut geflossen.

Politik.

Wie ironisch, dass es auch hier Hierarchien, Verhandlungen und Absprachen gab! *Wäre es in der Welt dort draußen anders gewesen?*, fragte sich Xavir. Dies war nun *sein* Königreich, während ihm früher einmal fast ein anderes gehört hatte. *Aber auch dort hätte es Politik gegeben. Nur wäre sie eben in feinerer Kleidung gemacht worden.*

Das Gespräch mit Landril hatte einen alten Funken in Xavir neu angefacht. In ihm loderte eine Glut, die er so lange unterdrückt hatte, bis sie ihm erst zur Gewohnheit und dann zu einem Teil seines innersten Wesens geworden war. Nach dem ersten Jahr war ihm kein einziges Mal der Gedanke gekommen, die Höllenfeste verlassen zu wollen. Er hatte eine eigene Umgangsform mit seiner Lage gefunden und empfand eine persönliche Befriedigung, wenn er andere verlorene Männer vor dem völligen Absturz bewahrte. Seine Bande war zu einem Ersatz für seinen Clan geworden, und das gefiel ihm gut.

Aber … nun da Landril ihm eine neue Vision vorgegeben hatte, lagen die Dinge anders. Die Welt dort draußen – die Herzogtümer und Stravimon – steckte in einer Krise. Die Menschen starben. Ausgerechnet Lupara war in Landrils Ränke verstrickt. Das deutete auf wirklich schlimme Zeiten hin. In gewisser Weise war die Höllenfeste keine Strafe mehr, sondern eher eine sichere Zuflucht vor dem wütenden Sturm.

Bei dem Gedanken lachte Xavir unwillkürlich auf.

»Was ist denn so lustig, Herr?«, rief Davlor aus der Finsternis.

»Die Welt bricht in sich zusammen«, murmelte Xavir.

»Und wir sind am sichersten Ort, der sich nur vorstellen lässt.«

»Hört ihr das? Mir scheint fast, als weile er schon nicht mehr gänzlich unter uns«, stellte Tylos mit einem Lächeln fest. Wie gewohnt klang der geschliffene Tonfall des Schwarzen eher nach einem Kompliment als nach einer Beleidigung. Tylos saß im Kerker, weil er ein Dieb mit teurem Geschmack war. Xavir schätzte seine Gesellschaft und seine südländische Philosophie.

»Der Wichser war schon immer irre«, sagte Jedral. »Das geht schließlich jedem von uns irgendwann so.« Der wild aussehende Glatzkopf scherzte gern darüber, dass er seine Eltern wegen seines Erbes umgebracht hatte. Aber er war ein notorischer Lügner, und die Gründe für seine Inhaftierung wurden mit jeder neuen Erzählung ungeheuerlicher. Doch Jedral hatte Xavir schon mehr als einmal den Rücken gestärkt, und das genügte dem Höllenkönig.

Die anderen glucksten düster, ein Geräusch das bald vom heulenden Wind in den alten Steinfluren verdrängt wurde.

»Dann haltet ihr mich mit Sicherheit für verrückt, sobald ihr erfahren habt, was ich euch vorschlage«, verkündete Xavir.

JARRATOX

Vögel flogen in weitem Bogen in Richtung Sonne und sammelten sich in einem dicht gedrängten Schwarm, der am orange-blauen Himmel an die Kapuze einer alten Vettel erinnerte. Das merkwürdige Haupt pendelte erst noch leicht hin und her, bevor die Vögel schließlich wieder auseinanderstoben. Mit gerunzelter Stirn betrachtete Elysia das Schauspiel vom Fenster ihres Schlafgemachs aus. Eine Brise umspielte ihre Wangen, während sie darüber nachdachte, ob sie wohl gerade Zeugin eines Omens geworden war.

Manchmal kam es ihr so vor, als hinterfrage sie den Sinn in restlos allem.

Sie lugte zwischen den alten Steintürmen hindurch zu der Spitze jener Leere hinüber, welche die Grenzen der Insel markierte. Knapp siebzig Schritt entfernt jenseits der Steilwand gab es wieder festen Boden, der allerdings nur über eine von drei steinernen Brücken zu erreichen war – oder schwebend, sofern sich jemand mit den richtigen Methoden auskannte. Das allerdings traf auf Elysia nicht zu. Diese Fähigkeiten lehrten die Schwestern erst gegen Ende der Ausbildung einer jungen Hexe.

Auf der anderen Seite erkannte sie, wie Edelsteine im sanften Licht des Nachmittags die gesamte Felswand zum Funkeln brachten. Das waren die Hexensteine, Quellen der Hexenkraft, deren verschiedene Farben bei unterschiedlichen Zaubern Anwendung fanden. Abgebaut wurden sie von den jüngeren Mädchen, die sich, geschützt von zahlreichen Zaubern, zu den Vorkommen abseilten.

An diesem Tag war der blaue Himmel lediglich von feinen Wolkenfetzen durchzogen. Grüne Hügel glänzten in der sanften Wärme, hier und dort erhoben sich Eichenhaine und Häuser. Im Westen lagen die waldbestandenen Berge, wo Elysia bei Nacht gelegentlich Magie aufblitzen sah. Bei Tagesanbruch allerdings blieb keinerlei Spur mehr davon, was sie wohl verursacht haben mochte.

Eine Diele knarrte draußen im Korridor, und einen Augenblick später klopfte es an der Tür.

»Es ist Zeit für deinen Unterricht!«, rief eine Stimme. Es war die Tutorin Yvindris.

Elysias Herz wurde schwer. Sie hatte gehofft, an diesem Tag von Birgitta unterrichtet zu werden. Zusammen mit ihr machten die Stunden wenigstens Spaß.

Seufzend streifte Elysia ihre einfache Tunika im Braun der Novizinnen über. Am Spiegel hielt sie inne und vergewisserte sich, dass ihr schwarzes Haar sauber weggesteckt war – nach hinten rechts, wie es der Brauch verlangte. Zwischen Bücherstapeln und Pergamenten hindurch tänzelte sie zur Tür und fasste sich in Geduld, dass ein weiterer sinnloser Vortrag auf sie wartete.

Die junge Novizin und die alte Lehrerin in blauem Gewand bewegten sich schweigend über den Flur. Yvindris humpelte leicht und berichtete der gelangweilten Elysia in allen Einzelheiten vom hartnäckigen Schmerz im linken Bein. Dies war ein üblicher Gesprächsstoff unter den älteren Tutorinnen, die sich mehr Gedanken über ihre Gesundheit als über Magie zu machen schienen. Selbst ihre Unterhaltungen über Magie fielen bisweilen eher öde aus. Elysia war daher nur umso entschlossener, noch mehr Zeit auf körperliche

Ertüchtigung zu verwenden, damit sie am Ende nicht so wurde wie Yvindris.

Während ihre Sohlen leise über den uralten Stein schabten, drang aus verborgenen Alkoven, wo man betete oder arkane Texte vorlas, das Gemurmel weiblicher Stimmen. Wissen wurde von einer Generation von Schwestern an die nächste weitergegeben. Das Lernen aus Büchern mochte Elysia am wenigsten. Am liebsten hielt sie sich zusammen mit Birgitta draußen in den Wäldern auf. Dies führte natürlich unweigerlich dazu, dass viele der anderen Schwestern sie für dumm hielten.

Gemeinsam betraten Elysia und Yvindris einen weiten Innenhof mit einem wunderschönen Garten samt Brunnen in der Mitte. Liguster wuchs kaum kniehoch in kunstvollen Spiralen und unterteilte die verschiedenen bunten Blumenbeete. Statuen ehemaliger Matriarchinnen säumten den Weg vor der Tutorin und der Novizin. Am Rand des Innenhofs erhoben sich efeuumrankte Säulen. Ein halbes Dutzend Krähen hatte sich auf der Mauerkrone niedergelassen. Inzwischen war es ein heiterer Tag geworden, und die verwitterten Steine fühlten sich sonnenwarm an. Drei junge Frauen saßen still und gedankenversunken auf einer Steinbank. Zwei von ihnen blickten kurz abschätzig von den Schriftrollen auf, in denen sie gerade lasen. Elysia fiel es schwer, Freundinnen zu finden, selbst unter den anderen braun gewandeten Novizinnen ihres Alters.

Im Vorübergehen wandte eine der Pflanzen Elysia ihre schwarze Blüte zu – das Gewächs beobachtete sie. Genauer gesagt, wandten die alten Weiber diesen Zauber an, um ihrer Novizin aus der Ferne nachzuspionieren. Elysia verirrte sich nur selten in den Garten, gerade weil sie wusste, dass dort immer irgendwer von irgendwoher jeden ihrer Schritte überwachte.

Yvindris hielt in der Mitte am Brunnen inne. Die alte Frau

war etwas kleiner als Elysia, die trotz ihrer nur siebzehn Sommer die meisten anderen Schwestern inzwischen überragte. Ein weiterer Grund, warum sie sich so anders fühlte, nicht nur in geistiger, sondern auch in körperlicher Hinsicht. Yvindris' faltiges blasses Gesicht verbarg sich unter einer Kapuze, und das schmuckvolle blaue Tuch schirmte mit seinem Schatten auch ihre Augen ab. Eins dieser Augen war durch einen roten Hexenstein ersetzt worden, und Elysia hatte nie erfahren, welche Eigenschaften er Yvindris verlieh.

Die Alte zog nun einen blassblauen Hexenstein aus dem Ärmel und reichte ihn Elysia, bevor sie mit einem krummen Finger auf den Brunnen wies. »Ich möchte, dass du mit diesem Elementar den Fluss des Wassers unterbindest. Verwende ihn zu nichts anderem! Halt ihn einfach nur auf! Dann bleibt abzuwarten, ob du dich noch an den Inhalt des gestrigen Textes erinnerst.«

Elysia seufzte, trat an den verzierten Brunnenrand und blickte in das leicht gekräuselte Wasser. Ungefähr zwei Schritte entfernt, erhob sich in der Mitte ein steinerner Fisch, aus dessen Maul klares Wasser hervorsprudelte. Abgesehen von ihren Stimmen und gelegentlichen schrillen Vogelrufen, war das Blubbern der Fontäne das einzige Geräusch, das sie wahrnahm.

Mit der rechten Hand umklammerte Elysia den Stein, der sich überraschend schwer und hart anfühlte. Dann verlangsamte sie ihren Herzschlag.

Yvindris schaute ihr über die Schulter. »Hoffentlich kannst du dich an die Formel erinnern«, zischte sie. In ihrer Stimme lag mehr als nur ein Hauch Schadenfreude. »Du hast bereits zweimal versagt. Dein Ruf als Versagerin wird dich zu einem armen Clan verurteilen, und die Zeit deiner Zuordnung steht kurz bevor. Ein armer Clan macht einer Schwester das Leben schwer. Das kann ich dir flüstern.«

Weil ich dann als einäugige Vettel wieder hier lande? Elysia behielt den Gedanken lieber für sich. Es gehörte zu den ungeschriebenen Gesetzen, dass viele der unglückseligeren Schwestern als Tutorinnen auf die Insel zurückkehrten.

Elysia umklammerte den Stein und murmelte den gebotenen Zauberspruch in einer uralten Sprache des Vierten Zeitalters. Sie gab ihr Bestes, um sich die Form von Worten zu vergegenwärtigen, die jenseits der Brücken von Jarratox niemand mehr verwendete. Den Atem der alten Schwester im Nacken suchte sie nach den richtigen Ausdrücken. Glühende Hitze breitete sich in ihrem Körper aus, die Brust wurde ihr eng ...

»Zwei der Worte sind nicht korrekt«, blaffte Yvindris. »Runde deine Vokale ab und sprich die Endungen deutlicher aus!«

Das Wasser im Becken geriet ins Blubbern, statt still zu werden, und träger Dampf stieg von der Oberfläche auf. Der steinerne Fisch schwankte wie wild.

Yvindris legte Elysia eine Hand auf die Schulter, damit sie verstummte, und ihr Wortstrom versiegte.

Elysia war außer Atem. Ihre Beine fühlten sich schwach an.

»Du bist wütend«, grantelte Yvindris.

Ist das ein Wunder, wenn du mir immer so dicht auf den Pelz rückst?

Elysia zuckte nur leicht mit den Schultern. Sie gab den blauen Stein zurück und richtete ihre volle Aufmerksamkeit wieder auf den hellen Innenhof. Sie musste blinzeln, als wäre sie aus tiefem Schlaf erwacht.

In der Nähe gaben sich die anderen Mädchen keine große Mühe, ihr Gelächter über Elysias abermaliges Scheitern zu unterdrücken.

»Warum kann eine Schwester mit einer so weit fortgeschrittenen Ausbildung eine derart einfache Aufgabe nicht erfüllen?« Yvindris' Worte klangen weder sanft noch hart, sondern erfolgten mit der gleichen monotonen Ungerührtheit wie bei den gleichaltrigen Matronen. Nur bei Birgitta war es anders.

»Vielleicht werde ich einfach nicht gut«, murrte Elysia. »Vielleicht werde ich die Schwesternschaft sogar enttäuschen.«

»Es gehört nicht zu deinen Aufgaben, dies vorherzusehen«, gab Yvindris zurück. »Die Matriarchin war im Umgang mit dir schon immer sehr auf der Hut. Es ist kein Mangel an Macht, der dich behindert, o nein. Du bist durchaus mächtig. Es ist vielmehr deine Einstellung. Du begreifst den Sinn unseres Tuns nicht. Es *kümmert* dich nicht genug, um es richtig zu machen.«

Elysia seufzte. »Sollen wir denn nicht infrage stellen, was man uns zeigt? *Ist die Welt nicht nur eine Illusion?* Zumindest wird uns das doch ständig beigebracht. Das sind die Worte über den Torbogen, wenn wir das Vergessene Viereck betreten.«

»Den Wegen der Schwesternschaft darfst du vertrauen«, fuhr Yvindris fort. »Wir entspringen der Erde. Wir sind Teil dessen, was die Welt im Innersten zusammenhält. Für uns gibt es keine Illusionen.«

Elysia starrte auf die glatten Steinplatten unter ihren Füßen. Wenn sie etwas infrage stellte, bekam sie als Antwort nur einen weiteren Vortrag. Es war immer das Gleiche, und inzwischen wusste sie, dass sie besser keine Fragen stellte und sich lieber zu gegebener Zeit eigene Antworten suchte.

Als sie ein Geräusch vernahm, blickte sie auf. Auf der anderen Seite des Gartens öffnete jemand so grob eine Tür, dass sie gegen die nächste Mauer krachte. Ein Dutzend Gestalten in goldgelben Gewändern durchschritt den Innenhof. Schweigen begleitete sie. Die älteren Schwestern waren nur selten in größeren Gruppen unterwegs, und ganz sicher erweckten sie dabei nie den Eindruck solcher Eile.

»Du wirkst besorgt«, sagte Elysia und betrachtete Yvindris mit prüfendem Blick.

»Das bin ich, Kind.«

Kind?! Ist es denn verwunderlich, dass ich so schnell wütend werde, wenn man mich mit siebzehn Sommern immer noch Kind nennt?

»Was bereitet dir denn Sorgen?«, erkundigte sich Elysia.

»Unsere Zukunft. Die Zukunft der Welt.«

»Die Zukunft wird niemals geschehen«, zitierte Elysia Faraclyes, einen Mystiker des Achten Zeitalters.

»Ich merke schon, dass du doch etwas gelernt hast«, murmelte Yvindris.

Eine Glocke läutete, ein Klang, den Elysia während ihrer ganzen Zeit an diesem Ort noch nie gehört hatte.

»Ich muss gehen«, entfuhr es Yvindris. »Kehr in dein Quartier zurück!«

Die alte Frau raffte ihre Gewänder und huschte aus dem Innenhof. Elysia spähte zu den anderen Novizinnen hinüber und bemerkte, dass diese das Lachen eingestellt hatten. Und auch die sonderbar wachsamen Blumen hielten die Köpfe gesenkt und rührten sich nicht mehr.

EIN DUNKLES GESICHT

Männer raunten in finsteren Ecken. Nachrichten wurden ausgetauscht. Schon bald war ein Treffen vereinbart.

Zwei Tage später dann stand Xavir Valderon, dem Anführer der Kettenleichen, in einem abgelegenen Teil der Feste gegenüber. Niemand sonst hielt sich auch nur in der Nähe dieser Kammern auf. Zwei Wächter hatten das Treffen zugelassen und dafür Landrils geschmuggelte Kräuter erhalten. Die Wächter waren allerdings so klug, nicht mit in die Zelle gekommen zu sein, um die Anführer der Banden im Auge zu behalten. Vielleicht hofften sie einfach nur, dass sich die beiden gegenseitig umbringen würden.

»Was willst du von mir, Bandenkopf?«, fragte Valderon. Er weigerte sich, Xavir als Höllenkönig zu bezeichnen. Mit dem Titel eines Königs ging einfach zu viel einher, und das verabscheute Valderon zutiefst.

»Gallus hat Davlor ins Gesicht geschlagen«, erzählte ihm Xavir. »Tylos kann es bezeugen.«

»Der Schwarze ist zweifelsohne verlässlich.« Valderon seufzte. Seine Augen funkelten vor Anspannung. Er war ein großer Mann, der sich vor Xavir nicht verstecken musste. Seine Schultern waren immer noch unfassbar breit, obwohl die Nahrung im Gefängnis fast nur aus Haferbrei bestand. In seiner dunklen Mähne war noch kein graues Haar zu entdecken. »Kleine Streitigkeiten unter Halbwüchsigen«, brummte Valderon. »Deshalb hast du mich hergerufen?«

»Nein.« Xavir achtete auf jede von Valderons Bewegungen. Bei ihrer letzten Begegnung im Hof waren sie von ihren eigenen Leuten umringt gewesen, und nahezu sämtliche Wächter hatten sie genauestens beobachtet und mit Speeren und Pfeilspitzen in ihre Richtung gewiesen.

»Was willst du dann?«, fragte Valderon und rieb sich den zerzausten Bart.

»Dass alles ein Ende hat«, erklärte Xavir. »Dass diese sinnlosen Prügeleien um Schutz und Rache ein für alle Male vorüber sind. Dass wir aufhören, um *nichts* zu kämpfen, sondern *für* etwas.«

Valderon erhob sich und ließ die Knöchel knacken.

»Beruhige dich!« Xavir winkte ab. Dabei achtete er genau darauf, dass die Geste nicht abfällig wirkte. »Ich bin nicht gekommen, um mit *dir* zu kämpfen!«

»Wie wollen wir es dann zu Ende bringen, wie du es nennst? Sprich!«

»Hast du hier Frieden gefunden?«, fragte Xavir.

»Was bedeutet denn das nun wieder?«, erkundigte sich Valderon abschätzig.

»Soll das hier alles sein? Ich weiß nicht, welchen Rang du einmal innehattest, vermute aber, dass du bei den Streitkräften gedient hast. Ich weiß auch nicht, warum du hier gelandet bist, aber willst du hier für den Rest deines Lebens ausharren? Willst du in einem Kerker am abgeschiedensten Ende des Kontinents sterben?«

Valderon musterte sein Gegenüber. »So schlimm ist es hier nicht. Das weißt du selbst. Schließlich warst du früher auch einmal Soldat. Ganz sicher hast du an Feldzügen teilgenommen. Im Vergleich dazu genießt du hier ein süßes Leben. Regelmäßiges Essen. Keine Sorge um den Schlafplatz. Kein Druck, der auf dir lastet, weil du für das Leben von so vielen Männern verantwortlich bist. Nun, zumindest sind die

Herausforderungen nicht mehr so groß. Hier kann ein Mann durchaus seinen Frieden finden.«

»Hier kann ein Mann aber auch den Verstand verlieren«, wandte Xavir ein und dachte an seine eigenen Albträume.

»Wenn er Glück hat«, antwortete Valderon mit grimmigem Lächeln.

Der Anführer der Kettenleichen trat in den schwachen Lichtschein unterhalb eines vergitterten Fensters. Auf seiner Wange zeichnete sich über dem dichten schwarzen Bart eine verblasste Narbe ab. Diese Wunde musste noch aus seiner Zeit vor der Höllenfeste stammen. Es wurde gemunkelt, Valderon habe einst der Ersten Legion angehört, einer von Cedius' besten Einheiten, zu der auch Fußtruppen zählten.

»Ich muss die Höllenfeste verlassen«, verkündete Xavir.

Valderon stieß ein raues, kehliges Lachen aus. »Natürlich. Tja, am besten marschierst du einfach durch die Vordertür nach draußen.«

»Ich meine es ernst«, erwiderte Xavir. »Ich muss gehen.«

Valderon musterte ihn stirnrunzelnd. »Warum gerade jetzt?«

»Es hat sich einiges dort draußen ereignet, und meine Hilfe wird gebraucht.« Mehr wollte Xavir zu dieser Angelegenheit nicht sagen.

»Wie du meinst ...«, bemerkte Valderon. »Hast du eine Ahnung, wie viele Wächter zwischen dir und der Freiheit stehen?«

»Zweihundertvier«, entgegnete Xavir. »Nach meiner letzten Schätzung, und alle sind bewaffnet. Ganz zu schweigen von vierzehn versperrten und verriegelten Toren sowie den Hexen am Fuß des Berghangs. Und ich bin mir ziemlich sicher, dass der Koch irgendwo in seiner Waffenkammer auch noch ein stumpfes Messer hat.«

Darüber musste Valderon erneut ein wenig lächeln, und

49

langsam löste sich die Spannung. »Wie genau willst du von hier entkommen?«, fragte er.

»Mit deiner Hilfe.« Xavir erkannte sofort, dass er nun die Neugier seines Gegenübers geweckt hatte. »Wir brechen gemeinsam auf. Wir beide. Zusammen. Und wir nehmen möglichst viele unserer Männer mit.«

Ein Moment des Schweigens folgte. Dann lachte Valderon lauthals auf, verstummte aber sofort, als er den Ernst in Xavirs Miene erkannte. »Na, dann spuck es aus, Höllenkerl! Das will ich hören.«

Es war nicht einfach gewesen, Valderon von dem Plan zu überzeugen. Der Umstand, dass das Gelingen des Plans zu großen Teilen von Landril abhing, hatte die Sache nicht einfacher gemacht. Schließlich wirkte der Mann nicht sonderlich tüchtig. Doch dann hatte Xavir erzählt, dass es dem Meisterspion gelungen war, sich in die Höllenfeste einzuschleusen. Und das nur, um gewisse Neuigkeiten zu überbringen und Xavir aus dem Kerker herauszuholen. Davon hatte Valderon sich beeindruckt gezeigt.

»Ich mag keine Spione – die Göttin möge ihre leisen Sohlen verfluchen. Aber dieser Kerl scheint Mumm in den Knochen zu haben«, musste Valderon zugeben.

»Die Höllenfeste«, erklärte Xavir, »braucht ihre festen Abläufe. Doch feste Abläufe lassen sich ausnutzen, und genau darauf beruht unser Plan.«

»Wenn es so einfach ist, warum machst du dich dann nicht allein ans Werk?«, fragte Valderon.

»Ich habe nie behauptet, dass es einfach ist«, murmelte Xavir.

Valderon nickte. »Wenigstens wird es nicht schwierig, für Ablenkung zu sorgen.«

»Wie bei jedem Krieg geht es hierbei um die Ströme der

Männer. Darum, wo sie sich zu jedem bestimmten Zeitpunkt der Schlacht aufhalten. Die schiere Zahl ist zweitrangig. Die Wachen sind uns überlegen, und zwar mindestens zwei zu eins. Und sie sind bewaffnet. Wir nicht. Aber sie können nicht überall gleichzeitig sein, und sobald sie nicht mehr leben, nehmen wir ihnen einfach die Waffen ab. Mir ist nicht entgangen, wer hier in letzter Zeit den Dienst angetreten hat, und diese Burschen sind wahrlich nicht mehr aus dem gleichen Holz geschnitzt wie ihre Kameraden früher. Die guten Soldaten werden anderswo gebraucht.«

»Du bist ein Krieger«, sagte Valderon mit durchdringendem Blick. »Das war mir schon klar.«

Xavir antwortete nicht.

»Wann sollen wir anfangen?«

»Sofern du dem Plan zustimmst, geht es in drei Tagen im Innenhof los. Landril hat die Formel ausgerechnet, nach der die Wächter den Hofgang der Gefangenen bestimmen. Aus offensichtlichen Gründen lässt man uns beide nur selten zur gleichen Zeit auf den Hof. In drei Tagen jedoch sind Landril und ich dort. Außerdem eine gute Anzahl deiner Männer. Du musst nur zustimmen und ihnen entsprechende Anweisungen erteilen.«

»Woher weiß ich, dass du mich nicht in den Zellen verrotten lässt?«

Eine berechtigte Frage, mit der Xavir indes gerechnet hatte. »Vertrauen bedeutet hier natürlich nur wenig. Aber du weißt selbst, dass ich ohne einen Mann deines Schlags nicht entkommen kann. Wir müssen dir rasch eine Waffe beschaffen und dich an die Spitze deiner Truppen stellen, ganz so, als wolltest du wieder in den Krieg ziehen. Wie ich schon sagte – entweder wir gehen beide, oder wir sterben beide in diesem Verlies.«

»Was ist mit den Blutspielern?«

Xavir hob die Schultern. »Sie haben nur zehn Männer, unsere beiden Banden zusammen zweiundvierzig. Gemeinsam bilden wir die klare Mehrheit. Ich hätte nichts gegen ihre Hilfe, aber fürs Erste ist es besser, wenn sie nichts davon wissen. Vor zwei Jahren gab es einen Fluchtversuch. Wahrscheinlich wäre er geglückt, hätten die Blutspieler nicht die Wächter in Kenntnis gesetzt. Du verstehst hoffentlich, warum ich sie nicht in den Plan einweihe.«

Valderon schwieg.

»Wir werden sehr schnell zu Gejagten werden«, gab Valderon mit ernster Miene zu bedenken.

»Aber immerhin werden wir spüren, dass wir noch lebendig sind.«

Wieder bogen sich Valderons Mundwinkel leicht nach oben. Xavir streckte Valderon den Arm entgegen. Der andere umschloss Xavirs Handgelenk mit festem Griff und schüttelte es kräftig. Dies war eine zwanglose Geste, weit verbreitet unter den Kriegern, die in den Heeren von Cedius dem Weisen gedient hatten. Der Augenblick bedurfte keiner Worte. Beide Männer erkannten auch ohne Worte, dass sie mehr gemeinsam hatten, als ihnen bislang bewusst gewesen war.

ELYSIA

Atemlos stürmte Birgitta in Elysias Zimmer. »Sie haben
etwas vor!«, rief sie.

»Wer?«, fragte Elysia. Sie erhob sich von ihrem Bett, auf
dem sie sich ausgestreckt hatte. Wieder einmal hatte sie versucht, eine Schriftrolle auswendig zu lernen. Bei der nächsten Wiederholung ihrer letzten Lektion wollte sie nicht noch
einmal versagen.

»Die Schwestern«, erklärte Birgitta. »Bei der Quelle! War
das der Grund, weshalb die Glocke läutete? Du hast es doch
gehört, nicht wahr? Viele der älteren Schwestern sind schon
von den Clans zurückgerufen worden. Sie trafen im Lauf der
Nacht oder heute Morgen hier ein.«

»Warum bist du nicht bei ihnen?«

»Weil ich als einfache Tutorin keine entsprechende Einladung erhalten habe.« In gespielter Kränkung verschränkte Birgitta die Arme vor der Brust. Sie trug ein langes blaues Gewand
und darunter eine Tunika in dunklerem Blau. Auf der Brust und
am Hals gab es schöne, aber dezente Stickereien – ein zaghaf-
ter Akt der Rebellion, denn derlei Zierde war eigentlich verpönt. Birgitta sah aus, als habe sie vierzig oder fünfzig Sommer
erlebt, und damit war sie jung für eine Schwesterntutorin. Ihr
leicht widerspenstiges hellblondes Haar wies allerdings einen
silbrigen Glanz auf und deutete an, dass sie womöglich um
einiges älter war. Ihre Augen waren so klein, Nase und Mund
so zierlich, dass ihre Züge im richtigen Licht wie die einer

Puppe wirkten. Verborgen unter ihrem Gewand war sie von drahtigem, jugendlichem Wuchs. Einer der Gründe, weshalb Elysia sie so sehr mochte, war Birgittas Weigerung, so gebrechlich und schwach zu werden wie viele ihrer Mitschwestern. Letztere waren der Auffassung, körperliche Ertüchtigung sei unter ihrer Würde. Birgitta sah das anders.

»Was haben sie vor?«, fragte Elysia. »Was ist nur los?«

»Wir sehen es uns an.« Birgitta streckte die Hand aus. »Nun komm!«

»Was sehen wir uns an?«

»Das weiß ich noch nicht, kleine Schwester. Aber wir finden es heraus.«

Die beiden Schwestern traten auf den Flur hinaus. Birgitta übernahm die Führung, und so stiegen sie die Treppe zum großen Hauptflur hinunter. Weit und breit war niemand zu sehen, und das war für den späten Morgen eher ungewöhnlich. Zu dieser Zeit war der frühe Unterricht beendet, und die Schwestern hatten ein wenig Freizeit, bevor die stille Studierzeit am Nachmittag begann.

Plötzlich hielt Birgitta inne und wandte sich zu einer alten Kalksteinwand um. Elysia war ihr zum Glück nicht in die Fersen getreten und wollte gerade fragen, warum sie nicht weiterging. Da holte die Tutorin einen schwarzen Hexenstein aus der Tasche und legte ihn in eine Vertiefung, die Elysia kaum erkennen konnte.

Ruckelnd baute sich wie aus dem Nichts eine Türöffnung vor ihnen auf.

»Schnell hinein mit dir!«, raunte Birgitta.

Elysia trat vorsichtig in die Leere, während Birgitta den Stein wieder an sich nahm. Einen Augenblick später standen sie in völliger Finsternis, umgeben vom Geruch nach Staub und Schimmel. Birgitta murmelte etwas Unverständliches, bis nach und nach ein Stein nach dem anderen aufleuchtete.

Eine Kaskade aus weißem Licht breitete sich vor ihnen aus und erhellte einen langen, schmalen Korridor.

»Wo sind wir?«, fragte Elysia. »Dürfen wir uns überhaupt hier aufhalten?«

»Bei der Quelle, dir fehlt es wirklich an Mut! Habe ich dir denn nichts beigebracht? Wer nichts wagt, endet genau wie alle anderen. Du solltest begeistert sein, dass wir uns in einem Geheimgang befinden.«

»Also, irgendwie bin ich ja auch irgendwie ... Aber wo sind wir?«

»Innerhalb der Mauern. Durch diese Gänge gelangen die Schwestern schnell und unbemerkt von einem Teil von Jarratox in einen anderen.«

»Warum müssen sie das im Geheimen tun?«

»Die Schwestern mögen Begriffe wie *geheim* nicht. Sie sind stolz darauf, offen und ehrlich zu sein. Zumindest behaupten sie das stets und allen gegenüber. Was ich dir zeigen will, wird dir beweisen, dass dies eine Lüge ist.«

»Solltest du mir so etwas zeigen?«

»Du bist alt genug, um eigene Entscheidungen zu treffen«, sagte Birgitta. »Nun komm schon!«

Eine Weile folgten sie weiter den leuchtenden Steinen, und Elysia hörte schwach gedämpfte und hastig geführte Gespräche.

»Verläuft dieser Gang unter den Gemächern der Schwestern entlang?«, fragte sie.

»Für diesen Teil trifft das tatsächlich zu«, sagte Birgitta und blieb stehen. Offenbar musste sie sich neu orientieren. Elysia stellte fest, dass sie an einer Kreuzung angelangt waren, und das Licht vor ihnen wurde schwächer. Ihr kam es so vor, als würde seine Kraft sich langsam verflüchtigen.

Birgitta vollführte eine Geste nach rechts, und eine weitere Steinreihe leuchtete auf.

55

»Wie hast du das zustande gebracht?«, fragte Elysia.

»Der Stein«, antwortete Birgitta und zeigte ihr denselben schwarzen Stein, den sie zuvor in die Vertiefung in der Wand gelegt hatte. »Der Stein kennt mein Ziel.«

»Das glaube ich dir nicht.«

»Gut«, räumte Birgitta ein. »Von jetzt an solltest du nur noch flüstern«, fügte sie mit geheimnisvoller Stimme hinzu.

Elysia nickte und folgte der älteren Schwester. Das Stimmengewirr wurde erst etwas schwächer und dann, nachdem sie eine Wendeltreppe hinaufgestiegen waren, wieder sehr viel lauter.

Schließlich traten die beiden Frauen in einen Korridor mit niedriger Decke. In der Wand befand sich ein schmuckvolles kleines Eisengitter. Von draußen fiel ein Streifen Sonnenlicht herein, das sich in Staubteilchen und Spinnweben verfing. Einige Schritte den Gang entlang gab es links ein weiteres Gitter, das sich zu einem schwach erhellten Saal hin öffnete.

»Ein Konklave der Schwestern«, flüsterte Birgitta, die mit leichten Schritten über die Dielen eilte. »Seit über zehn Jahren das erste.«

Mit einer Handbewegung lotste sie Elysia zum Gitter. Nebeneinander setzten sich beide auf den Boden und drückten die Gesichter gegen die Eisenstäbe.

Dort unten hatten sich etwa drei Dutzend alte Frauen versammelt. Einige waren erfahrene Schwestern und standen der Matriarchin nahe, was an ihrer gelben Kleidung zu erkennen war. Andere trugen graue Roben mit roten Schärpen oder Kapuzen. Diese Farben zeigten an, dass die Schwestern einem Clan angehörten. Alle saßen auf Holzbänken, die auf die Matriarchin ausgerichtet waren – eine weißhaarige Dame in schimmerndem weißem Gewand und passendem Mantel, die auf einer erhöhten Plattform stand. Mehrere Feuerschalen brannten im Saal und warfen ein unheimliches

56

Licht auf die Gesichter der Schwestern. Weihrauchschwaden trieben träge zur Decke hinauf.

»Ich verstehe immer noch nicht, warum du nicht bei ihnen bist«, flüsterte Elysia.

»Nur Schwestern von höchstem Rang sind dort, jene, die echten Einfluss bei den Clans und in der Welt haben«, erläuterte Birgitta und zupfte an ihrem blauen Gewand. Damit wollte sie andeuten, warum sie nicht dort unten bei den anderen Frauen war. »Außerdem misstraut man Tutorinnen wie mir.«

»Warum?«

Birgitta schwieg eine Weile, bevor sie weitersprach. »Ich gehöre einfach nicht zu ihnen. Sie lehnen meine Methoden ab. Ihnen geht es einzig und allein um die Magie, um die Steine und die Quelle. Auch nur darüber zu sprechen, andere Künste zu lehren, ist für sie schon Blasphemie.«

»Aber sie lassen dich unterrichten. Du darfst mich unterrichten.«

»Das tun sie, kleine Schwester, das tun sie.« Birgitta seufzte. »Wenn ich sie in meinen dunkleren Stunden so betrachte, kommt es mir vor, als seien wir Tutorinnen nur ein Mittel zum Zweck. Wir dienen nur dazu, lange genug die Novizinnen zu hüten, bis sie diese für ihre Machtspiele missbrauchen können.«

»Welche Spiele denn? Was ich dort unten sehe, wirkt auf mich sehr ernst.«

»Können Spiele denn nicht bitterernst sein?«, fragte Birgitta. »Was immer sie spielen, es geht immer um die richtige Strategie. Die Oberen in ihren gelben Gewändern spielen innerhalb dieser Mauern. Sie alle buhlen um die Gunst der Matriarchin oder schmieden Ränke, um sie eines Tages zu ersetzen. Doch welches Spiel die Matriarchin selbst spielt, das weiß ich nicht.«

Von unten drang das Geräusch schwerer Schritte nach oben. Eine gepanzerte Gestalt trat ins Blickfeld. Ein silbernes Kettenhemd und ein schwarzer Umhang verbargen den Körper. Das Gesicht wurde von einem Silberhelm verdeckt, dessen Hörner an die eines Stiers erinnerten. Während sich der Krieger der Matriarchin näherte, verfielen die anderen Schwestern in Schweigen.

»Wer ist das?«, fragte Elysia.

»Einer von König Mardonius' Soldaten.«

»Ist das ein Mann?«

»Wahrscheinlich schon.«

»Ich dachte, Männer dürfen Jarratox nicht betreten.«

»Es mag selten vorkommen«, räumte Birgitta leise ein. »Hin und wieder geschieht es aber doch. Lass uns lauschen und herausfinden, warum er hier ist!«

Einen kurzen Augenblick lang glaubte Elysia, eine weitere Gestalt ganz hinten in den Schatten zu sehen. Sie wirkte ebenfalls wie ein Mann, doch gelegentlich schien ihre Rüstung – wenn die Person tatsächlich eine Rüstung trug – aufzuglimmen wie die Glut eines Feuers. Wer es auch war, er stand weit hinten und damit auch abseits aller Aufmerksamkeit.

»Hast du das gesehen?«

»Ich glaube schon. Oh ...«, raunte Birgitta.

»Weißt du, wer das ist?«

Birgitta bekam keine Antwort mehr. Unten in dem schwach erleuchteten Saal ergriff die Matriarchin das Wort. Elysia hatte die große Frau so gut wie nie sprechen hören, und nur selten war die Würdenträgerin mit ihrem Gefolge in den gelben Gewändern an ihr vorbeigegangen. Elysias Bild vom Oberhaupt der Schwesternschaft ergab sich vor allem aus dem ehrfurchtsvollen Flüstern anderer Schwestern. Die Matriarchin war dem Vernehmen nach eine edle, strenge Frau, der ihr Orden über alles ging.

58

»Wir leben in finsteren Zeiten, meine lieben Schwestern«, begann sie, und ihre Stimme füllte mühelos den gesamten Saal. Sie hatte einen drängenden und vollen Ton, der allen Zuhörenden Respekt abnötigte.

»Zeiten voller Herausforderungen«, fuhr die Matriarchin fort. »Zeiten, in denen weltweit große Unruhe herrscht. Zeiten, in denen fast zwanzig Mitglieder unserer Schwesternschaft spurlos verschwunden sind.«

Der Soldat antwortete nicht, doch er wandte sich nun den anderen Schwestern zu. Die Gestalt in den Schatten zeigte weiter nur ein stilles Glimmen.

»In solchen Zeiten müssen schwierige Entscheidungen getroffen werden. So hat unsere Schwesternschaft es immer gehalten. Genau wie die Außenwelt ihre ganz eigenen Gezeiten kennt, müssen auch wir uns verändern. Und heute ist das nicht anders.«

Die Mitschwestern blieben stumm, aber selbst in ihrem Versteck spürte Elysia die allgemeine Anspannung.

»Wir genießen draußen mehr Einfluss, als viele von euch ahnen«, führte die Matriarchin ihre Ansprache weiter. »Unsere Beziehungen zu den Clans beruhen darauf, dass sie sich an die Vorgaben des Königs halten. Jene Schwestern unter euch, die hierher zurückberufen wurden, waren in Clans tätig, die ebendiese Vorgaben ablehnten. Damit haben sie auch ihre Schwesternschaft verwirkt und die Verbindung zur Quelle verloren.«

»Gegen welche Vorgaben genau sollen sie verstoßen haben?«, wollte eine der Frauen wissen.

Die anderen Schwestern verstummten. Birgitta lehnte sich zu Elysia herüber. »Das ist Galleya, eine starke Frau«, flüsterte sie. »Ich mag sie. Sie soll früher zu einer Fraktion gehört haben, die das Amt der Matriarchin an sich reißen wollte, obwohl ich das nicht so recht glauben kann. Aus diesem Grund hatte man sie wohl auch *eingeladen,* eine gewisse Zeit jenseits der Brücke zu verbringen.«

»Sie haben sich gegen die Wünsche von König Mardonius gestellt«, verkündete die Matriarchin. »Und er ist es, der nicht nur Stravimon, sondern auch alle schwächeren Nationen an seinen Grenzen zusammenhält.«

»Aber *wie* haben sie sich gegen seine Wünsche gestellt?«, wiederholte Galleya. Einige ihrer Mitschwestern schüttelten die Köpfe und machten damit unmissverständlich deutlich, dass die Fragestellerin besser schweigen sollte. Der weitere Verlauf der Ereignisse schien von eigentümlicher Unvermeidlichkeit zu sein, und Galleya stand dieser nur im Weg.

»Uralte Gesetze dienen dazu, unseren Landen Frieden zu bringen«, antwortete die Matriarchin. »Gesetze, denen zufolge Magie nur zum Wohl der Allgemeinheit gewirkt werden soll. Unter anderem kam es zu Weigerungen, diese Gesetze zu befolgen, und anderen deutlichen Verletzungen der königlichen Autorität. Und so stehen wir nun vor einer schweren Entscheidung. Ich darf nicht mehr zaudern. Mittlerweile haben wir die Vorteile und Nachteile schon oftmals besprochen, doch irgendwann muss ein Pergament auch unterzeichnet werden. Einfach ausgedrückt müssen wir König Mardonius und nicht nur dem Thron von Stravimon formell die Treue schwören. Damit sichern wir der Schwesternschaft eine machtvolle und nachhaltige Zukunft. Dies ist meine Aufgabe als Matriarchin, und genau deshalb habe ich mich auch dazu entschlossen.«

Mehrere Schwestern erhoben sich gleichzeitig, um gegen die Entscheidung zu protestieren, während andere ihre Ablehnung nur durch Tuscheln mit ihren Sitznachbarinnen zum Ausdruck brachten. Die Meinungen im Saal waren gespalten. Als die Matriarchin beide Hände hob, kehrte nach einer Weile wieder mehr Ruhe ein.

»Ich habe die Entscheidung nicht leichtfertig getroffen. König Mardonius wünscht eine formellere Ausgestaltung unseres Bundes. Man könnte auch sagen – eine tiefer reichende.«

»Wie steht es dann um die Vorteile, die unsere Zukunft sichern sollen?«, fragte jemand.

Die Matriarchin wartete ab, bis sich im Saal eine erwartungsvolle Stille ausgebreitet hatte. »Unsere Methoden, neue Novizinnen zu finden, sind primitiv und unzuverlässig. Unser Bestand an Saatvorfahren ist so kümmerlich wie eh und je. Jene Eigenschaften, nach denen wir suchen, oder auch jene, die wir aus unserem Bestand entfernen wollen, entziehen sich oft unserer Einflussnahme. Mardonius verfügt über Zugriff auf schier unglaubliche Techniken, die er wiederum durch eine Allianz mit einem Volk erhalten hat, das von jenseits unserer Gestade kommt. Diese Techniken werden es uns erlauben, noch mehr Einfluss auf die neuen Novizinnen zu erlangen. Es wird in Zukunft keine schwachen Schwestern mehr geben.«

Als diese Ankündigung im Saal für Aufruhr sorgte, wandte sich Elysia ruckartig zu Birgitta um und wollte ihr hundert Fragen stellen. Sie hatte sehr wohl schon Gerüchte gehört, wonach Novizinnen aus der Verbindung von ausgewählten Männern aus der Außenwelt und ganz bestimmten Schwestern entstanden. Novizinnen wurden nicht nur geboren – sie wurden gezüchtet.

»Des Weiteren«, verkündete die Matriarchin, »hat er große Lagerstätten an Hexensteinen an mehreren Orten im ganzen Land entdeckt. Im Gegenzug für die formelle Vereinbarung wird er uns diese Ländereien übertragen und uns Gerätschaften und Arbeiter zur Verfügung stellen, um die Steine abzubauen und uns zu liefern. In den Lagerstätten finden sich sämtliche Farben, die ihr euch nur vorstellen könnt.«

»Er will sich also unsere Unterstützung erkaufen«, warf eine der Frauen ein.

»Bestechung!«, schrie eine andere.

»Es ist ein *Angebot*«, fauchte die Matriarchin. »Eins wie jedes andere auch. So geht es nun einmal zu in der Welt jenseits unserer Brücken.«

»Und bald auch diesseits, so wie sich das anhört«, sagte eine Schwester.

»Es ist eine Partnerschaft. Nicht mehr, nicht weniger«, entgegnete die Matriarchin und warf dem Soldaten einen kurzen Blick zu. »Der König verspricht uns Sicherheit in unsicheren Zeiten.«

Der Krieger rührte sich nicht. Die Gestalt hinter ihm glomm wieder auf. Elysia meinte, sogar zwei rote Augen zu erkennen.

»Im Gegenzug hat er nur darum gebeten, dass wir ihm einige unserer Schwestern an die Seite stellen, sollte er unsere Hilfe benötigen. Unsere Schwestern in den schwarzen Roben sind schon zu ihm gereist, und dafür dankt er uns.«

»Wir sollen ihm helfen, Unschuldige zu ermorden!«, rief Galleya. »Gute Menschen abzuschlachten!«

Der Soldat auf der linken Seite der Matriarchin nahm eine drohende Haltung an. Eine Weile schwiegen alle, denn die Geste allein wirkte schon einschüchternd genug. Die brennende Gestalt in den Schatten war nicht mehr zu sehen.

Schließlich lachte die Matriarchin peinlich berührt auf. »Du beleidigst unsere Gäste«, setzte sie an. »Sie sind keine Schlächter. Sie bringen Stabilität und sind Bewahrer der Freiheit unschuldiger Menschen. Außerdem sind das doch nur Belange von jenseits der Brücken.«

»Aber sind wir nicht Teil der gleichen Welt?«, wollte eine Frau wissen.

»Warum rufst du uns überhaupt noch zusammen?«, fragte

eine andere. »Es klingt doch ganz so, als sei die Entscheidung bereits gefallen.«

»Nein, sie ist noch nicht gefallen. Deshalb habe ich euch ja rufen lassen. Wir stehen am Scheideweg und können uns Mardonius zuwenden. Im Austausch dafür ließe sich unser Zuchtprogramm für die Novizinnen verstärken, und wir würden einen unbegrenzten Vorrat an Hexensteinen erhalten. Unser Können würde völlig neue Höhen erreichen. Dies ist eine einmalige Gelegenheit, und die dürfen wir uns nicht entgehen lassen. Dafür müssen nur jene unter euch, die gerade keinem Clan zugeordnet sind, in Mardonius' eigenen Gebieten aushelfen, sofern sie gebraucht werden. Und wir müssen jenen Clans, die ihm Widerstand leisten, jegliche Unterstützung entziehen.«

»Wie sieht die andere Möglichkeit aus?«, ertönte von hinten eine Stimme, fast unmittelbar unter Elysia. »Was geschieht, wenn wir ablehnen?«

»Wir können das tiefer reichende Band mit dem König natürlich auch verweigern. Aber denkt daran, dass wir ohnehin schon mit ihm durch Pakte verbunden sind, die zu Beginn des Neunten Zeitalters geschlossen wurden. Ein Ausschlagen seines Angebots würde auch bedeuten, eine jahrhundertealte Beziehung aufs Spiel zu setzen. Es hieße, dass wir unsere Ressourcen und unseren Bestand an Novizinnen schwächen würden. Und die Lage an anderen Orten in der Welt würde sich noch heikler gestalten. Dies nur als Hinweis an jene unter euch, denen auch die *Außenwelt* am Herzen liegt.«

Ein unzufriedenes Gemurmel breitete sich in der Menge aus, und erneut hob die Matriarchin die Hand.

»Zwei Tage und zwei Nächte werden Mardonius' Boten hier warten. Wir haben es nicht eilig, uns zu entscheiden. Mir ist bewusst, dass es für einige von euch eine schwere Entscheidung ist. Wir sind jedoch eine demokratische Schwesternschaft und halten uns an die vorgesehenen Abläufe. Nun kehrt zurück in eure Quartiere, auf den Innenhof oder in die Bücherei! Aber sprecht mit niemandem außerhalb dieses Raums über unsere Versammlung!«

Inmitten des anschließenden Tumults wandte sich die Matriarchin um und geleitete den Soldaten zum Ausgang.

Birgitta und Elysia zogen sich vom Gitter zurück.

»Worum ging es hier eigentlich?«, fragte Elysia.

»Zwei Tage und zwei Nächte ...«, murmelte Birgitta. »Während dieser Zeit wird die Matriarchin jede Schwester einzeln überzeugen, und damit ist die Entscheidung wohl unausweichlich.«

»Was hat das zu bedeuten?«

»Es bedeutet, dass die Schwesternschaft langfristig gesehen Mardonius gehören wird.«

»Wir werden ihm gehören?«

»Mehr oder weniger, kleine Schwester.« Birgitta stieß einen Seufzer aus und schloss die Augen. »Weißt du, was er überall im Land so treibt?«

»Ich habe Gerüchte gehört.«

»Wahrscheinlich entsprechen sie der Wahrheit. Nun stell dir vor, unsere Schwestern stünden ihm nicht im Weg. Nein, stell dir vor, noch mehr von unseren Schwestern würden ihn unterstützen. Kannst du dir vorstellen, was das bedeuten würde?«

»Vermutlich wäre das nicht so gut.«

»Nein, bei der Quelle! Das wäre ganz und gar nicht gut.«

»Was hat es mit der Verbesserung in der Zucht auf sich, von der die Matriarchin sprach?«

Birgittas Blick wurde etwas weicher. »Solche Gedanken solltest du fürs Erste hintanstellen. Wichtig ist, wohin man geht, und nicht, woher man kommt.«

Elysia zuckte mit den Achseln. »Aber es gefällt mir gar nicht, wie das alles klingt.«

»Auf deine Instinkte ist Verlass. Und die Anwesenheit von Soldaten ist ebenfalls besorgniserregend. Gewalt und Einschüchterung, dafür ist hier kein Platz. Dafür sollte nirgends Platz sein.«

»Ich habe noch nie jemanden wie diese beiden gesehen. Einer von ihnen schien aus Feuer zu bestehen.«

»Es gibt viele Krieger auf diesem Kontinent, kleine Schwester. Aber ich erinnere mich nicht, dass einer von ihnen jemals in Jarratox gesehen wurde. Boten nennt sie die Matriarchin ... Doch seit wann sind Boten voll gerüstet? Nein, sie stammen aus Mardonius' Kader. Jene, die ihm am nächsten stehen, sollen von Dämonen besessen sein. Mithilfe eines schrecklichen Pakts sollen sie ihre Seelen verkauft und dadurch Macht erhalten haben. Keiner weiß, was sich unter diesem gehörnten Helm befindet. Und jene Gestalt, die aus Feuer zu bestehen schien ...«

»Meinst du, der König wollte uns drohen?«

»Hätte uns Mardonius töten wollen, hätte er einen Meuchelmörder geschickt.« Birgittas Haltung versteifte sich. Beim Nachdenken wechselte sie leicht von einem Fuß auf den anderen. »Nein, ich wette, dass diese Kerle – diese *Boten* – eine freundliche Erinnerung an die Macht des Königs sein sollten.«

»Was sollen wir jetzt tun?«, fragte Elysia.

»Lass mich darüber nachdenken, obwohl ich fürchte, dass wir nichts unternehmen können. Aber erst einmal begleitest du mich morgen zu einer Lehrstunde. Jenseits der Brücken gehen wir in den Wald. Dort haben wir unseren Frieden.«

»Bogenschießen?« Elysia freute sich über diese Aussicht.

»Vielleicht, kleine Schwester. Ja. Ich muss spüren, wie ich mit der Erde im Einklang bin. Das wird mir beim Denken helfen.«

LANDRILS MASKERADE

Drei Tage verstrichen ereignislos. Doch da der Meisterspion nun alte Erinnerungen und stillen Groll geweckt hatte, fühlten sich drei Tage für Xavir wie eine Ewigkeit an. Zum ersten Mal seit vielen Jahren fühlte er sich wieder wirklich lebendig.

Um die Flucht vorzubereiten, ließ Xavir seine Leute harte Übungen absolvieren. Sie sollten einander hoch über die Schultern stemmen und sich in den finsteren Zellen bewegen, bis ihnen der Atem ausging und die Muskeln vor Schmerz brannten.

Am dritten Tag spazierten zweiundfünfzig Insassen – einschließlich denen aus Xavir und Landrils Zellen – unter freiem Himmel umher, während Graupelschauer über ihnen niedergingen. Vom Wehrgang aus wurden sie von einer Anzahl von Wächtern beobachtet, die der ihren in nichts nachstand. Im Innenhof selbst schlenderten nur wenige Soldaten umher und hielten nach Ärger Ausschau. Xavir und Landril nahmen sie in Augenschein und suchten nach einem Bewacher, der ohne Begleitung war und etwa die Größe des Meisterspions besaß. Das allerdings erwies sich als schwierig, denn die Soldaten waren meist paarweise unterwegs.

Schließlich fanden sie doch ein passendes Opfer, und der Plan konnte verwirklicht werden. Die beiden Gefangenen brachen einen Streit vom Zaun und schrien sich so laut an, dass sie die Aufmerksamkeit des Wächters erregten.

»Ich bringe dich um, wenn du das noch einmal sagst!«, brüllte Xavir.

»Versuch's nur!«, donnerte Landril und fuchtelte drohend mit den Armen.

Als Xavir Landril gegen die Schulter stieß, erregte er damit den Zorn des Wächters, der auch prompt das Schwert hob. Allerdings brach just in diesem Moment auf der anderen Seite des Innenhofs ein echter Kampf aus.

Als der Wächter durch den neuen Aufruhr abgelenkt wurde, schlug Xavir blitzschnell zu und drosch das Schwert des Opfers gegen die Wand. Er entrang ihm die Waffe aus der tauben Hand und schnitt ihm in einer fließenden Bewegung die Kehle durch. Geräuschlos brach der Mann zusammen, und Blut sammelte sich zu Xavirs Füßen.

»Verdammt, was für eine Sauerei!« Landril rümpfte die Nase.

»Zieh dich einfach um!«, fauchte Xavir.

Der Wortwechsel wurde von Bandenmitgliedern gedeckt, die betont ruhig blieben und das Geschehen vor Blicken aus dem Hof oder von den Mauern herab abschirmten. Nachdem sie dem Leichnam Stück für Stück die Rüstung ausgezogen hatten, legte Landril sich diese an und schüttelte sich wegen des Bluts vor Abscheu.

Mit gewechselter Kleidung und aufgesetztem Bronzehelm nahm Landril die Rolle des Wächters ein, während der schwere Leib des Toten über eine Außenwand gehievt wurde. Von dort stürzte er in den Nebel hinunter. Die Mitglieder der beiden Banden, die die komplette Tat verborgen gehalten hatten, stoben schnell wie ein Vogelschwarm auseinander.

Die Auseinandersetzung auf der anderen Hofseite wurde aufgelöst, und Landril näherte sich einer Gruppe von Wachleuten, die die Gefangenen wieder nach drinnen trieben. Er trat jetzt ganz anders auf – mit den festen, entschiedenen Schritten eines Soldaten.

So bist du wirklich ziemlich überzeugend, Meisterspion ...

Obwohl er viele Jahre in der Höllenfeste zugebracht hatte, kamen ihm diese wenigen Stunden als die längsten vor.

Xavir dachte kurz über den beobachteten Mord nach. Es war das erste Mal seit Jahren, dass Xavir jemandem das Leben genommen hatte. Das erste Mal seit den Ereignissen, die zu seiner Haft in der Höllenfeste geführt hatten. Doch er war überrascht, wie wenig ihn die Tat beschäftigte. Die emotionalen Mauern, die er vor langer Zeit errichtet hatte, hielten weiterhin stand. Wie viele Tausende hatte er getötet? Falls er allzu intensiv darüber nachdachte, nähme womöglich alles ein böses Ende. Der Wächter war bestimmt ein armer Tölpel gewesen, der irgendwo Frau und Kinder hatte. Aber wer sich dem Militär anschloss, so mutmaßte Xavir, zog einen frühen Tod vermutlich in Betracht. Das war Pech, aber so war der Krieg eben.

Still lag Xavir in seiner Zelle. Die Sonne ging unter, und die Schatten wurden länger. Seine Gefährten indes gingen ruhelos auf und ab oder bestritten kleine Zankereien. Sie wollten, dass es weiterging, dass es Neuigkeiten gab. Xavir wusste jedoch genauso viel wie sie. Daher riet er ihnen, sich zu entspannen und ihre Kräfte zu schonen.

Schließlich hörte er schleppende Schritte auf dem Flur – ein Stiefelpaar, langsam und müde. Xavir stemmte sich hoch, als ein Bronzehelm, der das Gesicht des Trägers verbarg, im vergitterten Sehschlitz der Tür auftauchte. Ein schweres Scheppern war zu hören, dann wurde die Tür entriegelt.

Binnen eines Herzschlags war Xavir nach draußen entkommen.

»Wie lief es?«, flüsterte er.

Mit einer Stimme, die der Bronzehelm dämpfte, antwortete Landril: »Niemand hat mich bemerkt, der Göttin sei Dank. Sie wechseln hier oft die Wache. Zu oft. Daher kennen sich die meisten Männer nicht einmal. Ich habe den Weg zurück zum Haupteingang aufgeschlossen. Aber der wird zu schwer bewacht, als dass ein einfacher Schlüssel zum Öffnen reicht.«

»Wir kümmern uns darum, sobald wir davorstehen«, entgegnete Xavir. »Hast du Valderon und seine Männer befreit?«

»Nein, noch nicht.«

»Dann erledige das auf der Stelle! Weißt du, wo sie sind?«

»So ungefähr«, erwiderte Landril.

»Ich zähle bis dreihundert«, zischte Xavir. »Danach gehen wir hinaus und warten im inneren Viereckhof. Ohne Valderon können wir nicht aufbrechen.«

Xavir beobachtete, wie Landril die Richtung zum Viereckhof einschlug. Fünf Männer standen hinter Xavir und wollten unbedingt losstürmen, doch er hielt sie mit einem Wink zurück.

»Wir brechen mit Valderons Männern auf«, mahnte sie Xavir und zählte stumm.

»Warum sollten wir bei solchem Mist mitmachen?« Jedral strich sich vor Aufregung mit der Hand über den kahlen Kopf. Er hatte immer behauptet, sein Haar sei durch Magie abgebrannt. Wahrscheinlich wieder nur eine Lüge.

»Weil es nicht mehr Sträfling gegen Sträfling heißt«, antwortete Xavir. »Es heißt nun Sträfling gegen Soldat. Unser Feind ist mittlerweile ein anderer.«

»Na gut, solange ich am Ende wenigstens einen Gegner töten darf«, grunzte Jedral und lachte.

»Ich kämpfe nicht zusammen mit *denen*«, erklärte Davlor und wischte sich mit dem Ärmel über die Nase. »Wenn du willst, nenn mich ruhig stur und festgefahren, aber ich kann nicht.«

Mit strengem Blick musterte Xavir den jungen Mann. »Entweder du kämpfst Seite an Seite mit ihnen, oder du stirbst hier. Du hast die Wahl.«

»Aber sie sind doch unsere *Feinde*«, jammerte Davlor.

»Und nun teile ich euch mit, dass sie unsere Verbündeten sind. Wann habe ich euch je enttäuscht?«, blaffte Xavir. »Als man euch im Hof spitze Feuersteine in den Rücken rammte, wer rächte euch da? Als ihr Streit vom Zaun brechen wolltet, wer ging dazwischen, bevor man euch über die Mauer werfen konnte? Wer verlangt von euch, dass ihr euch täglich ertüchtigt, damit ihr nicht welk werdet wie Blätter im Herbst? Wer schüchtert die Wachen ein, damit ihr keine Speere in die Rippen kriegt? Ihr habt nur diese eine Gelegenheit, freie Männer zu werden. Sollte uns die Flucht gelingen, lassen sich Bündnisse noch viel schwerer eingehen. Denkt an das Brandmal auf euren Armen!«

Plötzlich wurde Xavir vom Geräusch leiser Schritte auf Steinplatten irgendwo in mittlerer Entfernung abgelenkt. Warum hatte er nicht weitergezählt?, fragte er sich ärgerlich.

»Es wird Zeit«, verkündete er.

Die Gefangenen traten auf den Korridor hinaus und gesellten sich zu ihren Kameraden und den Angehörigen von Valderons Bande.

Am Rand des verbliebenen Tageslichts hielt Xavir seine Männer zurück und prüfte, ob der Soldat vor ihnen tatsächlich Landril war. Er vergewisserte sich, dass die Luft rein war, und machte eine Handbewegung. Gleich darauf drangen die Bandenmitglieder in den Viereckhof ein und hielten sich dabei in der Finsternis unter den Laufstegen verborgen. Xavir begutachtete seine Umgebung. Es gab kaum Deckung – vor ihnen zwei große Karren und ein Stück weiter zur Rechten einige Fässer.

Er machte sich auf die Suche nach Valderon, und die beiden klopften sich vor ihren Anhängern offen auf die Schultern. Abgesehen von dem einen oder anderen überraschten Blick, schienen die Männer dem Waffenstillstand mit Gleichgültigkeit zu begegnen.

»Wir besitzen keine Waffen«, raunte Valderon. »Außer dem einen Schwert in den Händen deines Meisterspions.«

Xavir trat auf Landril zu, nahm ihm das Schwert ab und bot es Valderon an. »Bitte sehr.«

Der breitschultrige Krieger empfing die Waffe mit einem Nicken, wog die Klinge in den Händen und prüfte, wo ihr Schwerpunkt lag – ganz wie ein erfahrener Soldat, der sich wieder an das Führen eines Schwerts gewöhnte. »Es ist billig und schlecht gemacht, aber so die Göttin will, reicht es zum Töten.«

Xavir beobachtete ihn argwöhnisch und fragte sich, ob ihr Band des wechselseitigen Vertrauens wohl halten mochte.

Valderon stellte die Spitze der Klinge auf den Stein und richtete sich auf. »Brauchst du nichts, um dich zu verteidigen?«, fragte er mit leiser Stimme.

»Ich bekomme schon früh genug eine Waffe.«

»Wie willst du einen Gegner niedermachen?«

»Ganz einfach«, antwortete Xavir. »Wissen deine Leute, dass sie mit meinen Gefährten zusammenbleiben sollen? Dass wir keinen Streit mehr haben?«

»Sie werden mir in allem folgen«, zischte Valderon. »Was ist mit deinem Haufen?«

»Er wird sich diszipliniert zeigen. Und jetzt komm! Wir haben nicht viel Zeit.«

LANDRIL

Inmitten der Menge von gut vierzig Gefangenen folgte Landril Xavir und Valderon, während er besorgt nach heranstürmenden Wächtern Ausschau hielt. Er hoffte, dass diese schon bald viel zu sehr von einem echten Gefängnisaufstand abgelenkt wären, denn schließlich hatte er einen Satz gestohlener Schlüssel in eine Zelle geschleudert. Es würde nicht allzu lange dauern, bis Dutzende weiterer Sträflinge frei herumliefen, Chaos stifteten und die Wachleute angriffen. Er war nur froh, endlich wieder von hier zu entkommen.

Mit einer Handbewegung befahl Xavir Ruhe und führte die Männer einen kurzen Laufsteg hinunter zu einem weiteren Viereckhof. Peinlich genau achtete er darauf, dass sie dabei immer in den Schatten blieben. Ohnehin herrschte zwar nahezu völlige Finsternis, doch Landril wusste die Vorsicht zu schätzen.

Auf ein drängendes Flüstern von Xavir hin blieben die Männer auf der Stelle stehen. Schritte näherten sich. Xavir und Valderon rückten entschlossen vor. Landril konnte das anschließende Scharmützel nicht sehen, aber er hörte ersticktes Grunzen und das Klappern von Rüstungen. Binnen kürzester Zeit waren die beiden Krieger zurück und verteilten zwei neue Schwerter und Rüstungen unter ihren Leuten. Sollten denn alle Gefangenen bewaffnet werden? Wie weit war einem Haufen von Halsabschneidern und Verrätern zu trauen? Landril scherte es nicht, ob einige von ihnen auf dem

Weg in die Freiheit starben. Xavir indes schien es wichtig zu sein, dass gut auf sie aufgepasst wurde.

Der Trupp stürzte durch einen Torbogen und hielt sofort wieder inne, als drei Soldaten ihn entdeckten. Valderon rannte auf sie zu, Xavir an seiner Seite. Valderon drosch dem einen den Helm nach hinten und zog ihm die Klinge quer über die Kehle. Xavir fing die Waffe des Gefallenen auf, noch bevor sie auf dem Boden aufschlagen konnte. Einen Wimpernschlag später hatte er sie dem nächsten Wächter in den Hals gerammt. Während dieser gurgelnd starb, hatte Valderon schon den nächsten Gegner ausgeschaltet.

Xavir zog den Toten die Rüstungen aus und reichte die einzelnen Teile an die Bandenmitglieder weiter. Jeder solle sich etwas nehmen, befahl er flüsternd, ob es nun ein Schwert, ein Helm oder eine Brustplatte war, aber jeweils nur ein Stück. Später solle jeder zwei Teile bekommen, und als Gleichgestellte würden sie weiterziehen.

Während die Häftlinge über die toten Wächter hinwegtrampelten und in einen weiteren kleinen Innenhof vordrangen, ertönte Lärm vom anderen Ende des Tunnels, der vom Hof wieder hinunterführte. Auch wenn die Wände den Schall gewiss verstärkten, vermutete Landril, dass gerade der Rest der Häftlinge einen Ausbruchsversuch unternahm.

Xavirs und Valderons vereinte Streitmacht stieß ins Freie vor und musste sich umgehend neuen Wächtern stellen. Die Gefangenen mit Schwertern, darunter Jedral und Tylos, stürzten sich ins Getümmel. Jedral stieß Gegner mit roher Gewalt zurück, während Tylos ihnen mit geschickten Drehungen des Handgelenks die Kehlen durchschnitt.

Während die anderen kämpften, konzentrierte sich Landril wieder auf Xavir und Valderon. Sie waren erstaunlich. Alle beide, und insbesondere Xavir, schienen sich doppelt so schnell zu bewegen wie die übrigen Kämpfer, ganz so, als liefe die Zeit für sie völlig anders ab. Ihre Schwerter blitzten auf, und Blut spritzte, als der nächste Wachmann ihren Schlägen zum Opfer fiel. Xavir führte seine Klinge mit einer Hand und umklammerte mit der anderen die Waffenarme seiner Feinde. Sobald einer von ihnen einen Hieb abwehren wollte, wurde er gegen eine Wand geschleudert oder nach hinten auf seine Kameraden gestoßen. Und mit jedem Toten und jedem neuen Befehl von Xavir erhielten die Aufständischen weitere Waffen und Rüstungen. Je mehr Häftlinge sich auf diese Weise wappneten, desto gefährlicher wurden die Banden. Bald würde auch Landril wieder eine Klinge haben, obschon sie in seinen Händen nur wenig nutzte.

Fünfzehn Wächter lagen tot auf den Bodenplatten. Den Großteil hatten Xavir und Valderon auf dem Gewissen.

Irgendwo in der Ferne erhoben sich Schreie und Gebrüll. Eine Glocke wurde mehrfach geläutet.

Die beiden erfahrenen Krieger beachteten die Kakophonie nicht weiter, sondern näherten sich einem schweren Eichenportal und hoben den Sperrbalken an. Nachdem die Tür geöffnet war, stürmten die Häftlinge auf eine neue Freifläche. Unmittelbar vor ihnen auf der anderen Seite befand sich das doppelflügelige Haupttor, durch das die Höllenfeste betreten oder verlassen werden konnte.

Doch vor dem Ausgang standen zwei Reihen von Gegnern, insgesamt wohl gut vierzig Mann. Xavir prüfte deren Aufstellung und befahl seinen Leuten, sich in zwei Gruppen aufzuteilen. Er übernahm die Führung der einen Hälfte, Valderon die der anderen. Anschließend marschierten sie entschlossen auf die feindliche Flanke zu, die sich noch immer nicht bewegte. Wie Landril vermutete, sollten die Wächter das Tor um jeden Preis halten. Beim Zurücklegen der letzten Meter stürzten die Gefangenen schreiend nach vorn. Xavir war wieder waffenlos, konnte aber einem ungelenken Streich ausweichen, den Arm des Angreifers nach vorn reißen und ihm die Klinge entwinden. Andere Bandenmitglieder stürmten an Landril vorbei, der sich am hinteren Ende des kampflustigen Mobs wiederfand.

Die Wächter teilten sich in zwei kleinere und beweglichere Gruppen auf, um sich ihren Gegnern entgegenzustellen. Xavir hielt sich irgendwo in ihrer Mitte auf, doch Landril sah nur die Spitze seiner Klinge durch die Luft schneiden. Er wurde Zeuge, wie mehrere Häftlinge jahrelang angestauten Verdruss an den Soldaten austobten. Sie hackten auf sie ein, bis sie sich nicht mehr rührten, und fledderten danach Rüstung und Waffen.

Falls wir hier lebend entkommen und unsere Geschichte erzählen, dachte Landril, *wollen die Dichter dieses Gemetzel gewiss nicht besingen.*

Er beobachtete einen von Xavirs Männern – Jedral –, wie er einem Wächter den Helm herunterriss und seinen Unterdrücker damit totschlug. Dabei trug Jedral ein wölfisches Grinsen zur Schau. Nur Tylos, der Schwarze aus Chambrek, schien über das wilde Wüten erhaben zu sein und tötete rasch und leidenschaftslos.

Mehrere Häftlinge wurden im Nahkampf niedergemacht, denn aufgrund mangelnder Rüstung waren sie selbst für ungelenke Schläge verwundbar. Landril freute sich, dass er diese Gesichter nicht allzu gut kennengelernt hatte. Als der Mob über die geschundenen Leichen der Wächter hinwegtrampelte und der Kampf abflaute, gab Xavir den Befehl zum Öffnen der Doppeltore. Zusammen mit vier Männern trat er an den schweren Riegel, der die beiden Flügel miteinander verband. Währenddessen machte sich Valderon an dem Hebel und den Ketten zu schaffen, mit deren Hilfe die Tore aufzuschieben waren. Kreischend öffneten sie sich ...

»Bogenschützen!«

Xavir deutete auf den Laufsteg über ihnen, wo sich Gefängniswärter hastig mit Bogen bewaffnet hatten. Auch auf dem Laufsteg über dem Tor reihten sie sich auf und hätten von dort ein ideales Schussfeld auf die flüchtenden Häftlinge. Dicht an Landrils Ohr pfiff ein Pfeil vorbei und hätte ihn getroffen, wenn er sich nicht im letzten Augenblick geduckt hätte.

»Sucht euch einen Leichnam, wie wir es geübt haben!«, befahl Xavir. »Hebt irgendeinen der Toten auf und legt ihn euch auf den Rücken!«

Wortlos starrten sich die Männer an. »Tut es einfach!«, schrie Xavir.

»Bei der Göttin!«, seufzte Landril. Stöhnend, ächzend und mit viel Mühe wuchtete er sich einen der Toten auf den Rücken und spürte sogleich, wie sich ein Pfeil in dessen Körper bohrte. Ein Mann rechts von ihm wurde in die Wade getroffen und brach unter der Last des Leichnams auf dem Rücken zusammen. Ringsum gingen klackernd weitere Pfeile nieder.

»Bleibt möglichst zusammen!«, befahl Xavir. »Leiche an Leiche. Lasst keine Lücke und schützt euch damit!« Für Xavir und Valderon bedeutete das Gewicht eines toten Menschen offenbar keinerlei Anstrengung.

Landril hingegen geriet bei den gleichen Bemühungen immer wieder ins Stolpern. Es gelang ihm jedoch, sich den übrigen Ausbrechern anzuschließen, die auf das offene Tor vorrückten. Pfeile spickten totes Fleisch oder glitten von Rüstungen und Steinen ab.

Endlich erreichten sie den steinigen Pfad vor der Höllenfeste. Den Berghang zu beiden Seiten vermochte Landril im Zwielicht nicht klar zu erkennen. Vielmehr sah er nur die ersten Schritte des abfallenden Geländes. Als ob ihnen der Weg gewiesen werden sollte, flammte ein Leuchtfeuer an der höchsten Turmspitze der Feste auf. Allerdings wollte man sehr viel wahrscheinlicher ein Signal in die Seidenspitzberge schicken. Der Wind stemmte sich den Flüchtenden entgegen und machte ein Vorankommen noch schwerer. Dabei brannten Landrils Beine bereits vor Anstrengung, zumal er nach wie vor den Leichnam mit sich herumschleppte.

»Haltet die Köpfe unten!«, schrie Xavir, während er sich die Arme des Toten wie einen Schal um den Hals legte. »Behaltet eine gleichmäßige Geschwindigkeit bei! Eure Muskeln danken es euch. Lauft nicht davon, wenn die Wächter euch verfolgen! Und dreht euch bloß nicht um, weil ihr die Helden spielen wollt!«

»Es wird gleich wieder Pfeile regnen«, merkte Valderon an. »Aber in diesem Wind werden sie nicht viel nutzen. Die Leichen allerdings sollten wir erst fallen lassen, wenn wir außer Reichweite sind. Als Nächstes müssen wir uns dann Gedanken um die Hexen machen.«

Beunruhigt wandte sich Landril um, als die ersten Pfeile von der Festungsspitze geflogen kamen. Massenhaft pfiffen sie durch die Luft, um klappernd in der Finsternis zu Boden zu gehen. Mit finsteren Mienen und blutbesudelt stand knapp ein Dutzend anderer Gefangene um ihn herum. Vor ihnen lag die schwarze Leere des nächtlichen Berghangs, und ein einzelner schmaler Weg führte ins Nichts.

Immerhin sind wir noch nicht tot, dachte Landril.

DIE HEXEN

Über Serpentinen ging es den Berg hinunter. Immer wieder blickte Xavir zu dem Leuchtfeuer zurück, das auf dem Gefängnis brannte, konnte aber weder Verfolger noch weitere Flüchtende entdecken. Offenbar war nur ihm und seinen Gefährten die Flucht in die Freiheit geglückt. Und diese Freiheit mussten sie sich unbedingt erhalten.

Kaum außer Reichweite der Pfeile warfen sie ihre Leichenschilde an den Wegesrand und hielten inne. Die entkommenen Häftlinge scharten sich um Xavir und Valderon, während sie atemlos auf neue Befehle warteten.

»In wenigen Stunden geht die Sonne auf.« Valderon wies nach Osten, weg vom hellen Halbmond. Es würde noch eine kleine Weile dauern, bis sich ihre Augen vollständig an die Dunkelheit gewöhnt hatten. »Damit wir nicht erfrieren, sollten wir erst einmal weitergehen.«

Xavir reckte den Hals, um den anderen rasche Blicke zuzuwerfen. »Gibt es Verwundete?«

Die Entflohenen musterten sich gegenseitig, doch niemand schien eine Wunde davongetragen zu haben. Allerdings wusste Xavir, dass keiner von ihnen eine Verletzung zugegeben hätte. Tapferkeit war gut und schön, doch sie waren nur so stark wie der Schwächste von ihnen.

Er zählte auf, wer es geschafft hatte: Davlor, Landril, Grend, Jedral, Tylos, Barros, Krund. Und aus Valderons Bande Harrand und Galo.

Elf sind wir. Er hatte gedacht, dass mehr aus der Feste entkommen waren.

»Gut«, sagte Xavir. »Und nun legt alle schweren Rüstungsteile ab, die euch auf Dauer nur behindern würden! Wir legen ab sofort einen scharfen Trott vor. Immer den Bergpfad hinab, bis wir unten angekommen sind. Es dauert noch Stunden, bis der Boden wieder eben wird. Zwar legen wir Pausen ein, müssen aber schnell sein, um uns bis zum Tagesanbruch einen ordentlichen Vorsprung zu verschaffen.«

»Sind wir frei?«, fragte jemand.

»Wir müssen erst mit den … Hexen fertigwerden, bevor ich uns als frei bezeichnen kann.« Dann wandte sich Xavir an Valderon. »Hast du den Stein?«

Valderon griff in eine Schlaufe unter dem Hemd, die er aus einem Lumpen gefertigt hatte, und holte ein Bündel aus einem schmutzigen Tuch hervor. Darin befand sich ein roter Hexenstein, groß wie sein Daumen.

Davlor ächzte. »Es *gab* also einen Hexenstein! Wusste ich es doch.«

»Wo hast du den her?«, fragte Tylos über Xavirs Schulter hinweg.

»Einer der Wächter behauptete, die Gefangenen hätten ihn den Hexen gestohlen«, erklärte Valderon. »Er wurde gegen einen mir unbekannten Gefallen eingetauscht. So gelangte er schließlich in meinen Besitz.«

»Dann haben wir also alles Benötigte«, stellte Xavir fest. »Gehen wir weiter!«

Die Entflohenen eilten den nächtlichen Bergpfad hinunter. Der Weg war schmal und wand sich um Granitbrocken und Dickicht aus spitzem Speerginster. Gelegentlich fiel der eine oder andere der Länge nach hin, und die Nachfolgenden gerieten ins Straucheln. Trotzdem gab es nur selten Beschwerden.

Dreimal ruhten sich die Männer aus – immer dann, wenn

sie an einem Gebüsch mit Früchten vorbeikamen, die ihnen ein wenig Stärkung boten. Auf einem ebenen Abschnitt, den manche schon für den Fuß des Bergs hielten, lag ein tiefer Tümpel, und Xavir forderte alle zum Trinken auf.

Die Sonne lugte über die Bergspitzen. Während sich Licht und sanfte Wärme ausbreiteten, erhielt Xavir endlich die Gelegenheit zur näheren Betrachtung der Umgebung. Im Vorgebirge wuchsen wesentlich mehr Pflanzen als in dem kahlen Bergland, das sie gerade hinter sich gelassen hatten. Überall breiteten sich blaugrüne Eichenwäldchen aus. Siedlungen oder wenigstens die Rauchfahnen von Kaminen konnte Xavir indes nirgends entdecken. Er und seine Gefährten befanden sich auf der entlegensten Seite des Kontinents, in den östlichen Ausläufern der Frengelmark. Seit Jahrhunderten hatte kaum ein Mensch Anlass zum Betreten dieses Landstrichs gehabt. Vielleicht wurden die wenigen Straßen durch dieses alte und unwirtliche Land gelegentlich von Händlern genutzt, doch die Klügeren unter ihnen nutzten die Routen weiter im Norden.

Xavir hielt kurz inne. Wären sie nicht so in Eile gewesen, hätte er womöglich den Gesang der Vögel genossen, mit dem der Tag begann, oder den wunderbaren Anblick der aufgehenden Sonne, den er seit Jahren in dieser Form nicht mehr erlebt hatte.

Valderon gesellte sich zu ihm. »Der Marsch war doch recht anstrengend. In dieser verfluchten Feste bin ich ganz schön eingerostet.«

»Mir ergeht es ähnlich, muss ich ehrlich gestehen«, antwortete Xavir.

»Wenn es sich so anfühlt, alt und kraftlos zu sein«, fuhr Valderon halb im Scherz fort, »dann sterbe ich doch lieber jung und ruhmreich.«

»Vom Ruhm sind wir noch weit entfernt«, antwortete Xavir mit ernster Miene.

»Das mag sein.« Valderons leises Lachen verebbte in peinlichem Schweigen. »Du warst ein Krieger, wie du kurz angedeutet hast. Später wolltest du mir mehr erzählen. Vermutlich hast du für Cedius den Weisen gekämpft.«

»Das habe ich.«

»Genau wie ich. Ich gehöre zum Clan Gerentius und war Feldwebel in der Legion des Königs. Erste Kohorte. Aber dein Gesicht habe ich unter all den Männern nie gesehen, Kamerad. In welcher Einheit hast du gedient?«

»Ich hatte die Führung über Cedius' persönliche Streitmacht inne. Die Sonnenkohorte.«

Valderon bekam große Augen. »Die Sechserlegion.«

Xavir nickte grimmig. Die Taten der Legion waren legendär, obwohl nicht alle als rühmenswert galten. Aus Mitgefühl oder Kameradschaft klopfte ihm Valderon auf die Schulter – warum genau, wollte er gar nicht wissen. Ganz am Rande nahm er wahr, dass die anderen Männer sich zu ihnen gesellt hatten, um dem Gespräch zu lauschen.

»Wie weit ist es noch bis zu den Hexen?«, fragte Valderon. Seine Haltung und sein Tonfall hatten sich verändert. Während er Xavir bisher wie einen Gleichgestellten behandelt hatte, erwies er ihm nun einen völlig neuen Respekt. Die alten Instinkte aus seinen Zeiten bei den Streitkräften schienen zurückgekehrt zu sein, und er betrachtete Xavir offenbar als vorgesetzten Offizier.

Xavir hob die Schultern. »Vermutlich nähern wir uns den elenden Kreaturen.« Er starrte in den Morgennebel hinab, doch ein großer Felsvorsprung versperrte ihm den Blick nach unten. »Vielleicht nur noch ein kleines Stück von hier entfernt. Im Lauf der Jahre habe ich die Gegend nur wenige Male an klaren Tagen gesehen, aber selbst im Nebel war die Magie zu erkennen. Haben wir unterwegs einen unserer Männer verloren?«

81

»Zum Glück nicht«, erklärte Valderon mit einem Lächeln. »Und es konnte uns auch niemand einholen. So weit wir auf dem Pfad nach oben blicken können, verfolgt uns niemand. Bist du der Meinung, dass wir es geschafft haben?«

»Erst wenn wir an den Hexen vorbei sind«, antwortete Xavir und konzentrierte sich auf die Strecke, die vor ihnen lag.

Das Land wurde wieder flacher. Der Himmel klarte gänzlich auf, und auf den umliegenden Hügeln wuchsen grüne Bäume, deren Laub sich noch nicht verfärbt hatte. Doch die Flüchtigen waren viel zu müde, um den Anblick zu genießen. Sie waren nur dankbar, sich nicht mehr gehetzt zu fühlen, sondern gemächlich dem Weg folgen zu können.

Xavir entdeckte als Erster die Gefahr auf der Lichtung vor ihnen. Er sah, wie die Luft vor schwacher Magie knisterte, ganz so, als sei ein Netz aus purpurnem Licht ausgeworfen worden. Die magische Wand schnitt ihnen den Weg ab und verlief dann entlang der flachen Hügel. Auf der einen Seite verschwand sie zwischen Bäumen, um danach am Fuß des Berghangs wieder sichtbar zu werden. Auch in die andere Richtung erstreckte sich die gewaltige unnatürliche Barriere.

Xavir ordnete eine Rast an, und die Männer sanken zu Boden, um sich auszuruhen. Im Handumdrehen waren viele von ihnen fest eingeschlafen.

Er und Valderon standen zusammen und betrachteten die Magie, die ihnen den Weg versperrte.

»Hast du Erfahrungen mit Hexen?«, fragte Xavir.

»Nicht viele«, gab Valderon zu. »Einige von ihnen geboten über die Elemente und dienten an unserer Seite als strategische Eingreiftruppe im Feld. Sie erwiesen sich durchaus als nützlich. Doch davon abgesehen, hatten wir wenig miteinander zu tun. Der Göttin sei Dank.«

»Wohlan denn«, sagte Xavir. »Dann ist es wohl besser,

wenn ich mich darum kümmere, wenn's dir recht ist. Sollte sich mehr als ein Krieger ihrer Behausung nähern, könnten sie dies als Bedrohung auffassen.«

»Meinst du, sie halten sich in unserer Nähe auf?«

»Davon gehe ich aus. Diese verfluchte Mauer erstreckt sich sicher über weite Strecken um den Berg herum. Aber vermutlich haben die Hexen Wachposten entlang des Pfads aufgestellt, um unerwünschte Besucher im Auge zu behalten.«

»Bist du sicher, dass du mich nicht brauchst?«, fragte Valderon.

Xavir schüttelte den Kopf. »Einer von uns beiden bleibt hier und passt auf die Männer auf.«

Valderon nickte und übergab Xavir den Hexenstein. Er fühlte sich unnatürlich kalt und schwer an.

Xavir hielt den Stein fest umklammert und reichte sein Schwert an den Gefährten weiter. Dann wandte er sich der grauen Felswand abseits des Pfads zu, in der er mehrere Höhlen entdeckt hatte. Nachdem weit und breit weder Häuser noch Hütten zu sehen waren, handelte es sich dabei wohl um die Unterkünfte der Hexen.

Er schritt zwischen Tannen mit ausladendem Geäst voran und blickte nach unten, als sein Fuß an einem Hindernis im Unterholz hängen blieb. Erst hielt er es für moosbewachsene Elfenbeinwurzeln, doch dann erkannte er, dass es Knochen waren – und nicht nur die von Tieren. Er hatte in seinem Leben schon viele verrottete Leichen gesehen und wusste, dass diese Gebeine zum größten Teil von Menschen stammten. Er umfasste den Stein noch fester. Schließlich stieß er auf einen Pfad, der zu den Höhlen hinaufführte.

Sonnenlicht drang durch die Bäume und fiel auf sein Gesicht. Er nahm sich einen kurzen Augenblick Zeit, um die Wärme zu genießen, die ihm in der Höllenfeste seit Jahren verwehrt gewesen war. Falls er hier und heute sterben

83

sollte, so starb er doch wenigstens frei und nicht in Ketten. Als Schutz hatte er nur zwei gestohlene Panzerhandschuhe, und noch immer trug er seine graue Häftlingstunika und derb geschnürte Sandalen. In die Felswand war eine grobe Treppe gehauen. Entschlossen stieg er die Stufen zum breiten Höhlenschlund hinauf. Er musste sich ein wenig ducken, um in die Finsternis treten zu können. Drinnen hielt er kurz inne, damit seine Augen sich an die Dunkelheit gewöhnten. Ein schwacher Brandgeruch hing in der Luft, offenbar von etwas Angesengtem. Der Hauch verflog jedoch rasch wieder und hinterließ nur die feuchte Kühle einer Höhle. Ringsum hingen an Drähten Federn von der Decke. Die Felswände waren mit Gravuren bedeckt, kryptischen Symbolen und Worten in einer uralten Form der Gemeinsprache. Vermutlich wusste der Meisterspion, was sie bedeuteten, doch Xavir gaben sie nur Rätsel auf.

Xavir trat in die Düsternis hinein, und mit jedem Schritt wurde es dunkler. Nach wenigen Augenblicken war er so tief ins Höhleninnere vorgedrungen, dass er sich zu voller Größe aufrichten konnte, ohne sich den Kopf zu stoßen. Stimmen drangen als hallendes Wispern auf ihn ein.

»Was hat ein Krieger mit uns zu schaffen?«

»Ist er gekommen, um zu töten und zu verstümmeln?«

»Sein Hass auf uns lodert so heiß.«

»Ein Schwert trägt er nicht bei sich, doch er führt etwas anderes mit.«

»Was er wohl will?«

»Wer bist du?«

»Wie lautet dein Name?«

Xavir rief in die Höhle hinein und versuchte gar nicht erst, den Abscheu in seiner Stimme zu verbergen. »Mein Name ist Xavir vom Clan Argentum. Einst war ich ein Krieger in Cedius' Sonnenkohorte. Vor Kurzem hielt man mich noch in der Feste gefangen.«

Statt einer Antwort folgte ein Moment der Stille, doch dann vernahm Xavir überraschend klare Worte. »Cedius starb schon vor Jahren. Du hast offenbar eine beträchtlich lange Zeit auf der Bergspitze zugebracht. Hexen fürchtest du aber nicht, wie? Wir spüren, wie sehr du uns verachtest. Du bist mit unseresgleichen ... *vertraut*.«

»Mit *einer* von unseresgleichen«, fügte eine andere Stimme hinzu.

»Sie hat dich verändert, nicht wahr?«, fauchte wieder eine andere.

Wie können sie das nur wissen?, dachte Xavir. *Es ist doch schon so viele Jahre her.* Er schüttelte den Kopf, um die Erinnerungen zu verscheuchen. Die Hexen wollten sein Denken anscheinend nur verwirren.

»Was willst du?«, fragte eine von ihnen.

»Draußen wartet in etwa ein Dutzend Männer.« Xavir sah sich um, erblickte indes nichts als Finsternis. »Wir bitten euch, uns unbehelligt durch eure magische Barriere ziehen zu lassen.«

»Warum sollten wir euch helfen?«

»Der Zauber dient doch nur dazu, um euresgleichen von der Flucht abzuhalten.«

»Und um Unbefugte abzuschrecken.«

»Mir wurde zugetragen, dass die Soldaten in der Feste euch etwas gestohlen haben sollen.« Xavir streckte die Hand mit dem Hexenstein aus und legte ihn auf den Boden. Er brachte es nicht fertig, sich den Stimmen weiter zu nähern. »Ich bin gekommen, um ihn zurückzugeben. Im Austausch fordern wir, die Barriere sicher passieren zu dürfen.«

Eine Gestalt huschte aus der Düsternis hervor und trat in einen dünnen Lichtstrahl, der von oben auf sie herabfiel. Man hatte ihr die Augen herausgeschnitten und die Lider

85

zusammengenäht. Allem Anschein nach war sie eine Zeitmutter, eine Seherin. Für sie gab es keine Veranlassung, die Daseinsebene der Sterblichen noch zu betrachten. Wie sie es schaffte, blind den Stein vom Felsboden aufzuheben, blieb Xavir ein Rätsel. Allerdings wollte er längst nicht mehr ergründen, welchen Gesetzen solche Phänomene folgten. Die Hexe streichelte den Stein und zog sich eilig in die Finsternis zurück. Erst dann erkannte er die beiden dunklen Gestalten neben ihr. Er wandte sich ihnen zu und sprach alle drei gleichzeitig an.

»Die Soldaten hatten euch den Stein gestohlen. Ich bin gekommen, um ihn euch zurückzugeben. Genügt das, damit ihr uns passieren lasst?«

Ein weiteres Schweigen, dann erneutes Geflüster.

»*Er sagt die Wahrheit.*«

»*Der Stein ist wieder hier.*«

»*Feuer und Licht.*«

»*Was geschieht, wenn wir ihn hinauslassen?*«

»*Wird der Pakt gebrochen, den unsere Schwestern geschlossen haben?*«

»*Warum spüre ich da so viel Wut auf unseresgleichen?*«

Er konnte sie zwar nicht sehen, doch in der nachfolgenden Stille spürte er ihre bohrenden Blicke, mit denen sie nicht nur seinen Körper musterten, sondern auch seine innersten Gedanken. Und das war noch viel schlimmer.

»Warum willst du frei sein?«, fragte eine der Hexen. »Du empfindest nichts als Schuld und Scham für deine Taten, Xavir vom Clan Argentum. Von der Sonnenkohorte.«

»Der viel gerühmten Sechserlegion«, ergänzte eine andere.

»Damals hast du deine Strafe willkommen geheißen. Du wolltest nicht fliehen. Wir spüren es. Was hat sich geändert?«

»In der Welt dort draußen habe ich etwas zu erledigen«, antwortete Xavir. »Man hat mich um Hilfe gebeten.«

»Die Welt verändert sich.«

»Bündnisse verschieben sich.«

»Neues ist in die Welt gekommen. Unnatürliches.«

»Wir wissen viel über die derzeitigen Geschehnisse.«

»Doch wir dürfen nichts sagen.«

»Wir wissen viel darüber, was die Zukunft bringen wird.«

»Ihr könnt gehen«, wisperte eine Hexe in seinem Geist.

»Vor langer Zeit zeichnete sie dich, damit man dich nicht anrührt.«

»Ihr Siegel wird für immer auf dir liegen.«

»Unsere Magie wird verschwunden sein, wenn du wieder bei deinen Soldaten bist«, sagte eine Stimme.

»Geh jetzt!«, flüsterte es in seinem Kopf.

»Spute dich!«

Voller Zorn kehrte Xavir ins Licht zurück. Hinter ihm erhob sich hämisches Gelächter. Er eilte ins Helle hinaus und hielt die Hände schützend vor die Augen. Dann lief er den Pfad zu den entflohenen Sträflingen hinab, die sich noch immer ausruhten.

»Aufstehen!«, befahl er ihnen. »Steht sofort auf! Wir haben nur wenig Zeit.«

Die Männer stöhnten und erhoben sich aus dem hohen Gras.

Trotz seiner Befürchtung, dass die üblen Vetteln nur mit ihm spielten, hielten sie Wort. Die Wand aus Magie flackerte und verblasste, bis sie schließlich nicht mehr zu sehen war.

»Wie können wir sicher sein, dass sie wirklich verschwunden ist?« Valderon gab Xavir sein Schwert zurück.

»Es gibt nur eine Möglichkeit, dies zu ergründen«, antwortete Xavir und schritt auf die Stelle zu, wo sich die Barriere befunden hatte.

SONDERBARE GERÄUSCHE

»Nun sind wir in Brekkland«, erklärte Landril.

Vor ihnen erstreckte sich ein wuchernder Eichenwald, der die Landschaft schier erschlug. Weit verstreute Lichtungen bargen uralte Ruinen, Säulen und Torbogen. Weit und breit glich allerdings längst nichts mehr auch nur annähernd einer lebendigen menschlichen Kultur. Der Wind jagte Landril kalte Schauer über den Rücken.

Im Siebten Zeitalter war dieser Landstrich Teil der ehedem mächtigen Arjalkönigreiche gewesen. Deren Kultur war jedoch schon vor tausend Jahren in sich zusammengebrochen und hatte die größeren Siedlungen an den Flüssen mit sich in den Untergang gerissen. Nach zahlreichen Missernten war das Ende unausweichlich gewesen. Nicht aufgrund von Kriegen, politischen Winkelzügen oder großen Dramen. Allein der Mangel an Nahrung hatte den Verfall verursacht.

Landril wusste, wie sich das anfühlte. Er hatte gehofft, jenseits der Berge endlich Dörfer oder Siedlungen zu finden, in denen es Lebensmittel gab. Wenigstens konnten sie im Wald noch Beeren pflücken und mussten nicht gänzlich verhungern. Doch Landril stand der Sinn eher nach einem fetten Braten in sämiger Soße, in die er dicke Brotstücke einstippen konnte.

»Wo genau liegt Brekkland?« Es war Davlor, der sich zu Wort meldete. »Nie davon gehört.«

»Weil du so jung bist. Dir klebt noch Muttermilch am

Mund, und du findest dich in einem fremden Land nicht zurecht«, spottete Tylos mit gespitzten Lippen. Sein ebenholzschwarzes Gesicht war schweißüberströmt.

Landril war erst vor Kurzem klar geworden, dass Tylos aus Chambrek stammte, einem vornehmen Land im Süden. Das erklärte auch seine galante Ausdrucksweise. Jedes Wort, das seinen Mund verließ, hatte ein so volles Timbre, als wäre er früher einmal ein großer Redner gewesen.

»Reiß du Dieb ruhig das Maul auf. Du bist doch nur knapp einen Sommer älter als ich«, murrte Davlor. »Ich habe mich nur gefragt, wo wir hier sind.«

»Ruhe!«, befahl ihnen Xavir. »Der Wald verbirgt Augen und Ohren bemerkenswert unauffällig.«

Landril freute sich über die Stille, die der Anordnung folgte. Nachdem sie die Höllenfeste schon so weit hinter sich gelassen hatten, verspürte er wenig Lust, den beiden Männern beim Zanken zuzuhören.

Xavir und Valderon an der Spitze des kleinen Trupps spähten vorsichtig ins Zwielicht des Waldes hinein. Landril war nicht entgangen, dass die beiden trotz ihrer Rivalität in der Höllenfeste eine gewisse Kameradschaft entwickelt hatten. Die Kumpanei erklärte er sich damit, dass beide im Gegensatz zu den anderen geflohenen Sträflingen eine gemeinsame Herkunft hatten. Bei Cedius' Elitetruppen waren sie hochrangige Militärs gewesen – mochte die Göttin seiner Seele gnädig sein. Das Verhalten der beiden hatte auch etwas Beruhigendes. Das Leben unterwegs meistern, Sorge für die Sicherheit der Männer tragen, Gefahren erahnen – all das war ihnen bestens vertraut.

Landril hingegen fühlte sich wie ein Fisch auf dem Trockenen. Weder war er an das Leben im Gefängnis noch an längere Märsche durch fremde Gegenden gewöhnt. Er brauchte Städte und Menschen, damit seine Talente sich entfalten konnten. Also war er dankbar für die Anwesenheit der beiden Führungspersönlichkeiten. Dies vor allem in Anbetracht der Geräusche, die ihm seit Kurzem aus dem Wald ringsum ans Ohr drangen. Das Unterholz strich ihm um die Knie, als er auf die zwei Veteranen zuging.

Xavir wandte sich zu ihm um. »Du sagst, wir seien in Brekkland, Meisterspion. Aber solche Geräusche höre ich in diesem Land zum allerersten Mal.«

»Du warst schon einmal hier?«

»Nur kurz«, erwiderte Xavir. »Aber ich weiß genug über Wälder im Allgemeinen und erkenne, dass einige dieser Laute von keinem Tier stammen, das mir bekannt wäre. Valderon, haben dich deine Feldzüge jemals hierhergeführt?«

»Nein, das haben sie nicht. Aber die Kriegsführung im Wald ist ohnehin nicht mein Fachgebiet. Freie Ebenen voller Matsch und Horden von Kriegern, die gegeneinander anrennen und sich aneinander aufreiben, sind mir geläufiger. Mit allem anderen kenne ich mich nicht aus.«

»Sollten wir uns mit der Wolfskönigin zusammentun, könnten dir einige Schlachten im Wald bevorstehen«, sagte Xavir.

»Dorthin sind wir also unterwegs?«, fragte Valderon.

»Offenbar«, entgegnete Xavir. »Landril weiß, wie man sie findet.«

Die beiden Männer drehten sich zu dem Meisterspion um, der ihre Blicke mit einem Nicken quittierte. »Ja, das weiß ich. Ich kenne ihren Aufenthaltsort allerdings nur, weil sie gewillt war, ihn mir zu enthüllen. Ansonsten zieht sie ein eher eigenbrötlerisches Dasein vor.«

»Und wohin sind wir unterwegs?«, hakte Valderon nach.

»Zum Heggenwald.«

»Was treibt denn eine Königin dort?«, wunderte sich Valderon. »Da gibt es doch in weitem Umkreis nichts als Bäume und Äcker.«

»Sie führt das Leben aus freien Stücken, und über ihre Beweggründe kann ich nicht einmal spekulieren. Ihr Heim befindet sich noch mehrere Tagesreisen von hier entfernt, selbst wenn wir zügig ausschreiten.«

»Das Gelände erlaubt kein schnelles Vorankommen«, sagte Xavir und deutete auf das dichte Unterholz ringsum.

»Dem kann ich nur zustimmen.«

»Wir sind auf der anderen Seite des Hauptpfads den Berg hinuntergestiegen. Keiner von uns kennt sich in der Gegend aus. Aber sobald wir auf eine Straße oder eine Stadt stoßen, lassen sich vielleicht auch Pferde auftreiben«, fuhr Xavir fort. »Früher oder später.«

Landril schloss die Augen, um sich die Karten ins Gedächtnis zu rufen, die er sich vor seinem Ausbruch aus der Höllenfeste eingeprägt hatte. Sie mussten tunlichst die Straße meiden, über welche die Gefangenen und die Soldaten zum Gefängnis kamen, zumal stravirische Truppen inzwischen auf Geheiß ihres Königs fernab der Reichsgrenzen durch die Lande zogen. Entlang der Straße gab es zudem Zollhäuschen, jedes von ihnen mit eigenem Wachpersonal. Landril ging die Wege in Gedanken entlang. Langsam wurden aus den Wegen nur noch schmale Linien, und die Bilder in Landrils Kopf ähnelten immer mehr einer echten Karte. Siedlungen sprossen hervor, doch er vermochte nicht zu sagen, wie dicht er und seine Gefährten schon an diese Orte herangekommen waren.

»Ich glaube«, verkündete Landril schließlich, »jetzt weiß ich, wo diese Städte liegen. Um herauszufinden, wie weit wir noch entfernt sind, ist eine Triangulation nötig.«

»Haben wir die Zeit dafür?«, fragte Valderon. »Sollten wir nicht einfach schnell weiterziehen, bis wir eine beliebige Stadt oder irgendeinen Weiler erreichen?«

»Das ist gar nicht so dumm«, räumte Landril ein. »Ich kann den Berg als einen Punkt für die Triangulation verwenden, aber es wäre sehr hilfreich, auf eine andere Landmarke zu stoßen. Die könnte ich dann nämlich verwenden, um unsere Lage genauer zu übermitteln. Ich weiß zum Beispiel, dass es in der Nähe einen Fluss gibt, den wir irgendwann überqueren müssen.«

Xavir nickte. »Dann wenden wir uns gen Westen. Aber schärf den Männern ein, dass sie auf der Hut sind! Hier draußen kommt es zu Begegnungen, die wider die Natur sind.«

Stundenlang kämpften sie sich durch den sattgrünen Wald, über moosige Steine und auf vergessenen Pfaden, die im Nichts verliefen. Wann immer sie einen Blick auf den freien Himmel erhaschten, war er mit grauen Wolken verhangen. Die Männer beschwerten sich ohne Unterlass, bis sie sich zu erschöpft für jeden Widerspruch fühlten. Bislang hatte sich noch keiner allein durchzuschlagen versucht, obwohl Xavir das nicht weiter gestört hätte. Falls einer der Männer es auf eigene Faust probieren wollte, dann sollte er eben losziehen. Es schien jedoch eher so, als hätten sie einen unausgesprochenen Pakt geschlossen und wollten unbedingt zusammenbleiben.

Als sie schließlich eine Straße erreichten, die parallel zu dem Fluss verlief, nach dem sie gesucht hatten, überfiel sie bleierne Müdigkeit. Selbst Xavir gab sich der Erschöpfung hin. Er erkannte, dass er fast einen gesamten Tag lang kein Auge zugetan hatte, und er war nicht mehr so belastbar wie in seiner Jugend.

Sie rasteten am Rand einer Lichtung, einen Steinwurf von der Straße entfernt. Valderon übernahm die erste Wache.

Nachdem er eine Handvoll Wasser aus dem Fluss getrunken hatte, setzte sich Xavir auf die feuchte Erde und lehnte den Rücken gegen den Stamm einer Eiche. Zum ersten Mal seit Jahren atmete er frische Luft, schloss die Augen und ließ die Welt die Welt sein.

Seine Träume entführten Xavir an einen fernen Ort und in glücklichere Zeiten, in seine Jugend. Er zählte achtzehn Sommer und war doch schon einer der fähigsten Kämpfer im Clan Argentum. Voller Stolz trug er die Farben seiner Familie, eine Tunika im Goldbraun des Moors. Jeden silbernen Helm und jeden Schild zierte zudem ein goldener Drache.

Seinem Clan war gerade eine junge Hexe zugeteilt worden, wie es den üblichen Gepflogenheiten entsprach. Jedem wichtigen Clan stand nämlich eine eigene Vertreterin der Schwesternschaft zu. Die neue Hexe sollte von der alten Schwester lernen, die schon seit Jahrhunderten bei Xavirs Familie lebte.

Als Xavir ihr das erste Mal begegnete, kehrte er gerade von der Verteidigung eines Angriffs auf die Ländereien seiner Familie zurück. Sein Gesicht war blutverschmiert, doch er lächelte und fühlte sich voller Tatenkraft angesichts des errungenen Siegs. Sein Vater hieß ihn und seine Männer schon an der Grenze des Anwesens willkommen und schlug ihm stolz auf die Schulter. Dann ritt er neben ihm an den säulengesäumten Alleen entlang zu den Stallungen.

Als Xavir später allein vom Pferd stieg, um sich die blutverkrusteten Arme mit frischem Wasser zu reinigen, bemerkte er, dass ihn die junge Hexe beobachtete. Sie stand unter dem Torbogen eines Nebengebäudes, genauer gesagt vor jenem Turm, in dem die Zauberschwestern wohnten. Er brauchte die Magie der alten Frau an jenen Tagen nicht, da ihm Speer und Schwert gute Dienste geleistet hatten und er unverletzt zurückgekehrt war. Die Frau dort drüben gab ihm trotzdem Rätsel auf.

»Warum so verdrießlich, meine Teure?«, rief er über den Hof hinweg. Er misstraute der Hexe und fragte sich, warum sie ihn anstarrte. In seinem Alter glaubte er so ziemlich alles zu verstehen und hielt sich im Überschwang der Jugend schlichtweg für unbezwingbar. Die Sitten und Gebräuche der Hexen allerdings waren auch für ihn schwer nachvollziehbar.

»Du gleichst einem wandelnden Kadaver«, sagte sie. »Du bist über und über mit Blut besudelt.«

»Komm doch heraus ans Licht, wenn du mich ordentlich beleidigen willst!« Er lachte auf.

Sie schien mehr zu schweben, als zu gehen, und ihr schwarzer Mantel flatterte im Abendwind. Ihr Gesicht blieb unter dem Schatten ihrer Kapuze verborgen, doch zwei unnatürlich strahlend blaue Augen, die ihn musterten, waren deutlich zu erkennen. Hexenaugen. Sie hatte eine feine gerade Nase und ein markantes Kinn.

»Bist du das neue Kind von der Insel?«, fragte er.

»Ich bin kein Kind«, protestierte sie. »Ich bin siebzehn. Aber ja, wenn du schon fragst. Ich komme von Jarratox.«

Xavir hob die Schultern. »Wie auch immer – willkommen auf der Burg!«

Sie schwieg eine Weile, strich sich über die Oberarme und schien zu frösteln. »Euer Stravimon ist ein trauriger Ort. Hier gibt es keine Sonne.«

»Mich wundert, dass du den Turm verlassen durftest und es überhaupt bemerken konntest.« Xavir deutete auf das Gebäude hinter ihr.

Sie warf einen Blick über seine Schulter, hinter der die beiden Schwerter emporragten, und danach auf seinen Silberschild mit dem goldenen Drachen. »Noch nie sah ich einen Krieger aus solcher Nähe. Anscheinend soll ich eines Tages mit dir in die Schlacht ziehen. Was du da tust, kommt mir entsetzlich vor. So viele Menschen so ... grausam zu töten.«

»Vielleicht ist es wirklich grausam.« Xavir zuckte mit den Achseln.

»Bekümmert es dich denn gar nicht, was du da treibst?«

»Warum sollte es mich bekümmern? Einer muss die harte Arbeit verrichten, damit andere in bequemen Sesseln Fragen der Sittenlehre diskutieren können.«

»Arbeit?« Sie zog eine abschätzige Grimasse. »Das ist nur Metzelei, keine Arbeit.«

»Selbst ein Gemetzel kann kunstvoll ausgeführt werden«, gab Xavir zurück. »Sei's drum. Ich dachte, auch für Hexen gehört das Töten dazu.«

»Du hast immer auf alles eine Antwort«, wandte sie ein.

Damals traf das auch tatsächlich noch so zu. Xavir hatte nicht nur eine gute Ausbildung in den Kriegskünsten genossen, sondern auch viele jener Worte gelesen, mit denen Dichter und Gelehrte sich wechselseitig bedacht hatten. Und daher glaubte er wirklich, ohne Ausnahme alles zu wissen. Heutzutage kamen die Antworten nicht mehr so schnell, doch damals war ihm alles so einfach erschienen ...

»Das mag sein, Hexe«, räumte er schließlich ein.

»Lischa«, erhob sich plötzlich eine andere Stimme, und unter dem Torbogen erschien die alte Hexe Valerix.

Die junge Hexe wandte sich zu ihrer Mentorin um, und die Kapuze glitt ihr vom Kopf. Xavir war schier geblendet von ihrer Schönheit. Sie hatte sehr blasse Haut und lange schwarze Haare, die sie so nach hinten gesteckt hatte, dass sie ihr über die Schulter fielen. Im Licht wirkten ihre Züge durchsichtig und zart.

»Ich hätte nicht gedacht, dass Hexen so nett wie du aussehen können.« Es verschaffte Xavir einen Reiz des Verbotenen, sich von ihresgleichen angezogen zu fühlen. Vielen seiner Kameraden hätte sich beim bloßen Gedanken daran der Magen umgedreht.

Die junge Frau gab keine Antwort, doch sie kniff die Augen nicht mehr ganz so streng zusammen.

»Lischa!« Mit einem krummen Finger winkte Valerix ihre Schülerin in den alten Steinturm zurück.

»Du sprichst mit Laien nicht länger als unbedingt nötig«, schnarrte Valerix und zog Lischa über die Schwelle. Schützend legte sie einen Arm um die junge Frau, als hätte Xavir ihr etwas antun wollen. »Ich weiß es sehr zu schätzen, dass die Welt ein derart wundersamer Ort ist, aber trotzdem ...«

»Xavir!«

Es war Valderon, der ihn ansprach. Der Krieger näherte sich Xavir mit ziemlicher Eile und packte ihn an der Schulter.

»Soldaten kommen durch den Wald, einige paar Hundert Schritt entfernt. Auf dem Weg nach Westen. Ich weiß nicht, ob ihr Späher uns schon entdeckt hat.«

»Wie viele sind es?«

»Ungefähr zehn. Ich lasse die anderen antreten.«

»Nein«, widersprach Xavir. »Wenn wir es irgendwie vermeiden können, sollten wir nicht gegen sie kämpfen. Soldaten, die unterwegs sind, machen am Ende ihres Marschs Meldung. Sofern sie ihr Ziel nicht erreichen, machen sich ihre Kameraden auf die Suche nach ihnen. Und dann müssen wir mit ganzen Heerscharen von Verfolgern rechnen.«

»Aber sie haben Pferde, die wir dringend gebrauchen könnten.«

Xavir gähnte. »Nun gut, dann alarmiere die Männer! Aber sie sollen sich tief in den Schatten verkriechen. Zwei Männer auf der Straße fallen nicht auf, ein Dutzend erweckt Misstrauen.«

Während Valderon die entsprechenden Befehle gab, erhob sich Xavir. Obwohl er nur wenige Minuten geschlafen hatte, fühlte er sich gut erholt. Die Luft kam ihm klarer vor, und seine Sinne waren aufs Höchste geschärft. Er ergriff sein Schwert und folgte Valderon. Landrils besorgten Blick quittierte er mit Schweigen. Dann näherten sich die beiden der Straße und gingen den Geräuschen von Pferden und dem arglosen Geschnatter von Reisenden entgegen.

Vor ihnen tauchten zwei kurze Reihen von Reitern auf, Männer in der blutroten Standarduniform der königlichen Legionen. Ein Pferd am Ende des Trosses zog einen Wagen, dessen Fracht von einer Plane überdeckt war. Vor den zwei Männern hielt der Zug an.

Der untersetzte Soldat, der ganz vorn ritt, trug den silbernen Streifen eines Feldwebels quer über der reich verzierten ledernen Brustplatte.

»Ein schönes Pferd hast du da«, verkündete Xavir mit weittragender Bassstimme und strich kräftig über den braunen Hals des Rosses. »Sieht mir aus wie aus einer Zucht aus Lausland.«

»Du kennst dich gut mit Tieren aus«, antwortete der Feldwebel. Er deutete mit dem Kinn auf Valderon, der mit verschränkten Armen schweigend dastand. »Was führt euch Männer auf diese Straße?«

Xavir hörte, wie leise, aber umständlich Klingen aus den Scheiden gezogen wurden.

»Wir sind nur zwei Reisende«, sagte Valderon.

»Ihr unternehmt eure Reise in finsteren Zeiten.«

»Die Zeiten waren schon immer finster«, entgegnete Xavir.

Dann wies er auf den Karren weiter hinten. »Ich wusste nicht, dass Soldaten sich heutzutage als Händler betätigen. Welche Fracht transportiert ihr da so weit in den Osten? Wenn ich das richtig sehe, befindet ihr euch auf keiner Wegstrecke, die nach Westen zurückführt.«

»Leichen«, entgegnete der Feldwebel. »Wir führen Leichen als Beweis mit uns.«

»Als Beweis wofür?«, fragte Xavir.

»Dass wir unsere Arbeit erledigt haben.«

»Dann arbeitet ihr wohl sehr erfolgreich«, meinte Xavir leichthin und schlenderte auf den Karren zu. Die anderen Soldaten starrten ihn an. Ihre Gesichter und Uniformen waren schmutzig und blutverschmiert. »Und wer waren eure Opfer?«

»Opfer?«, wiederholte der Feldwebel. »Sie waren Verräter am König. Um ein Exempel zu statuieren und die restlichen Mitglieder ihrer Gemeinschaft zu warnen, haben wir sie verbrannt. Die wenigen, die wir mit uns führen, dienen als Beweis, dass sie ihre Strafe erhalten haben.«

Mit Mühe unterdrückte Xavir seinen auflodernden Zorn. »Dafür bedarf es gewiss besonderer Tapferkeit«, spottete er. »Unschuldige einfach so abzuschlachten.«

Bilder aus der Vergangenheit tauchten vor seinem inneren Auge auf, denn das Blut Unschuldiger klebte auch an seinen Händen. Das wusste er nur zu gut.

»Wir sind Soldaten, die einen klaren Auftrag ausführen, Reisender«, fuhr der Feldwebel fort. »Mir mag diese Arbeit nicht gefallen, aber Befehle sind Befehle. Dir indessen stehen solch abwertende Äußerungen nicht zu.«

»Wohl wahr. Wohl wahr.« Inzwischen hatte sich der Himmel mit Wolken zugezogen, und es fiel ein beständiger Regen. Niemand hielt sich gern an diesem Ort auf, am allerwenigsten Xavir. »Lasst ihr uns unseres Wegs ziehen?«

»Da bin ich mir nicht so sicher. Ihr zeigt mir allzu große Neugier an Angelegenheiten, die nicht die euren sind.«

»Ich will kein Blutvergießen mehr«, erwiderte Xavir und linste zu Valderon hinüber, der die Soldaten mit düsterer Miene anstarrte. Ein Tropfen Wasser rann ihm am Unterkiefer entlang. »Ich habe für heute genug Männer getötet. Und ich habe auch schon genug Männer für ein ganzes Leben getötet.«

»Meinst du deine Worte ernst? Drohst du uns etwa?«, fragte der Feldwebel verwirrt. Einer seiner Untergebenen lachte hinter vorgehaltener Hand.

»Betrachte sie als Warnung!«, riet ihm Xavir. »Ich bin heute weit gereist, und meine Geduld ist nahezu erschöpft. Steckt eure Schwerter wieder in die Scheiden und macht euch einfach auf den Weg!«

Der Feldwebel lachte peinlich berührt. »Das glaube ich nicht, Reisender.«

Xavir spürte das Blut in den Schläfen pochen. Tief eingeschliffene Instinkte brodelten in ihm auf wie ein Topf mit Brühe kurz vor dem Sieden.

Er nahm die Blicke wahr, die der Feldwebel und der Soldat neben ihm austauschten. Letzterer machte sich daran, vom Pferd abzusteigen, und Xavir wusste, dass eine Auseinandersetzung nicht mehr zu verhindern war.

Er packte das aus dem Steigbügel geschwungene Bein des Reiters am Stiefel und riss es nach oben, bevor dieser nach der Waffe greifen konnte. Der Mann wurde über sein Pferd geschleudert und prallte hart gegen seinen Kameraden. Beide gingen zu Boden.

Valderon zückte sein Schwert und machte den beiden Soldaten den Garaus, während sie wieder aufzustehen versuchten. Xavir seinerseits schwang die Klinge von unten nach oben durch das Gesicht eines Angreifers und zerschmetterte ihm den Kiefer. Drei Tote binnen weniger Augenblicke, und der Feldwebel hatte sein Schwert noch nicht einmal zur Gänze aus der Scheide gezogen. Sechs Soldaten waren abgestiegen und drängten sich um Valderon und Xavir.

Dann traten die anderen Sträflinge am Straßenrand auf den Plan, jeder von ihnen bewaffnet. Xavir hob eine Hand, um sie zur Vorsicht anzuhalten.

»Ich wiederhole meine Bitte, Feldwebel. Ruf deine Männer zurück!«, verlangte Xavir. »Es sind junge Soldaten, die noch das ganze Leben vor sich haben, und ich will es nicht vorzeitig beenden.«

»Du meinst also, Berufssoldaten sollten auf Abschaum aus der Wildnis wie dich hören?«, fragte der Feldwebel und nahm die Klinge hoch. Regen prasselte schwer auf das Laub der Bäume.

Xavir seufzte. *Nun müssen junge Männer sterben. Nur wegen des Hochmuts und der Dummheit eines einzelnen Mannes. Seit ich im Gefängnis gelandet bin, hat sich also nichts geändert.*

Die Sträflinge stellten sich in einer Reihe auf und warteten auf den Angriff. Xavir wollte den Konflikt rasch hinter sich bringen und stürzte sich auf die Soldaten, dicht gefolgt von Valderon.

Der Feldwebel starb als Erster. Xavir parierte seine schwachen Hiebe und bohrte ihm die Klinge zwischen den Schnallen seines Lederwamses in den Leib. Die Augen traten dem tödlich Getroffenen aus den Höhlen, als er sein Leben aushauchte. Xavir aber wartete nicht ab, bis der Mann zu Boden gesunken war. Schon eilte er zum nächsten weiter, hackte auf dessen Schwerthand ein und trieb ihm die Klinge quer in den weit geöffneten Mund.

Bis der Rest der entlaufenen Häftlinge sich ebenfalls ins Getümmel gestürzt hatte, war die Zahl der Soldaten durch Xavir und Valderon auf nur noch zwei Männer geschrumpft.

Xavir befahl ein Ende des Angriffs.

»Bring mich nicht um!«, flehte einer der Soldaten, ein blutjunger Kerl, und fiel vor dem Karren auf die Knie.

Xavir musterte die blutverschmierten, verzerrten Züge seines Gegenübers.

»Warum sollte ich dich verschonen?«, knurrte Xavir, dem der Regen vom Gesicht troff.

Zur Rechten des jungen Soldaten warf einer seiner Kameraden das Schwert weg und hob in einer Geste der Kapitulation die Hände.

»Solche Männer dienen also heutzutage dem König?« Xavir spuckte aus. »Feiglinge.«

»Ich habe im letzten Monat geheiratet«, sprudelte es aus dem jungen Mann hervor. »Meine Frau erwartet ein Kind ... Ich ... Bitte töte mich nicht!«

Xavir brauchte seine gesamte Willenskraft, um die beiden nutzlosen Soldaten nicht einfach niederzustrecken.

»Ich schlage vor, ihr sucht euch einen anderen Beruf«, zürnte Xavir. »Hoch mit euch, alle beide! Legt sofort eure Rüstung ab und lasst eure Pferde hier! Daraufhin geht ihr in entgegengesetzte Richtungen zu Fuß durch den Wald. Ich zähle bis hundert, dann setzen euch diese Männer nach.« Xavir deutete mit der Schwertspitze auf den Haufen entflohener Sträflinge. »Dies ist die letzte Gelegenheit, euer Leben zu retten. Na los!«

Hastig legten die Männer ihre Rüstungen und Wämser ab und verschwanden auf dem rutschigen Boden zwischen den Bäumen.

Unter den Zuschauern kam leises Gelächter auf.

»Wir müssen ihnen doch nicht wirklich nachjagen, oder?«, fragte Davlor.

Xavir schüttelte den Kopf. »Diese Memmen befürchten es aber. Sie sind verängstigt und werden stundenlang rennen, nur um die Sonne noch einmal aufgehen zu sehen. Bis dahin sind wir längst hinter allen Bergen.«

»Du hättest sie töten sollen«, murmelte Jedral und wischte sich das Regenwasser aus dem breiten Gesicht. Er hatte erst knapp dreißig Sommer gesehen, wirkte aber viel älter. Mit seinen buschigen Brauen und den Augen, deren Blick ständig ruhelos hin und her huschte, erinnerte er an einen Raubvogel. »Die feigen Hosenscheißer hätten den Tod verdient. Ich verfolge sie, wenn du es mir erlaubst.«

»Das wäre Zeitverschwendung«, entgegnete Xavir. Dann wandte er sich um und verschaffte sich einen Überblick über die Hinterlassenschaft der Soldaten.

Er stieg über die Gefallenen hinweg und entfernte die Plane über der Fracht des Karrens. Darunter lagen Tote – alte Männer und Frauen. Sie befanden sich bereits in Verwesung.

»Das waren einfache Menschen, niedergemetzelt auf Befehl des Königs«, stellte Xavir fest. »Mardonius muss verrückt geworden sein. So ist die Welt, in die wir wieder zurückgekehrt sind, meine Herren.«

Landril gesellte sich zu ihm und betrachtete die sterblichen Überreste auf der Ladefläche. »So etwas kam schon viel zu häufig vor. Allerdings war mir nicht klar, dass sich die Säuberungen inzwischen so weit nach Osten ausgebreitet haben. Mardonius handelt weit jenseits der Grenzen von Stravimon.«

»Verteidigt denn niemand die armen Menschen?«, fragte Valderon. »Was ist mit anderen Herrschern und Königen?«

»Von denen gibt es mittlerweile nicht mehr viele. Einige Clans haben sich den Befehlen des Königs widersetzt und zählen nun zu seinen Feinden. Sie kämpfen aber ebenso sehr um das eigene Überleben wie um den Schutz dieser Menschen.«

Grimmig starrte Xavir auf die verwesenden Leichen. »Wir begraben sie«, erklärte er. Erst murrten die Häftlinge, verstummten dann aber, als sie seinen Gesichtsausdruck bemerkten.

»Was ist mit den Soldaten?«, fragte Valderon.

Xavir wischte sich den Regen aus dem Gesicht und spuckte auf den Boden. »Lasst sie verrotten!«

DIE RAST

Sie begruben die Leichen vom Karren und schleiften die toten Soldaten von der Straße, um sie im Unterholz zu verstecken – nur für den Fall, dass jemand nach ihnen suchen sollte. Nachdem sie alle Lebensmittel, Waffen, Kleidung und sonstigen nützliche Gegenstände eingesammelt hatten, wuschen sie das Blut von den Wämsern, bevor sie sich diese überstreiften.

Landril spürte den Zorn, den der kaltblütige Mord an unschuldigen Menschen unter seinen Gefährten geweckt hatte. Sie mochten Diebe, Mörder und Verräter sein, doch sie besaßen ein verqueres, aber ausgeprägtes Ehrgefühl. Einige murmelten etwas von gerechter Rache, und insbesondere Jedral schien angesichts der Toten besonders betroffen zu sein. Landril fragte sich, was sich in Jedrals Vergangenheit wohl zugetragen haben mochte. In liebevoller Erinnerung sprach er von seiner alten Axt und dass er den Soldaten liebend gern damit die Köpfe von den Schultern gehauen hätte. Landril hielt ihn für geistesgestört und traute ihm nicht recht über den Weg. Ungeachtet all dessen, schien dieser Mann eine Freundschaft zu Krund zu pflegen, einem der Ersten, mit denen Landril in der Höllenfeste gesprochen hatte. Der drahtige alte Rechtsverdreher mit dem Pferdegesicht besaß eine entspannte Art, die ihn zu einem angenehmen Gesellen machte. Nichts war ihm zu anstrengend. Er beschwerte sich nicht. Er kam anderen nicht in die Quere und hatte sich bestens mit seiner Lage abgefunden.

Doch bisher fühlte sich Landril Tylos eher zugetan als allen anderen. Der Mann aus Chambrek war ein hübscher Bursche und sprach so begeistert über die Künste, dass Landril warm ums Herz wurde. Hier draußen entwickelte für ihn alles die reinste Poesie – der Himmel, die Bäume, die Landschaft. Mit mehr Muße hätte er wahrscheinlich ein Gedicht über die Soldaten geschrieben, die gerade umgebracht worden waren, und es wäre wunderschön geworden.

Nachdem sie die Kleidung mit den toten Soldaten getauscht hatten, nahmen sie sich auch deren Pferde, und plötzlich erfreuten sich alle bester Laune. Vor allem deshalb, weil sie nicht mehr laufen mussten.

Im Regen des Spätnachmittags ritten sie weiter. Landril beobachtete, wie sehr es der einstige Anführer der Sechserlegion genoss, wieder auf einer Lauslandstute zu sitzen und durch ein vergessenes Land zu galoppieren, den Wind im Haar und den Regen im Gesicht.

Auf ihrem weiteren Weg durch die Wildnis berichtete der Meisterspion seinem Kommandanten von der Geschichte und den Mythen Brekklands. Von den Ungeheuern, die angeblich durch die dunklen Wälder streiften, von den Königen und Königinnen, die Anspruch auf diesen Landstrich erhoben hatten, bevor sie abermals für alle Welt in Vergessenheit geraten waren. Mittlerweile war Brekkland eine von Ackerbau und Viehzucht geprägte Gegend, in der kleinliche Krämerseelen um Land und Macht stritten. Dieser Tage verirrte sich kaum jemand nach Brekkland, mit Ausnahme von Bauern, Jägern oder Flüchtigen, die dringend untertauchen mussten.

Das Sonnenlicht verblasste am Himmel. Die Männer schlugen ein Lager auf und entfachten ein Feuer aus feuchtem Holz, das mehr Rauch als Wärme verbreitete. Dennoch wussten sie die erste ausgedehnte Rast seit ihrer Flucht aus der Höllenfeste zu schätzen. Einige von ihnen hatten unter den Habseligkeiten der Soldaten auch eiserne Rasiermesser entdeckt und befreiten sich von ihren ungepflegten Bärten. Saubere Kleidung, eine Rasur und der frische Duft der Freiheit schienen ihnen einen Teil ihrer Menschlichkeit und ihrer Zuversicht zurückzugeben.

Landril lauschte den Gesprächen der Umsitzenden, ohne sich selbst daran zu beteiligen. Sie äußerten ihre Sehnsucht nach Tavernen und Hurenhäusern, machten derbe Scherze und prahlten damit, was sie dort anzustellen gedachten. Landril wunderte sich nicht, denn andere Themen erwartete er bei diesen groben Gesellen erst gar nicht.

Irgendwann drehte sich die Unterhaltung darum, was jeder Einzelne mit der wiedergewonnenen Freiheit plante.

»Meine Familie wird mich nicht willkommen heißen«, meinte Tylos, nachdem er von seiner Vergangenheit erzählt hatte. Er hatte keinen Mord begangen, sondern war wegen Diebstahls inhaftiert worden, und zwar in einem Ausmaß, das bei den Zuhörern erheblichen Eindruck hinterließ. Erst bei dieser Diskussion fiel Landril auf, dass Tylos von edlem Geblüt war.

»Und warum nimmt dich deine Familie nicht zurück, Schwarzer?«, fragte Davlor.

»Den Augenblick meiner Verhaftung hätten sie lieber als den Augenblick meines Todes erlebt.« Er schüttelte den Kopf. »Zumindest wird dem Tod eine gewisse Ehrerbietung entgegengebracht. Über Tote sprechen die Menschen freundlicher als über Lebende.«

»Nach der ganzen Zeit in der Kälte bist du im Vergleich zu deinen Landsleuten wahrscheinlich so bleich wie Davlors Hintern geworden«, murmelte Jedral.

»Oder wie deine Glatze«, gab Davlor zurück.

»Ruhe, Rattenfresse!«, knurrte Jedral. »Wenigstens wurde ich in keinem Stall großgezogen.«

Landril hatte gehört, dass Davlor ein unrechtmäßiger Nachkomme des Herzogs von Grantax war. Er war mit seiner Mutter in einem winzigen Dorf zwischen der Stadt Grantax und der Golaxbastei aufgewachsen, war auf die schiefe Bahn geraten und hatte sich mit einem Schmugglerring eingelassen. Wie die anderen Mitglieder hätte Davlor eigentlich hingerichtet werden sollen, doch als Geste gegenüber seiner Mutter hatte der Herzog das Leben ihres Sohns geschont und ihn in die Höllenfeste werfen lassen.

»Valderon, was hast du vor? Und was hast du überhaupt verbrochen, dass du im Kerker gelandet bist?«, fragte Davlor mit unverhohlener Neugier.

Der dunkelmähnige alte Krieger starrte eine Weile schweigend ins Feuer.

»Ich war einer der obersten Befehlshaber in der Ersten Legion«, setzte er an. »Dann fiel ich in Ungnade, weil ich eine Affäre mit einer Herzogin hatte, die ich auf dem Rückweg von einem Feldzug beschützen sollte. Nach seiner Rückkehr fand ihr Ehemann alles heraus und tötete sie. Daraufhin kam ich und tötete ihn sowie einige seiner Männer. Damit war mein Schicksal besiegelt. Mein Titel und meine Liegenschaften wurden mir aberkannt, und ich blieb nur deshalb am Leben, weil sich Cedius als Dank für meine jahrelangen treuen Dienste für mich einsetzte.«

»Das passt! Da tötet man sein Leben lang andere im Auftrag des Königs«, brummte Jedral, »aber kaum bringt man einen Kerl mit guten Beziehungen um die Ecke, ist alles im Eimer.«

»So ist das nun mal mit der Politik«, sagte Valderon. »Ich brauche kein Mitgefühl.«

»Das bekommst du von uns armen Galgenvögeln auch gar nicht«, schränkte Jedral ein. »Aber genau das läuft schief in der Welt. Es gelten unterschiedliche Regeln, Freunde, je nachdem, wo man geboren wurde und an wessen Zitze man hing.« Die Männer verfielen in verhaltenes Lachen, denn in solchen Worten lag Wahrheit. So ging es tatsächlich zu in der Welt. Allerdings wusste Landril, dass sich viele Gefangene aus der Höllenfeste glücklich schätzen konnten, für ihre Vergehen nicht auf dem Schafott gelandet zu sein. Es lag nur an einer unerwarteten Begnadigung, an den guten Beziehungen ihrer Familie oder einem Gefallen, den ihnen jemand geschuldet hatte, dass diese Männer überhaupt noch am Leben waren.

»Kaum zu glauben, dass du in der Ersten Legion warst!«, rief Davlor ehrfurchtsvoll. »Obwohl ich in der Höllenfeste schon gemerkt habe, dass du ein guter Kämpfer bist. Müssen wir nun vor dir salutieren oder strammstehen?«

Alle blickten erwartungsvoll zu Xavir hinüber. Es war seine Aufgabe, die Stille zu durchbrechen, die sich auf alle herabgesenkt hatte. Er aber ließ sich Zeit mit einer Antwort.

»Dein Anführer«, sagte Valderon, »verdient sehr wohl den einen oder anderen Salut, sobald wir in unser altes Leben zurückgekehrt sind.«

Landril entging nicht, dass sich Valderon trotz seiner früheren Fehde mit Xavir an die militärischen Gepflogenheiten hielt und hinter dem Ranghöheren zurückstand. Obwohl beide vom Charakter her Herrschernaturen waren, überraschte und freute es ihn, dass keine offensichtliche Spannung zwischen ihnen herrschte.

»Hast du nicht auch zu den Legionen des Königs gehört, mein Freund?«, fragte Grend leise und wandte sich an Xavir. »Zur Ersten Legion?«

»Eine Weile schon«, gab Xavir zu.

Valderon sprach für ihn. »Er war kein gewöhnlicher Legionär. Er führte die Sonnenkohorte an, der nur die besten von Cedius' Soldaten angehörten. Sie waren als die Sechserlegion bekannt. Er war der Leibwächter und engste Freund des Königs, sowohl auf dem Schlachtfeld als auch hinter den weißen Mauern des Palasts in Stravir. Wenn die Gerüchte stimmen, hätte er eines Tages König werden können.«

Keiner sprach auch nur ein Wort. Vielmehr starrten alle Xavir nur überrascht an.

»Was hast du verbrochen, um bei uns armen Sündern schmoren zu müssen?«, fragte Tylos schließlich.

»Gut gesprochen, Schwarzer«, murmelte Jedral. »Das ist schon ein ziemlicher Absturz.«

»Wir kennen nicht einmal deinen richtigen Namen. Welcher der sechs warst du?«

Abermaliges Gelächter half über die Peinlichkeit hinweg, obwohl Landril beobachtete, wie hinter Xavirs ruhiger Maske alter Schmerz aufflammte. »Mein Name ist Xavir vom Clan Argentum. Ich befehligte die Sonnenkohorte.« Landril sah, wie in den Gesichtern der Männer die Erkenntnis dämmerte. Er wusste, was dieser große Krieger geleistet hatte, und den anderen war sein Wirken offenbar ebenfalls bekannt.

Unbeirrt sprach Xavir weiter. »Vielleicht habt ihr von unseren Taten gehört. In Baradiumsfall tötete ich unsere eigenen Landsleute. Nicht absichtlich. Aber für das Abschlachten von Unschuldigen gibt es keine Entschuldigung. Und tagtäglich lebe ich nun mit den Erinnerungen an dieses Massaker.«

»Ich erinnere mich dunkel, etwas darüber gehört zu haben«, sagte Davlor.

»In den Bierstuben redeten die Leute ein Jahr lang über nichts anderes«, ergänzte Tylos. »Sogar in Chambrek.«

»Diese Tat brachte Schande über Cedius den Weisen«, fuhr Xavir fort. »Und über die Sonnenkohorte. Mich warf man ins Gefängnis, meine fünf Kameraden wurden hingerichtet. Meine Einkerkerung in der Höllenfeste war eine öffentliche Erinnerung an die Schande, die ich Stravimon bereitet hatte.«

»Du wurdest in eine Falle gelockt!«, rief Landril über die Flammen hinweg. »Es war nicht deine Schuld.«

Xavir nahm Blickkontakt mit Landril auf und entdeckte Zorn in dessen Augen auflodern. »Das hast du bereits behauptet, Meisterspion.«

»Es ist die Wahrheit«, beharrte Landril.

»Wartet!«, mahnte Tylos. »Meisterspion?«

Xavir erhob sich. »Landril war ein Meisterspion für Cedius und danach auch für eine kurze Weile für Mardonius. Allerdings steht er schon lange nicht mehr in den Diensten eines Königs. Er kam eigens in den Kerker, um mir die Erkenntnis über meine Unschuld mitzuteilen. In gewisser Weise verdankt ihr ihm alle eure Freiheit, und deshalb habt ihr ihm auch Respekt zu zollen. Landril setzte mich darüber in Kenntnis, dass unsere Tat nur deshalb eingefädelt wurde, um uns zu Fall zu bringen. Unschuldige wurden niedergemetzelt, weil man sich der Sonnenkohorte entledigen wollte. Sicher fragt mich einer von euch nach meinen Plänen, nachdem ich mich nun wieder auf freiem Fuß befinde«, sagte Xavir. »Ich werde die Schuldigen suchen, die mich in den Kerker gebracht haben. Und ich werde sie umbringen.«

»Wer trug eigentlich die Verantwortung für den Verrat an dir?«, fragte Valderon.

»General Havinir und Fürst Kollus waren zwei der Übeltäter«, entgegnete Landril. »Aber die Intrige wurde größtenteils auf dem Anwesen der Herzogin Pryus in der Golaxbastei gesponnen. Und dann wäre da natürlich noch der derzeitige König.«

Er sah die Überraschung auf den Gesichtern der Männer.

»Ich habe Nachrichten von Kollus abgefangen, bei dem ich eine Zeit lang angestellt war«, erklärte Landril. »Mardonius steckte hinter allem.«

»Havinir«, grunzte Valderon. »Schon in meinen Zeiten bei der Armee konnte ich den Kerl nicht leiden, muss ich gestehen. Er war nur damit beschäftigt, in den Rängen aufzusteigen, anstatt im Krieg für Ordnung innerhalb seiner Reihen zu sorgen.«

»Nun gut«, sagte Xavir. »Dann sind es also diese Leute, mit denen ich ein Hühnchen zu rupfen habe. Jeder von ihnen muss für seine Verbrechen büßen.«

»Klingt nicht übel«, sagte Davlor. »Wir haben sowieso nichts Besseres vor und könnten dich begleiten.«

Landril fragte sich, ob Xavir begriff, dass er diese jungen Männer nicht einfach ihrem Schicksal überlassen durfte. Die meisten hatten Jahre in der Höllenfeste verbracht. Ein anderes Leben als das ihrer Zugehörigkeit zu einer Bande kannten sie nicht. Ungeachtet ihrer Freiheit, konnten sie sich wohl kaum aus dem sicheren Umfeld von Menschen lösen, denen sie vertrauten.

»Ich schließe mich auf jeden Fall dir an«, fügte Davlor hinzu. »Was sollte ich sonst mit mir anfangen? Außerdem bist du nach wie vor unser Anführer.«

»Einverstanden«, stimmte Valderon ihm zu. »Letztendlich müssen wir uns ja um keine wichtigen Angelegenheiten kümmern. Unsere Familien haben uns enterbt. Unsere früheren Ränge gelten nichts mehr. Ob nun zusammen oder einzeln – als entflohene Sträflinge wird man uns jagen. In einer größeren Gruppe sind wir sicherer. Daher ist es durchaus sinnvoll, wenn wir zusammenbleiben.«

»Es gibt da eine Person, die mich – und nur mich – zu sich gerufen hat«, gab Xavir zurück. »Ich bin mir nicht sicher, ob sie mit weiteren Besuchern rechnet.«

»Wer ist diese Person?«, fragte Davlor.

»Die Wolfskönigin«, verriet Xavir.

Ehrfürchtiges Schweigen war die Antwort. Landril lachte in sich hinein. Die meisten dieser Männer kannten Xavir von der Sonnenkohorte oder die Wolfskönigin nur aus Geschichten, wie man sie sich in schmuddeligen Tavernen erzählte. Nun waren sie dem einen jener berühmten Krieger tatsächlich begegnet und im Begriff, auch den anderen zu treffen.

»Wie? Die echte Wolfskönigin?«, fragte Davlor und unterdrückte ein Rülpsen.

»Natürlich die echte Königin«, gab Landril zurück. »Sobald die Sonne aufgeht, machen wir uns auf den Weg zur Wolfskönigin Lupara.«

Xavir warf Landril einen Blick zu und verengte die Augen zu Schlitzen.

»Ihr alle seid mir als Begleitung willkommen«, erklärte Xavir schließlich. »Für eure Sicherheit kann ich allerdings nicht einstehen. Ich brauche Männer, denen ich vertraue. Diesem Mann dort vertraue ich.« Er deutete auf Valderon. »Wenn er mich begleitet, sind die Fehden der Höllenfeste Geschichte. Aufgrund unserer Vergangenheit wird alle Welt uns hassen. Dagegen müssen wir uns wappnen, und gemeinsam sind wir stärker.«

Xavir nahm sich einen Streifen Dörrfleisch aus den Rationen der Soldaten. »Schlaft eine Nacht darüber! Ich übernehme währenddessen die erste Wache.«

Abseits des Feuers herrschte vollkommene Finsternis im Wald. Xavir konnte seine Männer in der Ferne noch immer mühelos hören.

Ein Ast knackte, und Valderon näherte sich ihm durch die Schatten.

»Es ist ruhig hier draußen.«

»Abgesehen von dem Lärm, den die Männer machen«, erwiderte Xavir. »Tja, wer mag es ihnen verübeln, dass sie ihre Freiheit genießen?«

»Sie werden schon bald zur Ruhe kommen. Aber es überrascht mich, dass sie noch nicht schlafen, nachdem sie doch todmüde sein müssten.« Valderon lehnte sich neben Xavir an eine umgestürzte Eiche, und beide starrten in die Schwärze. »Wie war es denn in der Sonnenkohorte?«, fragte Valderon leise. »Ich hatte den Ehrgeiz, selbst eines Tages zu ihren Reihen zu zählen, einer von der Sechserlegion zu sein. Das war natürlich vor der Höllenfeste.«

»Als ich mich ihr anschloss«, hob Xavir an, »gab es keine größere Ehre für einen Clanskrieger. Die Elite ging zur Legion des Königs – zumindest war das früher so. Die Besten schafften es bis ganz nach oben. Du hättest ohne jeden Zweifel zu ihnen gezählt. Und für einige wenige, denen das Glück besonders hold war, eröffnete sich dann unter Umständen noch eine weitere Möglichkeit ...«

»Es hieß immer, man müsse auf dem Schlachtfeld etwas Außergewöhnliches vollbringen, einen Akt der Selbstlosigkeit zur Sicherung des Siegs, um der Kohorte beitreten zu dürfen.«

»So in etwa«, stimmte Xavir zu. »Der Betreffende musste den Beweis für seine Bereitschaft erbringen, sein Leben für andere zu opfern. Er musste nicht nur trefflich mit Waffen oder Schilden umgehen, sondern auch zeigen, dass es ihm nicht um den persönlichen Ruhm ging und dass er das Wohlergehen anderer deutlich höher einschätzte als das eigene. Wenn Cedius ins Herz der gegnerischen Reihen vorpreschte, wollte er das mit den allerbesten und selbstlosesten Soldaten an seiner Seite tun. Wir strebten auf dem Schlachtfeld nicht nach besonders ruhmreichen Taten. Es ging uns einfach nur um Aufrichtigkeit.«

»Und *wie* war es denn nun?«, fragte Valderon. »Wenn die schwarzen Helme abgenommen und die Banner wieder aufgerollt waren? Wenn ihr Cedius zurück in seinen Palast begleitet habt?«

Xavir lächelte und erzählte Geschichten von der Kameraderie, die zwischen ihm und seinen Brüdern von der Sonnenkohorte geherrscht hatte. Von Besprechungen am Vorabend einer Schlacht, die bis tief in die Nacht geführt wurden. Von der Weisheit König Cedius', von den schwarzen Bannern und davon, wie nur wenige Elitesoldaten über das Schicksal ganzer Nationen entschieden. »Wir speisten auch in Gegenwart unseres Königs und genossen die gleichen Annehmlichkeiten, die einem Mann von seinem Stand zuteilwurden. Wir waren wie Brüder. Guter Wein, große Gelage ... und Freundschaft.«

»Und Frauen?« Valderon lachte leise auf.

»Für jene, denen es nach Frauen verlangte«, räumte Xavir ein.

»Und du wolltest keine?«

»Nein«, sagte Xavir. »Ich wollte keine.«

Aber nicht deshalb, weil sie mit irgendeinem Mangel behaftet gewesen wären, dachte Xavir. In Cedius' Palast in Stravir hatte es mehr als genug Huren beiderlei Geschlechts gegeben. Manche Krieger fanden Gefallen daran, sich nach den Kriegsgräueln ihrer schweren Bürde zu entledigen und das Blutvergießen sowie all jene zu vergessen, die sie auf die letzte Reise zur Göttin geschickt hatten. Womöglich bewahrten diese Vergnügungen viele Soldaten vor dem Wahnsinn. Xavir aber hatte nie Gefallen an Huren gezeigt. Wann immer er die Augen schloss und mit den Lippen sacht die Haut einer Frau berührte, tauchte vor seinem inneren Auge Lischas blasses Gesicht auf.

Ihr Siegel wird für immer auf dir liegen.

»Du solltest ein wenig schlafen«, sagte Valderon. »Mute dir nicht zu, die ganze Nacht über Wache zu halten.«

Xavir legte dem Krieger eine Hand auf die Schulter, bevor er sich auf den Rückweg durch den Wald begab.

Xavir saß noch immer wach am Feuer vor der glimmenden Glut. In der Nähe war zu hören, wie sich die Pferde regten. Die Männer schnarchten friedlich. Irgendwo aus den Bäumen erklang der leise Ruf einer Eule.

Während seiner Zeit in der Höllenfeste hatte er keinen Gedanken an die Vergangenheit verschwendet. Dort kannte keiner den anderen, und die meisten hielten das Leben verborgen, das sie zuvor gelebt hatten. An einem Ort wie der Höllenfeste hatte es keinen Zweck, sich an vergangenem Ruhm festzuklammern oder auf eine glänzende Zukunft zu hoffen. Es war besser, jeden Tag so zu leben, wie er daherkam.

Doch nun sah sich Xavir gezwungen, sich an die Ereignisse zu erinnern, die vor jener Zeit lagen. Er biss in einen der faden Kekse, die sie bei den toten Soldaten gefunden hatten, und versetzte sich in Gedanken zu einem opulenten Gelage in die Burg des Clans Argentum.

Der Abend war dem Gedenken an das Brigalliamassaker gewidmet gewesen, eine dunkle Begebenheit in der Familiengeschichte derer von Argentum. Jedes Jahr trugen die Söhne und Töchter der unmittelbar Betroffenen unter dem Banner eines goldenen Drachen Gedichte vor, während der Rest der erweiterten Sippe zu Ehren der Gefallenen die Humpen hob. Alle waren dazu eingeladen, sogar die Hexen, die sonst nur selten an den Feierlichkeiten teilnahmen.

Ein Gelage im Besonderen, das inzwischen schon viele Jahre her war, wurde nur wenige Wochen nach Lischas Ankunft auf der Burg abgehalten. Zu diesem Zeitpunkt hatten sich Xavir und Lischa bereits mehrmals getroffen, ohne dass Valerix davon gewusst hätte. Lischa war neugierig auf die Sitten und Gepflogenheiten des Clans, und Xavir war schlichtweg neugierig auf sie. Es war verboten, abseits der formell geregelten Wege an die Hexen heranzutreten. Doch das steigerte den Wunsch des Kriegers von achtzehn Sommern nur noch mehr, Näheres über sie zu erfahren.

Ob es nun Schicksal oder ein Ergebnis von Lischas eigener Planung war, vermochte Xavir nie mit Sicherheit zu sagen, doch die beiden begegneten sich oft in irgendeinem entlegenen Korridor der Burg. Ihre Unterhaltungen bewegten sich vom Austausch von Nettigkeiten bis zu persönlicheren Belangen. Lischa war über ihre Lernfortschritte verdrossen und behauptete, Valerix sei nicht forsch genug und zu zurückhaltend, was ihre Fertigkeiten anging. Sie wollte es Lischa einfach nicht erlauben, ihre eigenen Experimente voranzutreiben. Das Mädchen war jung, ehrgeizig und zielstrebig: Es wollte etwas von der Welt sehen und nicht in einem vergessenen Turm langweilige und wenig einfallsreiche Zauberkünste üben. Xavir konnte das nachempfinden. Nur auf dem Schlachtfeld mit einem Schwert in der Hand fühlte er sich wirklich glücklich. Die damit verbundenen politischen Ränke, der Spross einer mächtigen Familie zu sein, bargen für ihn kaum einen Reiz. Er ermunterte Lischa nur allzu gern, sich mehr von der Freiheit zu nehmen, nach der sie sich so sehr sehnte.

Mutig lud er sie ein, mit ihm jenseits der Wälder zu reiten, und er erzählte ihr, dass er von einem Vorrat von Hexensteinen wusste, den Valerix' Vorgängerin angelegt hatte. In Wahrheit wusste er zwar von diesem Vorrat, kannte aber den genauen Fundort nicht. Er wollte einfach nur mit ihr an einem Treffpunkt sprechen, wo sie lediglich die Geschöpfe des Waldes belauschen konnten.

Es war der Abend des Gedenkgelages, an dem sich alles ändern sollte. Xavir bat Lischa, sich mit ihm als sein Gast an der Tafel niederzulassen, und zu seinem Erstaunen willigte sie ein.

Tausend Kerzen leuchteten neben schimmernden Tabletts aus Gold und Trinkkelchen aus Silber, die allesamt mit dem Drachen des Clans verziert waren. Wandteppiche – alte Familienerbstücke – waren aufgehängt worden, um den Steinwänden etwas von ihrer Kälte zu nehmen.

Die junge Hexe folgte Xavir in die Halle, und ihr schwarzer Mantel bauschte sich hinter ihr wie eine üppige Schleppe. Bei ihrem Erscheinen hoben die fünf Dutzend Gäste die Köpfe, tuschelten und starrten das Paar voller Geringschätzung an. Selbst Xavirs Vater verbarg nur mit Mühe seinen Abscheu.

Xavir scherte das nicht. Er und Lischa setzten sich auf eine Bank hinter seinem Vater und lauschten scheinbar gebannt den Dichtern. Sie aßen Muscheln aus der Flussmündung und Wildmedaillons aus dem uralten Wald. Obwohl der Anlass traurig war, verspürte Xavir kaum Mitgefühl ob seiner beim Brigalliamassaker gefallenen Brüder und Schwestern. Er war ein Mann, den man damals bereits in der Kunst der Metzelei unterwiesen hatte und der zusehen musste, wie man viele seiner engen Freunde in Stücke gehackt hatte. Stattdessen dachte er an den Ruhm, den sie hätten erringen können.

Gegen Ende des Abends fasste Lischa sanft nach Xavirs Hand. Er hatte bis dahin schon Umgang mit vielen Frauen gepflegt, doch keiner war es gelungen, seine Aufmerksamkeit so lange zu fesseln wie Lischa. Schön war nicht ganz das richtige Wort, um sie zu beschreiben. An ihr war etwas *anders*. Nicht nur ihre auffällig blauen Hexenaugen, sondern auch ihre klaren Gesichtszüge, ihr durchdringender Blick und ihr Lächeln. Damit hätte sie ihn zum Sturm auf jede Zitadelle schicken können, wenn es ihr in den Sinn gekommen wäre. Für gewöhnlich hatte er das Gefühl, die Herausforderungen des Lebens angemessen zu meistern. Er war stolz auf die Genauigkeit, mit der er einen Schwerthieb führte, auf die alten Kampfhaltungen aus dem Achten Zeitalter, die ihm die Kriegsmeister seines Clans beigebracht hatten, und auf die Fähigkeit, ein wildes Pferd zu zähmen. Sie hingegen raubte ihm seine Selbstgewissheit. Und es machte ihm nicht das Geringste aus.

Nachdem der letzte Dichter seine Klagelieder beendet hatte, erhob sich Lischa und schlenderte zum hinteren Teil der Halle. Xavir fragte sich, ob sie ihn mit irgendeinem Fluch belegt hatte, der ihm sanfte Gedanken einhauchte.

In der Rückschau wunderte sich Xavir, wie das Schicksal ihn von solch unschuldigen Freuden dorthin geführt hatte, wo er nun war – als entflohener Sträfling tief in einem alten Wald.

Doch er war nicht allein, sondern umgeben von Männern, die von aller Welt als Ausgestoßene betrachtet wurden. Ein Clan, den man vergessen und auf Geheiß übermächtiger Gegenspieler verborgen gehalten hatte.

Xavir merkte nicht, dass er den Keks zwischen den Fingern zerbröselt hatte. Wenn er seinen Gedanken auf diese Weise freien Lauf ließ, stellte er eine Gefahr für jeden dar – sogar für sich selbst. Xavir musste seinen Zorn verfeinern und zurechtschleifen wie eine Schwertklinge. Nur dann konnte er die Waffe sachgemäß führen.

DAS TOTE TIER

Elysia und Birgitta streunten über die bewaldeten Hügel und passierten einen der Hohlwege, die von Jarratox wegführten. Alte Steine, undeutlich mit Symbolen verziert und zwischen Baumwurzeln versteckt, markierten die überwucherten Pfade, die die Schwestern nutzten.

Sonnenlicht sickerte durch das Blätterdach der Eichen, Eschen und Birken. Auf dem ersten Teil ihres Marschs schritten sie durch eine grüne Schneise aus Farn, bis sie in ein Gebiet vordrangen, durch das unlängst Wildschweine gebrochen waren. Dort hatten die Tiere auf ihrer Nahrungssuche den Farn umgepflügt. Flecken mit bunten Blumen hatten sich gebildet, die den Waldboden wie ein Teppich bedeckten, und das weitere Vorankommen wurde nicht nur angenehmer, sondern auch wesentlich leichter.

Obwohl Jarratox nur drei Meilen entfernt war, kam es Elysia so vor, als seien sie schon tagelang unterwegs. Sie trug bequemere Kleidung als sonst, eine braune Hose, eine graue Bluse und einen grünen Mantel – die Farben von Fels und Erde. Über die Schulter hatte sie einen goldverzierten Bogen geschlungen, in den Birgitta vor drei Jahren einen kastanienbraunen Stein eingelassen hatte.

Die beiden hatten Jarratox kurz vor Sonnenaufgang verlassen und waren auf dem Hohlweg keinem einzigen Wanderer begegnet. Die grüne Schneise hatte sich inzwischen in einen ausgetretenen und schlammigen Pfad verwandelt, doch noch immer trafen sie auf keine fremden Reisenden.

Sie sahen nur Rehe, die ihren eigenen Wegen folgten. Und diese Tiere waren auch genau der Grund, weshalb die zwei Frauen in den Wald gekommen waren.

»Du bist so schnell, dass meine alten Beine nicht mehr mithalten können«, klagte Birgitta.

»Du bist nicht alt«, entgegnete Elysia mit einem Lächeln.

»Mit dir verglichen, kleine Schwester, fühle ich mich aber nicht mehr jung. Du stehst in der Blüte deiner Jahre. Du bist ein tatkräftiges junges Ding.«

»Meine Tatkraft habe ich nur dir zu verdanken«, entgegnete Elysia. »Andernfalls würde ich wie alle anderen auch auf Jarratox verrotten.«

»Bei der Quelle! Endlich redest du genauso wie ich!« Birgitta kicherte. »Jarratox ist nicht die ganze Welt, sondern hat auch seine Nachteile. Die Matriarchin und ihre Clique wären gut beraten, mehr Zeit hier draußen zu verbringen. Wenn du mich fragst, findet sich hier die wahre Magie.«

Birgitta hatte recht. Sie gelangten auf eine Lichtung, auf der noch der Morgentau glänzte. Milchiges Sonnenlicht umhüllte zwei Rehe, die auf der Wiese ästen. Es herrschte eine idyllische Ruhe, wie Elysia sie bislang nur selten verspürt hatte, und sie war wie gebannt von den Farben des Lichts und der Blumen. Angesichts der menschlichen Störenfriede hoben die Tiere die Köpfe und zogen sich vorsichtig hinter eine umgestürzte alte Eiche zurück.

»Zwei der Getreideernten letztes Jahr sind ausgefallen«, flüsterte Birgitta und nickte in Richtung der Rehe.

»Ich weiß«, seufzte Elysia. »Das sagst du jedes Mal. Ich habe schon verstanden, was wir tun müssen.«

»Es wird schlimmer, weil sich in den Dörfern jenseits der Hügel schon seit Monaten niemand mehr satt gegessen hat«, fügte Birgitta hinzu. »Menschen sterben, und das hat die derzeitige Unruhe in der Welt nur verstärkt. Vergiss diesen Umstand nicht! Menschen brauchen Nahrung, Kleidung und ein behagliches Bett zum Schlafen. Wird auch nur eines dieser Grundbedürfnisse nicht erfüllt, entsteht Unruhe. Also besorgen wir ihnen heute ein Reh, damit sie noch eine kleine Weile länger leben.«

»Ich begreife immer noch nicht, warum die Jäger nicht selbst kommen.«

»Sie haben zu viel Angst.«

»Wovor?«

»Sie haben Angst vor uns. Angst davor, wie dicht der Wald an Jarratox liegt.«

»Vor uns? Oh … Ach so.«

Birgitta verdrehte die Augen. »Lass uns nun die Nahrung beschaffen! Denk daran – du musst deinen Schuss so abgeben, dass das Reh nichts merkt.«

Elysia nickte. Die Schwestern wählten eine Stelle neben einem Baum, wo sie sich im hohen feuchten Gras niederlegten. Dass die Rehe für sie nicht mehr sichtbar waren, besaß keine Bedeutung mehr.

Elysias Kehle war vor Aufregung wie zugeschnürt. Dennoch nahm sie den Bogen von der Schulter, kroch zum Baum hinüber und hob die Waffe entschlossen an. Birgitta reichte ihr einen schlichten Pfeil ohne Hexensteine oder andere magische Attribute. Hier ging es ausschließlich darum, dass Elysia sich ihres Geists bediente.

Birgitta brauchte Elysia nichts Neues mehr beizubringen. Stattdessen musste sie sie nur noch auf die eine oder andere schlechte Angewohnheit hinweisen und sie ermahnen, nicht zu viel über ihr Tun nachzudenken. Elysia hatte diese Aufgabe mittlerweile schon oft genug erledigt und vertraute ihren Instinkten. Sie musste nur jenen Teil ihres Geists anzapfen, dessen schiere Existenz die anderen Schwestern nicht anerkennen wollten. Er unterschied sich von jenem Bereich, aus dem die anderen die Kraft für ihre traditionelle Magie schöpften. Er war etwas weitaus Urtümlicheres, was nicht in Büchern zu finden war. Kaum eine Schwester konnte diesen Ort finden oder machte sich auch nur die Mühe, danach zu suchen, wie Birgitta ihr immer wieder erzählte. Dies erklärte auch, warum Elysia so anders war.

Elysia legte den Pfeil auf, schloss die Augen und rief sich die Gestalt des Rehs ins Gedächtnis. Da sich das Tier von ihr aus gesehen seitlich aufhielt, schätzte sie den Winkel ein, aus dem heraus sie zu treffen gedachte. Der Stein im Bogen leuchtete in wildem Orange auf.

Sie ließ den Pfeil von der Sehne schnellen und beobachtete seinen Flug, um ihm gleich darauf den Drall zu versetzen, den sie beabsichtigt hatte. Bald geriet er außer Sicht.

Einen Herzschlag später nahm sie ein dumpfes Geräusch wahr und hörte, wie das Tier zusammenbrach.

Abermals schloss sie die Augen, diesmal vor Traurigkeit und Respekt dem getöteten Reh gegenüber. Es schmerzte sie immer, diese Tat vollbringen zu müssen, obwohl doch so viel Gutes daraus erwuchs.

»Komm!« Mit theatralischem Stöhnen erhob sich Birgitta vom Boden. »Das war nur die Hälfte der Arbeit.«

Der Weg zu dem gefallenen Wild ging stets langsam vonstatten. Elysia erinnerte sich an die Worte, die Birgitta schon unzählige Male an sie gerichtet hatte.

Zuallererst weidest du das Tier aus und zerlegst es. Dann bringst du das Fleisch zu den Dörflern und versorgst sie mit Nahrung. Nur deshalb gehen wir auf die Jagd. Die Menschen werden dir dankbar sein, vor allem in Zeiten der Not, aber du verlangst keine Bezahlung. Das tote Tier ist ein Geschenk, und zwar ein Geschenk jener, die sie als Hexen bezeichnen und in aller Regel fürchten. Unsere Schwestern mögen nicht so gütig sein, doch unser Handeln trägt dazu bei, dass die Menschen der Schwesternschaft freundlich gesinnt sind. So geht es in der Welt nun einmal zu, und das musst du wissen, wenn du hier draußen ein geruhsames Dasein fristen willst. Die Menschen misstrauen der Schwesternschaft. Bisweilen frage ich mich, ob sie nicht recht haben.

»Ein sauberer Tod«, befand Birgitta und betrachtete das erlegte Reh. »Ein guter Schuss. Du beherrschst die Kunst nahezu meisterlich. Nur wenige Schwestern haben sich je so eingehend mit der Anwendung von Magie als Waffe beschäftigt. Ich kenne den Grund, und es schmerzt mich, dass nur wir beide genau Bescheid wissen.«

»Warum schmerzt dich das?«

»Ich lehne jede Gewalt ab, sofern es auch friedliche Lösungen gibt. Das ist einer der Gründe, weshalb ich nie einem Clan zugeteilt wurde. Ich war gegen alle diese politischen Winkelzüge, die sie betreiben und die dazu führen, dass Unschuldige ihr Leben verlieren.«

Birgitta zog ein langes Jagdmesser aus der Scheide unter ihrem Mantel und reichte es an Elysia weiter. Mithilfe der älteren Frau brach die junge Schwester das erlegte Tier vom Brustkorb bis zwischen die Hinterläufe auf und nahm es aus, damit das Fleisch abkühlen konnte und nicht verdarb. Beim allerersten Mal hätte sie beim Anblick des Bluts um ein Haar das Bewusstsein verloren, doch inzwischen war sie daran gewöhnt.

»So sieht es aus, wenn man sich ernsthaft und ohne Brimborium im Geschäft von Leben und Tod betätigt«, sagte Birgitta. »Die anderen Schwestern würden sich die Hände niemals so schmutzig machen. Wir müssen begreifen, dass manchmal Blut vergossen werden muss, damit das Leben weitergeht, ob uns das nun gefällt oder nicht.«

Elysias Arme schmerzten vor Anstrengung. Birgitta entfaltete ein großes Tuch und zog ein Seil aus der Tasche, um das tote Tier einzuwickeln und zu verschnüren. Sie schlang es um den Kopf des Wildbrets und reichte Elysia das Seilende.

»Diesmal schleppst du die Beute als Erste«, sagte Birgitta, und Elysia seufzte laut. »Nicht stöhnen! Die Anstrengung macht dich stark und beweglich.«

Zwei Stunden lang stiegen die beiden Frauen bergab in die nächste Siedlung und wechselten sich mit dem Ziehen des erlegten Tiers ab. Dichtes Gehölz verwandelte sich nach und nach in Grasland und schließlich in brach liegende Felder, auf denen früher einmal Getreide angebaut worden war. Unter dem wolkenlosen Himmel war es heiß geworden, und obwohl Elysia den Mantel abgelegt hatte, brach ihr bald der Schweiß aus. Trotz Birgittas früherer Behauptung, bei Weitem nicht so jugendlich zu sein wie Elysia, schien sie kaum erschöpft zu sein.

Die Ortschaft Vasille kam in Sicht, die größte innerhalb der Nation von Brintassa. Ihren Kern bildeten Dutzende von Steinbauten aus dem Achten Zeitalter, die man über die Jahrhunderte hinweg immer wieder renoviert hatte. Inzwischen waren sie allerdings nichts weiter als arg beengte Wohnstätten. Man erzählte sich, ein reicher Mann aus Stravimon sei der Besitzer und habe die Häuser im Austausch gegen Feldarbeiten auf seinen Ländereien an die Bewohner vermietet. Derzeit jedoch lebten die Menschen von seinen Almosen, von Nahrung, die er in anderen Ländern einkaufte.

»Du darfst ihn nicht als Wohltäter betrachten«, erklärte Birgitta. »Die Dörfler sind mehr oder minder seine Sklaven. Er versorgt sie mit Lebensmitteln, damit sie ihm nicht wegsterben, nicht mehr und nicht weniger. Unsere kleine Lieferung wird ihm nicht gefallen, verstößt sie doch gegen seinen ungeschriebenen Vertrag.« Der Gedanke zauberte ein Lächeln auf Birgittas Gesicht.

In der Ortsmitte von Vasille lag ein Krämerladen, und dorthin waren die beiden Schwestern unterwegs. Sie schritten die matschige Straße entlang, bis sie vor einer großen Eichentür ankamen. Elysia wartete mit dem umhüllten Geschenk vor dem steinernen Bau. Birgitta hingegen betrat den Laden, um mit dem Händler zu sprechen.

Die Bewohner der Siedlung hatten offenbar nicht viel zu tun und wirkten unterernährt und elend. Die Männer saßen schweigend im Schatten unter Vordächern, während sich die Frauen zum Wasserschöpfen um einen Brunnen versammelt hatten. Ihre Kleidung war zerschlissen und starrte vor Schmutz. Der Tempel, ehemals der Göttin geweiht, war offenbar geschändet worden. Kein sichtbares Anzeichen verwies noch auf die alte Gottheit. Stattdessen waren in bunte neue Steine, die einen starken Kontrast zum Rest des verwitterten Gebäudes bildeten, sonderbare Tiere eingehauen worden. Mardonius' Handlanger hatten eigens den weiten Weg auf sich genommen, um ihren Ansichten auf diese Weise Geltung zu verschaffen. Von den Menschen der Ortschaft, die sich kaum zu ernähren wussten, geschweige denn kämpfen konnten, hatten sie gewiss kaum Widerstand zu erwarten gehabt.

Aus dem Laden drangen laute Wortfetzen. Wer immer da mit Birgitta sprach, neigte in jedem Fall zu sehr knappen Antworten. Irgendwann trat schließlich der Händler nach draußen, ein kleiner Mann mit langem grauem Haar, der im hellen Sonnenlicht die Augen zusammenkniff. Die Zeit hatte tiefe Furchen in sein Gesicht gegraben, und wie seine runzelige Stirn verriet, war sein Leben erbärmlich gewesen.

Mit einer Mischung aus Überraschung und Abscheu stierte er Elysia an, blinzelte mehrfach und lenkte den Blick auf das umhüllte Wildbret. Er beugte sich nach unten und löste die Verschnürung. Elysia ihrerseits entledigte sich des Seils um die Hüften. Von der Lieferung sichtlich angetan, erhob sich der Händler und starrte Birgitta an.

»Wie ich schon sagte, erwarten wir keine Gegenleistung. Es ist ein Geschenk«, erläuterte Birgitta. »Wir sind nicht alle so wie jene, die ihr fürchtet«, ergänzte sie nach einer Pause.

Der Mann hörte ihr schon nicht mehr zu und schleppte das Reh bereits in seinen Laden. Dann schloss er die Tür hinter sich.

»Er weiß sich nicht zu benehmen«, erklärte Elysia. »Nun verstehe ich auch, warum ich letztes Mal auf der anderen Straßenseite warten sollte.«

»Vergiss nicht die Art, wie er dich angesehen hat, kleine Schwester!«, sagte Birgitta, während sie den Rückweg durch die Ortschaft antraten. »Vergiss sie niemals!«

»Ist es wegen unserer Augen? Ist es die Farbe?«

»Anfangs schon. Ihnen kommen unsere Augen strahlender und blauer vor als gewohnt. Unsere Augen verraten, wer wir sind, und daher wusste er auch, woher wir kommen.«

»Wir haben ihm doch in keiner Weise geschadet. Und die Schwestern auch nicht.«

»Nein, kleine Schwester, nein. Im Leben ist es unerheblich, was du getan oder nicht getan hast. Die Menschen treffen ihr Urteil über dich anhand deiner Andersartigkeit. Anhand deiner vermeintlichen Taten. Ganz gleich, wie unwahrscheinlich diese Taten auch sein mögen. Sie verleumden dich, weil sie es nicht besser wissen. Und sie haben Angst.«

DIE WOLFSKÖNIGIN

Ihr Tagesablauf war einfach. Sie erwachte im Morgengrauen, holte Wasser, entfachte ein Feuer, kochte das Wasser ab, suchte nach Essbarem und ging auf die Jagd, wenn sie Fleisch brauchte. Sie übte sich in den alten Künsten, damit ihr Können in der Wildnis nicht nachließ. Sie las in den wenigen Schriften, die sie besaß, um ihren Geist in gleich mehreren Sprachen zu ertüchtigen.

Ihr Herrschaftsgebiet fiel dieser Tage ebenfalls etwas bescheidener aus.

Eine große Blockhütte im Herzen des Waldes und ein nahe gelegener Fluss. Der Ausblick auf ferne Hügel. Ein kleiner Acker, auf dem genügsame Pflanzen gediehen. Dies alles war so weit entfernt von ihrem alten Leben, in dem sie Politik und Heere benötigt hatte, um den Anspruch auf ihr Herrschaftsgebiet zu verteidigen. Hier draußen benötigte sie nur ein Schwert und ihre Schläue.

Und natürlich die Wölfe.

Sie trug weiter ihre Kriegerinnenkluft – als Schutz und um die gewohnte Disziplin aufrechtzuerhalten. Ihre Rüstung brauchte sie eigentlich nicht, es sei denn, Briganten zogen durch ihr Land. Das aber kam nur gelegentlich vor. Unten am Fluss folgte sie dem Wasser zu einem seichten Seitenarm und wusch sich das Gesicht. Eichen und Ulmen filterten das Sonnenlicht. Zu jener Stunde sangen die Vögel besonders lebhaft. Das Geräusch des dahinplätschernden

Wassers wirkte beruhigend auf sie. Wenn dies nun ihr Königinnenreich sein sollte, dann nahm sie es als gegeben hin. Wenigstens war sie noch am Leben.

Sie betrachtete ihr Spiegelbild im Wasser – allzu stark war sie gar nicht gealtert. Vertraute Züge blickten ihr entgegen, eine edle Nase und ein recht kräftiges Kinn. Ihr schwarzes Haar wurde von einem Metallreifen aus der Stirn gehalten. Seit sie hier draußen in den Wäldern lebte, war ihr Gesicht schmaler geworden. Die kräftigen Armmuskeln hoben sich deutlich von dem schwarzen Lederwams ab. Dabei fielen ihr die Veränderungen am eigenen Körper am krassesten ins Auge, denn die Tage ausschweifender Gelage gehörten der Vergangenheit an.

Wie gut hat es mir getan, dass ich hierhergekommen bin! Die Trägheit, die mit einem allzu sorgenfreien Leben einhergeht, ist völlig verflogen.

Am gegenüberliegenden Ufer raschelte es im Laub. Wasser tropfte ihr vom Gesicht, als sie aufblickte. Einer der grauen Wölfe zwängte sich durch das niedrige Unterholz, schnüffelte eine Weile an der Böschung entlang und hockte sich auf die Hinterbeine. Dann sah er sie gelassen an.

»Seit zwei Tagen habe ich dich nicht mehr gesehen«, sagte sie. »Warst du auf der Jagd?«

Das Tier gab keine Antwort. Das war natürlich auch nicht zu erwarten, doch sie sprach weiter mit ihm. Diesen gewöhnlichen Wölfen gab sie niemals Namen, denn sie wollte sie nicht zu stark an sich binden. Ihre Zahl wuchs und schrumpfte mit der der Rehe. In diesem Land konnten die Winter sehr hart sein.

Ein zweiter Wolf mit schwarzen Fellzeichnungen im Gesicht erschien neben dem ersten. Auch er ließ sich auf den Hinterbeinen nieder und musterte sie unverwandt über das Wasser hinweg. Dann kam ein dritter, ein Weibchen mit pelzigen weißen Beinen, etwas älter als die anderen. Die drei

Wölfe saßen wie aufgereiht nebeneinander und schienen eine Entscheidung von ihr zu erwarten.

Sie erhob sich aus dem Ufergras, um zu erspüren, ob es eine Bedrohung gab. Es wäre nicht das erste Mal gewesen, dass die Wölfe sie vor einer Gefahr warnten. Im Lauf der Jahre hatten sich Banditen mehrmals weit von der Straße entfernt und sich dem Rauch genähert, der aus dem Kamin ihrer Hütte aufstieg.

Sie schritt am Ufer entlang, überquerte das blaugrüne Grasland und kehrte zu ihrer Hütte zurück. Drei massige Wölfe rannten herbei, um sich ihr anzuschließen, und ihre Pfoten schlugen einen dumpfen Rhythmus auf der feuchten Erde. Jedes Tier reichte ihr bis zum Hals, und selbst aus weiterer Entfernung wirkten sie um vieles kraftvoller als jeder herkömmliche Wolf. Die Farben ihres Pelzes war eine Mischung aus Grau- und Schwarztönen. Vukos, Faolo und Rafe, wie sie die Tiere getauft hatte, verkörperten mehr als ihre Beschützer. Es waren drei aus dem Rudel der großen Wölfe, die noch aus ihrem alten Reich stammten, eine Erinnerung daran, wer sie einst gewesen war, und die einzige königliche Eskorte, die sie brauchte.

Die Wölfe wurden langsamer, um an ihrer Seite in einen steten Trott zu verfallen. Vukos, der Größte und Dominanteste, übernahm dabei die Führung. Sie befahl, dass ihr alle zur Tür ihrer Hütte folgen sollten. Während sie von drinnen ihr Schwert holte, patrouillierten die Wölfe draußen auf und ab. Faolo huschte mehrmals ins Unterholz und kehrte gleich darauf zurück, als sei alles nur ein Spiel für ihn.

Rafe behielt sie am genauesten im Auge. Der blassere junge Wolf hatte die schärfsten Sinne. Immer wieder wandte er den erhobenen Kopf in eine bestimmte Richtung und deutete damit an, dass er dort draußen etwas Ungewöhnliches witterte. Dabei wirkte er aber völlig gelassen.

Mit den Waffen in der Hand trat sie nach draußen, spähte über das Grasland hinweg und nahm den Waldrand näher in Augenschein, der sich in einer Entfernung von etwa dreihundert Schritt rings um ihr Zuhause erstreckte.

Sie trug den Tieren auf, zu der Stelle vorzurücken, von der die Bedrohung ausging – sofern es denn tatsächlich eine Bedrohung gab. Langsam trotteten die Wölfe auf den Waldrand im Osten zu. Das kam ihr schon sonderbar genug vor, wenn sie bedachte, dass die nächsten größeren Straßen weit entfernt in der entgegengesetzten Richtung lagen. Mit dem Schwert über der Schulter und einem runden Schild auf dem Rücken folgte sie den Wölfen.

Das Rudel tauchte in das Zwielicht zwischen den Bäumen ein. Vukos führte sie zu einem Pfad, den Reisende schon Generationen vor ihrer Ankunft genutzt hatten. Rafe hielt inne und warf ihr einen raschen Blick aus seinen dunklen Augen zu. Gleich darauf spürte sie das sachte Beben des Waldbodens.

Pferde, erkannte sie. *Ein ganzer Trupp.*

Leise zog sie ihr Schwert und lenkte die Blicke auf den Weg vor ihr. Kein wippender Zweig, kein vorbeiflitzender Vogel entgingen ihr. Schließlich traten mehrere Reiter aus dem Halbdunkel. Soldaten des Königs, den Farben ihrer Uniformen nach zu urteilen.

Vukos knurrte und tappte Pfote um Pfote vorwärts.

»Ruhig!«, befahl sie.

Der Tross hielt gute fünfzehn Schritt von ihr entfernt an, und nach einem kurzen Wortwechsel mit den anderen stiegen zwei der Gestalten an der Spitze des Zugs von ihren Reittieren ab und kamen auf sie zu. Einer war wesentlich größer und muskulöser als der andere. Sie wusste sofort, wer die beiden waren.

Xavir vom Clan Argentum, ehemals Hauptmann der

berühmten Sonnenkohorte, und Landril Devallios, der frühere königliche Meisterspion. Mit verunsicherten Mienen blieben die beiden vor ihr stehen, während die drei Wölfe sie umkreisten.

Dann fielen die Männer auf die Knie.

EIN KÖNIGLICHES TREFFEN

»Steht auf!«, verlangte sie. »Seid nicht albern! Hier sind wir nicht am Hof einer Königin. Ganz im Gegenteil.«

Die beiden Reisenden richteten sich wieder zu voller Größe auf, und die Wölfe kehrten an die Seite ihrer Königin zurück.

»Eine alte Angewohnheit«, erklärte Xavir und beäugte die Wölfe. »Ja, Lupara, diese Behausung hat mit Dacianara kaum etwas gemein, ist allerdings sicher günstiger im Unterhalt. Für eine Frau, die am liebsten auf Feldzügen unterwegs war, fand ich deinen Palast immer etwas zu protzig. Wie hat es aber die Wolfskönigin hierher verschlagen?«

»Die Frage kann warten«, gab Lupara zurück.

Xavirs körperliche Erscheinung hatte seit ihrer letzten Begegnung ein wenig gelitten. Sein braunes Haar war länger geworden, und seine blauen Augen blickten trüb. Irgendwie schien er der Welt überdrüssig geworden zu sein, aber gerade deshalb wirkte er noch anziehender auf sie. Vielleicht hatte die Zeit im Kerker seinen Hang zum Gefühlsüberschwang geschmälert. Auf jeden Fall war sie sehr dankbar, dass er noch lebte.

»Du hast Gesellschaft mitgebracht«, sagte Lupara und deutete auf die Männer, die in einiger Entfernung warteten.

»Mein neuer Clan«, entgegnete Xavir mit halbem Lächeln. Sie wusste einfach nie, wann er ernst war und wann er scherzte.

Lupara wandte sich an Landril und legte ihm eine Hand auf die Schulter. »Du warst doch überzeugt davon, den Ausbruch schaffen zu können.«

»Habt *Ihr* etwa Zweifel daran gehegt, Eure Hoheit?« Mit übertriebener Geste wischte sich Landril ein Staubkorn vom Ärmel. Dabei ließ er allerdings die Schultern hängen und wirkte ein wenig beklommen.

»In jüngster Zeit zweifle ich an allem«, sagte sie.

»Es war einfacher als gedacht«, fuhr Landril fort. »Die Soldaten, die in der Feste stationiert waren, erwiesen sich als der letzte Abschaum. Am schwierigsten war, Xavir zu überreden, sein unbeschwertes Leben aufzugeben und mitzukommen.«

»Die tapferen Soldaten sind allzu sehr damit beschäftigt, ihre Klingen im Blut Unschuldiger zu baden«, gab Lupara zu bedenken.

Xavir nickte. »Wir trafen auf eine Militäreinheit, die Leichen aus einer kleinen Ortschaft mit sich führte. Auch dort wurden unschuldige Männer und Frauen getötet, weit jenseits von Mardonius' eigentlichem Einflussgebiet.«

»Und diese Soldaten?«

»Erledigt«, kommentierte Xavir düster.

»Gut.«

»Du hast deine Wölfe hierher mitgenommen«, stellte Xavir fest. »Sie sind größer, als ich sie in Erinnerung hatte.«

»Nur diese drei«, antwortete sie. »Gewöhnliche Wölfe gibt es hier überall im Wald. Die anderen musste ich zurücklassen.«

»Hast du noch Verbindungen nach Dacianara?«, fragte Xavir.

»Hätte Ihre Hoheit etwas dagegen, wenn wir alle diese Fragen auf später verschieben?«, mischte sich Landril ein. »Ich möchte nicht unhöflich sein, aber könnten wir die Unterhaltung in der Hütte weiterführen? Die Göttin sei meine

Zeugin ... aber meine Hinterbacken sind vom Ritt auf dieser Mähre ganz wund gescheuert. Und ich sterbe dafür, meine Knochen an einem Feuer wärmen zu können. Seit meinem letzten Besuch habe ich außerdem nichts Ordentliches mehr zu beißen bekommen und hätte nichts gegen eine saftige Keule Wildbret, sofern vorhanden.«

»Es wurde bereits alles verspeist«, entgegnete Lupara. »Aber Nachschub lässt sich leicht beschaffen.«

»Was ist mit den anderen?«, wollte Xavir wissen und deutete auf seine Gefährten.

Lupara musterte den Tross durch die Bäume hindurch. »Wie viele Männer begleiten dich?«

»Zehn. Landril eingeschlossen«, sagte Xavir.

»Ich habe Ausrüstung, mit der sich ein Lager aufschlagen lässt«, bot Lupara an. »Nach meiner Ankunft diente sie mir hier als erste Unterkunft. Luxus darf allerdings niemand erwarten.«

Xavir fuhr sich mit einer Hand durch das Haar. »Diese Männer haben jahrelang in einem eiskalten Loch am Ende der Welt auf Steinplatten geschlafen. Alles, was du ihnen anbietest, ist für sie der reinste Luxus.«

Die entflohenen Häftlinge stellten vier große Zelte auf, die zwar alt und schimmelig waren, ihnen aber einen behelfsmäßigen Unterschlupf boten. Lupara erlaubte Landril und Xavir, in der Hütte ein Zimmer mit ihr zu teilen. Xavir fragte, ob sich der stoische schwarzhaarige Mann namens Valderon zu ihnen gesellen dürfe. Doch dieser reagierte zögernd auf den Vorschlag.

»Ich habe einen sehr einfachen Hintergrund, Eure Hoheit«, sagte er. Seine Stimme war tief und glasklar. Auch ihn fand sie anziehend. Sein Gesicht war breit, genau wie seine Nase, und er besaß einen stechenden Blick. »Ich bin es nicht gewohnt, in der Nähe von Königinnen zu schlafen. Wenn's recht ist, bleibe ich bei den Männern. Auf meinen Feldzügen war es ohnehin nie anders.«

»Bist du sicher?«, fragte Xavir. »In der Höllenfeste waren wir Gleichgestellte. Meiner Meinung nach sollten wir das unbedingt weiterhin bleiben. Im Wesentlichen auch als Geste den anderen gegenüber.«

»Ach, das sind doch nur Äußerlichkeiten«, gab Valderon zurück. »Nicht mehr. Ich werde die Nacht hier draußen verbringen.« Er schwieg für eine kleine Weile. »Falls es regnet, überlege ich es mir noch anders.«

Während sich die Neuankömmlinge im Fluss wuschen, machte sich Lupara an der Seite ihrer Wölfe mit Pfeil und Bogen auf die Pirsch. Am späten Nachmittag kehrte sie zurück. Vukos und Faolo trugen je ein erlegtes Reh, das quer über dem Rücken festgebunden war. Das Fleisch der beiden Tiere würde gewiss reichen, um die Männer für mehrere Tage zu versorgen. Aber Luparas Waldidyll war doch nachhaltig gestört, und beim Gedanken an die Gegenwart der Fremden empfand sie ein deutliches Missbehagen. Es mochte Jahre her sein, seit sie zuletzt dermaßen viele Stimmen an einem Ort gehört hatte. Alte Erinnerungen lebten wieder auf, Erinnerungen an die großen Schlachten ihres Volkes, als es gegen die Bergstämme gekämpft hatte.

Grend, ein schlanker, drahtiger Mann mit blondem Haar, näherte sich vorsichtig.

»Ich war früher Spurenleser in Lausland, Eure Hoheit, und kenne mich mit Wildbret aus. Wenn Ihr keine Einwände erhebt, würde ich das Fleisch ... äh ... gern in schmackhafte Bratenstücke verwandeln.«

Sie hob die Brauen und deutete auf die Rehe. Zögernd näherte sich Grend den beiden Wölfen.

Xavir gesellte sich zu Lupara, während Grend ohne große

Mühe eins der toten Tiere auf die Schulter hievte und im Gras ablegte.

»Er landete im Gefängnis, weil er in Lausland auf den privaten Ländereien eines Prinzen wilderte«, erklärte Xavir. »In einem harten Winter half Grend dann einem Vetter des Prinzen sicher über einen zugefrorenen See. Ein freundliches Wort ersparte ihm den Tod.«

»Auch wenn manche glauben, dass der Tod allemal besser ist, als in der Höllenfeste zu vermodern«, kommentierte Grend in schleppendem Tonfall. »Doch das liegt alles hinter uns. Sobald die Sonne den Gipfel dieses Hügels berührt, hauen wir uns die Bäuche voll. Das verspreche ich euch. Macht euch auf einen richtig deftigen Schmaus gefasst. Ich könnte allerdings ein paar Helfer gebrauchen, die für mich am Ufer Kräuter sammeln.«

»Ich bin dabei!«, rief Davlor fröhlich.

»Bei der Göttin! Du rupfst bestimmt ein Kraut aus, das uns alle umbringt«, befürchtete Landril. »Ich begleite dich, und dann erhältst du deine erste Lektion in Pflanzenkunde.«

»Du verstehst es wirklich, aus Spaß Langeweile zu machen, habe ich recht?«, stöhnte Davlor und kratzte sich am Hintern.

»Für dich tue ich das doch gern«, erwiderte Landril.

Später, während sich dieses Treiben fortsetzte und die anderen Männer still im hohen Gras lagen und die Wärme der Sonne genossen, wandte sich Lupara an Xavir, der an der breiten Hüttentür lehnte und die Szene betrachtete.

»Das sind also deine Streitkräfte«, spottete sie und musterte den bunt zusammengewürfelten Haufen.

»Dazu soll die Horde erst noch werden«, antwortete Xavir.

»Merkwürdig, die Männer in Freiheit zu sehen, nachdem sie so lange Zeit auf engstem Raum eingepfercht waren. Ich bin einfach nur froh, dass sie sich nicht mehr streiten. Du hast ein schönes Zuhause, Lupara. Nahrung und Versorgung in Hülle und Fülle. Ruhe und Frieden. Weit entfernt von allen politischen Ränken an den Höfen von Dacianara.«

»Zugegeben, diese Welt ist sternenweit von meiner Vergangenheit entfernt«, räumte sie ein. »Aber mir gefällt es hier.«

»Wirklich? Trotz des Mangels an Einfluss, Macht und Kriegslärm?«

»Einfluss, Macht und Kriegslärm sind nicht alles, und wie du weißt, muss man manchmal töten, um die Fäden in der Hand zu behalten. Nein, das alles vermisse ich nicht. Hier kann ich meditieren und immer mehr so werden wie die Geistwandler.« Im Verlauf der letzten Jahre war ihr dies tatsächlich gelungen. Hier belästigte sie niemand mit Fragen der Staatsführung. Also konnte sie ihr Denken und Fühlen ganz auf die spirituellen Lehren ihrer Ältesten ausrichten. Die Kriegerkönigin hatte endlich Frieden gefunden.

»Warum hast du mich gerufen? Warum hast du Landril geschickt?«, fragte er, aber seine Worte klangen nicht barsch. Tatsächlich schlug er sogar einen versöhnlichen Ton an. Eigentlich war er eher verwirrt als verärgert über Luparas Vorgehen.

»Du scheinst nicht gerade besonders dankbar für deine Freiheit zu sein«, tadelte Lupara.

»Ich hatte mich in mein Schicksal ergeben«, antwortete Xavir. »Ich hatte das Gefühl, es verdient zu haben. Das hatte ich auch. Das Leben war hart, aber ich begründete dort so etwas wie eine neue Existenz für mich. Ich war der Kopf einer Bande.«

»Du hättest nicht dort landen, nicht ins Gefängnis gehen dürfen.«

»Das sagst du so einfach, aber ich habe das Verbrechen

doch begangen. Oder etwa nicht?« Xavirs Stimme blieb so ruhig, als spräche er über das Wetter. »Ich habe diese Menschen umgebracht. Die Sonnenkohorte und ich. Wir haben es getan. Du warst als Aufpasserin mit uns dort. Obwohl sie nicht deine Landsleute waren, hast du die Schande doch auch gespürt.«

»Warum lebe ich wohl hier draußen?«, flüsterte Lupara. »Wegen der Teilnahme unserer Nation am Massaker an unseren Nachbarn, unseren Verbündeten. Dacianaraner haben das Blut von Stravirern vergossen. Die genauen Gründe dafür sind unerheblich. Wegen meines Verhaltens war sogar von Krieg die Rede. In meinem Heimatland warf man mir vor, große Schande über die Ältesten gebracht zu haben. Und über die Geistwandler. Um die Ordnung zu wahren, war ich gezwungen, meine Stellung als Königin aufzugeben. Weder Cedius noch mein Volk forderten mich ausdrücklich dazu auf, aber manchmal ist das auch gar nicht nötig. Dieses schreckliche Durcheinander endete nicht, als du ins Gefängnis gingst. Das lag alles an Mardonius' Plan, doch das konnten wir erst jetzt erkennen.«

»Ich hatte keine Ahnung von diesen Auswirkungen«, meinte Xavir. »Welche Beweise konntest du bislang für Mardonius' Verstrickung in diese Angelegenheit sammeln?«

»Landril hat die entsprechende Korrespondenz abgefangen, verschlüsselte Briefe, die sich die Rädelsführer vor vielen Jahren geschickt haben. Ein Komplott, um dich und die Sonnenkohorte zu Fall zu bringen. Landril hat die Briefe nun endlich entschlüsselt. Nun haben wir die Namen. Wir wissen, was sie getan haben. Wo sie leben.«

Ausführlich erklärte Lupara, was sich während der Tragödie in Baradiumsfall wirklich abgespielt hatte. Xavir sollte die wahren Ereignisse verinnerlichen und sich geistig von der schändlichen Tat lösen, die seinen Verstand jahrelang gequält hatte. Sie hielt es für wichtig, dass er seinen Stolz zurückgewann.

Nach Xavirs damaligem Wissen hatten stravirische Spione berichtet, Dutzende Stämme von jenseits der Mica-Ebene würden sich zu einem Generalangriff auf die Nordgrenzen des Königreichs von Cedius dem Weisen sammeln, das bis dahin noch jedem Eindringling standgehalten hatte. Zehntausende wilder Krieger würden unzählige unschuldige Stravirer abschlachten.

Xavir wurde befohlen, die Sonnenkohorte sowie ein Kontingent der Hauptarmee in einer ungewöhnlichen Angriffsreihe anzuführen. Alle diese Stämme sollten nacheinander abgefangen werden – noch bevor sich der Großteil ihrer Streitmacht zusammenfinden und über die Siedlungen in Grenznähe herfallen konnte. Dann erhielt er plötzlich neue Befehle. Die Legion war aufgehalten worden, und die Sonnenkohorte sollte den Feind allein stellen und seinen Vormarsch verzögern.

Wovon Xavir und die Sonnenkohorte nichts wussten, war folgendes Verhängnis. An die Bewohner der Grenzorte war nach einer Warnung vor den bevorstehenden Angriffen der Befehl ergangen, zum eigenen Schutz sämtliche Clanabzeichen von den Häusern und Plätzen zu entfernen und sich so zu verkleiden, dass sie den wilden Kriegern aus den Nordlanden glichen. Notdürftig bewaffneten Rotten wurde aufgetragen, ihr Gebiet zu verteidigen.

Doch die echten Invasoren waren noch Tage entfernt, falls sie überhaupt je gekommen wären. Ahnungslos, wie sie waren, zögerten die Männer der Sonnenkohorte und ihre Verbündeten aus Dacianara nicht, zahllose vermeintliche Wilde mit waidverschmierten Gesichtern in den dunklen Wäldern zur Strecke zu bringen. In Wahrheit taten sie nichts anderes, als Stravirer niederzumetzeln.

Als die blutbesudelten Krieger ihren Fehler erkannten, stellten sie ihre Angriffe sofort ein, doch es war zu spät. Hunderte von Unschuldigen waren abgeschlachtet worden wie Vieh. Bald darauf traf Verstärkung von Cedius dem Weisen ein. Angeführt wurde die Truppe von Mardonius, einem ehrgeizigen Herzog, der die Sonnenkohorte sogleich in Gewahrsam nahm. Ihr grauenhaftes Versehen wurde nicht nur als sinnloses Massaker dargestellt, sondern auch allen anderen Streitkräften bekannt gemacht. Die Kunde verbreitete sich rasch, und die legendären Taten der berühmten Krieger wurden von ihrer größten Schande überschattet.

Lupara erklärte allerdings auch, dass Xavirs Einkerkerung anstelle einer Hinrichtung wahrscheinlich eine Geste von Cedius dem Weisen gewesen war. Der hatte den Gedanken nicht ertragen, seinen Lieblingskrieger zu verlieren, einen Mann, den er geliebt hatte wie den Sohn, der ihm nie vergönnt gewesen war.

Xavir lauschte Luparas Bericht, ohne eine Regung zu zeigen.

»Wie seid ihr an das Wissen über diese heimtückische Falle gelangt?«, fragte er schließlich.

»Einem Mann lastete die Schuld zu schwer auf dem Gewissen. Er schrieb einen Brief an Landrils früheren Dienstherrn und gestand diesem das Komplott, das er mit Mardonius geschmiedet hatte. Der Brief wurde abgefangen und erreichte den beabsichtigen Empfänger gar nicht erst.«

»Fürst Kollus?«, fragte Xavir.

»Ja. Der Brief fiel Landril in die Hände. Er handelte wie ein echter Spion und bemühte sich um weitere Erkenntnisse. Bald darauf entdeckte er viele weitere verschlüsselte Botschaften, die die beiden ausgetauscht hatten. Einige der niederen Fürsten wussten um die Tat, waren aber nicht selbst daran beteiligt. Die Hauptübeltäter waren General Havinir,

Fürst Kollus und Herzogin Pryus. Sie aber arbeiteten alle für Mardonius, wie dir Landril gewiss schon erzählt hat.«

Xavir warf einen Blick auf seine Kameraden, die noch immer im Gras lagen. Lupara fragte sich, was genau es für einen der besten Krieger in allen Landen der Welt wohl bedeutete, auf solche Weise verraten und genarrt worden zu sein.

»Wie bist du hier gelandet?«, fragte er.

»Dieser Ort ist für uns Dacianaraner von Bedeutung. Einer unserer Ältesten fiel vor zwei Jahrhunderten an der Stelle, die nun durch seinen Grabstein markiert ist. Letztendlich kam ich hierher, um mich um seinen Geist zu kümmern. Katollon der Seelenräuber, mein alter Mentor, gebietet nun über mein Reich, doch er ist nicht der König. Rechtlich gesehen, bin ich nach wie vor die Herrscherin. Über Jahre hinweg haben wir uns Botschaften geschickt, und zwar sowohl Katollon und ich als auch Jumaha von den Vrigantinen und ich. Wir senden sie über die Wölfe hin und her. Sie wollen mich noch immer als ihre Königin, aber mein Volk ist dazu offenbar noch nicht bereit. Die Schmach ist noch zu frisch.«

»Willst du deswegen aus dem Exil zurückkehren?«, fragte Xavir. »Um die Fehler der Vergangenheit zu berichtigen?«

Sie schwieg für eine Weile. »Der Kampf gegen Mardonius brächte mir Ehre ein, das stimmt. Aber nein. Ich will kämpfen, um die Fehler zu berichtigen, die er begangen hat. Sie wiegen zu schwer und haben derart schlimme Konsequenzen, dass sie unsere beiden Länder ins Verderben stürzen werden.«

»Ich verstehe noch nicht ganz, was in Stravimon vor sich geht, aber Cedius hätte die Lage nie derart eskalieren lassen«, sagte Xavir.

»Ich habe den Ausdruck in Cedius' Augen bemerkt, nachdem man dich fortschaffte. Der alte Mann verlor nicht nur einen Freund. Er verlor seinen Erben. Daran ist er zerbrochen.«

»Nach Baradiumsfall hätte mich niemand als König haben wollen.« Xavir nahm eine aufrechte Haltung an und streifte damit zugleich sämtliche Emotionen ab. »Mardonius also. Er war schon immer ein Ränkeschmied und Ehrgeizling, der die Ereignisse ganz gewiss zu seinem Vorteil nutzte. Er sorgte auch dafür, dass mein Name befleckt bleibt. Ich werde nie begreifen, wie eine so elende Kreatur in solch hohe Ränge aufsteigen konnte. Er war schwach und ein miserabler Kämpfer. Sei's drum. Ich bin Soldat und sitze auf keinem Thron.«

»Cedius führte sein Reich auch einmal von vorderster Front aus«, warf Lupara ein. »Du hättest seinen Platz einnehmen sollen. Stattdessen regiert Mardonius. Und sieh dir nur an, wohin das unsere Nationen geführt hat! Viele Länder in Stravimons Nachbarschaft wurden gewaltsam unterworfen und dem Reich einverleibt. Wohin du siehst, entdeckst du eine schier unglaubliche Anzahl an Grabhügeln, unter denen Angehörige deines eigenen Volkes ruhen. Dies ist kein gerechter Krieg. Dies ist Völkermord. Jeder, der nicht so denkt wie er oder eine Gefahr darstellt, wird ausgeschaltet. Die Clans haben sich größtenteils auf seine Seite geschlagen. Andernfalls wären sie ihrer Ländereien und ihres Reichtums beraubt und aus dem Königreich verjagt worden. Diejenigen, die nicht im Abseits stehen, werden üppig belohnt. Es gibt keine Ehre mehr.«

»Mir erschließt sich das immer noch nicht ganz. Es ist sinnlos, so viele unschuldige Menschen zu töten.« Xavirs Miene verfinsterte sich sichtlich, und er schüttelte den Kopf bei diesem Gedanken. »Gab es noch nie einen Attentatsversuch auf Mardonius?«

»Doch, das kam schon vor. Doch die Täter wurden von

Mardonius' Leibwächter getötet. Von einem Mann, der angeblich von einem Dämon besessen ist. Man nennt ihn den Roten Schlächter, aus gutem Grund. Er ist das Schwert, das Mardonius führt, während er selbst den Palast nicht verlässt.«

»Mardonius war noch nie ein Kämpfer«, meinte Xavir abschätzig. »Anführer wie er fördern die übelsten Neigungen unter ihren Männern. Sie kennen die blutigen Wahrheiten des Krieges nicht. Menschenleben zählen nichts für sie.«

Lupara sah das Feuer der Vergeltung in Xavirs Augen brennen, angefacht durch die Ungerechtigkeit, die seinem Land und ihm selbst widerfahren war. Und das alles nur wegen der Machtgier eines Einzelnen.

»Du hast mir aber immer noch nicht verraten, warum Landril und du mich hergelockt haben«, sagte Xavir.

»Ich möchte, dass du eine Streitmacht aufbaust. Dass du diejenigen beschützt, die von Mardonius verfolgt werden. Dass du in diesem Land wieder für Gerechtigkeit sorgst.«

Xavir lachte abfällig. »Eine Streitmacht braucht Geld, Proviant und Zeit, Lupara.«

»Und Magie. Wir brauchen Magie.«

Xavir schüttelte den Kopf und kniff die Augen zusammen. »Wenn gute Kämpfer Aufstellung beziehen, bedarf es keiner Magie.«

»Bei einem Krieg dieser Größenordnung ist Magie unverzichtbar. Landril glaubt, dass Mardonius bald Schritte einleitet, um sämtliche Schwestern auf seine Seite zu ziehen. Zumindest will er sie davon abhalten, sich in seine Angelegenheiten einzumischen. Ohne fremde Hilfe kann eine Streitmacht aus einfachen Männern nicht gegen die Hexen bestehen. Was die Finanzierung des Unternehmens angeht – ich habe noch immer Zugriff auf ein gewisses Vermögen.«

»Ich wette, das ist nicht groß genug, um den Heeren von Mardonius und Stravimon Paroli zu bieten«, wandte Xavir ein. »Dieser Plan ist nichts als Spinnerei.«

Lupara bedachte eine letzte Möglichkeit, mit der sich Xavir vielleicht umstimmen ließ. »Begleitest du mich ein Stück?«

DER LANGE MARSCH

Die Reise zurück nach Jarratox dauerte mehrere Stunden, und die Nacht war längst angebrochen, als die beiden Schwestern dort eintrafen. Hexensteine, die ihr Herannahen wahrnahmen, leuchteten entlang der Brücke, die über den Abgrund zwischen der Insel und dem Festland hinwegführte. Bei Tageslicht hätte sich Elysia angesichts der Leere unter ihr am steinernen Geländer festgeklammert, doch nachts hatte das Nichts rings um das Bauwerk trotz der sonderbaren, immer wieder auffrischenden Winde beinahe etwas Tröstliches. Ihr war, als würden sie ein völlig anderes Reich durchqueren.

Jarratox ragte vor ihnen auf. Lichter erhellten die Fenster der zahlreichen Türme im Herzen der Insel.

Merkwürdig, dachte Elysia, dass kein Aufblitzen von Magie zu sehen ist wie sonst, wenn die Schwestern ihre Künste bis spät in den Abend hinein praktizieren. Alles sah eher nach einer ganz gewöhnlichen Ortschaft aus.

»Hier stimmt heute Abend etwas nicht«, sagte Birgitta, als sie den festen Boden der Inselstadt betraten. »Die Winde der Quelle bringen Übles mit sich.«

»Wie das?«, fragte Elysia. Sie war müde, und es kostete sie Mühe, auch nur zwei kleine Worte auszusprechen.

»Es liegt Spannung in der Luft, das spüre ich.«

Sie setzten ihren Weg unter uralten Torbogen fort, die von Flechten überwuchert waren, durch Hofgärten und an Bäumen vorbei. An solch ungünstigen Stellen hätten sie eigentlich gar nicht wachsen dürfen, und doch war es ihnen gelungen, nachdem ein Samenkorn Wurzeln geschlagen und überdauert hatte. Seltsamerweise war niemand auf den Straßen unterwegs. Keine Schwestern eilten zu ihren abendlichen Lesungen oder zum Rezitieren von Litaneien aus grauer Vorzeit. Bleiche Hexensteine erhellten nichts als alten Fels.

Schließlich war doch ein Geräusch zu hören, und die Schwestern folgten ihm auf einen Innenhof. Dort hatten sich Dutzende ihresgleichen, ganz in Schwarz gehüllt, um ein großes Feuer versammelt und summten eine klagende Melodie. Es war ein Begräbnislied aus dem Sechsten Zeitalter, geschrieben von der legendären Dichterschwester Alyanda. Deren Bücher verwahrte man noch immer in den Bibliotheken, und die älteren Schwestern zitierten häufig daraus.

Birgitta zupfte die nächste Frau am Ärmel. »Was ist geschehen, meine Freundin?«

Die Frau wandte sich nach hinten um, das Gesicht unter einer blauen Kapuze halb verborgen. »Eine der Schwestern weilt nicht mehr unter uns.«

Elysia verschlug es den Atem.

»Wer ist es?«, fragte Birgitta.

»Galleya.«

»Ich kenne sie«, hauchte Birgitta. »Ich habe erst gestern Abend noch mit ihr gesprochen. Aber … wie ist es geschehen?«

»Sie hat sich mit einem roten Hexenstein angezündet, zu Füßen des Denkmals der ersten Matriarchin.«

»Sich angezündet?« Birgitta wirkte verwirrt. »Du meinst, sie hat sich selbst getötet? Aber warum?«

»Kurz nach Tagesanbruch wurde die Entscheidung getroffen, dass wir König Mardonius rückhaltlose Treue schwören. Nicht alle Schwestern sicherten diesem Übereinkommen ihre Unterstützung zu.«

»Hat sie erklärt, warum sie ... zur Quelle zurückkehren wollte? Hat sie einen Brief hinterlassen?«

Die Frau drehte sich nun ganz zu den beiden Mitschwestern um. Elysia hielt sie für eine der obersten Tutorinnen. Birgitta schien sie jedenfalls zu kennen.

»Galleya sprach sich gegen die Unmenschlichkeit von Mardonius' Herrschaft aus. Sie wollte sich an keinem Plan beteiligen, den ... ich zitiere ... *der königliche Schlächter ausgeheckt hat.* Galleya zufolge wurde sie Zeugin, wie vielen Unschuldigen Schlimmstes angetan wurde. Sie war der Ansicht, dass die Schwesternschaft sich nicht an Mardonius' Feldzügen beteiligen dürfe. Anscheinend lud die Matriarchin Galleya nicht zu einer wichtigen Versammlung ein, bei der die Entscheidung verkündet werden sollte, dass wir uns auf Mardonius' Seite schlagen. Bilde dir selbst eine Meinung, was du davon zu halten hast.«

»Die Matriarchin wollte nicht, dass Galleya die weiteren Vorgänge mit ihren Beschwerden stört.«

»Es steht mir nicht zu, so etwas zu sagen.«

Selbst Elysia erkannte die Furcht im Blick der Frau, als diese sich wieder von ihnen abwandte.

Birgitta betrachtete die Szene noch einen Moment länger. Dann drehte sie sich um und schob Elysia durch die Menge zurück zu ihrer Unterkunft.

»Sollten wir nicht lieber bleiben?«, fragte Elysia.

Die Totenklage verfolgte sie durch die dunklen Gänge, wo sie in den Schatten ringsum nur umso unheimlicher wirkte.

Birgitta schwieg.

Als sie die Innentreppe zu den Gemächern der jungen Schwester hinaufstiegen, wagte Elysia eine Frage. »Stimmt es tatsächlich, dass Mardonius alle diese Menschen tötet? Wir sollten uns wehren, wenn es wirklich so ist.«

»Kämpfen ist nicht immer die angemessene Antwort. Außerdem darfst du nie voreilige Schlüsse ziehen, solange du solche Gräuel nicht mit eigenen Augen gesehen hast. Lieber hinterfragst du erst einmal alles.«

»Mir sind nur Gerüchte zu Ohren gekommen«, sagte Elysia. »Doch die hören sich bedrohlich an.«

Birgitta setzte sich auf die Bettkante und betrachtete ihre Hände.

»Kleine Schwester, ich habe einmal von einem Kriegsfürsten gehört, der Angst und Schrecken verbreiten wollte«, begann sie mit sanfter, bedächtiger Stimme und hängenden Schultern. »Das war fern im Süden. Unweit der schwülen Sümpfe, tief in den Wäldern mit den fleischigen Blättern an den Bäumen. Um Angst und Schrecken zu verbreiten, markierten seine Soldaten die Häuser jener Menschen, die einen anderen Gott anbeteten als er selbst. Weiter geschah nichts, doch alle rechneten mit dem Schlimmsten. So versetzte er ganze Dorfgemeinschaften in Furcht, ohne auch nur ein Schwert zu zücken. Ein einfaches Kreuz an der Tür genügte schon. Später nutzte er die gleiche List noch einmal, nur ging er dabei noch heimtückischer vor. Um seine Absetzung zu verhindern, veranlasste er eine rivalisierende Fraktion, die Häuser anderer Gruppierungen mit Kreuzen zu markieren, und säte auf diese Weise Zwist und Unzufriedenheit. Kämpfe brachen zwischen den Kontrahenten aus, die sich sonst gegen seine Truppen gewandt hätten. Dieser Kriegsfürst erfreute sich noch jahrzehntelang unumschränkter Macht. Alles nur durch Kreuze, einfache Kreuze.«

»Ich verstehe nicht, was du meinst«, murmelte Elysia.

»Vielleicht muss Mardonius gar nicht töten, um Furcht zu erzeugen. Er ist schlau, weiß zu manipulieren. Er war nie ein Krieger. Nimm als Beispiel nur seine Boten vor einigen Tagen.«

Birgitta erhob sich und ging zum Fenster, wo sie auf die Versammlung zu Galleyas Ehren hinabblickte. Der schaurige Gesang der Schwestern wehte zu ihnen herauf. Elysia trat dicht an sie heran. »Was hältst du von der Entscheidung der Matriarchin?«

Die Antwort kam schnell und unverblümt. »Ich halte sie für schrecklich falsch. Vermutlich wurden die oberen Ränge der Schwesternschaft unter Druck gesetzt, wenn sie sich Bestechungsversuchen und Drohungen so widerstandslos beugen. Was ist der Zweck der Schwesternschaft?«

»Die Quelle für die Zukunft zu hegen.«

»Und?«

»Sie zum Wohl der Menschen einzusetzen.«

»So ist es – zum Wohl der Menschen. Aller Menschen. Nicht nur zum Wohl eines Mannes und dessen Gier. Wir haben uns immer aus den Machtspielchen der Clans herausgehalten. Einst wurden wir den Clans als Heilerinnen und Beraterinnen zugeteilt, doch nun sollen wir als Waffen dienen«, schäumte Birgitta. »Wenn unsere Macht in falsche Hände gerät, kann sie verheerend sein.«

Elysia verspürte den Drang, darauf zu antworten, dass man sich doch sicherlich manchmal wehren könne. Doch der Augenblick schien sich nicht für Dispute zu eignen.

»Am Ende müssen vielleicht sogar Schwestern gegeneinander kämpfen«, meinte Birgitta schaudernd. »Früher kam die Schwesternschaft stets an erster Stelle, noch vor jeglicher Politik. Inzwischen bin ich mir da nicht mehr so sicher. Du kannst damit rechnen, dass die klügsten und fähigsten jungen Schwestern zu Mardonius geschickt werden, und wer weiß schon, wem sie nach einer Weile ihre Treue bezeugen.«

»Zu denen gehöre ich jedenfalls nicht«, verkündete Elysia.

»Du bist sehr begabt. Die Tutorinnen sprechen alle von deinen Fähigkeiten. Aber in dir lodert ein Feuer, das ihnen Angst macht.«

Elysia runzelte die Stirn. »Wohl kaum.«

»Doch, es stimmt! Auch ich spüre diese wilde Ungehemmtheit, eine Neugier sowohl auf die Welt dort draußen als auch auf die Quelle der Magie. Das verunsichert die anderen, und das ist auch der Grund, weshalb ich dich unterrichte. Man hofft, dass ich deine Leidenschaften für die Jagd und die Natur bündeln kann. Allerdings, kleine Schwester, befürchte ich ganz persönlich, dass du inzwischen *zu* gut mit Waffen und Magie umzugehen weißt. Was die älteren Schwestern in Wahrheit so einschüchtert, ist die Tatsache, dass du *anders* bist.«

»Warum hast du keine Angst vor mir?«, fragte Elysia.

Birgitta schenkte ihr einen sanften Blick. »Ich habe Angst *um* dich. Du verfügst über ein Kampfgeschick, wie ich es in jüngerer Zeit noch nie erlebt habe. Du könntest allen möglichen Ärger stiften, sobald du erst einmal dort draußen bei einem Clan bist.«

»Nachdem wir das Treffen belauscht hatten«, sagte Elysia, »da wolltest du nachdenken. Du wolltest die Entscheidung der Matriarchin abwarten. Nun, die haben wir. Also, was jetzt?«

»Ich habe nicht nur still abgewartet«, entgegnete Birgitta. »Ich habe Fragen gestellt. Ich habe Fakten zusammengetragen. Ich habe mich bei alten Freunden gemeldet und … Gefälligkeiten eingefordert.«

Elysia wartete darauf, dass Birgitta fortfuhr.

»Vor dem Morgengrauen. Ich suche dich vor dem Morgengrauen auf.«

»Und was dann?«

»Wir brechen von Jarratox auf«, flüsterte Birgitta. »Es könnte das letzte Mal sein, dass du diesen Ort siehst. Pack deine Sachen! Nimm nur deine wichtigsten Besitztümer mit! Reisekleidung. Und deinen Bogen.«

Elysia stockte der Atem. »Wohin brechen wir auf?«

»Das erfährst du besser nicht. Wenn du's nicht weißt, kannst du es auch niemandem verraten, falls du danach gefragt wirst.«

Ungläubig musterte Elysia ihre Tutorin. »Aber wie können wir von hier weggehen? Was wird aus Jarratox?«, wollte sie wissen.

»Jarratox ist dem Untergang geweiht«, antwortete Birgitta traurig. »Nimm mich beim Wort – heute Nacht hat die Schwesternschaft im Grunde aufgehört zu existieren.«

ALTE HAUT

Der vergessene Krieger und die Königin im Exil schritten durch den Wald.

Milchiges Licht fiel durch das Blätterdach, um hier und dort auf dem Schutt einer uralten Ruine zu schimmern. Als der Nachmittag in den Abend überging, war in der Luft eine gewisse Kühle zu spüren. Seit Jahren hatte sich Xavir nicht mehr in einer solchen Umgebung bewegt. Jedes sich kräuselnde Blatt, jeden schwankenden Ast und jeden vorbeischießenden Vogel fingen seine Sinne begierig ein. Gelegentlich schloss er die Augen und atmete den Duft des feuchten Waldbodens und der Spätsommerblumen ein.

Die Erde bebte sacht, und Xavir beobachtete, wie Luparas Wölfe vor ihnen herrannten. Plötzlich tauchten am Wegesrand kleinere Tiere auf, die Xavir und Lupara neugierig beäugten.

»Gehorchen dir diese anderen auch?«, fragte er.

»Größtenteils nicht. Aber ich erteile ihnen auch keine Befehle wie *meinen* Wölfen. Ich …«

»Nur zu!«

»Ich rede einfach mit ihnen wie mit Menschen. So gesehen, sind sie eine gute Gesellschaft.«

»Und im Fall einer Bedrohung sicherlich auch gute Beschützer. Gab es irgendwelche Angriffe auf dich? Wollte dich Mardonius ausschalten?«

»Letzteres mag er sich wohl wünschen, doch vermutlich

weiß er nicht, dass ich hier lebe. Bisher verirrte sich nur eine Horde Banditen hierher. Meine Wölfe haben sich ihrer angenommen. Niemand, der diesen Wald ohne meine Erlaubnis betritt, verlässt ihn lebend.«

»Wird es dir denn hier draußen nie langweilig?«, fragte Xavir.

»Das sagt ein Mann, der jahrelang im Gefängnis saß«, gab Lupara zurück.

»Gut gekontert.«

Der Pfad wurde steiler, schmaler und düsterer. Schließlich gelangten sie auf eine Lichtung.

Lupara nickte. »Wir sind angekommen.«

Die drei großen Wölfe umrundeten die beiden, setzten sich auf den Boden und spähten in die Ferne. Einige kleinere Tiere tappten näher und stießen die größeren mit der Schnauze an, bevor sie im Unterholz verschwanden. Der Wind kam und ging, und sie ließen sich an dem stillen, kühlen Ort nieder.

»Worauf warten wir?«, fragte Xavir und bemerkte, dass Luparas Blicke den Boden absuchten.

Sie kniete nieder und scharrte das feuchte Laub beiseite. Ein Häufchen nach dem anderen schob sie in eine bestimmte Richtung, bis sie das Gesuchte gefunden zu haben schien.

Nach und nach legte sie so einen alten Schild frei, viereckig in der Form, aber ohne Wappen. Sie ergriff ihn an den Rändern und hob ihn an wie eine Falltür. Unter dem Schild öffnete sich ein großes Loch im Waldboden. Darin befand sich eine flache Holztruhe mit einer Länge von gut einem Schritt.

»Nimm du das andere Ende!«, verlangte Lupara und griff nach unten, um das Behältnis an einer Seite zu erfassen.

Xavir griff nach einer eisernen Schließe, und gemeinsam hoben sie die Truhe aus dem Loch.

Wie der Schild trug auch die Kiste kein Wappen. Ursprünglich war sie einmal lackiert gewesen, hatte mit den Jahren aber stark gelitten.

»Los!«, drängte Lupara. »Öffne sie!«

Xavir tastete nach der Fuge, über der sich der Verschluss befand, klappte die Schließe hoch und wuchtete den Deckel in die Höhe.

Im Innern befand sich ein Bündel, eingeschlagen in schwarzes Tuch. Xavir holte es aus der Truhe, legte es auf den Boden und faltete den Stoff vorsichtig auseinander. Das Bündel barg zwei Schwerter in reich verzierten Scheiden. Sie zeigten den schwarzen Glanz von Pechkohle und ein verschnörkeltes Emblem des Siegels seines Clans in Blattsilber, umrahmt von kleineren Motiven goldener Drachen. In jede der beiden Waffen war in Höhe des Hefts ein kleiner roter Edelstein eingelassen.

Vor Jahren hatte er diese Wunderwerke zum letzten Mal bestaunt, und vor Jahren hatte er zum letzten Mal Blut damit vergossen.

Lupara ergriff eins der Schwerter und wollte es aus der Scheide ziehen, doch es gelang ihr nicht. Sie wussten beide, dass sie dazu nicht in der Lage war, und so reichte sie die Waffe lächelnd an Xavir weiter. Er legte die Hand um den Griff, der sofort aufleuchtete – genauso wie er es stets getan hatte. Das Schwert löste sich, das Leuchten des Griffs erlosch, und Xavir zog an der Klinge. Mühelos glitt die Waffe aus ihrer Umhüllung. Er hielt sie aufrecht vor das Gesicht, um die makellose Oberfläche zu begutachten.

»Die Klagenden Klingen«, erinnerte ihn Lupara. »Ursprünglich gefertigt vom großen Waffenschmied Allimentrus. So verzaubert, dass allein deine Familie sie führen kann. Deine alte Uniform ist auch noch vorhanden. Sieh nur!«

Während der Wind raschelnd durch die Bäume fuhr, zog

154

sie die Stoffschicht zurück, auf der die Schwerter während all der Jahre geruht hatten, und enthüllte die schwarze Uniform der Sonnenkohorte. Schwarze Stiefel und ein schwarzes Lederwams, dessen silberne Verzierungen einen zinnenbekrönten strahlenden Turm zeigten, über dem eine flammende Sonne aufging. Das Symbol von Cedius. Unter dem Wams lagen eine Tunika und eine Kniehose in Schwarz. Xavir schluckte. Der bloße Anblick dieser Gegenstände rief schmerzhafte Erinnerungen in ihm wach.

»Eine der seltenen Tragödien während der Herrschaft von Cedius ereignete sich, als Männer mit solch stolzen Uniformen durch eine List ihre Ehre und Freiheit verloren«, erklärte Lupara.

»Hast du sonst noch etwas mitgenommen?«

»Für einen wohlhabenden Mann warst du erstaunlich bescheiden ausgestattet.«

»Sobald ich den Palast verließ, hätte es ein Abschied für immer sein können«, sagte Xavir. »Warum sollte ich mich mit überflüssigem Schnickschnack belasten?«

»Ganz der Soldat«, erwiderte sie.

»Priester teilen eine ähnliche Weltsicht. Und du warst kaum anders, selbst in deinem schönen Schloss.«

»Bahnnash!«, rief sie aus, ein Schimpfwort in ihrer Muttersprache. »Es war wohl kaum ein Schloss. Auch alle meine Vorgänger übten den Beruf des Kriegers aus. Luxus beeindruckt uns in keiner Weise. Aber Ehre, Ruhm, das Gefühl, ein Schwert in der Hand zu halten, und die Hitze des Gefechts ... das bringt unser Blut umso heftiger in Wallung.«

Xavir lächelte grimmig. »Wozu taugen Krieger in Friedenszeiten? Wir beide sind aus demselben Holz geschnitzt. Dazu ausgebildet, Menschen zu töten. Wir haben für das Richtige gekämpft. Die Unseren sollten eine bessere Welt vorfinden. Zumindest glaubten wir an diese Ideale.«

»Heißt das, du wirst uns helfen?«, fragte Lupara.

Xavir starrte noch immer auf die Klagenden Klingen.

»Was soll das bringen? Ich bin mir sicher, dass jeder über die Schmach der Sonnenkohorte Bescheid weiß. Wenn ich diese Uniform trage, knüpft man mich eher auf, als mir zu folgen.«

»Du machst nicht den Eindruck eines Mannes, der sich vor der Meinung seiner Mitmenschen fürchtet.«

»Stimmt, aber nimm einmal an, ich stelle mich an die Spitze deines Heers – Xavir, der Schlächter von Baradiumsfall. Einen Anführer wie mich braucht deine Streitmacht nicht.«

»Mag sein.« Die Zuversicht in ihrem Blick schwand unvermittelt.

»Valderon hingegen wäre eher der Richtige.«

Verwirrt blickte Lupara zu Xavir auf.

»Valderon war Offizier in der Ersten Legion. Ein Feldwebel und ein guter Kämpfer. Die Gründe für seinen Gefängnisaufenthalt waren weniger barbarischer Natur als bei mir.«

»Ihr wart im Kerker doch Feinde, oder etwa nicht?«

Xavir hob die Schultern. »Das spielt inzwischen kaum noch eine Rolle. Nein, Valderon ist nicht so berüchtigt wie ich und wird euch ein tatkräftiger Anführer sein.«

Einer der Wölfe stieß ein grunzendes Geräusch aus.

»Selbst er stimmt mir zu«, sagte Xavir mit leisem Schmunzeln.

Die Wolfskönigin lächelte wild. Obwohl ihr letztes Treffen Jahre zurücklag, blieb sie für Xavir so betörend und furchterregend, wie sie es immer gewesen war. Das Alter hatte den Konturen ihres ausdrucksstarken Gesichts nur noch mehr Schärfe verliehen.

»Ich kenne diesen Mann nicht«, sagte sie. »Aber ich nehme dich beim Wort, wenn du für ihn bürgst.«

Insgeheim war sich Xavir indessen noch nicht so sicher. »Ich bürge rückhaltlos für ihn«, log er. *Auch wenn ich erst noch weitere Beweise für seine Ehrlichkeit brauche.* »Und du, wirst du wenigstens an unserer Seite kämpfen?«

»Du sprichst in der Mehrzahl, Teuerste, aber wen genau hast du denn schon an deiner Seite?«

»Mein eigener Stamm steht zur Verfügung, aber wir können nicht Tausende von guten Kriegern, sondern lediglich Hunderte aufbieten. Außerdem zog ich zuletzt vor vielen Jahren mit ihnen in die Schlacht. Wir sind gänzlich außer Übung.«

»Dann müssen wir wohl eine Streitmacht aufbauen«, meinte Xavir. »Und für ihre Ausbildung sorgen. Dafür brauchen wir Geld.«

»Vor allem müssen wir uns beeilen, Xavir, denn in der Zwischenzeit sterben weiterhin Menschen.«

»Menschen sterben«, entgegnete Xavir. »Bedauerlicherweise ist das auf unserer Welt nun einmal so. Gäbe es Mardonius nicht, würde irgendein anderer Tyrann für Mord und Totschlag sorgen. Es gibt immer Skrupellose, die anderen das Leben rauben, solange es die eigenen Ziele voranbringt. So sind die Menschen eben.«

Lupara nickte. »Wölfe haben es besser«, sagte sie. »Sie denken an das Wohl des Rudels und nicht an die Bedürfnisse eines Einzelnen.«

Xavir steckte seine Klingen weg und betrachtete hingebungsvoll seine Uniform.

»Zieh sie ruhig an!«, riet ihm Lupara. »Die Farben der Männer des Königs stehen dir nicht.«

Ehrfürchtig legte Xavir seine Waffen auf dem Rand der Holztruhe ab und lehnte sich vor, um sich seinen Besitz zurückzuholen. Plötzlich hielt er inne. »Aber zuerst sollte ich mich waschen.«

»Geh zum Fluss gleich dort drüben! Ich warte hier.«

Beobachtet von Lupara und den Wölfen, nahm Xavir an sich, was ihm gehörte. Dann schritt er zum Fluss hinunter.

Die Böschung war feucht, aber nicht glitschig, und er umrundete alte Äste und Felsbrocken, bis er das Ufer erreichte. Er zog sich nackt aus und watete bis zu den Hüften ins eisige Wasser. Zitternd wartete er ab, bis sein Körper sich an die Kälte gewöhnt hatte, und starrte auf sein schimmerndes Spiegelbild. Zum ersten Mal seit langer Zeit betrachtete er sich selbst aus der Nähe.

»Die Zeit im Bau war nicht gnädig zu dir, alter Freund«, murmelte er zu sich selbst.

Sorgfältig wusch er die Vergangenheit ab, tauchte im klaren Wasser unter und spürte, wie sich seine Haut straffte. Er ergötzte sich an der Kühle. Dann kam er wieder an die Oberfläche, stand einfach nur da und sah zu, wie der Fluss träge an ihm vorbeiströmte. Zu lange schon hatte er stillgestanden, während die Zeit und die Ereignisse ringsum weiterliefen. Die Welt hatte sich so sehr verändert – und nach allem, was er hörte, nicht zum Besseren. Aber er wollte nicht einfach nur untätig verharren, sondern schwor sich, seine früheren Taten wiedergutzumachen und zu berichtigen, was zuvor aus dem Ruder gelaufen war. Er konnte ein zweites Leben beginnen und danach glücklich sterben, denn in dieser Welt war ihm nur noch wenig geblieben.

Entschlossen stieg er aus dem Wasser, trocknete sich mit seiner alten Unterwäsche ab und schlüpfte in die Uniform aus früheren Tagen. Sobald er sie auf der Haut spürte, schienen die Jahre von ihm abzufallen. Stück für Stück fügte sich die Person wieder zusammen, die er einmal gewesen war. Er zog an der Schnalle am Wams und stellte fest, dass es ziemlich locker saß. Mit ausreichender Nahrung und regelmäßigen Leibesübungen würde er es aber schon bald wieder ausfüllen. Zuletzt zog er die Stiefel an und erhob sich. Irgendwie fühlte er sich plötzlich größer.

Ja, nun war er wirklich wieder er selbst, ein Streiter der Sonnenkohorte. Einer der besten Krieger aus Cedius' Reihen.

Doch ohne seine Kameraden, ohne Felyos und Gatrok, ohne seine alten Freunde Brendyos, Jovelian und den großen Dimarius, bestand die Sonnenkohorte, die Sechserlegion, lediglich aus einem einzigen Mann. So weit hätte es niemals kommen dürfen.

»Ich werde eure Namen reinwaschen, Brüder«, schwor er laut. »Ich werde jene töten, die Schande über uns und euch den Tod brachten. Ihr hättet ruhmreich auf dem Schlachtfeld sterben sollen, mit dem Schwert in der Hand, und nicht durch die Axt eines Scharfrichters. Und das alles wegen eines Vergehens, an dem wir keine Schuld trugen.«

Xavir erklomm die Böschung und kehrte zu Lupara zurück, die noch immer neben der Truhe wartete. Sie reichte ihm die Klagenden Klingen.

»Viel besser«, sagte sie. »Das ist der Xavir, den ich kenne.«

Er schwang die Schwerter in ihren Scheiden über den Rücken, und Lupara befestigte sie mit Schnallen und Riemen an seinem Wams.

»Besser«, brummte er.

»Gern geschehen«, entgegnete Lupara.

»Danke«, berichtigte sich Xavir und bedauerte, seine guten Manieren im Kerker verlernt zu haben. »Danke für das Aufbewahren meiner Sachen. Danke, dass ich wieder einen Sinn im Leben sehe.«

DIE SPEISEN DES WALDES

»Tja, hättest du nur auf mich gehört!«, knurrte Landril, die Arme vor der Brust verschränkt.

»Die sahen alle gleich aus, verflucht noch mal!«, stöhnte Davlor.

Der dürre Mann hielt seine Hand in einen gewaltigen Kupferkessel, um sie in einem warmen Kräutersud einzuweichen. Sie standen in einiger Entfernung von Luparas Hütte, während ihre Gefährten genussvoll den herzhaften Eintopf verzehrten, den Grend für sie zubereitet hatte. Dicht neben ihnen löffelte Jedral hastig die Mahlzeit in sich hinein, nachdem er den Nachmittag über Holz für das Feuer gehackt hatte. Die Arbeit schien seiner Laune gutgetan zu haben, denn von Zeit zu Zeit lächelte er sogar.

Landril musste zugeben, dass Grend am Kochtopf alles andere als ein Stümper war. Das traf eher auf Davlor zu, der gerade eine Hand in den Kochtopf hielt. Irgendwann ließ sein Stöhnen nach.

»Die einzigen Geräusche, die ich höre, sind die Grunzer, mit denen Jedral seine Wertschätzung für das köstliche Essen zum Ausdruck bringt«, stellte Landril fest. »Auch bei der Arbeit mit seiner Axt am Nachmittag hat er nur gegrunzt. Anscheinend kann er sich nur auf diese Weise verständigen.«

»Genau«, wisperte Davlor schwach. »Er behauptet, aus g… gutem Hause zu stammen. Aber ich schätze, er war doch

nur ein einfacher K... Knecht wie ich. Dagegen ist nichts
einzuwenden ... Ein schönes L... L... Leben.«
»O bei der Göttin!«, seufzte Landril. »Du machst dich
lächerlich. So schlimm steht es nun wirklich nicht um dich.«
Valderon näherte sich den beiden Männern mit einem
Lächeln im Gesicht. »Was ist geschehen?«
»Ich habe den falschen Pilz abgeschnitten«, jammerte
Davlor.
»Trotz meines Ratschlags«, bemerkte Landril säuerlich
lächelnd. »Ich erklärte ihm, dass die gelben Pilze zu der
einen Wegseite wahre Leckerbissen sind. Die zur anderen
Seite sehen nahezu gleich aus, sind aber hochgiftig und nach
dem Verzehr womöglich sogar tödlich. Hat er nun auf mich
gehört?«
»Aber die sahen alle gleich aus ...« Das waren genau die
Worte, die Davlor seit dem Rückweg aus dem Wald unent-
wegt vor sich hin gemurmelt hatte. Seitdem pochte auch
seine Hand, die von einem Blutstau angeschwollen war.
»Wir könnten ihm die Hand jederzeit abnehmen«, schlug
Valderon vor. »Jedral wirkte auf mich recht geschickt mit
seiner Axt.« Er blinzelte Landril zu.
»Das habt ihr doch nicht etwa wirklich vor?«, fragte Dav-
lor mit weit aufgerissenen Augen.
»Der Sud wird deine Hand beruhigen«, versicherte ihm
Landril. »Lass sie für mehrere Stunden im Topf, und du
erholst dich wieder. Anschließend entscheiden wir, ob wir
sie dir abnehmen.«
»Was?«, stöhnte Davlor. »Ich soll stundenlang mit der
Hand in dem Kessel herumstehen?«
»Du kannst gern darauf verzichten. Aber dann dringen die
Gifte langsam in alle deine Körperteile vor«, erklärte ihm
Landril grinsend. Er wusste, dass besagte Gifte nur dann sol-
che Wirkung gezeigt hätten, wenn sie sich bereits im Innern

von Davlors Leib befunden hätten. Das jedoch wollte er dem Trottel nicht verraten.

»Aber wie soll ich denn jetzt essen?«, fragte Davlor.

»Du hast doch noch eine gesunde Hand.« Valderon lachte, schlug Davlor auf die Schulter und schlenderte davon.

Landril wandte sich ebenfalls ab, doch Davlor rief ihn zurück. »Was? Du gehst doch nicht etwa auch!«

»Mein lieber Davlor, eine Unterhaltung mit dir dient in keiner Weise der Schärfung meines Wortschatzes. Das allgemeine Niveau, das sie bietet, dürfte kläglich ausfallen. Daher verlasse ich dich. Mit etwas Glück erteilt dir diese Erfahrung eine Lektion.«

»Eine Lektion worin?«

»Die Lektion, auf meine Ratschläge zu hören«, gab Landril zurück und folgte Valderon zu den anderen Männern hinüber.

Die entflohenen Häftlinge waren mittlerweile zu einem Lagerfeuer umgezogen. Noch immer brutzelte das Wildbret vor sich hin. Sein Duft waberte so köstlich durch den Wald, dass Landrils Magen laut knurrte. Er konnte die herzhafte Mahlzeit kaum erwarten und freute sich, endlich wieder anständig speisen zu können. *Nur die Göttin weiß, wie es für die anderen sein muss, nach so langer Zeit etwas Gutes vorgesetzt zu bekommen.*

»Schöne Teller«, lobte Tylos und musterte das Geschirr, das ihnen Lupara geliehen hatte. »Echtes Silber.«

»Willst du sie etwa stehlen, Schwarzer?«, neckte ihn ein Gefährte, und die anderen lachten.

»Ja, ich mag einmal ein Dieb gewesen sein«, setzte Tylos an. »Aber nein, ich habe lediglich die Qualität des Geschirrs bewundert. Als ich aufwuchs, aß ich von Tellern wie diesen.«

»Einmal ein Dieb, immer ein Dieb?«, meinte Valderon und legte dem Mann eine warme Hand auf die Schulter.

»Vielleicht.«

Sobald Xavir und Lupara die Lichtung betraten, verstummten die Gespräche. Landril lächelte in sich hinein. Da kam der Xavir, den er kannte und der in den Hallen von Cedius' Palast aus und ein ging. In seiner alten Uniform sah er so prächtig aus wie ein Kriegerkönig.

Es war deutlich zu beobachten, dass ihn die anderen plötzlich mit ungewohnter Hochachtung betrachteten. Sie waren Mitglieder seiner Bande oder gar Rivalen gewesen. Doch in seiner schwarzen Gewandung rang ihnen Xavir nun allerhöchsten Respekt ab.

Valderon, der bereits aufgestanden war, schlenderte langsam auf Xavir zu. »Sind das die Klagenden Klingen?«

»Das sind sie«, bestätigte Xavir.

»Ich hatte von ihnen gehört, sie aber nie mit eigenen Augen gesehen«, sagte Valderon ehrfürchtig.

Jedral kratzte sich am Kinn. »Was hat es mit ihnen auf sich?«, fragte er.

»Es sind gesegnete Waffen«, antwortete Valderon. »Geschaffen von der Hand des großen Metallurgen und Schmieds Allimentrus, der vor fast sieben Jahrhunderten starb. Jeder Soldat träumt davon, diese Klingen im Feld einzusetzen. Doch es heißt, dass nur eine einzige Blutlinie sie verwenden kann.«

Xavir löste die Scheiden vom Rücken und nahm sie über die Schultern nach vorn. Eine der Klingen händigte er Valderon aus. »Hier. Versuch es!«

Valderon legte die Hände um das Heft des Schwerts und wollte es zücken, doch er schaffte es nicht. Er lächelte trocken.

»Möchte sich noch jemand erproben?«, fragte Xavir.

Einer nach dem anderen versuchten alle, das Schwert aus der Scheide zu ziehen. Mit Ausnahme von Landril, der es

163

besser wusste, und Davlor, der die eine Hand nach wie vor in den Topf hielt.

Schließlich wurde die Klinge an Xavir zurückgereicht. Er legte die Hand auf das Heft, das weiß aufleuchtete, und das Schwert löste sich mit einem Wispern.

»Hexerei«, raunte einer der Männer.

»Da magst du recht haben«, bestätigte Valderon. »Ich wette, nicht einmal die Hexe, mit der Allimentrus zusammenarbeitete, könnte die Waffe zücken.«

»Wir reden nicht über eine so vulgäre Person wie eine Hexe«, sagte Xavir, während er die Schwerter wieder an ihrem angestammten Platz auf dem Rücken verstaute. »Es hieß, Allimentrus habe allein gearbeitet. Nur meine Blutlinie vermag diese Waffen zu führen.«

»Warum nennt man sie die Klagenden Klingen?«, fragte Tylos.

Xavir zog abermals die Schwerter, trat einige Schritte beiseite und vollführte eine rasche Abfolge von Kampfhaltungen. Bei jedem Streich durch die Luft gaben die Klingen ein leises Geräusch von sich.

»Sie klagen wie eine Todesfee«, stellte Landril fest. »Das könnte die Magie sein, die ihnen innewohnt.«

»So ist es in der Tat«, meinte Xavir. »In der Schlacht klingt das Klagen lauter. Dann ist ihre Arbeit ja auch härter.«

Xavir wollte die Schwerter wieder in die Scheiden stecken, doch mit der Klinge in der Linken verfehlte er beim ersten Versuch sein Ziel.

»Seht euch diesen anmutigen Krieger an!« Lauthals verfiel Tylos in ein Gelächter, das über das dunkle Grasland hallte.

»Nun, wenn du mit den Dingern nichts mehr anfangen kannst«, kicherte Valderon, »dann lerne ich gern noch etwas dazu.«

»Ich bin außer Übung, Feldwebel«, entgegnete Xavir mit

einem aufrichtigen Lachen, wie Landril es bei ihm noch nie vernommen hatte. »Mein Muskelgedächtnis ist nicht mehr das, was es einmal war.«

»Wir sind alle außer Übung«, stimmte Valderon zu und lotste Xavir zum Feuer. »Aber ich schätze, wir haben mehr als genügend Zeit, um unsere Fertigkeiten zurückzugewinnen.«

Es war eine angenehme Nacht. Die Männer erzählten sich Geschichten und lachten. Zwischen ihnen herrschte eine Kameradschaftlichkeit, die während ihrer Haft in der Höllenfeste undenkbar gewesen wäre. Nur einer von ihnen wirkte unruhig. Harrand sprach davon, eine bestimmte Stadt aufsuchen zu wollen, um einige Rechnungen zu begleichen. Keiner der anderen deutete jedoch eine Trennung zum derzeitigen Zeitpunkt auch nur an.

Landril fragte sich, ob ihr Dasein vorübergehend einen Sinn bekam, wenn sie Xavir weiterhin folgten. Es erlaubte ihnen, trotz der fremden Umgebung einen einigermaßen vertrauten Tagesablauf beizubehalten. Welches andere Ziel sollte es an einem so entlegenen Ort denn auch geben?

Die Atmosphäre wurde etwas unbehaglicher, als sich Lupara mit Xavir in ihre Hütte zurückzog. Einige machten anzügliche Bemerkungen darüber, was die beiden dort wohl trieben.

»Ach, Freunde, was ich mit der alles anstellen würde!«, murmelte Jedral lüstern. »Sie würde die ganze Nacht heulen wie eine Wölfin.«

Die Männer lachten peinlich berührt.

»Es ist lange her, seit ihr zum letzten Mal eine Frau gesehen habt«, blaffte Valderon. »Aber werdet ihr deswegen wirklich gleich zu Wilden?«

»Valderon hat recht«, ergänzte Tylos. »Abgesehen davon,

wäre es vermutlich die Kriegerkönigin, die *dich* zum Heulen brächte, und zwar nicht vor Lust.«

Die Männer lachten schallend, während Jedral Tylos finster anstarrte.

Angesichts der aufkommenden Spannungen zuckte Landril zusammen und hoffte, dass die Diskussion ohne Blutvergießen zu Ende geführt wurde.

»Diese Frau teilt ihr Zuhause mit uns«, fuhr Valderon ungerührt fort. »Sie bietet uns Nahrung und Unterkunft, wie wir es seit Jahren nicht mehr kannten. Folglich solltet ihr zumindest mit dem gebotenen Respekt über sie sprechen.«

Jedral zog den Kopf ein und grunzte so etwas wie eine Entschuldigung.

»Zudem liegt Tylos völlig richtig«, fuhr Valderon fort. »Ich wette, dass sie euch den Schwanz abschneidet, sobald ihr euch nur in Gedanken unsittlich nähert. Hinter vorgehaltener Hand erzählt man sich, was die Wolfskönigin mit erfahrenen Kriegern auf dem Schlachtfeld angestellt hat. Zusammen mit ihrem Stamm nahm ich ein einziges Mal an einem Gefecht teil. Furchterregende Menschen, diese Dacianaraner. Es gibt nur wenige, die im Umgang mit einer Klinge so geschickt sind wie sie. Und ihr glaubt, ihr könntet es mit einer solchen Frau aufnehmen?«

Jedral brach den Zweig, mit dem er gespielt hatte, in der Mitte durch und starrte zu Boden.

Landril beschloss, sich eine Weile von den anderen zu entfernen und seine Abendgebete an die Göttin zu richten. Er würde nie ganz zu den anderen Männern gehören, und das störte ihn nicht weiter. Er wollte allen die Gelegenheit zur Nachtruhe geben, bevor er sich zu seiner eigenen Schlafstatt in der Hütte begab.

Als Meisterspion war er es gewohnt, viel Zeit mit sich allein zu verbringen. Während andere auf Feldzügen enge

Bande knüpften, Brot und Bier miteinander teilten, waren Landrils Missionen für Cedius diplomatischer Natur gewesen. Sein Leben hatte aus opulenten Abendessen mit Fremden im hintersten Winkel ferner Länder bestanden. Er hatte tiefste Geheimnisse gewahrt und sich unterschiedlichste Namen und Gesichter gemerkt. Dabei hatte er so viele Verkleidungen getragen und sich so oft tarnen müssen, dass er sich bisweilen fragte, wer der echte Landril war.

Doch die Göttin weiß es natürlich.

Landril entdeckte einen abgelegenen alten Baum, unter dem er bequem Platz fand, und ließ sich vorsichtig auf die Knie nieder, um zu beten. Doch während er die Worte sprach, trieben seine Gedanken rastlos dahin.

Sein Leben lang studierte er schon die Wege der Göttin. Sein Vater war Priester in ihrem Tempel in Stravir gewesen. Obwohl Landril ihren Lehren folgte, wollte er kein Theologe werden. Er war zu neugierig auf die Welt dort draußen, und ein Leben als Kleriker hätte nicht zu ihm gepasst. Oft fragte er sich, ob er seinen Vater mit seiner Entscheidung enttäuscht hatte, doch dieser hatte sich nie in irgendeiner Weise abschätzig geäußert.

Ganz gleich, worum es gegangen war. Selbst als er Landril im Bett eines Mannes ertappt hatte, hatte es weder Vorwürfe noch Missbilligung oder Verdruss gegeben. Sein Vater war die Verkörperung der Schriften der Göttin und hegte einen festen Glauben an Gleichheit, Liebe, Opferbereitschaft, Frieden und Ehre. Eine solche Weltsicht machte es für Landril nur noch unerträglicher, die Leichen auf den Straßen vor den heiligen Stätten zu sehen. Alle diese dahingeschlachteten Menschen und die niedergebrannten Dörfer. Mardonius hegte offenbar einen tiefen Hass gegen die Anhänger der Göttin, und das trotz der friedfertigen Ausübung ihres Glaubens.

Überall in Stravimon und bis weit jenseits der östlichen und nördlichen Herzogtümer wurden Menschen so lange bedroht und verfolgt, bis sie entweder ihre Heimat verließen oder sich Mardonius' Feldzug zur Ausmerzung der Religion anschlossen.

Als die Priester und Priesterinnen der Göttin Mardonius' Verbrechen öffentlich und lautstark anprangerten, wurden in den größten Städten Dämonen gesichtet. Monströse Schreckensgestalten, die sich nach der Abendandacht auf die Gläubigen stürzten und sie kreischend in die Dunkelheit zerrten. Verstörte Menschen berichteten von blutenden Wänden, Schreien aus dem Nichts, ungewöhnlich kalten Plätzen und Häusern, die leer standen, nachdem böse Geister ihre Bewohner in die Flucht getrieben hatten. Waren das alles Gerüchte? Oder entsprachen die Geschichten der Wahrheit? Als der Meisterspion seinen Vater in Stravir hatte warnen wollen, war er zu spät gekommen. Der Priester war verschwunden, zusammen mit den wichtigsten Tempeldienern. Blutspritzer an der Tür des Göttinnenhauses wiesen nur allzu deutlich auf ihr entsetzliches Schicksal hin.

Lupara hatte eigene Schritte unternommen und Spione angeheuert, die näher untersuchen sollten, was in Stravir vor sich ging. Sie war tief beunruhigt von den Geschichten über große Unruhen, die den Frieden in Dacianara gefährdeten. Und dabei war Landril ihr zum ersten Mal begegnet. Offenkundig bedurfte es drastischer Maßnahmen, um Mardonius von der Verwüstung eines ganzen Kontinents abzuhalten. Sowohl Lupara als auch Landril dachten dabei stets an den gleichen Mann.

Xavir Argentum.

Während Landril seine Gebete sprach, drangen zwei von Luparas kleineren Wölfen tiefer in den Wald vor. Einer von ihnen schnüffelte an Landrils Bein, während er an ihm vor-

beitappte. Landril lächelte dem Geschöpf zu, das sich gleich
darauf wieder seinem Rudel anschloss. Er erhob sich und
wandte sich dem offenen Grasland zu.

Irgendetwas knackte in der Ferne. Landril hielt inne und
wandte sich um. Außer Dunkelheit und dem Schimmern
von mondbeschienenem Laub sah er nichts. Das Herz schlug
ihm bis zum Hals, als es im Blätterdach über ihm plötzlich
raschelte und ein blutiger Kadaver dicht vor seinen Füßen
aufschlug. Entsetzt wankte er zurück und erkannte den Körper des Wolfs, der eben noch an ihm geschnüffelt hatte. Das
Tier war so verstümmelt worden, dass er es kaum erkannte.

Ein unheimlich tiefes, wildes Knurren erklang in einiger
Entfernung vor ihm.

Das war kein Wolf.
Der Wald erbebte.

Ohne Zögern oder einen Blick zurück stürzte Landril
durch die Finsternis, und sein pochendes Herz wollte ihm
schier aus der Brust springen.

NACHTKAMPF

Im Schein mehrerer Kerzen saßen Xavir und Lupara nebeneinander, und ihre Finger glitten über die alten Karten des Kontinents. Dieser Fertigkeit hatte sich Xavir schon lange nicht mehr gewidmet, aber ihre Sprache verstand er immer noch auf Anhieb. Das Lesen der Zeilen eines Landes bereitete ihm nach wie vor große Freude.

Xavir und die ehemaligen Häftlinge hatten bereits einen weiten Weg von den Seidenspitzbergen bis nach Brekkland hinter sich. Dahinter lag Brintassa, doch ihre weitere Reise würde sie wohl am ehesten durch Burgassia führen, ein sonderbares und uraltes Land. Dahinter wiederum lag Stravimon, das Xavir größer vorkam, als er es in Erinnerung hatte. Zu Beginn von Cedius' Regentschaft und noch vor Xavirs Aufstieg hatte Stravimon sich die angrenzenden Lande im Süden einverleibt – nahezu vollständig durch friedliche Verhandlungen. Die echten Kämpfe fanden stets auf der Mica-Ebene und dahinter statt, wo die Barbaren und die streitbaren Stämme aus dem Norden Vorstöße auf das Gebiet der Stravirer unternahmen. Sie hatten nur selten Erfolg, denn die Ortschaften an den Grenzen waren gut befestigt. Mardonius schien den Kampf in der Zwischenzeit zu den Barbaren getragen und die Grenzen Stravimons immer weiter nach Norden ausgedehnt zu haben.

Xavir suchte nach dem militärischen Ziel hinter Mardonius' Handeln, zumal es kein ernsthaftes Vordringen nach Süden oder Westen gegeben hatte. Nachdem Burgassia noch immer keinen König hatte und wahrscheinlich auch nie einen Herrscher bekäme, war Lausland zum Opfer zahlreicher Angriffe geworden. Eine ernsthafte Invasion hatte Mardonius indes weder gegen das eine noch gegen das andere Land eingeleitet. Seine militärischen Aktivitäten waren bestenfalls kurios zu nennen. Immerhin kam es zu Überfällen durch kleinere Truppenverbände auf mehrere Städte sowie zu Misshandlungen von Zivilisten.

Die Pferde hinter der Hütte wieherten plötzlich laut. Lupara erhob sich von ihrem Stuhl, und ihre Miene zeigte deutlich, wie beunruhigt sie war.

»Was gibt's?«, fragte er.

»Die Wölfe«, erwiderte sie und richtete ihre Sinne offenbar auf ein Ziel, das jenseits des Sichtbaren lag. »Da geht etwas vor sich.«

Sie schritt durch die Tür und rief nach ihren drei riesigen Wölfen. Während sie herbeisprangen und dabei immer wieder zum Wald zurückblickten, schlang sich Xavir die Klagenden Klingen über die Schultern und trat ins Zwielicht hinaus. Seine Gefährten saßen noch immer am Feuer und schenkten ihm kaum Aufmerksamkeit.

»Geh mir zur Hand!«, rief Lupara, griff nach unten und wuchtete schwere Rüstungen aus Leder und Metall auf die Rücken der unruhig hin und her trippelnden Wölfe. »Schließ die Schnallen auf der anderen Seite! Beeil dich!«

Xavir tat wie geheißen und zog die Riemen unter den mächtigen Bäuchen der Tiere stramm, während Lupara die Rüstungen zurechtschob. Das Leder verlief über Rücken und Bäuche der Wölfe. Dabei hingen die Metallteile schützend vor ihren Rippen. Während Xavir der Wolfskönigin behilflich war, ließ er kein Auge von den geifernden Schnauzen der

Tiere, die beständig etwas Unsichtbares anknurrten, das nur sie wahrzunehmen schienen.

Da rannte Valderon auf Xavir und Lupara zu. »Rechnet ihr mit Ärger?«

»So ist es«, bestätigte Lupara mit grimmiger Miene. »Sag deinen Männern, sie sollen sich wappnen! Im Wald liegt etwas im Argen.«

»Sicher?«

»Die Wölfe spüren es«, zischte sie. »Also spüre ich es auch.«

»Zu Diensten, Eure Hoheit.« Valderon befahl den anderen aufzustehen. »Ergreift eure Waffen! Ihr alle!«, rief er. »Heute Nacht wird nicht geschlafen.«

»Nicht doch! Wir waren tagelang auf der Straße unterwegs und sind am Ende unserer Kräfte«, maulte Davlor.

»Wenn ihr die Straße jemals wiedersehen wollt, dann steht auf und bewaffnet euch!«, herrschte Valderon die Männer an. »Gefahr ist im Verzug.«

Xavir, Lupara und ihre drei Wölfe stürmten auf die Bäume zu.

Valderon kam mit den anderen Männern im Schlepptau nach, die bald eine zweite Linie dreißig Schritt hinter der ersten bildeten. »Mit welchen Feinden müssen wir rechnen?«, rief er.

Xavir wandte sich um und hob die Schultern. Vorsorglich zückte er die Klagenden Klingen und erwartete Luparas Befehle. Welch erhebendes Gefühl, die Waffen in den Händen zu halten und austarieren zu können! In diesem Augenblick verspürte er auch den unbändigen Drang, sie endlich wieder einzusetzen.

Valderon ermahnte seine Männer zur Ruhe, und bald hätte man nichts mehr wahrgenommen als die Geräusche von Stiefeln, die durch hohes Gras stapften, sowie das Knarren von Bäumen, die sich im Wind neigten.

Dann war hundert Schritt voraus ein lautes Kreischen zu hören. Augenblicke später stürmte Landril mit wild rudernden Armen aus dem Wald hervor und rannte auf die Lichtung. Er erblickte Luparas kleine Streitmacht und steuerte darauf zu.

»Dort drinnen versteckt sich etwas!«, schrie er, und seine Stimme hallte über die Grasfläche. »Etwas Monströses. Es hat einen Wolf getötet und den Kadaver durch die Bäume geschleudert.«

Bei diesen Worten zuckte Lupara zusammen, und Landril sank zu Boden. Die Hände auf die Knie gestützt, als müsse er sich erbrechen, holte er mühsam und laut keuchend Luft.

Einen Wimpernschlag später war das Knacken von Ästen zu hören.

Alle wandten sich dem Geräusch zu und umklammerten ihre Waffen noch fester. Eine riesenhafte Gestalt brach zwischen den Bäumen hervor, gefolgt von zwei weiteren.

»Was ... im Namen der Göttin ...«, entfuhr es Valderon.

Alle drei Kreaturen maßen gute drei Schritt von den Füßen bis zu den Schultern. Die missgestalteten Leiber waren mit dicker Haut überzogen, und die Köpfe wirkten sonderbar knollig. Geifer troff aus den weit offenen Mäulern. In ihren Augen loderte ein geistloses Feuer und verriet, dass sie nach Gewalt gierten. Sie hatten vier Beine, von denen jedes leicht unterschiedliche Proportionen aufwies, sowie zwei kräftige Arme mit tellergroßen, klauenbewehrten Händen. Eine der abscheulichen Kreaturen stieß ein gutturales Röhren aus, das den Boden zum Erzittern brachte.

Dann gingen sie zum Angriff über.

»Auf mein Wort!«, schrie Valderon den entsetzten Männern zu. »Zwanzig Schritt auseinander und zum Angriff kehrtmachen!«

»In welche Richtung?«, fragte Jedral mit bleicher Miene.

»Gleichgültig! Aber unbedingt auseinander!«

Xavir schmunzelte. Valderon wandte eine alte Legionstaktik an, ohne sich ihrer offiziellen Bezeichnung zu bedienen – die Zerschlagene Schar.

Xavir spähte kurz zu Lupara hinüber, während die Kreaturen näher wankten. »Welchen der netten Burschen nimmst du dir vor?«

»Den, der mir als Erster in die Quere kommt.«

»Dann kümmere ich mich um seine Freunde«, erwiderte er.

Er schätzte ab, welchen Weg das Ungeheuer nehmen würde, und rannte leichtfüßig zum Waldrand hinüber. Rasch sprang er abermals zwischen den Bäumen hervor und stürzte sich auf die schwankende Bestie. Eine seiner Klingen fuhr ihr über die Flanke und schnitt tief in eine ihrer Hautfalten. Vor Schmerzen bäumte sie sich so heftig auf, dass der Boden erbebte. Sie brüllte wie von Sinnen und bewegte sich drohend auf den Angreifer zu.

Geduldig erwartete der Krieger die nächste Attacke der Kreatur. Gleich darauf schlug sie auch schon mit einer ihrer klauenbewehrten Gliedmaßen zu. Er warf sich nach links und zerhackte ihr mit einem kreischenden Aufschrei seiner Klinge die straff gespannte Haut.

Das Untier stieß ein ohrenbetäubendes Gebrüll aus.

Als es erneut zuschlug, unternahm Xavir einen Ausfall gegen das Maul mit den vorspringenden Kiefern. Geschickt schnitt er ihm quer durch das Gesicht und blendete es. Dann vollführte er eine gekonnte Rolle über die Wiese, um dem Gefahrenbereich zu entkommen. Inzwischen schlug die Kreatur wild um sich, kreischte und verspritzte ihr Blut in hohem Bogen.

Hinter Xavir war Kampflärm zu hören, doch er achtete nur auf die Bewegungen des Untiers. Wieder auf den Beinen hieb er mit den Klagenden Klingen ohne Unterlass auf den torkelnden Gegner ein. Stück um Stück klatschten dessen Körperteile auf den Boden. Unter einem trägen Gegenschlag duckte sich Xavir weg und rammte beide Schwerter in den Leib der sterbenden Kreatur. Nachdem er den Kadaver aufgeschlitzt hatte, verteilte er die stinkenden Eingeweide auf dem mondbeschienenen Waldboden.

Als der Leichnam nach vorn kippte, trat Xavir einen Schritt zurück und beendete das Gemetzel, indem er dem toten Geschöpf mit einer seiner Klingen die Kehle durchtrennte.

Dann rannte er zu den anderen zurück.

Nur eine der Bestien stand noch aufrecht. Inmitten der kämpfenden Menschen griffen auch Luparas riesige Wölfe ohne Unterlass an.

Xavir traf gerade noch rechtzeitig am Ort des Geschehens ein und wurde Zeuge, wie das letzte Ungeheuer zusammenbrach und die drei Wölfe seine Gliedmaßen in Stücke rissen. Valderon stieß ihm seine Klinge tief in den Schädel und brachte es endgültig zum Verstummen.

In der plötzlichen Stille blickten sich alle auf dem Schlachtfeld um. Blutbesudelt und völlig außer Atem stellten sie fest, dass das Gemetzel vorüber war. Lupara entsandte ihre Wölfe, um nach etwaigen weiteren Bestien Ausschau zu halten.

Xavir bemerkte zwei Männer, die auf der Wiese lagen, und näherte sich den reglosen Gestalten. Valderon trat zu ihm, als er die verunstalteten Toten in Augenschein nahm.

»Barros und Galo«, murmelte Valderon und beugte sich zu den zerschundenen Leibern hinunter. »Je einer aus unseren Banden.«

»Eine Schande!«, stieß Xavir hervor.

»Sie haben tapfer die Stellung gehalten«, fuhr Valderon fort. »Mehr kann im Grunde niemand verlangen.«

Tylos und einige andere gesellten sich zu ihnen und betrachteten die Gefallenen. »Sie waren keine schlechten Kämpfer, aber gegen so etwas ...« Tylos schüttelte den Kopf. »Warum müssen gute Männer sterben, während Schwächlinge wie Davlor, die kaum ein Schwert halten können, am Leben bleiben?«

»He!«, protestierte Davlor. »Ich bin nicht davongerannt.«

»Du hast aber auch kein einziges Mal zugeschlagen, Bauernjunge«, hielt ihm Jedral entgegen.

»Dann bin ich eben nicht so hochwohlgeboren wie der Rest von euch. Ich habe meinen Mann gestanden. Und überhaupt – du bist nur ein Irrer, der gern alles tötet, was sich bewegt.«

»Ich gebe zu, dass es mir gefallen hat, Freunde«, bekannte Jedral und ließ die Schultern kreisen. »Die beste Gelegenheit, um Spannungen abzubauen. Ich war schon drauf und dran, alles an Davlor und seinem Gestöhn auszulassen.«

»Hört auf mit dem Geplänkel!«, rief Xavir, warf den Toten einen letzten Blick zu und erhob sich. »Unsere Kameraden sind gefallen.«

Er sah sich nach Lupara um und stellte fest, dass sie gemeinsam mit ihren Wölfen den Waldrand absuchte. Mittlerweile hatte sie auch andere Wölfe herbeigerufen, und kleinere Schatten huschten wie Todesalben durch das Gras auf die Bäume zu.

»Ich sage dir etwas«, raunte Davlor und trat dicht an Xavir heran. »Mit keinem dieser Wölfe möchte ich mich anlegen. Ich habe schon gesehen, wie gewöhnliche Wölfe in Windeseile Vieh gerissen haben. Aber diese Riesenviecher ... Sie und die drei haben die erste Bestie im Nu erledigt.«

Xavir nickte, denn er hatte die Wölfe schon viele Male kämpfen gesehen. Er trat zu Landril, der die toten Kreaturen genau studierte und sie mit der Spitze seiner Klinge anstieß.

»Was sagst du dazu, Meisterspion?«, rief ihm Xavir zu. »So etwas habe ich noch nie zuvor gesehen, nicht einmal davon gehört.«

»Bis vor einem Jahr ging es mir genauso«, gab Landril zurück. »Bei der Göttin! Es sind sonderbare Geschöpfe, nicht wahr? Recht außergewöhnlich. Zwei große Augen, ja, aber hier vorn gibt es noch mehr davon. Kleinere. Siehst du die? Und sie haben zwei Zahnreihen oben und drei unten. In unserem Land ist mir auch ansatzweise nie etwas Ähnliches begegnet.«

»Was willst du damit sagen?«, fragte Xavir. »Dass sie aus einem völlig anderen Land stammen?«

»So abwegig das auch erscheinen mag ...« Landril nickte. »Mir wurden Geschichten über weitere solcher Vorfälle zugetragen. Aber ich wüsste nicht, dass diese Geschöpfe je noch weiter im Süden oder Osten gesichtet worden wären. Zugegebenermaßen waren an den weiteren Vorfällen womöglich auch andere fremdartige Kreaturen beteiligt. Nicht notwendigerweise diese hier. Gelehrte, die der Göttin nahestehen, hatten damit begonnen, sie in allen Einzelheiten zu beschreiben und in Gattungen und Arten einzuteilen. Doch dann wurde Mardonius' Herrschaft immer mehr zu einer Ausgeburt des Wahnsinns.«

»Wie viele dieser Vorfälle gab es?«, fragte Xavir. Die anderen Männer hatten sich inzwischen um ihre Gefährten geschart und lauschten Landrils Worten.

»Weniger als ein Dutzend«, erläuterte Landril. »Das hört sich nicht nach viel an, doch sie hatten einen tief greifenden Einfluss auf die betroffenen Gegenden. Manche der Kreaturen töteten Vieh. Andere töteten Menschen.«

»Gut, dass wir sie so einfach zur Strecke bringen konnten.«

»Einfach?« Landril verschluckte sich fast an dem Wort. »Für dich vielleicht. Ich blieb vor Furcht wie angewurzelt stehen und wollte einen Treffer anbringen. Aber ich schaffte es nicht, sie mit meinem Schwert zu erwischen. Darin liegt mein Können offenbar nicht.«

»Du bist am Leben, und sie sind tot«, murmelte Xavir. »So sehen Siege aus.«

»Bei dir klingt das so selbstverständlich.«

»Das ist es auch. Und morgen früh musst du mir erzählen, was du sonst noch über sie weißt. Aber nun sind alle hier todmüde. Außerdem müssen wir uns um die Gefallenen kümmern. Barros folgte der Göttin. Was ist mit Galo?«

»Er auch«, entgegnete Valderon.

»Kennt jemand von euch die Worte der Göttin?«, fragte Xavir in die Runde, richtete den Blick jedoch auf den Meisterspion.

»Mein Vater war Priester«, antwortete Landril. »Ich kenne einige der vorgeschriebenen Worte.«

»Du magst kein Krieger sein, aber du verfügst über andere Fertigkeiten, Meisterspion«, sagte Xavir zu ihm. »Trag Sorge dafür, dass die Toten mit Respekt behandelt werden. Sie mögen Sträflinge gewesen sein, doch sie starben ehrenvoll und als freie Männer. Mehr kann keiner von uns bei seinem Tod verlangen.«

AUFBRUCH VON JARRATOX

Keinen einzigen Blick warf Elysia zurück.

Als sich die Sonne an diesem wolkenlosen kalten Morgen über den Hügeln erhob und tiefe Schatten über das Grasland und die dunklen Wälder wanderten, verspürte sie keinerlei Bedürfnis, Jarratox ein allerletztes Mal zu betrachten.

Sie empfand nicht den geringsten Anflug von Bedauern, das einzige Zuhause zu verlassen, das sie jemals gekannt hatte. Zu keiner Zeit hatte sie sich in diesen Mauern heimisch gefühlt. Für sie war die Insel immer nur ein Gefängnis gewesen und hatte ihre Freiheit so grausam eingeengt wie eherne Ketten. Nichts als Verbitterung und eine besonders ausgeprägte Widerstandskraft hatte sie von der Schwesternschaft mitbekommen.

Außer ihrem Bogen trug sie nur eine Ledertasche mit spärlichen Habseligkeiten über der Schulter und wandte sich nun dem Land zu, das sich im sanften Morgenlicht vor ihren Augen erstreckte. Mit großer Vorfreude sah sie ihrer Zukunft entgegen und war fest entschlossen, sich durch nichts aufhalten zu lassen.

Obwohl ihre Begleiterin Birgitta sie zur Flucht ermutigt hatte, wirkte diese zutiefst verstört angesichts der Tatsache, dass sie tatsächlich fortgingen. Seit ihrem Aufbruch hatte Birgitta kaum gesprochen, aber ständig über die Schulter zurückgeblickt. Entweder befürchtete sie eine mögliche Verfolgung, oder der Abschiedsschmerz machte ihr zu schaffen. Zu Elysias größter Überraschung wurden sie von zehn weiteren Schwestern begleitet.

»Ich bin nicht die Einzige, die den neuen Kurs der Schwesternschaft ablehnt«, hatte Birgitta erklärt, während Elysia die Frauen mit den hochgeschlagenen Kapuzen misstrauisch gemustert hatte.

Die flüchtigen Schwestern hatten vor, auseinanderzugehen und sich wie Samen im Wind zu zerstreuen. Dann wollten sie sich den Gegnern von Mardonius anschließen. Und so schritten die zwölf Schwestern zügig über die Brücke – in den blauen Roben der Tutorinnen, den grauen und roten Gewändern jener Frauen, die von einem der Clans zurückgekehrt waren, und in der braunen Kutte einer jungen Novizin, die ein Jahr jünger war als Elysia.

Nachdem sie schließlich die Brücke überquert hatten, verabschiedeten sich Birgitta und Elysia von den anderen und machten sich auf den Weg nach Norden. Erst als sie die ersten Bauernhöfe mit den hohen Steinmauern und den dichten Gehölzen erreicht hatten, gingen sie ein wenig langsamer. Sollten sich Verfolger an ihre Fersen geheftet haben, dann hatten sie inzwischen wahrscheinlich aufgegeben.

Etwa eine Stunde später stand die Sonne hoch genug am Himmel, um ihnen ihre neue Welt und deren endlosen Horizont in aller Klarheit zu enthüllen. Keine kleinlichen Zankereien mehr. Keine Hausarbeit mehr. Kein Spott mehr, weil man sich irgendwelche Textzeilen nicht einprägen konnte. Keine finsteren Blicke von verhärmten alten Weibern mehr, denen das Leben abhandengekommen war. Der Begriff Anpassung bedeutete hier draußen etwas gänzlich anderes.

Nein, Elysia verspürte wirklich nicht den geringsten Drang, einen Blick zurückzuwerfen.

»Bekommen wir nun tatsächlich Ärger?«, fragte Elysia.

»Siehst du irgendwo eine Gefahr, kleine Schwester?«

»Nein. Ich meine, ob wir zwölf Flüchtlinge Ärger mit der Schwesternschaft bekommen. Mir ist nicht entgangen, dass du den Stab der Schatten mitgenommen hast.« Dabei handelte es sich um einen langen Holzstock mit grober Rinde, der wie ein kleiner Ast geformt war und an der Spitze einen schwarzen Hexenstein trug. Den Stab hatte Birgitta eigenhändig gefertigt und bisher nur ein einziges Mal eingesetzt. Dabei hatte sie gezeigt, wie er seine unmittelbare Umgebung in Finsternis tauchte und ungeachtet des Einfallswinkels sämtliches Licht schluckte. Er war, wie Birgitta es ausgedrückt hatte, keine Waffe, sondern eher ein Mittel zur Ablenkung, um einer heiklen Situation zu entkommen. »Wer dich nicht sieht, kann dich nicht töten«, hatte Birgitta gesagt.

Der Sack voller Hexensteine in einer Tasche über Birgittas Schulter bewies allerdings, dass sie durchaus Waffen mit sich führte und sie gegebenenfalls auch einzusetzen gedachte.

»Der Stab ist mir eine Hilfe beim Erklimmen der Berge«, erklärte Birgitta. »Und mir schmerzen die Beine noch von gestern. Doch da du es erwähnst … Mittlerweile könnten wir unter Umständen durchaus ein wenig Ärger bekommen. Sofern sich die Schwestern nämlich ernsthaft um uns zwölf Abtrünnige sorgen, was angesichts der herrschenden Lage … Nun ja. Unsere Wege sind bereits beschritten … Was hilft es da, unseren Entschluss zu bedauern? Außerdem habe ich die ganze Nacht kein Auge zugetan, kleine Schwester. Wir sollten uns ausruhen, denn die Sonne steht hoch, und die Hitze im Land ist groß.«

»Wo werden wir schlafen?«, fragte Elysia.

»Aha, du verstehst gleich, wie viel hilfreicher solche einfachen Fragen hier draußen sind.« Birgitta klatschte in die

Hände. »Nur darum geht es. Merk dir das! Du bist ein schlichtes Tier, das überleben will. Du brauchst Wasser, Nahrung und Schlaf. Alles andere ist Überfluss. Du hast Glück und kannst dich von der Quelle leiten lassen. Trotzdem gleichst du allen anderen Geschöpfen. In unserem alten Zuhause konntest du das leicht vergessen, nicht aber hier draußen. Diese Denkweise erleichtert es dir, die Vorgänge in der Welt klarer zu sehen.«

»Das ist ja alles schön und gut … aber *wo* werden wir schlafen?«

»Die Natur wird für uns sorgen.«

Und so war es auch. Sie bereiteten sich ein Bett aus weichem Gras im Schatten eines Weidenbaums. Dieser stand fernab der Dörfer am Ufer eines großen Teichs, über dem eine leichte Brise wehte. Die Sonne brannte heiß vom Himmel, doch die Beschaulichkeit der Umgebung und die Aura einer sicheren Zuflucht gewährten ihnen die Ruhe, die sie so nötig brauchten. Sie wollten sich mit dem Schlafen abwechseln, und Birgitta verkündete, ihr fortgeschrittenes Alter erlaube es ihr, als Erste für kurze Zeit die Augen zu schließen. Zuvor jedoch kramte sie einen absonderlichen Pfeil aus ihren Habseligkeiten hervor. Er hatte große Ähnlichkeit mit einem gewöhnlichen Pfeil, doch in seine Spitze war ein winziger roter Hexenstein eingelassen.

»Er könnte für einen gewissen Aufruhr sorgen. Also nimm ihn bitte nur im Notfall zur Hand!«, bat Birgitta. Sekunden später war sie im hohen Gras eingeschlafen.

Elysia lächelte und hielt den Pfeil eine Weile in der Hand, während sie sich fragte, welche Fähigkeiten er wohl besaß und warum Birgitta ihn mitgenommen hatte. Dann legte sie ihn zu dem Bündel ihrer eigenen Habseligkeiten. Womit rechnete die ältere Schwester auf ihrer Reise? Elysia hatte nicht die geringste Ahnung, wohin sie unterwegs waren.

Aber der Umstand, dass es keinen festen Plan für die nächste Zukunft gab, war ihr keinesfalls unangenehm. War das die Freiheit, nach der sie sich immer gesehnt hatte?

Als Elysia ihre Besitztümer auf der Wiese ausbreitete, wirkten sie sehr überschaubar. Eine große Ledertasche mit einigen Kleidungsstücken, ein Buch mit ihren schönsten Arbeiten aus Jarratox, ein hübscher einfacher Silberring, den Birgitta ihr vor einigen Jahren geschenkt hatte, ihr Bogen und ein Köcher mit Pfeilen. Den Ring steckte sie sich an den Mittelfinger. Die Schwestern hatten persönlichen Zierrat missbilligt, aber nun konnte sie das Schmuckstück guten Gewissens tragen.

Beim Öffnen eines Päckchens mit Pökelfleisch entdeckte sie ganz in der Nähe einen Apfelbaum und sammelte rasch eine Handvoll Früchte als Proviant für die Weiterreise ein.

Anschließend saß sie einfach nur da und genoss den Gesang der Vögel und das Wispern des Winds im Gras ringsum. Doch plötzlich fing Birgitta an zu schnarchen wie ein Eber.

Nachdem auch Elysia ein Weilchen geschlafen hatte, trafen die beiden Hexen im Schein der Nachmittagssonne ihre Vorbereitungen für die Fortsetzung ihrer Wanderung. Unmittelbar vor ihrem Aufbruch richtete sich Birgitta auf. »Bevor wir weitergehen, habe ich noch etwas zu erledigen. Ich muss eine Botschaft verschicken. Würdest du bitte hier warten?«

Irgendwie wirkte Birgitta verunsichert, aber Elysia zuckte nur mit den Achseln und ließ sich wieder auf der Wiese nieder.

Sie beobachtete, wie Birgitta den Mantel ablegte, den Stab der Schatten ergriff und zwischen Büscheln aus Kräutern und dickblättrigen Pflanzen auf den glitzernden Teich zuschritt. Aus der Ferne sah sie, wie Birgitta kurz darauf das Gewand raffte und ins Wasser watete.

An der Spitze ihres Stabs tauchte Birgitta den Hexenstein nun in den Teich, beschrieb langsam einen Kreis und schuf so einen dunklen Wirbel. Dessen Schwärze bildete einen scharfen Kontrast zu dem Wasser ringsum, in dem sich das Sonnenlicht brach. Elysia verstand nicht, was Birgitta sagte, vermutete aber, dass ihre Gefährtin eine Unterhaltung mit einem unsichtbaren Gesprächspartner führte.

Schließlich zog Birgitta den Stab wieder aus dem Wasser und watete vorsichtig zurück ans grasbewachsene Ufer. Sie ordnete ihr Gewand und kam auf Elysia zu. »Das wäre dann erledigt.«

»Was war das?«

»Ein Plausch mit einer alten Freundin.«

»Mit wem?«

»Das wirst du noch erfahren. Aber fürs Erste, kleine Schwester, haben wir ein Ziel. Wir machen uns auf den Weg zu einem alten Wachturm im Norden, viele Wochen entfernt. Dabei sollten wir immer auf den Hauptstraßen bleiben.«

»Zu unserer Sicherheit?«

»Auch auf diesen Straßen lauern Gefahren. Nein, ich erführe nur gern die jüngsten Neuigkeiten. Bisher wurde immer genauestens überprüft, welche Nachrichten zu den Schwestern durchdringen durften. Nun aber will ich wissen, was wirklich in der Welt geschieht.«

Auch nach zwei Nächten auf der Straße hatte sich das Land ringsum kaum verändert. Schließlich gelangten Birgitta und Elysia an einen Bach und folgten ihm, bis er zum Fluss wurde. Das Geräusch des vorbeirauschenden Wassers, das gegen die Felsen am Ufer schwappte, schwoll immer mehr an. Erste Anzeichen für eine Besiedlung der Gegend wurden sichtbar, so auch eine windschiefe kleine Hütte. Als der Eichenwald

sich lichtete, entdeckte Elysia zwanzig oder dreißig Steinbauten, viele davon mit runden Fenstern und Wölbungen
über den Türen. Die meisten waren getüncht und wirkten
gut erhalten. Auf den ungepflasterten Straßen schlenderten
Menschen in farbenprächtiger Kleidung umher oder spazierten an dem Fluss entlang, der sich durch die Siedlung
schlängelte. Dort waren die Häuser größer, und der Lärm
der Menge nahm deutlich zu. Am Ufer des Flusses waren
bunte Boote vertäut. Händler luden kleine Kisten von den
größeren Schiffen ab und stapelten sie an der Böschung aufeinander. In der Nähe des Ortskerns gab es eine Sägemühle,
und während die Sonne hinter dem Blättermeer des Walds
versank, machte sich ein Trupp von Arbeitern auf den Heimweg.

»Was weißt du über diesen Ort?«

»Es ist ein Dorf namens Dweldor, wenn mich meine Erin-
nerung nicht trügt, und steht der Göttin nahe. Ein guter
Hinweis darauf, dass wir hier möglicherweise auf gutherzige
Menschen treffen. Viele glauben sogar, der Ort sei von der
Göttin gesegnet, gilt er doch als recht wohlhabend.«

»Ich dachte, das liegt an der Sägemühle und am Fluss, auf
dem das Holz weiterbefördert wird.«

Birgitta kicherte und legte der jungen Frau eine Hand auf
den Arm. »Du neigst wie ich zum Spott, aber im Übrigen
könntest du recht haben. Auf jeden Fall finden wir hier Nahrung und Unterkunft. Wo Arbeiter zu sehen sind, ist eine
Taverne meist nicht weit.«

Die beiden schritten die Hauptstraße entlang, die am steinernen Tempel der Göttin endete. Stufen führten zu einer
großen Metalltür hinauf.

Plötzlich blieb Birgitta stehen. Verwundert blickte Elysia
zu ihr auf und betrachtete die Tür des Tempels. »Was ist?«,
fragte sie.

»Die Tür. Fällt dir daran nichts Merkwürdiges auf?«

Sie eilte zum Fuß der Treppe und blickte hinauf. »Doch, ich sehe viele Kratzer. Irgendjemand begehrte offenbar verzweifelt Einlass.«

»In der Tat«, bestätigte Birgitta. »Die Türen eines Tempels sind nur selten geschlossen, denn in der Regel ist die Göttin gastfreundlich. Womöglich finden wir dort drüben eine Erklärung.«

Birgitta deutete auf ein zweistöckiges großes Gebäude neben dem Tempel. An der Fassade im oberen Geschoss hing ein Schild in metallenem Rahmen, auf dem in verblasstem Gold auf Rot die Worte *Zum Fetten Eber* standen.

»Ein vielversprechender Name, den ich nach unserer Reise sehr zu schätzen weiß«, meinte Birgitta.

Ohne Zögern schob sie die schwere Tür auf und betrat die Taverne.

Die Einheimischen waren gut gekleidet und trugen helle, bunte Tuniken. Darunter mischten sich Jäger in robuster Gewandung in den Farben des Waldes. Elysia fiel zudem auf, dass alle Anwesenden einen gesunden Eindruck machten. Offenbar litt hier niemand unter den Entbehrungen, die sie in anderen Dörfern beobachtet hatte.

Ringsum erstarben die Gespräche. Elysia wurde sich bewusst, dass Birgitta und sie mit ihren strahlend blauen Augen Aufsehen erregten, und wandte den Blick ab. Es roch nach vergossenem Bier und feuchten Sägespänen. Wenn die Kellnerinnen die Tische umrundeten und das Essen servierten, wehte der Duft von Gebratenem aus der Küche heraus. Lodernde Kaminfeuer zu beiden Seiten des Gastraums sorgten für angenehme Wärme.

»Achtet nicht weiter auf uns!«, rief Birgitta mit heller Stimme, die ganz anders klang als sonst. Offenbar schlug sie in dieser Umgebung absichtlich einen volkstümlicheren Tonfall an. Alle Blicke waren auf die neuen Gäste gerichtet, und der Weg zum Tresen dauerte gefühlte Ewigkeiten. Dann aber setzte das Raunen der Gäste endlich wieder ein.

Freundlich lächelte Birgitta die grobschlächtige Frau hinter dem Tresen an. Sie war so breit und groß, dass sie wahrscheinlich jeden der Anwesenden in einem Ringkampf besiegt hätte.

»Wie steht es bei euch mit Zimmern?«, fragte Birgitta fröhlich.

»Haben wir.«

»Sind sie frei?«

»Könnte sein«, erwiderte die Frau schroff und beäugte die Fragerin voller Abscheu.

»Aber nicht für welche von *unserer* Sorte?«

»Uns geht es nicht um *Sorten*. Nur um Geld.«

»Nun, sei unbesorgt!« Mit großer Geste beförderte Birgitta ein Säckchen aus dem Ärmel. »Geld hätten wir dabei.«

Birgitta ließ das Behältnis in die derbe Hand der Frau fallen, die den Inhalt mit der Gewissenhaftigkeit eines Juweliers inspizierte, der einen ihm unbekannten Edelstein untersucht.

»Wir haben ein Zimmer frei«, erklärte die Frau rasch. »Auch für welche von *eurer* Sorte.«

»Das sind gute Neuigkeiten«, sagte Birgitta. »Wir nehmen am Feuer Platz, wenn das in Ordnung ist.«

»Nur zu! Einer der Jungen sieht gleich nach euch. Wir haben hauptsächlich Fisch auf der Karte.«

»Wie schön«, meinte Birgitta, und die beiden Schwestern setzten sich an einen Tisch.

Birgitta stieß einen tiefen Seufzer aus. Von ihrem Platz aus hatte sie den ganzen Raum im Blick. Elysia, die ihr gegenübersaß, starrte in die Flammen des Kamins und spürte plötzlich ihren starken Muskelkater.

Wie die Frau am Tresen vorausgesagt hatte, erschien bald darauf ein junger Kellner in schlichter brauner Tunika, die Elysia an die Gewänder von Jarratox erinnerte, und nahm ihre Bestellung entgegen. Auf der Karte standen lediglich Lachs und Barsch, und so bestellten sie die Gerichte je einmal, zusammen mit einem Laib Brot zum Teilen und einem Becher Wein.

Birgitta schloss die Augen, und so saßen sie in freundschaftlichem Schweigen nebeneinander. Elysia war derart müde, dass sie einfach nur weiter in die tanzenden Flammen starrte. Erst als sie Birgitta nach einer Weile einen Blick zuwarf, wurde ihr klar, dass ihre Gefährtin gar nicht schlief, sondern sich auf etwas Bestimmtes konzentrierte.

»Was tust du da?«, fragte Elysia.

»Ich lausche«, antwortete Birgitta. »An einem Ort wie diesem erfährt man viele wertvolle Neuigkeiten. Ich möchte herausfinden, was die Einheimischen so umtreibt.«

»Warum?«

»Weil sich dieses Wissen noch als nützlich erweisen könnte. Noch dazu haben wir viel zu viel Zeit mit den Schwestern verbracht, und in der Welt ereignen sich in jüngster Zeit sonderbare Begebenheiten. Die Aussagen dieser Leute könnten den Fortgang unserer Reise beeinflussen.«

»Was hast du bisher erfahren?«

»Noch nicht allzu viel, muss ich gestehen. Die Sägemühle macht gute Geschäfte, weil brauchbares Hartholz in den nördlicheren Gebieten knapp ist – weit jenseits der Grenzen von Brintassa und entlang des Heggenwalds, wo Seuchen und Brände auftreten.« Birgitta schloss abermals die Augen und lehnte sich mit friedlichem Gesichtsausdruck zurück. »Die Erzhändler und Minenbesitzer sind anscheinend alle reicher denn je«, fuhr sie fort. »Wenn Holz und Metall so gefragt sind, muss andernorts geschäftiges Treiben herrschen. Einer der Gäste erwähnte Gefechte im nördlichen Burgassia. Dort verlaufen Stravimons Grenzen, seit die Nation Fallobrock einverleibt wurde. Vielleicht will Stravimon sich nun weiter nach Süden ausdehnen.«

Die bestellten Gerichte wurden an den Tisch gebracht, und die beiden Frauen unterbrachen ihr Gespräch. Auf gewaltigen Metalltellern schwammen Süßwasserfische in einer dicken Soße. Als ihnen zusätzlich mit einer Empfehlung des Hauses ein Stück vom heimischen Käse gereicht wurde, runzelte Birgitta die Stirn. Trotzdem langten beide erst einmal ordentlich zu. Als hätte sie seit Wochen keine anständige Mahlzeit mehr zu sich genommen, zupfte Elysia immer wieder Brotstücke aus dem Laib und tunkte sie begierig in die Soße.

Nachdem sie schließlich satt war und sich auf ihrem Stuhl nach hinten lehnte, wandte sie sich an ihre Begleiterin. »Wofür haben wir wohl den Käse bekommen?«

»Eine gute Frage«, antwortete Birgitta, hielt sich die Hand vor den Mund und unterdrückte ein Rülpsen. »Die Frau am Tresen sah mir recht mürrisch aus, und ich bin mir nicht sicher, ob sie weiß, was allgemein mit einer Empfehlung des Hauses gemeint ist. Vermutlich gab ihr jemand Geld und ließ uns die kleine Aufmerksamkeit zukommen. Wir sollen bei Laune gehalten werden und uns willkommen fühlen. Angesichts der Behutsamkeit, mit der man uns hier behandelt, bittet uns wahrscheinlich bald jemand um einen Gefallen.«

Elysia musterte die Einheimischen und fragte sich, ob einer von ihnen Birgitta besondere Aufmerksamkeit schenkte. Die meisten Männer starrten jedoch sie und nicht Birgitta an. Manche lächelten, blinzelten ihr zu und machten ihren Freunden gegenüber offenbar anzügliche Bemerkungen. Sie setzte eine eisige Miene auf, und die Männer wandten die Blicke ab.

189

»Wenn jemand möchte, dass wir uns hier willkommen fühlen«, fügte Birgitta hinzu, »dann erwarten uns schlechte Nachrichten. Oder dieser Jemand will etwas von uns. Vielleicht auch beides.«

»Das kannst du nicht mit Sicherheit sagen«, wandte Elysia ein. »Vielleicht sind die Menschen hier auch einfach nur freundlich.«

»Das könnten sie sein, kleine Schwester, das könnten sie sein.« Birgitta lächelte, wischte ihr Messer an einem Stück Brot sauber und schnitt den Käse an. »Doch meiner Erfahrung nach tun die meisten Menschen nur sehr selten etwas Gutes, ohne Gegenleistungen zu erwarten.«

DAS BLUTHAUS

Den beiden Schwestern wurde ein Zimmer im Obergeschoss zugewiesen. Es war schlicht eingerichtet – nur ein Tisch, eine Truhe und zwei bequem aussehende Betten, die unter roten Decken erstickten. Das Fenster öffnete sich zur einen Seite des Göttinnentempels, und als Elysia nach draußen sah, bemerkte sie die menschenleeren Straßen.

»Ist es hier nachts so still?«, fragte Elysia den Burschen, der sie nach oben begleitet hatte. »Dort draußen ist ja niemand mehr zu sehen.«

Der Junge, der nicht mehr als fünfzehn Sommer gesehen haben mochte, entzündete überall im Zimmer Kerzen. Verlegen blickte er zu Boden und zuckte die Achseln. »Dazu kann ich nichts sagen. Gute Nacht, die Damen.«

Er verbeugte sich leicht und ging zur Tür.

»*Die Damen*«, spottete Birgitta. »Ganz sicher will man etwas von uns. Mich hat niemand mehr eine Dame genannt, seit ... Nun ja, es kann dir einerlei sein, wie lange das her ist. Auf jeden Fall stimmt hier etwas nicht.«

Wenige Augenblicke später hörten die beiden draußen eine junge Frau ein trauriges Lied singen. Elysia spähte aus dem Fenster und entdeckte eine verschleierte Gestalt vor dem Tempel.

Sie hielt ein Rauchfass in Händen, das gewiss eine Duftspur hinter sich herzog.

»Ich verstehe nicht, was die Frau da singt.« Elysia drehte

191

sich vom Fenster weg und sah fragend zu dem Bett hinüber, auf dem sich Birgitta ausgestreckt hatte.

»Das ist eine archaische Sprache namens Aszendella, die gemeinhin nicht viel gesprochen wird. Viele Schriften der Göttin werden in dieser Sprache verlesen. Es heißt, sie stamme vom Ende des Ersten Zeitalters, als die sieben Gründermütter unserer Welt in die sieben Himmel auffuhren ... wenn man denn an derlei Legenden glaubt.«

»Ich glaube daran. Warum sonst sollte es zum Beispiel himmlische Hexensteine geben?«

»Das ist etwas anderes.«

»Inwiefern?« Elysia verschränkte die Arme vor der Brust.

»Sie können Menschen zur Quelle zurückschicken.«

»Das hört sich aber sehr ähnlich an, wenn du mich fragst.«

»Tja, das ist es aber nicht. Die Quelle ist die Stelle, an die die Energie der Hexensteine zurückkehrt, sobald einer von ihnen zerschlagen wird ... oder wenn eine Schwester stirbt. Wie ein Fluss, der ins Meer strömt. Das ist eine ganz greifbare Tatsache und kein ätherischer Unfug.«

»Sei's drum. Was singt die Frau denn nun?«, fragte Elysia.

»Sofern ich die Worte richtig verstehe, hat sie ein Klagelied für ihre Mutter angestimmt, die vor zwei Nächten verstarb.«

Elysia wandte sich wieder um und beobachtete die Trauernde, die nun den Tempel hinter sich ließ und durch die verwaisten Straßen davonging. »Ich weiß nicht einmal, wer meine Mutter war, und noch weniger wüsste ich, wie ich um sie trauern sollte. Wenn ich darüber nachdenke, komme ich mir manchmal vor wie eine Geschichte, der der Anfang fehlt.«

»Bei den meisten Schwestern ist es dasselbe«, seufzte Birgitta. »Ich kannte meine eigene Mutter auch nicht. Wir sprechen nicht darüber. Auf diese Weise wird die Matriarchin zu unser aller Mutter.«

»Ich will nicht wie die anderen sein und einfach hinnehmen, dass mir dieses Wissen abgeht. Und mir gefällt nicht, wie die Schwestern immer darüber reden, als würden wir gezüchtet wie Vieh. Unsere Abstammung muss doch bekannt sein, oder etwa nicht? Irgendjemand muss sie doch kennen.«

»Irgendjemand«, wiederholte Birgitta leise. »So viele Fragen heute Abend!«

Es klopfte an der Tür. Birgitta erhob sich ächzend, während Elysia zur Tür eilte.

Draußen stand ein Mann in den schwarzen Gewändern eines Priesters der Göttin. Auf seiner Brust prangte eines ihrer Symbole, sieben silberne Sterne, die zu einem Kreis angeordnet waren. Er wirkte ungelenk, und die Kleidung schien ihm zu weit zu sein. Sein hageres Gesicht endete in einem spitzen Kinn. Er hatte eine Glatze und sah nach vierzig oder fünfzig Sommern aus. Das war in diesem Licht allerdings schwer zu schätzen.

»Es tut mir schrecklich leid, die Damen stören zu müssen.« Seine Stimme war volltönend und zeugte von ausgeprägtem Selbstvertrauen. Im Augenblick klang sie allerdings leicht verunsichert. »Ich habe mich gefragt, ob ich für einige Minuten ungestört mit euch plaudern dürfte.«

»Gern«, sagte Birgitta. »Nur herein!«

Der Mann betrat das Zimmer, und Elysia schloss die Tür hinter ihm. Vorsichtig näherte er sich dem Fenster und warf einen Blick auf das Gebäude, das nach Elysias Vermutung sein Tempel war. Er flüsterte etwas über die sieben Himmel – einen für jede Gründermutter.

»Nun?«, fragte Birgitta.

Der Mann zögerte kurz, bevor er antwortete. »An euren Augen erkenne ich, dass ihr Hexen seid.«

»Wir kommen von der Schwesternschaft, ja.«

Diese Auskunft schien ihn zu erleichtern. »Mein Name

ist Helkor, und ich bin ein Priester, der ein Band zu unserer gesegneten Göttin geknüpft hat. Das Gebäude gleich dort drüben ist mein Tempel.«

»Voraussichtlich können wir einige Nächte auf dich hinabblicken«, meinte Birgitta. »Also, Helkor – welches Anliegen hat ein Priester der Göttin an zwei Vertreterinnen der Schwesternschaft?«

»Ich sage es ganz ohne Umschweife«, setzte er an. »Wir haben Ärger im Dorf, und ich fragte mich, ob ihr uns helfen könnt.«

Birgitta musterte den Priester, bevor sie nachfragte. »Welche Art von Ärger?«

»Wir wurden Zeuge von … Ereignissen. Es gab schon mehrere Todesfälle, die ihm Zusammenhang mit solchen … Ereignissen stehen.«

»Was genau meinst du mit *Ereignissen?*«, hakte Birgitta nach. »Ein Saufgelage, das aus dem Ruder lief?«

»Ich sollte lieber *Vorkommnisse* sagen«, berichtigte sich der Priester. »In unserem Dorf haben sich unnatürliche Vorkommnisse ereignet.«

Mit einem Wink bedeutete Birgitta dem Priester, er möge fortfahren.

»Darüber lässt sich kaum sprechen, ohne wie ein Geisteskranker zu klingen. Aber vor einem Monat … bluteten in einem Haus am Dorfrand die Wände.«

Vor Entsetzen öffnete Elysia den Mund, doch angesichts von Birgittas ruhiger Haltung erlangte sie ihre Fassung zurück.

»Willst du damit sagen, dass aus den Wänden Blut austrat?«, fragte Birgitta. »Oder wurde auf den Wänden nur Blut *gesehen?*«

»Ersteres. Wände, in denen nicht der kleinste Riss zu sehen war, begannen zu bluten. Das Haus wurde von einem Vorarbeiter der Sägemühle bewohnt. Er lud drei Zeugen ein –

mich eingeschlossen –, damit wir ihm das Phänomen bestätigten. Und bei der Göttin, wir können bezeugen, dass der Vorfall der Wahrheit entspricht.«

»Du bist dir sicher, dass es Blut war, ja? Nicht nur ein seltsamer Regen, der durch ein altes Dach tropfte, oder …?«

»Es war Blut, meine Teuerste«, murmelte Helkor und musterte die Dielenbretter zu seinen Füßen. »So wahr ich hier stehe.«

»Du sprachst von Vorkommnissen, als habe es mehrere davon gegeben. Was ist sonst noch geschehen?«

»Zwei Männer verschwanden. Fleißige Arbeiter mit Familienanhang. Keiner von ihnen hätte einen Grund gehabt, einfach so unterzutauchen. Aber sie verschwanden – mit einer Woche Abstand. Spurlos.«

»Was noch?«

»Reicht dir das nicht?«, fragte der Priester.

»Das sind wahrlich üble Neuigkeiten, aber ich möchte so viel wie möglich in Erfahrung bringen.«

»Vieh wurde halb aufgefressen aufgefunden. Anfangs verdächtigten wir noch die Wölfe. Aber welches Tier frisst einen halben Bullen?«

Birgitta schloss die Augen und nickte.

»Zeig mir dieses Bluthaus!«, verlangte sie schließlich.

Als Birgitta, Elysia und Helkor kurz darauf vor dem Grundstück standen, fuhr ihnen ein kalter Wind in den Rücken. Der Priester hielt eine flackernde Fackel vor die Tür des Hauses. Das alte Gebäude aus übertünchtem Stein lag am Dorfrand an einer Straße, die in den Wald führte. Zu dieser späten Stunde umgab sie nichts als tiefste Dunkelheit.

»Ich war seit zwei Tagen nicht mehr hier«, erklärte Helkor. »Der Besitzer ist nichts weiter als ein in die Jahre gekommener Müller. Seit dem Vorfall lebt er bei Verwandten.«

Der Priester erklärte, dass es zwei Räume im Erdgeschoss und ein großes Zimmer im oberen Stockwerk gebe, zusätzlich einen kleinen Abort und einen Kräutergarten hinter dem Haus. Elysia fand das Gebäude recht ansehnlich, obwohl es mitten in der Nacht ein wenig unheimlich wirkte.

Vorsichtig öffnete Helkor die Tür und spähte in den Flur. Die beiden Schwestern folgten ihm. Der Fackelschein war zu schwach für die allgegenwärtigen Schatten, aber Birgitta zückte sogleich einen weißen Hexenstein. Dann murmelte sie die für seine Erweckung nötigen Worte und legte das leuchtende Kleinod mitten im Raum auf den Boden. Licht blendete verwirrend auf und wurde wieder matter, erhellte nun jedoch auch den letzten düsteren Winkel. Angesichts des magischen Geschehens hielt der Priester den Atem an, wandte sich dann aber gebannt zu den Wänden um, die der Hexenstein mittlerweile beleuchtete.

Elysia drehte sich einmal um die eigene Achse und nahm das Rostrot des getrockneten Bluts in sich auf, das den ganzen Raum bis hinauf zur Decke überzog. Auf der matten Oberfläche waren unzählige Worte in kantiger, zackiger Schrift zu sehen.

»Fast wie von Kinderhand geschrieben.« Elysia staunte, wie die Zeilen jede Ecke und jeden Winkel der blutüberzogenen Wände ausfüllten und sich in sonderbaren Mustern umeinanderwanden. »Es muss viele Stunden gedauert haben, um das alles fertigzustellen.«

»Das war kein Kind«, stellte Birgitta fest. »Mag sein, dass es eine ungeübte Hand war. Wahrscheinlich fühlte sich der Schreiber aber eher gedrängt ... und die Sprache ist alt. O bei der Quelle! Diese Worte sind *anders*.«

»Kannst du sie entziffern?«

»Sie stammen nicht von unseren Gestaden, kleine Schwester, und das meiste vermag ich nicht zu entschlüsseln. Ich verstehe allerdings hier und da einige Sätze. Die kenne ich aus Büchern, die ich zu Zeiten meiner Lektüre lächerlich fand, da sie von Ländern berichteten, die kein Bewohner dieses Kontinents seit mehr als hundert Jahren gesehen hatte.« Sie deutete auf eine Stelle über einem Holztischchen. »Hier steht grob übersetzt *Aus der jenseitigen Finsternis.* Hier ist von der großen Bedeutung von Weisheit und Wissen die Rede. Und hier steht ... nun, wenig Schmeichelhaftes über unsere Landsleute. Wir werden Barbaren genannt. Einfältige Kreaturen. Oder etwas Vergleichbares. Diese große Zeile auf der Decke könnte ich als *Wir kommen* übersetzen. Und das dort ebenfalls ...«

Helkor wandte sich von der Wand ab und musterte die beiden Schwestern. »Das sind schlechte Neuigkeiten. Ich schwöre, dass diese Worte vorher noch nicht da waren.«

»Nein, mit frischem Blut zu schreiben ist sicher recht schwierig, und du hast ja frisches Blut gesehen. Wann genau sind die Arbeiter verschwunden?«

»Etwa zwei oder drei Tage vor dem Vorfall hier«, erwiderte Helkor. »Das wäre dann also schon einige Zeit her. Bei der Göttin! Du glaubst doch nicht etwa, dass es ihr Blut ist, oder?«

»Ich lasse mich ungern zu Vermutungen hinreißen«, meinte Birgitta. »Aber an deiner Stelle würde ich mich nicht auf ein baldiges Wiedersehen mit den Männern freuen.«

»Wer wäre zu so etwas fähig?«, fragte Helkor.

»Vielleicht ist es nur ein übler Streich, den sich jemand ausgedacht hat«, überlegte Elysia. »Um die Dörfler einzuschüchtern.«

»Ein guter Ansatz, kleine Schwester«, lobte Birgitta. »Ich weiß, dass König Mardonius seinen Einfluss in kleineren Gemeinden geltend macht, um sämtliche Spuren der Göttin zu tilgen. Er ist schlau, und solche Spielchen wären ihm zuzutrauen, um die Bewohner aus ihrer Heimat zu vertreiben. Doch warum dieser Aufwand? Warum schickt er nicht einfach einen Trupp Soldaten, die ein Denkmal umstürzen und die Menschen vor Ort drangsalieren, so wie es anderswo geschehen ist?«

»Und du glaubst, das wäre glimpflicher abgelaufen?«, fragte Helkor ungläubig.

»Ich behaupte nicht, dass eine der beiden Möglichkeiten besser wäre«, berichtigte ihn Birgitta. »Ich will damit nur ausdrücken, dass sich in diesem Fall gleich zwei Erklärungen anbieten. Wir haben nicht nur das Mysterium der blutenden Wände, sondern es ist auch jemand hier hereingekommen und hat sämtliche Wände beschriftet. Und das in einer fremden Sprache.«

»Was willst du damit sagen?«, fragte Helkor.

»Ich glaube, dass die Ortschaft nicht mehr zu retten ist.« Sie wies auf die Wände. »Dies alles ist wahrscheinlich die Botschaft aus einem Reich jenseits des Alltäglichen. Ja. Wer immer in diesem Raum am Werk war, lässt euch eine Warnung zukommen. Wenn du mich fragst, dann rate ich dir, die Einwohner von Dweldor wegzuschicken.«

»Das kann ich nicht.«

»Warum nicht?«

»Weil Dweldor ihr Zuhause ist!«, stieß Helkor hervor. »Es herrschen unruhige Zeiten, und die Nahrung anderswo ist knapp. Allerdings nicht hier. Uns geht es bestens. Wir halten durch. Wir sind sicher.«

»Das mag durchaus einmal so gewesen sein«, wandte Birgitta ein. »Aber ich wette darauf, dass diesem Dorf demnächst etwas Schlimmeres widerfährt als eine vorübergehende Nahrungsmittelknappheit.«

»Aber …«

»Ich gebe dir ja nur einen guten Rat«, verwies Birgitta den

Priester. »Du kannst gern die Meinung der Dorfältesten einholen. Doch ich kann nur das sagen, was ich anhand meiner Erfahrung in ähnlichen Fällen voraussage. Genau deshalb bist du doch an mich herangetreten, oder?«

»Ja, aber was genau soll ich den Dörflern denn sagen? Dass eine Hexe einfach so meint, wir müssten fort und ...«

Birgitta schnitt ihm mit finsterem Blick das Wort ab, und Helkor stieß einen Seufzer aus. »Ich entschuldige mich für meine Ausdrucksweise, Teuerste. Aber was hier geschieht, ist höchst belastend für uns alle.«

»Das verstehe ich nur zu gut«, versicherte ihm Birgitta.

»Ich begreife einfach nicht, wer oder was sich hinter den unheimlichen Vorgängen verbirgt. Dennoch dürfen die Ereignisse kein Anlass sein, dass wir unsere Heimat einfach so aufgeben.«

Birgitta ging im Raum auf und ab, um weitere Stellen in Augenschein zu nehmen, an denen Schriftzeichen in das getrocknete Blut eingeritzt worden waren. »Eindeutig das Werk eines ungewöhnlichen und fremdartigen Geschöpfs! Das Unheil, das deinem Heimatort widerfuhr, stellt möglicherweise nur den Auftakt zu etwas weitaus Schlimmerem dar. Vermutlich hat die unbekannte Kreatur diesen Ort aus einem ganz bestimmten Grund ins Visier genommen. Ich meine, sofern sie tatsächlich eine fassbare Gestalt besitzt und nicht bloß eine absonderliche Manifestation ist.«

Der Priester öffnete den Mund, ohne einen Ton herauszubringen.

»Ein ganzes Zimmer voller Warnungen! Die meisten Sätze, die ich verstehe, ergeben einen bedrohlichen Sinn. *Wir kommen* steht da. Immer und immer wieder. Das Wort *Weisheit* wird auch sehr oft gebraucht. Wer oder was immer das geschrieben hat, drückt sich eindeutig genug aus, und ich habe dir den besten Rat gegeben, den ich dir geben kann.

Aber jetzt müssen Elysia und ich schlafen. Wir hatten einen langen Tag und wollen morgen in aller Frühe aufbrechen.«

Der Anblick des Zimmers verfolgte Elysia, obwohl sie während ihrer Zeit auf Jarratox mit ausreichend vielen Absonderlichkeiten in Berührung gekommen war. Der Raum mit den blutverkrusteten Wänden stellte jedoch ein Rätsel dar, für das sie bislang keine Erklärung gefunden hatte. Birgitta hatte Andeutungen über ein bestimmtes Zeitalter und ein Land gemacht, und darüber wurde sonst kaum gesprochen.

Was genau geschah da?

Sie waren in ihr Schlafgemach in der Taverne zurückgekehrt und hatten einige Schlucke vom örtlichen Obstwein genommen. Birgitta hatte kaum noch ein Wort über den Vorfall verloren, und Elysia wollte sie nicht mit weiteren Fragen quälen. Beide waren müde, und die Kerzen brannten herunter. Der Lärm aus der Taverne beschränkte sich auf ein letztes Scharren von Stuhlbeinen auf den Dielen, und die beiden Schwestern glitten in den Schlaf hinüber.

Da meldete sich neuer Besuch, und es klopfte zaghaft. Birgitta seufzte nur, während Elysia endgültig aufschreckte. Von jenseits der Tür wurden drängende Worte laut.

»Seid ihr wach, meine Damen? Meine Damen?«

Sie öffnete die Tür und nahm im schwachen Licht des Treppenhauses die Umrisse der klobigen Tresenfrau und des Priesters wahr.

»Es gab einen Vorfall«, brachte Helkor ohne Gruß oder Entschuldigung hervor. Seine Lider zuckten. »Dort draußen geht etwas um!«

»Bei der verflixten Quelle!«, rief Birgitta im Hintergrund. »Was ist denn nun schon wieder?«

»Eine Kreatur am Waldrand … Sie hat ein Kind geholt«, murmelte die Frau.

»Die Mutter des Jungen ist völlig außer sich«, fügte Helkor hinzu. »Könnt ihr bitte helfen?«

Elysia ließ die Tür einen Spaltbreit offen und kehrte zum Bett zurück. Dort warf sie sich das Lederwams über, das sie gerade erst ausgezogen hatte, und griff zu Bogen und Köcher. Dann sah sie zu Birgitta hinüber, die sie stolz anlächelte. »Das hast du meiner Ausbildung zu verdanken«, sagte sie augenzwinkernd. »Die anderen Schwestern hätten sich erst stundenlang beratschlagt, bevor sie zu einer Entscheidung gelangt wären.« Dann wandte sie sich an die Schankmagd und den Priester, die noch immer vor der Tür standen. »Gebt uns zwei Minuten! Mein Nachtgewand ist nicht die richtige Kleidung für eine Wanderung durch den finsteren Forst. Wir sehen uns unten.«

Helkor nickte ernst und wandte sich zusammen mit seiner Begleiterin zum Gehen.

Schon bald schlossen sich die Schwestern den beiden Hilfesuchenden an, Elysia mit ihrem Bogen, Birgitta mit dem Stab der Schatten und einer Tasche voller Hexensteine. Eine Gruppe von fünf Ortsansässigen begrüßte die Schwestern, und dann traten sie gemeinsam mit der Tresenfrau hinaus auf die dunkle Straße neben dem Tempel. Die Dörfler hatten Waffen mitgebracht – Äxte oder Schwerter. Einer von ihnen entzündete eine Fackel, und Elysias Blick fiel auf die Tempelstufen, wo der Priester gerade eine Frau tröstete. Er legte ihr eine Hand auf die Schulter, flüsterte etwas und stieg dann zu den Schwestern herunter.

»Kommt hier entlang!«, drängte er und zog den Mantel enger um die Schultern.

Alle folgten ihm die Hauptstraße entlang zum Ortsrand. Auf der vom Fluss abgewandten Seite wies der Priester auf einen Baumstamm mit deutlichen Klauenspuren. »Hier haben wir das Kind zuletzt gesehen. Der Junge wurde aus seinem Haus verschleppt, und als man ihn hier sichtete, schrie und blutete er. Bei der Göttin! Wir kamen, so schnell wir konnten, doch er war wie vom Erdboden verschluckt. Lediglich diese Zeichen am Baum waren noch sichtbar.«

Einer der Dörfler hielt seine Pechfackel an die Kratzspuren.

»Nimm die Fackel bitte dort weg!«, verlangte Birgitta.

Mit grimmiger Miene folgte der Mann der Aufforderung. Aus einem Beutelchen förderte die Schwester einen roten Hexenstein zutage. Dann wirkte sie den Calorendazauber zum Enthüllen des Ungesehenen, und der Stein leuchtete auf, nachdem sie ihn erweckt hatte.

Für einen Laien war nicht mehr wahrzunehmen als ebendieses Leuchten. Birgitta und Elysia indes vermochten farbige Stellen am Boden zu erkennen, wo der Körper des Jungen zuvor gelegen hatte. Spuren in Orange und Rot führten in den Wald.

»Wenigstens war er zu diesem Zeitpunkt noch am Leben«, murmelte Elysia.

»Das mag Segen oder Fluch sein, kleine Schwester.«

»Was seht ihr?«, rief der Priester.

»Nur Spuren«, antwortete Birgitta. »Für euch sind sie nicht auszumachen, doch es gibt untrügliche Hinweise auf die Anwesenheit des Jungen.«

»Der Göttin sei Dank.«

Birgitta hielt den Stein in die Höhe und richtete ihn nach Osten aus.

Die farbigen Flecken zogen sich nun in die Länge wie breite Pinselstriche auf einem Gemälde. Für Birgitta ein klarer Beweis, dass das Kind zwischen den Bäumen entlanggeschleift worden war. Daneben gab es eher gewöhnliche Leuchtspuren, die den Fußabdrücken eines groß gewachsenen Mannes ähnelten. Doch etwas an der Gangart war höchst auffällig.

»Ich weiß nicht, ob der Junge noch in guter Verfassung ist«, warnte Birgitta die anderen. »Ich möchte euch keine unnötigen Hoffnungen machen.«

Schweigend folgten die Dörfler den Schwestern durch den Wald. Elysia festigte den Griff um ihren Bogen und war stets bereit, einen Pfeil aus dem Köcher zu ziehen. Anfangs waren die hellen Stellen noch erstaunlich gut zu sehen, doch nach einer guten Stunde wurden sie deutlich schwächer. Nach und nach schien das Leben aus dem Kind gewichen zu sein.

Birgitta händigte Elysia bald darauf einen Pfeil aus. »Falls wir etwas Verdächtiges sehen, benutzt du den hier zuerst. Beim Einschlag wirft er ein magisches Netz auf das Geschöpf, das für diesen Vorfall verantwortlich ist. Aber bevor wir eingreifen, will ich es mir zunächst ansehen.«

»Glaubst du, es hält sich in der Nähe auf?« Elysia umklammerte den Pfeilschaft mit der Rechten.

»Ja.« Birgitta untersuchte noch immer die Flecken aus orangefarbenem Licht am Boden, während Elysia sich zu den furchtsamen Dörflern gesellte. Sie hatte wenig Hoffnung, mit ihrer Waffe viel ausrichten zu können. Hinter ihnen erstreckte sich ein Pfad aus breitem Licht – die vereinte Kraft der Körperwärme, die von ihnen ausging und im Schein des Hexensteins sichtbar wurde.

»Dort drüben!«, rief Birgitta, zog einen weißen Hexenstein hervor und schleuderte ihn weit von sich. Plötzlich waren alle in helles Licht getaucht und schirmten die Augen mit den Händen ab.

Vor ihnen war eine Gestalt zu erkennen, allerdings kein wild aussehendes Ungeheuer. Eigentlich sah sie aus wie ein Mensch, nur größer, schlanker und mit längeren Armen. Sie war so schmal gebaut, dass sie einem jungen Baum glich, und erweckte den Eindruck, als lasse sie sich mühelos in der Mitte durchbrechen. Die geisterhaft bleiche Gestalt trug eine kupferfarbene dunkle Rüstung, auch wenn dies in dem grellen Licht kaum erkennbar war.

Birgitta nickte Elysia zu, die ihren Pfeil auflegte, den Blick auf das Wesen heftete und sich vergewisserte, ob es sich bewegte. Sie ließ den Pfeil von der Sehne schnellen, und die Kreatur huschte nach links. Kraft ihres Willens zwang Elysia den Pfeil, dem Geschöpf zu folgen. Er sirrte durch die Luft und streifte den Helm der kupfernen Rüstung. Sogleich legte sich ein magisches Netz um die Gestalt, zog sich zusammen und brachte sie zu Fall.

»Du!« Birgitta deutete auf den Priester. »Der Junge ist dort vorn. Kümmere dich sofort um ihn!«

Die Dörfler eilten zu der Stelle, an welcher der Hexenstein gelandet war. Gleichzeitig stürmten die beiden Schwestern quer durchs Unterholz auf das magische Netz mit dem Gefangenen zu.

Lautes Wehklagen der Dorfbewohner verriet ihnen kurz darauf, dass das Kind offenbar verloren war.

Ohne Mühe machten sie die erbeutete Kreatur ausfindig, die sich mit scharfem Zischen im Netz wand. Statische Entladungen flirrten über ihre Rüstung, die von oben bis unten mit feinen Symbolen bedeckt war. Aufgerichtet hätte die Gestalt Elysia um einiges überragt. Ihr Gesicht war hager, die Nase schmal. Aus Augen, die denen einer Katze glichen, funkelte sie ihre Häscherinnen wild an. In unterschiedlichsten Sprachen, die ihr ausnahmslos unbekannt waren, hörte Elysia ihre Begleiterin auf das fremde Wesen einreden.

Schließlich drang Birgitta mit einem Wort offenbar zu ihm durch, und sein Verhalten veränderte sich.

»Was hast du gesagt?«

»Es ist nicht wichtig, was ich gesagt habe«, entgegnete Birgitta. »Aber es war wichtig, dass dieses Wort aus derselben fremden Sprache stammte, wie sie auf den blutenden Wänden zu sehen war.«

»Dann ist diese Kreatur also für die schrecklichen Ereignisse in dem Dorf verantwortlich.«

»Da bin ich mir nicht so sicher, kleine Schwester. Aber sie steht auf jeden Fall damit in Verbindung, obwohl mir das alles nicht gefällt. Ich mache mir Sorgen, dass das Wesen nicht allein handelt. Vermutlich hat es sich zu weit von seinen Artgenossen entfernt und sich in ein unbekanntes Gebiet verirrt. Deshalb geht es in der Umgebung der Ortschaft auf die Jagd und versorgt sich mit Fleisch, wo immer es sich beschaffen lässt ... Du hast übrigens einen sehr guten Schuss abgegeben.«

»Ich habe eher blindlings gehandelt«, gestand Elysia.

»Gut. Instinkt, verstehst du? Das lernst du nicht aus Büchern.«

Plötzlich rannten die Dörfler von allen Seiten herbei. Einer holte mit seiner Axt aus und hieb nach der gefangenen Kreatur. Die anderen taten es ihm nach und wollten sie mit Flegeln erschlagen oder mit Klingen erstechen. In ihrer Qual erhob sie ein grausiges Geschrei, doch Birgitta setzte der Gewalt ein Ende. Sie hielt den Stab der Schatten in die Höhe und rief einen kurzen Zauberspruch. Sofort waren die Männer in Dunkelheit gehüllt, und in ihrer Verwirrung stellten sie ihre Angriffe ein.

»Wartet!«, rief Birgitta. »Wahrscheinlich hat die Kreatur den Jungen tatsächlich getötet, aber wir wissen so gut wie nichts über sie. Woher kam sie? Was treibt sie hier? Und vor allem die Frage, ob weitere Artgenossen in den Schatten lauern oder nicht.«

Elysia konnte die Dörfler sehen, diese hingegen erkannten nicht einmal die Schwestern dicht neben sich. Vollkommen blind für die Welt ringsum tasteten sie mit flachen Händen richtungslos durch die Luft und schienen jederzeit mit einem plötzlichen Hindernis zu rechnen. Die Kreatur am Boden indes hatte inzwischen ihr angriffslustiges Gebaren aufgegeben und lag reglos auf dem Waldboden, immer noch in das magische Netz verstrickt.

»Das Geschöpf, das ihr gerade aus Vergeltung töten wolltet, ist eine Wissensquelle. Denkt daran, bevor ihr es umbringt!« Birgitta hob die Dunkelheit rings um die Dörfler auf und gab ihnen ihr Sehvermögen zurück. Verächtlich starrten sie auf das niedergestreckte Wesen, und zwei Männer spuckten es an.

Helkor trat auf die Schwestern zu. »Ich setze alles daran, um unsere Leute fürs Erste zurückzuhalten. Doch was tun wir als Nächstes?«

»Das ist nicht unsere, sondern eure Aufgabe. Ich bezweifle, dass ihr nennenswerte Unterstützung von König Mardonius' Truppen erfahrt. Seht euch lieber nach anderen Helfern um, die euch mit Rat und Tat zur Seite stehen.«

»Wie sollen wir mit der Kreatur verfahren?«, fragte der Priester.

»Das ist eure Angelegenheit.«

»Töten wir sie doch irgendwann, oder lassen wir sie in einer Gefängniszelle am Leben?«

»Soll ich auch noch entscheiden, was ihr zum Frühstück essen mögt?«, herrschte Birgitta ihn an. »Du hast doch selbst einen Verstand, Priester. Benutz ihn!«

Elysia lächelte, als der Priester sich verneigte und zu den Dörflern zurückeilte, die sich inzwischen vorsichtig von den Schwestern wegbewegt hatten und sich um die sterblichen Überreste des kleinen Jungen kümmerten.

»Können diese Tölpel nicht für sich selbst sorgen?«, seufzte Birgitta. »Sieh es als Lektion für dich, kleine Schwester! So gut wie jeder einfache Mensch dieser Welt beugt sich in einer schwierigen, unbegreiflichen Lage nur allzu gern dem Rat unserer Schwestern. Schließlich betrachtet man uns als Wesen aus einer anderen Sphäre, die die Gabe der Hellsicht besitzen.«

»Vermutlich gefällt es vielen unserer Schwestern ganz außerordentlich, dass man sie so sieht.«

»Wie recht du hast ...«

Birgitta machte sich auf den Rückweg durch den Wald. Elysias Blick schweifte noch eine Weile zwischen der niedergestreckten Kreatur und ihrer Gefährtin hin und her. Zu guter Letzt aber kämpfte sie sich durch das Unterholz, um den Anschluss nicht zu verpassen. »Lassen wir das Wesen einfach so hier?«

»Ja.«

»Und dann schlüpfen wir einfach wieder ins Bett?«

»Ich weiß, was du denkst«, sagte Birgitta. »Bei aller Hilfsbereitschaft dürfen wir uns nicht zu sehr in die Angelegenheiten des einfachen Volks einmischen. Was wir heute Nacht getan haben, war schon mehr als genug. Wir müssen eine gewisse Zurückhaltung zeigen. Andernfalls saugen sie uns die gesamte Macht der Quelle aus dem Blut. Oder schlimmer noch! Wir könnten Gefahr laufen, uns unter ihnen als Göttinnen zu sehen. Ich bin mir nicht sicher, welches Schicksal das schlimmere wäre.«

EINE WEITERE NACHT VOLLER TRÄUME

Je mehr Annehmlichkeiten er genoss, desto häufiger hielt Xavir Zwiesprache mit den Geistern seiner Vergangenheit. Seine Vision begann mit einem goldenen Drachen, der an einem silbernen Himmel seine Bahnen zog, höher und immer höher hinauf, bis er in der Sonne verschwand. Xavir war zum Clan Argentum zurückgekehrt. Der goldene Drache war nun ein Symbol auf seinem silbernen Schild. Der Traum wurde zu etwas Ungewöhnlicherem, zu keiner Abfolge einzelner Eindrücke, sondern zu einem einzigen klaren Ereignis aus fernen Zeiten. Das alles fühlte sich sehr echt an.

Nach dem erfolgreich ausgeführten Auftrag für den König war er von einem Scharmützel mit Invasoren an der Küste zurückgekehrt. Ein ganzes Dorf hatte er vor dem Barbarenansturm gerettet. Zehn der Stammeskrieger waren getötet und der Rest ins Meer zurückgetrieben worden. Vor ihm und den Mitstreitern des Clans Argentum lagen nun nur noch ein Festmahl und große Kelche voller Wein, um den Sieg gebührend zu feiern. Und nicht zuletzt das Wissen, dass sie fortan zu jenen zählten, die in der besonderen Gunst des Königs standen.

Xavir verlangte es nicht nach Feierlichkeiten. Dank dem Umstand, dass sie am heutigen Abend stattfanden, konnte er tun, wonach ihm wirklich der Sinn stand.

Als die Dämmerung voranschritt und der Herbstwind dem Land eine angenehme Kühle bescherte, wusch sich Xavir das Blut von den Armen, zog frische Kleidung an und verließ die Burg Argentum. Lischa wartete zu Pferde an der gewohnten Stelle auf ihn, eine reiterlose Stute an ihrer Seite.

Das junge Liebespaar galoppierte durch den Wald, und das Mondlicht erhellte den von Lärchen, Eschen und Ulmen gesäumten Weg. Unter den Hufen der Pferde stob ringsum glänzendes Laub auf und glitt zum zweiten Mal in diesem Jahr zu Boden.

Weniger als eine Stunde später erreichten sie die alten Ruinen aus dem Vierten Zeitalter, die im Volksmund Burg Rapier genannt wurden und wo es angeblich spukte. Die Burg hatte ihren Namen aufgrund des einzigen noch verbliebenen Wachturms erhalten, der wie die scharfe Klinge eines Stoßdegens in den Himmel aufragte. Moos bedeckte den Steinboden im Innern des Gebäudes. Durch Reste von Buntglas hindurch gewährten die Fensteröffnungen einen romantischen Blick auf einen dunklen See.

Ringsum gab es weit und breit nicht das geringste Anzeichen von Besiedlung. Kein Dörfler hätte sich je an einen Ort herangewagt, den er derart fürchtete.

Im Schutz der Mauern entzündeten die Liebenden ein Feuer, das Lischa schon früher am Tag vorbereitet hatte. Sie packte das Zuckerwerk aus, das sie aus der Burgküche mitgenommen hatte. Eng umschlungen verzehrten sie genüsslich ihre süße Mahlzeit. Kaum hatten sie diese beendet, wandten sie ihre Aufmerksamkeit ihrer ungezügelten körperlichen Begierde zu.

Lischa streifte Xavirs Hemd beiseite und küsste die Haut rings um seine vielen verheilenden Wunden. Sie biss ihm in die Schulter und trug sich damit in die Liste seiner unzähligen Eroberungen ein. Allerdings hatte Xavir den Eindruck, als sei Lischa von Anfang an die eigentliche Eroberin gewesen.

Er folgte seinen niedereren Instinkten und ergötzte sich daran, wie falsch dies laut aller Gepflogenheiten war. Er genoss die Lust, die Hitze des Feuers. Sie machten keine Liebe, wie Dichter diesen Akt so gern bezeichneten, sondern gaben sich den uralten und beinahe in Gewalt umschlagenden Leidenschaften hin.

Anschließend lagen sie nebeneinander und sahen zu, wie der Mond an der Spitze des verfallenen Turms vorbeizog, während die Wärme in ihren Leibern langsam nachließ. Sie sprachen nicht über die Zukunft, sondern über Belanglosigkeiten aus ihrer Vergangenheit. Für Xavir waren es beispielsweise Kindheitserinnerungen. So war er damals mit seinem Vater zu einer Hirschjagd auf die Ländereien von König Cedius dem Weisen eingeladen worden. Oder er hatte zum ersten Mal seinen Lehrer im Schwertkampf verbessert. Für Lischa waren es Begebenheiten wie die erste Übungsstunde, bei der sie mithilfe eines Hexensteins Glas zum Zerspringen gebracht hatte. Oder sie hatte durch schiere Gedankenkraft einen Gegenstand bewegt, während dies den anderen Schwestern nicht gelungen war. Selbst nach den Maßstäben der Schwesternschaft handelte es sich dabei um eine seltene Begabung.

Lischa sprach auch von ihrem Wunsch, dass Valerix ihr beim Umgang mit den Hexensteinen etwas experimentellere Techniken erlaubte, statt immer nur an konservativen Praktiken festzuhalten. Xavir riet ihr, dies doch hinter Valerix' Rücken zu tun, wenn die alte Hexe im Auftrag des Clans wieder einmal unterwegs war.

Kurz bevor sie den Heimweg antraten, sprachen sie letztendlich doch noch über die Zukunft und gaben einander immer kühnere Versprechen … Versprechen, die Xavir schon damals nicht für einlösbar hielt.

»Du bist also doch wach«, erklang eine Stimme.

»Ich dachte, ich hätte nur geträumt.« Xavirs Blicke schweiften umher. Morgenlicht erhellte das Innere der Hütte, und über seinem Kopf tanzten Staubkörner in hellem Gleißen. Es war warm. Er hörte kein Wasser auf alten Fels tropfen. Keine Wachen verhöhnten ihn durch die Ritzen verriegelter Türen hindurch.

»Wunschdenken.« Es war die Wolfskönigin. »Du hast an die Decke gestarrt.«

Xavir stützte sich auf die Ellbogen, und die Decke glitt ihm von den Schultern. Im Bett nebenan schlief Landril noch tief und fest. Lupara hingegen war bereits wach und trug ihre lederne Kampfausrüstung.

»Rechnen wir mit Ärger?«, fragte Xavir.

»Etwa mit einem Angriff? Nein. Meine Wölfe halten am Waldrand Wache. Sie melden sich, falls Gefahr droht. Wir können uns einen entspannten Morgen gönnen.«

»Entspannung …« Xavir gähnte und fragte sich, wie genau sich wohl so ein entspannter Morgen gestalten mochte. Der Angriff lag inzwischen drei Tage zurück, und er füllte die freie Zeit abwechselnd mit Körperertüchtigung und geistiger Versenkung. »So wie mein Körper heute schmerzt, bin ich nicht mehr ans Kämpfen und auch nicht ans Reisen gewöhnt. Um meine früheren Kräfte zurückzugewinnen, muss ich mich noch stark verbessern.«

»Dann passt es dir sicher gut, dass wir für die nähere Zukunft nichts weiter geplant haben«, meinte Lupara. »Grend bereitet gerade das Frühstück vor.«

»Er ist ein nützlicher Mann«, sagte Xavir. »Ich wusste gar nicht, dass er so gut kochen kann. In der Höllenfeste jammerte er immerzu über das ungenießbare Essen. Allerdings klagte dort jeder darüber.«

Es klopfte an der offenen Tür. Valderon stand draußen und wartete, dass Lupara ihm Einlass gewährte. Sie winkte ihn über die Schwelle. »Guten Morgen, Eure Hoheit. Xavir.«

»Solche Formalitäten kannst du ruhig sein lassen«, sagte Lupara. »Hier sind wir alle gleichgestellt.«

»Meine Erziehung, Eure Hoheit. Die kann ich nur schwer ablegen. Ihr seid eine Königin, und ich will Euch auch wie eine Königin behandeln.« Dann wandte er sich an Xavir. »Einige unserer Kumpane sind ganz versessen darauf, an deinen Übungen teilzunehmen. Sie haben dir die letzten beiden Tage zugesehen und scharren mit den Hufen. Sie fühlen sich schwach. Alt.«

»Soll ich jetzt etwa auch noch Fechtstunden geben?« Xavir lächelte. »So sieht mein Leben in Freiheit also aus.«

»Sie wüssten es sehr zu schätzen, von einem Mitglied der Sonnenkohorte unterwiesen zu werden«, meinte Valderon. »Ich muss gestehen, mir ergeht es nicht anders.«

»Du bist selbst erfahren genug, um ihr Lehrmeister zu sein«, hielt Xavir Valderons Bescheidenheit entgegen. »Es war mir eine Ehre, Mitglied der Sonnenkohorte zu sein. Um für diese Aufgabe auserkoren zu werden, musste ein Mann allerdings nur zur richtigen Zeit auf dem richtigen Schlachtfeld stehen. An jedem anderen Tag hättest du genauso gut an meiner Stelle sein können.«

»Mag sein«, räumte Valderon ein. »Doch du *warst* tatsächlich Mitglied der Sonnenkohorte. Und das bedeutet weitaus mehr. Außerdem hast du gewiss besondere Techniken erlernt und sie mit der Zeit bis zur Vollkommenheit verfeinert. Es wäre doch nur nützlich, sie mit deinen Mitstreitern zu teilen.«

»Ich lasse mir etwas einfallen«, versprach Xavir. »In der

Höllenfeste konnte ich meinen Zellengenossen einige Tricks für den Kampf in beengten Verhältnissen beibringen. Nur für den Fall, dass die Wächter uns allzu heftig auf den Pelz gerückt wären. Ich werde meine Kameraden lehren, ihre Klingen wirksam einzusetzen. Tylos verfügt bereits über ein großes Können – das solltest du dir merken. Was immer er in Chambrek gelernt hat, kann uns nur von Nutzen sein.«

Landril gähnte, kratzte sich am Hinterkopf und machte die anderen mit dieser Geste auf sich aufmerksam. Nach seinem letzten Besuch bei Lupara hatte er sein Nachthemd bei ihr zurückgelassen, und es wirkte viel zu weit an seiner schlanken Gestalt. »Eigene Fähigkeiten an andere weiterzugeben ist die beste Methode, um als Gemeinschaft zu bestehen. Sollten die Männer nicht abgeneigt sein, weihe ich sie mit Vergnügen in die Geheimnisse der Sprachen und der Mathematik ein.«

»Auch wenn du es nicht glaubst, aber für diese Disziplinen erhielt ich bislang kaum Nachfragen«, spottete Valderon. »Trotzdem gebe ich deinen Vorschlag gern weiter.«

Lupara lachte, legte Landril einen Arm um die Schultern und zwang ihn damit fast in die Knie. »Wenn's dir recht ist, stelle ich dich gern mit der einen oder anderen vergessenen Sprache auf die Probe. Zwar wollte ich mir meinen Wissensstand bewahren, aber in dieser Einöde hatte ich weder Zugang zu den Büchern noch zu den Diskussionen, die an meinem Hof üblich waren.«

»Nichts lieber als das«, sagte Landril, während er sich um eine aufrechte Haltung bemühte. »Allmählich sollten wir aber auch konkretere Pläne schmieden. Xavir, ich schlage vor, wir treffen uns nach deinen Morgenübungen und besprechen die nächsten Schritte.« Er schlenderte zur Tür. »Aber erst einmal wird's Zeit für ein Frühstück.« Mit diesen Worten verließ er die Hütte.

»Seit wann hat der Meisterspion hier das Sagen?«, fragte Xavir.

»Das hat er doch schon die ganze Zeit«, antwortete Lupara. »Seinetwegen sind wir alle hier.«

Vor dem Frühstück legte Xavir seine alte Kriegergewandung an und nahm hinter Luparas Hütte Aufstellung, um mit den Klagenden Klingen zu üben. Die Morgensonne wärmte sein Gesicht, und das Gras ringsum war nass von glitzerndem Tau. Er schloss die Augen, zog die Schwerter aus ihren Scheiden und steckte sie wieder dorthin zurück – einhundertmal. Er verfehlte die reich verzierten Scheiden seiner Klingen beim dritten und beim elften Durchgang. Selbst das war für seinen Geschmack noch zu unbeholfen. Mit weit geöffneten Augen ging er einige seiner alten Kampfhaltungen durch: Herabstoßender Adler, Bitterer Wind, Donnerschlag. In anmutigem Bogen führte er die Klagenden Klingen durch die Luft und lauschte ihrem leisen Geheul.

Diese Routine einer allmorgendlichen Ertüchtigung hatte er auch in der Höllenfeste beibehalten. Dies vor allem zur Bekämpfung der Langeweile, aber auch um einigermaßen in Kampfform zu bleiben. Die meisten dieser Haltungen hatte er im Kerker nie wirklich gebraucht. Und er hatte sie dort auch nie mit einem Schwert in der Hand üben können. Trotzdem hatte er sie auch in der Dunkelheit wieder und immer wieder ausgeführt. Von seinen Männern war dies zu Beginn wahrscheinlich noch als merkwürdige Marotte betrachtet worden, doch sie hatten nie ein einziges Wort darüber verloren. Es fühlte sich gut an, die Klingen wieder in Händen zu halten und sich auf die feinen Eigenarten der alten Freunde einzulassen.

Später kam Lupara, um ihm ein Weilchen zuzusehen und schließlich einen Übungskampf anzubieten. Er wusste, dass

Lupara aufgrund ihres Geschicks in der Schlacht zur Herrscherin aufgestiegen und beileibe nicht nur dem Namen nach eine Kriegerkönigin war. Sie warf ihm einen dünnen Ast zu und besorgte sich dann selbst einen Stock, den sie hinter ihrer Hütte von einem Holzstapel genommen hatte. Als der Übungskampf begann, gesellten sich ihre drei Wölfe als unbeteiligte Zuschauer dazu.

Anfangs waren die Bewegungen der beiden Krieger noch langsam und bedächtig, und ihre Kampfstile unterschieden sich stark voneinander. Xavir bewegte sich anmutiger und geschmeidiger, Lupara warf sich umso wilder ins Gefecht. Eine Zeit lang behielten sie diese Taktik bei und studierten die technischen Feinheiten des jeweils anderen. Manchmal wurden sie langsamer, manchmal schneller. Sie lachten über ihre eigene Torheit oder lächelten sich nach einer besonders gelungenen Abfolge von Schlägen wissend an.

Gegen Ende der Konfrontation bemerkte Xavir einige kleinere Wölfe, die ihnen von der sanften Anhöhe hinter der Hütte aus zusahen.

»Beobachten die Tiere dich immer so genau?«, fragte Xavir und wischte sich den Schweiß vom Gesicht.

»Sie finden uns faszinierend.« Lupara nahm Xavir den Stock ab, und die beiden kehrten zur Hütte zurück. Dort legte sie das Holzstück zurück auf einen Haufen an der Rückwand des kleinen Gebäudes. Die drei größeren Wölfe folgten ihnen in einigem Abstand.

»Ich könnte mir vorstellen, dass sie uns eher lächerlich als faszinierend finden«, mutmaßte Xavir. »Das Leben ist für sie doch bewundernswert einfach.«

»Letztendlich haben sie aber die gleichen Bedürfnisse wie wir Menschen. Nahrung. Schutz vor den Elementen. Sie wissen allerdings um die Vorzüge einer Gemeinschaft. Es lohnt sich, in Rudeln zu jagen.«

Sie näherten sich dem behelfsmäßigen Lager ihrer Kameraden. Dort führte Valderon ein strenges Regiment. Im gleichen Abstand zueinander waren vier Zelte aufgestellt worden. Nirgends waren Abfall oder weggeworfene Essensreste zu entdecken. Die Ausrüstung hatten die Männer im Innern der Zelte verstaut.

Die Überreste der Kreaturen, die sie angegriffen hatten, lagen etwas weiter entfernt auf der Wiese. Vor zwei Nächten hatten die Männer sie fortgeschleppt und in Brand stecken wollen. Doch die Kadaver hatten nur schlecht Feuer gefangen und glommen noch immer vor sich hin.

Valderon trat zu ihnen und reichte jedem eine Schüssel mit dampfendem Eintopf. Die kleine Gruppe setzte sich um das Feuer in der Mitte des Lagers. Die anderen Männer schlenderten in der Nähe der Zelte hin und her oder sahen sich in der weiteren Umgebung um, wo nun auch Luparas Wölfe durch die Gegend streiften. Mit einer Mischung aus Bewunderung und Furcht beobachteten die Männer die Raubtiere.

Landril war mit der Lektüre der Pergamente beschäftigt, die Lupara mitgebracht hatte oder die ihr über die Jahre zugesandt worden waren. Gelegentlich hob er den Kopf und warf einen Blick auf die blaugrünen Hügel, die sich über dem Wald erhoben.

»Eine faszinierende Gegend«, verkündete Landril, als Xavir näher trat. »Streng genommen, sind wir noch in Brekkland, auch wenn der Heggenwald innerhalb der Grenzen dieser Nation liegt. Dem alten Bericht zufolge spielte sich in diesem Wald dereinst das Zweite Massaker an den Donevuls ab.«

»Davon habe ich gehört«, sagte Valderon. »Die Donevuls waren ein mächtiges Volk. Sie herrschten im Vierten Zeitalter. Ihre Besitztümer erstreckten sich über einen Großteil dieses Kontinents. Manche Taktiken der Ersten Legion beruhten dem Vernehmen nach auf ihren Strategien.«

»Und doch wurden sie binnen nur eines einzigen Jahres ausgelöscht«, fuhr Landril fort. »Niemand kennt den Grund, denn es gibt so gut wie keine Aufzeichnungen über das Fünfte Zeitalter. Seine Geschichte wurde nahezu vollständig an Lagerfeuern wie dem unseren weitergegeben, statt sie für zukünftige Generationen aufzuschreiben.« Er raschelte mit dem Pergament. »Und das macht Erzählungen wie diese nur umso seltener.«

»Es gab nur wenige Schriftenhallen in Dacianara«, erklärte Lupara. »Aber sie bargen doch etliche Schätze. Ich habe eine Auswahl an Texten mitgebracht, und von Zeit zu Zeit erhalte ich Sendungen mit wahllosen Zusammenstellungen an weiterem Material als Futter für meinen Geist.«

»Wer schickt sie?«

»Da ich aufgrund einer Formalie nach wie vor Königin bin …«, hob Lupara an.

»Worum handelt es sich bei dieser Formalie?«, wollte Landril wissen.

»Dass ich noch am Leben bin.«

»Verzeiht mir die Frage, aber warum habt Ihr auf Euren Thron verzichtet?«, fragte Valderon.

Lupara linste zu Xavir hinüber.

Der hob die Schultern. »Meinetwegen kannst du alles erzählen.«

Daraufhin ergriff sie das Wort.

Sie berichtete aus ihrer Sichtweise über ihre Rolle in der Tragödie von Baradiumsfall und legte die Wahrheit hinter Xavirs Taten an jenem schicksalhaften Tag offen. Sie schreckte aber auch nicht davor zurück, ihre gemeinsame Schande zu erwähnen und was diese für ihr Volk bedeutete.

»Wir brauchen eine Streitmacht«, schloss die Kriegerkönigin ihre Ausführungen. »Und ich brauche dich, um sie zu führen.«

»Mich?« Überrascht richtete sich Valderon auf.

»Du warst Offizier in der Ersten Legion von König Cedius dem Weisen. Sehe ich das richtig?«

»Das war ich, Eure Hoheit«, bestätigte er barsch und mit gesenktem Kopf.

»Dann kannst du auch befehlshabender Offizier in meinem Heer sein.«

»Aber was ist mit Xavir? Seine frühere Stellung lag weit über meinem Rang.«

Xavir warf Valderon über das Feuer hinweg einen langen Blick zu. »Es steht mir nicht zu, einem Soldaten Gehorsam abzuverlangen. Dafür ist mein Ruf zu stark beschädigt.«

Valderon schien widersprechen zu wollen, schloss sich dann aber Xavirs Meinung an. Die Schande der Sonnenkohorte war nur schwer aus der Welt zu schaffen, ganz gleich, wie die Wahrheit dahinter aussah. »Und wen genau soll ich befehligen?«

»Das ist die erste Herausforderung …«, wollte Lupara ansetzen.

»Darf ich hier einhaken?« Landril räusperte sich. »Ich habe eine gehörige Zeit über diese Frage nachgedacht. Der Aufbau einer Streitmacht erfordert Geld und Soldaten. Vielleicht gelingt uns die Rekrutierung von Männern, die an unsere Sache glauben. Andernfalls müssen wir sie anheuern. Die Verantwortlichen für Xavirs Intermezzo in der Höllenfeste sind keine armen Schlucker, wie ich ohne Übertreibung behaupten kann. Bei der Göttin! Sie sind steinreich, und ihre Wohnstätten beherbergen unermessliche Schätze, die sie im Lauf von Jahren angehäuft haben. Machen wir ihren Reichtum zu unserem! Bei ihnen finden wir die Mittel für den Sold unserer Truppen. Auf diese Weise schlagen wir zwei

218

Fliegen mit einer Klappe – Vergeltung und Beschaffung von Kapital.«

»Und wo genau finden wir diese Reichen?«, hakte Valderon nach.

»Zwei von ihnen leben in der Golaxbastei, ein weiterer besitzt ein Anwesen im Grenzgebiet von Stravimon. In der Zwischenzeit müssen wir aber auch für einen entsprechenden Ruf sorgen und brauchen einen verheißungsvollen, hübschen Namen. Ich schlage vor, wir werben Dichter und Bänkelsänger an, die in den Tavernen Brekklands, Burgassias, Lauslands und selbst Stravimons Lieder anstimmen und davon künden, dass wir auf Seiten des einfachen Volks stehen und der Tyrannei von König Mardonius heldenhaft die Stirn bieten.«

»Du meinst Propaganda?«, fragte Valderon.

»Genau«, antwortete Landril zufrieden.

»Aber was *ist* denn nun unsere hehre Mission?«, erkundigte sich Valderon.

»Natürlich die Verteidigung der Schwachen vor den Übergriffen der Starken. Und dann wollen wir dem Morden an den Anhängern der Göttin ein Ende setzen, gepriesen sei ihre heilige Seele in den sieben Himmeln. Wir sind hier, um Erlöser zu werden.«

»Ein stolzes Wort für eine Horde ehemaliger Sträflinge«, scherzte Valderon. »Hoffentlich stellen die besten Barden eure Absichten so dar, dass sich die Menschen eurem Feldzug anschließen!«

»Aber wir haben den großen Anführer der Ersten Legion.« Landril wies mit dem Finger auf Valderon, um dann der Reihe nach auf die anderen zu deuten. »Und ein Mitglied der legendären Sonnenkohorte, das von Verrätern aufs Tragischste hinters Licht geführt wurde. Und eine berühmte Kriegerkönigin.«

»Und ihre Wölfe«, ergänzte Lupara.

»Und ihre Wölfe«, wiederholte Landril. »Damit klingen die Lieder der Bänkelsänger einfach noch dramatischer. Selbstverständlich brauchen wir auch Waffen. Die aber können wir ohne Mühe den Schmieden abnehmen, die ihre Waren an das stetig wachsende Heer von Stravimon liefern.«

»Bei dir klingt alles so einfach«, bemerkte Valderon.

»Nichts ist einfach! Doch überall in Stravimon und anderswo sterben Menschen. Auf unserem Weg hierher stießen wir auf Soldaten, die ganze Siedlungen vernichtet hatten, nur weil deren Bewohner die Göttin verehrten. Bei so viel Unrecht müssen wir doch eingreifen!«

Valderon blickte zu Xavir hinüber, und beide nickten im stummen Einverständnis weitgereister Soldaten. Das war die Welt, wie sie schon immer gewesen war – Mord und Totschlag, nur weil die Opfer an etwas anderes glaubten als die Täter.

»Wir zetteln also einen Aufstand gegen die Krone an«, stellte Valderon fest. »Wir töten nur Männer in Uniform.«

»Natürlich«, bekräftigte Landril. »Aber es gibt viele Uniformträger. Und man spricht über weitere Sonderbarkeiten, die angeblich bevorstehen. Allerdings konnte ich mir davon noch kein vollständiges Bild machen.«

»Hat Mardonius fremde Truppen angeheuert?«

»Das ist eine meiner Wissenslücken. Soweit ich es jedoch beurteilen kann, stellen noch keine fremden Monarchen einem Mann wie Mardonius ihre Truppen zur Verfügung. Diplomatie ist nicht seine Stärke. Er ist kein Cedius.«

Xavir beugte sich vor. »Wie viele sind es in Stravir? Wie viele beschützen den König?«

»In der Stadt stehen lediglich zehntausend Soldaten bereit, während der Rest andernorts eingesetzt wird.«

»So ist es schon immer gewesen«, sagte Valderon.

»Genauso gut können wir der mörderischen Herrschaft gleich das Herz herausreißen und gegen Stravir losschlagen«, erklärte Xavir.

»Auf diese Worte hatte ich gewartet.« Landril lächelte und lehnte sich zurück.

»Also was kommt als Erstes?«, fragte Valderon.

»Wir verbreiten die Legende von Xavirs Rückkehr und säen Furcht in die Herzen seiner Feinde. Dann suchen wir jene auf, die ihn in die Höllenfeste geschickt haben, und lassen sie vom Geschmack süßer Rache kosten.«

Lupara sah eine Weile zu, wie Xavir mit seinen Schülern im matten Sonnenlicht übte. Er stand neben Valderon vor den Männern, und die beiden überprüften die Abläufe verschiedener Manöver.

Jedral hatte eine Axt verlangt und etwas so Zerbrechliches wie ein Schwert abgelehnt. Er hatte sie bekommen. Harrand, Krund und Grend bewiesen einiges Geschick und wussten sich gegen Xavirs Schläge zu verteidigen, die er mit gebotener Zurückhaltung ausführte. Harrand ärgerte sich über seine Fehler, während Krund angesichts seiner Unterlegenheit laut kichern musste. Tylos trat gelegentlich vor, um Spielarten der eleganteren Techniken vorzuführen, die er in Chambrek gelernt hatte. Die anderen neckten ihn jedoch, weil er ihrer Meinung nach Raffinesse der rohen Gewalt vorzog.

»Das alles wäre ohne euren Stahl aus Stravir noch viel überzeugender«, verkündete er. »Die Qualität ist mies. In Chambrek besaßen unsere Schwerter eine feinere Klinge und waren besser austariert.«

»Ist denn im vermaledeiten Chambrek alles besser?«, grunzte Jedral.

Tylos stemmte eine Faust in die Hüfte und wedelte mit dem Schwert in Jedrals Richtung. »In Chambrek ist alles eine

Kunstform. Von der Art, wie wir Schwerter schmieden, bis zu der Art, wie wir Liebe machen …«

»Bis zu der Art, wie ihr ständig durch den Mund furzt«, fiel ihm Jedral ins Wort.

Allmählich hatte sich Lupara an Xavirs Gegenwart gewöhnt. Der große Krieger vor einer entlegenen Hütte, wie er ehemalige Sträflinge in Kampftechniken unterrichtete – zwischen diesem Mann und jenem, den sie früher gekannt hatte, schienen Welten zu liegen. Doch er war leibhaftig hier.

Während sie zu ihrer Hütte zurückkehrte, rief sie sich den Xavir von vor fünf Jahren ins Gedächtnis. Damals war er stärker und muskulöser gewesen. Seine Miene hatte von großer Tatkraft und dem festen Glauben gezeugt, ganze Königreiche zerschlagen zu können, wenn ihm der Sinn danach stand. Unerschütterlich treu und moralisch gefestigt, war er die eiserne Faust gewesen, die in Cedius' Samthandschuh gesteckt hatte. Das Sinnbild Stravimons in Gestalt eines einzigen Kriegers. Er und die Sonnenkohorte glichen einander. Sie waren ungestüm, lebhaft, eine anregende Gesellschaft, in der sich jeder gern aufhielt. Ihre bloße Anwesenheit vermochte ein Heer vor drohender Niederlage zu bewahren, indem es sich von den Knien erhob und sein Schicksal wendete. Sie waren eine lebende Legende gewesen.

Inzwischen war Xavir womöglich ein noch gefährlicherer Mann geworden, der viel schwerer als früher einzuschätzen war. Bitterkeit und Rachegelüste zeichneten ihn aus, und wer konnte ihm das verübeln? Doch Lupara befürchtete, dass er in seinem Zorn und auf der Suche nach Vergeltung vergaß, dass er ehemals das Wohl anderer über die eigenen Wünsche gestellt hatte. Zumindest hatte er sich bereit erklärt, an ihrer Seite zu kämpfen.

Lupara betrat ihre Hütte und bemerkte, dass in einer Ecke

des Raums neben ihrem Bett etwas leuchtete. Zuerst hielt sie es für eine Spiegelung des Feuers. Doch die Flammen waren erloschen, und nach kurzem Nachdenken erkannte sie, worum es sich handelte.

Sie befreite den farblosen Hexenstein aus dem Tuch, das ihn umhüllte. Er war vollkommen glatt und besaß die Form einer Träne. Das schwere Ende passte genau in ihre Handfläche. Es war ein Faszinard – so nannten ihn die Hexen.

Er galt als mächtiges Werkzeug und ermöglichte den Kontakt zwischen Hexen, die sich an verschiedenen Orten aufhielten. Mit seiner Hilfe ließ sich auch eine Verbindung zwischen der Matriarchin und ihren Untergebenen herstellen. Lupara war keine Hexe und hatte eigentlich keine Verwendung für den Stein. Mehrere Schwestern, die sie immer wieder bei ihren Aufgaben unterstützt hatte, hatten ihn ihr jedoch förmlich aufgedrängt. Sie waren durch ihre Domäne gereist und in den Genuss ihrer Gastfreundschaft gekommen.

Der Faszinard pulsierte alle paar Herzschläge in sanftem weißem Licht. Solange er sich in ihrem Besitz befand, hatte er dies noch nie getan.

Lupara legte den Stein auf das Bett und schloss die Tür zur Hütte. Als sie zurückkehrte, sah sie, dass das Licht im Innern des Faszinards eine wirbelnde Spirale bildete und sich auf die Spitze des Steins zubewegte. Sie hielt ihn sich dicht vor das Gesicht, und die Spirale drehte sich nicht weiter.

Ein Bild tauchte auf – das Gesicht einer Frau aus der Froschperspektive. Zunächst war es kaum mehr als eine Silhouette vor hellem Hintergrund, doch bald wurde es immer deutlicher sichtbar.

Der Mund der Frau öffnete und schloss sich lautlos. Plötzlich vernahm Lupara die Stimme unmittelbar in ihrem Kopf.

»Eure königliche Hoheit, Herrscherin von Dacianara.«

Birgitta?, dachte Lupara. *Es ist lange her.*

»Zu lange, Eure Hoheit.«

Steckst du in Schwierigkeiten?, dachte Lupara.

»Das weiß ich nicht so genau«, erwiderte Birgitta, immer noch in Luparas Gedanken. *»Ich war gezwungen, Jarratox zu verlassen. Die Einzelzeiten zu erklären würde zu lange dauern. Ihr solltet jedoch wissen, dass König Mardonius die Schwesternschaft seiner Herrschaft einverleibt hat. Er hat sie mit einem Geschenk in Form einer neuen Ader von Hexensteinen bestochen.«*

Und das brachte dich so aus der Fassung, dass du fortgehen musstest?

»Es bringt mich ganz außerordentlich aus der Fassung. Vor allem in Anbetracht aller anderen Geschehnisse auf der Welt.«

Lupara nickte grimmig. *Dass die Schwesternschaft sich mit Mardonius verbündet, ist in der Tat ein schwerer Schlag. Doch ich verfolge bereits eigene Pläne, um sein mörderisches Treiben zu beenden.*

»Welch glücklicher Zufall!«, rief Birgitta. *»Bei der Quelle! Dürfte ich vorschlagen, dass wir uns zusammentun, falls es noch nicht zu spät ist?«*

Wir wollen nach Norden reisen, haben bisher aber keinen festen Zeitplan. Die Vorbereitungen befinden sich noch in einem frühen Stadium. Wo hältst du dich derzeit auf?

»Wir bewegen uns zu Fuß auf Dweldor zu, ein Dorf in Brintassa.«

Kennst du die Ruinen in Burgassia?, dachte Lupara. *Den Wachturm an den Ufern des Stillen Sees?*

Das Bild im Faszinard stockte kurz, und der Klang von Birgittas Stimme befand sich nicht mehr ganz im Gleichtakt mit den Bewegungen ihrer Lippen. *»Ja.«*

An dem Turm kommen wir zusammen. Schlag ein Lager auf,

falls du als Erste eintriffst! Dort wird sonst niemand sein. Wir halten es genauso. Und eine Sache noch, fügte Lupara hinzu. *Du sprachst von wir. Wer ist noch bei dir?*

»*Eine verlässliche junge Schwester. Seit meiner Rückkehr aus Euren Diensten hat sie die letzten fünf Jahre unter meiner Aufsicht gelernt. Dürfte ich fragen, wer Eurer Gruppe angehört?*«

Ich habe einige Männer um mich geschart, einen ehemaligen Krieger der Ersten Legion, einen guten Meisterspion und … Du erinnerst dich gewiss noch an Baradiumsfall, oder?

»*Eine solche Tragödie lässt sich kaum vergessen.*«

Ich habe Xavir Argentum bei mir.

»*Er ist frei?*«

Das ist er. Sozusagen. Wir haben ihn befreit.

»*Oh.*«

Bereitet dir das Sorgen?, dachte Lupara.

»*Nein. Aber es kommt sehr überraschend … Höchst überraschend. Nun, früher oder später musste es wohl so ausgehen … Alles andere erkläre ich Euch, sobald wir uns treffen. Dann haben wir Zeit für Gespräche. Bis zum Wachturm am Stillen See, Eure Hoheit!*«

Damit erstarb das Licht des Faszinards, und er wurde wieder zu einem farblosen Hexenstein. Lupara wickelte ihn ein und verstaute ihn neben ihrer Matratze.

Dann trat sie vor die Tür und rief nach Landril. Der Meisterspion eilte auf sie zu und umrundete auf Zehenspitzen die drei schlafenden Wölfe, die neben der Hütte lagen.

»Eure Hoheit?« Er stand vor ihr und knetete die Hände.

»Es gibt eine Ergänzung zu unseren Plänen.«

»Inwiefern?«, fragte Landril und hob die Brauen.

»Wir brauchen Magie, habe ich recht?«

»Ja, ein notwendiges Übel. Die Bemerkung erübrigt sich fast, aber ganz gleich, gegen wen wir kämpfen – der Gegner wird wahrscheinlich von Hexen unterstützt.«

»Dann müssen wir morgen früh aufbrechen. Ich habe nämlich Verbindung zu zwei Schwestern aufgenommen, die sich unserer Sache anschließen wollen.«

»Und wohin geht es?«

»Nach Burgassia. An den Stillen See.«

Nachdenklich legte Landril die Stirn in Falten, dann nickte er. »Die Richtung stimmt! Ich sage den anderen Bescheid.«

DER STILLE SEE

Burgassia galt als Reich ohne König. Dort gab es keine Regierung, und doch meisterten die weit verstreuten Stämme und die Bauern in ihren Dörfern ihr Leben ohne jede Obrigkeit. Über die Jahrhunderte hinweg hatten in dieser Gegend immer wieder Schlachten stattgefunden. Überall ragten die Ruinen von Siedlungen auf, die einstmals Pracht und Größe verkündet hatten. Alte Paläste lagen in Trümmern. Burgen waren geschleift worden und erstickten unter Moos und Flechten, während die Steine andernorts als Baumaterial verwendet worden waren. Eine Zeit lang hatten die Belgossa hier gelebt, merkwürdige, gedrungene Menschen, die gegen Ende des Sechsten Zeitalters verschwunden waren. Lange noch hingen die Bewohner der Gegend einem tief sitzenden Aberglauben an und fühlten sich von den Geistern der verstorbenen Belgossa heimgesucht. Da half es wenig, dass in Burgassia regelmäßig weitaus seltsamere Wesen in Erscheinung traten, obwohl derlei Kreaturen mittlerweile auch anderswo umgingen. Nach einem gescheiterten Eroberungsversuch im Siebten Zeitalter hatte kein Herrscher mehr Ansprüche auf die Region erhoben. Angeblich hatte Mardonius das unwirtliche Land mit der Zweiten Legion durchqueren wollen. Das Gelände hatte sich jedoch vorsichtig gesagt als ... schwierig erwiesen. Sümpfe breiteten sich aus, wo zuvor nur trockener Boden gewesen war, und verschlangen eine komplette Kohorte. Giftige Tiere lauerten gleich schwarmweise im

Gras, und die Hälfte der Männer starb unter unvorstellbaren Qualen. Erfahrene Kommandanten sandten Berichte über Geisterkrieger, die Mardonius' Späher abschlachteten. Burgassia selbst schien sich gegen jeglichen Versuch militärischer Eroberungen verschworen zu haben. Es gab also viele Gründe, weshalb sämtliche Herrscher darauf verzichteten, in Burgassia regieren zu wollen.

Dies alles erzählte Birgitta ihrer Begleiterin Elysia, während sie ihre Reise entlang der grünen Pfade fortsetzten. Viele Tage waren seit ihrem Aufbruch aus dem Dorf vergangen. Eine gewisse Strecke legten sie im Heck eines Händlerschiffs zurück und kamen von Dweldor aus auf dem Fluss rasch vorwärts. Schließlich stiegen sie aus und mussten auf Schusters Rappen weitergehen. Immerhin hatten sie sich auf diese Weise vier Tage Fußmarsch erspart, und Birgitta sorgte dafür, dass der Besitzer des Boots ordentlich entlohnt wurde.

»Ist dies das Gebiet, in dem die Akero leben?«, fragte Elysia.

Sie waren auf einem Waldweg unterwegs und kamen an hoch aufragenden Lärchen vorbei, während die Morgendämmerung den Himmel in ein immer helleres Gelb tauchte. In der letzten Stunde waren sie alle paar Schritte über die geborstenen Steinplatten einer Ruine gestolpert. Fast schien es so, als wollten sich die uralten Kulturen aus der Tiefe heraus ihren Weg zurück in die Gegenwart bahnen.

»Es könnte gut sein, dass wir sie schon bald zu Gesicht bekommen«, antwortete Birgitta.

»Wirklich?«

»Ich glaube, die meiste Zeit des Jahres sind sie hier. Gerüchteweise fliegen sie in den Süden wie Vögel, aber ich glaube solchen Unsinn nicht. Man behauptet alles Mögliche. Dass sie beispielsweise überirdische Wesen sind. Dass sie aus den sieben Himmeln kommen. Dass sie über die Menschen wachen.«

»Und das trifft alles nicht zu?«

»Nichts als dummes Geschwätz«, meinte Birgitta und schlug mit ihrem Stab gegen einen alten Stein. »Bei der Quelle! Sie sind einfach ganz gewöhnliche Menschen, die ihr Auskommen finden, während alle Welt sie für höchst absonderlich hält. Dabei sind sie genauso lange hier wie wir anderen. Das solltest du dir immer vor Augen halten. Im Verlauf der Jahrhunderte mussten sie immer wieder gegen Widrigkeiten vorgehen, und das sowohl untereinander als auch im Kampf gegen ihre Feinde. Ich habe alte Augenzeugenberichte über ihre großen Schlachten am Himmel gelesen. Inzwischen ist ihre Anzahl stark geschrumpft, und auf dem gesamten Kontinent finden sich nur noch wenige ihrer Ansiedlungen. Dankenswerterweise werden sie mehr oder minder sich selbst überlassen.«

Plötzlich weitete sich der Pfad vor ihnen, die Landschaft öffnete sich, und sie hielten inne.

»Ah, Burgassia!«, seufzte Birgitta.

»Ein wunderschöner Ort!«, rief Elysia.

Etwa eine halbe Meile vor ihnen strömte ein Fluss zu Füßen einer sanften Anhöhe entlang. Der Hügel war von üppigem Grasland umgeben und stieg allmählich in Richtung schroffer Berge an. Der Himmel wirkte klarer, und lange Wolkenfetzen unterteilten ihn in helle Blau- und Grautöne. Über die Ebene verteilt lagen einige Ortschaften, die verwahrlost wirkten und offenbar unbewohnt waren.

»Oh, sieh nur! Da hast du deine Akero!« Birgitta deutete nach links. Dort, in der Mitte des Graslands, erhob sich ein kegelförmiger Hügel mit höhlenartigen Eingängen auf verschiedenen Ebenen. Am östlichen Hang ragte eine geflügelte Statue in die Höhe, die Elysia anfangs für einen der Akero hielt. Als sie aber weiter aufwärtsblickte, entdeckte sie einen leibhaftigen Vertreter dieses Volkes.

In einem weiten Bogen bewegte sich die Gestalt gemächlich auf die beiden Wanderinnen zu. Es war ein Mann mit langem braunem Haar. Seine Flügel wiesen eine beachtliche Spannweite auf. Die gefiederten Gebilde erinnerten an große Adlerschwingen. Er trug eine braune Kniehose, aber kein Hemd, sondern zeigte seinen kraftvollen nackten Oberkörper. In der Rechten hielt er einen Speer.

Bei seinem Anblick stockte Elysia der Atem. Der Akero erhob sich in die Luft und flog auf die Schwestern zu, die mit dem Abstieg aus dem Wald begonnen hatten. Über den beiden Frauen legte er sich in eine Kurve, nahm sie genauer in Augenschein und zog sich anschließend rasch wieder zu dem kegelförmigen Hügel zurück.

»Diesen Anblick werde ich niemals vergessen«, seufzte Elysia.

Birgitta kicherte. »Er ist wirklich ein ansehnliches Exemplar. Sie sind nicht alle so.«

»Du bist ihnen schon einmal begegnet?«, fragte Elysia.

»Oh, ich habe einiges von der Welt gesehen, kleine Schwester, und bin schon allen möglichen Kreaturen begegnet. Aber wir dürfen hier nicht länger mit offenem Mund herumstehen. Wir haben noch einen weiten Weg vor uns.«

Die Schwestern zogen weiter, hinunter in das Grasland, fort von der merkwürdigen Behausung der Akero, auf einer Holzbrücke über den Fluss und weiter an verwaisten alten Bauernhöfen entlang. Die Durchquerung der Ebene dauerte länger, als Elysia vermutet hatte. Sie nahmen ein spätes Mittagsmahl aus Käse und Salzfleisch zu sich, das sie sich in Dweldor besorgt hatten, und bestaunten die im wogenden Gras hier und dort hervorspitzenden Orchideen. Die Wolken, die sie am Morgen gesehen hatten, waren mittlerweile vorübergezogen, und so erstreckte sich über ihnen ein Meer aus Blau.

»Wie findest du's?«, fragte Birgitta Elysia.

»Das Essen?«

»Nein, dies hier.« Sie vollführte eine Geste, die alles ringsum einschloss.

»Eine wundervolle Gegend.«

»Nein, ich meine das Leben auf der Straße. Das Reisen an Orte wie diesen.«

Elysia dachte nicht lange über die Frage nach. »In meinem ganzen Leben habe ich mich mir selbst noch nie so nahe gefühlt.«

Birgitta ließ die Antwort eine Weile auf sich wirken. »Du bist in deinem Herzen ein wildes Geschöpf«, meinte sie schließlich.

Elysia lachte. »Warum sagst du das?«

»Du bist nicht die erste Schülerin der letzten Jahre, der ich die Welt jenseits der Schwesternschaft gezeigt habe. Doch die anderen fühlten sich fern von daheim immer fremd. Ganz anders als du.«

»Die Welt fasziniert mich. Du hast doch hoffentlich gemerkt, dass es mir auf Jarratox nie gefallen hat. Ich hatte dort keine Freundinnen, auch wenn mich das nicht weiter störte. Die älteren Schwestern waren sicher enttäuscht, dass sie mit ihren Bemühungen keinen Erfolg bei mir hatten.«

»Weil sie nie begriffen, wie die richtige Lehrmethode bei dir ausgesehen hätte. Wir alle eignen uns Wissen auf unterschiedliche Weisen an, kleine Schwester. Den Vorträgen alter Frauen zu lauschen ist nicht der ideale Weg dazu, wie ich finde. Sag mir, wie hast du dich gefühlt, als wir in Dweldor diese Kreatur im Wald gefangen nahmen? Hattest du Angst?«

Elysia aß einen Bissen von dem pikanten Käse und fragte sich, was sie in jener Nacht gefühlt hatte. »Ehrlich gesagt, verspürte ich kaum eine Regung in mir. Ich war nur neugierig. Als ich dann sah, was dieses Geschöpf dem Kind angetan hatte ...«

»Sprich weiter!«

»Ich wollte nur, dass die Kreatur aufgehalten wurde.«

»Aufgehalten ... Hätte man sie töten sollen?«

»Diese Entscheidung steht mir nicht zu.«

»Als ich dir befahl, auf sie zu schießen, hast du nicht gezögert.«

»Kein bisschen. Ob Mensch oder Tier – als ich den Pfeil abschoss, machte das nicht den geringsten Unterschied.«

»Wenn es denn tatsächlich ein Mensch war ...«, murmelte Birgitta. »Aber deine Antwort ist wirklich spannend.«

»Du findest immer alles spannend.«

Birgitta lächelte. »So ist das nun einmal für mich. Allerdings frage ich mich, wie es wäre, wenn du auf unserer Reise einen Menschen töten müsstest, der so aussähe wie du und ich. Fiele dir das auch leicht?«

Elysia zuckte mit den Achseln. »Das weiß ich erst, wenn ich es versucht habe.«

»Du wirst also mit demselben Gleichmut reagieren, den du dir mittlerweile angeeignet hast?«

»Ja, er ist mir zur Gewohnheit geworden. Gefühle kommen später. Aber du wirkst besorgt.«

»Bei dir habe ich immer ein wenig Anlass zur Sorge, kleine Schwester.«

»Ist es meine Bereitschaft, andere Menschen zu töten?«

»Vielleicht. Oder dein fehlendes Zögern. Dein Jagdgeschick in allen Ehren, aber ich ziehe eine gewaltfreie Lösung zur Klärung eines Konflikts vor. Ich hoffe, du vergisst das nicht.«

»Nein.« Elysia fragte sich, was genau ihrer Mitschwester durch den Kopf gegangen war, als sie das Töten anderer Menschen erwähnt hatte. Im Moment schien sie jedoch alle Zeit der Welt zu haben. Antworten würden sich schon früh genug ergeben. Sie hatte bemerkt, dass sich ihre Gedanken hier draußen nicht mehr so rasend schnell überschlugen. Auch wenn sie die festen Abläufe und formalen Strukturen der Schwesternschaft erst vor wenigen Tagen hinter sich gelassen hatte, fühlte sie sich bereits deutlich gelassener und glücklicher. Es gab keine kleinlichen Wortgefechte, kein Getue und keine Politik, keine törichten Rituale und kein Gezanke darüber, was diese oder jene Schwester gesagt hatte.

Plötzlich sah sich Birgitta um. »Hörst du das?«

»Nein. Was?«

»Ein Geräusch. Als ob jemand Schmerzen hätte.« Birgitta stand auf und spähte durch die wogenden Grashalme hindurch. Sie schloss kurz die Augen, um sich zu konzentrieren, raffte ihren Rock und machte sich dann auf die Suche nach der Ursache des Geräuschs. Elysia folgte ihr.

Einige Augenblicke später entdeckten sie eine verletzte Akerofrau, die ausgestreckt auf dem Boden lag. Sie war bewusstlos, atmete aber noch. Einer ihrer braun gefiederten Flügel war gebrochen, ihr kräftiger Oberkörper blutbesudelt.

»Schnell! Gib mir den roten Stein!«, befahl Birgitta. »Die Heilkugel.«

Elysia durchwühlte Birgittas Tasche, während die ältere Schwester neben der Akero niederkniete, um sich ihrer anzunehmen. Kaum hatte Elysia den runden Hexenstein gefunden, reichte sie ihn weiter und beobachtete, wie Birgitta ihn mit den Händen aufwärmte. Dann fuhr sie damit über die Stelle, aus der das Blut tropfte, und die offene Wunde, die ungefähr zwei Daumenbreit groß war, schloss sich sogleich.

»Suchst du mir einen Stock, etwa so lang wie mein Arm, nicht breiter als zwei Finger?«

»Hier gibt es keine Stöcke. Vielleicht versuchst du es mit meinen Pfeilen ...«

»Bestens. Nimm zwei Pfeile ohne Hexensteine!«

Elysia folgte den Anweisungen, und da sie wusste, was Birgitta vorhatte, zupfte sie rasch einige Grashalme aus der Wiese. Damit band sie die beiden Pfeile fest zusammen und half Birgitta, den gebrochenen Flügel mit den Pfeilen zu schienen. Noch einmal bewegte Birgitta die rote Kugel über die Verletzung.

Nach einer Weile schien die körperliche Anspannung von Birgitta abzufallen, und ihre Schultern sanken nach vorn. Sie stand auf. »So, das muss reichen. Und jetzt ...« Sie blickte zum Himmel auf, aber dort waren keine Akero zu sehen.

Birgitta reckte ihren Stab in die Höhe. Nachdem sie den Spruch der Vier Ordnungen rezitiert hatte, schoss ein Strahl aus purpurnem Licht nach oben, und ihre Anrufungen wurden mit großer Wirkmacht in alle Richtungen getragen.

Danach warteten die Schwestern.

Einige Zeit später flog etwas rasend schnell über sie hinweg. Kurz darauf kam eine geflügelte Gestalt nur wenige Schritt von ihnen entfernt schlitternd zum Stehen.

Elysia und Birgitta erhoben sich überrascht aus der Wiese. Sie hatten keinerlei Anzeichen für das Herannahen eines Akero wie etwa eine Silhouette am Himmel bemerkt.

Er stand vor ihnen, einen Speer in der Hand. Fremdartige Tätowierungen zogen sich in Spiralen an einer Seite seines drahtigen Oberkörpers entlang, und seine Brust hob und senkte sich in keuchenden Atemzügen. An seinem Gürtel prangte eine reich verzierte goldene Schnalle, und er trug schwarze Stiefel und eine schwarze Hose. Sein Blick huschte zwischen den beiden Schwestern hin und her. Mit der freien Hand strich er sich durch den kurzen Bart und knurrte etwas in einer Sprache, die Elysia nicht verstand.

»Strivova?«, fragte Birgitta.

»Ah«, gab der Mann zurück. »Zwei Frauen, die allein reisen. Ein schlechtes Omen für ein verwahrlostes Land wie dieses. Was sucht ihr hier?« Seine Stimme war der volltönende Bariton eines geübten Redners und klang durchaus befehlsgewohnt. Die bedachtsam gesprochenen Worte zeugten von wohlüberlegter Klarheit.

»Wir sind nur auf der Durchreise«, erklärte Birgitta, nannte ihren Namen und erzählte von ihrem Hintergrund. »Wir haben sie hier gefunden.« Sie wies auf die Frau am Boden. »Als Heilerin habe ich mein Bestes gegeben, aber der Flügel braucht sicher eine Weile, bis er wieder ordentlich zusammenwächst.«

In einer hüpfenden Bewegung ging der Vogelmann in die Hocke, und sein Kopf zuckte leicht hin und her, als er die Frau untersuchte.

»Wartet!«, ordnete er an, bevor er die Verletzte aufhob, sich mit einem Schlag seiner Flügel in den Himmel schwang und verschwand.

Birgitta und Elysia hielten sich an die Aufforderung und ließen sich ins Gras sinken. Es dauerte eine Stunde bis zur Rückkehr des Akero. Wieder tauchte er ebenso überraschend auf wie bei seinem ersten Erscheinen.

»Die Familie dankt euch«, begann er. »Es gab einen Anschlag auf ihr Leben, ja, von einem aus unseren eigenen Reihen. Wir glauben, den Täter zu kennen, und werden entsprechende Schritte einleiten.«

Birgitta blieb stumm. Auch Elysia wusste nicht, was sie sagen sollte.

»Unser Volk schuldet euch etwas für eure Hilfe. Erdfresser sind für gewöhnlich nicht so freundlich.«

Elysia lächelte ob dieser Wortwahl.

»Wir sind nicht alle gleich, musst du wissen«, wandte Birgitta ein.

»Das sehe ich. Die Familie und die Ältesten wünschen

ein Gespräch mit euch. Von Angesicht zu Angesicht.« Sein Gesichtsausdruck war nicht zu deuten.

Als Antwort senkte Birgitta den Kopf. »Es wäre uns eine Ehre.«

Für sogenannte Erdfresser war es gar nicht so einfach, das Zuhause der Akero auf ihrem kegelförmigen Hügel zu betreten. Ein Pfad, der sich an einer Seite hinaufgewunden hätte, war nicht zu erkennen. Und so sahen sich die Schwestern gezwungen, den Felsen aus Kalkstein halb gebückt zu erklimmen.

Mit jedem Schritt geriet Elysia mehr ins Staunen. Die Anlage, die vielleicht ein Viertel der Größe von Jarratox aufwies, bestand aus einer Ansammlung lose miteinander verbundener Höhlen, hatte allerdings noch erheblich mehr zu bieten. Wohin sie auch sah, entdeckte sie aus der Wand ragende Äste, dichte Bündel aus Zweigen und verfaultes Laub unter ihren Sohlen. Moos- und Grasklumpen aus dem umliegenden Gelände waren gesammelt und mithilfe von Federn zusammengefügt worden. Bunte Stofffetzen hingen wie zerschlissene Banner von den Wänden herab, alle mit einem absonderlichen Symbol versehen, das anscheinend zur Schriftsprache der Akero gehörte. Die Höhle war eine gewaltige Ansammlung von Nestern und bildete offenbar die Wohnstätte der Akero. Hier und dort sah sie Eier, breit wie eine Armspanne und doppelt so hoch. Die Umgebung verströmte einen stechenden, erdigen Geruch. Auf dem Weg zu den Höhlen hatte Elysia außerdem die Nester von zwei Vogelarten entdeckt – auf der einen Seite die Horste von Adlern, auf der anderen die von Geiern.

Der Akero, der Birgitta und Elysia begleitet hatte, erwartete sie schon, als sie die erste Ebene erreichten, offenbar der eigentliche Wohnbereich der Vogelmenschen. Er führte sie über eine steinerne Treppe viele weitere Ebenen nach oben.

»Ihr macht es uns nicht leicht, euch einen Besuch abzustatten«, stöhnte Birgitta völlig außer Atem und wischte sich den Schweiß von der Stirn.

»Aus gutem Grund, ja«, entgegnete der Akero. »Und für Erdfresser ist das gewiss demütigend.«

Elysia konnte nicht feststellen, ob in seiner barschen Stimme Belustigung oder Ärger mitschwang. Die unteren Ebenen der Siedlung wirkten weitaus schmutziger und einfacher als die weiter oben gelegenen. Auf jeder neuen Ebene schien es ein gepflegteres und bewohnbareres Nest zu geben, das immer mehr Anzeichen von Lebensart oder gar ein Artefakt zu bieten hatte. Elysia fragte sich schließlich, ob die Akero womöglich voneinander getrennt in verschiedenen Kasten lebten. Vogelmenschen starrten sie aus ihren dunklen Wohnnestern hervor an, und einige legten schützend die Arme um ihre Jungen. Andere lebten offenbar allein und beobachteten die Besucher mit schief gelegten Köpfen. Alle trugen eine ähnliche Gewandung aus Hosen und Stiefeln, doch ihre Tätowierungen zeigten deutlich abgewandelte Stilmerkmale. Die Farben ihrer gefiederten Schwingen reichten von Weiß und Braun bis zu Grau und Schwarz. Einige kehrten mit Fischen zurück, die sie wohl im nahen Gewässer gefangen hatten. Von hier oben sah der Fluss aus wie eine glitzernde grüne Schlange inmitten der Landschaft.

Ihr Begleiter führte die Schwestern auf eine Ebene mit einer aufwendig gestalteten steinernen Behausung. Eine große Ansammlung von Vogelmenschen saß im Kreis um eine Feuerschale herum. Elysia befürchtete schon, dass die Flammen das trockene Gras, die Äste und Zweige ringsum in Brand stecken könnten. Anscheinend aber verströmte die Schale statt Hitze eher dichten Rauch, der ihr fast die

Sinne raubte. Ein fachmännisch in den Fels gehauenes Loch diente als riesiges Fenster, das einen nahezu vollkommenen Rundumblick auf die nähere und weitere Umgebung bot. Aus der Dunkelheit der Höhle betrachtet, wirkte die Landschaft grell und geradezu blendend. Elysia wandte den Kopf und richtete den Blick stattdessen auf die Akero. Zunächst hielt sie alle für etwa gleichaltrig, obwohl sie sich hinsichtlich Größe und Schwingenfarbe voneinander unterschieden. Als ihre Augen sich an die Lichtverhältnisse gewöhnt hatten, nahm sie auch die verschiedenen Muster der Tätowierungen wahr, und zwei der Vogelmenschen waren offenbar schon ein wenig wettergegerbter. In der gegenüberliegenden Ecke des Raums entdeckte Elysia die Frau, die sie im Freien gefunden hatten. Sie ruhte friedlich auf einem großzügig mit Federn und Zweigen gepolsterten Bett.

»Ich konnte schon erkennen, dass ihr Hexen seid«, verkündete ihr Begleiter und bedeutete den beiden Frauen, Platz zu nehmen und den Kreis der Versammelten zu schließen. »Dennoch sehen wir euresgleichen nicht oft. Nicht so weit hier draußen.«

»Nein«, antwortete Birgitta. »Sicher ist euch der Anblick von Hexen nicht sonderlich vertraut. Nun aber sind wir eure Gäste und wollen euch wahrlich nichts Böses. Vielmehr ist es uns eine Ehre, euch in so großer Zahl anzutreffen.«

Daraufhin stellte ihnen der Akero zahllose Fragen. Er wollte wissen, wie lange sie sich schon in Burgassia aufhielten, aus welchem Dorf sie stammten, wie alt sie waren, welchen Zweck ihre Reise hatte und warum sie Waffen trugen. Birgitta antwortete auf diplomatische und respektvolle Weise, die ihrem sonstigen Wesen eigentlich zuwiderlief. Sie betonte ihre Bewunderung für die Vogelmenschen und erwähnte, dass sie jenseits der nördlichen Grenzen von Stravimon schon einmal eine Ansiedlung ihrer Artgenossen besucht hatte.

Offenbar zufrieden ergriff ein grau gefiederter älterer Akero das Wort. Seine Stimme klang barsch und irgendwie brüchig. Er entschuldigte sich zunächst für die lästige Befragung. »Aber ihr müsst wissen, dass die Ebenen auch schon von Individuen durchquert wurden, die weder aus diesen Landen stammten noch gute Absichten hegten.«

Er zuckte mit den Mundwinkeln, als hätte er irgendeine Veränderung in Birgittas Gesichtsausdruck wahrgenommen. »Was hast du zu berichten?«, wollte er wissen.

Birgitta erzählte ihm von der Kreatur, die sie unlängst in Dweldor gefangen genommen hatten, und beschrieb ihm die sonderbare Sprache, die auf die blutigen Wände des Hauses in dem Dorf niedergeschrieben worden war.

Ungerührt lauschte der Akero Birgittas Bericht, und als sie geendet hatte, raschelte er nur kurz mit den Schwingen.

»Ich habe noch mehr von diesen Geschöpfen gesehen«, begann er nach einer Weile. »Wir fliegen weite Strecken und zu Plätzen, die für andere unerreichbar sind. Dort finden wir diese fremden Kreaturen. Es sind Soldaten, ja. So viel steht fest. Zuerst kommen immer die Soldaten …«

»Sie stammen nicht aus Burgassia, nein«, fügte eine Vogelfrau hinzu. Sie war jung und hatte ein strahlend schönes braun-weißes Gefieder. »Sie kommen von weit her. Unsere Ahnen wissen nichts über sie, aber sie bereiten uns große Sorgen.«

»Fremdartige Wesen bedeuten nicht zwingend schlechte Nachrichten«, gab Birgitta zu bedenken. »Das wisst ihr selbst doch am besten. Bedenkt nur, wie ihr den Burgassianern wohl vorkommen mögt.«

Einen kurzen Moment lang zeigten zwei der Akero die Andeutung eines Lächelns.

»Du hast recht«, pflichtete ihr der ältere Akero bei. »Aber wenn wir mit Soldaten rechnen müssen, dann sollten wir uns auch darauf vorbereiten, ja? Wenn sie Waffen tragen und in den Schatten umherstreifen, müssen wir doch erfahren, was sie vorhaben und warum sie bis zu uns vordringen. Nach allem, was du erzählst, stellen sie eine echte Bedrohung dar.«

»Falls wir tatsächlich über die gleichen Kreaturen sprechen …«, warf Birgitta ein.

»Anhand deiner Beschreibungen glaube ich das, ja.« Der ältere Akero nickte knapp. »Allerdings konnte ich sie nur aus der Ferne beobachten.«

»Was hast du gesehen?«, fragte Elysia.

»Sie kommen und verschaffen sich einen Überblick über das Land, Schlüpfling, ja.«

»Sie kommen zu zweit oder zu dritt. Nach allem, was ich gesehen habe, sind es immer nur so wenige«, fügte die Vogelfrau hinzu. »Sie sind nur leicht gerüstet. Tragen Schwerter. Pirschen durch die Wälder von Burgassia, ja. Sie machen vor alten Bauwerken halt und betrachten sie. Anscheinend wollen sie deren Zweck ergründen und das Land besser kennenlernen. Aus welch finsteren Gründen vermag ich nicht zu sagen. Sie scheinen ihr Wissen über unsere Welt zu erweitern. Doch wem sie dann darüber Meldung machen, weiß ich ebenfalls nicht.« Plötzlich schien die Vogelfrau ein Geräusch zu hören, hob den Kopf und zuckte sichtlich zusammen. Kurz darauf entspannte sie sich aber wieder, ließ die Schultern sinken und wandte sich abermals an ihre Gäste. »Bisher habe ich einundvierzig dieser Wesen gesichtet.«

»Einundvierzig?« Birgitta lehnte sich auf ihren Stab. »Bei der Quelle! Das sind mehr, als ich gedacht hätte. Sind sie erst kürzlich aufgetaucht? Oder beobachtet ihr das schon seit Längerem?«

»Seit den letzten drei Jahreszeiten«, entgegnete der ältere Akero und raschelte wieder mit den Federn. Aufmerksam musterte er Birgitta durch die Rauchschwaden hindurch, die aus der Feuerschale aufstiegen. »So wie ihr reisen auch sie über die grünen Pfade, weichen aber immer wieder vom Weg ab, ja. Sie haben ihre eigenen Lebensmittel dabei. Wenn die zur Neige gehen, töten sie ohne Zögern. Ich habe einige von ihnen genau beobachtet. Viele Tage lang, ja. Sie sind groß. Und bleich wie die Geister in eurem Bericht.

Manchmal folgen sie einer Gestalt in einem Mantel, die mir die geheimnisvollste von allen zu sein scheint, ja. Aber ich komme nicht dicht genug an sie heran. Keiner von uns schafft das. Bisher sind die Fremdlinge noch nicht gänzlich in unsere Heimat eingedrungen. Sollten sie es tun, werden sie es bereuen. Vielleicht wissen sie das. Aber es kommen immer mehr von ihnen, ja. Wenn sie die Wälder wieder verlassen, sieht es dort ganz trostlos aus. Die Bäume, unter denen sie nächtigen, verdorren nach und nach. Ich spüre es. Diese Kreaturen sind Gift für unsere Welt.«

Bei dieser Aussage packte Elysia das nackte Grauen. Der Vogelmann schien ein tapferer Krieger zu sein, und seine Besorgnis wirkte ansteckend.

Schließlich ergriff Birgitta das Wort. »Wir sind unterwegs zum Stillen See. Dort treffen wir Freunde, wohlmeinende Menschen. Möglicherweise wissen sie mehr über die Vorgänge, von denen hier die Rede ist. Wenn wir euch helfen können, werden wir es tun. Darauf habt ihr mein Wort.«

Der ältere Akero sah Birgitta eine Weile unverwandt in die Augen und nickte schließlich. »Du meinst es ehrlich, ja. Das sind gute Nachrichten, Hexe. Bei allem, was ihr uns versprecht, und nachdem ihr eine der Unseren gerettet habt, könnt ihr herzlich gern unser Land durchqueren. Darüber hinaus, ja, bieten wir euch unsere Dienste an. Und sicher findet ihr auch einen Weg, um aus der Ferne mit uns in Verbindung zu treten.«

»Nun, das ist höchst großzügig. Und ich kenne mich mit den alten Wegen aus«, erwiderte Birgitta.

Wortlos senkte der Akero den Kopf und schien genau zu wissen, was Birgitta meinte. Die anderen Vogelmenschen wandten sich mit nickenden Köpfen einander zu und schienen die Gesprächsrunde für beendet zu erklären.

»Wir halten euch nicht auf«, verkündete der Älteste. Mit diesen Worten erhob sich der erste Vogelmensch, der ihnen im Grasland begegnet war, vom Boden und bat die beiden Reisenden, ihm nach draußen zu folgen. Hinaus ins helle Sonnenlicht und bergab bis zum Fuß des Hügels.

Als eine kräftige Bö heranwehte, brach ihr Begleiter wortlos auf.

»Oh, das war ja ein besonderes Erlebnis«, murmelte Birgitta und unterbrach die Stille nach dem stummen Abschied des Vogelmenschen.

»Wirklich bemerkenswerte Geschöpfe«, sagte Elysia, als die Gestalt des Akero in der Ferne immer kleiner wurde. »Aber nun sollten wir unseren Weg fortsetzen. An einem warmen Tag wie diesem hatte ich mir eigentlich vorgenommen, auf einer Wiese zu übernachten. Sollen wir dort drüben unser Lager aufschlagen?«

»Besser auf einem der Hügel.« Birgitta wies mit ihrem Stab nach Norden. »Der Stille See liegt jenseits des Berglands, und wir haben noch viele Tagesmärsche vor uns.«

»Vielleicht hüllst du uns besser in Schatten, nachdem die Vogelmenschen von weiteren dieser fremdartigen Krieger sprachen«, schlug Elysia in nüchternem Tonfall vor. Bei der Aussicht auf eine ernsthafte Bedrohung befiel sie allerdings wieder das blanke Grauen, und sie verspürte eine ganz ungewohnte Anspannung.

»Uns unsichtbar zu machen wäre mir ein Leichtes«, beruhigte Birgitta ihre Schülerin. »Doch das gilt nur unter der

242

Voraussetzung, dass diese Wesen keine ruchlosen Mittel anwenden, um uns zu beobachten. Nach allem, was wir wissen, könnten sie jeden unserer Schritte im Auge behalten. Am meisten aber treibt mich die Sorge um, was sie hier wollen.«

DAS GEFOLGE

Endlich. Auf der Straße unterwegs und ein klares Ziel vor Augen. So hatte Xavir lange Jahre seines Lebens als Krieger verbracht. Früher hatte ihm die Straße das Gefühl vermittelt, etwas Sinnvolles zu tun und das Königreich mit seinen Siegen auf dem Schlachtfeld zu festigen. Eine solche Empfindung war jedoch nur das Echo der Erinnerungen eines wesentlich jüngeren Mannes, denn inzwischen fühlte er kaum noch etwas.

Proviant, Kleidung, Waffen. Nur das Lebensnotwendigste. Lupara hatte dafür gesorgt, dass die wichtigsten offiziellen Schriftstücke mitgenommen und in Ledertaschen verstaut wurden. Was indes ein königliches Gefolge betraf, stellten sie einen kümmerlichen Haufen dar.

Bei Tagesanbruch hatte Lupara mithilfe von Xavir und Valderon ihre Hütte gesichert und den Eingang mit Brettern verrammelt. Ihr Gesichtsausdruck hatte Bände gesprochen. An diesem Rückzugsort hatte sie viele Jahre lang gelebt, umgeben von Wölfen und Bäumen. Es fiel ihr sichtlich schwer, die friedliche Umgebung für eine ungewisse Zukunft aufzugeben. Xavir hätte ihr keinen Vorwurf gemacht, wenn sie ihr weiteres Leben in diesem Idyll hätte verbringen wollen. Aber es war Lupara, die alle anderen zu einem Kreuzzug aufrief. Mit ihrer Leidenschaft. Mit ihrer Durchsetzungskraft.

Sie ritten in einer lang gezogenen Reihe hintereinander

und folgten einem Hohlweg in nordöstlicher Richtung, vorbei an Eichen und Ulmen. Nur wenige Reisende waren hier in jüngster Zeit vorbeigekommen. Der tief eingeschnittene Weg war mit Laub bedeckt. Da und dort hatten die Bäume ihr Terrain zurückerobert und errichteten Kuppeldächer aus Ästen und holperige Stege aus Wurzelgeflecht. Dann wieder kamen die Reisenden an uralten Grabhügeln vorbei, die sich gut verborgen an höher gelegenen Stellen erhoben. Die Eingänge wurden von Menhiren bewacht, steinernen Hütern, von Flechten überwuchert. Der Straße indes schien die Königin mit ihrem Gefolge neues Leben zu schenken. Fast schien es so, als fände sie großen Gefallen daran, wieder von jemandem benutzt zu werden. Sogar die Sonne zeigte sich und sandte Lichtsprenkel durch das Blätterdach, die den Pfad vor den Reisenden erhellten.

Selbst hoch zu Ross würde es mehrere Tage dauern, bis Lupara und ihre Gefährten Burgassia erreichten. Die Königin von Dacianara ritt auf einem ihrer Wölfe, während eins der anderen beiden Raubtiere dem Tross als Späher diente und das dritte die Nachhut bildete. Anfangs fesselte der ungewohnte Anblick die Männer noch. Als sie jedoch nur durch den Wald trabten und sich nicht das Geringste ereignete, wurde sogar dieses Kuriosum so langweilig wie der immer gleiche Tagesablauf.

Mit Absicht blieb Xavir hinter Lupara und Valderon zurück. Die beiden unterhielten sich höflich, aber nur mit knappen Worten. Xavir wusste, dass sich Valderon für unwürdig hielt, neben einer Königin zu reiten. Daran aber sollte er sich gewöhnen, wenn er beim Aufbau eines Heers mitwirken und es später anführen wollte.

Der Ritt verlief Tag für Tag ereignislos. Ab dem späten Abend hielten die Männer abwechselnd Wache, doch abgesehen von den Tierlauten in der Ferne, störte nichts die nächtliche Ruhe. Nicht einmal die Wölfe zuckten beunruhigt zusammen.

Trotz der ernsten Natur ihres Unternehmens gestaltete sich die Reise eher entspannt. Alles war besser, als in der Höllenfeste zu verschmachten. Nach und nach gingen die Männer auch freundlicher miteinander um. Alte Fehden wurden beigelegt, die Spötteleien verloren an Schärfe und gewannen an Witz.

Eines Morgens gelangten die Reiter zu einer kleinen Stadt, die sich auf einem bewaldeten Hügel erhob. Um möglichst unauffällig zu bleiben, machten sich Valderon und Tylos nur zu zweit auf und tätigten dringend notwendige Besorgungen. Vor allem Kleidung musste beschafft werden. Nach erfolgten Einkäufen wurden schwarze Hemden, Kniehosen, Tuniken, Lederbrustplatten und gewachste Regenumhänge verteilt. Die ausgezehrten und zerzausten Männer in ihrer zerlumpten Kleidung verschwanden umgehend und wirkten plötzlich wie eine Einheit. Die Männer lachten über die neue Aufmachung und gefielen sich ganz offenkundig selbst. Xavir hatte in den letzten Tagen mehr über diese Männer erfahren als in den fünf Jahren zuvor.

Tylos, der einen geradezu glücklichen Eindruck machte, sprach über seine Kindheit in Chambrek. Xavir befragte ihn nach den Ländern des heißen Südens, dessen Kulturen und Geschichte ihn schon immer gefesselt hatten. Tylos sprach von seinem Leben in weitläufigen Gebäuden aus weißem Stein, die sich zu einem türkisfarbenen Meer hin öffneten und mit kostbarsten Kunstwerken ausgestattet waren. Er erzählte von Dichtern, die bis spät in die Nacht Balladen vortrugen, von verbotenen Begegnungen mit verschleierten Frauen, mit denen er zwischen den verbotenen Trinkhäusern spazieren gegangen war. Chambrek war ein Ort der Hochkultur, versicherte er Xavir, auch wenn dies nicht für alle Bewohner galt. Tylos' Schilderungen legten nahe, dass er einem wohlhabenden Haus entstammte. Seine Eltern mussten reicher gewesen sein, als Xavir es sich vorstellen konnte. »Lass es mich in nördlicheren Begriffen ausdrücken«, sagte Tylos. »Ich glaube, dass man mich einen Herzog nennen könnte. Zumindest war ich ausersehen, ein Adliger von hohem Rang zu werden. Meine Sippe war gut bekannt mit der Königsfamilie.«

»Und du hast trotz des großen Reichtums beschlossen, ein Dieb zu werden?«, fragte Xavir.

»Nun, das lag wohl mehr am Nervenkitzel«, antwortete Tylos. »Als nur meine Brüder von meinen Angewohnheiten wussten, nannten sie mich eine Elster. Doch ich wurde immer ehrgeiziger. Welchen Sinn hat es, zum Durchschnitt zu gehören, wenn man seine Fertigkeit zur Kunst erheben kann? Ich brauchte natürlich nichts von den gestohlenen Gegenständen, die ich einfach bei willkürlich ausgewählten ärmlichen Haushalten hinterlegte. Mehr als ein Jahr lang trieb ich meine Kunst mit Schwert und Dolch voran – überwiegend zu Zwecken der Selbstverteidigung. Das Ende nahte, als ich beim Diebstahl eines seltenen Smaragds im Haus einer mächtigen Dame erwischt wurde.«

»Diese Geschichte hast du den anderen im Kerker vorenthalten«, meinte Xavir.

»Wer war in der Höllenfeste denn schon aufrichtig, wenn es um die eigene Vergangenheit ging? Mir schien es nicht ratsam, meine Geschichte mit den Mitgefangenen zu teilen. Außerdem war ich nicht der Einzige, der das eine oder andere Geheimnis wahrte.«

»Ja, da stimme ich dir zu.« Xavir schenkte ihm ein Schmunzeln.

»Vom Regieren verstehe ich wenig. Wenn ich deine Männer aber richtig verstehe, dann bist du auserkoren, eines Tages stravirischer König zu werden.«

»Wer weiß?« Xavir kreiste mit den Schultern, um die Verspannungen des langen Ritts zu lockern. »Bisher sollte es nicht so sein, und inzwischen spielt es kaum mehr eine Rolle. Die Welt hat sich grundlegend verändert. Das werden wir im Verlauf unserer weiteren Reise vermutlich noch öfter schmerzlich erfahren. Sei ehrlich, Tylos – hast du vor deinem Aufenthalt in der Höllenfeste schon einmal jemanden getötet?«

»Ja, das gestehe ich unumwunden. Einige Male ergab sich einfach die Notwendigkeit«, erwiderte Tylos unbekümmert. »Aber ich bilde mir ein, dass ich mit mehr Einfallsreichtum töte als andere. Wir aus Chambrek erschaffen mit der Klinge reine Poesie.«

»Wahrscheinlich brauchen wir keinen Einfallsreichtum, sondern plumpes Kriegswerkzeug.«

»Nun, so sind die Sitten im Norden.« Tylos deutete mit dem Kinn nach vorn. »Hoffen wir, dass dieser Valderon mich klug einzusetzen weiß. Vertraust du ihm trotz eurer früheren Feindschaft?«

Xavir nickte nachdrücklich. »Hier draußen ist die Vergangenheit nicht mehr von Bedeutung. Valderon hat der Welt ebenso viel zu beweisen wie sich selbst. Und er ist ein Mann von Ehre. Mehr kann ich nicht erwarten.«

Sie waren bereits viele Tage unterwegs, bis die sie unmarkierte Grenze von Burgassia überquerten. Landril führte sie über uralte Routen, nachdem er Wegzeichen und Markierungen ausfindig gemacht hatte, die Generationen von Vorgängern hinterlassen hatten. Das geschulte Auge erkannte am Fuß turmhoch aufragender Birken Symbole und Runen, die in die Rinde eingeritzt waren und vor Gefahren warnten oder auf sichere Straßen hinwiesen. Auf diese Weise blieb ihre Anwesenheit vor unliebsamen Beobachtern verborgen. Nach sonnigen Tagen zog ein feiner Nebel auf, der sich in einen Dauerregen verwandelte, und die neuen gewachsten Umhänge bewiesen ihren unschätzbaren Wert. Die Hügel verloren sich im blaugrünen Licht des Tages, das rasch dahinschwand. Sie beschlossen, ihr Lager am Eingang einer unbewohnten Höhle aufzuschlagen. Eine Steilwand aus Sandstein bot ausreichend Schutz vor einem aufkommenden Sturm.

Lupara und Valderon zogen gemeinsam los, um den weiteren Verlauf der Straße zu erkunden. Von der Wärme des Feuers aus spähte Xavir in den Regen hinaus und warf Landril einen fragenden Blick zu. Der war, ungeachtet des herrschenden Zwielichts, mit dem Studium einer Karte beschäftigt.

»Trotz aller Vorsicht könnten wir auf dieser Straße gesehen werden«, gab er zu bedenken. »Wir sollten unsere Ziele so heimlich wie möglich erreichen, aber ein so auffälliger Trupp wie der unsere bleibt nicht lange unentdeckt.«

»Mag sein«, sagte Landril. »Doch das stellt derzeit wohl kein allzu großes Problem dar, selbst wenn wir gesichtet werden. Lupara und ihre Wölfe sind gut getarnt, und wir erwecken lediglich den Anschein einer Söldnerhorde auf der Durchreise. Niemand weiß, wer wir wirklich sind. Unwahrscheinlich, dass sich jemand ungefragt nähert – mit Ausnahme von Militärpatrouillen. Doch sollte es zum Versuch eines Übergriffs kommen, hätten wir einige nette Überraschungen für allzu Neugierige parat. Du kannst sicherlich schon bald wieder Blut vergießen.«

»Wie weit ist es noch, bis wir den ersten Verräter erreichen?«

»Nun, morgen früh sollten wir am Stillen See ankommen. Ich würde sagen, noch zwei Tagesritte, und wir treffen am Anwesen General Havinirs ein.«

»Wird er dort sein?«

»Er ist kurz nach deiner Einkerkerung aus dem Militärdienst ausgeschieden, und nun kümmert er sich um andere Staatsgeschäfte. Die meiste Zeit verbringt er allerdings in seinem Haus.«

»Das klingt ja fast so, als hättest du das alles geplant.«

Landril grinste.

»Nun, ohne jeden Zweifel ist er aber von Wächtern umgeben«, murmelte Xavir. »Wenn es sich vermeiden lässt, möchte ich keine guten Männer erschlagen. Manche von ihnen wollen sich uns vielleicht anschließen, andere leisten womöglich Widerstand. Gibt es einen direkten Weg durch Havinirs Verteidigung? Ich würde ihn lieber rasch töten und dann sehen, was mir die anderen so anbieten.«

»Diese Möglichkeiten kann ich erst vor Ort einschätzen«, wiegelte Landril ab. »Als ich ganz Stravimon nach Aufzeichnungen durchforstete und mehr über seine Besitztümer erfahren wollte, ließ sich kaum ein Dokument finden. Auf diese Weise schützt Mardonius seine Günstlinge. Belege über Schlüsselfiguren werden aus den offiziellen Chroniken gestrichen.«

Xavir wandte seine Aufmerksamkeit den Flammen zu, und Landril studierte wieder die Karte. Irgendwann trat Valderon zurück in den Feuerschein und schüttelte das Regenwasser von seinem gewachsten Umhang. »Xavir, Landril, ich möchte euch etwas zeigen.«

Xavir erhob sich und hieß die anderen, beim Feuer zu bleiben. Er und Landril folgten Valderon den schlammigen Pfad um die Steilwand herum und hinunter zu der alten Straße, die die Wälder Burgassias durchschnitt. Das Tageslicht war nun weitestgehend verblasst, doch die glitzernden Baumkronen hoben sich noch von dem indigoblauen Himmel ab.

Die drei stießen auf Lupara, die mit ihren Wölfen an der

Straße stand. Dort verlief eine sanfte Biegung nach links eine Anhöhe hinauf. Obwohl der Regen aufgehört hatte, rannen kleine Wasserbäche den Hang hinab.

Lupara hob den Arm und wies in die Ferne. Dort flackerte der Schein von Fackeln im Licht der Sterne.

»Weißt du, wer das ist?«, fragte Xavir.

»Ja«, sagte Lupara. »Es sind Flüchtlinge. Ungefähr fünfhundert.«

»Fünfhundert?«, fragte Landril. »Woher kommen sie?«

»Ihrem Zungenschlag nach stammen sie aus Stravimon«, entgegnete Lupara.

»Unwahrscheinlich.«

»*Bahnnash!* Sie kommen aus Stravimon«, wiederholte sie.

»Sprachen sie darüber, warum sie geflohen sind?«, wollte Landril wissen.

»Nein«, sagte Lupara. »Nur darüber, dass sie die Straße wieder verlassen wollen. Einer von ihnen ist ein Priester, der die anderen tröstete und meinte, die Göttin wache über sie.«

»Ich kann mir denken, warum sie hier sind«, raunte Landril.

»Erklär es uns!«, verlangte Xavir.

»Mardonius säubert die Lande von den Anhängern der Göttin. Bisher ging er dabei eher zurückhaltend vor. Zumindest dachte ich das. Solange er nur hier und da eine Stadt ins Visier nimmt, reichen ihm die subtileren Maßnahmen, von denen ich schon gesprochen habe. Um aber Hunderte in die Flucht zu schlagen, sind größere Gewalttaten nötig.«

»Euer König. Er hat eurem Volk Grauenhaftes angetan«, warf ihm Lupara vor.

»Er ist nicht mein König«, widersprach Xavir.

»Meiner auch nicht«, pflichtete ihm Valderon bei.

»Also wäre euer Volk glücklicher, wenn es Cedius und die

Sonnenkohorte noch gäbe«, folgerte Lupara. »Was danach kam, erwies sich als Unglück für die Menschen.«

»Wir können die Vergangenheit nicht umkehren. Was geschehen ist, ist geschehen.« Xavir wandte sich an Valderon. »Wie beurteilst du die Lage angesichts der Flüchtlinge?«

»Ich denke, wir sollten mit ihnen reden«, erklärte Valderon. Er schwieg, wartete jedoch vergeblich auf eine Antwort. »Wenn wir ihnen und ihresgleichen Schutz gewähren sollen, dann müssen wir erfahren, was hier vor sich geht, und sie entsprechend befragen.«

Xavir deutete in Richtung des Fackelscheins. »Am besten geht nur einer von uns. Dann sieht es weniger nach einer Bedrohung aus.«

»Geh du, Valderon!«, schlug Landril nach kurzem Zögern vor. »Als künftigen Heerführer sollten dich die Menschen kennen, die wir zu verteidigen gedenken. Zumindest muss ihnen dein Name vertraut sein.«

»Und was soll ich ihnen erzählen?«, fragte Valderon, der offenkundig am liebsten laut losgelacht hätte. »Dass eine Streitmacht, die es gar nicht gibt, ihr Heimatland retten wird?«

»Schenk ihnen Hoffnung!«, empfahl ihm Landril. »Durch die Taten eines Einzelnen lässt sich der Verlauf eines Kriegs grundlegend ändern. Von Xavir könntest du viel darüber erfahren.«

»So sei es denn.« Valderon erklomm die Anhöhe und näherte sich den Flüchtlingen.

FLÜCHTLINGE

In Kälte und Finsternis warteten sie auf Valderons Rückkehr. Landrils Atem bildete geisterhafte Nebelfetzen in der Luft. Die Brise trug den Geruch von Nadelhölzern mit sich. In der Ferne war das raue Gelächter der anderen Männer zu hören. Mehr denn je sehnte sich Landril nach einer warmen Behausung, nach edlem Wein und Gesprächen, die nicht in der Gossensprache geführt wurden. Immerhin hatte wenigstens der Regen aufgehört.

Inmitten der Dunkelheit fragte sich Landril traurig, was unschuldige Menschen wohl aus ihrer angestammten Heimat vertrieben haben mochte. Er seufzte und bedauerte, nicht anders gehandelt zu haben. Hätte er doch nur früher etwas getan! Aber selbst der eigene Vater war überzeugt gewesen, dass die Verfolgungen irgendwann geendet hätten. Dass sich nicht zum ersten und nicht zum letzten Mal jemand gegen die Göttin und ihre Anhänger wandte. Er hatte geglaubt, dass das Gute siegen und die Massen sich erheben würden, um die Bedrängten zu verteidigen. Wahrscheinlich bis zu jenem Augenblick, da er selbst *verschwunden* war.

»Ich werde die Menschen nie verstehen«, beschwerte sich Landril. »Unschuldige werden getötet und Länder überrannt. Verfolgung und Ausgrenzung allerorten – und niemand tut etwas. Warum warten wir nur so lange mit der Wiedergutmachung von solchem Unrecht? Welchen Geschichtstext du auch immer liest, es ist seit eh und je dasselbe. Wir lernen nie dazu. Warum machen die Menschen einfach mit ihrem Leben weiter, anstatt die Vorfälle zu hinterfragen?«

»Aus zwei unterschiedlichen Gründen«, erläuterte Xavir. »Der erste Grund lautet, dass die meisten Menschen gegenseitigen Anstand erwarten. Sie rechnen damit, dass schlimme Eigenschaften lediglich bei einigen wenigen Abweichlern zu finden sind und bald der Vergangenheit angehören. Der zweite Grund lautet, dass die meisten schlichtweg Angst haben, das Wort zu ergreifen und sich gegen das Unrecht auszusprechen.« Xavir blieb die ganze Zeit über ausdruckslos. »Letzten Endes sind wir alle immer noch Tiere. Wir folgen niederen Trieben. Wir kämpfen um Land, um Besitztümer, um Glauben. Nur ganz selten setzen wir uns zusammen und klären unsere Zwistigkeiten. Menschen wie Mardonius verstehen nur die Sprache des Krieges.«

Landrils Finger zuckten vor Ungeduld. »Wie lange Valderon wohl noch wegbleibt?«

Xavir hob die Schultern. »So lange, wie es sein muss.«

»Kann er mit Menschen umgehen?«

»Er war ein Offizier der Ersten Legion«, sagte Xavir. »Mit Sicherheit nahm er an Feldzügen teil, bei denen es nicht nur um das Erschlagen von Feinden ging. Vermutlich gab es viele Verhandlungen mit Vorgesetzten, mit den eigenen Männern oder mit Zivilisten, die er um Unterstützung bat. Keiner erreicht in seiner Laufbahn einen solchen Rang ohne ein gewisses Verhandlungsgeschick.«

»Wie ich sehe, hast du Vertrauen in seine Fähigkeiten«, wunderte sich Landril. »Obwohl ihr Rivalen seid.« Wieder zuckten seine Finger.

»Wir *waren* Rivalen. Und da sah ich ihn mit den Augen eines Feindes. Er ist klug und hält die Hand über seine Männer, genau wie ich es tat. Er war sowohl ein Diplomat als auch eine finstere Bedrohung für andere. Mehrfach traf er

254

die weise Entscheidung, nicht aufgrund irgendwelcher Kleinigkeiten zurückzuschlagen. Schließlich erkannte er, dass wir auch danach noch miteinander auskommen mussten.« Xavir lächelte traurig. »Wenn ich jetzt darüber nachdenke, erscheint es mir lächerlich, wenn sich zwei Männer wegen sinnloser Anlässe ständig bis aufs Äußerste reizen. Damals waren diese Auseinandersetzungen unsere ganze Welt und bedeuteten uns alles. Nun haben wir viel größere Schlachten zu schlagen.«

Der Mond schob sich nach und nach zwischen den Wolken hindurch. Auf der Straße hatte der Flüchtlingszug längst angehalten. Landril blieb angespannt, doch er entdeckte keinerlei Besorgnis auf den Gesichtern von Xavir und Lupara. Die beiden hatten sich Felsen am Wegesrand als Sitzgelegenheiten gesucht und sinnierten schweigend vor sich hin, während sich die Wölfe neben Lupara niedergelassen hatten.

Landril drängte vorwärts, um die Verteidigung des einfachen Volks in Angriff zu nehmen. Allerdings fragte er sich, was alles benötigt wurde, um das Morden zu beenden. Ein Heer. Kämpfe. Politische Ränke. Und er musste bis zu Mardonius vordringen, um das Unheil auszurotten, das sich inmitten des Kontinents ausbreitete.

Landril stellte sich auf die Straße, knackte mit den Fingern und starrte ins Dunkel. Die Fackeln flackerten noch immer. Irgendwo in der Ferne schrie ein Tier, und Landril warf einen beunruhigten Blick auf die Wölfe. Sie wirkten völlig entspannt, und Landril beschloss, ebenfalls gelassen zu bleiben.

Lupara begann mit einer Geschichte über Flüchtlinge, die sich in ihrem eigenen Reich abgespielt hatte, und das gerade einmal vor wenigen Hundert Jahren im Siebten Zeitalter. Eine Hungersnot hatte gewütet, und aus den umliegenden Königreichen war niemand zu Hilfe geeilt. Dies hatte zu einer Notlage geführt, und viele aus ihrem Volk waren jenseits von Lausland an die Küste geflohen. Von dort aus wollten sie in eine neue Heimat segeln, doch keiner hörte je wieder von ihnen. Kleinere Wölfe begleiteten die Auswanderer auf ihrer Reise, und Lupara wollte gern glauben, dass Menschen und Tiere irgendwo eine neue Kolonie gegründet hatten. Dann hätten die Wölfe Dacianaras, wenn auch nicht die großen, ihren Fortbestand an fernen Gestaden gesichert.

»Eine Hungersnot ist als Anlass schon traurig genug«, kommentierte Xavir und deutete wie beiläufig auf die Flüchtlinge in einiger Entfernung. »Doch wenn diese Menschen tatsächlich vor einer Verfolgung durch den eigenen König fliehen, dann ist das eine Tragödie.«

»Ganz so schlimm war es bei meinem Weggang noch nicht«, erklärte Landril. »Es gab immer noch die Möglichkeit, sich zur Wehr zu setzen, und die Säuberungen fanden in keinem größeren Umfang statt. Ein Dorf hier. Ein Hof dort. Alles geschah unauffälliger. In erster Linie waren es Drohungen und Einschüchterungsversuche.«

»Wir werden sehen, was Valderon zu sagen hat«, murmelte Xavir und spähte die Straße zu seiner Rechten entlang. »Er kommt gerade zurück.«

Letztlich verkündete Valderon genau jene schlechten Nachrichten, mit denen Landril gerechnet hatte. Sie kehrten zur Höhle zurück und setzten sich ans Feuer.

Einige der anderen Männer, die schon auf ihren Decken gelegen hatten, eilten herbei, um von der neuen Kunde zu erfahren.

»Nun?«, wollte Landril wissen.

»Es sind Bewohner aus Marva an der Südgrenze Stravimons«, berichtete Valderon.

»Eine bevölkerungsreiche Stadt«, merkte Landril an. »Dort leben zehntausend Menschen.«

»Ich weiß, Meisterspion«, sagte Xavir. »Viele von uns kennen sich in Stravimon aus.«

Landril neigte entschuldigend den Kopf. »Marva war einer meiner Lieblingsorte. Eine Bastion der Göttin, eine Stadt der Priester. Alle Religionen waren dort willkommen. In den sorgfältig gepflasterten Innenhöfen der Stadt wurde so manche große Streitfrage in Glaubensdingen abgehandelt, und ...«

»Das alles ist inzwischen Vergangenheit«, unterbrach ihn Valderon. »Die Stadt Marva ist fast entvölkert. Unter Anleitung von Priestern fliehen die Bewohner zu ihrer eigenen Sicherheit in alle Winde.« Er deutete in die Richtung, aus der er gekommen war. »Die Menschen dort hinten sind nur einige von vielen Flüchtlingen.«

»Mardonius?«, fragte Xavir.

Valderon nickte. »In den letzten Monaten haben seine Streitkräfte jede Grenzstadt durchkämmt und sämtliche Gläubigen vertrieben. Und zwar nicht nur Anhänger der Göttin. Marva war für alle die letzte große Hoffnung. Aber selbst die Kriegerorden konnten dem Ansturm nicht widerstehen, den die ... Nun, es waren weniger die Legionen, die ihn entfesselten.«

»Wie das?«, fragte Xavir.

»Bei manchen handelte es sich zweifellos um Legionäre, doch ihre Anzahl war überschaubar, und sie tauchten nur vereinzelt auf. Eine Priesterin der Göttin erzählte mir vorhin, dass es unter den Angreifern fremdartige Kämpfer gab. Sie hatten bleiche Gesichter und trugen seltsame Rüstungen, die mit unbekannten Symbolen versehen waren. Diese Krieger setzten ungewöhnliche Zauber ein, um die Verteidigung der Stadt zu schwächen. Die Priesterin vermutete, dass Mardonius ausländische Söldner angeworben hat.«

Landril fiel Xavirs tief gerunzelte Stirn auf. »Du schenkst ihren Worten keinen Glauben?«

»Sie sah, was sie sah«, meinte Xavir. »Ich verstehe nur einfach nicht, warum ein König, der über ein großes Heer gebietet, andere für sich kämpfen lassen soll. Insbesondere dann, wenn diese Kämpfer aus einem anderen Land stammen.«

»Vielleicht gehen ihm seine Männer von der Fahne«, schlug Lupara vor.

»Das wäre eine Möglichkeit«, stimmte Landril ihr zu. »Gerüchten zufolge verweigern manche Soldaten die Befehle. Und wir dürfen nicht vergessen, dass viele von ihnen einer Religion angehören dürften. Mardonius braucht angeheuerte Schläger.«

»Die Flüchtlinge sprachen auch von einem Krieger in roter Rüstung«, fuhr Valderon fort. »Eine verhexte Kreatur, die die Säuberung anzuführen schien. Sie gehörte offenbar nicht zu den fremden Truppen. Angeblich handelte dieser Krieger stellvertretend für den König und steht wohl in enger Verbindung zu ihm.«

Landril erinnerte sich, wie er einen kurzen Blick auf jene Gestalt hatte erhaschen können. »Mardonius' Leibwächter.«

»Die Flüchtlinge nannten ihn den Roten Schlächter. Sie meinten, er sei für die meisten Mordtaten verantwortlich gewesen«, sprach Valderon weiter. »Er und einige seiner Kameraden mit Hörnerhelmen. Auf einem schwarzen Schlachtross, das ebenfalls eine rote Rüstung trug, ritt er in die Stadt. Seine Schritte waren so schwer, heißt es, dass der Rote Schlächter nicht zu überhören war, wenn er ein Gebäude betrat oder eine Straße entlangtrabte. Wie sie mir versicherten, ging von seiner Rüstung ein helles Leuchten aus.« Valderon legte eine kurze Pause ein. »Sie waren überzeugt, dass er geradewegs aus der Hölle kam.«

Landril wollte wissen, was Xavir davon hielt, doch Cedius' tapferster Recke wirkte so unbeteiligt und unergründlich wie immer.

»Diese Menschen wurden Zeugen, wie man ihre Familien auf offener Straße umbrachte, wie ihre Götterbilder aus den Tempeln geraubt wurden und wie man ihre heiligen Schriften mithilfe von Zauberei verbrannte. Wer sich auf der Flucht befindet, dem kommt eine derartige Bürde nur umso schwerer vor. Im Augenblick legen sie eine Rast ein, nachdem sie bereits seit vielen Tagen unterwegs sind. Für heute sind sie weit genug gekommen.«

»Wer bietet ihnen Schutz?«, fragte Lupara.

»Niemand, soweit ich sehen konnte. Auf ihren Karren führen sie zwar einige Schwerter mit sich. Die wenigsten unter ihnen scheinen mir jedoch kräftig zu sein und eine Waffe führen zu können.«

»Sicher erweisen sich einige von ihnen durchaus als gute Kämpfer«, wandte Xavir ein. »Allerdings wissen sie sich bestimmt geschickt zu verbergen und zu tarnen. Ihr seht vielleicht nur das Gesicht eines Mannes, der seine besten Jahre hinter sich hat, doch die Bewohner Marvas luden solche Priesterkrieger stets in ihre Mitte ein. Was ihnen scheinbar an Stärke fehlt, machen sie durch ihren treuen Glauben mehr als wett. Und der Glaube vermag in einer Schlachtreihe wirklich einiges zum Sieg beizutragen. Davon bin ich fest überzeugt.«

»Ich erinnere mich an solche Geschichten, auch wenn ich nie die Ehre hatte, an der Seite dieser Krieger zu kämpfen«, sagte Valderon. »Ich erzählte der Priesterin, dass ich nicht allein reise und meine Freunde die Straße gut im Blick behalten werden. Sie dankte mir für mein Hilfsangebot, obwohl sie mir wahrscheinlich nicht ganz glaubte. Diese Leute haben natürlich wenig Anlass, bewaffneten Männern zu trauen, nachdem sie gerade erst marodierenden Horden entkommen sind und aus ihren Häusern vertrieben wurden.«

Xavir nickte grimmig. »Seid mir heute Nacht bloß auf der Hut! Nicht nur die Flüchtlinge müssen sich vor Gefahren hüten, die sich auf der Straße nähern könnten.«

SCHREIE

Eine Weile glaubte er, von heulenden Winden und Todesfeen zu träumen. Als Landril dann vollends erwachte, wusste er, dass es echte Schreie waren.

Der Morgen brach an, und ein sanftes Licht fiel gedämpft durch das Laub, das den Höhleneingang bedeckte. Es regnete nicht länger, und der Geruch nach nassem Grün war überwältigend. Der Schrei klang durchdringend und schien nicht zu enden.

Mit pochendem Herzen schlug Landril die klammen Decken zurück und mühte sich auf die Füße.

Xavir legte bereits seine Waffen an.

»Hoch mit euch allen!«, rief er, und die Gefährten kämpften sich in die Höhe. Nur Tylos erhob sich anmutig von seinem Lager. Grummelnd und fluchend suchten sie im Halbdunkel nach ihren Waffen. Harrand stöhnte, er sei nicht mehr so gelenkig wie früher, und alles laufe sowieso nicht so gut, wie es laufen sollte.

»Beweg deinen trägen Hintern trotzdem nach draußen, bevor unschuldige Frauen und Kinder deiner Faulheit wegen sterben! Nimm deine Waffe und dann ab mit dir auf die Straße!«, rief Xavir.

»Wieso geht uns das was an?«, fragte Harrand.

»Weil ich es euch befehle.« Und schon eilte Xavir über den überwucherten Pfad davon.

Erst als Xavir außer Sichtweite war, grunzte Harrand

etwas Unverständliches. Landril wusste, dass Harrand zu Valderons Bande gehört hatte und sich Xavirs Anordnungen nicht so leicht beugte.

»Wenn du nicht willst, musst du nicht bei uns bleiben«, erklärte ihm Jedral und bedeutete ihm mit einem Wink, doch einfach zu verschwinden. »Ich kann nicht für die anderen sprechen, aber ich für meinen Teil verzichte gern auf dein Gejammer.«

»Und wo soll ich hin?«, fragte Harrand. »So weit weg von jeder menschlichen Siedlung?«

»Verpiss dich einfach, oder …«

»Oder was?«

»Oder ich …«

Tylos stellte sich zwischen die Streithähne und wies mit seinem Schwert auf die Straße. »Wir haben Befehle, die Herren! Wir sollten kämpfen, um Menschen zu retten, und uns nicht gegenseitig die Köpfe einschlagen.«

»Dazu hätte ich trotzdem größte Lust, Schwarzer«, erwiderte Harrand und behielt Jedral weiterhin im Auge. »Aber ich bin müde und habe nicht gefrühstückt.«

Schäumend vor Wut, streckte Jedral die Arme aus und schien sich schon auf einen Kampf vorzubereiten.

Landril blieb nicht stehen, um den Ausgang des Streits abzuwarten. Am Rücken seiner Klinge entlang spähte er zu Davlor hinüber, der große Augen machte und sich am Hintern kratzte. Nacheinander folgten sie Xavir.

Noch immer waren die Schreie zu hören, und kalte Schauer jagten jedem von ihnen über den Rücken. Was mochten sie wohl gleich auf der Straße vorfinden? Valderon und Lupara hatten sich nicht im Lager aufgehalten, und vermutlich waren sie bereits im fahlen Licht der Morgendämmerung hier draußen unterwegs. Landril stapfte durch das Unterholz hinaus auf die Straße. Er spähte in die Ferne.

Xavir war nirgends zu sehen. Nur Flüchtlinge rannten auf ihn zu und warfen verängstigte Blicke über die Schulter zurück.

Eine Frau mit Kopftuch und weit aufgerissenen Augen hielt ein Kind in den Armen und kam Landril entgegen. Er fragte sie, was vor sich ging, doch sie schüttelte nur den Kopf und eilte weiter. Offenbar wollte sie einzig und allein ihren Nachwuchs in Sicherheit bringen und nahm Landril kaum wahr.

Dann hörte er ein weiteres Geräusch, ein sonderbares metallisches Heulen – das Pfeifen verzauberter Schwerter, die durch die Luft schnitten, gefolgt von lautem Stöhnen und Geschrei. Mit beiden Armen bahnte er sich einen Weg durch die Reihen der Fliehenden. Sie teilten sich vor ihm, und er rannte auf das Geräusch zu. Dabei umklammerte er den Griff seines Schwerts so fest, dass die Knöchel weiß wurden.

Als ob das irgendetwas nützen würde, dachte er. *Als ob du irgendetwas Sinnvolles für diese Menschen tun könntest.*

Der Feind zeigte sich schon bald – fremdartige Wesen mit bleichen Gesichtern und bronzenen Rüstungen. Er zählte etwa zwölf von ihnen. Sie waren mit Krummschwertern bewaffnet und nahmen mit quälender Gleichförmigkeit und Anmut eine breit aufgestellte Formation ein.

Und da war Xavir, ganz in Schwarz, mit grimmigem Gesicht – ein tröstlicher und erhabener Anblick in der beginnenden Schlacht.

Er glitt durch den Pulk der Krieger und trieb sie auseinander. Mit atemberaubender Schnelligkeit trennte er Köpfe von den Schultern und zermalmte Knochen. Schon mit der leisesten Drehung seiner Klagenden Klingen machte er seine Angreifer kampfunfähig. Rings um den ehemaligen Kommandanten der Sonnenkohorte fielen Leiber wie Marionetten, denen man die Fäden gekappt hatte.

Erst jetzt bemerkte Landril die toten Flüchtlinge auf der Straße. Ihre Leichen waren verstümmelt und entstellt. Familienangehörige und Freunde scharten sich um die Toten. Als Landril einen weiteren fremdartigen Feind bemerkte, der zwischen den Bäumen hervorbrach, schrie er den Trauernden zu, von den Toten abzulassen und zu fliehen.

Manche wollten nicht auf ihn hören. Und so zerrte er eine kreischende Frau mit roher Gewalt vom Leichnam ihres Gatten fort. Die meisten folgten Landrils Aufforderung erst dann, als die Angreifer schon ganz nahe waren. Ein großer Mann aber blieb zurück und warf sich über sein totes Kind. Ein bleichhäutiger Krieger stürmte heran, vollführte einen wuchtigen Aufwärtshieb und durchschlug Rumpf und Schulter des Mannes. Dieser schrie in Todesqual auf, während Landril verzweifelt auf den Angreifer zuhielt, der gleich darauf von seinen Spießgesellen umringt wurde.

Bei der Göttin! Wo sind die anderen?, dachte Landril und sah sie schon zu Hilfe eilen.

Tylos und Jedral bildeten die Speerspitze des Vorstoßes gegen die fremden Krieger. Tylos' kunstvolle Schwertattacke fügte seinem Gegner eine stark blutende Halswunde zu, woraufhin Jedral dem Getroffenen von hinten das Blatt seiner Axt über den Kopf bis hinunter zu den weit geöffneten Augen drosch. Die beiden Männer nickten einander zu und teilten sich auf, um den verbliebenen Kriegern Einhalt zu gebieten.

Landril stampfte über Berge von Leichen hinweg, während das eigentliche Gemetzel in einiger Entfernung stattfand. Xavir hatte seine flüchtenden Widersacher zum Waldrand gedrängt, wo noch immer das Heulen der Klagenden Klingen und das Dröhnen von Metall auf Metall zu hören waren.

Schwer keuchend und mit dem grausigen Ausdruck grenzenloser Freude auf dem blutverschmierten Gesicht, kehrte Xavir schließlich zur Straße zurück. Alle Feinde waren ausgeschaltet, und so stürmte er mit langen Sätzen in Richtung Osten. Die Sonne war über die Baumwipfel hinaufgestiegen und übergoss den Wald mit gleißendem Licht. Landril folgte Xavir mit den Gefährten im Schlepptau und war sich schmerzlich bewusst, dass er die eigene Waffe bisher kein einziges Mal erhoben hatte.

Mitten auf der Straße, die Xavir entlangschritt, standen Valderon und Lupara. Die Tiere der Wolfskönigin bildeten einen Wall aus Fell, Zähnen und Muskeln und behinderten so den Angriff der bleichen Krieger auf die Flüchtlinge. Vor den Bäumen auf der rechten Seite der Straße entdeckte Landril plötzlich zwei Gestalten in Robe und Kapuze, die die Flüchtlinge ebenfalls verteidigten. In der Morgensonne blitzten ihre Klingen, als sie dem gepanzerten Feind entgegentraten, der aus der Dunkelheit zwischen den Stämmen hervorbrach. Die berühmten Kriegerpriester von Marva beschützten ihre Gläubigen.

Doch selbst sie hielten kurz inne, als Xavir Argentum auf sie zustürmte. In seiner schwarzen Kriegstracht wirkte er wie ein Untoter, der aus der Unterwelt auferstanden war, und verbreitete mit ebensolcher Gewissheit Gewalt und Verderben.

Luparas Riesenwölfe machten ihm Platz, als er zwischen ihnen hindurchschritt, um sich Valderon und der Kriegerkönigin anzuschließen. Zwölf ihrer gepanzerten Gegner standen den drei Streitern gegenüber.

Landril folgte Xavir mit bedächtigen Schritten, wusste er doch, dass er keine große Hilfe darstellte. Zumindest wollte er aber den Eindruck erwecken, dass er und seine Gefährten zahlenmäßig nicht so stark unterlegen waren. Gleichzeitig meldeten sich seine Instinkte als Spion, und er studierte die fremdartigen Krieger mit größter Aufmerksamkeit. Sie bewegten sich leichtfüßig und geschmeidig, beinahe wie in einem Tanz. Diese Eleganz war umso überraschender, als sie schwere Rüstungen trugen. Ihre Haut war bleich, fast schon weiß, und das blonde Haar spielte ins Silbrige. Eine der Gestalten trug eine schwarze Kapuze. Wenn sie sich bewegte und auf den Boden deutete, bäumte sich die Erde unversehens auf. Durch die unerwartete Magie gerieten die Flüchtlinge ins Stolpern, und einer der Priester aus Marva verfing sich mit dem Knöchel in den Wurzeln, die urplötzlich aus der Erde emporschossen.

Lupara und Valderon warfen sich den Kriegern entgegen, während Xavir drohend gegen den Magier mit der schwarzen Kapuze vorrückte. Dieser schien sich in ein zweites und gleich darauf in ein drittes Abbild seiner selbst aufzuspalten, bevor alle diese Versionen weit entfernt von Xavir wieder zu einer Person wurden. Schließlich verschmolz die Gestalt mit einem blauen Blitz.

Nachdem der Magier verschwunden war, konnten die letzten Feinde rasch ausgeschaltet werden. Bis Landril sie erreicht hatte, war das Scharmützel bereits beendet.

Xavir schritt auf und ab, den Blick auf die gefallenen Krieger gerichtet. Dann suchte er die Straße nach weiteren Gegnern ab. Lupara indes befahl ihren Wölfen, den nahen Wald auszukundschaften.

»Ich habe alles in allem dreiundzwanzig Gegner getötet!«, rief Xavir herüber. »Wie ist es euch ergangen?«

»Vierzehn«, antwortete Lupara.

»Zwölf«, brummte Valderon. »Ich sollte aber erwähnen, dass ich Flüchtlinge von der Straße gezogen und mich um die Verletzten gekümmert habe.«

»Ausreden«, gab Xavir zurück. Die beiden Männer schenkten sich ein finsteres Lächeln, bevor sie die Lage besprachen.

»Sie hatten einen Anführer. Wer immer dies gewesen sein mag – er wandte Magie an. Hast du gesehen, wie er die Erde in Bewegung versetzt hat?«

Valderon nickte. Einen Moment später erspähte er die Kriegerpriester von Marva und begab sich in ihre Richtung.

Das Gemetzel ließ Landril sprachlos zurück, vor allem das Ausmaß an Blutvergießen, zu dem Xavir sich hatte hinreißen lassen. Was der Meisterspion beim Ausbruch aus dem Gefängnis beobachtet hatte, war nur eine kleine Kostprobe gewesen. Am heutigen Morgen hatte Xavir eine rohe, zugleich aber auch betörende Gewalt zur Schau gestellt und Einblick in seine wahren Fähigkeiten gegeben.

Wie mag dann wohl die geballte Kraft der Sonnenkohorte gewesen sein?

Landril betrachtete das Schwert in seiner zitternden Hand. Dann nahm er den Schaden in Augenschein, den die Angreifer angerichtet hatten. Die Marvaner machten sich langsam auf den Rückweg zu ihren Familien und Freunden. Andere kauerten am Straßenrand und kümmerten sich um die Verletzten. Bald hallten laute Totenklagen durch den Wald.

»Trotz unvermeidlicher Verluste haben wir uns gut geschlagen, Meisterspion. Alles hätte noch viel schlimmer kommen können.« Xavir hob den Arm über die Schulter und schob eines seiner Schwerter in die Scheide. Dann überprüfte er die Oberfläche der zweiten Waffe.

»Ich habe dich kaum unterstützt«, bekannte Landril, dessen Hände noch immer zitterten. Seine Füße fühlten sich taub an, und die Wirbelsäule schien in Flammen zu stehen. »Du dagegen wusstest auf Anhieb, was zu tun war. Du hast die Lage erkannt und bist sofort eingeschritten. Es tut mir leid, dass ich nicht mehr tun konnte.«

»Wir haben alle unsere eigenen Fertigkeiten«, wiegelte Xavir ab und inspizierte seine Klinge mit zusammengekniffenen Augen. »Quäl dich nicht mit Fragen herum, was ich wohl von dir denken könnte! Das passt nicht zu dir.«

»Dennoch fühle ich mich nutzlos«, entgegnete Landril.

Xavir deutete mit der Schwertspitze auf einen der Gefallenen. »Dann mach dich nützlich und finde heraus, was das Zeichen auf dieser Rüstung bedeutet. Ich wüsste gern, was dort steht. Du bist der Bücherwurm. Sag du es mir!«

Gemeinsam mit Xavir ging Landril in die Hocke, um die Gestalt zu untersuchen. Sie war schlank, hatte eingefallene Wangen und kleine Augen. Die Rüstung bestand aus Bronze und wies über den Schultern gezackte Platten auf. Um den Rand jeder Platte verlief eine merkwürdig breite Schrift, die Landril erst einmal nicht erkannte. Falls es sich tatsächlich um Buchstaben handelte, dann waren sie sorgfältig und mit einem Auge für Einzelheiten in das Metall geätzt worden und bewiesen eine erstaunliche Handwerkskunst. Abgesehen davon, gab es auf der Rüstung keine weiteren augenfälligen Symbole oder Insignien.

»Sehen wir uns eine weitere dieser Rüstungen an!«, schlug Landril vor.

Sie beugten sich zu einem anderen Leichnam hinunter. Dem Krieger war der Kopf abgeschlagen worden, doch die Rüstung war noch unversehrt. Angesichts des blutigen Metalls runzelte Landril die Stirn. Durch die Verkrustungen hindurch erkannte er jedoch auf Anhieb dieselbe Schrift, die mit feinster Technik um jede einzelne Platte in die Oberfläche getrieben worden war.

»Würde es dir etwas ausmachen, eine dieser Panzerplatten zu entfernen?«, fragte Landril. »Aber möglichst ohne allzu große Sauerei.«

Kommentarlos stellte Xavir einen Stiefel auf den Hals des toten Kriegers und hebelte mit einer seiner Klingen eine Schulterplatte los. Darunter kam ein Material zum Vor-

268

schein, das wie Leder aussah. Er reichte das Stück an Landril weiter, der damit zur ersten Leiche hinüberging. Dort hielt er die gelöste Platte neben ihr Gegenstück an der unversehrten Rüstung.

»Oh, ganz andere Wörter!«, rief er. »Vermutlich stehen auf jeder Platte unterschiedliche Texte.«

»Und was sagen die jeweils aus?«, wollte Xavir wissen.

»Das weiß ich nicht«, sagte Landril. »Zumindest noch nicht. Ich brauche Zeit zum Nachdenken. Hier handelt es sich um eine gänzlich fremdartige Sprache.«

Lupara tröstete noch immer die trauernden Flüchtlinge, während Valderon zu Xavir und Landril herüberschlenderte. In seinem Bemühen, die Schrift zu entziffern, lauschte der Meisterspion der Unterhaltung nur noch mit halbem Ohr.

»Zwei Kriegerpriester haben die Menschen aus Marva beschützt«, begann Valderon. »Sie sind überzeugt, dass keiner der Angreifer mehr lebt. Also können wir uns fürs Erste entspannen.«

»Das war gute Arbeit, Valderon«, lobte Xavir. »Deine Fertigkeiten aus der Ersten Legion sind nicht verloren gegangen.«

»Ich habe mein Möglichstes gegeben. Hauptsächlich aus dem Bauch heraus und weniger aus bewusster Entscheidung.«

»Genau das ist das Ergebnis jahrelanger strenger Ausbildung.«

»Und auch eine alte List des Clans Gerentius«, meinte Valderon. »Als wir in meiner Jugend noch im Clan kämpften, sorgte mein Vater oft für unerwartete Wendungen. Wir sollten stets auf der Hut sein und blitzschnell reagieren. Der alte Fuchs.«

»Offenbar ist ihm das auch gut gelungen.«

»Bis zu einem gewissen Grad. Ehrlich gesagt, bemerkte

allerdings einer von Luparas Wölfen als Erster, dass etwas nicht stimmte. Ich kann also kein allzu großes Lob für mich beanspruchen.«

»Was ist geschehen?«

»Lupara und ich hielten Wache. Ungefähr eine Stunde nachdem du dich zur Ruhe gelegt hattest. Zwei ihrer Tiere schickte die Königin in die jeweils entgegengesetzte Richtung die Straße entlang, das dritte in den Wald. Als hätten sie sich über größere Entfernungen hinweg miteinander verständigt, kehrten sie gleichzeitig zurück. Vukos, der große Wolf, deutete an, dass etwas weiter entfernt auf der Straße Ärger drohte, und wir folgten ihm. Der Wind war frisch heute Morgen, und er wehte aus der Richtung des Unruheherds. Deshalb vermutet Lupara auch, dass die Wölfe die Bedrohung nicht richtig wittern konnten.«

»Hm«, machte Xavir. »Sie hätten ihre Witterung und ihren Angriff ohne Weiteres auf magische Weise tarnen können.«

»Gut möglich. Aber wir zogen unsere Schwerter und warteten. Dabei befanden wir uns aber zu weit von den Flüchtlingen entfernt, als dass ich sie hätte warnen können.«

»Daran ließ sich nichts ändern«, bestätigte Xavir. »Und was dann?«

»Als der Morgen anbrach, sahen wir zwei Dutzend Gestalten in Bronzerüstungen die Straße heraufmarschieren. Sie hatten die Vorteile eines Nachtmarschs für sich genutzt.«

»Also lässt sich vermuten, dass sie auf keinen Fall gesehen werden wollten«, sagte Xavir.

»Das dachte ich mir auch«, fuhr Valderon fort. »Sie schienen Jagd auf diese Menschen zu machen.«

»Weitere Taten, die keinerlei Sinn ergeben«, stellte Xavir fest. »Eine Stadt voller Menschen zu säubern ist die eine Sache. Aber ihnen nachzustellen? Dahinter scheint mir schwerlich eine Strategie zu stehen.«

»Wie ich schon sagte«, berichtete Valderon weiter, »kamen zwei Dutzend der Gestalten auf uns zu. Und ich sah noch weitere an unseren Flanken vorüberziehen, deutlich außerhalb unserer Reichweite. Luparas Wölfe bildeten eine Verteidigungslinie vor den Flüchtlingen, während wir die Angreifer abfingen.«

»Wie haben sie gekämpft?«, fragte Xavir.

»Anfangs gut organisiert. Sie schlossen die Reihen eng und hielten ihre Schwerter hinter den Schilden. Das war allerdings in allzu großem Maßstab gedacht. Wie du weißt, lässt sich mit dieser Methode ein Heer aufhalten, gegen zwei Einzelkämpfer entfaltet die Strategie indes keine allzu große Wirkung. Wir gaben unser Bestes, doch nachdem wir nur zu zweit waren und die Wölfe die Front halten mussten, konnten wir nicht alle retten.«

»Du hast dich hervorragend geschlagen, und auf diese Weise blieben viele Menschen am Leben.« Xavir legte Valderon eine Hand auf die Schulter. »Und die Flüchtlinge aus Marva wurden Zeugen deiner Rettungsbemühungen. Sieh dich doch nur um!«

Bei diesen Worten hob Landril den Kopf. Männer und Frauen standen hinter den beiden Kriegern und starrten sie ehrfürchtig an. Da die Unterhaltung der beiden Kämpfer gerade stockte, nutzten die Flüchtlinge die Gelegenheit und brachten ihre Dankbarkeit zum Ausdruck. Xavir stand ihrem Verhalten gleichgültig gegenüber, doch Valderon wirkte angesichts der Ehrerbietung geradezu beschämt.

Währenddessen wandte sich Landril wieder den Schriftzeichen zu. Hier und da kamen ihm die Worte irgendwie vertraut vor. Vermutlich geheimniste er in die Zeilen auf der Rüstung etwas hinein, das in Wahrheit gar nicht dort stand.

»Was mag nur der Sinn dieser Zeilen sein?«, knurrte er. »Die Göttin errette mich!«

»Führst du Selbstgespräche?«, fragte Xavir und wandte sich von der Menschenmenge ab, die Valderon mittlerweile umringte.

»Ich beherrsche zahlreiche Codes und Sprachen«, erklärte Landril. »Trotzdem kann ich nicht ergründen, wofür diese Symbole stehen.«

»Gib dir etwas Zeit!«, entgegnete Xavir. »Vor uns liegt noch eine lange Strecke.«

»Ich brauche weitere Rüstungen für meine Untersuchungen«, meinte Landril.

Während die Flüchtlinge ihre Toten begruben und die wenigen Habseligkeiten zusammenrafften, wechselte der Meisterspion von einem Gefallenen zum nächsten, um die Rüstungen zu untersuchen und zur näheren Begutachtung kleine Stücke loszubrechen.

»Landril, du siehst aus wie ein Grabräuber!«, rief Tylos ihm zu.

»Du musst es ja wissen, du Dieb«, antwortete Jedral und lehnte sich auf seinen Axtkopf. Die Umstehenden lachten.

»Entschuldigt bitte, aber einem Leichnam habe ich noch nie etwas abgenommen«, protestierte Tylos. »Und wenn ich jemanden bestohlen habe, dann nur die Reichen. In aller Regel reizvolle Damen, wie ich nebenbei bemerken darf ...«

Landril achtete nicht weiter auf das Geplänkel zwischen den beiden Männern, sondern suchte weiter nach Hinweisen zur Entzifferung der seltsamen Schriftzeichen. Vielleicht fand er doch noch einen Schlüssel, der ihm die Tür zu der fremden Sprache öffnete. Er wanderte von Leichnam zu Leichnam und fuhr mit den Fingern die eingeritzten Linien nach. Die Handballen gegen die Schläfen gepresst, konzentrierte er sich auf die feinen Ritzungen und suchte nach Symbolen oder Buchstaben, die ihm mehr über die Herkunft der Angreifer verrieten. Sonnenlicht schimmerte auf den

Rüstungen, die entgegen seiner früheren Einschätzung eher die rötlichen Töne von Kupfer als die von Bronze aufwiesen. *Welch merkwürdige Legierung!*, dachte er. Hin und wieder spürte er einen verwirrten oder mitleidigen Blick von einem der Flüchtlinge.

Er stand über einem Leichnam, dessen Wunden ihm gar nicht so schrecklich erschienen. Doch plötzlich hob der Tote die Lider, und Landril blickte in die Augen einer Katze. Mit entsetztem Keuchen wich er zurück.

Die Gestalt setzte sich auf, bewegte die Hand über den Boden und suchte tastend nach ihrer Klinge. Kaum hatte sie sich erhoben, stürmte Jedral mit seiner Axt heran und schwang sie ihr mit einem satten Knirschen mitten ins Gesicht.

Mit wild klopfendem Herzen wandte sich Landril zu Jedral um.

»Gern geschehen.« In der bizarren Umgebung wirkte Jedrals irres Grinsen beinahe schon beruhigend. Der Glatzkopf trollte sich und gesellte sich zu seinen Gefährten.

Landril betrachtete den Toten ein weiteres Mal. Wer oder was immer diese Kreaturen auch waren – sie trachteten ihm nach dem Leben. Ihm und allen anderen. Das war Grund genug, möglichst viel über sie herauszufinden.

KEINE ZEIT FÜR GÜTE

»Wir sollten weiter«, verkündete Xavir.

Die Hitze um die Mittagszeit wurde immer unangenehmer. Luparas Gefolge hatte sich in das Lager beim Höhleneingang zurückgezogen. Die Männer saßen auf dem Boden um das glimmende Feuer und verzehrten ihre mageren Rationen.

»Sollen wir die Menschen aus Marva nun wirklich sich selbst überlassen?«, fragte Landril.

»Ja«, antwortete Xavir.

»Aber sie brauchen doch sicher unsere Unterstützung.«

»Höchstwahrscheinlich«, stimmte Xavir zu. »Aber ich kann ihretwegen nicht trödeln, Meisterspion. Hätte ich immer gewartet, bis die Menschen sich sicher fühlten, wäre mir kein einziger Sieg gelungen. Ganz gleich, was du auch tust – sie fühlen sich nie sicher. Weder heute noch morgen oder in einigen Wochen. Wahrscheinlich nicht einmal nach Jahren. Sie wurden Zeugen, wie ihre Familien vor ihren Augen in Stücke gehackt wurden. Glaubst du, unsere Anwesenheit nähme ihnen die Trauer?«

»Nein«, seufzte Landril. »Doch weitere Angriffe könnten folgen.«

»Das wird mit Sicherheit auch geschehen«, bestätigte Xavir.

»Bei der Göttin! Rührt dich das denn gar nicht?«, brach es aus Landril hervor. Er knackte mit den Knöcheln und knetete die Finger.

Valderon legte eine schwere Pranke auf Landrils Schulter. »Du hast ein gutes Herz, Meisterspion. Aber Xavir hat recht. So gern wir es auch täten, wir können ihnen nur bis hierher weiterhelfen. Wenn wir alle Menschen von Stravimon und die Anhänger der Göttin vor dem Tod bewahren wollen, müssen wir für ein Ende der Grausamkeiten sorgen. Deshalb ziehen wir weiter, um die Urheber der Gräueltaten zur Rechenschaft zu ziehen. Außerdem werden die Marvaner von ihren Priestern begleitet, die sich durchaus auf den Umgang mit Waffen verstehen. Sie sind nicht völlig schutzlos.«

Landril seufzte und starrte in die verglimmende Glut. Krähen krächzten ganz in der Nähe, und die Kronen der Bäume vor der Höhle regten sich im Wind.

»Sehen wir nach den Pferden!« Xavir deutete auf Tylos und Grend, und die drei entfernten sich nacheinander.

In der Zwischenzeit untersuchte Landril noch einmal eine Panzerplatte und beobachtete, wie sich das Sonnenlicht gleißend in der Oberfläche spiegelte.

Auf der anderen Seite des erlöschenden Feuers reinigte Valderon seine Klinge mit einem Tuch. Die Wolfskönigin nahm neben ihm Platz.

»Du hast auch heute wieder gut gekämpft«, sagte Lupara zu Valderon und legte ihm eine Hand auf den Arm. »Ich freue mich, dass wir dir vertrauen können.«

Landril entging nicht, wie intensiv sie den Krieger musterte. In ihrem Blick lag außer Bewunderung noch etwas anderes. Ja, es mochte Bewunderung sein, wenn auch in völlig anderer Spielart.

Falls die Wolfskönigin doch noch etwas anderes für Valderon empfand, war das nicht überraschend. Landril räumte gern ein, dass Valderon mit den breiten Schultern und dem dunklen Haar ein gut aussehender Mann war.

Dieser aber presste die Lippen lediglich zu einem schmalen Strich zusammen und betrachtete wortlos seine Klinge. Landril bemerkte Luparas Lächeln. Zumindest hatte sie Spaß an der Herausforderung.

»Wie ich hörte, bist du der Liebe wegen aus den Legionen ausgestoßen und in die Höllenfeste geworfen worden«, fuhr Lupara fort. Landril fragte sich, was sie mit dieser Bemerkung bezweckte, wusste sie doch vermutlich genau, weshalb sein Gefährte im Kerker gelandet war.

»Ich würde sagen, dass es bei dem Vorfall eher um Leidenschaft als um Liebe ging«, widersprach Valderon. »Leidenschaft trifft besser, wie viel Dringlichkeit in allen Belangen herrschte. Liebe braucht Zeit, und die hatten wir nie.«

»Bereust du deine Taten?«

»Nein«, erklärte Valderon nach kurzem Zögern. »Trotz aller Verstrickungen, die der Vorfall mit sich brachte, habe ich die Welt von einem widerwärtigen Mann befreit, der seine Gattin abscheulich behandelte. So erfuhr er am Ende doch noch Gerechtigkeit.«

»Und doch bist du dafür im Gefängnis gelandet …«

»Das bin ich. Man hätte mich hinrichten, ein Exempel an mir statuieren können. Doch ich war bei vielen hoch angesehen und hatte Freunde in der Ersten Legion, die wiederum noch bessere Freunde hatten als ich. Dankenswerterweise zeigte Cedius Gnade, und so starb ich nicht auf dem Schafott, sondern wurde in die berüchtigte Höllenfeste eingeliefert. Dort habe ich Jahre meines Lebens verloren, aber immerhin bin ich noch am Leben. Also nein. Ich bereue nichts. Und sollte ich mich je in der gleichen Lage befinden, würde ich noch einmal so handeln.«

»Hast du das Gefühl, dass dein Ruf gelitten hat?« Lupara betrachtete sein Gesicht. Der tapfere Soldat brachte es kaum fertig, ihr in die dunklen Augen zu blicken. Landril fragte sich, ob er sich wegen seines Gefängnisaufenthalts schämte oder ob selbst ein so mächtiger Krieger wie er den tiefen Blick der Wolfskönigin nicht zu erwidern vermochte.

»Die Ansichten anderer ändern sich so leicht wie die Richtung, aus der der Wind weht. Und ein Schiff, das die Segel unter leichtfertigem Kommando setzt, erwartet ein schlimmes Schicksal. Obwohl ich auf die Meinungen anderer nicht allzu viel gebe, hätte ich doch gern einen Teil meiner einstigen Ehre zurück. Dann könnte ich mein Haupt endlich wieder stolz erheben.«

»Die Ehre, von der du sprichst ... lag sie darin, in den Diensten eines Königs zu stehen?«, fragte Lupara.

»Er war ein großer Mann, ja. Doch die Ehre rührte daher, dass ich den Menschen meiner Heimat diente. Wir schützten die Grenzen und bewahrten ihre Häuser vor Überfällen. Wir schafften Reichtümer und Prunkstücke aus fremden Landen heran. Ich bin einfach nur dankbar für die Gelegenheit, den Menschen abermals dienen zu können, ob sie nun davon wissen oder nicht.«

Diese Erklärung schien die Wolfskönigin zufriedenzustellen. Die Fältchen um ihre Augen glätteten sich, während er redete, und sie tätschelte ihm sanft den Arm. Dann erhob sie sich und schlenderte zu ihren Wölfen zurück.

Valderon überprüfte seine Schwertklinge und fuhr mit dem Daumen an der Schneide entlang.

Luparas kleine Streitmacht kehrte auf die Straße zurück. Xavir wollte den Stillen See unbedingt vor Anbruch der Nacht erreichen. Dagegen hatte niemand Einwände – mit Ausnahme von Harrand, der inzwischen an jeder getroffenen Entscheidung herumnörgelte. Und Davlor, der einfach nur länger schlafen wollte. Landril wusste, dass der junge Bauernknecht von Glück reden konnte, noch am Leben zu sein. Ohne jegliches Talent fürs Schwertfechten hatte er mittlerweile schon mehrere Scharmützel unbeschadet überstanden, und die anderen waren einhellig der Meinung, dass ihm die Göttin hold sein musste. So lange, bis Davlor mit einem einfältigen Ausspruch wieder einmal seine Blödheit unter Beweis stellte und Landril sich fragte, wie lange die Geduld der Göttin wohl noch reichen mochte.

Die Pferde folgten der Hauptstraße durch Burgassia über eine lange Strecke, bevor sie auf einen Pfad abbogen, der sie wieder auf die uralten und kaum benutzten Hohlwege führte. Rechts und links ragten die Bäume hoch neben ihnen auf.

Der Tag blieb heiter und warm, und über der Landschaft lag ein traumartiger Schimmer. Trotz der wechselhaften Geschichte, über die Landril bestens Bescheid wusste, war Burgassia zu einem ruhigen und grünen Land erblüht. Hügelige Auen mit bunten Orchideen und zart wogendem Gras gingen über in unbestellte Felder, die nicht von marodierenden Horden, sondern von rotem Klatschmohn erobert worden waren. Dann wieder erhoben sich uralte Wälder, die absonderlich geformten Pilzen Schatten spendeten. Landril kannte nur knapp die Hälfte der Pflanzen ringsum und bedauerte, nicht mehr Zeit mit dem Verfassen von Notizen verbringen zu können. Hier draußen gab es mit Sicherheit Arzneien und Gifte in Mengen.

Doch es soll leider nicht sein.

Erst am folgenden Tag erreichten sie das Gebiet um den Stillen See. Der Wald wurde lichter und der Bewuchs immer spärlicher. So weit das Auge reichte, waren nur hier und da grasbewachsene Felszungen zu sehen, die sich durch die Landschaft wanden. Buckel aus Granit wuchsen aus der Erde hervor und führten zu steileren Bergen weit im Osten. Das Grasland bestand aus Tönen in Gelbgrün und Ocker, ein scharfer Kontrast zum wolkenlosen Himmel. Gelegentlich erklommen die Wölfe einen Hügel, nahmen Witterung auf und spähten mit wilden Blicken in die Umgebung.

Die Reisegruppe ritt den ganzen Morgen über weiter, bis die Landschaft gegen Mittag stark abfiel und sich zu einem weiten, dunklen See öffnete, dessen Ufer nicht mehr waren als schmale Streifen aus bleichem Fels. Der See war über eine Meile breit, und da er in einem Talkessel lag, blieb seine Oberfläche völlig unbewegt. An seinen anderen Ufern wurde er von mehreren Flüssen gespeist. Und am westlichen Ufer, auf einem Landstück, das wie eine nach oben gewandte Handfläche in den See hineinragte, stand ein zinnenbekrönter Turm.

»Dort in der Ferne seht ihr den alten Wachturm«, verkündete Lupara. »Dort treffen wir unsere Gäste.«

»Tragen unsere Gäste Rüstungen?«, fragte Valderon und deutete auf die Hügelflanke. Vierhundert Schritt zu ihrer Rechten rückte ein Trupp Bewaffneter auf sie zu.

»Das dürfte eigentlich nicht sein«, entgegnete Lupara.

»Dann rechne ich mit ziemlichem Ärger«, knurrte Valderon.

ERDFORMEN

Xavir und Valderon marschierten den grasbewachsenen steilen Abhang hinunter und achteten dabei auf jeden Schritt, um nicht auszurutschen. Luparas Wölfe sprangen vor ihnen her, obwohl die Kriegerkönigin, die ihnen folgte, das Rudel zur Vorsicht mahnte. Hinter Lupara schlurften die ehemaligen Gefangenen durch das hohe Gras.

Die Sonne schien hell und hatte ihren Zenit bereits überschritten. Daher waren die merkwürdigen Gestalten im verwaschenen Schatten der Hügelflanke kaum zu sehen. Es war allerdings klar erkennbar, dass sie sich auf direktem Abfangkurs befanden. *Seit wann sind sie dort?* Xavir fragte sich, ob sie womöglich schon lange beobachtet wurden.

Und als er die Männer über den Hang hinweg genauer in Augenschein nahm, erkannte er eine weitere Bedrohung. Zu dem Trupp aus fünf Kämpfern zählte einer, der Robe und Mantel zu tragen schien – wie die Gestalt, die beim Überfall auf die Flüchtlinge so mühelos Magie gewirkt hatte.

Da völlige Windstille herrschte, konnte Xavir die harten, gutturalen Laute hören, mit denen sich die Fremden unterhielten.

Luparas Wölfe hetzten auf die Rotte fremder Krieger zu und waren bereit, sie in Stücke zu reißen. Die Gestalt in der Robe hob jedoch eine Hand und fuhr flach damit durch die Luft, als schlüge sie eine Tür zu. Die Wölfe heulten auf, wurden nach hinten geschleudert und schlitterten über die Wiese hinunter zum See. Kurz bevor sie auf das felsige Ufer geschleudert wurden, kamen sie mit hastigen Bewegungen wieder auf die Beine. Trotzdem wirkten sie in höchstem Maß verwirrt.

Die fremden Krieger zückten die Schwerter und rissen die Schilde hoch. Geschützt von der magischen Barriere, wechselten sie in eine geschlossene Formation. Die Erde zwischen den gegnerischen Gruppen erbebte und brach auseinander. Xavir sah sich gezwungen, von einer Grasnarbe zur nächsten zu springen. Während der Magier die gespenstische Verformung des Bodens fortsetzte, fand sich Xavir von den Gefährten abgeschnitten. Um nicht in brodelnden Schlammmassen zu versinken, die gerade auf widernatürliche Weise entstanden waren, bewegte er sich mit äußerster Anstrengung von seinen Angreifern weg. Valderon stand auf der anderen Seite, vermochte dem Feind aber ebenso wenig frontal zu begegnen.

»Es ist zwecklos!«, rief Xavir.

»Wir kommen nicht an sie heran!«, brüllte Valderon zurück.

Lupara, die dichtauf folgte, schaffte es, neben Valderon auf die Wiese zu springen. Die übrigen Männer, darunter Landril, gaben sich größte Mühe, konnten mit der Wolfskönigin aber nicht mithalten. Zwischen jedem Einzelnen von ihnen verliefen Ströme aus dampfendem Matsch, die ihren Verlauf hierhin und dorthin verlagerten, als wären sie ein lebendiger Sumpf.

Es schien keinen Weg zu den Gegnern zu geben.

»Ich helfe euch!«, schrie eine weibliche Stimme.

Überrascht wandte sich Xavir um. Auf der Hügelkuppe hinter ihm stand eine Frau in einem wehenden blauen Gewand. Mit einer Hand umklammerte sie einen Stab.

Eine Hexe.

Mit düsterer Miene beobachtete Xavir, wie sie die Arme in die Höhe riss wie ein Prophet. In der anderen Hand hielt sie einen Hexenstein, doch die genaue Farbe konnte Xavir nicht erkennen. Die Hexe erhob die Stimme und begann mit einer magischen Anrufung. Etwas an der Luft änderte sich, und die Stimmen trugen plötzlich viel weiter. Wolken ballten sich aus dem Nichts zusammen, und ein Zittern überlief die Hügelflanke.

Während die Schlammflüsse nach und nach zu Matsch gerannen, streckte Xavir die Klagenden Klingen links und rechts weit von sich, um das Gleichgewicht besser halten zu können. Mit der Spitze ihres Stabs berührte die Hexe den fest gewordenen Boden. Ein gelbes Blitzen huschte über dessen Oberfläche und breitete sich in Wellen über den Hügel aus.

Einen Augenblick später stieß die Frau gegen die erstarrte Erde und zeigte an, dass das Ärgernis beseitigt war. Xavir vergeudete keine Zeit. Er sprang auf den getrockneten Schlamm und eilte dem Feind entgegen. Ihm schien, als liefe er über die Borke eines umgestürzten Baums.

Vor ihm vollführte der Fremde in der Robe hastige Handbewegungen. Der Boden flackerte mehrmals geheimnisvoll auf, doch nichts geschah. Xavir sprang auf die Erdinsel seiner Gegner und stieß ihnen die Klagenden Klingen entgegen. Die unsichtbare Barriere, die die Kreaturen schützte, leuchtete auf und barst wie Glas. Dabei lösten sich ihre Scherben gänzlich auf. Nun hatten die Krieger jegliche Deckung vor Xavirs Ansturm verloren. Vergebens rissen zwei von ihnen die Schilde hoch und starben.

Ein anderer kreischte Xavir grausig ins Gesicht, als sich Valderons Klinge in seinen Rücken grub. Unterdessen parierte Xavir mit einem seiner Schwerter den Schlag eines vierten Gegners und schlitzte ihm mit der zweiten Klinge die Kehle auf.

So blieb nur noch die Gestalt in der Robe übrig. Sie wedelte mit der Hand und glitt zu einer Stelle zwanzig Schritt von Xavir entfernt. Dann entfernte sie sich den Hang hinunter in jene Richtung, aus der die Kampfgefährten herbeieilten.

»Haltet den Schurken auf!«, schrie Xavir.

Krund, einer seiner Männer, hob die Klinge und schlug nach der Gestalt. Doch die fasste mit einer wegwerfenden Geste in die Luft, und Krund ließ seine Waffe fallen. Schreiend griff er sich an die Kehle und taumelte rückwärts auf seine Kameraden zu.

Die Gestalt in der Robe beobachtete Xavir, während er sich einen Weg über das unebene Gelände bahnte. Ob sie lächelte oder nicht, vermochte er nicht zu sagen, denn sie verschwand binnen eines Wimpernschlags. Strauchelnd hielt Xavir inne und sah sich nach Valderon um.

Leicht erschöpft kehrten die beiden Männer zu ihrem Trupp zurück, während Lupara den Hügel erklomm und die Hexe begrüßte. Der Himmel klarte auf. Der Boden schien sich selbst zu heilen, der Schlamm brach auf und bildete Risse wie alte Dielenbretter. Xavir entdeckte den zerschmetterten Leib von Krund, dem ehemaligen Anwalt, und begriff plötzlich den Ernst der Lage.

Tylos beugte sich über den Leichnam. »Er ist tot.«

»Was du nicht sagst«, murmelte Davlor. Der junge Mann legte sein Schwert auf den Boden und kratzte sich im Schritt.

»Wenigstens ging es schnell«, fügte Tylos hinzu.

»Dieses verdammte Monster!«, knurrte Valderon. »Keine Ahnung, ob das das gleiche war wie neulich Nacht, aber es sah zumindest genauso aus.«

»Magie!«, schnaubte Xavir voller Abscheu. »Es gibt nichts Widerwärtigeres.«

»Nicht jede Magie ist widerwärtig.« Mit der Klinge deutete Valderon auf die Frau, die Lupara gerade umarmte.

»Selbst Hexen wie jene lehne ich ab«, knurrte Xavir. »Ganz besonders sie. Sie mögen Menschen sein und uns in vielem gleichen. Dennoch bilden alle, die Magie anwenden, eine vollkommen eigene Art. Ich traue ihnen nicht.«

DER SCHEITERHAUFEN

Begräbnisse lösten in Xavir keine tieferen Gefühle aus. Seiner Meinung nach war der Tod nun einmal unausweichlich. Man konnte sich schlichtweg damit abfinden oder ihn fürchten. Wer Angst davor hatte, konnte genauso gut gleich auf der Stelle tot umfallen. Welchen Sinn sollte das Grübeln über das Ende sonst haben? Xavir trug Krunds Leichnam zum Ufer hinab. Die Männer hatten Holz gesammelt und einen Scheiterhaufen errichtet. Sie betteten den Toten obenauf und übergaben ihn den Flammen. Niemand sprach ein Wort. In ernstem Schweigen machte sich jeder bewusst, dass er der Nächste sein konnte. Jedrals Gesicht war verschlossen und zeigte keinerlei Regung. Xavir wusste, wie lange Jedral und Krund einander schon gekannt hatten. In der Höllenfeste hatten die beiden viel Zeit miteinander verbracht. Auch Xavir hatte Krunds angenehme Gesellschaft genossen, und ihm war klar, dass alle den alten Anwalt schmerzlich vermissen würden.

Wie ein Faden, der aus einem Nadelöhr herabhängt, stieg eine schmale Rauchsäule in die Luft über dem Stillen See empor. Xavir misstraute diesem windlosen Ort. Er war voller böser Vorzeichen. Zur Nacht hin wurde das Blau des Himmels dunkler. Die Flammen brannten herunter, und die Männer bedeckten Krunds verkohlte Überreste mit Steinen, die sie am Ufer gesammelt hatten.

Die ganze Zeit über beäugte Xavir die Hexe voller Misstrauen. Lupara kannte sie, das war nicht zu übersehen, aber offiziell waren sie einander noch nicht vorgestellt worden. Das störte Xavir wenig, wollte er doch nichts mit den Angehörigen der Schwesternschaft zu tun haben. Nicht mehr.

Als Krunds Begräbnis schließlich vorüber war, näherten sich die Hexe und Lupara.

»Ich wollte dich in Ruhe um deinen Freund trauern lassen«, erklärte die Hexe.

Xavir musterte sie nur finster.

Lupara wirkte von diesem Verhalten leicht verunsichert, ließ sich davon aber nicht weiter beirren. »Xavir. Dies ist Birgitta. Ich kenne sie schon seit vielen Jahren.«

Xavir blickte in die blauen Augen der Frau und nickte kühl.

»Ein schweigsamer Kerl, was?«, meinte Birgitta, an Lupara gewandt.

»Ich habe nicht viel zu sagen«, merkte Xavir mürrisch an.

»Nun, ein *Danke* wäre doch nicht fehl am Platz, oder?«, erkundigte sich Birgitta.

»Dein Eingreifen war hilfreich.« Xavir sah keinen Anlass, den übertriebenen Stolz der alten Vettel noch weiter zu stärken.

»Hilfreich, ja?« Birgitta schnaubte verächtlich. In ihrem Blick, der ihn beunruhigte, lauerte eine Frage. »Hilfreich, in der Tat.«

Lupara stand neben Birgitta, die Arme vor der Brust verschränkt. »Xavir kämpfte noch nie an der Seite von Mitgliedern der Schwesternschaft.«

»Das war bisher auch nicht nötig. Das Leben ohne Magie ist weitaus einfacher.« Xavir spie auf einen Stein und ließ den Blick über das umschattete, reglose Wasser gleiten. Auf keinen Fall wollte er der Hexe in die Augen sehen. Kalter Schweiß lief ihm über den Rücken.

»Der Junge hat nicht ganz unrecht«, sagte Birgitta mit heiterer Stimme. »Ich habe dir kein Leid zugefügt, Krieger. Warum also die spitze Zunge?«

Xavir achtete nicht weiter auf sie, sondern wandte sich an seine Männer. »Für heute Nacht müssen wir unser Lager hier aufschlagen«, erklärte er. »Es ist zu spät, um noch weiterzuziehen. Während der Nacht sollten wir eine Wache oben auf dem Hügel postieren.« Er drehte sich zu der Frau mit den blauen Augen um. »Ich bin gern bereit, die erste Wache zu übernehmen.«

»Bleib doch bei uns!«, schlug Lupara der Hexe vor.

»Das ist sehr freundlich, aber nein, Eure Hoheit«, antwortete Birgitta sanft. »Meine Begleiterin erwartet mich am gegenüberliegenden Ufer. Ich habe sie nur verlassen, um diesen Kreaturen zu folgen und sie im Auge zu behalten. Morgen früh treffen wir uns beim Wachturm.«

Die Frau schenkte Lupara ein Lächeln, wandte sich um und trat am Ufer entlang den Rückweg an. Lupara warf Xavir einen finsteren Blick zu, doch der zuckte bloß mit den Achseln.

Verstohlen trat Davlor neben seinen ehemaligen Bandenchef. »Warum hasst du sie? Ein Mann wie du sollte die Dienste einer Hexe zu schätzen wissen. Ein wenig Magie könnte doch auch für dich von Vorteil sein.«

»Du weißt nichts über mich, Davlor«, knurrte Xavir mit verdrossener Miene. »Und du weißt nichts über Hexen. Andernfalls würdest du sie genau wie ich zum Teufel wünschen.«

Als hätte Xavir in seiner Erinnerung eine Gruft geöffnet, wurde er in der Nacht von der Vergangenheit heimgesucht. Aus einem Nebel tauchten Gesichter vor ihm auf und verschwanden wieder.

Durch geschlossene Lider sah er Schwerter – Klingen, die ihm den Hals aufschlitzten. Er hörte, wie eine Stimme seinen Namen schrie und wie inmitten eines schrecklichen Durcheinanders eine Frau nach ihm rief. Als er aufblickte, sah er seine Waffenbrüder von der Sonnenkohorte wieder. Mit gebrochenem Genick hingen sie an Stricken von einer Turmspitze in Stravimon. Ihre Leichen pendelten im Wind hin und her. Plötzlich schlug einer nach dem anderen die Augen auf und neigte den Kopf auf völlig unnatürliche Weise zu ihm herab. Und dann sprachen die Toten seinen Namen: *Verräter.* Doch auf einmal hatten alle ihr Gesicht. Sie. Lischa.

Keuchend fuhr Xavir hoch. Schweiß, der in der Nachtluft sofort erkaltete, tropfte ihm vom Gesicht. Seine Brust hob und senkte sich schwer, und er warf einen Blick zum Lagerfeuer hinüber. Seine Kameraden schlummerten friedlich.

»Was bekümmert dich?« Es war Tylos, der im Schneidersitz nicht weit von ihm entfernt saß. Xavir starrte ihn an. »Verzeih, dass ich dich mit meiner Frage belästige! Als ich von meiner Wache zurückkam, wollte ich Jedral wecken. Dann sah ich, dass du offenbar schlimme Albträume hattest. Hinter deiner Stirn schienen Dämonen zu toben.«

»Die sind seit vielen Jahren meine Bettgefährten«, erwiderte Xavir und legte den Kopf wieder auf die Decken.

»Von derlei Heimsuchungen habe ich gehört«, sagte Tylos. »Der Dichter Krendansos schrieb einmal, alle Ereignisse im Leben seien Schwerthiebe, die die Rinde eines Baums treffen. Wenige behutsame Schnitte begünstigen ein besseres Wachstum. Doch schneidet man zu tief, dann blutet der Baum und erholt sich vielleicht nie wieder. Darf ich davon ausgehen, dass du solcherlei Erinnerungen in dir trägst?«

»Demnach raspeln also nicht alle Dichter aus Chambrek nur Süßholz«, murmelte Xavir.

Tylos lächelte. »Deine Aussage werte ich in diesem Fall

als Kompliment. Aber dein Schlaf verrät dich, Xavir. Wer ist diese Lischa, nach der du mitten in der Nacht rufst?«

Xavir schenkte dem Schwarzen einen stählernen Blick, doch dessen Miene blieb so sanft wie sein sonstiges Gebaren. »Ein Fehler. Vor langer Zeit, mehr nicht. Mehr nicht. Um andere Worte von Krendansos zu zitieren: *Ich bin eine knorrige Eiche, krank und voller Wunden.*«

»Andererseits scheinst du wegen deiner Taten auf dem Schlachtfeld keine Albträume zu haben. Ehrlich gesagt, finde ich das am eigentümlichsten.«

»Wenn überhaupt, dann erwachsen meine Wunden aus einem Mangel an Betätigung, Tylos. Kriege, Feldzüge, Kämpfe, das Töten – das alles war ganz alltäglich für mich. Ich brauche die Gefahr und das Blutvergießen, um mich lebendig zu fühlen.«

»Und Lischa? Welche Wunden hat sie dir zugefügt?«, fragte Tylos.

»Genug jetzt!« Xavir seufzte, wälzte sich auf seinem Lager herum und drehte dem Mann aus Chambrek den Rücken zu. »Das ist eine Geschichte, die dich nichts angeht.«

»Ich verstehe«, sagte Tylos leise. »Doch vergiss nicht – ohne Behandlung können solche Wunde schwären und ein ganzes Leben vergiften.«

Xavir schwieg und starrte in die Dunkelheit, bis die Sonne aufging.

ERINNERUNGEN

Bis auf Birgittas Ausflug am Tag zuvor hatte sich für Elysia kaum etwas ereignet. Birgitta hatte nur den vor ihnen liegenden Weg in Augenschein nehmen wollen. In der Zwischenzeit hatte Elysia das Lager aufgeschlagen und eine Mahlzeit zubereitet. Als die Gefährtin nach zwei Stunden immer noch nicht zurückgekehrt war, hatte sich Elysia allmählich Sorgen gemacht. Schon wollte sie ihr nachgehen, doch Birgitta traf ein – völlig erhitzt und mit gerötetem Gesicht. Die Schilderung ihrer Abenteuer und der magischen Schlacht versetzte Elysia in höchstes Erstaunen, und sie bedauerte, nicht dabei gewesen zu sein und alles mit eigenen Augen gesehen zu haben.

Birgitta meinte nur, ihre Freunde würden bald zu ihnen stoßen. Allerdings gab sie keinerlei Einzelheiten über die betreffenden Personen preis. So verdrießlich Elysia das auch fand, so war sie doch daran gewöhnt. Wenn es darum ging, sich nicht in die Karten blicken zu lassen, wurden die Schwestern zu gerissenen Spielerinnen.

Das Wetter war ruhig, mit blauem Himmel und Sonnenschein. Und so nutzte Elysia die Zeit, um am See mit ihren Pfeilen zu üben. Zu ihrer Freude gelang es ihr, die Flugbahn der Schäfte dem Verlauf der Uferlinie anzugleichen. Währenddessen unternahm Birgitta einen Abstecher zur Spitze des Wachturms, um den steilen Hang des Hügels hinaufzuspähen. Mit Aussicht auf die Ankunft ihrer neuen Gefährten wirkte sie ungewöhnlich aufgeregt. Als sie aber tatsächlich einmal zum Seeufer hinunterkam und Elysia beim Üben zusah, wirkte sie verstört und geradezu traurig. Hatte diese Stimmung etwas mit den Neuankömmlingen zu tun? Und was war von ihnen zu erwarten?

Als die Schatten schließlich zu kurz geworden waren und die Hitze unerträglich wurde, stieg Birgitta hastig vom Wachturm herunter.»Sie sind da!«, verkündete sie aufgeregt. »Komm, packen wir unsere Sachen zusammen!« Birgitta umrundete die Feuerstelle, verstaute mehrere kleine Bücher in ihrer Tasche und ergriff den Stab der Schatten.

Für Elysia gab es nicht viel zu packen. Also setzte sie sich auf den Boden, zog die Knie an die Brust, schirmte die Augen mit der Hand vor der Sonne ab und spähte zu den umliegenden Hügeln hinauf. Und tatsächlich, im Süden sah sie einen Reitertrupp im Zickzack den steilen Hang herabkommen.

Als die Berittenen das Ufer erreichten, gesellte sich Elysia zu Birgitta, die sich das Haar mit den Fingern glatt strich.

»Du wirkst so aufgeregt«, meinte Elysia.

»Nein, kleine Schwester«, entgegnete Birgitta. »Vielleicht ein wenig angespannt.«

Dass die sonst unerschütterliche Schwester um ihre Fassung rang, beunruhigte Elysia, und beim Herannahen der Neuankömmlinge verspürte sie eine gewisse Verunsicherung.

Es dauerte nicht lange, bis die Reisenden eintrafen. Die meisten ritten auf Pferden, aber drei der Tiere waren klar erkennbar Wölfe und keine Pferde. Auf einem der Wölfe saß eine Frau. Ihre Begleiter waren breitschultrige Männer mit Schwertern, und Elysia versuchte, möglichst ruhig und gelassen zu bleiben.

Die Wolfsreiterin ließ den Tross anhalten, und mit ihr stiegen zunächst nur drei der Männer aus den Sätteln. Die vier schritten am Ufer entlang und näherten sich den beiden Schwestern. Zwei waren hochgewachsene Männer, die den Eindruck von erfahrenen Soldaten machten. Einer war fast hager und sah sich immer wieder unruhig um. Und dann war da noch die schwarzhaarige Frau, die in ihrer Kriegerkluft ebenso beeindruckend wirkte wie die beiden großen Männer.

Birgitta trat ihnen entgegen und begrüßte sie.

»Eure Hoheit – die Königin von Dacianara.« Birgitta legte eine kleine Pause ein. »Ich freue mich, dass ihr alle gekommen seid.«

Die Königin fasste Birgitta an der Schulter, und die beiden umarmten sich wie alte Freundinnen.

Elysia musterte die Neuankömmlinge. Einer der Soldaten trug zwei Schwertscheiden auf dem Rücken. Und plötzlich bemerkte sie, dass er sie anstarrte, erschrocken und verwirrt zugleich. Sie erwiderte seinen seltsamen Blick. Er war fast so alt wie Birgitta, hatte dunkelbraunes Haar, das ihm bis auf die Schultern fiel, und ein schmales Gesicht mit edlen Zügen.

Mit stockender Stimme wandte sich der Mann an Elysia. »Du ... Lischa?«

Mit gerunzelter Stirn musterte Elysia den Fragesteller.

Plötzlich trat Birgitta zwischen die beiden. »Xavir vom Clan Argentum, ich rate dir, deinen Hass auf die Schwesternschaft ein wenig zu zügeln.«

Xavir antwortete ihr zwar, doch sein Blick blieb dabei auf Elysia gerichtet. »Ich hatte gute Gründe, euch alle zu hassen. Alle bis auf eine.«

»Tja, nun sind es vielleicht bald alle bis auf zwei«, seufzte Birgitta und schüttelte den Kopf, während sie Elysia über die Schulter strich. »Xavir, darf ich dir Elysia vorstellen?« Birgitta senkte den Kopf. »Deine Tochter.«

292

»Verzeih mir, dass ich dir ... nie davon erzählt ... habe«, murmelte Birgitta und rang sichtlich um Worte. »Aber er saß in der Höllenfeste. Bei der Quelle! Nie hätte ich damit gerechnet, dass ihr euch je begegnet. Du fühlst dich doch immer so fremd unter den anderen. Den Zustand wollte ich nicht noch verschlimmern.«

Elysia hörte kaum zu, sondern versuchte, ihre Gedanken zu ordnen. Birgitta hatte sie und ihren angeblichen Vater rasch in den Wachturm gelotst, während sich die anderen um das halb aufgelöste Lager der Schwestern versammelt hatten. Elysia beugte sich leicht nach vorn und starrte zum Seeufer hinüber.

»Xavir, du erinnerst dich offenkundig noch an Lischa«, fuhr Birgitta fort. »Das freut mich. Sie ist es wert, in Erinnerung zu bleiben.«

Für einen Moment senkte der Krieger die Lider und ließ die hochgezogenen Schultern sinken, bevor er die Augen wieder aufschlug. »Du kanntest sie?«, fragte er mit zornigem Unterton.

»Über eine lange Zeit«, entgegnete Birgitta. »Wir waren Freundinnen. Obwohl ich älter war als sie.«

Xavir schenkte ihr einen wilden Blick. »Du sprichst über sie, als sei sie nicht mehr unter uns. Erklär dich!«

»Lischa wurde deinem Clan zugeteilt, um dort unter Valerix zu lernen. Wie ich vermute, entstand zwischen Lischa und dir eine ... verbotene Beziehung.«

Xavirs Miene verfinsterte sich. Sein Blick wanderte zu Elysia. »Nur in *mancher* Augen verboten.«

»In der Tat«, seufzte Birgitta. »Manchen Außenstehenden kommen die Regeln der Schwesternschaft hart und grausam vor. Doch dann nahm alles eine dramatische Wendung, nicht wahr?«

Xavir schluckte. »Lischa wurde mir weggenommen. Mitschwestern verschleppten sie im Schutz der Nacht. Sie wurde entführt. Geraubt.«

Überrascht hob Elysia den Kopf und starrte Birgitta an. Warum hatte sie nie etwas über diese Ereignisse erfahren?

»Bis ich den Zusammenhang begriff, waren die Entführerinnen mit ihrem Opfer über alle Berge. Ich hörte Lischas Schreie. In meinem Kopf, in meinen Träumen. Dort haben sie sich eingenistet, lassen mir keine Ruhe und treiben mich neben allen anderen Heimsuchungen manchmal in den Wahnsinn. Drei Tage und drei Nächte lang suchte ich nach ihr. Ich reiste sogar zu eurer verfluchten Insel, doch niemand gewährte mir Zutritt. Am liebsten hätte ich alle Mauern eingerissen.«

»Ich verstehe. Lischa gehörte niemandem«, räumte Birgitta ein. »Aber du hast recht. Sie wurde dir weggenommen.«

»Und was ist dann geschehen?«, wollte Xavir wissen. »Sie lebt nicht mehr. Das erkenne ich an deiner Miene.«

Birgitta nickte traurig.

»Es war eine Tragödie und kann als größter Fehlschlag der Schwesternschaft gesehen werden«, murmelte sie. »Dass sie schwanger war, als man sie dir raubte, konntest du nicht wissen. Mit deinem Kind.« Sie wies auf Elysia. »Mit diesem Kind.«

»Erzähl mir, was mit ihr geschehen ist!«, forderte Xavir mit barscher Stimme.

»Du musst verstehen, dass die Schwesternschaft eigene Wege zur Fortpflanzung beschreitet. Wenn unsere Seherinnen es für günstig erachten, werden bestimmte Männer als mögliche Väter auserkoren. Nur zu den vorgegebenen Zeiten dürfen die Schwestern mit diesen Männern Kinder zeugen. Dabei gibt die Quelle die Regeln vor. Ein Kind entgegen diesen Vorschriften zur Welt zu bringen verstößt gegen sämtliche Gesetze, die wir achten. Euer Fall löste große Beunruhigung aus. Doch Lischa besaß einen starken Willen und weigerte sich, das Kind abtreiben zu lassen. Tragischerweise ging Lischa während der Geburt an die Quelle verloren. Aber das Kind! Das Kind lebte und atmete. Die Schwestern dachten daran, sich des Säuglings zu entledigen und ihn in die Obhut einer Familie zu übergeben. Doch unsere Weissagerinnen sprachen von Vorzeichen, die wir nicht missachten dürften. Und so erklärte die damalige Matriarchin das Mädchen zu einem Geschenk der Quelle. Die Kleine wurde von uns aufgezogen, und keine von uns erwähnte jemals ihre Abstammung.«

Elysia lauschte in gelähmtem Schweigen, während Birgittas Worte sie wie Pfeile durchbohrten. Tausend Fragen stürmten auf sie ein.

»Eine Weile habe ich mich um Elysia gekümmert und sie mit allem Notwendigen versorgt. Nur wenige von uns wussten um ihre wahren Eltern, und viele misstrauten ihr. Sie ist anders als ihre Mitschwestern. Elysia kann Magie einsetzen, doch damit befasst sie sich nur selten. Ihre wahren Qualitäten liegen auf einem ganz anderen Gebiet. Sie ist zu einer Kriegerhexe wie aus unseren Legenden geworden. Allerdings hatte die Schwesternschaft mit ihren Vorbehalten recht, denn die junge Frau unterwirft sich nur ungern den Vorschriften anderer.«

Nach langem Schweigen löste Xavir die Schnallen der gewaltigen Schwerter auf seinen Schultern und befreite eine der beiden Waffen von der ledernen Befestigung. Dann überreichte er Elysia die Klinge mitsamt der Scheide. »Zieh das Schwert!«, befahl er mit kalter Stimme.

Fragend blickte Elysia zu Birgitta hinüber. Die nickte aufmunternd.

Elysia ergriff die prächtige Waffe und legte die Finger um das Heft der Klinge. Es leuchtete auf, und mit einem seufzenden Geräusch glitt das Schwert aus der Scheide.

295

»Dann ist es also wahr«, raunte Xavir. »Nur wer zur meiner Blutlinie gehört, vermag die Waffen einzusetzen.«

Elysia ertrug es nicht länger. Sie ließ das Schwert aus den tauben Fingern fallen und rannte davon.

DIE ENTSCHLÜSSELUNG

»Nun, was hattest du erwartet?«, fragte Landril Birgitta.

Wo der Strand in hohes Gras überging, saßen Landril, Birgitta und Lupara rings um das verglimmende Lagerfeuer. Die anderen Männer schlenderten am Ufer entlang und genossen die Aussicht. Xavir und Valderon standen seit Stunden auf dem Wachturm und spähten auf den See hinaus, während die Wölfe im Schatten des alten Gebäudes dösten.

Birgitta gab keine Antwort.

»Sicher kehrt sie bald zurück«, bemerkte Landril. »Hier gibt es kein Entrinnen, denn wir sind weit weg von jeder menschlichen Behausung.«

»Elysia braucht ein wenig Abstand«, meinte Birgitta. »Sie muss völlig neu begreifen, wer sie ist und woher sie kommt.«

»Obwohl ich das gut verstehe, haben wir keine Zeit für eine lange Innenschau«, wandte Lupara ein. »Sag mir, würde sich Elysia in einer Schlacht behaupten?«

»O ja«, versicherte Birgitta. »Es mag mich zwar ein wenig befremden, aber sie übertrifft wirklich jede andere Schwester im Kampf. Nur weiß ich nicht, ob ich das als Vorteil bewerten soll. Die Schwestern aus dem Klüngel der Matriarchin hatten im Lauf der Jahre vielerlei an ihr zu rügen. Sie behaupteten, sie sei ein Rückfall in vergangene Zeiten, als die Schwestern wilder und gewalttätiger waren. Kriegshexen wurden sie im Siebten und Achten Zeitalter genannt. Ich musste endlose Fragen zu Elysias Entwicklung über mich ergehen lassen. Wie viele andere Novizinnen verspürte sie wenig Lust, Kapitel aus Büchern auswendig zu lernen. Deshalb nahm ich sie mit in den Wald, um ihr die alten Künste beizubringen, und sie fand rasch Gefallen daran. Vielleicht habe ich mich nicht sklavisch an die Richtlinien gehalten, doch sie genoss das Lernen. Sie wusste nichts über ihre Herkunft und von den Vorurteilen der Schwestern. Sie verwendet die Hexensteine anders als üblich, und das bereitete der Matriarchin Sorgen.«

»Und du selbst verstehst dich immer noch ausreichend auf den Umgang damit?«, fragte Lupara mit sanftem Lächeln.

Birgitta zwinkerte ihr zu. »Noch bleibt Zeit bis zu meiner Feuerbestattung. Vielen herzlichen Dank.«

»Ihr beiden scheint euch zu kennen«, bemerkte Landril. »Ihr macht sogar den Eindruck von alten Freundinnen.«

»Das sind wir«, setzte Lupara an. »Birgitta war eine der Schwestern, die meinem Volk zugewiesen wurden.«

»Die Dacianaraner nahmen nur selten eine von uns«, schränkte Birgitta ein. »Doch ich vermute, dass auch in diesem Fall die Matriarchin dahintersteckte. Zum einen wollte sie mich aus allem Ärger heraushalten und zum anderen die Bande zwischen unseren Völkern stärken. Doch als Lupara sich für das Exil entschied, musste ich zur Schwesternschaft zurückkehren. Dort wurde ich eine Blaurobe. Alle, die dauerhaft heimkehren, dienen als Tutorinnen für jüngere Schwestern. Seit jener Zeit konnte ich Elysia wieder im Auge behalten. Wie habe ich mich gefreut, dass sie so groß geworden war! Inzwischen ist sie zu einer jungen Frau herangereift. Siebzehn Sommer alt. Erinnert ihr euch noch an die Zeit, als ihr so jung und voller Tatendrang wart? Sie ist ruhig, nachdenklich und hochgefährlich im Umgang mit der Waffe.«

»War es richtig, sie mit Xavir zusammenzubringen?«, fragte Lupara.

Landril hatte sich verblüfft gezeigt, dass Xavir Vater einer Tochter war, noch dazu einer Hexe. Xavir hatte doch deutlich gemacht, dass er jeglicher Magie misstraute. Angesichts seiner Geschichte lagen die Gründe nun verständlicherweise auf der Hand.

Birgitta seufzte tief. »Welche Wahl hatte ich denn? Ich musste doch das Verhalten der Schwesternschaft erklären. Und nachdem das Geheimnis um Elysias Herkunft gelüftet ist, wendet sich bestimmt alles zum Guten.« Gedankenverloren starrte sie in die Ferne. »Ich weiß, warum Xavir uns hasst. Ich kenne ihn kaum, doch er ist vermutlich kein Mann, der seine Liebe allzu oft vergibt. Und dass ihm die Frau, die sein Herz berührte, ohne Abschied entrissen wurde …«

»Tja, wir wissen nicht, was wirklich in ihm vorgeht«, stimmte Landril zu.

»Ja, da hast du recht«, entgegnete Birgitta. »Und nun sagt mir, liebe Freunde, was habt ihr vor? Wie lautet euer Plan? Damit ihr es gleich wisst, Elysia und ich haben keine Vorstellungen, wie es weitergehen soll. Wir wollten die Schwesternschaft einfach nur so schnell wie möglich verlassen.« Sie berichtete von den Bestrebungen, das Bündnis mit Mardonius zu vertiefen, und dass gut ein Dutzend Schwestern aus Protest im Schutz der Nacht geflohen war.

»Uns eint die Ablehnung Mardonius gegenüber«, fasste Lupara schließlich zusammen.

»Ablehnung?« Wütend griff Landril nach unten und riss ein Büschel Grashalme mitsamt den Wurzeln aus. »Ich könnte ein Buch darüber schreiben, warum ich diesen Schurken verabscheue.«

»Du und ich …«, verkündete Birgitta. »Wir verstehen uns schon jetzt sehr gut.«

Landril erzählte, wie sie von Baradiumsfall zum Stillen See gelangt waren, wie man Xavir in den Kerker geworfen hatte und wie die Sonnenkohorte untergehen musste, damit Mardonius den Thron erobern konnte.»Mardonius wurde anstelle von Xavir König. Seit jenem Tag, als die Sonnenkohorte ihre Schmach erlitt, war Cedius' Ehre mit einem unauslöschlichen Makel behaftet. Danach war er nie wieder derselbe.« Landril offenbarte die Namen aller an dem Komplott Beteiligten und kündigte an, dass sie diese demnächst heimzusuchen gedachten.

»Und Xavir soll das Heer anführen?«

»Nein«, antwortete Landril und stützte sich auf die Ellbogen. »Valderon wird die Streitmacht anführen. Er war vor vielen Jahren Offizier in der Ersten Legion. Xavir will nicht mehr an der Spitze eines Heers stehen. Wie er sagt, liegen diese Tage hinter ihm. Aber er will Mardonius für sein Verbrechen an der Sonnenkohorte töten – und für das Abschlachten so vieler Unschuldiger. Doch zuvor müssen wir die nötigen Mittel sammeln, um eine Streitmacht aufzubauen.«

»Er ist immer noch so gekleidet, als wäre er Mitglied der Sonnenkohorte«, stellte Birgitta fest.

»Cedius selbst schenkte ihm die Ausrüstung. Ich weiß nicht, ob der König der Sonnenkohorte tatsächlich die Schuld an der Tragödie gab. Er behandelte Xavir wahrhaftig wie einen Sohn und überließ die Klagenden Klingen meiner Obhut. Ich nahm sie für kurze Zeit mit nach Dacianara, bis auch ich zum Wohl meines Volkes fortging. Mit Baradiumsfall verbindet sich wirklich eine finstere Zeit.«

»Er scheint sich von dem Mann zu unterscheiden, von dem ich in den Legenden hörte«, warf Birgitta ein.

»Die Zeit verändert uns alle«, bemerkte Lupara lächelnd. »Und die Welt hat sich mit uns verändert.«

»Das hat sie, Lupara, das hat sie«, bestätigte Birgitta. »Doch ganz gewiss nicht zum Besseren.«

Als das Licht am Himmel allmählich schwand, zeigte sich, dass Landril recht gehabt hatte. Elysia kehrte ins Lager zurück.

Das Lagerfeuer brannte wieder am Ufer, und alle hatten sich versammelt – die befreiten Männer, die Hexe und die Königin. Schweigend näherte sich Elysia, und das allgemeine Stimmengewirr verebbte für einen Augenblick. Landril beobachtete, wie sie wortlos ihren Platz an der Seite ihrer Mentorin einnahm. Birgitta lächelte verhalten und reichte ihr einen Streifen Dörrfleisch. Mit schmerzerfülltem Blick sah Xavir zu ihr hinüber, wandte sich jedoch gleich wieder ab und starrte ins Feuer.

Mit ihren fein geschnittenen Zügen und dem rabenschwarzen Haar hielt Landril sie für ein hübsches Mädchen, sofern ein Mann Gefallen an hübschen Mädchen fand. Er merkte, wie die anderen sie anstarrten, und hielt es für ratsam, sie vor zotigen Bemerkungen zu warnen. *Nur die Göttin weiß, was Xavir ihnen sonst antäte ...*

Schließlich fragte Valderon die junge Schwester nach ihrem Bogen und ihrer Fähigkeit, Pfeile zu lenken. Sie antwortete höflich: »Ich habe auch häufig mit dem Schwert geübt, doch mit dem Bogen fühle ich mich am wohlsten.«

»Solches Geschick wird sich noch als hilfreich erweisen«, sagte er und deutete auf die Waffe, die sie neben sich auf den Boden gelegt hatte. »Wer hat deinen Bogen gefertigt?«

»Dellius Compol«, erwiderte sie und linste fragend zu Birgitta hinüber, ob sie den Namen auch richtig ausgesprochen hatte.

Zwei der Männer sogen hörbar die Luft ein. Selbst Landril schien beeindruckt.

»Ein Compolbogen?«, fragte Valderon voller Anerkennung. »Ein wertvolles Erbstück also. Er war ein Zeitgenosse von Allimentrus. Nicht wahr, Xavir?«

Xavir nickte nur.

»Bei der Göttin!«, rief Valderon. »Das war die große Zeit der Waffenschmiede. So etwas wird heutzutage einfach nicht mehr hergestellt.«

»Ich weiß nicht viel über ihn«, gab Elysia zu. »Mir scheint, ich habe auch noch vieles andere zu lernen.«

Bei dieser Bemerkung hob Birgitta schweigend die Brauen.

»Zumindest schießt der Bogen recht gut«, fügte Elysia hinzu.

»Besser als die meisten anderen Waffen, möchte ich wetten«, ergänzte Valderon mit einem Grinsen.

Elysia lächelte schüchtern zurück.

Landril griff in seine Satteltasche und holte die seltsamen Rüstungsteile hervor, die er beim Angriff auf die Bewohner von Marva geborgen hatte. »Da wir gerade von geübten Waffenschmieden sprechen ... Könnte einer von ihnen auch so etwas geschaffen haben?«

»Oho! Was haben wir denn da?«, fragte Birgitta.

Landril hielt die Rüstungsteile in den Feuerschein, damit Birgitta sie näher in Augenschein nehmen konnte. »Die habe ich unseren Angreifern abgenommen. Seither versuche ich, die Schrift zu entziffern. Zwar beherrsche ich mindestens zwei Dutzend Sprachen, aber ...«

»Darf ich einen Blick darauf werfen?«, fragte Birgitta.

Gern gab Landril die Stücke nicht aus der Hand, überreichte sie ihr aber schließlich wortlos.

»Lass mich sehen ...« Birgitta beugte sich näher ans Feuer. Sie schien sich ihrer Einschätzung sicher zu sein und nickte vor sich hin. »Ja, einige dieser Worte kann ich entziffern.«

»Wie das?« Landril kniete neben ihr nieder.

»Erst vor Kurzem hatte ich Gelegenheit, mich mit einer ganz ähnlichen Schrift zu beschäftigen«, erklärte Birgitta.

Sie berichtete von ihrer Flucht und dem Zwischenfall in

Dweldor. In epischer Breite erzählte sie von den Schrecken und der ungewöhnlichen Manifestation, die sich den Einheimischen aufgedrängt hatte.

»Und Elysia schoss den Pfeil ab, der die Kreatur zu Fall brachte«, beendete sie ihre Ausführungen. »Allerdings überließen wir es den Dörflern, über das Schicksal des Ungeheuers zu entscheiden.«

»Und du hast diese Schrift in Dweldor gesehen?«, fragte Lupara.

»Jemand hatte sie in das getrocknete Blut an den Zimmerwänden eines Hauses gekratzt. Bei der Quelle! Wer oder was immer für dieses Grauen verantwortlich war, stellt vermutlich eine weitaus größere Bedrohung dar als das Wesen, das wir im Wald zu fassen bekamen. Vermutlich war das nur ein einfacher Krieger. Diese Schrift ist jedenfalls von gleicher Art.« Sie reichte die Fragmente der Rüstung an Landril zurück.

»Welche Sprache ist es?«, wollte Landril wissen.

»Er gehört zu einer ungeduldigen Spezies, stimmt's?« Birgitta kicherte und stieß Elysia leicht an. »Nun, der Grund für unsere Ratlosigkeit liegt darin begründet, dass wir uns bei der Deutung der Schrift bisher auf unseren Kontinent beschränkt haben.«

»Ich bin auch anderer Sprachen mächtig.«

»Wie weit reicht denn dein Wissen?«

»Bis zu den Balanx- und den Blutinseln. Vielleicht auch darüber hinaus.«

»Nicht weit genug. Hast du je vom Volk der Voldirik gehört? Ich glaube, ihm ist diese Sprache zuzuordnen.«

»Bei der Göttin!«, stieß Landril hervor. »Wie kommt diese Schrift dann hierher? Die Länder der Voldirik gelten doch als geradezu mythisch … ja viele Gelehrte stellen ihr Vorhandensein gänzlich infrage. Ich habe viele alte Texte gelesen, in denen Reisen in jenes Land beschrieben wurden. Doch niemals war ganz zu klären, ob diese Geschichten wahr oder erfunden sind. Der Historiker Mavos schrieb, die auf einem Kult begründete Nation Irik habe im Zweiten Zeitalter die hiesigen Gestade verlassen, um andernorts ein neues Reich zu errichten. Daraus soll dann das Volk entstanden sein, das man im Sechsten Zeitalter die Voldirik nannte.«

»Eine wirklich rätselhafte Angelegenheit«, befand Birgitta und richtete sich wieder auf.»Und wie gelangten diese Schriftzeichen auf unseren Kontinent?«

Landril begutachtete alles noch einmal und lächelte leicht. Dank Birgittas Hinweisen konnte er schließlich wenigstens ein Wort entziffern.»Bei genauer Betrachtung ... sieht das hier aus wie die archaische Schreibweise von *Burg*, sofern ich von den Ursprüngen der Sprache bei den Irik ausgehe. Und jenes lange Wort scheint eine Umschrift für Zahlen zu sein.«

Birgitta runzelte die Stirn.»Ich habe ähnliche Schriften gelesen wie du und glaube an die Legende vom Ursprung der Irik. Ebenso wie du verstehe ich Teile des klassischen Sprachgerüsts und habe kleinere Passagen auf einem der Rüstungsstücke erkannt. Der Text handelt offenbar von dem Krieger, der den Panzer trug, und seiner Abstammung. Vermutlich erzählt die Rüstung im buchstäblichen Sinn des Wortes seine Geschichte.«

»Ich wüsste gern, ob jede der Rüstungen eigens an den Träger angepasst wurde«, fragte sich Landril.»An seine Kriegstaten. An seine Herkunft. So oder so zeigt dies sehr deutlich, dass die Träger der Rüstung und damit auch die Marodeure von Marva keine einfachen Wilden waren. Vielmehr gehörten sie einem Volk mit hoher Kultur an.«

»Was sogar noch bedenklicher wäre«, ergänzte Birgitta.

Valderon räusperte sich.»Warum hat sich Mardonius mit

dem Volk der Voldirik zusammengetan, die dann seine eigenen Leute angriffen? Insbesondere jene, die einem Glauben anhängen?«

Alle schwiegen nachdenklich.

»Was mich am meisten umtreibt«, meldete sich Xavir zu Wort, »ist Folgendes. Ich kannte Mardonius trotz seines niederen Standes an Cedius' Hof. Im Engelshof und selbst bei der Märtyrerfeier hielt er keine einzige Rede. Er wandelte zwischen den prächtigen Kalksteintürmen von Stravir umher, nahm aber nie eine herausragende oder auch nur wahrnehmbare Stellung ein. Seine Anwesenheit nutzte keinem, und Cedius vertraute mir an, wie gering er über ihn dachte. Wie kommt es also, dass dieser Mann, dieser kleine Mann, den Religion nie kümmerte, mit einem Mal Gläubige aus ihren Siedlungen vertreibt?«

Während Xavir über seine Vergangenheit sprach, musterte ihn Elysia, die junge Frau mit dem rabenschwarzen Haar und den schönen Augen, ohne den Blick von ihm abzuwenden.

Valderon wies auf die Rüstungsteile. »Diese Gegenstände. Die fremden Krieger. Diese Voldirik. Was glaubt ihr? Treiben sie die Verfolgung der Gläubigen eigenständig voran? Oder handeln sie im Auftrag von Stravimons König?«

»Mardonius ist kein König. Und ich glaube nicht, dass die Marodeure auf eigene Faust handeln«, erwiderte Xavir. »Darauf deuten zumindest unsere jüngsten Entdeckungen und die Erlebnisse der Bewohner von Marva hin. Woher die fremden Horden auch kommen mögen, wer sie auch sind, sie brandschatzen das Land, ohne von Stravimons Streitkräften aufgehalten zu werden. Nein, sie handeln mit Mardonius' Segen. Eine teuflische Allianz!«

In den fernen Bäumen zwitscherte ein Vogel, ein Geräusch, das die Stille ringsum ohrenbetäubend laut durchdrang. Das Sternenlicht hoch oben war von betörender Schönheit.

Xavir erhob sich im Feuerschein und griff zu seinem Schwert. »Heute Nacht übernehme ich die erste Wache.«

Elysia folgte ihm mit Blicken, bis er unter dem Torbogen des Wachturms verschwunden war. Dann starrte sie wieder ins Feuer.

EINE ZWEITE FLUCHT

Nichts störte die Ruhe am Stillen See, als das Spiegelbild des Monds über die glatte Oberfläche hinwegglitt. Die Kargheit der Landschaft sprach Xavir an, und die Einsamkeit wirkte beruhigend auf ihn. Im Kerker und in den Jahren davor war er kaum jemals allein gewesen. Nie hatte er Zeit gehabt, sich zu finden und zu entspannen. Stets war es darum gegangen, Strategien und Pläne zu schmieden.

Die Wölfe schliefen neben Lupara, die sich bei den beiden Hexen zur Ruhe gebettet hatte. Und eine von ihnen war seine Tochter. Vorsichtig stieg Xavir die Stufen hinunter. Die Sohlen seiner Stiefel wisperten auf dem Stein. Während er sich so leise wie möglich verhielt, rief er sich die leichtfüßigen Nachtigallenhaltungen aus seiner Schwertkampfausbildung ins Gedächtnis zurück.

Kurz zuvor hatte er seine wenigen Habseligkeiten zu seiner Stute geschleppt und das Pferd an einem Baum weit abseits der anderen Tiere festgebunden. Er hatte einfach Abstand gebraucht. Dorthin machte er sich nun auf. Die einzigen Geräusche ringsum drangen vom See herüber, dessen Wellen sacht ans Ufer schwappten. Die Luft in dieser Nacht kam ihm ungewöhnlich ruhig vor.

Auch Xavir verhielt sich so still wie möglich und machte beim Losbinden der Stute kaum ein Geräusch. Dann führte er das Pferd den Pfad entlang und rieb ihm den Hals. Als er etwa vierhundert Schritt von den anderen entfernt war, schwang er sich auf den Rücken des Reittiers. Unter seinem Befehl bewegte es sich vorsichtig und ebenfalls nahezu geräuschlos.

Vermutlich hörten ihn jetzt nur die Wölfe, falls das nicht schon längst geschehen war.

Gerade wollte er losreiten, als er hörte, wie sein Name gerufen wurde.

Er wandte sich um. Im Schatten hinter ihm ritt eine andere Gestalt.

Wie zum Teufel hat er mich gesehen?

»Vermutlich hast du irgendwo Ärger gewittert«, mutmaßte Valderon. »Habe ich recht?«

Xavir wandte sich nach hinten um. »Nein! Mach dir keine Sorgen!«

»Wirklich nicht?«

»Ganz gewiss nicht. Kehr ruhig zu den anderen zurück!«

»Um ihnen zu sagen, dass Xavir Argentum, der Krieger, auf den alle ihre Hoffnungen gründen, bei Nacht und Nebel geflohen ist?« Valderon lenkte sein Reittier neben das von Xavir.

»Ich fliehe nicht, Valderon«, widersprach Xavir. »Ich tue das einzig Vernünftige.«

»Vernünftig für wen? Du hast gerade erst erfahren, dass du eine Tochter hast. Bedeutet dir das nichts?«

»Genau deshalb gehe ich, Valderon«, erklärte Xavir.

Beide Männer hielten ihre Pferde an, stiegen ab und standen sich zornig gegenüber.

»Ihr bin ich nicht das Geringste schuldig«, knurrte Xavir. »Stattdessen werde ich der Gerechtigkeit Genüge tun und einen verbrecherischen König entthronen. Und das erledige ich allein. Damit unterstütze ich aber auch eure Pläne und ermögliche es eurer zukünftigen Streitmacht, die Tore von Stravir zu durchschreiten.«

»Selbst ein Mann wie du kann diese Stadt nicht allein stürmen.«

»Ja, möglicherweise sterbe ich bei dem Unternehmen. Dann ist es doch besser, wenn mich meine Tochter erst gar nicht näher kennenlernt.«

»Der Tod wartet auf uns alle«, gab Valderon zu bedenken.

»Aber wenn sie engere Bande zu mir knüpfen würde, wäre der Verlust für sie nur noch schlimmer. Vertrau mir! Früher einmal gab es eine solche enge Beziehung zwischen ihrer Mutter und mir. Ihr Verlust schmerzt noch immer wie ein Speer in meiner Seite. Heute wurde diese Wunde wieder aufgerissen.«

»Ich weiß wenig über dich und deinen Schmerz«, meinte Valderon. »Aber vermutlich hast du Angst vor Verletzung. Elysia will ganz bestimmt ihren Vater kennenlernen. Du bist das einzige Familienmitglied, das sie noch hat. Durch dich erführe sie mehr über ihre Herkunft. Darüber, wer sie ist. Du kannst ihr Kraft geben.«

»Und was kann ich ihr bieten?«, knirschte Xavir. »Einen Namen, der vom Blut Unschuldiger befleckt ist? Eine Legende, die sich selbst überlebt hat? Mein Name und meine Taten sind weithin bekannt. Was brächte es ihr, allenthalben mit mir in Verbindung gebracht zu werden?«

Valderon legte die Hand auf Xavirs Brust. »Sie will *dich* kennenlernen, mein Freund. Deshalb ist sie vorhin zurückgekommen.«

Xavir zog ein langes Gesicht. »Sie wäre besser weggelaufen.«

»Sie war nur kurz weg und kam bald wieder zurück. Sie will erfahren, wer du bist.«

»Sie hat mich kein einziges Mal angesprochen.«

»Glaubst du, es ist so einfach für sie?«, fragte Valderon. »In ihren Augen bist du ein Fremder.«

Xavir blickte über den dunklen See. Der Mond auf seiner Oberfläche war inzwischen weitergewandert. »Ich bin mir selbst ein Fremder.«

»Ich weiß, was du meinst.«

»Für dich war es einfacher«, sagte Xavir. »Dein ganzes Sinnen und Trachten galt der Armee – immer unterwegs und kaum persönliche Verpflichtungen. In der Sonnenkohorte hingegen genoss ich ... mehr Luxus und zusätzliche Befugnisse. Ein elitäres Leben in allen Bereichen. Daran kann man sich gewöhnen, obwohl ich das immer zu vermeiden suchte.« Er schlug sich mit der Faust gegen die Brust. »Mein derzeitiges Leben ist nicht mehr dasselbe, nichts als ein Schattendasein im Vergleich zu früher.«

»Sieh deine Tochter doch als Belohnung an! Vielleicht kann sie dir in Zukunft helfen, dich mit dir selbst zu versöhnen.«

»Ich werde alle abschlachten, die mir Unrecht getan haben«, zürnte Xavir. »Und in meiner Zukunft erkenne ich nichts Versöhnliches.«

»Du hast ihre Mutter erwähnt«, wandte Valderon ein. »Dass sie dich heimsucht. Was würde sie wohl dazu sagen, dass du dich einfach aus der Verantwortung ziehen willst?«

Xavir schloss die Augen und erinnerte sich an seine Begegnungen mit Lischa. Ganz genau wusste er nicht mehr, ob seine Erinnerung auf tatsächlichen Begebenheiten beruhte oder nicht.

»Sie hätte mich dafür gehasst. Und mir einiges an den Kopf geworfen. Danach hätte sie mir wohl mit Magie statt mit Worten Feuer unter dem Hintern gemacht.«

Valderon konnte sich ein Lächeln nicht verkneifen. »Komm mit zurück, Xavir! Lass die junge Frau nicht allein! Um ihrer Mutter willen.«

»Ich verabscheue die Schwesternschaft und ihre Skrupel-
losigkeit.«

»Sie ist nur zur Hälfte eine Hexe«, merkte Valderon an.
»Außerdem wäre es doch von Nachteil für die Schwestern-
schaft, wenn du, Xavir Argentum, die Kriegerin in deiner
Tochter fördern würdest.«

Ein Lächeln erschien auf Xavirs Lippen und verschwand
gleich wieder. Mit der Hand strich er über den warmen Hals
der Stute, während er über den Vorschlag nachdachte.

»Mit ihrem Bogen könnte sie sich tatsächlich als nützlich
erweisen«, sagte Xavir.

Valderon schmunzelte unterdrückt und legte Xavir eine
Hand auf die Schulter. »Das könnte sie in der Tat. Und vergiss nicht, wer ihr Vater ist!«

Die beiden Männer machten mit ihren Pferden kehrt,
und während ein sanfter Wind sie umwehte, herrschte ein
kameradschaftliches Schweigen zwischen ihnen. Der Mond
schob sich hinter den Wolken hervor und warf sein Licht auf
die stille Oberfläche des Sees.

SONNENAUFGANG

Der frühere Befehlshaber der Sonnenkohorte führte sein Morgenritual aus – Dehnungen, Bewegungsübungen, das Durchführen komplizierter Schwertfiguren. Helles Sonnenlicht wärmte ihm das Gesicht, und die Vögel hatten sich schon zu früher Stunde an ihr Tagwerk gemacht. Von ihrem Gezwitscher und gelegentlichem Wasserplätschern abgesehen, war nur er zu hören, wann immer ihm eine besonders große Anstrengung ein Ächzen oder Schnaufen abverlangte.

Die Sonne stieg langsam höher. In der Ferne erkannte er die schmale Rauchfahne des Lagerfeuers, um das sich die anderen zum Morgenmahl versammelt hatten.

»Birgitta hat mir aufgetragen, dich anzusprechen.«

Xavir wandte sich zu seiner Tochter um, die über die Wiese auf ihn zukam. Er verstaute die Klingen auf dem Rücken und fragte sich, ob Elysia irgendwelche Hexenkünste eingesetzt hatte, um ihr Herannahen zu verbergen.

»Nun, jetzt hast du mich ja angesprochen.« Abschätzig musterte Xavir seine Tochter. Dasselbe rabenschwarze Haar wie Lischa. Die blauen Augen genauso entwaffnend, wenn auch aus völlig anderen Gründen.

Als die junge Hexe vor ihm stand, war sie nur knapp einen Kopf kleiner als er. *Groß für eine Frau*, dachte er. Ihren Bogen hielt sie in der Hand, und ein Köcher voller Pfeile hing ihr über der Schulter. Ihre Kleidung war braun und grün, und sie trug einen schmuckreichen Lederharnisch.

»Ich weiß nicht, was ich zu dir sagen soll.« Ihre Stimme
war bar jeder Gefühlsregung.

»Dann sind wir schon zu zweit«, entgegnete Xavir. »Das
alles kam gelinde gesagt ein wenig unerwartet. Außer dem
Ziel, das meine Gefährten und ich gerade im Auge hatten,
war ich völlig planlos.«

»Wohin wollt ihr denn?«

»An gefährliche Orte. Ich könnte getötet werden und habe
vor, viele andere Menschen umzubringen.«

Elysia hob die Schultern. »Ich habe bisher nur Rehe getötet. Das hat mir Birgitta beigebracht. Die Beute bekamen
dann aber die Dörfler in der Nähe.«

»Macht dir das nichts aus?«

»Warum sollte es?«

Sie schwiegen sich an, doch diesmal war die Stille nicht
unangenehm.

»Hast du die Tiere mit diesem Bogen erschossen?«, fragte
Xavir und streckte die Hand aus, um sich die Waffe näher
anzusehen.

Sie reichte sie ihm.

Xavir bewunderte die handwerkliche Arbeit – das Schimmern des polierten dunklen Holzes, die Ausgewogenheit
und die Spannung. Ihm fiel auch der Hexenstein ins Auge,
der am Griff eingelassen war.

Beeindruckt reichte Xavir ihr den Bogen zurück. »Dellius
Compol wusste wahrhaftig, wie Waffen gefertigt werden. Ich
kannte einen Mann, der an der Grenze von Stravimon lebte
und behauptete, Compols Techniken neu entdeckt zu haben.
Doch sein Werk konnte sich nicht mit diesem Bogen messen.«

»Ich kann recht gut damit umgehen.«

»Im Neunten Zeitalter ist mir keine einzige Kriegshexe
bekannt. Zumindest keine, die als Waffe etwas anderes als
Hexensteine einsetzt.«

»Die Schwesternschaft ermutigt ihre Mitglieder nicht zu kriegerischen Handlungen«, erwiderte Elysia.

»Die Schwesternschaft ermutigt niemanden in besonderer Weise«, konterte Xavir.

»Du kanntest meine Mutter«, sagte Elysia.

»Das liegt wohl auf der Hand«, sagte Xavir und wies mit der Linken auf seine Tochter.

Sie lächelte peinlich berührt. »Wie war sie?«

»Stolz. Stur. Versessen auf die Erprobung neuer Magie. Sie legte keinen Wert auf Regeln, doch mir erging es damals nicht anders. Sie war gern sarkastisch und leicht zu erzürnen. Aber wir liebten uns.«

Elysia saß auf der Wiese und schirmte die Augen vor der Sonne ab, während sie auf den See hinausspähte. Xavir überwand seine Unsicherheit und ging neben ihr in die Hocke.

»Du siehst deiner Mutter wirklich sehr ähnlich«, sagte er. »Gestern war mir fast so, als stünde sie vor mir. Ich lernte sie kennen, als sie gerade ein Jahr älter war als du. Damals kam sie zu meinem Clan.«

»Wie war das?«, fragte Elysia. Auch diesmal klangen ihre Worte völlig neutral. »Wie war sie?«

Xavir berichtete über die frühen Tage auf dem Anwesen seiner Familie, über seine Zeit als Krieger und wie es dazu kam, dass sich Lischa ihm anschloss. Elysia hörte geduldig zu und schwieg. Einen so ausführlichen Monolog hatte Xavir schon seit Langem nicht mehr gehalten.

»Und du?«, fragte Elysia. »Wer bist *du*?«

»Das erklären dir andere bestimmt noch früh genug. Belassen wir es dabei – ich bin ein Soldat, der unter Cedius dem Weisen einen hohen Rang einnahm.«

»Von ihm habe ich gehört. Der berühmte König von Stravimon.«

314

»Großzügig und klug war er ebenfalls. Nicht wie dieser barbarische Narr, dem das Land derzeit untersteht. Auf dem Thron zu sitzen macht einen Mann längst noch nicht zum König. Nur weil er das Recht des Stärkeren besitzt, ist er noch kein Herrscher.«

»Noch spät in der Nacht hat mir Birgitta gestern erzählt, dass aus dir fast ein König geworden wäre. Stimmt das?«

»Das mögen manche zwar mutmaßen, aber jetzt sitze ich barhäuptig vor dir – ohne Krone.«

»Macht denn die Krone einen Mann zum König?«

Xavir schwieg.

»Warum hast du Cedius' Dienste verlassen?«

»Man hat mich ... hereingelegt.« Mit knappen Sätzen berichtete Xavir, wie er von anderen Mitgliedern aus Cedius' Führungsriege verraten und in den Kerker geworfen wurde. »Wie es scheint, verläuft mein Weg in Zukunft parallel zu dem von Lupara und dir. Denk bitte nicht schlecht von mir, wenn du mich bei den schlimmen Taten ertappst, die ich begehen werde.«

»Warum sollte ich?«

Xavir warf ihr einen unsicheren Blick zu. »Es ist nicht meine Art, Unbewaffnete zu erschlagen. Aber ich werde in so manches Haus eindringen und die Bewohner niedermetzeln. Ein solches Monster ist inzwischen aus deinem Vater geworden, Elysia. Jemand, der Politiker und Generäle im Ruhestand ermordet – und schließlich irgendwann auch einen Schurken, der sich zum König aufspielt. Doch sie alle haben den Tod verdient. Meine ruhmreichen Tage liegen schon lange hinter mir.«

Elysia antwortete nicht.

»Komm!«, rief Xavir und erhob sich. »Ich will die junge Kriegshexe im Einsatz sehen.«

Vater und Tochter begaben sich in einen Eichenhain inmitten einer kleinen Senke, die vom Lager aus am anderen Ende des Sees lag. Der Himmel war noch immer wolkenlos, und in der Hitze verströmte der Uferbewuchs den Geruch von trockenem Holz. Mit der Spitze einer der Klagenden Klingen ritzte Xavir ein Kreuz in einen Baumstamm. Dann entfernten sich beide dreißig Schritt weit ins Halbdunkel.

»Kannst du von hier aus die Mitte treffen?«, fragte Xavir.

»Meinst du das ernst?«, entgegnete Elysia mit einem Lächeln. »Es ist kein besonders schwieriges Ziel.«

»Dann triff!«, verlangte Xavir.

Elysia griff mit einem Arm über die Schulter und hob mit der anderen den Bogen. Xavir beobachtete, wie sie sich konzentrierte und dabei die Stirn krauste. Sie ließ den Pfeil fliegen, der prompt in den Baumstamm einschlug. Mit raschen Schritten eilte Xavir zu dem behelfsmäßigen Ziel und stellte fest, dass Elysia genau die Mitte der Markierung getroffen hatte.

Als Elysia zu ihm aufschloss, war ihr stolzer Blick nicht zu übersehen. Selbstbewusst hatte sie die Arme vor der Brust verschränkt. »Dann zeig mir etwas Schwierigeres!«

Sie warf ihm einen spielerisch düsteren Blick zu. »Bleib stehen und beweg dich nicht!«

Sie umrundete ihren Vater und näherte sich dem Rand des Hains. Dabei wich sie immer wieder den Baumwurzeln aus, die den Boden überwucherten. In einer Entfernung wie beim letzten Schuss, aber in einem anderen Winkel hielt sie inne. Der Reiz aber bestand darin, dass Xavir genau zwischen seiner Tochter und dem Kreuz stand, das er in den Baum geritzt hatte.

»Beweg dich nicht!«, verlangte sie noch einmal.

Xavir hob die Brauen, rührte sich jedoch nicht, während er jede ihrer Bewegungen verfolgte. Offensichtlich stellte sie ihn auf die Probe. Diesmal brauchte sie etwas länger, um den Bogen zu spannen. Trotzdem hatte sie binnen weniger Wimpernschläge auf ihn angelegt. Dann aber nahm sie sich Zeit und schloss kurz die Augen. Er fragte sich, ob sie wirklich wusste, was sie tat.

Elysia ließ den Pfeil von der Sehne schnellen. Dieser raste auf Xavir zu und bog einen Schritt vor seinem Kopf zur Seite ab. Er umkurvte den Krieger in engem Bogen, wobei er Xavir so knapp verfehlte, dass dieser einen leichten Windhauch verspürte. Kaum war er am Vater vorbei, kehrte er auf die ursprüngliche Flugbahn zurück und traf den Baum. Das alles dauerte kaum einen Herzschlag lang.

Xavir trat näher und sah nach, wo der Pfeil eingeschlagen war. Elysia hatte das Kreuz um kaum einen Fingerbreit verfehlt, wenn überhaupt. Hätte der Pfeil einen Menschen getroffen, wäre dieser mit Sicherheit tot gewesen.

»Beeindruckend.« Xavir beobachtete, wie Elysia zwischen den Bäumen hervortrat und auf ihn zukam. Der Stolz auf ihrem Gesicht war unübersehbar.

»War das nun deine Leistung oder die des Bogens?« Xavir deutete mit einer Geste die geschwungene Flugbahn des Pfeils an.

»Ein wenig von beidem«, erläuterte sie. »Es ist zweifellos die Quelle, die den Pfeil bewegt. Aber wie bei jedem anderen Hexenstein kommt ein Teil von mir, der andere Teil von … den Elementen.« Sie wies auf den funkelnden Stein, der in den Bogen eingelassen war. »Dies ist einer der wenigen Hexensteine, mit deren Unterstützung ich wirklich gut bin. Die Magie wirkt auf den Wind, der den Pfeil umgibt, und lenkt ihn nach Belieben. Kurven sind dabei noch die leichtere Übung. Sehr viel schwerer lässt sich einschätzen, was sich auf der Rückseite eines Gegenstands befindet, die ich ja nicht sehen kann. Dabei kommt es sehr auf das Gedächt-

nis an. Und an meinen festen Glauben, obwohl Birgitta das
nicht gern so nennt. Es gibt auch andere Steine, die zu den
verschiedensten Zwecken in die Pfeile eingelassen wurden.
Manches ist vorgegeben, aber ich muss stets auch meinen
Willen einsetzen. Letztendlich habe ich aber immer noch
den Bogenstein, der mich leitet.«

»Das ist nützlich«, befand Xavir nachdenklich. »Sehr nützlich sogar. Kannst du auch andere Waffen führen?«

»Manchmal habe ich mit dem Schwert geübt und bin darin
auch recht geschickt. Aber wie gut ich bin, kann ich nicht so
recht beurteilen. Außer Birgitta hatte ich nämlich nie einen
Gegner, und sie meinte, sie sei nicht mehr so schnell wie
früher.«

»Schwertkampf.« Xavir nickte. »Gut. Wenn du willst,
unterrichte ich dich weiter. Sonst noch etwas?«

»Mit zwölf Sommern habe ich mich an der Axt versucht,
aber die war mir einfach zu schwer. Mir gefällt der Bogen
am besten.«

»Welche Magie kannst du sonst noch wirken?«

»Das ist nicht meine …« Sie hielt inne. »Hör zu! So gern
ich es behaupten würde, zählte ich nicht zu den begabtes-
ten Schwestern von Jarratox. Ich will ehrlich sein. Die Mitschwestern hassten mich, und auch ich war ihnen nicht
zugetan.«

»Nun, dann haben wir ja etwas gemeinsam«, spottete Xavir
mit dem Anflug eines schiefen Grinsens. »Mir fiel das Lernen
auch nie leicht, aber mit einer Klinge konnte ich umgehen.«

»Birgitta wusste immer, dass ich nicht gern aus Büchern
lerne. Deswegen brachte sie mir die Fertigkeit mit dem
Bogen bei. Sie behauptete, dies sei eine alte Kunst und die
Schwestern früherer Zeiten seien vielleicht alle so gewesen
wie ich. In Kriegszirkeln hätten sie damals die Wälder durch-
streift.«

»Stimmt das?« Er hoffte, dass es so war. Ein Gefühl regte sich in ihm.

»Ich weiß es nicht. Ich kann nur sagen, was Birgitta mir erzählt hat. Aber diese Stunden waren mir lieber als die am Pult oder am Schreibtisch.«

»Die Kriegskünste sind jedenfalls wesentlich lebensnaher als jede Stubenhockerei.« Xavir beurteilte Elysia nur nach der Maßgabe, ob sie ihn bei seiner Queste unterstützen konnte. Allerdings wusste er, wie falsch das war. Doch als Soldat hatte er keinerlei Erfahrung, wie sich ein guter Vater verhalten hätte.

Eine Weile standen sie beide einfach nur da, weil das Gespräch verebbt war.

»Warum haben wir uns eigentlich alle hier in Burgassia versammelt?«, fragte Elysia schließlich. »Birgitta hat mich in einiges eingeweiht, aber ich bezweifle, dass ihr Plan über unsere Flucht aus Jarratox hinausging.«

»Eine gute Frage«, antwortete Xavir. »Hast du von Mardonius und seiner Absicht gehört, das eigene Volk auszulöschen?«

»In seine Machenschaften ist sogar die Schwesternschaft verwickelt«, erwiderte Elysia. »Wie Birgitta gestern Nacht schon erwähnte – Mardonius war der Anlass für unsere Flucht.«

»Mit meiner Unterstützung werden Valderon, Lupara und der Meisterspion Landril eine Streitmacht aufstellen, die den Schurken zu Fall bringen soll. Für das Verbrechen, das er an mir begangen hat, werde ich ihn eigenhändig umbringen. Obwohl es mir anders lieber wäre, brauchen wir für unser Vorhaben auch Magie. Und das ist vermutlich der Punkt, an dem du und Birgitta ins Spiel kommen.«

»Werden wir uns beide eurem Heer anschließen?«

»Falls Birgitta recht hat, verfügen Mardonius' Truppen

offenbar über die Hilfe von Hexen. Birgitta müsste eine unangenehme Aufgabe übernehmen. Sie wird sich aber nicht verweigern, nachdem sie und Lupara alte Freundinnen sind.«

»Sie wird euch unterstützen«, versicherte Elysia. »Aber wenn du früher Befehlshaber der königlichen Truppen warst – warum bist du dann nicht der zukünftige Anführer?«

»Ich befehlige keine Truppen mehr.« Xavir spähte in die Ferne und kniff die Augen zusammen. »Ich helfe auf meine Weise und suche nach Mitteln, um ein Heer und dessen Ausrüstung bezahlen zu können. Es wird Wochen, vielleicht Monate dauern, bis wir eine schlagkräftige Streitmacht aufgebaut haben. Am Ende wird Valderon sie anführen. Er ist ein Mann von Ehre.«

»Und du bist kein Mann von Ehre?«, fragte Elysia.

Xavir schüttelte grimmig den Kopf. »Ich weiß nicht mehr, wer oder was ich bin.«

Mit gemächlichen Schritten kehrten Vater und Tochter zum Lager zurück. Elysia ging auf Birgitta zu. Xavir erspähte Valderon auf einem großen Felsen am Ufer, wo er seine Klinge mit einem Stein schliff. Schweigend ließ er sich neben ihm nieder und betrachtete nur den ruhig daliegenden See, atmete die frische Luft und genoss die Sonnenstrahlen.

»Diese Schwerter sind nicht besonders hübsch«, befand Valderon schließlich. »Wir könnten bessere Waffen gebrauchen.«

»Solange sie töten …«, meinte Xavir.

»Sagt der Mann mit den hervorragenden Klingen. Und? Wie war die Begegnung mit deiner Tochter?«

»Ich eigne mich nicht zum Vater«, seufzte Xavir. »Was immer auch dazu nötig sein mag. Es war nicht ganz einfach.«

»Solche Beziehungen entwickeln sich nicht über Nacht«, gab Valderon zu bedenken. »Jeder muss daran arbeiten und sie immer weiter verfeinern, so wie ich diese Klinge schleife. Es dauert seine Zeit, sie zu glätten und brauchbar zu machen.«

»Und doch bist du in deinem Fall am Ende nicht glücklich mit der Waffe«, meinte Xavir.

»So ist das eben mit der Familie.« Valderon grinste. »Also, wann brechen wir auf?«

»Lupara will noch klären, ob sich die beiden Hexen tatsächlich unserer Truppe anschließen wollen. Elysias Fähigkeiten haben mich überzeugt – sie könnten sich als nützlich erweisen. Sobald sich die beiden Frauen entschieden haben, setzen wir unseren Weg fort. Wir sind nur noch wenige Tage von unserem ersten Opfer entfernt ...«

»Dich dürstet's nach Blut, mein Freund.« Valderon lachte düster in sich hinein und schüttelte den Kopf. »Ungesunde Triebe sind das ...«

»In gewisser Hinsicht bestimmt. Aber bist du nicht gespannt, wie sich unser Haufen schlagen wird?« Xavir deutete mit dem Kinn auf die anderen freien Männer, die am Ufer miteinander scherzten. Aus der Ferne war sogar ihr Gelächter zu hören.

»Einige von ihnen werden sich als gute Kämpfer erweisen. Davlor wahrscheinlich eher nicht. Tylos weiß mit dem Schwert umzugehen. Jecral scheint auch einiges Geschick zu besitzen. Er war für kurze Zeit Söldner, wie er mir erzählte. Obwohl er in einen guten Clan hineingeboren wurde, machte er harte Zeiten durch«, fuhr Xavir fort. »Er musste alles einsetzen, was ihm zur Verfügung stand – sowohl seine Fähigkeiten als auch seine weltweiten Verbindungen.«

»Auf diese Weise erwirbt ein Mann gewisse Eigenschaften, die sich später als nützlich erweisen. Andere hingegen sind trotz ihrer Herkunft kaum mehr als Schläger, doch wir haben auch für Schläger Verwendung.« Valderon beendete das Schleifen seines Schwerts, legte die Werkzeuge auf eine Seite und zog die Knie an die Brust. »Ich mache mir keine Sorgen um ihre Fähigkeiten. Sie brauchen tägliche Übung und sollten regelmäßig an geplanten Angriffen teilnehmen. Wenn du es erlaubst, könnte dein erster Überfall ihnen genau diese Gelegenheit bieten.«

»Ich lehne ihre Begleitung nicht ab.« Xavir stützte sich nach hinten auf die Hände. »Aber sobald wir am Ziel eintreffen, müssen wir erst einmal die Lage sondieren.«

»Echte Sorge bereitet mir vor allem die Frage, was uns in Stravimon selbst erwartet«, warf Valderon ein. »Auf der Straße haben wir nur wenige Reisende gesichtet. Das allein ist schon verwunderlich, findest du nicht auch? Natürlich waren wir über lange Strecken querfeldein unterwegs und nutzten die alten Wege. Aber auch diese abgelegenen Pfade waren früher von Händlern, Gauklern und Barden bevölkert. Wohin sind sie alle verschwunden?«

Die Hexen hatten eingewilligt, die Truppe auf ihrem Weg zu begleiten. Und so setzten sich alle schon binnen einer Stunde wieder in Marsch.

Lupara hatte den beiden Schwestern einen ihrer Wölfe angeboten und gleichzeitig verkündet, dass sie sich mit Valderon ein Pferd teilen wolle. Xavirs ehemaliger Rivale aus dem Gefängnis gab sich alle Mühe, sein Unwohlsein ob dieser Geste nicht zu zeigen. Er fragte sogar, ob sich nicht einer der anderen Wölfe ebenfalls als Reittier eignete, denn schließlich sollte Lupara es möglichst bequem haben. Doch Lupara lehnte ab. Sie meinte, die anderen Wölfe seien Späher und könnten ein weites Feld abdecken.

Xavir schmunzelte und war der Meinung, dass Valderon wohl eher im Alleingang ein Heer zu schlagen vermochte, als Luparas Annährungsversuchen zu entrinnen.

Birgitta war das Reiten auf einem Wolf nicht geheuer. Obwohl es einen passenden Ledersattel gab, brauchte sie mehrere Minuten, um das Tier zu besteigen. Elysia bog sich vor Lachen, als ihre Mentorin auf der anderen Seite kopfüber wieder herunterfiel.

Schließlich verließ die Truppe das Gebiet um den Stillen See und ritt durch die uralte Landschaft Burgassias. Sie gelangte in üppige Gegenden mit grün wogenden Hügeln und dichten Wäldern. Xavir verspürte immer stärkere Unruhe und Anspannung, hieß diese Gefühle als Vorboten seines übermächtigen Tatendrangs aber durchaus willkommen. Es waren die gleichen Empfindungen, die ihn am Vorabend einer Schlacht erfüllten. Er wusste, bald würde er jenen gegenüberstehen, die für alles verantwortlich waren – für seinen Sturz, für den Verrat am König, für die Ermordung seiner Brüder und für seine Einkerkerung in der Höllenfeste. Es wurde Zeit, dass sie dafür büßten.

ZEIT FÜR DEN ANGRIFF

»Er lässt Späher patrouillieren. Ein gutes Dutzend. Mehr nicht.«

Tylos war von einem Aufklärungsgang auf eine Erhebung an der Grenze zu Stravimon zurückgekehrt. Sein Ausflug hatte ihn bis dicht an das befestigte Anwesen von General Havinir herangeführt. Er wirkte unbekümmert wie immer und versicherte, dass keine unmittelbare Bedrohung bevorstand. Xavir mochte den beruhigenden Einfluss und den sorglosen Charme des dunkelhäutigen Gefährten. Es gab kein Thema, über das er nicht zu plaudern wusste. Wann immer sich einer der Männer über eine Nichtigkeit beschwerte, hatte er einige aufmunternde Worte parat. Und seit Neuestem zitierte Tylos am Lagerfeuer Gedichte aus Chambrek und beschwor selbst in nieseligster Nacht noch Bilder aus exotischen Gefilden herauf. Einen Begleiter wie ihn hätte Xavir bei seinen früheren Feldzügen gern dabeigehabt.

Nachdem Tylos seine Beobachtungen weitergegeben hatte, nahm er neben den anderen Platz. »Warum so finster, Davlor? Du scheinst dich nicht zu freuen. Ängstigt dich der Gedanke, dass du bald eigenhändig Blut vergießen wirst?«

Davlor richtete sich auf und reckte das Kinn. »Ich kann es kaum erwarten! Es ist nur so, dass … nun … äh … ich musste bisher nicht groß über das Kämpfen nachdenken. Es ergab sich immer von selbst. Wir wurden angegriffen, und da blieb keine Zeit zum Herumhocken und Abwarten, dass einer uns holte. Nachdenken war nie so meine Sache. Auf dem Bauernhof haben wir zugepackt, wenn's nötig war, und genommen, was uns die Jahreszeiten bescherten.«

»Denken kann die reinste Tortur sein, stimmt's?«, meinte Tylos. »Aber Kopf hoch! Und vergiss nicht, dass wir gar nicht so viele Männer umbringen müssen.«

»Tylos hat recht«, sagte Valderon. »Du wirst kaum merken, wie schnell alles vorbei ist.«

»Dann kannst du dich wieder hinter Mutters Rockzipfel verstecken«, spottete Jedral und stieß dem Bauernknecht eine Stiefelspitze in die Rippen.

»Verpiss dich!«, murmelte Davlor. »Ich hab schon alles im Griff.«

»Was hast du alles im Griff? Deinen Schwanz?«

»Wenigstens hab ich einen.«

»Reißt euch zusammen!«, mahnte Tylos.

In jener Nacht entfachten sie kein Feuer, waren sie ihrem Ziel doch schon zu nahe. Alle hatten sich in Decken gehüllt und hielten sich mühsam warm. Lupara schmiegte sich an einen ihrer Wölfe, während Birgitta und Elysia neben einem der beiden anderen Tiere lagerten.

»Kurz vor Sonnenaufgang, wenn der Mond den Hügel dort drüben berührt, schlagen wir zu«, verkündete Xavir. »Der Wind wird auffrischen, und sein Brausen wird unseren Angriff übertönen.« Dann wies er auf seine Tochter und ihre Mentorin. »Elysia und Birgitta begleiten uns. Vermutlich ist das Herrenhaus durch Schutzzauber gesichert, nachdem es dort offenbar keine militärische Verteidigung gibt. Ihr anderen wartet ab. Hier. Bei Valderon.«

Wie es schien, war nicht nur Elysia angesichts von Xavirs Vorschlag höchst überrascht.

»Falls nötig, sind Valderon und Lupara die Befehlshaber von euch anderen. Folgt uns aber nur, wenn wir nicht zurückkehren! In diesem Fall gilt – je kleiner die Truppe, umso besser. Bei unserer Mission geht es um Nachforschungen und um das Ausschalten von Soldaten. Wenn irgend möglich erledigen wir das allein. Der Rest von euch kann sich ausruhen. Selbst du, Davlor.«

Harrand erhob sich, verzog das Gesicht und wandte sich entrüstet an Xavir. »Diese Weiber sollen dir folgen, wir aber nicht? Nach allem, was wir getan haben, um deinen adligen Hintern aus dem Knast zu befreien?«

Einer der Männer atmete zischend ein. Xavir erwiderte Harrands Blick, der daraufhin beschämt die Augen niederschlug.

Mit einer wegwerfenden Geste wandte er sich ab. »Ach, vergiss es! Ich bin einfach nur müde und möchte dringend jemanden umlegen.«

»Damit könntest du doch schon mal bei dir selbst anfangen«, murmelte Davlor.

Mit einem wilden Schrei stürzte sich Harrand auf seinen Kameraden. Valderon sprang auf und stieß Harrand den Handballen vor die Brust. Der Getroffene taumelte und kippte rückwärts ins dunkle Gras. Davlor wirkte von der jähen Bewegung völlig verdattert.

»Wir kämpfen nicht *untereinander*!«, knurrte Valderon. »Vor allem nicht vor dem Eingangstor unserer Feinde. Wenn du krepieren willst, soll's mir recht sein. Aber wir sterben nicht für deine Torheit.«

Harrand rieb sich das Handgelenk und vergewisserte sich, dass er sich bei seinem Sturz nicht verletzt hatte. Sein Gesicht war wutverzerrt.

Xavir linste zu Landril hinüber, der nur den Kopf schüttelte und das Gesicht in den Händen vergrub. »Meisterspion«, fuhr Xavir fort, »dich brauche ich wahrscheinlich auch.«

»Ich bin kein Kämpfer«, hielt Landril dagegen. »Wenn dir ein Kämpfer lieber ist, dann ...«

»Ich erwarte nicht, dass du kämpfst.«

»Was willst du von mir?«

»Antworten«, murmelte Xavir und zögerte. »Mein Umgang mit Havinir fällt sicher eher grob aus. Du hingegen bist ein wenig sanfter.«

»Wie du wünschst«, erwiderte Landril.

»Ich spüre weit und breit so gut wie keine Magie«, erklärte Birgitta und atmete die kalte Luft ein. In der Ferne schrie eine Eule, die offenbar eine ahnungslose Maus erbeutet hatte. Die beiden Schwestern, Xavir und Landril waren in die magische Finsternis eingehüllt, die Birgittas Stab verbreitete. Bisher hatten sie keinerlei Bedrohung entdeckt. Das Herrenhaus bestand aus stumpfgrauem Stein und war hinter dichten Bäumen leicht zu erkennen. Vor einer Seite des Gebäudes erstreckte sich eine wild wuchernde Wiese.

»Wie kann das sein?«, flüsterte Xavir.

»Schwestern können Magie aus der Ferne erspüren. Hier gibt es aber keine außer der Magie in meinem Stab.«

»Das verwundert mich nicht weiter«, meinte Landril. »Vielleicht ist seinem Clan einfach keine Hexe zugeteilt worden. Vielleicht denkt er sogar, dass er keine Magierin braucht.«

»Unwahrscheinlich«, widersprach Xavir. »Ich erinnere mich noch genau an Havinir. Er wandte immer Magie an, und Hexensteine gehörten zu seiner Taktik. Auch über die Vorgehensweisen der Schwesternschaft ließ er sich regelmäßig berichten. Cedius sollte zudem Einfluss auf die Schwesternschaft nehmen, damit ihm die mächtigsten Hexen und Hexensteine zur Verfügung standen. Zweifellos gibt es gute Gründe, wenn hier keine Magie zu finden ist …«

Xavir hielt inne, hob eine Hand und wies mit der anderen auf eine Stelle zwischen den Bäumen. »Dort drüben steht ein Wächter ohne Helm. Elysia, ziel auf seinen Kopf und schieß einen Pfeil ab!«

Die junge Frau zögerte sichtlich und wirkte verunsichert, widersprach aber mit keinem Wort. Ohne zu ihrer Mentorin hinüberzusehen, zog sie mit zitternden Fingern einen Pfeil aus dem Köcher und hob den Bogen.

Jetzt erlebe ich, aus welchem Holz meine Tochter geschnitzt ist, dachte Xavir.

Elysia schoss mit einem leisen Seufzer. Das Opfer brach im Unterholz zusammen, doch Xavir schenkte ihm keinerlei Aufmerksamkeit. Stattdessen starrte er seine Tochter an, die gerade ihren ersten Menschen getötet hatte. Sie kniete auf der feuchten Erde und atmete stoßweise.

Xavir ging neben ihr in die Hocke und legte ihr eine Hand auf die Schulter. »Der Mann starb rasch und schmerzlos«, flüsterte er und zog sie auf die Füße. »Er war Soldat und musste stets mit dem Tod rechnen. Was du getan hast, war schwer, und du wirst dich immer daran erinnern. Stell ihn dir am besten als einen Rehbock im Wald vor. Die Soldaten hier draußen sind wie Wild. Du wirst die Tat verkraften. Aber ich brauche weitere Pfeile von dir.«

Elysia nickte, und Xavir drehte sich wieder um. Birgitta trat näher und legte ihrer Schülerin eine Hand auf den Arm, um sie wegzuführen.

»Er hat recht«, flüsterte sie. »Und leider wird dir das Töten immer leichterfallen.«

Sie schritten am Rand des Geländes entlang und schalteten dabei fünf weitere Soldaten aus. Jeder wurde schnell und fast unbemerkt durch Klinge oder Pfeil getötet.

Wir kommen viel zu leicht voran, dachte Xavir.

Havinirs Alterssitz war ein rechteckiges großes Haus, das wohl mehr der Bequemlichkeit diente, als einer Belagerung standzuhalten vermochte. Unter dem Dach wies es zwar

Zinnen auf, doch zugleich gab es auf allen Seiten auch große Bogenfenster. Ein Wassergraben umsäumte das Gebäude. Auf der Ostseite war die einzige Zugbrücke hochgezogen worden. Im Wachhäuschen vor dem Eingang saßen zwei Wächter, sodass sich die Angreifer lieber der Rückseite des Herrenhauses zuwandten und am Grabenrand aufstellten. Zwischen ihnen und der anderen Seite lagen mindestens sechs Schritt.

»Was nun?«, fragte Landril.

»Sie beherrscht das Erdformen.« Xavir wies auf Birgitta und trat zurück. Dann spähte er nach oben, ob jemand auf den Zinnen stand. »Sie hat schon einmal den Boden umgeformt. Also wird sie es ohne Weiteres wieder schaffen.«

»*Sie* hat einen Namen, du ungehobelter Klotz!«, zischte Birgitta. »Aber einverstanden. Nur lässt es sich nicht vermeiden, dass wir kurz sichtbar werden. Geht also allen Angriffen tunlichst aus dem Weg!« Birgitta legte ihren Stab ab und zog einen braunen Hexenstein aus ihrem Bündel. Leise stimmte sie einen magischen Spruch an.

Der Boden erbebte. Das Ufer des Grabens auf ihrer Seite bewegte und verwandelte sich und bildete einen breiten Ausleger. Schlammige Wurzeln rankten sich knarrend wie alte Dielen über den Graben, bis sie schmatzend das andere Ufer erreichten und wieder Stille einkehrte.

»Elysia!« Xavir deutete nach links und rechts. Von dort näherten sich zwei Wächter. »Schnell!«

Sie feuerte mehrmals rasch hintereinander. Einer der beiden Männer wollte sich zur Seite wegrollen. Der Pfeil flog eine Kurve und folgte der geduckten Bewegung des Mannes. Er brach tot zusammen und glitt ins Wasser. Das Gesicht des anderen Mannes zerbarst auf grässliche Weise, und eine Blutfontäne spritzte gegen die Wand des Herrenhauses.

»Oh, aus Versehen habe ich einen Pfeil mit einem Hexenstein abgeschossen«, flüsterte Elysia und erschauerte unwillkürlich beim Gedanken an ihren Fehler. »Ich muss den Bogenstein nur bei einem gewöhnlichen Pfeil mit meinem Willen erfüllen.«

Alle beobachteten, wie die gesichtslose Gestalt nach wenigen Wimpernschlägen auf die Knie fiel.

»Ein Schuss mit wahrlich dramatischer Wirkung ... und das ist noch untertrieben«, merkte Landril an. »Bei der Göttin! So etwas habe ich noch nie gesehen.«

Mit flinken Schritten überquerte Xavir die Erdbrücke, deren Ranken noch leicht an seinen Sohlen hafteten. Er erreichte die andere Seite und lehnte sich dort an die Hauswand. Die anderen schlossen eilig zu ihm auf. Der Himmel hatte noch nicht das zarte Purpur des Sonnenaufgangs angenommen, und die umliegenden Hügel lagen weiterhin im Sternenglanz. Ein scharfer Geruch waberte durch die Luft.

Birgitta benutzte abermals ihren Stab, um sich und ihre Begleiter in Finsternis zu hüllen, und so rückten sie vorsichtig zum vorderen Teil des Gebäudes vor.

Zwei Wächter standen dösend vor dem Wachhäuschen am Haupteingang. Dies war ein großer Torbogen mit einer doppelten Flügeltür am Ende einer steinernen Treppe mit fünf Stufen.

Mit einer Bewegung, die als der Herabstoßende Akero bekannt war, zog Xavir den beiden Männern die Spitze je einer seiner Klagenden Klingen durch die Kehle. Geräuschlos brachen sie vor dem Eingang zusammen, noch bevor sie nach ihren Waffen greifen konnten.

Die Tür war verschlossen, und vermutlich hielten sich dahinter weitere Wächter auf. Xavir und seine Gefährten zogen sich einige Schritte zurück, damit man sie im Innern des Herrenhauses nicht hörte.

»Beherrschst du die Schwarzen Künste?«, flüsterte Xavir Birgitta fragend ins Ohr und wies auf die Toten.

»Nekromantie?«

»Natürlich.« Xavir legte die Stirn in Falten.

»Ganz sicher nicht.« Birgitta verschränkte die Arme vor der Brust und musterte ihn finster.

»Kannst du nicht einen der beiden Toten wiederbeleben, damit er den Wächtern hinter der Tür ein Passwort zuraunt?«

»Bei der Quelle! Solchen Unsinn höre ich mir nicht weiter an!« Entsetzt schüttelte Birgitta den Kopf. »So etwas ist verboten. Ganz abgesehen davon, dass es ziemlich schwierig in die Tat umzusetzen wäre.«

»Wie gelangen wir sonst unbemerkt dort hinein?«, wollte Xavir wissen. »Die Tür ist höchstwahrscheinlich verriegelt. Wir wissen nicht, was uns dahinter erwartet.«

»Die Tür ist nicht verriegelt«, widersprach Landril. »Sie ist vermutlich nur abgeschlossen. Ich erkenne einen entsprechenden Mechanismus.«

»Also bitte, da hätten wir es ja!«, rief Birgitta. »Ich zerschmelze ganz einfach den Mechanismus und mache finstere Barbarei somit völlig überflüssig.«

Die Hexe wühlte in ihrer Tasche und zog einen roten Hexenstein hervor. Ein Ende klemmte sie ihn in das Schloss und flüsterte dem Stein etwas zu. Das Schloss leuchtete erst bernsteinfarben und dann wesentlich greller auf. In seinem Innern ging etwas zu Bruch.

»Bitte sehr«, sagte Birgitta und reckte sich stolz.

Vorsichtig öffnete Xavir die Tür einen Spaltbreit, um sie dann unvermittelt ganz aufzustoßen. Im Schutz von Birgittas Magie schob er den Kopf hinein und warf nach rechts und links einen raschen Blick in die Dunkelheit.

»Keiner da«, raunte Xavir über die Schulter. »Dort draußen waren es zehn Soldaten, und Tylos hat insgesamt ein

Dutzend gezählt. Es könnten aber auch mehr sein. Die anderen warten wahrscheinlich noch auf ihre Schicht und halten sich irgendwo dort drinnen auf. Aber diese Männer müssen wir als Erste zur Strecke bringen.«

Xavir führte die Gefährten durch die düsteren Steinkorridore von Havinirs Herrenhaus. Die Umgebung hatte eine eigentümliche Atmosphäre und wirkte, als seien viele Bereiche des Gebäudes ungenutzt oder verwahrlost, obwohl hier offenbar viele Menschen lebten. Die Wände waren mit uralten Helmen, Schilden, wappenbestickten Bannern, gekreuzten Schwertern und Streitkolben geschmückt. Über allem lag eine gewisse Muffigkeit, eine Aura des Zerfalls. Ratten stoben vor den Herannahenden davon, und als er ihr Quieken hörte, hielt Xavir inne. Doch dann nahm er aus einer benachbarten Kammer Männerstimmen wahr. Ein warmer Lichtstrahl drang unter einer geschlossenen Tür hervor.

Xavir schlich darauf zu und presste das Ohr gegen das Holz. Dahinter waren Kasernengespräche zu hören – das nichtssagende Geplänkel von Männern, die ihre Zeit totschlugen.

Xavir trat von der Tür zurück. »Es sind ungefähr fünf Männer«, flüsterte er den anderen zu. »Denen bereite ich einen kleinen Überraschungsbesuch und lasse einen von ihnen am Leben. Der soll uns dann ein paar Fragen beantworten.«

Xavir zwang seine Gedanken und seinen Atem zur Ruhe und stieß die Tür auf. Vier Wächter saßen um einen Tisch und reckten überrascht die Köpfe. Ein fünfter stand mit verschränkten Armen daneben. Hinter ihm brannten mehrere Votivkerzen. Xavir streckte zwei Männer nieder, bevor sie sich von ihren Stühlen erheben konnten. Sie kippten rückwärts über die Lehnen, während ihnen das Blut aus zahlreichen Wunden rann. Der Mann mit den verschränkten Armen brach zusammen, als Xavir ihm eine Klinge quer über den

Oberschenkel zog. Die verbliebenen beiden wandten sich zu ihm um. Xavirs Klingen vollführten einen raschen Wirbel, und schon lagen die Männer tot auf dem Tisch.

Der einzige Gegner, der noch am Leben war, hockte am Boden und umklammerte das verletzte Bein. Xavir steckte eine Klinge über seine Schulter zurück in die Scheide. Mit der freien Hand wuchtete er den Soldaten auf den Tisch und warf ihn der Länge nach auf einen der Toten. Er war schon älter und hager. Auf der linken Wange trug er Narben, die wie misslungene Schriftzeichen aussahen.

»Wo finden wir Havinirs Gemächer?«, zischte Xavir.

Der Mann schüttelte den Kopf.

Xavir hielt ihm mit der linken Hand den Mund zu und fügte ihm mit einer seiner Klagenden Klingen einen Schnitt an seinem gesunden Bein zu. Der Verletzte schrie laut auf und riss die Augen vor Entsetzen weit auf.

»Sag es mir!«, verlangte Xavir und nahm die Hand weg. »Dann bleibst du am Leben.«

»Ob… ben, auf der Süds… seite d… des Gebäudes. Die Doppeltüren …«

Xavir schlitzte dem Mann die Kehle auf, sah nach, ob auch alle anderen Wächter tot waren, und verließ auf leisen Sohlen den Raum. Landril und Elysia starrten ihn fassungslos an, als er sich wieder zu ihnen gesellte. Birgittas Blicke sprühten vor zorniger Verachtung.

»Im Geschoss über uns«, verkündete er, eilte weiter und ließ sich auf keinen Wortwechsel ein.

Sie drangen tiefer in das Herrenhaus ein und fanden die Treppe.

»Hier geht es nicht mit rechten Dingen zu«, flüsterte Birgitta. »Ich spüre es. Aber bei der Quelle – es ist *keine* Magie. Es ist etwas anderes.«

»Vermutest du irgendwelche Fallen?«, fragte Landril.

»Dieses Gebäude ist unglaublich verwinkelt. Wäre ich für seine Verteidigung zuständig, hätte ich jede Ecke mit Fallen ausgestattet.«

»Wohl eher nicht«, gab Birgitta nachdenklich zurück. »So leid es mir tut, aber ich kann es nicht näher benennen. Spürst du es auch, kleine Schwester?«

Elysia schloss für einen Moment die Augen. »Ja. Es ist alles ... voller Energie. Voller Leben. Aber es hat nichts mit Magie zu tun.«

»Höchst seltsam«, meinte Birgitta.

Xavir, der die Äußerungen der beiden Hexen für wenig hilfreich hielt, führte die Eindringlinge weiter ins obere Stockwerk. Hier war der abgestandene, faulige Geruch noch stärker wahrzunehmen. Für ihn stank alles nach Tod und Verfall – ein krasser Widerspruch zu den Beobachtungen der beiden Hexen.

Mit leisen, bedächtigen Schritten und unter den wachsamen Blicken uralter, schief hängender Porträts bewegten sie sich durch das Haus auf Havinirs Gemächer zu. An der Südseite des Zimmers, das Xavir für das gesuchte hielt, gab es auf halber Höhe eine Doppeltür, der er sich näherte.

»Lasst mich erst allein hinein!«, flüsterte er, bevor er den Türknauf drehte, und wandte sich an Birgitta. »Verbirg mich, sobald ich über der Schwelle bin!«

»Ist das ein Befehl oder eine Bitte?«, fragte sie.

Xavir starrte sie nur wortlos an.

»Wenn die Tür einen Spaltbreit offen steht, will ich es versuchen«, versprach sie.

»Ich rufe nach Landril, falls ich ihn brauche.« Er hielt inne. »Auch wenn es sich hier um keine Privatangelegenheit im eigentlichen Sinn handelt, solltest du besser nichts davon mitbekommen.«

»Ich verstehe«, erwiderte die Hexe.

»Sorg dafür, dass ich für eine Weile in den Schatten verborgen bin, und gib mich dann frei! Er soll mich bemerken.«

Leise öffnete Xavir die Tür. Birgitta zauberte einen Schatten über ihn, und er schob die Tür vorsichtig hinter sich zu.

ALBTRÄUME

General Havinir erwachte aus finsteren Träumen. In jüngster Zeit waren sie alle finster gewesen.

Bewegte sich etwas dort draußen?

Er war von Dunkelheit umgeben und empfand die völlige Abgeschiedenheit als tröstlich. Das Fenster stand offen, und die Vorhänge wehten wie Banner in der Brise. Ein schwacher Schimmer des Mondlichts breitete sich auf dem Fußboden aus. Havinir setzte sich auf, zog den Nachttopf aus Porzellan unter dem Bett hervor und schlug sein Wasser ab. Danach ordnete er sein Nachtgewand, stieß den Topf mit der Ferse zurück, legte sich wieder nieder und starrte an die Decke.

Er dachte über die großen Feldzüge nach, die er unter Cedius und Mardonius angeführt hatte. Lange Reisen nach Norden jenseits der Mica-Ebene und Herrebron, hinein in die Stammesgebiete, deren Grenzen sich auf der Karte verschoben wie eine Küstenlinie bei Ebbe und Flut. Zu jener Zeit war es noch um Taktik und akkurate Aufstellungen auf dem Schlachtfeld gegangen, um gigantische Wogen aus Angreifern, die inmitten von Schlamm und Staub aufeinanderprallten. *Das* waren noch Zeiten gewesen ...

Inzwischen hatte sich alles verändert. Damals hatte er keine Memmen umbringen müssen, die nichts zustande brachten und nicht mit dem Schwert umzugehen wussten – noch dazu in seinem eigenen Land. Die besten Krieger waren allesamt tot oder hatten die Wandlung vollzogen, bis auf jene, die Mardonius treu zur Seite standen. Aber selbst er wusste nicht mehr so recht, wie es um seine Treue wirklich bestellt war ... Finstere Gedanken loderten wie Flammen in seinem Verstand. Er hatte erreicht, was er sich für die Voldirik und für Stravimon vorgenommen hatte. Das Bündnis war geschlossen worden. Seine einzige Sorge galt dem neuen Heer, das noch nicht gänzlich kampfbereit war. Die Wandlung ließ die Krieger in schlechterem Zustand zurück als zuvor, und Havinir zog Feldzüge mit kleineren, aber schlagkräftigeren Streitkräften vor ...

Ich sollte aufhören, mir über den ganzen Unsinn den Kopf zu zerbrechen. Ich sollte mehr Geld für Mädchen ausgeben, die mich nachts auf Trab halten.

Plötzlich erkannte Havinir, dass eine Gestalt bei ihm im Zimmer stand, dort zwischen den Vorhängen. Er richtete sich auf und rieb sich die Augen.

»Das ist also aus dir geworden, General«, sagte eine Stimme. »Ein alter Mann mit einer schwachen Blase. So viel zu dem großen Krieger, der du einst warst.«

»Xavir Argentum«, raunte Havinir.

Sein Magen krampfte sich zusammen, und ein kalter Schauer lief ihm über den Rücken. Die Gestalt war groß, und zwei Schwertgriffe ragten ihr über die Schultern. *Ist er's wirklich?* »Der Schlächter von Baradiumsfall. Über die Jahre hast du mich in meinen Träumen heimgesucht.«

»Ich bin gekommen, um dich von deinem Leiden zu erlösen.«

»So sei es denn«, flüsterte Havinir und legte sich zurück auf sein Bett. Er hörte das leise Geheul, als die beiden uralten, mächtigen Schwerter aus den Scheiden gezogen wurden. Vor vielen Jahren hatte er dieses Geräusch zum letzten Mal gehört. Die von Allimentrus geschmiedeten Klingen

337

hätten seiner umfangreichen Sammlung kostbarer Artefakte ganz sicher zusätzlichen Glanz verliehen. Aber es war ihm nicht gelungen, sie der verdammten Wolfskönigin aus den Fingern zu reißen.

»Warum hast du es getan?« Xavir trat vor und ragte drohend über dem Bett auf. »Warum hast du mich in jenes Verlies werfen lassen?«

»Wie war es dort?«, erkundigte sich Havinir in aller Seelenruhe.

»Kalt«, knurrte Xavir. »Und ich hatte viel zu viel Zeit zum Nachdenken. Warum hast du mich dorthin geschickt?«

»Ich habe dich nirgendwohin geschickt, und ganz bestimmt nicht dorthin. Du solltest aus dem Weg geräumt werden und sterben.« Havinir seufzte. Wie konnte er die ganzen Verstrickungen in aller Kürze erklären?

»Aus dem Weg?«, wiederholte Xavir.

»Aus dem Weg des Fortschritts natürlich. Aus dem Weg der Zukunft. Schlichtweg aus dem Weg, damit es unserer Welt besser erging.«

»Du sprichst in Rätseln.«

»Du hast nicht die geringste Ahnung, Krieger. Hier handelt es sich nicht um einfache Politik, auch nicht um simples Kriegshandwerk. Hier geht es nicht einmal um die Anwartschaft auf den Thron. Oh, das wären schlichte Wünsche! Hier geht es um viel mehr, nämlich um die rückhaltlose Hingabe an eine höhere Macht. Und auch darum, das Leben und den Tod selbst zu begreifen.«

»Erklär mir das!«, knurrte Xavir, der noch immer im Schatten lauerte.

»Hast du mein Zuhause bereits erkundet?«

»In Teilen. In manchen deiner Kammern und Flure musste ich mir erst einmal Platz verschaffen.«

Dann war er also auf kürzestem Weg zu ihm gekommen.

338

Feinheiten lagen dem Eindringling fern, wie Havinir befand. Und er hatte im Vorfeld keinerlei Aufklärung betrieben. Er mochte älter und womöglich gar schwächer geworden sein, doch er war noch immer so plump wie früher. Ein Instrument des Kriegs. Mehr nicht. Bei der Frage, wie er Cedius' Günstling hatte werden können, konnte Havinir nur den Kopf schütteln. Um zu herrschen, bedurfte es anderer Mittel als roher Gewalt und eines forschen Auftretens. Dieser Mann war es nie wert gewesen, König zu werden. »Ich erniedrige mich nicht, meine letzten Atemzüge damit zu verschwenden, dir alle Einzelheiten zu erklären. Teile der Antwort wirst du finden, sobald du mich erledigt hast. Hüte dich vor den Voldirik. Mehr sage ich dazu nicht.«

»Du hast mir immer noch nicht erklärt, warum du mich aus dem Weg schaffen wolltest.«

»Du hättest verhindert, dass unserer Welt Großartiges widerfährt. Cedius hätte dich nach Baradiumsfall in den Tod schicken sollen. Doch er traute den Machenschaften in seiner Umgebung nicht, der gerissene alte Fuchs. Das muss ich ihm lassen. Trotz seiner Dummheit, dir seine Gunst zu schenken. Deshalb wollte er dich am Leben erhalten. Und zwar nur dich. Den Mann, der ihm auf dem Thron folgen sollte.«

»Inzwischen ist Mardonius König. Er war ebenfalls Teil eurer Intrigen. So viel weiß ich. Auch er wird sterben. Wer hatte in jener Nacht noch eine Rolle zu spielen?«

»Wen könntest du meinen?«

Xavir zählte die anderen Namen auf, die Landril ihm genannt hatte.

»Das klingt nach gründlichen Nachforschungen.« Havinir lachte leise auf. »Offenbar hast du ja doch ein Hirn im Schädel.«

»Warum hast du zugelassen, dass ich in eine Falle gelaufen

bin?«, fragte Xavir und steckte seine Schwerter in die Scheiden zurück. »Bisher hast du mir keinen ersichtlichen Grund dafür genannt.«

»Früher oder später findest du es heraus. Es war schlicht und ergreifend besser, dich aus dem Weg zu schaffen.«

»Nenn mir den Grund!« Xavir sprang vor, packte Havinir am Kragen und schleuderte ihn zu Boden. Der schrie vor Schmerz laut auf. »Warum hast du zugelassen, dass wir alle diese Unschuldigen abgeschlachtet haben? Warum wurde unser Name besudelt? Warum wurden meine Brüder getötet?« Xavir legte Havinir eine Hand um die Kehle, und Finger wie aus Eisen packten zu ...

»Welch primitive Barbarei!« Havinir wand sich und musste dennoch über die Rohheit seines Gegners lachen. »Wer ... das Wissen hat ... hat die Befehlsgewalt. Die Voldirik sind ... dir überlegen.«

Xavir hämmerte Havinir die Faust ins Gesicht und beobachtete, wie der General vor Schmerz zusammenzuckte. »Sag es mir!«, knurrte er.

»Wer das Wissen hat, hat die Befehlsgewalt«, keuchte Havinir ein letztes Mal.

Danach lag er still lächelnd am Boden, sog die Qual in sich auf und starrte seinem düsteren Todesengel entgegen, bis ihn schließlich die Sinne verließen.

Immer wieder drosch Xavir die Fäuste in den Körper seines Opfers, bis dessen Knochen brachen und seine Hände mit Blut besudelt waren.

Das Gesicht des Geschundenen war nicht wiederzuerkennen. Seine Beine zuckten nicht mehr.

Zu Xavirs Enttäuschung verschaffte ihm General Havinirs Tod nicht die erwartete Befriedigung. Zwar hatte er Vergeltung geübt, doch der alte General hatte die Antworten auf seine Fragen mit ins Grab genommen. Xavir verfluchte seine mangelnde Beherrschung. Das war doch sonst so gar nicht seine Art …

»Ich bin fertig!«, rief Xavir in die Dunkelheit hinein und erhob sich von dem Leichnam.

Er hörte, wie die Tür behutsam aufgedrückt wurde und jemand den Raum betrat.

Mit offenem Mund begaffte Landril den Toten. »Wie ich sehe, war meine Hilfe nicht nötig. Du bist bei deiner Befragung nicht sonderlich zimperlich vorgegangen, wie?«

»Er hätte sowieso nicht geredet«, knurrte Xavir und wandte sich ab.

»Er hatte ja auch keine ausreichende Gelegenheit dazu«, spottete Landril.

An der Tür hielt Xavir inne. »*Wer das Wissen hat, hat die Befehlsgewalt.*«

»Was …?«

»Das hat er gesagt. Mehrfach. *Wer das Wissen hat, hat die Befehlsgewalt.* Sagt dir das irgendetwas?«

»Nicht dass ich wüsste«, antwortete Landril.

»Wie dem auch sei – wir haben noch einiges zu tun«, mahnte Xavir. »Wir müssen das Gebäude durchsuchen. Ruf alle zusammen!«

Bis das Morgenlicht auf das alte Herrenhaus fiel, hatten Lupara, Valderon und die anderen wieder zu Xavir aufgeschlossen. Havinirs Leiche lag vergessen in seinem Schlafgemach. Nun mussten sie herausfinden, welche Geheimnisse das Gebäude selbst barg.

Seite an Seite durchstöberten sie einen Raum nach dem anderen. Im Keller entdeckten sie unglaubliche Schätze. Von Hexenlicht erleuchtet, offenbarte das steinerne Gewölbe unzählige glitzernde Gegenstände, die Havinir auf seinen Feldzügen gehortet hatte, antike Waffen und Rüstungen sowie Holztruhen, die vor Münzen schier überquollen. Hier und da lagen die Banner groß angelegter Militäraktionen wie weggeworfene Putzlumpen. Neben Legionsfarben auch die großen Siegel der Ahnenkriege und der Austrocknung sowie die Wappen längst vergessener Städte.

»Hier – deine Kriegskasse.« Xavir klopfte Landril auf die Schulter, während er mit der anderen Hand über den Deckel einer Truhe strich, die bis zum Rand mit Gold und Silber gefüllt war. »Damit kannst du dir eine ansehnliche Streitmacht zulegen.«

»Oh, das will ich meinen«, antwortete Landril mit gierigem Lächeln.

Lupara musterte den Meisterspion. »Dann brich rasch zu den nächsten Siedlungen auf! Wir brauchen Kleidung, Kämpfer und Waffen.«

»Es wird allerdings eine Weile dauern, dies alles zu besorgen«, wandte Landril ein und begutachtete einen goldenen Trinkbecher.

Xavir nickte in Richtung des angehäuften Waffenarsenals. »Allein in diesem Raum habe ich hundert Schwerter gezählt, die sich als brauchbar erweisen könnten.«

Ein Gegenstand erregte Xavirs besondere Aufmerksamkeit. Es war eine eher unscheinbare große Mahagonitruhe mit flachem Deckel. Doch sobald er den Staub weggeblasen hatte, lag das Abbild eines zinnengekrönten Turms frei.

Es war die *Citadalia*, das gleiche Symbol wie auf seiner Brustpanzerung.

Auf seine Bitte hin schmolz Birgitta das Schloss. Gemeinsam begutachteten Lupara und Xavir den Inhalt.

»Drei der Gegenstände gehörten der Sonnenkohorte«, stellte Xavir fest. »Ich kenne sie gut.« Er nahm ein zweihändig geführtes Langschwert mit schwarzer Klinge aus der Truhe, danach eine doppelköpfige Axt sowie ein weiteres

342

Langschwert, das in einer Scheide steckte. »Diese Schwerter wurden ebenso wie meine Waffe von Allimentrus geschmiedet«, fuhr Xavir fort. »Sie gehörten Felyos und Gatrok. Brendyos schwang die Axt.«

Xavir überkamen Erinnerungen an geheime Missionen im Schutz der Dunkelheit, die den Feind in fernen Landen mitten ins Herz trafen. Er sah es geradezu vor sich. Er dachte an Gefechte an vorderster Front, wenn die feindlichen Reihen Formation um Formation fielen. Kriegslärm toste ihm durch den Kopf.

Er nahm den Gestank von Schlamm, Blut und Pferdekot wahr und sonnte sich in der Kameradschaft, die die Sonnenkohorte in ihrem Quartier in Cedius' Palast gepflegt hatte.

»Ich hatte keine Ahnung, was mit diesen Gegenständen geschehen war«, sagte Lupara sanft. »Es gelang mir nur, deine Waffe zu bergen, nachdem dein Leben bei der Verhandlung verschont worden war. Die anderen ...«

»... wurden für ein Verbrechen hingerichtet, das sie nicht begangen hatten«, beendete Xavir den Satz. »Das sind ihre Waffen, und es ist eine Schande, dass sie hier ungenutzt herumliegen. Valderon, nimm Felyos' Waffe! Du wolltest doch ein gutes Schwert haben. Nun bekommst du eins der besten. Man nennt es die Düsterklinge, und es ist gewissermaßen das Gegenstück zu meinen eigenen Schwertern. Die Waffe wurde im Siebten Zeitalter von Allimentrus geschmiedet. Damals war er in seinem siebenunddreißigsten Sommer. Du siehst es an der winzigen Inschrift *A-37-7* am Heftansatz. Ein schwarzer Hexenstein ist dort eingelegt, der verheerenden Schaden anzurichten vermag. Durchstößt das Schwert einen Körper, verfärbt sich dieser und wird schwarz. Umso grausamer mögen die Verwundungen sein, die die Klinge im Leib des Getroffenen anrichtet.«

»Schwarze Steine!« Ehrfürchtig schüttelte Birgitta den

Kopf. »Bei der Quelle, von denen habe ich mein Lebtag noch nicht allzu viele gesehen! Allimentrus muss die alten Kriegshexen gekannt haben, obwohl sie bis zum Siebten Zeitalter angeblich schon verschwunden waren. Auch einige derjenigen, die wir Dunkle Schwestern nennen, beschäftigten sich am Rande ebenfalls mit den Künsten der Nekromantie und allen Spielarten des verbotenen Fleischformens. Allimentrus hatte wirklich ungewöhnliche Freunde.«

»Allimentrus war eine Legende«, erklärte Xavir stolz. Er hatte sämtliche Folianten studiert, in denen etwas über den großen Mann geschrieben stand. »Möglicherweise war er sogar der einzige männliche Anwender von Magie. Das Siebte Zeitalter gilt als die glorreichste Zeit, die unsere Lande je sahen. Es waren Jahre, in denen Not und Elend nur fahle Gespenster waren und alle Nationen in höchster Blüte standen. Könige verehrten Allimentrus wie einen Gott, doch er wollte einfach nur die besten und anspruchsvollsten Waffen schmieden. Waffen, wie wir sie in unserem Neunten Zeitalter nicht mehr zu fertigen verstehen.«

»Ein so kostbares Relikt kann ich nicht annehmen«, raunte Valderon und schüttelte den Kopf. Seine Augen indes funkelten vor Gier nach der Klinge.

»Dies ist eine Waffe, kein Relikt«, widersprach Xavir. »Sie will eingesetzt werden und nicht schlummernd in einer Truhe liegen.«

Valderon nahm die Klinge mit beiden Händen und betrachtete sie voller Ehrfurcht. Einen Augenblick später reichte ihm Xavir eine Schwertscheide. *Havinir hatte nicht einmal den Anstand, sich ordentlich um die Waffen zu kümmern*, dachte Xavir verächtlich.

»Tylos!«, rief Xavir.

Man suchte auf den Gängen nach dem Schwarzen, und als

Valderon beiseitetrat, um die uralte Waffe näher in Augenschein zu nehmen, tauchte Tylos an Xavirs Seite auf.

»Im oberen Stockwerk hängen einige sehenswerte Porträts«, berichtete Tylos. »Dieser Havinir hat sie jedoch nicht pfleglich behandelt.«

»Vergiss ihn! Hier, für dich.« Xavir zog das zweite Schwert aus der geschwungenen Scheide, und im matten Zwielicht des Kellerraums schien es zu schimmern. Zwischen Heft und Klinge wand sich ein Spruchband mit alten Schriftzeichen aus dem Siebten Zeitalter um die Waffe. »Dies ist die Immerflamme, eine von Allimentrus' gewagteren Kreationen, die er mithilfe einer Feuerhexe fertigte. Du hast bestimmt davon gehört, Birgitta.«

»Bei der Quelle!«, murmelte Birgitta. »Das ist wirklich lange her. Inzwischen gibt es keine Feuerhexen mehr, aber im Sechsten Zeitalter, den dunkelsten Tagen der Schwesternschaft, sollen sie sich auf die Künste des Feuers verstanden haben. Unglaublich, wozu sie in der Lage waren! Der Legende nach konnten sie sich in Feuer verwandeln und in diesem Zustand Hausmauern erklimmen. Die heutige Schwesternschaft betrachtet dies alles als Teufelswerk, und die betreffenden Äste unseres Stammbaums wurden schon vor langer Zeit beschnitten.«

»Für mich hört sich das so an, als ob ihr Hexen dem Leben sämtliches Vergnügen weggezüchtet hättet«, brummte Xavir.

»Das kommt der Wahrheit ziemlich nahe«, stimmte Elysia zu.

»Gib ihm doch nicht auch noch recht!«, murrte Birgitta. »Aber ist es nicht erstaunlich, wie er Hexensteine plötzlich zu schätzen weiß? Natürlich nur, nachdem sie durch die Hände des berühmten Waffenschmieds gegangen sind.«

»Ich hege keinen Groll gegen Hexensteine, Teuerste«,

beteuerte Xavir. »Ich hege Groll gegen jene, nach denen sie benannt wurden.«

Xavir kniff die Augen zusammen, um das uralte Schwert näher zu betrachten. Er dachte darüber nach, wie selten es über die Jahre hinweg zum Einsatz gekommen war, und schob es in die Scheide zurück. »Mit dieser Waffe hielt Gatrok auf der Mica-Ebene einmal die gesamte stravirische Flanke gegen eine riesige Barbarenhorde. Die Gegner erhielten Unterstützung durch ein Volk von Höhlenbewohnern, die sich nur in den dunkelsten Stunden der Nacht zeigen, während wir völlig in der Unterzahl waren. Die Männer, die durch diese Waffe starben ... Tylos, nimm das Schwert! Es ist leichter, als es aussieht, und du kannst es gut gebrauchen. Wenn man es schwingt, zieht es eine kleine Flammenspur hinter sich her. In der Schlacht wird es immer heißer, bis es sich binnen eines Wimpernschlags selbst durch die härteste Rüstung zu schmelzen vermag.«

Tylos verbeugte sich anmutig. »Es ist mir eine Ehre, Xavir.« Er nahm die Waffe wie eine heilige Reliquie in beide Hände.

»Jedral!«, rief Xavir. »Wo steckt der Bursche?«

Es dauerte eine Weile, ihn zu finden, da er sich gerade mit Grend in der Küche aufhielt. Schließlich aber trat der Glatzkopf mit dem Narbengesicht an die Seite seines ehemaligen Bandenhäuptlings und wischte sich einige Krümel vom Mund. »Entschuldige, Herr. In der Küche haben wir gerade köstliche Zuckerkringel entdeckt ...«

»Schon vergessen«, erwiderte Xavir. »Diese doppelköpfige Axt wurde von meinem alten Freund Brendyos geführt, und du erinnerst mich an ihn. Das ist jedoch nicht der Grund, weshalb ich sie dir übergebe. Niemand weiß, wer sie gefertigt hat oder warum sie aus dieser schwarzen Legierung besteht. Mir ist nur bekannt, dass sie nie geschärft werden muss. Mit ihrer Schneide lassen sich buchstäblich Haare spalten.«

»Warum ich, Herr?« Die Geste schien den Haudegen leicht aus der Fassung zu bringen, und das war recht ungewöhnlich für ihn.

»Ich kenne dich länger als irgendeinen der anderen, und du hast mir mehr als einmal den Rücken freigehalten. Du magst wie ein Wilder aussehen und so wirken, als ob du jeden Augenblick einen Totschlag begehen könntest. Aber ich weiß, dass du uns im Ernstfall treu zur Seite stehst. Du bist mit Waffen dieser Art aufgewachsen. Also wird dir die Axt beste Dienste erweisen.«

»Mit Äxten kenne ich mich wohl aus, aber dies ist ja eine richtig edle Waffe.«

Xavir benutzte beide Hände, um Jedral die Axt zu überreichen, der von ihrem Gewicht ehrlich überrascht zu sein schien.

»Sie ist nicht gerade leicht«, murmelte er.

»Wahrhaftig ein schwerer Prügel«, stimmte Xavir zu. »Aber du gewöhnst dich sicher bald an den Umgang damit.«

Jedral trat zurück, die Waffe fest umklammert. Er sprach keinen Dank aus, doch der Ausdruck in seinen Augen verriet, dass er das Geschenk zu würdigen wusste.

Xavir warf seiner Tochter einen fragenden Blick zu, den sie mit undeutbarer Miene quittierte. Ob sie die Geschichten über ihren Vater glaubte oder nicht, vermochte er nicht zu sagen. Hier bekam sie aber klare Hinweise auf sein früheres Leben. Was sie wohl davon hielt?

Er für seinen Teil war von ihrem Verhalten beeindruckt. Sie hatte sich nicht beschwert, Befehle entgegengenommen und ohne Zögern in die Tat umgesetzt. Ihre Zielgenauigkeit war beeindruckend gewesen, und ihr Können hatte ihnen den Weg ins Innere des Gebäudes geebnet. Er hätte ihr gern ein Lob ausgesprochen, brachte es aber einfach nicht über sich.

»Sucht euch aus dem Rest der Waffen eure Ausrüstungen zusammen! Manche dieser Stücke dienen nur der Zierde, doch viele könnten sich durchaus als brauchbar erweisen. Den anderen Plunder sollten wir als Tauschgut oder zur Bestückung unserer Streitmacht mitnehmen.«

»Xavir«, sagte Lupara, »wir befinden uns dicht an der Grenze zu Stravimon. Was hältst du davon, dieses Herrenhaus als Hauptquartier der Armee zu nutzen, die wir ausheben wollen?«

Er musste nur kurz über den Vorschlag nachdenken. »Einverstanden.« Dann trat er auf die beiden Hexen zu, die sich am Boden niedergelassen hatten. »Dies hier ist nur einer von vielen Räumen. Die anderen müssen noch alle untersucht werden. Wir haben also noch Arbeit vor uns, bevor wir uns ausruhen können.«

»Wir sind keine Dietriche zum Schlösserknacken oder Hunde, die für dich herumschnüffeln«, erklärte Birgitta mit schroffer Stimme. »Wir sind auch nur Menschen, und wir sind müde.«

Xavir indes entdeckte ein Funkeln in den Augen seiner Tochter und merkte ganz deutlich, dass sie unbedingt weitermachen wollte. »Ich weiß«, sagte er mit ungewohnter Sanftheit. »Wir sehen uns nur noch ein wenig um, dann haben wir unser Tagewerk getan.«

Die dunklen Korridore des Herrenhauses bargen nichts als staubige Gemälde, von Mäusen angenagte rote Teppiche und leere Holztruhen. Bei jedem Schritt knarrten die Dielen. Birgitta förderte eine Auswahl an Hexensteinen aus ihrer Tasche zutage und überlegte, welcher sich für ihr Vorhaben am besten eignete. Sie entschied sich für einen blauen Stein, den sie zwischen Daumen und Zeigefinger nahm. Nach einer magischen Anrufung untersuchten sie und Elysia die Wände und Türen noch genauer und fuhren mit den Handflächen vorsichtig über Holzvertäfelungen und Rahmen. Auf diese Weise nahmen sie Hohlräume wahr, die den anderen verborgen blieben.

Nach einer Weile verkündete Birgitta, eine unterirdische Kammer erspürt zu haben. Sie ließ sich auf die Knie nieder und zog mit dramatischer Geste einen Teppich beiseite. Eine Falltür.

»Dieser Ort ist mir nicht geheuer.« Dann schien sie Witterung aufzunehmen. »Das dachte ich mir schon seit unserer Ankunft. Vielleicht liegt die Antwort unter unseren Füßen.«

Xavir ging in die Hocke, um nach einem Griff zu suchen. Und tatsächlich war er in das Holz der Falltür eingelassen. Xavir zog die Tür gänzlich auf und legte sie auf der anderen Seite flach auf dem Boden ab. Inmitten eines großen schwarzen Lochs führte eine Leiter in die Tiefe.

»Ich gehe voran«, erklärte Xavir. »Aber ich könnte etwas Licht gebrauchen.«

»Wie wäre es mit einer Bitte?«, blaffte Birgitta, holte einen ihrer weißen Steine hervor und ließ ihn vorsichtig in das Loch fallen. Gleich darauf folgte ein dumpfer Aufprall und zeigte an, dass das Loch nicht sonderlich tief war. Der Stein sandte ein Licht aus, und Xavir erkannte einen Steinboden am Fuß der Leiter.

Er ließ sich langsam in die Öffnung hinunter, jederzeit gegen einen Angriff aus dem Dunkel gewappnet. Irgendetwas lauerte dort unten, etwas Unheimliches. Ein dumpfer Geruch lag in der Luft. Xavir nutzte den Hexenstein als winzige Laterne und ging in der Kammer umher. Hier war es so dunkel, dass selbst das magische Kleinod die Schatten kaum vertreiben konnte. Bald darauf folgten ihm Birgitta und Elysia auf der Leiter nach unten. Mithilfe weiterer Hexensteine wurde es nach und nach heller in dem Hohlraum.

»Bei der Quelle!«, zischte Birgitta, und ihre Augen verengten sich zu Schlitzen. »Ich wittere etwas Übles.«

»Ich weiß auch, was es ist«, entgegnete Xavir grimmig.

Sie standen vor einem Behältnis aus dickem Glas, das fast anderthalb Schritt breit war und in ein niedriges Holzpodest eingelassen war. Xavir hielt den Hexenstein an den Behälter, und sie entdeckten darin eine nackte Tote, die in einer durchscheinenden Flüssigkeit trieb.

»Die Quelle sei mit mir …« Birgitta presste einen weiteren Stein gegen das Glas, um den Leichnam besser betrachten zu können. »Wenn das kein Teufelswerk ist!«, keuchte sie.

Xavir bemerkte einen zweiten Behälter neben dem ersten. Er trat näher und stellte fest, dass dieser die nackte Leiche eines Mannes enthielt.

»Hier muss es doch irgendwo eine Lichtquelle geben!«, stieß Xavir hervor.

»Ah, dort vorn sehe ich eine Fackel!«, rief Birgitta, die für ihr Alter noch äußerst scharfe Augen besaß.

Irgendwie gelang es ihr, ohne Einsatz einer Flamme ein Licht zu entzünden, und bald darauf brannte auch eine zweite Fackel. Die steinerne Kammer gab unter der neuen Beleuchtung sechs große Behälter preis, in zwei Dreierreihen zu beiden Seiten des Raums. Sie waren in hölzerne Podeste eingelassen, die ihnen als Stütze dienten. Warmes Licht schimmerte auf dem Glas. Jeder Behälter war ungefähr zweieinhalb Schritt hoch.

In den gläsernen Bottichen zählte Xavir zwei Frauen und zwei Männer. Einer der Behälter war leer, doch der letzte schien ebenfalls eine menschliche Gestalt zu enthalten. Diese besaß allerdings keine Haut mehr, weil man sie ihr komplett abgezogen hatte. Xavir kletterte auf einen Schrank an der Wand, um die Oberseite eines der Behälter zu begutachten. Dieser war offen, und die Flüssigkeit darin stank aus nächster Nähe schier unerträglich faulig. Ein Augapfel trieb an der Oberfläche.

Birgitta legte die Hände gegen das Glas und reckte sich zu ihm hinauf. »Was siehst du?«, fragte sie.

»Nichts. Der Behälter ist offen und stinkt zum Himmel.« Xavir sprang wieder nach unten und öffnete die Schränke, die an den Wänden standen. Er fand Becher und Teller aus Zinn sowie mit Widerhaken versehene Werkzeuge, deren offensichtlicher Verwendungszweck nichts Gutes verhieß.

»Hier, ein Zettel mit einer Nachricht!«, rief Elysia.

Xavir und Birgitta eilten an ihre Seite. Das Pergament war mit einem Messer an eine Schranktür geheftet worden.

»Dieselbe Schrift wie auf der Rüstung«, stellte Birgitta fest.

»Kannst du den Text lesen?«, fragte Xavir und beugte sich über die Schulter seiner Tochter.

»Zum Teil«, antwortete Birgitta.

»Bedeutet der Inhalt vielleicht Folgendes?«, fragte Xavir. *»Wer das Wissen hat, hat die Befehlsgewalt.«*

Birgittas Blick huschte über die Seite, und mit dem Fingernagel berührte sie die letzten beiden Worte. »Hier lese ich so etwas wie *Befehlsgewalt*. Und jenes Wort könnte *Weisheit*, *Segen* oder *Wissen* bedeuten. Davon sprach Havinir doch, nicht wahr?«

»Du hast es also gehört«, erkannte Xavir.

»Zwischen seinen Schreien.« Birgittas Tonfall klang wie eine einzige Anklage.

Xavir hob die Schultern. »Ich habe nur das Nächstliegende getan. Den seltsamen Satz sprach er aus wie eine religiöse Formel. Wie ein Glaubensbekenntnis. Und wenn seine Worte auf diesem Zettel zu finden sind, wird alles nur umso geheimnisvoller.«

»In der Tat. Höchst eigenartig«, stimmte Birgitta zu. »Was ist deine Meinung hierzu, kleine Schwester?«

»Offenkundig wurden in diesem Raum Menschenversuche durchgeführt«, stellte Elysia nach einer kleinen Pause fest. »Ich frage mich, ob sie etwas mit dem erwähnten *Wissen* zu tun haben. Mit einem Wissen, das sich brennender Neugier erschließt. Aber was hat der General hier genau getrieben? Und in welcher Verbindung steht er zu dem Verfasser dieser Nachricht?«

Birgittas Augen funkelten. »Genau diese Fragen stelle ich mir auch.«

Xavir wandte sich zu den gläsernen Behältern um. Die toten Körper trieben in der Flüssigkeit fast unbewegt dahin. »Havinir war ein Verrückter.«

»Einem Verrückten kommt seine eigene Welt durchaus vernünftig vor. So etwas wie hier lässt sich gar nicht so einfach durchführen.« Mit ihrem Stab wies Birgitta auf die Leichen in den Behältern »Was wir hier sehen, folgt einer bestimmten Logik. Einem Plan. Wir müssen uns fragen, wonach genau Havinir bei diesen armen Seelen suchte.«

»Und wie gerieten sie in seine Fänge? Ich befürchte, dass in diesem Land viel größeres Unheil geschieht, als wir vermuten.«

»Inwiefern?«, fragte Birgitta.

Was Xavir hier erlebte, beunruhigte ihn zutiefst. Havinir hatte sich kaum gegen seinen Tod gewehrt, und nun das hier …

»Der Angriff auf die Flüchtlinge …«, begann Xavir. »Meiner Meinung nach hing der mit Mardonius' Verbindung zu den neuen Feinden zusammen. Die unheimlichen Krieger waren womöglich auf Geheiß des Königs angeheuert worden. Und nun entdecken wir diese Kammer, diese Toten.« Xavir deutete auf die gläsernen Behälter. »Und dahinter steckt Mardonius' alter General Havinir. Ich mochte ihn wahrhaftig nicht, aber selbst mir war klar, dass ich es mit einem Verrückten zu tun hatte. Er war nicht mehr der Mann, den ich gekannt hatte. Er war so eingeschüchtert, dass er lieber starb, als Verrat zu begehen.«

»Wer waren die Opfer?«, fragte Elysia und presste die Hände gegen das Glas des Behälters mit der toten Frau. »Sie hatten Verwandte, Mütter, Väter. Vielleicht auch Söhne und Töchter. Nur die Quelle weiß, welches Geschlecht der gehäutete Mensch dort drüben besaß.«

»Allein der bloße Akt ist schon nicht leicht vollzogen, kleine Schwester.« Birgitta erschauerte. »Dazu bedarf es eines Folterknechts von außergewöhnlichem Können.«

»Das muss dieser neue Feind gewesen sein«, bemerkte Xavir und kehrte zur Leiter zurück. »Wir sollten diesen Zettel mitnehmen. Landril kann seinen Inhalt mit Sicherheit gemeinsam mit dir entschlüsseln.«

Xavir ergriff die Leiter, um sich wieder in die Räume des Herrenhauses zu begeben.

»Sind wir nun endlich fertig und können uns erholen?«, fragte Birgitta von unten.

»Ruh dich aus!«, sagte Xavir, nachdem er die Leiter überwunden hatte. »Der Morgen ist schon halb vorbei, und ich bin hungrig.«

»Wie kannst du an Essen denken, nachdem du das hier gesehen hast?«, empörte sie sich und folgte ihm.

Elysia betrachtete noch einmal die Behälter und spürte, wie in ihrem Innern ein Feuer aufloderte. Irgendjemand hatte diese armen Menschen grausam gequält, aus welchen Gründen auch immer. Dafür sollte er büßen.

DAS HAUPTQUARTIER

Luparas kleine Streitmacht fand heraus, dass Havinirs Herrenhaus unbewohnt war. Es gab kein Gesinde und keine Verwalter. Auch keine Soldaten, abgesehen von jenen, die sie getötet hatten. Grend hatte eine üppig gefüllte Vorratskammer aufgespürt, und der ehemalige Waldarbeiter bereitete für alle ein Festmahl zu. Er reichte Pökelfleisch, Käse, frisch gezupfte Gräser und Blätter, die er mit halbwegs frischem Brot servierte.

Für Landril hatte der Anblick etwas Unwirkliches. Krieger und Hexen, noch vom Straßenstaub bedeckt, tafelten in einer prächtigen, wenn auch verwahrlosten Halle.

Lupara und ihre Wölfe verschafften sich gerade noch einmal einen Überblick über das Gelände. Allerdings vermutete Landril, dass die Königin am liebsten mit ihren Tieren allein war, nachdem sie so lange Jahre ohne Gesellschaft verbracht hatte. Valderon und Xavir waren ebenfalls nicht anwesend. Die beiden Männer suchten in Havinirs Gemächern nach Hinweisen, die die grausigen Experimente im Keller erklärten.

Der Tag hatte mehr oder weniger ereignislos begonnen. Vor einer Stunde – und damit noch in morgendlicher Stille – hatte Tylos seinen Gefährten Davlor ertappt, als er Elysia eine Rose überreichte, die er im Garten gepflückt hatte. Die junge Hexe hatte die Blüte höflich entgegengenommen, die Geste aber offensichtlich nicht recht zu deuten gewusst.

354

Einige Augenblicke später beobachtete Landril, wie Davlor von dem Schwarzen zur Vorsicht gemahnt wurde. »Selbst ein Narr muss seinen Weg mit Bedacht wählen«, hörte er ihn sagen.

»Was sollte ich denn von einer Hexe wollen, hm?« Davlor lachte peinlich berührt.

»Deine Annäherungsversuche blieben ihm besten Fall unbelohnt, im schlimmsten würden sie bestraft.«

»Was? Sie ist alt genug, um auf sich selbst aufzupassen, und niemand sollte sich in ihr Leben einmischen. Außerdem verhält sich Xavir ihr gegenüber nicht gerade väterlich.«

»Ich habe nicht behauptet, dass die Bestrafung durch ihn erfolgen würde. Dazu ist sie selbst bestens in der Lage«, flüsterte ihm Tylos ins Ohr. Dann wandte er sich ab und nickte Landril freundlich zu, als er im Gang an ihm vorüberschritt.

Davlor bemerkte, dass ihn der Meisterspion beobachtete, und zuckte einfach nur mit den Achseln. Später entdeckte Landril die Blume, die auf einer Anrichte vor sich hin welkte und sicher bald ebenso von Staub bedeckt wäre wie die gesamte Umgebung.

Das ganze Gebäude zeugte von Vernachlässigung. Durch die hohen Fenster flutete milchiges Licht herein. In den breiten Streifen aus Sonnenlicht tanzten Staubkörnchen. Vor dem Haus lag ein Garten voller Unkraut, halbhoher Eichen und Eschen. Ein leichter Wind wehte goldenes Laub über den Boden. Vorbei an verwitterten Statuen längst vergessener Krieger führte ein überwucherter Weg zu einer Mauer. Das gelbgrüne Land dahinter verschwamm im Nebel. Dort erstreckten sich weit entfernte Landstriche gen Osten bis zum Meer.

Im Innern des Hauses zeigten rote und grüne Wandbehänge Schlachtenszenen aus verschiedenen Zeitaltern. Über einem ungenutzten Kamin hingen alte Schwerter und

Schilde. Auf den ersten Blick war alles ohne Zweifel hübsch anzusehen, und die Männer wurden nicht müde, diesen Umstand lobend zu erwähnen. Landril hingegen wusste, dass dies nur verblasster Glanz war, und fragte sich, warum Havinir sein Haus derart vernachlässigt hatte. An Geldmitteln hatte es ihm gewiss nicht gemangelt. Es musste also einen anderen Grund gegeben haben.

»Ich wurde in eine ähnliche Umgebung hineingeboren«, sagte Tylos. »Ob du es glaubst oder nicht.«

»Erzähl mir keine Lügengeschichten!«, knurrte Jedral.

»Nein, nein!«, beharrte der Schwarze. »Es ist die Wahrheit, obwohl unser Anwesen größer und wärmer war. Und in Chambrek hatten wir ... nun, sehr viel mehr Geschmack. Diese militärischen Prunkstücke sind einfach nur hässlich. Waffen sollten dem Krieg und nicht als Wandschmuck dienen.«

»Du hast doch jetzt selbst eine ansehnliche Waffe bekommen«, brummte Davlor. »Ihr alle beide. Warum bin ich bei der Verteilung eigentlich leer ausgegangen?«

»Als ob du damit etwas anfangen könntest!«, lachte Jedral. »Du weißt ja nicht einmal, was du mit deinen Armen und Beinen anfangen sollst, ganz zu schweigen vom Umgang mit einer scharfen Klinge.«

»Trotzdem fühle ich mich übergangen. Seit ich unseren Anführer kenne, bin ich immer freundlich zu ihm gewesen.«

»Das warst du in der Tat.« Tylos lächelte breit. »Xavir verteilte die Waffen aber nur an jene, die seiner Ansicht nach damit umgehen können. Schließlich handelt es sich um Mordwerkzeuge.«

»Allerdings um ziemlich ansehnliche Mordwerkzeuge«, mischte sich Harrand ein. »Bei ihrem Anblick verschlug es sogar unserem Jedral die Sprache.«

»Nun ja, solche Geschenke bin ich nicht gewöhnt.« Jedral

hatte die Axt vor sich auf den Tisch gelegt und streichelte sie zärtlich, während er eine Brotkruste zermalmte.

»Wahrscheinlich kann er es kaum erwarten, jemandem damit den Schädel einzuschlagen«, murmelte Harrand. »Schließlich muss er seine Wut über die jahrelange Gefangenschaft ja irgendwie loswerden.«

»Bist du etwa nicht wütend?«, fragte Tylos.

»Das habe ich nicht behauptet«, antwortete Harrand. »Selbst du, Schwarzer, bist gewiss nicht immer so gelassen, wie du vorgibst. Ich wette, auch du hegst den Wunsch, es jenen heimzuzahlen, die dich ins Gefängnis geworfen haben.«

»Zugegeben, manchmal ärgere ich mich ein wenig über die vergeudete Zeit«, räumte Tylos ein. »Doch immerhin haben mich die Erfahrungen im Verlies weiser gemacht. Heutzutage weiß ich eher, was im Leben wichtig ist und was nicht. Das erinnert mich an einen Dichter aus Chambrek, der ...«

»Um aller Teufel willen, nicht noch ein Dichter!«, schnitt ihm Davlor das Wort ab und stopfte sich ein weich gekochtes Ei in den Mund. Gelber Dotter tropfte ihm vom Kinn.

»Vielleicht täte dir die Beschäftigung mit den schönen Künsten gut«, meinte Tylos. »Am Ende könnte noch ein erleuchteter Mann aus dir werden.«

Davlor wischte sich den Mund am Ärmel ab. »Das bezweifle ich.«

»Es könnte deine letzte Rettung sein, bevor dich dein Zorn überwältigt. Auf diese Weise könntest du dir deine geistige Gesundheit bewahren.«

»Ich bin überhaupt nicht zornig, und ich will geistig auch gar nicht gesund sein«, gab Davlor mit gerecktem Kinn zurück. »Ich wünsche mir nur eins von diesen Zauberschwertern.«

Die Umsitzenden lachten dröhnend.

»Doch ich gestehe es ein«, verkündete Davlor und lehnte sich auf seinem Stuhl zurück. »Ich könnte mich an die derzeitige Umgebung gewöhnen. Hier geht es doch ein wenig edler zu als auf meinem alten Bauernhof. Und ich hab's läuten hören, dass wir einen Platz für unser Hauptquartier brauchen. Dieses Haus würde sich doch bestens dazu eignen, nachdem unser Anführer den Besitzer umgelegt hat.«

»Habt ihr gesehen, welche Sauerei er am Tatort hinterlassen hat?«, fragte Harrand. »Während seiner letzten Atemzüge war der alte General wahrlich nicht zu beneiden. Du sprichst von Zorn, Schwarzer. Nun, damit ist Xavir mehr als gesegnet. Du befürchtest wir könnten uns in unserem Zorn verlieren? Nun, dann sieh lieber bei ihm genauer nach, mein Freund. Und lass dich von zwei magischen Klingen nicht davon ablenken, wer der *echte* Irre ist.«

Tylos warf Landril einen Blick zu, der angesichts dieser Bemerkung die Brauen hob, aber schwieg. Zum Teil stimmte er Harrands Einschätzung insgeheim sogar zu. Ob aber geistig gesund oder verrückt, Landril scherte sich nicht um Xavirs Befinden, solange dieser nur die Feinde aufhielt, die das Land zu vernichten drohten.

»Landril«, sagte Davlor, »du kennst die Pläne unseres Anführers besser als wir. Werden wir uns hier häuslich einrichten?«

»In der Tat«, hob Landril an und räusperte sich. »Es stehen noch einige andere Besuche auf Xavirs Liste, die abgestattet werden müssen, und die Ziele liegen gar nicht so weit von hier entfernt. Höchstens zwei Tagesritte. Nur der ... äh ... Besuch bei Mardonius dürfte um einiges heikler werden. Also ja, wir werden uns für eine Weile hier niederlassen.«

Eine Zeit lang schwiegen alle.

»Mir soll's recht sein. Ich muss nicht in der Weltgeschichte umherziehen«, erklärte Jedral. »Wohin soll ich auch? Im früheren Leben war ich Söldner, und was ich mit euch erlebe, fühlt sich ganz ähnlich an. Töten als Beruf. Nur dass ich jetzt dieses kleine Hackebeil habe.« Er nickte in Richtung seiner Axt und kaute weiter an seinem Brot.

»Ich bleibe auch noch ein Weilchen«, erklärte Davlor. »Wer weiß, ob ich auf meinem Bauernhof noch gebraucht werde? Falls es ihn überhaupt noch gibt. Verglichen mit mir habt ihr alle einen hochherrschaftlichen Hintergrund, ich aber führte ein wirklich schönes Leben. Und vielleicht erliegt Xavirs Tochter ja doch noch meinen Verführungskünsten, wenn ich mich lange genug um sie bemühe.«

»Oder sie verpasst dir einen Pfeil, um dich loszuwerden«, witzelte Jedral. »Schwarzer, was ist mit dir?«

Tylos lächelte traurig. »Ich kann nicht nach Chambrek zurückkehren. Meine Familie wird sich weigern, mir Aufnahme zu gewähren. Ich schließe mich aber gern einem ehrenvollen Unternehmen an, das einen König vom Thron stößt und jenen hilft, die unter seiner Knute ächzen.«

»Dich mögen deine Ideale beflügeln«, knurrte Harrand. »Aber ich bin zu alt, um noch an hehre Ziele zu glauben. Zeit meines Lebens habe ich einfach zu viel Unheil gesehen.«

»Dann verlässt du uns also?«, fragte Tylos.

»Ja, irgendwann, aber nicht sofort. Ein Leben wie früher, als ich von Taverne zu Taverne zog und die Schankmädchen nicht aus den Augen ließ, das liegt mir nicht mehr. Nun, dass ich ihnen auf den Hintern gestarrt habe, ist schon eine Weile her. Wisst ihr, ich diente als Soldat und trat aus dem aktiven Dienst aus, als meine Gliedmaßen noch gut in Schuss waren. Aber das Leben danach war nicht einfach für einen Haudegen wie mich, das kann ich euch flüstern. Niemand wollte die alten Geschichten hören. Xavir und die anderen großen

Streiter bilden da natürlich eine Ausnahme. Burschen wie wir hingegen sind rasch vergessen. Meine erfolgreichste Aufgabe vor der Höllenfeste war die eines herzoglichen Leibwächters. Und zwar in einem Haus, das diesem hier ähnelte. Der Herzog verschonte mein Leben, nachdem ich in eine Kneipenschlägerei geraten war. Ehrlich gesagt, fühlte ich mich in der Höllenfeste gar nicht so unwohl. Solange ich mich bedeckt hielt, war alles in Ordnung. Also, was soll ich sagen … Wo steckt der Sinn hinter allem? Und was bringt das Kämpfen überhaupt, könnt ihr mir das sagen? Das ist doch alles nur Bockmist.«

»Der Sinn …« Valderon betrat den Raum, und alle Blicke richteten sich auf ihn. »Der Sinn hat rein gar nichts mit Ruhm und einzig und allein nur etwas damit zu tun, welcher Mensch man ist.«

Valderon legte die Düsterklinge, seine meisterhaft gefertigte Waffe, vor sich an die Schmalseite der Tafel. Dann drehte er einen Stuhl zu sich um und ließ sich rittlings darauf nieder. Ein Lichtstrahl fiel durch das Fenster herein und beleuchtete sein Gesicht. Eine ganze Weile musterte er unverwandt jeden Einzelnen der Tischrunde.

»Unser Vorhaben wird uns keine Bewunderung einbringen. Die Massen werden uns nicht zujubeln. Wir kämpfen nicht, um zu Ehren unseres Königs Gebiete zu erobern oder zu verteidigen. Genau betrachtet, planen wir sogar das genaue Gegenteil. Unser König ist verkommen. Er lässt Menschen aus ihrer Heimat vertreiben. Aus einer Heimat, die ihr einmal mit ihnen geteilt habt.« Er wies auf Harrand. »Menschen werden willkürlich gefoltert. Sonderbare Kreaturen marodieren durch unsere Wälder. Dörfer werden dem Erdboden gleichgemacht, Unschuldige abgeschlachtet. Daher sage ich es dir nochmals, Harrand – wir werden weder Berühmtheit erlangen noch üppige Belohnungen einstreichen. Es geht darum, die Ordnung der Welt wiederherzustellen. Denn wenn wir untätig bleiben, gibt es keine Kneipenbesuche mehr, keine anzüglichen Witze über die Schankmädchen, keine Versuche, ihnen ans Knie zu fassen. Niemand wird noch die Gelegenheit zu derben Sprüchen haben. Überall wird nichts als Chaos herrschen.«

Valderon nahm sich etwas von dem Essen. Harrand bedachte ihn mit düsteren Blicken. Landril fragte sich, ob sich die Lage noch verschärfen würde.

»Wer gehen will, kann gehen.« Valderon riss einen Brotkanten in zwei Hälften. »Aber die Welt ändert sich. Sie *hat* sich schon verändert. Um ein friedliches Plätzchen zu finden, müsst ihr weit durch die Lande ziehen, und selbst dort würden euch Albträume von eurer alten Heimat heimsuchen. Es wird wieder wie im Gefängnis sein. Nur dass die einzigen Mauern, die es dort gibt, in eurem Kopf aufragen werden. Und diese Mauern lassen sich kaum einreißen.«

Alle schwiegen, bis hinter ihnen plötzlich schwere Schritte zu hören waren.

Xavir betrat den Raum und brach damit die stumme Anspannung. In der Rechten trug er ein ledergebundenes kleines Buch, das er Landril zuwarf. Es landete auf dem Tisch, versetzte den Teller des Meisterspions in Bewegung und stieß einen Trinkkelch mit Wasser um.

»General Havinirs Tagebuch«, erklärte Xavir, verschränkte die Arme vor der Brust und lehnte sich neben einem Fenster an die Wand. »Ich fand es in seinem Zimmer.«

Landril nahm das Buch und blätterte neugierig durch die Seiten.

»Jäger von den Voldirik«, sagte Xavir laut. »So nennt er unseren neuen Feind, zumindest dessen Soldaten. Er erwähnte mir gegenüber ihren Namen, doch das sagte mir nichts. Es scheint gute Gründe zu geben, weshalb wir kaum etwas über diese Voldirik wissen. Sie stammen gar nicht aus unseren Landen.«

Landril überflog den Text und stieß schließlich auf den Begriff, den Xavir genannt hatte. Er las laut, damit es alle hörten.

Heute kamen sie in meine Wälder, die Jäger von den Voldirik. Sie versichern mir, dass sie nur vorübergehend hier verweilen werden. Sie haben eine ihrer Wegseherinnen mitgebracht, was ich als Ehre empfinde. Es ist wahrlich eine große Gunst, die mir Mardonius da erweist. Andererseits vermute ich, dass er auf die Ergebnisse ebenso gespannt ist, wie ich es bin.

Landril blätterte mehrere Seiten weiter.

Die Wegseherin der Voldirik ist ein sonderbares Weib. Sie hat vollkommen schwarze Augen in einem ansonsten menschlichen Gesicht von makelloser Schönheit. In ihrem Gewand, das in vielen Farben schimmert, stieg sie in den Keller hinunter, um unsere Versuchsobjekte zu begutachten. Die vier Menschen aus der Stadt sind nun schon seit fünf Jahren tot, und dennoch hat noch keine Verwesung eingesetzt. Das gehäutete Opfer ist nach wie vor faszinierend, denn alle Organe, Muskeln und Sehnen wirken noch immer vollkommen gesund. Vor unseren staunenden Augen werden die Geheimnisse des Lebens enträtselt.

»Das war vor zwei Jahren.« Landril blickte auf und schüttelte den Kopf. »Sie führen Menschenversuche durch.«

»Das ist abscheulich.« Valderon legte die Stirn in tiefe Falten und schien die Last ihres Schicksals zu schultern. »Und zu welchem Zweck?«

Landril fuhr mit dem Vorlesen fort.

Die Wegseherin beherrscht unsere Sprache nicht so gut wie einige der Jäger, die schon länger hier sind. Vielleicht tut sie auch nur so, doch ich sah, dass sie beeindruckt war. Der grenzenlose Wissensdurst ist charakteristisch für das Volk der Voldirik. Sie haben insgeheim die Bibliotheken Stravimons und die

362

Schriftenhallen des königlichen Palasts durchforstet, und trotzdem möchte die Frau noch mehr über unser Land erfahren. Die schier verzweifelte Suche nach Wissen und Weisheit der Voldirik kennt keine Grenzen. Und so konnten sie als Volk immer mehr wachsen und sich zu Herrschern über ein derart riesiges Gebiet jenseits unserer Gestade aufschwingen. Sie horten Weisheit und Wissen.

Landril legte das Buch aufgeschlagen auf den Tisch, presste die Fingerkuppen aneinander und senkte das Kinn darauf. »Nun ja ... Endlich die eine oder andere Antwort.«

»*Wer das Wissen hat, hat die Befehlsgewalt*«, wiederholte Xavir. »Das sagte Havinir, und das stand auch in seinen unterirdischen Kammern. Mir scheint, der mächtige General wurde von den fremden Wesen geknechtet.«

»Vol ... di ... rik«, sagte Davlor und unterdrückte ein Rülpsen. »Nie von denen gehört. Allerdings schenke ich solchem Pack nicht sonderlich viel Aufmerksamkeit.«

»Nun ja, wovon hast du in deinem Leben überhaupt schon gehört?«, spottete Tylos. »Insofern ist deine Meinung nicht von Belang.«

»Zu Davlors Ehrenrettung muss ich gestehen, dass ich bisher auch noch nie von ihnen gehört habe«, räumte Landril ein. Er legte einen Finger auf die Seiten des Tagebuchs. »Umso mehr würde mich die genauere Lektüre der Eintragungen reizen. Aber vielleicht sollten wir auch Birgitta hinzuziehen.«

Xavir wies mit dem Kopf zum Fenster. »Lupara und sie sind draußen.«

»Und deine Tochter?«, fragte Landril.

»Meine Tochter«, echote Xavir und lächelte leicht. »Eine merkwürdige Bezeichnung.«

»Keine Bange, daran gewöhnst du dich«, meinte Jedral.

»Und wenn Tylos᾽ Geschichten halbwegs stimmen, hat auch

er den einen oder anderen Nachwuchs über Chambrek verteilt und weiß nichts davon.«

Tylos antwortete mit einem Schmunzeln und wandte sich an Xavir. »Ich bin sicher, dass du das Wort *Tochter* schon bald ohne Zögern aussprichst. Wiederholung schafft Vertrautheit. Wie hat sie sich unterwegs bewährt?«

»Bestens. Ihr Können mit dem Bogen ist bemerkenswert, und zweifellos ist sie brandgefährlich. Sie hat heute zum ersten Mal einen Menschen getötet. Gleich mehrere, um genau zu sein.«

»In dieser Hinsicht kommt sie ganz nach ihrem Vater«, kommentierte Jedral, und die anderen lachten zustimmend.

»Ein Spaziergang im Garten wird ihr guttun«, erklärte Tylos. »Das Töten kann anfangs recht belastend sein. Aber diese Neuankömmlinge, diese Jäger von den Voldirik ... Was sollen wir von ihnen halten?«

»Laut den Hinweisen in diesem Tagebuch dienen sie womöglich zur Unterstützung von Mardonius' militärischer Macht«, überlegte Xavir laut. »Sofern sich die Legionen Stravimons weigern, die eigene Bevölkerung zu ermorden, ist ein fremdes Volk vielleicht eher dazu bereit. Havinir erwähnte Fälle von Fahnenflucht bei den Hauptlegionen – und von Rebellen, die bestimmte Städte beschützen. Doch er sprach auch von *Bekehrungen* und *Wandlungen*, und ich weiß noch nicht, was das bedeutet. Auf jeden Fall könnte es unserer Sache dienen, wenn wir diese Oppositionellen zusammenbringen. Offenkundig lief für den Tyrannen nicht alles so reibungslos, wie wir anfangs dachten.«

»Das klingt ja fast nach tröstlichen Aussichten«, brummte Valderon. »Doch woher kommen diese Voldirik?«

Xavir saß noch immer in dem Sonnenstrahl, der durch das Fenster hereinfiel. Landril fand, dass er jung aussah, obwohl das helle Licht die feinen Linien, die die Zeit mit sich brachte, nicht abzumildern vermochte. »Zu Stravimon gehören Inseln vor der Westküste. Dort gibt es Häfen für Schiffe, deren Fracht ein König gern ohne größeres Aufsehen befördern möchte. Einer dieser Orte Phalamyshafen genannt, liegt weit vor der Nordwestküste Stravimons, und dort laufen die Schiffe der Voldirik ein.«

»Das wird mir hier alles ein bisschen zu kopflastig«, knurrte Davlor, erhob sich und schlenderte zur Tür. »Ich suche mir jetzt ein ordentliches Schwert. Wer ist dabei?«

»Warum nicht?«, fragte Harrand, der Valderon noch immer mit gerunzelter Stirn anstarrte. »Ich passe auf, dass du dich nicht selbst aufschlitzt.«

Harrand, Davlor und Grend trotteten davon und ließen Landril mit Tylos, Valderon und Xavir allein.

»Wie lautet dein Plan, Meisterspion?«, fragte Xavir mit wissendem Blick, doch Landril war noch immer mit dem Abgang der Gefährten beschäftigt. »Du scheinst dir schon deine Gedanken gemacht zu haben.«

Landril lehnte sich auf seinem Stuhl zurück. »Ich muss in die Vergangenheit eintauchen. Das erfordert einen Besuch in einer der Bibliotheken von Stravimon, sofern sie noch erhalten sind.«

»Wo befindet sich die nächste Bibliothek?«, fragte Xavir.

»In der Nachbarschaft eines deiner nächsten Ziele müsste es eine geben«, antwortete Landril. »Da sie nicht in Stravir und damit an einer allseits bekannten Stelle liegt, haben die Voldirik sie möglicherweise verschont. Dann wäre es ihnen auch nicht gelungen, *Wissen an sich zu bringen* – oder das Wissen um ihre Existenz aus dieser Welt zu tilgen. Wenn ich dich bitte begleiten dürfte ...«

»Eigentlich wollte ich mich zunächst allein auf den Weg machen. Natürlich wären die Hexen von großem Nutzen, falls du sie entbehren kannst, Valderon.«

365

»Die Hexen? Ich wusste nicht, was dagegensprächе«, stimmte Valderon zu. »Aber ich entnehme deiner Bitte, dass deine Haltung gegenüber der Schwesternschaft etwas versöhnlicher geworden ist, stimmt's?«

Xavir hob die Schultern. »Sie erweisen sich als nützlich.«

»Willst du denn auch ein Band zu deiner Tochter knüpfen?«, wollte Valderon mit fragendem Blick wissen.

»Ich bin kein völliges Ungeheuer«, entgegnete Xavir.

»Tu, was du für richtig hältst!«, ermunterte ihn Valderon. »Noch haben wir ja keine Streitmacht, die auf der Stelle gegen Mardonius losziehen könnte. Und unsere Straße führt mit jedem Schritt in die vorgesehene Richtung.«

»So, und nun erkläre ich euch, wie wir meiner Meinung nach vorgehen müssen«, sagte Landril, schob seinen Stuhl vom Tisch zurück und ging im Raum auf und ab. »Gemeinsam mit den Hexen machen sich Xavir und ich morgen früh auf den Weg. Wir steuern die Golaxbastei an, das Anwesen der Herzogin Pryus. Fürst Kollus hat die Oberaufsicht über diese Siedlung. Die Herzogin und der Fürst haben sich in jüngster Zeit stark angenähert.«

»Die Golaxbastei«, wiederholte Valderon. »Diese Stadt mochte ich nie. Ein Sündenpfuhl aus Granit. Dort wurde mehr königliches Gold gehortet als irgendwo sonst, und das ohne ersichtlichen Grund.«

»Nun, einen guten Grund dafür gibt es«, wandte Landril ein. »Sie hatte mächtige Bewohner. Zwar widerstrebte es Cedius, die Golaxbastei mit Geldmitteln zu versorgen, aber dort pflegten sich nun einmal die einflussreichsten Menschen zusammenzufinden. Und das schon seit der Herrschaft von Königin Stallax vor sechzig Jahren.«

»Eine Tyrannin, verantwortlich für unzählige Gräueltaten«, fügte Valderon hinzu. »Dass sie einen Ort wie jenen schuf, passte zu ihr.«

»Cedius sprach oft von ihr«, ergänzte Xavir. »Trotz der Ströme von Blut, die durch sie vergossen wurden, schuf sie einen Großteil der Straßen und Brücken in Stravir. Die festen Handelsrouten gleichfalls. Die Minen. Der noch immer schwelende Hass zwischen den Stämmen geht ebenso auf sie zurück … Auch König Grendux, Cedius' Vorgänger, vermochte ihre Spuren nicht auszulöschen. Und Cedius machte sich erst gar nicht die Mühe. Daher konnte sich eine Stadt wie Golax weiter an ihrer Macht festklammern. Stallax war eine sehr kluge Frau.«

»Nun, bis zum heutigen Tag werden mit üppigen Geldströmen Gefälligkeiten erkauft oder politische Vorhaben begünstigt«, fuhr Landril fort. »Es wird nicht einfach sein, dort Fuß zu fassen. Die Stadt war oder ist gut befestigt und verfügt über viele Annehmlichkeiten. Für mich besonders wichtig ist jedoch die Bibliothek. Schließlich muss ich mehr über diese Voldirikkreaturen herausfinden. Je mehr mir Birgitta bei den Nachforschungen hilft, umso besser.«

»Und was ist mit uns?«, fragte Tylos scheinbar arglos, setzte sich auf seinem Stuhl auf und streckte die Beine aus. »Sollen wir einfach hier herumhocken und auf eure Rückkehr warten?«

»Mitnichten! Ihr habt ebenfalls viel zu tun«, widersprach Landril. »Valderon und Lupara müssen die benötigten Streitkräfte ausheben. Das Geld und ein Hauptquartier habt ihr bereits. Ihr versammelt die Männer, die uns folgen wollen, und werdet sie rekrutieren und ausbilden. Eure Arbeit bildet die Basis unseres Unterfangens.«

»Verwaltungstätigkeiten …« Tylos seufzte. »Du warst der Anführer meiner Bande, Xavir, und daher bleibe ich weiterhin an deiner Seite.« Er beugte sich zu Valderon vor und sprach mit großer Aufrichtigkeit. »Nimm es nicht persönlich, hörst du? Du scheinst mir ein überaus fähiger

Mann zu sein. Aber Xavir bin ich eben schon lange treu ergeben.«

Valderon wischte die Bemerkung mit einer Handbewegung weg. »Deine Offenheit ehrt dich, Tylos, und dafür zolle ich dir Respekt.«

Mit verschränkten Armen blickte Xavir noch immer scheinbar teilnahmslos durchs Fenster in die Ferne. Eine Unterhaltung wie diese schien er über die Jahre hinweg schon viele Male geführt zu haben. »Nun, es ist wichtig, dass die Männer hinter Valderon stehen, Tylos. Du bist der Vernünftigste von allen, und die anderen geben viel auf deine Meinung. Und so sollten sie auch sehen, dass du Valderon unterstützt. Was ich vorhabe, erfordert eine gewisse Heimtücke. Gegen Pryus und Kollus werde ich eher wie ein Attentäter und nicht wie ein Soldat vorgehen. Mit der Durchführung meiner Pläne lege ich keine Ehre ein, aber es gibt keine andere Möglichkeit, freie Bahn auf Mardonius zu gewinnen und zu verhindern, dass ihm seine Speichellecker zu Hilfe eilen.«

»So sei es denn«, stimmte Tylos zu.

»Vergiss nicht, dass Valderon befehlshabender Offizier in der Ersten Legion war!«, fuhr Xavir fort. »Nicht in der Zweiten oder Dritten. Er weiß, wie eine Truppe angeführt wird. Setz dein Vertrauen in ihn!«

Valderon wirkte leicht verlegen, als er so deutlich gelobt wurde.

Tylos streckte Valderon die Hand entgegen, und dieser ergriff sie freimütig. Landril hoffte, dass damit alle alten Treueschwüre aus der Zeit der Banden vergessen waren. Nun sollten jene Beziehungen fortgeführt werden, die sich seit dem Ausbruch aus der Höllenfeste gebildet hatten. Ehemalige Feinde hatten sich mit dem gemeinsamen Ziel zusammengeschlossen, ein neues Leben zu beginnen.

Landril schlug das Buch zu und klemmte es unter den Arm, bevor er sich den anderen empfahl und in den Korridor hinaustrat. An einer Säule der Eingangshalle blieb er stehen und betrachtete den verwilderten Garten. Hatten ihm die Gefährten seine tiefe Besorgnis angesehen? Außer Xavir rechnete offenbar niemand mit den beunruhigenden Konsequenzen, die das Erscheinen eines völlig neuen Volksstamms nach sich zogen. Dass in diesem Haus Menschenversuche durchgeführt worden waren, verstörte ihn zutiefst. Warum hatte man solche grausamen Forschungen betrieben? Und welche Rolle hatte Havinir dabei gespielt?

Wer das Wissen hat, hat die Befehlsgewalt.

Laut Xavir war dieser Ausspruch überall zu finden. Havinir hatte den Satz noch kurz vor seinem Tod gesagt. In der Notiz hatte er gestanden. Das Tagebuch hatte seinen Sinn offenbart. War dies das Ziel der Voldirik? Wollten sie nur ihr Wissen vertiefen?

Landril hoffte, dass die Golaxbastei schlüssige Antworten bereithielt.

EIN TAKTISCHES MANÖVER

Über viele Stunden wollte das Geplauder vor dem Feuer nicht enden. Grend hatte einen beachtlichen Vorrat an Brennholz aufgetrieben und im Kamin eines Salons im vorderen Teil des Herrenhauses ein prasselndes Feuer entfacht. Polstermöbel wurden umgestellt und näher an die wohlige Wärme herangeschoben. Auch etliche Flaschen mit trinkbarem Wein waren aufgestöbert worden, und Landril fand, dass Entdeckungen dieser Art einem fröhlichen Abend überaus zuträglich waren.

Auf Wunsch seiner Gefährten erzählte Valderon Geschichten von der Ersten Legion. Von ihrem unvorstellbar langen Feldzug durch die Salzebenen im Norden in die Lande Kolpor und Roj und von der Verteidigungsschlacht der Küstengeister, bei der eine abertausend Mann starke Flotte rojanischer Piraten die Siedlungen in den entfernteren Gegenden Stravimons brandschatzen wollte. Cedius hatte jeden Mann, der von diesem Feldzug zurückgekehrt war, für seine Mühen mit einem zusätzlichen Krug Bier und die Tapfersten von ihnen mit Gold und Ehren belohnt. Kein einziges Mal erwähnte Valderon seine eigenen Leistungen, sondern sprach immer nur von den Heldentaten, welche die Männer an seiner Seite vollbracht hatten.

Während Valderon erzählte, beobachtete Landril seinen Kameraden Harrand. Im Schein des Feuers durchbohrte der Alte den ehemaligen Legionär mit wütenden Blicken. Landril gefiel weder das düstere Funkeln in Harrands Augen noch die Art, wie er seine Messer streichelte.

Ich kenne diese Blicke. Wenn wir nicht vorsichtig sind, wird bald noch Blut fließen.

Schließlich zogen sich die Männer einer nach dem anderen zur Nachtruhe ins Obergeschoss zurück. Valderon war der Erste. Harrand blieb beim Feuer sitzen, starrte in die Flammen und wetzte seine Klingen.

Landril eilte in sein Gemach, um den Beutel mit Pilzen zu holen, die er im Wald bei Luparas Hütte gefunden hatte – jene Pilze, die Davlor versehentlich angefasst hatte. Er benutzte ein kleines Messer, um etwas von dem Pilz in einen Zinnbecher zu schaben, in den er anschließend einen ordentlichen Schluck roten Chambreker einschenkte. Er goss sich selbst einen Becher voll und kehrte in den Salon zurück.

Harrand saß noch immer vor dem Feuer. Tylos, der Letzte, der sich sonst noch am Kamin aufhielt, wünschte eine gute Nacht und verschwand im Flur.

»Jetzt sind nur noch wir zwei übrig geblieben«, stellte Landril fest und reichte Harrand einen Becher. »Du bist ein merkwürdiger Kerl, finde ich.«

»Wie das?«

»Ich weiß so wenig über dich«, erwiderte Landril und nippte an seinem Wein.

»Ich habe eben kaum was zu erzählen, Spion.«

»*Meisterspion*«, berichtigte ihn Landril. »Jahre der Ausbildung machen den Unterschied zwischen einem Spion und einem Meisterspion aus.«

»Und worin besteht der?«

»Ein Spion beobachtet nur und macht Meldung, um auf diese Weise Vertrauen aufzubauen. Ist dieses Vertrauen erst einmal geschaffen, beginnt die eigentliche Ausbildung.« Landril trank ein weiteres Mal von seinem Wein. »Die Chambreker wissen schon, wie man einen guten Wein macht«, sagte er nach einem tiefen Schluck.

Dies nahm Harrand zum Anlass, seinen Becher ebenfalls an die Lippen zu setzen. Danach stellte er ihn auf einem Tischchen daneben ab.

»Die Gilde der Meisterspione ist eine höchst elitäre Institution, die ihr Hauptquartier in Stravir hat«, fuhr Landril fort. »Seit neunhundert Jahren dienen ihre Mitglieder Königen, Handelsfürsten, Herzögen, Höflingen und im Grunde eigentlich jedem, der für ihre Dienste bezahlt ...«

Plötzlich krümmte sich Harrand und griff sich an die Kehle. Von heftigen Krämpfen geschüttelt, wollte er sich übergeben, vergeblich. Mit unbekümmerter Miene beobachtete Landril, wie der Alte zusammenbrach und sein gesamter Leib in Zuckungen geriet, als hätte ihn die Fallsucht gepackt. Und dann, ebenso plötzlich, wie alles begonnen hatte, rührte er sich nicht mehr. Sein Blick richtete sich starr zur Decke, das Gesicht zu einem schmerzhaften Todesgrinsen verzerrt.

Als Landril Harrand auf Lebenszeichen hin überprüfte, war plötzlich eine Stimme hinter ihm zu hören. »Ich konnte den Mann noch nie leiden, aber ich verspürte auch nicht den Drang, ihn umzubringen.«

Landril erhob sich und fragte sich in aller Hast, wie viel Tylos wohl wusste oder sich zusammenreimte.

»Er verträgt keinen roten Chambreker.«

»Unsinn!«, entgegnete Tylos und trat in den Feuerschein. Seine Miene war nicht zu deuten. »Der Wein ist sehr bekömmlich.«

Landril legte die Hände auf den Rücken, damit Tylos seine Finger nicht zucken sah. Scheinbar vollkommen ruhig schlenderte er zu seinem Sessel und ließ sich seufzend hineinfallen.

»Warum hast du das getan?«, fragte Tylos.

»Was getan?«

»Ich bitte dich!« Tylos nahm neben Landril Platz, griff ohne Umschweife nach dem Becher und hob ihn an die Lippen.

»Nicht!«, zischte Landril mit pochendem Herzen.

»Keine Bange!«, sagte Tylos lächelnd und goss den Inhalt des Bechers auf den Boden. »Ich bin nicht dumm. Warum hast du das getan?«

»Er wollte Valderon abstechen.«

Tylos wirkte nachdenklich. »Bei dem Versuch hätte Valderon ihn getötet.«

»Das wäre durchaus denkbar gewesen«, erwiderte Landril. »Allerdings wäre die Sache schädlich für die Moral gewesen, wenn er einen der eigenen Leute umgebracht hätte. Die Männer hätten vermutet, dass die alten Verhältnisse zurückgekehrt seien. Dieses Misstrauen hätte sich später auch innerhalb der geplanten Streitkräfte ausgebreitet. Man hätte hinter Valderons Rücken geredet. Ich konnte einfach kein Risiko eingehen.«

»Du kannst nicht immer alles im Griff haben.«

»Du magst weise sein, Schwarzer«, wandte Landril ein. »Aber ich habe mein ganzes Leben damit verbracht, immer alles im Griff zu haben.«

»Ich meinte meine Worte auch nur als kleine Anmerkung, mehr nicht«, gab Tylos zurück. »So, und was fangen wir nun mit dem Leichnam an? Wie lautet unsere Erklärung den anderen gegenüber?«

»Sein schwaches Herz hat einfach aufgehört zu schlagen«, schlug Landril vor. »Wir sollten ihn in einen Sessel am Feuer setzen. Und am besten wirkt er dabei ganz entspannt.«

»Sein schwaches Herz hat einfach aufgehört zu schlagen«, wiederholte Tylos. »Für diese Diagnose kann ich bürgen, denn ich genoss einige Unterrichtsstunden bei einem Medicus. Ja, das werde ich im Morgenlicht erzählen.«

Da die Bürde der Tat nun auf vier Schultern ruhte, fühlte Landril die Anspannung allmählich weichen. »So, nun sind wir aufeinander angewiesen«, murmelte er.

»Das ist doch schon seit der Höllenfeste so, mein Freund«, entgegnete Tylos und blickte in das verglimmende Feuer.

DIE STRASSE ZUR GOLAXBASTEI

Drei Tage waren vergangen, seit Harrands Leichnam verbrannt worden war. Elysia fand das Ereignis traurig, vor allem weil es alle anderen kaum zu berühren schien. Merkwürdig, dass Männer wie ihr Vater oder Valderon andere Menschen gnadenlos töteten und dafür auch noch hohes Ansehen genossen, während andere fast unbemerkt aus dem Leben schieden. So war Harrand zwar ziemlich griesgrämig gewesen, hatte aber keinen Hang zur Gewalt gezeigt. Dieser Gedanke beschäftigte Elysia während der tagelangen Reise zur Golaxbastei immer wieder von Neuem.

Das Erreichen des angestrebten Ziels dauerte länger als erwartet, aber sie war dankbar, dass es zu keinen unliebsamen Überraschungen kam. Sie hatten sich Pferde besorgt und galoppierten über friedliche Wiesen. Elysia ritt für sich allein und vermisste die Gesellschaft der Gefährten. Mit stillem Vergnügen hatte sie den angenehm schlichten Unterhaltungen der Männer gelauscht, die sich so stark von den politischen Ränken der Schwesternschaft unterschieden. Obwohl Elysia selbst eher schweigsam war, fand sie Gefallen an den Gesprächen der anderen. So erfuhr sie, dass es offenbar Lebensläufe gab, die sich grundsätzlich von allem unterschieden, was ihr bisher bekannt gewesen war. Sie bedauerte, dass ihr Vater so selten mit Birgitta sprach, doch zumindest schien er Hexen gegenüber ein wenig milder gestimmt zu sein.

Aus Havinirs Schatzkammer hatte sie etliche Ausstattungsstücke mitgenommen – eine verstellbare Lederbrustplatte mit floralem Schmuckmotiv, wadenhohe braune Stiefel sowie eine robuste grüne Tunika mit Goldstickerei. Die Ausrüstung hatte eine sonderbare Wirkung auf sie, denn sie schien sich tatsächlich in einen anderen Menschen verwandelt zu haben und keine Angehörige der Schwesternschaft mehr zu sein. Birgitta indes kleidete sich nach wie vor genauso wie beim Verlassen des Ordens. Zum Glück sparte sie sich aber jede Bemerkung zu Elysias neuer Gewandung.

Aus den friedlichen Wiesen wurden schon bald schaurig finstere Wälder. Inmitten von dornigem Gestrüpp erhoben sich einzelne Ruinen, doch das Mauerwerk war größtenteils abgebrochen und zur Errichtung benachbarter Bauernhöfe und Weiler verwendet worden. Von den früheren Behausungen waren meist nur blasse Verfärbungen im Boden zurückgeblieben. Diese Beobachtung machte Elysia überall im Inland von Stravimon.

Stravimon. Diese riesige Nation, in die ihre Mutter einst gekommen war. Lischa, so hatte ihr Name gelautet. *Lischa*, wiederholte Elysia in Gedanken. Stravimon, das Land, in dem Lischa dem Krieger Xavir begegnet war. Immer wieder fragte sie sich, woher die Mutter gekommen sein mochte. Nun ritt ihr Vater neben ihr, und sie wusste nicht recht, was sie von ihm halten sollte. Und das war kein Wunder. Die Tatsache, dass er General Havinir auf so grausame Weise umgebracht hatte und sie Zeugin seines entfesselten Zorns geworden war, erschütterte sie. Allerdings brachte sie diesem Zorn auch ein gewisses Verständnis entgegen und war sogar der Meinung, dass die Strafe angemessen gewesen war.

Ihr Vater vertraute ihr vorbehaltlos, seit er sich am Stillen See mit eigenen Augen von ihrem Können überzeugt hatte. Es tat gut, nicht ausgelacht und angezweifelt zu werden, wie sie es bei der Schwesternschaft allzu oft erlebt hatte. Dass sich jemand aufgrund ihrer Fertigkeiten auf sie verließ, war beklemmend und anspornend zugleich. Noch mehr aber verwirrte Elysia der Kitzel, den sie beim Einsatz ihrer Kräfte verspürt hatte. Der Gefühlsrausch und die Fähigkeit, ihre Aufregung zu meistern, der Umstand, dass ihre Pfeile dem Erreichen gemeinsamer Ziele dienten. Nachdem sie einen offenbar wichtigen Beitrag zu einem großen Vorhaben geleistet hatte, bekam ihr Dasein doch noch einen Sinn. Endlich bedeutete sie jemandem etwas.

Jeden Abend hatte Xavir ihr eine der Klagenden Klingen übergeben, und unter einem dunklen Blätterdach hatte sie in aller Ruhe geübt. Das Schwert lag ihr leicht in der Hand und entsprach ganz und gar ihrer Vorstellung von einer brauchbaren Waffe. Obwohl sie spürte, dass sie den Hexenstein im Griff hätte erwecken können, entschied sie sich aus Rücksicht vor ihrem Vater dagegen. Er war ungewöhnlich sanft zu ihr, und das wusste sie zu schätzen. Ob sie viel über das Schwertfechten lernte oder nicht, schien dabei völlig unerheblich. Es fühlte sich einfach nur gut und richtig an.

Bei zwei Gelegenheiten sprach Xavir mit ihr über ihre Mutter. Viel gab er dabei nicht preis. Er bezog sich auf die Vergangenheit und schien anzunehmen, dass sie etwas in dieser Richtung hören wollte. Zu Anfang war es tatsächlich so gewesen, doch bald fand sie es einfach nur angenehm, sich mit ihm zu unterhalten. Xavir hatte ein aufregendes Leben geführt, erst recht verglichen mit ihrem behüteten Dasein. Und so lauschte sie nur zu gern seinen Geschichten über seine Feldzüge, die Freundschaft zu Cedius, die Reisen mit seinen Brüdern und die Begegnung mit historischen Persönlichkeiten.

Was er allerdings mit keinem Wort erwähnte, war die Schlacht, die zu seiner Einkerkerung geführt hatte. Aus dem Gemunkel der anderen Männer hatte Elysia indes ihre Schlüsse gezogen. Xavirs düstere Stimmungen und sein immer wieder aufflammender Zorn galten offenbar jenen, die das Massaker, die Hinrichtung seiner Brüder und seinen eigenen Niedergang verschuldet hatten. Sie fragte sich, ob Xavir wohl von seinen Dämonen erlöst würde, wenn er Vergeltung geübt hätte. Nach ihren bisherigen Erfahrungen mit ihrem Vater bezweifelte sie jedoch, dass er jemals seinen Frieden finden würde.

Am zweiten Abend nach ihrem Aufbruch aus Havinirs Herrenhaus und auf dem weiteren Weg durch Stravimon erreichten sie eine Siedlung, die lediglich aus einigen Holzhütten am Straßenrand bestand. Die Straße selbst führte unterhalb eines baumbewachsenen Hangs entlang. Landril behauptete, diese Stelle sei ausdrücklich als Rastplatz für Reisende vorgesehen. Elysia fiel aber auf, dass die Einheimischen mit Schwertern oder Äxten vor ihren Häusern saßen und sich offensichtlich wunderten, dass hier überhaupt jemand vorbeikam.

Sie hielten vor einer schmuddeligen Taverne, die sich *Zum Starken Ochsen* nannte und wohl schon bessere Zeiten erlebt hatte. Es handelte sich um ein großes Haus mit Holzfußboden und Kerzen, die auf den Tischen vor sich hin schmolzen. Die anwesenden Gäste, höchstens ein Dutzend, starrten entweder in die Dämmerung hinaus oder auf den Grund ihrer Trinkkrüge.

»Die einzige wertvolle Handelsware in diesem Kaff sind höchstwahrscheinlich Neuigkeiten«, flüsterte Landril Elysia zu. »Am besten gebe ich eine Lokalrunde aus, um allen ein wenig die Zunge zu lockern.«

Sie näherten sich dem Tresen und warteten, dass der Wirt sie bediente.

»Unsere Stadt ist inzwischen ein richtiges Drecksloch geworden«, knurrte ein Mann und erhob sich von einem Tisch am Feuer. Bis er von seinem Platz aus die Neuankömmlinge am Tresen erreicht hatte, war er schon seine halbe Lebensgeschichte losgeworden. Sein Name war Gorak, und er hatte früher für eine Bergbaugesellschaft in der Nähe gearbeitet. Er trug schlichte Kleidung in Braun und Schwarz sowie alte Stiefel. Die Gäste, denen er die Geschichte der Stadt näherbrachte, stellten für ihn offenkundig eine willkommene Abwechslung seines tristen Alltags dar. »Vor zehn Jahren, als der alte Cedius herrschte, erblühte unsere Gegend. Auch nachdem König Grendux, dieser Narr, so lange auf dem Thron hockte. Die Hälfte der Stadt wurde abgerissen oder weiterverkauft. Nur wenige von uns Einwohnern sind geblieben. Trotzdem harre ich lieber hier aus, wenn ich bedenke, was man sich so erzählt ... was in Stravimon gerade los ist.«

»Und was genau erzählt man sich?«, fragte Landril.

»Bestien, die im Wald umherpirschen und nicht nur Vieh reißen«, erklärte Gorak. »Die Truppen des Königs wenden sich gegen sein eigenes Volk. Invasoren aus einem anderen Königreich ... Kann sich das einer vorstellen? Fremde hier in Stravimon ...« Gorak schüttelte den Kopf.

»Es gab schon immer Fremde«, erwiderte Landril. »Sie kauften unsere Waren und brachten Geld in unsere Städte.«

»Diese Horden aber nicht, die sind gewalttätig. Weiß der Geier, woher die kommen. Und weiß der Geier, wo unsere viel gerühmte Legion bleibt, wenn ihr mich fragt. Außerdem sollte jemand eine Fürbitte an die Göttin richten ... obwohl ich wahrhaftig kein frommer Mensch bin. Aber Cedius dreht sich bestimmt im Grab um. Nein, dies ist nicht meine Welt. Danke, der Herr! Da sitze ich lieber zufrieden bei meinem Bier und diesem Griesgram von Wirt.«

Gorak nahm einen kräftigen Schluck aus seinem Humpen. Schaumfetzen hingen ihm im grauen Bart. Elysia fand ihn recht amüsant, wenn auch ein wenig ungehobelt. Er hielt kurz inne, und als er Xavir ansah, verengten sich seine Augen. »Du trägst eine schicke Uniform, Bursche!«, rief er und betastete das Emblem auf Xavirs Brust, das sich für ihn auf Kopfhöhe befand.

»Sie gehörte der Sonnenkohorte«, erklärte Xavir.

Gorak atmete zischend ein und schüttelte den Kopf. »Was könnten wir die jetzt dringend brauchen! Wo hast du sie gefunden? Sie sieht teuer aus. Und pass auf dich auf, denn heutzutage treiben sich überall Diebe herum.«

»Die Uniform gehört mir«, sagte Xavir.

»Wie bitte?« Gorak beugte sich vor und legte den Kopf schief.

»Ich bin Xavir Argentum, ehemaliger Kommandant der Sonnenkohorte. Diese Uniform gehört mir.«

Obwohl Gorak offenbar nicht leicht zu beeindrucken war, blieb ihm der Mund offen stehen, bis er schließlich die Fassung wiederfand. »Und ich hielt dich für mausetot, genau wie die anderen.«

»Sicher wünschen sich manche, dass es so wäre«, gab Xavir knapp zurück und musterte sein Gegenüber mit herablassendem Blick.

Gorak trat einen Schritt zurück.

Landril drängte sich zwischen die beiden. »Lass mich deinen Humpen auffüllen!«

»Oh, das ist sehr großzügig von dir!« Auch als Landril ihm den Krug überreicht hatte, starrte Gorak Xavir noch immer an. Schließlich trollte er sich zu seinem Tisch zurück.

»Eigentlich wollten wir hier Freunde finden«, zischte Landril. Doch Xavir antwortete dem Meisterspion lediglich mit einem Stirnrunzeln und einem Schulterzucken. Landril musterte die übrigen Gäste und zeigte ihnen sein breitestes

Lächeln. »Und einen Humpen für jeden, dem etwas an seinen Mitmenschen liegt!«

Binnen weniger Augenblicke hatte sich die Laune in der Taverne deutlich gehoben. Die Neuankömmlinge setzten sich an einen Tisch in der Ecke und beobachteten, wie die Gäste mit jedem Schluck ausgelassener und redseliger wurden. Anwesend waren überwiegend Männer. Die Ausnahme bildeten zwei Frauen, die nach Landrils Meinung wahrscheinlich für ihre Anwesenheit entlohnt wurden.

»Was mich auf einen Gedanken bringt ...«, sagte Landril und wandte sich mit durchtriebenem Blick an Elysia. »Ich brauche ein hübsches junges Mädchen wie dich, das mir Gesellschaft leistet. Zusammen mit dem Freibier kannst du uns allen helfen, dass sich die Gäste uns gegenüber öffnen. Männer sind in dieser Hinsicht oft sehr dumm. Heute Abend bist du meine Schwester, ja?«

»Nun, warum nicht?«, antwortete Elysia mit einem Achselzucken.

»Willst du sie etwa als Hure verschachern?«, schnaubte Birgitta.

»Keineswegs«, entgegnete Landril gelassen. »Aber ein hübsches Gesicht wirkt Wunder und verführt einen Mann dazu, den Prahlhans zu spielen. Dann spuckt er die tiefsten Geheimnisse aus, nur weil er sich einen Kuss erhofft.«

»Einen Kuss«, spottete Birgitta.

»Mir wird schon nichts zustoßen«, versicherte Elysia. »Ich passe auf mich auf.«

»Warte!« Xavir bückte sich, zog einen kleinen Dolch aus dem Stiefel und reichte ihn seiner Tochter. »Für den Fall, dass jemand es nicht bei einem Küsschen belassen will.«

Elysia schenkte ihm ein dünnes Lächeln, nahm die Klinge entgegen und ließ sie im eigenen Stiefelschaft verschwinden.

»Wie väterlich!«, kommentierte Landril trocken. »Und nun …« Er wandte sich an Birgitta. »… Nun trinkst du mit Xavir ein Schlückchen und bleibst gemütlich hier sitzen. Redet über die gute alte Zeit, das wird euch gefallen. In der Zwischenzeit quetschen wir die Burschen dieses ranzigen Kaffs so lange aus, bis wir alles wissen.«

Elysia wandte sich über die Schulter zurück zu Birgitta, die vor Zorn schäumte. Aber Landril nahm sie am Arm und zog sie mit sich.

»Du heißt Brella«, sagte er. »Ich bin Baun.«

Beide nahmen am Ende eines langen Tischs Platz, und Landril war nicht länger der bedächtige Mann, den sie bisher gekannt hatte. Vielmehr verhielt er sich plötzlich wie ein Schauspieler auf der Bühne – großspurig und theatralisch. »Meine Herren! Ich hoffe, euer Bier ist nicht so übel wie der Atem des Wirts!«

Die Gäste kicherten über diese Bemerkung und dankten ihm noch einmal für das Freibier.

»Warum wirfst du so mit dem Geld um dich?«, fragte einer.

»Je nun, wir sind gerade unserem Elternhaus entflohen, nachdem wir eine kleine Erbschaft gemacht haben. Weil wir unseren Vater aus tiefstem Herzen hassten, wollen wir einen Teil des Golds einem sinnvollen Verwendungszweck zuführen. Und welchen sinnvolleren Verwendungszweck könnte es geben als das Saufen?«

»Warum hat sie dann aber diese Hexenaugen, hä?«, murrte einer der Männer.

»Sie war ganz allein auf der Welt. Die Mutter der armen Brella war eine Hexe. Unser Vater brachte seinen Samen auf vielen Äckern im ganzen Land aus, aber wir haben uns genommen, was uns rechtmäßig zusteht, wenn ihr mir folgen könnt.«

»Habt ihr ihn ermordet?«

382

Landril schüttelte dramatisch den Kopf. »Ich nahm ihm nicht das Leben. Lediglich sein Gold. Würdet ihr uns nun gestatten, euch ein wenig Gesellschaft zu leisten? Wir waren über viele Stunden unterwegs und konnten nur einige Worte mit unseren zufälligen Reisegefährten dort drüben wechseln. Und sie sind wahrhaftig keine Frohnaturen.«

Den Rest des Abends verbrachten alle in angeregtem Gespräch. Elysia fand die Art, wie die Einheimischen redeten, ausgesprochen angenehm, unterschied sie sich doch stark von den Unterhaltungen der Schwestern, die stets verhalten und im Flüsterton geführt worden waren. Andererseits fand sie die Blicke, die ihr zwei der Männer zuwarfen, geradezu abscheulich. Aber sie wollte ihr Unbehagen nicht zeigen und erst recht Landril nicht auffliegen lassen. Der Meisterspion war offenbar ganz in seinem Element und schien jeden Augenblick zu genießen.

Seit die Minen geschlossen und die Leute aus ihren Häusern geflohen waren, hatten sich die Zeiten geändert, und mit ihnen Siedlungen wie diese. Seit Neuestem war die Stadt eine Zuflucht für Schmuggler, deren Kunden zwar Geld in Mengen besaßen, die sich aber nicht um die Herkunft der Waren kümmerten.

Landril erfuhr, dass in einer abgelegenen Gegend wie dieser die ohnehin schlimme Lage noch katastrophaler geworden war. Das System der Clans, demzufolge die Familien dem König Treue und Unterstützung gelobten und auf ihrem Territorium den Frieden hüteten, war in sich zusammengebrochen. An seine Stelle war ein schlagkräftiges Heer getreten – die Legionen des Königs. Die Soldaten waren nicht länger ehrenhaft, gut ausgebildet und Streiter für das Landeswohl. Sie waren in erster Linie gedungene Söldner ohne Moral, die sich kaum um Fragen der Gerechtigkeit scherten. Sie nahmen sich, was sie brauchten, und hinterließen nichts als Chaos. Für ein hohes Schutzgeld ließen sie die Stadt unbehelligt, die so weiterhin ihren heimlichen Geschäften nachgehen konnte.

»Eine Frau, die wir unterwegs trafen, erwähnte irgendwelche fremdländischen Jäger. Dem Gerücht nach keine Söldner, sondern völlig andere Wesen«, raunte Landril mit verhaltener Stimme. »Dabei fiel das Wort *Voldirik*, aber das sagte mir nichts.« Er zuckte mit den Achseln und nippte an seinem Getränk. Elysia entging aber nicht, dass er dabei ein Auge auf die Männer hatte und deren Mienen genau beobachtete.

Es folgte ein Augenblick peinlichen Schweigens, bis ein junger Mann mit großen Augen das Wort ergriff. »Wir wissen nicht, woher sie kommen und was sie wollen. Doch sie bringen dieser Gegend nichts Gutes. Es gibt Gerüchte, dass sie einen Mann in den Wald verschleppten. Um ihm den Kopf aufzuschneiden und sein Gehirn zu verzehren. Sie wollten seinen Gedanken auf die Spur kommen, indem sie sie fraßen.«

Wer das Wissen hat, hat die Befehlsgewalt, dachte Elysia düster.

»Geschichten, Tek. Mehr nicht.«

»Mag sein, aber das ist wirklich kein gutes Omen, oder?« Der Einheimische rülpste laut.

»Nun, schon ist die Stimmung dahin, verflucht! Und dabei hatte es so lustig angefangen.«

»Entschuldigung, meine Herren!«, bat Landril. »Aber ihr versteht sicher, dass sich zwei arglose Reisende besorgt zeigen, wenn derartige Scheusale ihr Unwesen treiben.«

»Sie kann doch bei mir bleiben«, schlug einer der Männer mit lüsternem Grinsen vor. »Bei mir wärst du sicher, Süße.« Die anderen lachten grölend über ihrem Bier.

Elysia lächelte steif und fingerte nach dem Messer in ihrem Stiefel.

»Wir haben auch Schlimmes über einen General namens Havinir gehört«, fuhr Landril fort, ohne weiter auf die Bemerkung zu achten. »Man hat uns gewarnt, uns seiner Behausung zu nähern ...«

Die Stimmung der Gäste schien noch verdrießlicher zu werden.

»Ihr würdet spurlos verschwinden«, raunte der Mann, den sie Tek nannten. »Er hat schon in der Vergangenheit Helfer angeheuert. Huren und Diener. Sie kommen nie zurück.«

Landril lenkte das Gespräch rasch auf andere Themen. Er erkundigte sich nach den örtlichen Soldaten und fragte, ob er den einen oder anderen zum Schutz von zwei Reisenden anwerben könne. Daraufhin erfuhr er, dass die Golaxbastei noch eine offizielle Stadtwache besaß – eine Handvoll örtliche Clanskrieger sorgte für Ruhe und Ordnung.

»Aber sie trauen sich nicht hier in die Nähe oder in die Wälder«, schränkte Tek ein und ließ das Bier in seinem Humpen kreisen. »Nicht bei den vielen Rebellen, die es auf die Soldaten abgesehen haben.«

Landril musterte den jungen Mann neugierig. »Rebellen?«

»Genau«, bestätigte Tek. »Alle, die nicht vor den Streitkräften buckeln wollen, haben in den Wäldern Lager aufgeschlagen. Sie überfallen die Händler und königlichen Legionen wie die übelsten Banditen. Töricht, wenn man mich fragt. Am besten nimmt man die Dinge hin, wie sie sind, und zahlt für den eigenen Schutz. Sofern man das Geld dafür hat.«

Elysia freute sich insgeheim, dass es dort draußen noch andere gab, die ebenfalls gegen den König kämpften.

»Wie Herzogin Pryus drüben in der Golaxbastei. Die hat mehr Geld als Verstand, diese Frau. Statt ein Heer auszuheben, um sich selbst zu schützen, hält sie lieber Bälle ab, so hört man. Jeden Monat. Die Frau ist blind gegenüber dem ganzen Weltgeschehen. Oder ihr ist alles völlig gleichgültig.«

»Bälle?«

»Ja, Festlichkeiten. Reiche Leute, die sich betrinken. So oder so nichts für unsereins«, brummte Tek.

»Wann findet denn der nächste Ball statt?«, fragte Landril scheinbar beiläufig. Elysia aber hörte heraus, dass er sie womöglich unauffällig in die Golaxbastei einschleusen wollte.

»Das nächste Fest steigt in vier oder fünf Tagen«, antwortete jemand vom anderen Tischende. »Sie hat weitere Bälle geplant. Scheint eine Zusammenkunft von Leuten zu sein, die in Stravimon mal was galten. Seit Mardonius nach eigenem Gutdünken schaltet und waltet, hat sich alles geändert. Er hält kaum selbst Hof, und wer ist schon so verrückt, sich in die Nähe seines Roten Schlächters zu begeben?«

Als Elysia alle diese Geschichten hörte, wurde sie traurig. Sie hatte Stravimon für ein Land des Prunks, des Edelmuts und der Ehre gehalten. Nun aber war sie eines Besseren belehrt worden. In Stravimon schien es weder eine Zukunft noch große Hoffnungen zu geben, und so machten offenbar alle einfach weiter, so gut sie es vermochten.

Irgendwann erhob sich Landril und zog Elysia mit sich. Die Männer ringsum waren ganz offensichtlich enttäuscht. »Wir wünschen den Herrschaften einen guten Abend. Es war uns ein Vergnügen, aber wir sind müde Reisende und müssen uns noch um unser Nachtlager kümmern.«

Landril verneigte sich, und unter den wachsamen Blicken der Männer begaben sich die beiden zum Tresen zurück.

EIN ABEND IN DER TAVERNE

»Was hältst du denn nun von ihr?«, fragte Birgitta Xavir, während sie Landril mit düsterer Miene nachsah, wie er ihr Mündel auf eine Tischgesellschaft im hinteren Bereich der Schankstube zulotste.

»Was meinst du?«

»Deine Tochter. Wie denkst du über sie?«

»Was soll ich über sie denken?«

»Irgendetwas. Ganz gleich, was. Nun rede schon!«

Widerwillig gestand er sich ein, dass Birgitta als Reisebegleiterin gar nicht so übel war. Und irgendwie stimmte es ihn auch milder, dass sie das Leben in der Ordensburg Jarratox nicht länger ausgehalten hatte und geflohen war. Dennoch fand er sie gelegentlich noch immer unerträglich besserwisserisch.

Er hätte sie gern nach Lischa ausgefragt – ob sie sich an gemeinsame Erlebnisse erinnerte, wie sie ihren Charakter beschreiben würde. Er hätte gern den Wahrheitsgehalt seiner eigenen Erinnerungen überprüft, doch ihm fehlte der Mut dazu. An diesem Abend hatte er keinen Tropfen Bier angerührt und wollte auch jetzt nichts trinken. Seit der Flucht aus der Höllenfeste mied er alkoholische Getränke. Die hartnäckige Fragerei aber hätte ihn fast dazu verführt, sich doch noch einen Humpen zu bestellen, denn sie hielt einfach nicht den Mund.

»Sie kann gut mit dem Bogen umgehen«, seufzte er schließlich.

»Ist das alles, was du über deine Tochter zu sagen hast?«, fragte Birgitta mit der Schärfe einer Messerschneide. »Ein Mädchen von siebzehn Sommern, die Tochter einer Frau, die du geliebt hast. Und du stellst nur fest, dass sie gut mit dem Bogen umgehen kann?«

Xavir hob die Schultern und betrachtete seine Tochter von Weitem. »Die Männer dort drüben würden gern mit ihr anbändeln, und ich verspüre nichts als den dringenden Wunsch, ihnen den Kopf abzuschlagen. Genügt dir diese Erklärung?«

»Sie zeigt zumindest, dass du Gefühle hast«, stellte sie fest.

»Sie sind nicht väterlich.«

»Oh, das sind sie sehr wohl!«, widersprach Birgitta.

»Die Worte *Vater* oder *Tochter* beschreiben Verwandtschaftsbeziehungen, die für mich keinerlei Bedeutung haben. Du meinst, ich sollte Elysia gegenüber väterliche Gefühle haben? Nun, ich kann nur sagen, dass ich diese Kerle am liebsten umbrächte. Zeichnet mich das als Vater aus?«

»Ganz gewiss«, bestätigte Birgitta und zeigte ein zufriedenes Lächeln, als habe sie gerade einen Sieg errungen.

»Ich sehe ihre Mutter Lischa in ihr.«

»Väter erinnern sich gern an ihre alte Liebe. Selbst solche, die Kommandanten der Sonnenkohorte sind.«

»Die Kommandanten der Sonnenkohorte *waren*«, berichtigte sie Xavir.

»Unsinn! Solange du noch aufrecht stehst, ist die Sonnenkohorte nicht untergegangen.«

»Ein tröstlicher Gedanke.« Xavir dachte wieder einmal an Brendyos, Jovelian, Felyos und Gatrok. Und an den großen Dimarius, der über viele Jahre hinweg sein enger Freund gewesen war. Diese Männer *waren* die Kohorte gewesen und lebten nicht mehr. »Ich bin als Einziger übrig geblieben, Birgitta.«

»Du hast noch Valderon.«

»Ein guter Kämpfer.«

»Er sieht zu dir auf.«

»Er sieht zu meinem berühmten Namen auf, das ist etwas anderes. Er war ein guter Soldat und wollte ein legendärer Kämpfer werden. Nun bekommt er die Gelegenheit dazu und ist deshalb als Anführer der zukünftigen Streitmacht bestens geeignet. Ich hingegen bin nur noch ein Meuchelmörder.«

»Merkwürdig, dass ihr beide so lange Feinde wart«, sinnierte Birgitta.

»Wir pflegten eine besondere Art der Feindschaft. In der Höllenfeste brauchten wir alle eine Struktur, damit wir uns irgendwo zugehörig fühlten. Das war zwingend notwendig. Dieser Kerker war die Hölle. Wir hatten alles verloren, was uns als Menschen ausgemacht hatte, und mussten neue Verbindungen schaffen, um ein Gefühl für uns selbst zu entwickeln. Für Männer unseres Standes, denen Ehre und guter Ruf alles bedeuteten, war dieses Leben die reinste Folter. Nachdem wir plötzlich ein Nichts und ein Niemand waren, suchten wir Wege, um zu überleben.«

»Verspürst du denn gar nicht den Wunsch, Anführer deiner Gefährten zu sein?«

Xavir schüttelte den Kopf und schenkte ihr ein schiefes Lächeln. »Das überlasse ich fähigeren Männern als mir. Ich habe nur noch das Bedürfnis, alle jene zur Rechenschaft zu ziehen, die meine Brüder und mich verraten haben.«

»An deiner Tochter liegt dir rein gar nichts?« Birgitta nickte zu Elysia hinüber. Nachdem sie einen Becher Wein hinuntergestürzt hatte, wurde sie immer redseliger. »Lohnt es sich nicht, für sie zu kämpfen?«

»Tut mir leid, wenn ich dich enttäuschen muss«, murmelte Xavir.

»Du verknöcherter alter Esel!«, polterte Birgitta. »Bist du denn völlig gefühllos?«

Xavir musste lachen. »Was soll ich darauf antworten, Hexe? Dass ich sie unter meine Fittiche nehmen werde? Nun, ich werde sie bitten, an meiner Seite zu kämpfen, denn ich erkenne ein großes Talent in ihr. Mehr kann ich dazu nicht sagen.«

»Für dich ist sie nichts als eine tödliche Waffe, nicht wahr?«

Xavir seufzte. »Ich sehe ihre Möglichkeiten und ihren Ehrgeiz, immer besser zu werden. Dabei kann ich sie unterstützen, wie es eure Schwesternschaft niemals vermocht hätte. Ist das so falsch?«

»Zugegeben, da hast du nicht ganz unrecht.«

»Wie dem auch sei – welche Rolle spiele ich in diesem Zusammenhang überhaupt?«

»Du bist ihr Vater! Ich will es einmal ganz deutlich ausdrücken. Du hast eine Hexe gevögelt, ohne über die Folgen nachzudenken. Tja, und dort drüben siehst du nun das Ergebnis.« Zornig gestikulierte Birgitta in Elysias Richtung. »Also ist es jetzt deine verdammte Pflicht und Schuldigkeit, dich um deine Tochter zu kümmern.« Mit diesen Worten erhob sie sich, gesellte sich zu dem Wirt und verhandelte mit ihm wegen der Unterkünfte für die Nacht.

Es war nur noch ein großes Zimmer im hinteren Bereich der Taverne frei. Eine Laterne im Fenster und der Mond erleuchteten die Umgebung. Das Fenster ging auf einen Hang hinaus. Hier und dort standen Bäume, und daneben erhob sich ein großer Abfallhaufen, auf dem es wahrscheinlich von Ratten nur so wimmelte.

Xavir hörte sich die Neuigkeiten über die Golaxbastei an,

die Landril zuvor in Erfahrung gebracht hatte. Dass die Stadt weiterhin eine eigene Bewachung besaß, war keine Überraschung. Dass allerdings nur Clanssoldaten für den Schutz sorgten, deutete darauf hin, dass etwas mit der Hauptarmee im Argen lag, denn eigentlich war die Golaxbastei eine Stadt der Legionen. Dennoch war es tröstlich, dass die Clans sich zumindest teilweise ihren Einfluss bewahrt hatten und dass die alten Sitten und Gebräuche nicht vollkommen verloren gegangen waren.

Während die beiden Hexen und Landril sich auf den Betten ausstreckten, verließ Xavir noch einmal das Haus und vertrat sich die Füße. Wie er sich eingestand, hielt er sich seit der Wiedererlangung seiner Freiheit nicht mehr gern in engen Räumen auf.

Er schlenderte die Straße entlang und betrachtete die verwahrlosten Holzhäuser und die Bäume. In seiner Jugend war er einmal durch diese Stadt gekommen. Damals, als er seinen Vater in Clansangelegenheiten mit der Krone begleitet hatte, aber er erinnerte sich kaum noch daran. Alle Erinnerungen an die Zeit vor der Höllenfeste waren verblasst, und er verspürte nicht die geringste Lust, an diesem Abend noch in die Tiefen seiner Vergangenheit hinabzusteigen.

Es war weit nach Mitternacht. Die Taverne hatte längst geschlossen, und wenn die Menschen auch nur einen Funken Verstand besaßen, dann schliefen sie in ihren warmen Betten. Xavir war einige Hundert Schritt gegangen, einen sanften Hang hinauf bis zu einer Stelle, wo die Straße einen Pfad erreichte, der weiter nach oben führte. Er stand am Stadtrand und spähte in die Düsternis, in der sich Stravimon unter ihm erstreckte. Der Vollmond warf sein bleiches Licht auf endlos weites Grasland. In einem fernen Dorf funkelte eine Laterne, und die sanfte Brise trug Holzrauch mit sich.

Er war kein Wolf aus Dacianara, doch seine scharfen Sinne

nahmen leise Schritte hinter einem kleinen Gebäudekomplex wahr. Er wandte sich um und machte sich auf den Weg zurück zur Taverne. Dabei vergewisserte er sich, dass die Klingen auf seinem Rücken griffbereit in ihren Scheiden steckten.

Er wurde verfolgt. Von zwei – nein von drei Männern. Sie trugen Kapuzen, blieben im Schatten der Gebäude und hielten sich aus dem Mondlicht heraus. Wann immer er innehielt, duckten sie sich hinter Fässern oder Kisten. Plötzlich blieb er stehen, wandte den Gebäuden den Rücken zu und nahm eine Stellung ein, die ihn sichtlich angreifbar machte.

Sie kamen sofort, drei Männer mit langen Dolchen, die im Mondlicht blitzten. Xavir ließ sich auf dem Boden nieder, beugte sich nach rechts und sah zu, wie der erste Mann über sein ausgestrecktes Bein stolperte. Dann packte er den schlenkernden Arm des Burschen am Handgelenk und nutzte die Kraft seiner eigenen Bewegung, um den Knochen zu brechen. Schreiend ließ der Angreifer den Dolch fallen. Er landete in Xavirs freier Hand, während die anderen beiden Männer auf der feuchten Straße rutschend und schlitternd ihren Angriffswinkel zu ändern versuchten. Xavir rammte dem einen den Dolch in den Oberschenkel, und der Strauchdieb ging wimmernd zu Boden.

Danach zückte Xavir die Klagenden Klingen und deutete mit einer der Waffen auf den verbliebenen Angreifer. Der verharrte auf der Stelle, zitternd wie Espenlaub. Der Geruch nach frischem Harn verriet, wie verängstigt er war. Er stöhnte jämmerlich.

Xavir seufzte ungeduldig. »Nimm die Kapuze ab, Gorak, und lass deine Waffe fallen! Ich will dich oder deine Freunde nicht töten.«

Völlig verschreckt gehorchte Gorak. »W… woher wusstest du das?«

392

Du stinkst gegen den Wind, dachte Xavir. »Du bist der Einzige, mit dem ich in dieser Stadt geredet habe. Ich sehe ein, dass du schwere Zeiten durchmachst. Du bist einem Mann in auffallender Kleidung begegnet und hast dir gedacht, dass es die Sonnenkohorte nur noch in den Legenden gibt. Also muss der Fremde die Sachen irgendwo gestohlen haben. Du hältst es für unwahrscheinlich, dass ich Xavir Argentum bin. Du hältst ihn für tot.«

»Die Zeiten sind wahrlich hart.« Gorak starrte zu Boden und wagte den Blick nicht zu heben. »Dann bist du es also *doch.* Aber was ändert das verdammt noch mal an den üblen Tatsachen? Wenn es die Sonnenkohorte noch gäbe, hätte sie dem König schon längst sein grausames Handwerk gelegt. Vielleicht bist du aber auch nur ein Mann, der angeblich zur Sonnenkohorte gehört. Also ja, ich bin ein Risiko eingegangen. Das Gold für deine hübsche Rüstung hätte uns für Monate ernährt. Das wäre allemal besser gewesen, als nur auf Holz herumzukauen.«

Goraks Komplizen wankten an seine Seite und ächzten vor Schmerzen. Wie gescholtene Kinder standen sie vor Xavir, warteten aber vergeblich auf Mitgefühl.

»Bring es endlich hinter dich und töte uns!«, verlangte einer der Angreifer. »Dann erleben wir, wie es uns in einer anderen Welt ergeht.«

Xavir ging einen einzigen Schritt auf sie zu, und sie zuckten entsetzt zusammen. Zwei von ihnen winselten vor Angst. Gorak hatte die Augen geschlossen und rechnete mit dem Schlimmsten.

»Erbärmlich«, murmelte Xavir.

Dann steckte er die Klingen in die Scheiden zurück und begab sich wieder zur Taverne.

VERBLASSENDE TRÄUME

Es war nicht das Stravir, wie es sich inzwischen darbot. Es war eine völlig andere Zeit.

Vor einem Jahrzehnt.

Ein sorgloser junger Mann. Die schwarze Kriegsgewandung war noch neu und umhüllte seinen Körper wie eine zweite Haut, das Leder ganz ohne Falten. Xavir hielt sich in den Quartieren der Sonnenkohorte auf, einem Nebengebäude von König Cedius' Palast. Die Unterkunft war ein zinnengekrönter Kalksteinturm, der nur von jenem Raum überragt wurde, in dem Cedius Hof hielt. Xavir stand an den niedrigen, aber sehr breiten Fenstern, die von außen betrachtet den Anschein von zusammengekniffenen Augen erweckten. Sein Blick schweifte über Stravir.

In weitem Umkreis schimmerten die Schieferdächer der Stadt nach dem letzten Regen. Die Fassaden der prunkvollen Gebäude aus Kalk- und Sandstein glitzerten feucht. Es gab zahlreiche Brücken, deren Geländer von blütenbesetzten Ranken überwuchert waren. Zwischen den Häusern erstreckten sich Marktplätze, auf denen jeweils Nahrungsmittel, Metalle, Edelsteine oder Leder feilgeboten wurden. Dort drängten sich die Käufer und Schaulustigen. Von einer der berühmten Bäckereien der Stadt stieg der Duft von frischem Brot auf. Auf den fernen Mauern patrouillierten Soldaten, und der Fluss dahinter schlängelte sich blaugrünen Hügeln entgegen, die im sanften Licht schemenhaft blieben.

Alles zeugte von pulsierendem Leben – das Licht, der blasse Stein, die Gerüche. Dies war keine Stadt aus Schlamm und Kot, dies war der Sitz von Königin Beldrius, der ersten Herrscherin des Neunten Zeitalters, und ihrer drei langlebigen Nachfolger. Wo andere Städte im Dunkel der Geschichte verloren gegangen waren, blieb Stravir vom Wandel der Zeit unangetastet.

»Das steht uns gut, mein Freund«, sagte Dimarius. »Die Schneider verstehen ihr Handwerk von Mal zu Mal besser.«

Xavir drehte sich um, um ihn zu mustern. Dimarius stand im Türrahmen und war gerade mit einer ähnlichen Tracht ausgestattet worden, wie Xavir sie trug. Ein schwarzes Lederwams. Eine maßgeschneiderte schwarze Kniehose. Schwarze Stiefel. Ein feiner Mantel. Sein Haar war so golden wie das Licht des Nachmittags, das in ihre Gemächer fiel, Wärme und eine heitere Stimmung mit sich brachte. Das schmale Gesicht und die edlen Züge machten Dimarius zu einem höchst ansehnlichen Mann. Das Licht spiegelte sich auf dem Abbild eines Turms, das sie alle auf der Brust trugen, und verlieh der gesamten Sonnenkohorte die Anmutung von Heiligen. Dimarius zeigte das aufrichtige Lächeln eines glücklichen Menschen.

»Aber das Leder ist zu steif. Offenbar will man Kosten sparen.«

»Du beschwerst dich zu oft!« Dimarius lachte und stellte sich neben seinen Kommandanten. »Wir sollten eigentlich unsere Freude daran haben, oder etwa nicht?«

»Das sollten wir«, entgegnete Xavir. »Und ich habe auch meine Freude daran.«

»Deine Kritik entspringt dem Wunsch nach Vollkommenheit«, tadelte Dimarius und wandte sich an die anderen. »Herrschaften, gewöhnt euch daran und blickt nicht so ernst drein! Dies ist ein großer Augenblick für euch alle.«

Hinter ihm traten Brendyos, Felyos, Gatrok und Jovelian ein. Gemeinsam waren sie die sechs Männer, die Cedius vor dem versammelten Hofstaat in Bälde als seine Vorstreiter ausrufen würde. Jedes Jahr fand die gleiche Zeremonie am Tag der Fünf Tode statt. Dieser Tag ging auf das Siebte Zeitalter zurück, als fünf Thronerben in nur einer Nacht im Schlaf ermordet worden waren. Da Brendyos und Felyos sich gerade erst der Kohorte angeschlossen hatten, würde dieser Anlass zugleich auch ihrer offiziellen Vorstellung dienen.

Die beiden Männer, die kerzengerade auf einer Bank saßen und sich an die weiße Marmorwand lehnten, wirkten leicht aufgeregt. Xavir hatte eine Stunde in ihrer Gesellschaft verbracht und war zu der Überzeugung gelangt, dass sie feine Kerle waren. Er hatte bereits gewusst, dass sie klug und körperlich in bester Verfassung waren. Und ganz ohne Frage hatte man ihnen während ihrer Ausbildung den Glauben vermittelt, alles schaffen zu können, ohne dabei zum Hochmut zu neigen. Zweifellos würden sie stolz in die Schlacht reiten, bei einer Mission, die ein tödliches Attentat erforderte, nötigenfalls aber auch eine Weile auf dem Bauch kriechen. Im Augenblick war ihnen aber sichtlich unbehaglich in Erwartung der Ehre, die der König ihnen zu erteilen gedachte.

Xavir erinnerte sich, wie er sich seinerzeit an ihrer Stelle gefühlt hatte, und er schenkte ihnen ein aufmunterndes Lächeln. Erst danach waren die Aufgaben wesentlich anstrengender für ihn geworden. Er hatte nämlich erkannt, dass er in die bestmögliche Stellung eines Soldaten aufgestiegen war und diese ihre ganz eigenen Belastungen mit sich brachte. Die Menschen sahen ihn nun ganz anders als zuvor, voller Verehrung und mit hohen Erwartungen. Cedius selbst hatte seine Höflinge zu einer ans Spirituelle grenzenden Bewunderung für die Sonnenkohorte angehalten. Er hatte sie behandelt wie eine Elitetruppe. Sie hatten nur Aufträge von höchster Bedeutung erhalten, die Geschicklichkeit, Exaktheit und unerhörtes Kampfgeschick erforderten. Sie befanden sich nicht ständig in der Schlacht, sondern kümmerten sich um Geiselnahmen oder bargen wichtige Fracht in Form von Juwelen, wenn wieder einmal Gerüchte umgingen, dass die Kriegerbanden des Nordens die Reichtümer des Königs rauben wollten. Wenn nötig halfen sie den Legionen in Situationen, in denen der Ruf und die Gegenwart der Kohorte den eigenen Streitkräften Mut schenkten und bei ihren Feinden große Furcht weckten. Insofern bestand die Sonnenkohorte aus lebenden Legenden. Noch nie war sie bezwungen worden, und daher wurde sie von den königlichen Streitkräften vergöttert. Schließlich vermochte ihre bloße Anwesenheit den Ausgang einer Schlacht entscheidend zu beeinflussen. Das war eine große Bürde, die es zu schultern galt. Neue Rekruten, die aufgrund ihrer Fertigkeiten und ihrer Tapferkeit auserwählt worden waren, ahnten nichts von der wahren Last, unter der sie bald ächzen würden.

Brendyos machte einen Scherz, um die allgemeine Anspannung zu lockern. Nur Dimarius lachte. Brendyos' neue Axt ruhte quer über seinen Knien, und er betrachtete sie noch immer voller Ehrfurcht. Irgendwann erhob sich der gedrungene, muskulöse Mann, legte die Axt auf der Bank ab und begutachtete die aufwendige Ausstattung des Gemachs – die uralten Banner an den Wänden, die mit goldenen Blütenmotiven verzierten Polstermöbel, die Porträts großer Könige und Königinnen, die einst über Stravimon geherrscht hatten, sowie das goldene Denkmal der Göttin.

»Das ist alles ein hübsches Sümmchen wert«, murmelte Brendyos. »Nicht einmal die Burg meiner Familie stellt so viel Reichtum zur Schau.«

»Unser Leben unterscheidet sich von dem gewöhnlicher Soldaten«, entgegnete Xavir. »Und das meine ich keineswegs verächtlich. Es gibt viele fähige Männer in den Rängen der Legion, die dieses Leben ebenfalls verdient hätten. Ich gehöre unserer Bruderschaft schon seit zwei Jahren an, und erst in letzter Zeit habe ich mich so weit an diesen Prunk gewöhnt, dass er mir nicht weiter auffällt.«

»Wo liegen die Unterschiede in den anderen Bereichen?«, fragte Brendyos. »Ich meine, über die Kämpfe weiß ich Bescheid. Aber es kursieren so viele Geschichten über die Taten der Sonnenkohorte, dass ich gar nicht weiß, was ich glauben soll.«

»Wir verfügen über Reichtum, der größer ist als der vieler anderer«, erklärte Dimarius. »Aufgrund unserer Stellung werden unsere Familien wohlhabend und genießen viele Privilegien. Du kannst im Leben nicht höher aufsteigen, es sei denn, du wirst König. In Anbetracht der Tatsache, dass sein einziger Erbe schon vor Jahren starb, wird Cedius seinen Nachfolger womöglich aus unseren Reihen erwählen. So munkelt man zumindest.«

Dimarius warf Xavir einen raschen Blick zu.

Brendyos hob die Brauen. »Angeblich werfen sich uns auch die schönsten Frauen an den Hals, und nach jedem harten Kampf gibt es feine Weine und große Bankette. Ich versichere euch, dass ich auf solche Herausforderungen gründlich vorbereitet bin.«

Xavir klopfte dem Mann auf die Schulter. »Du kannst es auch übertreiben, Brendyos. Wenn du dir entsprechende Abenteuer wünschst, mag es genügend Frauen geben. Du kannst so viel teuren Wein trinken, bis du dich erbrichst. Doch irgendwann wirst du der Genüsse überdrüssig.«

»Das gilt nicht für uns alle«, fiel ihm Dimarius lächelnd ins Wort.

»Dimarius betört so viele Frauen, dass er damit auch unseren Bedarf deckt«, erwiderte Xavir. »Doch es gibt auch hehre Gründe, dem König zu dienen. Edelmut. Ehre. Treue. Der Schutz Unschuldiger und die Bereitschaft, das eigene Leben für andere zu opfern.«

»Mit dem Edelmut komme ich genauso gut zurecht wie mit dem Saufen.« Brendyos zeigte ein anziehendes jugendliches Lächeln und hätte damit tausend Zweifler für sich gewinnen können.

»Ihr müsst aber auch großen Druck aushalten«, fuhr Xavir fort. »Man wird euch mit Erwartungen überhäufen ...«

Es klopfte an der Tür. Der königliche Herold trat ein, gehüllt in ein majestätisches blaues Gewand, mit einer roten Schärpe quer über der Brust. »Ihre über alle Maßen verehrte Hoheit König Cedius ruft die Sonnenkohorte an seine Seite.«

Die sechs Männer nahmen ihre Waffen und folgten dem Herold durch eine marmorgeflieste Halle und drei Treppenfluchten hinauf bis zum Stockwerk der königlichen Gemächer. Vor dem Thronsaal standen zwölf Krieger in goldenen Rüstungen und weißen Uniformen, bewaffnet mit funkelnden Schwertern. Das Licht der Sonne, das durch ein nahes Fenster fiel, verlieh ihrer Panzerung einen strahlenden und zugleich verwaschenen Glanz. Xavir wusste, dass diese Wächter eigentlich nur der Repräsentation dienten. Insgeheim hielt er es für unziemlich, dass derart kläglich ausgerüstete Männer den König beschützen sollten.

Die sechs Männer der Sonnenkohorte und der Herold schritten auf die Doppeltüren zu, die von innen geöffnet wurden. Der Saal war in das goldene Licht der untergehenden Sonne getaucht. Spiegel an den Fenstern waren eigens in solchen Winkeln aufgestellt, dass sie Sonnenstrahlen in den Raum lenkten. Der Boden aus reinweißem Marmor war auf Hochglanz poliert. Am Ende des Saals erhob sich ein Podest mit dem königlichen Thron. Bei seinem ersten Besuch hatte Xavir eine Weile gebraucht, bis er begriffen hatte, dass Cedius als Einziger aus den riesigen rechteckigen Fenstern nach Osten blicken konnte. Sie waren zweieinhalb Schritt über dem Boden angebracht und verwehrten folglich gewöhnlichen Männern und Frauen die Sicht nach draußen. Nur wer auf dem Thron Platz nahm, konnte den Ausblick genießen, und das war in jedem Fall der König.

Der Herold winkte die Krieger der Sonnenkohorte nach vorn. Xavir und Dimarius bewegten sich Seite an Seite im Gleichschritt vorwärts, gefolgt von Gatrok und Jovelian. Brendyos und Felyos bildeten die Nachhut. Xavir hatte diesen Weg schon oft zurückgelegt und wusste, dass er sechsundsechzig Schritte durch den nur spärlich geschmückten Saal bis zum Thron benötigte. Die Höflinge, die das Prozedere mit schweigender Anteilnahme verfolgten, traten im diffusen Licht ein wenig in den Hintergrund.

Der Thron selbst war einfach gehalten. Jeder König wählte ihn nach seinem eigenen Geschmack aus. Der von Cedius war aus den eingeschmolzenen Rüstungen gefallener Soldaten gefertigt und besaß die Form eines schlichten Stuhls aus Metall. Wie Cedius immer wieder erzählte, wollte er sich daran erinnern, dass durch seine Entscheidungen oftmals tapfere Männer sterben mussten.

Auf dem Thron saß König Cedius der Weise, Sohn von Grendux dem Narren.

Er trug eine lehmfarbene Lederbrustplatte, auf der das Symbol eines zinnengekrönten Turms prangte, ganz ähnlich jenem, das auf den schwarzen Uniformen der Sonnenkohorte zu sehen war. Seine schlichte goldene Krone hatte nichts Prunkvolles oder gar Dekadentes. Cedius war eine hagere, ernst wirkende Erscheinung. Doch seine blauen Augen strahlten in wildem Feuer. Fast wie die einer Hexe, flüsterte so mancher hinter seinem Rücken.

Die sechs Männer der Sonnenkohorte nahmen in einer Reihe vor dem König Aufstellung, die Hände hinter dem Rücken, die Köpfe respektvoll gesenkt. Cedius schenkte Xavir ein Lächeln.

»Meine Tage als Kriegerkönig liegen hinter mir«, hob Cedius an, und seine Stimme trug weit durch den ganzen Saal. »Doch ich bin noch nicht so alt, dass ich die Trauer über gefallene Kameraden vergessen hätte. Die Männer, deren Platz ihr einnehmt, starben als Helden, und man wird sich ihrer als solche erinnern.« Mit durchdringendem Blick musterte er die neuen Rekruten. »Brendyos vom Clan Gallron und Felyos vom Clan Bryantine, ihr wurdet nicht nur wegen euer Zähigkeit und eures Könnens auserwählt, sondern auch wegen eurer Tüchtigkeit und eurer Leidenschaft.« Mit einer schwachen Handbewegung deutete Cedius auf die Streiter der Sonnenkohorte. »Ihr seid Brüder im Krieg, der Krone und einander treu ergeben. Verteidiger des Volks und Bewahrer der Gerechtigkeit.«

Mühsam erhob sich Cedius von seinem Thron, und Xavir musste an sich halten, um ihm nicht zu Hilfe zu eilen. Cedius war wahrlich kein Kriegerkönig mehr. Die Strapazen und die Verletzungen vieler Feldzüge suchten ihn nun im hohen Alter heim. Er hatte Schwierigkeiten beim Gehen, doch er war stolz und weigerte sich, vor dem versammelten Hofstaat Schwäche zu zeigen. Nur Xavir wusste, wie viel ihm ein so kurzer Gang abverlangte. Der König stieg die vier Stufen hinunter, bis er sich auf Augenhöhe mit der Sonnenkohorte befand.

»Ihr seid nicht nur Brüder, sondern auch meine Söhne. Ich habe keine Erben. Sie alle starben in der Schlacht. Doch ich habe Söhne aus Stahl und Licht, und deshalb habe ich die Sonnenkohorte ins Leben gerufen.« Er wandte sich den beiden neuen Rekruten zu und lächelte sanft. »Eure Ausbildung war anspruchsvoll. Wir haben euch zu Waffen geformt, und ihr kommt ausschließlich bei Missionen zum Einsatz, die von mir angeordnet wurden. Ihr seid keinem anderen Herrn Rechenschaft schuldig, nur mir. Im Gegenzug genießt ihr mein Vertrauen und meine Liebe, so wie ich hoffe, euer Vertrauen und eure Liebe zu genießen.«

Mit einem Wink befahl Cedius den Hohepriester des Balax nach vorn. Ein Weihrauchfass schwenkend, schlurfte der gebeugte alte Mann aus der Dunkelheit heran. Während er ein langes Gebet an den Kriegsgott sprach, salbte er die neuen Rekruten als Mitglieder der Sonnenkohorte.

Und so begann ein Tag voller archaischer Rituale. Da er bereits Zeuge geworden war, wie einige seiner Brüder starben und kurz darauf ersetzt wurden, handelte es sich schon um Xavirs dritte Zeremonie dieser Art, einschließlich seiner eigenen. Man würde Eide leisten, aus alten Schriften lesen und Clansfarben rituell ablegen. Danach erwartete die Gäste ein Gelage in Cedius' goldener Halle, mit tausend Kerzen und köstlichen Gerichten auf glänzenden Platten und Tellern.

Inzwischen war er weltenweit von diesem Prunk entfernt. Er war nicht mehr derselbe Mann wie der stolze junge Kommandant, der er einmal gewesen war.

Xavir schloss die Augen und sah seine Brüder in ihrer ganzen Pracht vor dem König stehen. So jung, so voller Hoffnung – und dann waren sie für die vermeintlichen Befehle des Königs gestorben. Durch die Machenschaften verderbter Individuen, die keine Hemmungen kannten, tapfere Männer wie gewöhnliche Diebe hinrichten zu lassen, entehrt und in

Schimpf und Schande. Kein Krieger hatte es verdient, so zu sterben, und Xavir würde dafür sorgen, dass die Verursacher ihres Todes schon bald ihrem eigenen Untergang ins Gesicht sehen würden.

Und wenn es ihn die Seele kosten sollte.

ZURÜCK AUF DER STRASSE

»Ich habe einen Barden und einen Dichter angeworben«, verkündete Landril.

»Du hast *was*?«, fragte Xavir nach.

Im Licht des frühen Nachmittags saßen sie in der Taverne zusammen. Birgitta löffelte hungrig einen Eintopf, der ihr angesichts ihrer sauertöpfischen Miene wohl nicht schmeckte, während Elysia gerade erst von einem gemeinsamen Erkundungsgang mit Xavir zurückgekehrt war.

»Ich habe einen Barden und einen Dichter angeworben«, wiederholte Landril. »Ich bin ihnen heute Morgen beim Frühstück begegnet. Angenehme Zeitgenossen, beide mit gewaltigen Stimmen und charmantem Lächeln. Einer von ihnen ist sogar für eine Weile in den Theatern von Chambrek aufgetreten.«

»Was sollen wir mit solchen Kerlen anfangen?«, erkundigte sich Xavir. »Lassen sich gegnerische Soldaten mit Geschichten aufspießen?«

»In gewisser Weise ...« Landril lehnte sich auf seinem Stuhl zurück, legte die Stiefel auf den Tisch und nahm einen Schluck aus seinem Becher mit Wasser. »Aber sie werden uns nicht begleiten. Streng genommen, sind sie sogar schon aufgebrochen. Schließlich haben sie eine weite Reise vor sich.«

»Erklär dich, Meisterspion!«

»Wie ich es sagte – wir müssen die Nachricht von unserem

hehren Vorhaben möglichst weit verbreiten. Ebenso wie die Nachricht von unserer Streitmacht.«

»Wir besitzen keine Streitmacht.«

»Heute noch nicht, aber sicher in einigen Wochen. Man erzählte mir von einer Rebellentruppe unweit von hier. Diesen Männern könnten wir ein Bündnis anbieten. Und um in der Zwischenzeit auch andere zu ermutigen, sich uns anzuschließen, verbreiten wir Berichte über unsere edlen Taten.«

»Welche edlen Taten?«, fragte Birgitta. Sie wischte sich den Mund mit dem Ärmel ab und schob die Schüssel mit dem Eintopf beiseite.

»Wir haben einen Volksfeind besiegt, drangsalierte Menschen verteidigt und die Gegend, in der er sein Unwesen trieb, von seinem schädlichen Einfluss gesäubert.«

»Wann haben wir das denn getan?«, fragte Birgitta mit vernichtender Bitterkeit.

»Wir haben Havinir getötet, seine Armee besiegt und sein Herrenhaus in Beschlag genommen«, erklärte Landril selbstzufrieden.

»Wo gab es denn eine Armee?«, brach es aus ihr hervor. »In dem Haus hielt sich doch kaum ein halbes Dutzend Wächter auf!«

»Bei der Göttin!«, rief Landril. »Die Wahrheit gewinnt keine Kriege. Legenden werden von denen gemacht, die am lautesten und am längsten schreien. Die Menschen müssen wissen, dass es noch Hoffnung gibt, damit sie sich unserer Sache anschließen. Und unsere Feinde müssen uns fürchten.«

Xavir neigte den Kopf. »Na schön. Welche Neuigkeiten sollen denn der Barde und der Dichter in deinem Auftrag verbreiten?«

»Ich habe ihnen gesagt, dass sich der Schwarze Clan

zusammengefunden hat, um gegen Mardonius' Streitkräfte zu rebellieren.«

»Der Schwarze Clan?«

»So nennen wir uns in Zukunft selbst. Dahinter verbirgt sich der Widerstand, unterstützt von der Göttin selbst. Geführt von einem großen Krieger der Ersten Legion.«

Xavir dachte über den Vorschlag nach. »Nun ja, vielleicht haben wir damit Erfolg.«

»Ich habe auch erwähnt, dass du wieder zurück bist. Der große Xavir Argentum, Liebling von König Cedius. Diese Nachricht ist für viele sicher von großer Bedeutung.«

»Und die Menschen nehmen mir das mörderische Treiben nicht übel, dem ich laut Mardonius nachgegangen bin?«

»Nach Ansicht des Dichters stört das niemanden. Er argumentiert, dass Männer, die treue Dienste geleistet haben, milder beurteilt werden sollten, auch wenn die Ereignisse in einer Tragödie endeten. Die Menschen erinnern sich an dich und sprechen bereits von den guten alten Zeiten. Schließlich haben sie wenig Grund, sich auf die Zukunft zu freuen. Außerdem hat Mardonius weitaus schlimmere Untaten begangen.«

Xavir war nicht überzeugt. Noch immer sah er die Gesichter der Menschen vor sich, die ihn voller Angst und Grauen anstierten, während die Sonnenkohorte die eigenen Landsleute niedermetzelte. Er erinnerte sich an die kalten Blicke von Cedius' Höflingen, als er zur Haft in der Höllenfeste verurteilt worden war. Diese Bilder verfolgten ihn nun schon lange, und er konnte sich kaum vorstellen, dass man ihm noch Wohlwollen entgegenbringen konnte.

»Wie dem auch sei ...«, fuhr Landril fort. »Wir verbreiten jedenfalls die Nachricht, dass du verraten wurdest. Dass ein böses Komplott geschmiedet wird, obwohl wir noch nicht alle Einzelheiten kennen. Mardonius hat so viel Leid über die Menschen gebracht, dass sich bestimmt eine große Schar unserer Sache anschließen wird. Der Zustrom wird immer stärker anschwellen. Auch aus den Reihen der Legionen könnten sich viele auf unsere Seite schlagen.«

»Und das alles können Dichter und Barden bewerkstelligen?«, fragte Xavir.

»Nicht zum ersten Mal würden derlei Methoden angewendet, um hochgesteckte Ziele zu erreichen. Kriege werden nicht nur auf dem Schlachtfeld ausgetragen, sondern auch in den Köpfen und Herzen der Menschen.«

»So ungern ich es auch zugebe – er hat recht!«, rief Birgitta und wedelte mit ihrem Löffel in Landrils Richtung.

Xavir erhob sich und musterte den Meisterspion. »Du hast gute Arbeit geleistet. Doch das brauche ich dir nicht eigens zu sagen.«

Landril grinste breit. »Nein, wahrhaftig nicht.«

Sie setzten ihre Reise zur Golaxbastei fort. Steilwände wichen brach liegenden Feldern, ein Anblick, der sie bis zum späten Nachmittag begleitete. Eine sanfte, aber kühle Brise kündigte den nahen Herbst an. Xavir stellte fest, dass sich die windbewegten Blätter an den Bäumen bereits rot färbten und die Blumen am Wegesrand verwelkten. Die Sommer in Stravimon waren heiß, aber kurz.

Xavir empfand keine Wiedersehensfreude bei seiner Rückkehr in diese Gegend. Viele Male hatte er die Strecke bereist, da sie zur großen Straße in Richtung Hauptstadt nach Norden führte. Die Ortschaften ringsum waren ihm vertraut, zeigten aber deutliche Unterschiede zu früher. Bauernhöfe und Mühlen waren aufgegeben worden. Die Wälder schienen zum Teil abgeholzt worden zu sein, es gab weniger Dörfer als in seiner Erinnerung. Niemand entbot ihnen unterwegs einen Gruß. Das ganze Land schien vor Angst erstarrt zu sein.

Die Straße wurde breiter, zeigte Spuren von Fuhrwerken und führte durch schlammige Viehweiden. Die Mauer einer Zitadelle erhob sich vor ihnen, und darüber ragte das Dach eines Tempels auf. Hinter den Bauwerken war ein großer Felsvorsprung aus Granit zu sehen, der den hinteren Teil der Stadt bildete. Diese wirkte größer, als sie tatsächlich war, eine optische Täuschung, die vom Erbauer der Siedlung vielleicht absichtlich so angelegt worden war.

Die Golaxbastei war die einstige Hauptstadt Stravimons, wie Landril den Hexen mit sichtlicher Freude erläuterte. Als die Nation im Siebten Zeitalter stark gewachsen war, hatte man die Hauptstadt ins nördlichere Stravir verlegt. Daraufhin wurde die Golaxbastei vor allem als Garnison genutzt, als militärisches Hauptquartier in den südlichen Gebieten von Stravimon. Und als Soldatenstadt genoss sie den Ruf, dass hier in großem Stil der Sauferei, der Prostitution und dem Glücksspiel gefrönt wurde.

Könige und Königinnen hatten versucht, diesen Missständen durch eine Verringerung der Truppenstärke, durch das Anwerben von Priestern, durch den Bau eines Tempels und die Entsendung von Siedlerfamilien entgegenzuwirken. Doch das gesamte Achte Zeitalter über hatte es weiterhin Saufgelage gegeben. Die Golaxbastei war allerdings auch eine Festung, die Händler und Familien gleichermaßen vor Banditen schützte, die dreist oder dumm genug waren, einen Überfall auf die Siedlung zu wagen.

Im Neunten Zeitalter drückte Königin Stallax der Stadt dann ihren blutigen Stempel auf, so wie sie es andernorts auch getan hatte. Fortan ging es in der Golaxbastei etwas gesitteter zu. In zahlreichen Innenhöfen waren noch immer Denkmäler der Königin zu finden. Sicher aus abergläubischer Furcht, die Entfernung der Statuen könne Unglück nach sich ziehen. Erst während der Herrschaft von Grendux dem Narren – der laut Landril überhaupt alles andere als töricht gewesen war – hatte sich die Stadt zu einem ansehnlichen Handelszentrum entwickelt. Abseits der Hauptstadt wurden Bankhäuser und Kaufmannsgilden gegründet, und von hier aus regelte König Grendux die Finanzen des Landes. Es gab warnende Stimmen, doch allen Unkenrufen zum Trotz erblühte Stravimon, während der König mit den Hofdamen das Tanzbein schwang und dem Wein zusprach.

Hier waren viele Menschen unterwegs, abgebrühte Burschen, die den Stürmen des Lebens zu trotzen wussten. In der Golaxbastei schien auch nicht die bedrückende Aura der Angst zu herrschen wie in den Dörfern ringsum. Womöglich gab es dort, wo es Gold gab, auch einen ausgeprägten Überlebenswillen. Vielleicht hatte die vorherrschende Ruhe aber auch einen düstereren Hintergrund, und die Herrin der Bastei war einen Handel eingegangen, demzufolge die Städter sicher blieben, während die Bewohner des Umlands sämtlichen Gefahren ausgeliefert waren.

Struppige Pferde zogen Fuhrwerke und Karren durch den Matsch. In der Ferne war eine breitere Straße zu erkennen, die schließlich zur großen Nordstraße wurde. Xavir bemerkte, dass auch dort nur spärlicher Verkehr herrschte. Nachdem dies die schnellste Verbindung nach Stravir darstellte, wunderte er sich und fragte sich nach den Gründen.

Es gab keinerlei Anzeichen für eine Besatzung durch die Voldirik, und nichts deutete auf ungewöhnliche Geschehnisse hin. Allerdings hielt Xavir diesen Umstand für besonders verdächtig. Schließlich war diese Stadt immer voller fremdartiger Anblicke und Geräusche gewesen.

Unter einem Himmel, der rasch grau wurde, näherten sich die Reisenden dem hölzernen Haupttor der Bastei, das mit Ketten geöffnet und geschlossen werden konnte. Seine riesigen Doppelflügel waren in die nicht minder gewaltigen

Steinblöcke der Mauer eingelassen. Die linke Seite des Tors stand offen und gewährte gerade einem Fuhrwerk mit einer Güterladung Einlass.

Sechs Soldaten in den Farben der Legion – Rot und Bronze – hatten vor den Toren Aufstellung genommen und inspizierten einen anderen Wagen, den sie gleich darauf ins Stadtinnere durchwinkten. Keiner der Männer trug einen Visierhelm.

Als sich die vier Reisenden näherten, benutzte Birgitta ihren Stab, um Xavir in Schatten zu hüllen. »Als Mitglied der Sonnenkohorte würdest du nur unliebsame Aufmerksamkeit erregen, wenn deine Rückkehr aus dem Exil ausgerechnet in einer Soldatenstadt bekannt würde. Meinst du nicht auch?«, sagte sie zu ihm.

Xavirs Miene verfinsterte sich. »Ich verheimliche nicht, wer ich bin. Warum sollte ich auch?«

»Hier geht es nicht um dich, Xavir«, widersprach Birgitta. »Wir wollen schnell und ohne Ärger vorankommen und jedes Blutvergießen vermeiden.«

»Letzteres wäre zwar einfacher, aber wie du möchtest.«

Die Reiter näherten sich den beiden Soldaten, und Landril stieg vom Pferd.

»Guten Tag, die Herren«, grüßte er.

»Hm«, machte der Soldat zur Linken, ein schlaksiger junger Mann, den Xavir mit einer Hand hätte zerbrechen können. Stand es um die Streitkräfte wirklich so erbärmlich schlecht? »Ich könnte schwören, dass ihr eben noch zu viert wart.«

»Bestimmt eine List der Elemente.« Landril grinste.

»Sicher, dass es kein Trick von *denen* ist?«, knurrte der zweite Wächter mit spöttischer Miene. Der gedrungene Mann deutete mit seiner Lanze auf Birgitta und Elysia. »Wenn das keine Hexenaugen sind, weiß ich es auch nicht.«

»Ihr habt durchaus recht, mein Freund«, gab Landril

zurück. »Aber sie sind Gäste eures Fürsten und alte Freundinnen der Herzogin Pryus.«

»Klar sind sie das.«

»Erlaubt mir, euch ihre Reiseunterlagen zu zeigen!« Landril kramte in seiner Satteltasche und förderte eine Schriftrolle zutage, die er vergnügt vor den beiden Soldaten entrollte. »Sie sind in Dacianaranisch verfasst, was meines Wissens alle Torwächter lesen können, stimmt's? Sie stammen vom Sommersitz der Herzogin Pryus. Bedauerlicherweise darf ich euch nicht verraten, warum die beiden Damen hier sind. Die Herzogin würde mich über dem Tor aufknüpfen, wenn ich ins Plaudern geriete. Ihr kennt sie doch ...«

»Äh ...« Unschlüssig hielt der große Soldat die Schriftrolle in der Hand und wandte sich an seinen Vorgesetzten. »Was meint der Herr Feldwebel?«

»Zeig her!« Der untersetzte Wächter schnappte sich das Pergament und beäugte es misstrauisch. Xavir, noch immer in Birgittas Schatten verborgen, beobachtete die unsteten Blicke des Mannes. Er las keine einzige Zeile.

»Scheint wohl zu stimmen«, brummte er und zog die Nase hoch. »Alles bestens. Ihr macht euch besser schnell auf den Weg.«

»Wirklich sehr freundlich von euch«, bedankte sich Landril und verbeugte sich.

Die Soldaten winkten sie durch, und schon betraten sie das Innere der Golaxbastei.

Kaum waren sie nach der ersten Straßenbiegung außer Sicht der Tore, gab Birgitta Xavir aus den Schatten frei.

Schließlich stiegen sie von ihren Pferden ab, und Xavir wandte sich an Landril. »Was stand in dem Schriftstück, das du dem Kerl gezeigt hast?«, fragte er.

»Ein Gedicht, das ich in Luparas Hütte fand«, antwortete der Meisterspion.

»Weiß Lupara, dass du es an dich genommen hast?«

»Nun ja, sie hätte es ohnehin dort zurückgelassen, und ich fand den Rhythmus recht hübsch. Offenbar liebt auch der Wächter Gedichte.«

»Er sah nicht so aus, als ob er überhaupt irgendetwas liebt«, meinte Birgitta. »Züchtet man in Stravimon denn nur Trottel?«

Xavir sah sich um und versicherte sich, dass kein Fremder lauschte. »Ich mache meine Ziele so rasch wie möglich ausfindig und verschwinde schleunigst wieder. Wie lange dauern eure Nachforschungen?«

»Wer weiß?« Landril zuckte mit den Achseln und wandte sich an Birgitta und Elysia. »Wir können Stunden in Bibliotheken zubringen. Ist es nicht so?«

»Sprich du nur für dich!«, riet ihm Elysia. »Ich mag nicht mehr zwischen Schriftrollen und Büchern leben. Den Großteil meines Lebens habe ich in einer solchen Umgebung verbracht.«

»Dann kannst du Xavir begleiten«, schlug Landril vor.

Xavir hob die Brauen, während das Mädchen stocksteif vor ihm stand. »Willst du dich nicht lieber ein paar Stunden ausruhen?«

»Nein, auf keinen Fall«, versicherte ihm Elysia.

»Nun denn«, meinte er. »Dann kannst du genauso gut die Kunst des Tötens erlernen.«

»Bei der Quelle, das lasse ich nicht zu!«, stieß Birgitta hervor.

Xavir lächelte nur. »Was hätte ich deiner Meinung nach denn sonst vorhaben sollen, Hexe?«

»Von dir habe ich nichts anderes erwartet«, blaffte Birgitta. »Aber ich lasse nicht zu, dass du meine Schülerin mit ins Verderben ziehst.«

»Mir wird schon nichts zustoßen«, beteuerte Elysia und tauschte einen langen Blick mit ihrer Mentorin.

»Da hat sie recht«, meldete sich Landril zu Wort und lenkte sein Reittier zwischen Birgitta und ihre Gefährten. »Lasst uns die andere Richtung einschlagen, denn die größte Bibliothek der Stadt liegt östlich von hier. Und vor Anbruch der Nacht treffen wir uns wieder. Der *Stille Falke* ist eine behagliche Taverne, wenn ich mich recht entsinne. Sie befindet sich in der Nähe des Tempels. Bei Einbruch der Dunkelheit warten wir dort auf euch.«

»Verrätst du mir bitte, warum du sie so einfach mit ihm fortgeschickt hast?« Birgitta und Landril schritten eine kopfsteingepflasterte Straße neben dem Tempel entlang. An diesem kalten Nachmittag brach die Sonne nur gelegentlich durch die Wolken. Die Jahreszeiten waren im Wechsel begriffen, und der Sommer wäre bald vergessen.

Die Golaxbastei blieb in Schatten getaucht, teils aufgrund der mehrstöckigen Gebäude, teils wegen der hoch aufragenden Felswand, die die Siedlung zu einer Seite hin begrenzte. Aus dem Granitstein wuchsen aus Spalten und Öffnungen Häuser hervor, die einen steilen Hang bildeten. Einige größere Gebäude waren auch auf der Hügelkuppe errichtet worden und überblickten die Stadt aus großer Höhe. Landril erinnerte sich, dass sie Herzogin Pryus gehört hatten, wusste aber nicht, ob sie immer noch die Eigentümerin war.

»Xavir und Elysia sind eine Familie«, erklärte Landril. »Und sie sollten ein Band zueinander knüpfen.«

»Durch den Tod anderer?«

»Du hast gesehen, wie die junge Frau mit Waffen umgeht. Der Kampf liegt ihr im Blut«, meinte Landril. »Da liegt es doch nahe, dass sie ihre Kunst verfeinern will. Auf jeden Fall ist es doch besser, wenn sie auf alle Widrigkeiten vorbereitet ist, findest du nicht auch?«

»Rein theoretisch stimme ich dir zu«, erwiderte Birgitta.
»Aber dieser Mann hat ein finsteres Herz.«

»Eher hat er gar kein Herz. Das machen nun mal Jahre des Krieges und der Kerkerhaft aus einem Menschen.«

»Ich hoffe, seine Haltung springt nicht auf seine Tochter über.«

»Glaubst du, zwischen den beiden entwickelt sich eine Beziehung?«, fragte Landril.

»Schwer zu sagen«, antwortete Birgitta. »Obwohl Elysia und ich uns jahrelang kennen, sprechen wir nicht zwingend über derlei Themen. Eine junge Frau ihres Alters muss ihr eigenes Verständnis für die Welt entwickeln und braucht keine alte Schachtel wie mich, die ständig vor sich hin quasselt. Außerdem wirkte sie schon immer still und nachdenklich. Am liebsten war sie mit ihrem Bogen auf den Hügeln und Feldern der Umgebung unterwegs.«

»Dazu hatte sie jedenfalls ausgiebig Gelegenheit.«

»Und es hat ihr Freude gemacht. Ich glaube, sie genießt ihre Zeit mit Xavir, weiß er ihre Fertigkeiten doch zu schätzen. Selbst wenn er das mit dem Umstand, dass sie seine Tochter ist, nicht in Einklang zu bringen vermag.« Birgitta seufzte. »Hoffentlich verwechselt sie die Tatsache, dass er sie für seine Zwecke benutzt, nicht mit einem tieferen Gefühl.«

»Ein solches Gefühl könnte sich aber durchaus entwickeln«, wandte Landril ein.

»Falls Xavir denn ein Herz hätte«, hielt Birgitta dagegen.

Landril lächelte sanft. »Du hast doch nur Angst, dass Elysia am Ende wie ihr Vater Geschmack am Töten findet. Ich glaube, Instinkte werden mit dem Blut übertragen.«

»Das bereitet mir sehr wohl Sorgen«, räumte Birgitta ein. Ihr Gesicht wirkte müde. »Werden diese Eigenschaften in ein Kind hineingezüchtet? Werden sie ihm schon mit dem Blut übertragen, wie du das ausdrücken würdest?«

»Diese Frage diskutieren die Philosophen schon seit Jahrhunderten.«

»Ohne zu einem Schluss zu gelangen«, folgerte Birgitta.

»Du hast recht, ich habe tatsächlich Angst. Wie leicht sie sich tut, auf seine Bitte hin zu töten! Noch vor wenigen Tagen fühlte sie sich schuldig, einem Reh das Leben zu nehmen. Und nun ...«

»Wenn überhaupt«, meinte Landril, »dann hast du sie an die Gepflogenheiten des Tötens gewöhnt. Dieses Jagen im Wald ...«

»Das lasse ich nicht gelten! Das ist doch wahrhaftig nicht dasselbe!«

»Blut ist Blut«, beharrte Landril. »Ganz gleich, wie man es vergießt.«

»Nun, womöglich ist Elysia doch dazu ausersehen, als Mörderin zu enden. Ob nun aufgrund ihres väterlichen Erbes oder wegen ihrer Ausbildung. Vielleicht ist es meine Schuld, aber ich habe aus meinen Ansichten zur Ausübung von Gewalt nie einen Hehl gemacht.«

Sie begaben sich weiter zur Rückseite des Gotteshauses, vorbei an Händlern und ärmlich gekleideten Einheimischen. An den Straßenecken standen Soldaten in Bronzerüstungen, und Landril vermutete, dass dies das Viertel der höheren Beamten und Verwalter aus Mardonius' Regierung war.

Gern hätte Landril das Gotteshaus betreten und ein Gebet gesprochen. Er wusste aber, dass Birgitta als Hexe einen Widerwillen gegen alles Religiöse hegte. Also verschob er seinen Wunsch auf einen späteren Zeitpunkt. Die Straßen wurden immer verwinkelter oder verliefen in unerwarteten Windungen. Die hohen Gebäude wirkten so baufällig, als könnten sie jeden Augenblick in sich zusammenstürzen. Wahrscheinlich erweckten sie diesen Eindruck aber bereits seit Jahrzehnten. Dunkle Gestalten in langen Mänteln

415

drängten sich an ihnen vorbei, die Gesichter unter Kapuzen verborgen.

Die Bibliothek versteckte sich in einem abgelegenen Viertel jenseits des Tempels. In den letzten Jahren war Landril schon mehrfach hier gewesen, denn die Priester und Theologen der Göttin waren bekannt für die sorgsame Aufbewahrung historischer Zeugnisse. Die Bibliothek befand sich am Ende einer schmalen Gasse, in der die Häuser aus demselben schwarzen Stein errichtet waren wie der Tempel selbst.

Landril klopfte an die schlichte Holztür. Eine alte Dame in einfachem braunem Gewand öffnete ihnen, ihrem Aussehen nach eine Ordensfrau. Ihr prüfender Blick, der von Landril zu Birgitta schweifte, war wach, und ihre grünen Augen strahlten noch immer. Ihr schmales Gesicht aber war von tiefen Furchen durchzogen. Landril flüsterte einen allseits bekannten Segen der Göttin, und sie lächelte.

»Landril Devallios.« Ihre Stimme klang heiser, als ob sie zeit ihres Lebens unentwegt geredet hätte.

»Ich grüße dich, Jamasca«, sagte Landril.

»Es ist sehr lange her.« Jamasca sah liebevoll zu ihm auf und umschloss seine Hände mit ihren knochigen Fingern. »Komm herein und bring deine junge Freundin mit!«

»Jung.« Birgitta kicherte. »Dieses Kompliment nehme ich gern an, gute Frau, und sei gesegnet dafür.«

Während sie über die polierten Holzdielen schritten, besprachen Landril und Jamasca in aller Kürze die letzten Jahre, als sie sich nicht gesehen hatten. Es war eine freundliche Plauderei, in deren Verlauf sich Landril erkundigte, wie es derzeit um die Stadt bestellt war. Nach allem, was sie gehört hatten, schien die Golaxbastei von den Ereignissen in der weiten Welt verhältnismäßig unberührt zu sein. Jamasca hatte von Bibliotheken in der Hauptstadt gehört, die von wissensdurstigen Invasoren geplündert worden waren. Sie war

416

jedoch nicht bereit, diese Gerüchte als Wahrheit anzuerkennen, solange ihr nicht in sich stimmige schriftliche Berichte über diese Ereignisse vorlagen oder bis sie deren Folgen mit eigenen Augen gesehen hatte. Was unwahrscheinlich war, wie sie hinzufügte, nachdem sie keine großen Reisen mehr unternahm.

Zu Zeiten der Regentschaft von Cedius war Jamasca eine bedeutende Gelehrte gewesen, die oft aufgebrochen war, um Berichte über bizarre Kreaturen oder befremdliche Rituale zu überprüfen. Inzwischen machte ihr der Rücken zu schaffen, und die Knochen schmerzten. Mittlerweile lebte sie in der Bibliothek im Tempelviertel, wo sie Bücher abstaubte, Pergamente neu sortierte und wie immer viel las. Gelegentlich brachte sie auf Nachfrage offizielle Aufzeichnungen auf den neuesten Stand. Es war ein friedliches Leben, das sie sehr genoss.

»Nun sag mir eins, Landril – wonach suchst du heute? Ich freue mich immer, wenn sich Meisterspione zu mir verirren. Eure Anfragen sind stets die spannendsten.«

Sie saßen auf Polsterstühlen in einer kleinen Kammer und nippten minzigen Kräutersud. Als der späte Nachmittag angebrochen war, verdüsterten sich die Butzenscheiben immer mehr, und Jamasca zündete Kerzen an, um schon vor der Abenddämmerung für Licht zu sorgen. Regentropfen prasselten gegen die Scheibe.

Endlich hatte Landril Gelegenheit, Jamasca eingehend zu betrachten. Ihr Gesicht war schmaler geworden, als er es in Erinnerung hatte, und er fragte sie, ob sie sich auch gut genug ernährte.

»Ich esse, wenn ich daran denke«, antwortete sie fröhlich, als er sich danach erkundigte.

Sie musste mittlerweile ihren sechzigsten Sommer erlebt haben, doch ihre Augen funkelten noch immer wie die einer jungen Frau, während sie das schlohweiße Haar streng zurückgebunden hatte.

»Wir sind weit gereist und hatten die ungewöhnlichsten Erlebnisse«, sagte Landril und gab dem Gespräch eine neue Wendung. »Aber vielleicht sollte ich ganz von vorn anfangen.«

Dann erzählte er seine Geschichte von der Zeit vor der Höllenfeste über den Ausbruch mit Xavir und den Gefährten bis zur gefahrvollen Reise zur Wolfskönigin. Sein Bericht ging mit dem Weg nach Stravimon weiter, schilderte die Begegnung mit den Flüchtlingen und endete mit der Ankunft im Haus von General Havinir.

Birgitta fuhr mit ihrer eigenen Geschichte fort, beginnend mit ihrer Flucht aus Jarratox und schließend mit den unheimlichen Ereignissen im Haus der blutbeschrifteten Wände. Dass Birgitta eine Hexe war, schien Jamasca nicht zu stören. Das hatte sie zweifellos sofort gemerkt, als sie ihre Besucher in die Bibliothek gebeten hatte. Diese Toleranz bewunderte Landril an der Gelehrten, und deshalb fühlte er sich in ihrer Gegenwart auch so wohl.

»Nun, dann habt ihr wirklich aufregende Abenteuer bestanden«, meinte Jamasca schließlich. »Landril, du erwähnst Havinirs seltsames Tagebuch. Darf ich davon ausgehen, dass du es mitgebracht hast?«

»Natürlich.« Landril griff in seine Tasche und zog das Tagebuch hervor. »Er hatte vieles zu sagen, und wir ...« Landril nickte zu Birgitta hinüber. »Wir verstehen nicht alles, was dort geschrieben steht. Deshalb sind wir zu dir gekommen. Weil du erleuchtet bist und mir deine Ratschläge immer weiterhelfen. Unabhängig voneinander konnten wir Teile des Inhalts deuten, vor allem die Hinweise auf das Volk, das Havinir die Voldirik nennt. Es blieben aber zahlreiche Fragen ungeklärt.«

Bei der Erwähnung des fremden Volks flackerte im Blick der alten Gelehrten eine leise Erkenntnis auf. Sie zupfte sich das Gewand zurecht und lehnte sich auf ihrem Stuhl zurück. Das Buch hielt sie ungeöffnet auf ihrem Schoß. Landril ahnte, dass sie gerade ihr Gedächtnis durchforstete.

»Du willst mehr über diese Voldirik erfahren, nicht wahr?«, erkundigte sich Jamasca.

»So ist es«, antwortete Landril. »Wir haben auch Rüstungsteile mit einer fremdartigen Schrift gefunden. Auch die habe ich dabei, falls du sie sehen möchtest.«

Sie drehte die Hände so, dass die Handflächen nach oben wiesen, ließ sie jedoch weiter auf dem Schoß ruhen. »Vielleicht sehe ich sie mir später noch an. Fürs Erste jedoch trinken wir etwas, reden und tauschen unser Wissen aus.«

»Ich fürchte, die Voldirik halten es ganz ähnlich. Wer das Wissen hat ...«

»... hat die Befehlsgewalt«, beendete Jamasca den Satz und schloss die Augen.

Landril war verblüfft, und sein Herz pochte vor Aufregung. »Kennst du diesen Ausspruch?«

»Zumindest die Übersetzung. Die Sprache selbst ist schwer zu erlernen und klingt sehr hart. Die Kommunikation bereitet körperliche Pein und fügt dem menschlichen Kehlkopf grausame Qualen zu. Um ehrlich zu sein, in Anbetracht des Zustands meiner Stimme könnte mich der Gebrauch dieser Sprache für immer zum Schweigen bringen.«

»Wir müssen mehr über das Volk der Voldirik erfahren!«, drängte Landril. »Vielleicht kannst du uns helfen, kannst Licht auf seine Herkunft, seine Geschichte und seine Taten werfen ...«

Jamasca schlug die Augen auf. »Gern weise ich euch den Weg zu den richtigen Texten. Und ich überlege mir, was ich sonst noch für euch tun kann.«

»Aber die nächstliegende Frage hast du noch gar nicht gestellt«, bemerkte Landril.

»Die da wäre?«

»Wie kann es sein, dass die Voldirik unseren Kontinent heimsuchen und sich einige ihrer Rüstungen in meinem Besitz befinden?«

Jamasca seufzte traurig. »Mittlerweile reicht meine Welt von diesem Stuhl bis zum Pergamentraum auf der anderen Seite der Bibliothek. Solange das Volk der Voldirik dieses Haus nicht betritt, kann mir nichts geschehen.«

»Aber angesichts des hier gesammelten Wissens musst du früher oder später mit dem Erscheinen dieser Kreaturen rechnen«, gab Landril zu bedenken.

»Du bist ein Teufelsbraten!«, kicherte Jamasca. Dann verebbte ihre Fröhlichkeit ganz plötzlich, und die Stille sprach Bände. Ihre Miene wurde nachdenklich, und ihr Blick reichte in weite Fernen. »Falls sie sich wirklich in unseren Landen aufhalten, mache ich mir große Sorgen. Stravimon kam mir früher immer als ein sicheres Land vor.« Sie legte Havinirs Buch weg, stellte ihren Becher beiseite und erhob sich von ihrem Stuhl. »Kommt, lasst uns nach Antworten suchen! Havinirs Tagebuch lese ich, wenn ihr eure Nachforschungen betreibt.«

Die Bibliothek war leidlich geordnet. Falls ein erfahrener Benutzer das System kannte, ergab alles einen Sinn, doch einem Neuankömmling kam es so vor, als habe er sich in einem Labyrinth aus Pergament und Leder verirrt. Sehr zu Jamascas Entzücken entzündete Birgitta einen Hexenstein, und die verwinkelten, scheinbar willkürlich durch die Räume verlaufenden Gänge erstrahlten in ihrer ganzen Pracht.

»Hier müssen Jahrtausende von Kultur und Wissen aufgezeichnet sein«, staunte Birgitta.

»Und noch vieles mehr.« Landril ließ den Blick über einige der Titel schweifen.

Fescews' Berichte über die Schlachten des Vierten Zeitalters, Tödliche Botanik der südlichen Gestade, Die Geständnisse von König Goran, Das Kindervolk des alten Herrebron und *Chambreker Gedichte, Band einhundertvier* waren nur einige der Bücher, die ihm ins Auge fielen.

Sie erreichten ein kleines Tischpult in einem steinernen Alkoven. Hier entzündete Jamasca mehrere Kerzen und sorgte so für ausreichende Beleuchtung. Es gab auch ein kleines Fenster mit Butzenscheiben, das die Strahlen der späten Nachmittagssonne einließ.

»Also, in dieser Reihe dort drüben ...« Mit ausgestrecktem Arm wies Jamasca nach vorn. »Dort findet ihr die Kulturgeschichte des Sechsten und des Zweiten Zeitalters, die auch einen Gutteil von Mavos' Arbeiten umfasst. In den Regalen darunter gibt es reichlich Literatur über die Kultur der Irik.«

»Das waren wahrscheinlich jene, die unseren Landen entflohen, um andernorts ein neues Reich zu gründen«, mutmaßte Birgitta.

»In der Tat«, bestätigte Jamasca. »Im Sechsten Zeitalter wird erstmals erwähnt, dass sie zum Volk der Voldirik wurden. Auf den beiden obersten Regalen finden sich bruchstückhafte Übersetzungen von Werken, die angeblich von den Voldirik geschrieben wurden. Sie existieren allerdings nur als Pergamente und Schriftrollen, die Teil anderer Werke sind. Ihre Echtheit konnte ich nie gänzlich beweisen, aber nun habt ihr möglicherweise ein neues Steinchen des Mosaiks gefunden. Das Regal gegenüber enthält zwei Kommentare von Gelehrten aus dem Sechsten und Siebten Zeitalter zu diesem Volk, da es zu jener Zeit angeblich eine ... Invasion gab, die allerdings von der wilden Königin Demelda erfolgreich zurückgeschlagen wurde. Es wurde behauptet, sie habe die Gegner besiegt und in die Flucht geschlagen, aber erst nachdem sie den gesamten Kontinent unter ihrer Herrschaft geeint hatte. Kurze Zeit später verschwand sie, und manche Gelehrten schreiben, sie sei an Bord eines Schiffs der Voldirik gesichtet worden und gemeinsam mit der Flotte in deren unbekannten Heimathafen zurückgesegelt. Und das ist genau der springende Punkt! Wir wissen, dass es im fernen Westen weitere Länder gibt, doch niemand, der von unseren Gestaden aufbrach, kehrte je zurück. Wahrscheinlich ist es einfacher, gleich zu den Sternen zu segeln ... Das ist alles, was ich euch berichten kann.«

»Nun, ich bin überrascht, dass überhaupt etwas in den Schriften zu finden ist!«, rief Landril begeistert. »Also an die Arbeit! Wir haben nur wenige Stunden, bis wir uns wieder mit unseren Reisegefährten treffen.«

»Es gibt hier auch ein Gästezimmer, nicht sonderlich behaglich und mit Schimmel an den Wänden. Aber für Gelehrte, die bis spät in die Nacht am Werk sind, erweist es sich als nützlich.« Jamasca kicherte. »Es steht euch zur Verfügung, falls ihr es braucht. Ich kehre in meine Studierstube zurück und will mir den Sinn von Havinirs Schriften zusammenreimen. Sucht mich auf, sobald ihr eure Nachforschungen beendet habt!«

DIE MEUCHELKUNST

Xavir und Elysia saßen auf einer steinernen Bank am Rand eines kleinen Innenhofs und verzehrten gemeinsam einen Brotlaib.

»Die hiesigen Bäckereien taugen nichts«, nörgelte Xavir. »Kein Vergleich mit denen in der Hauptstadt.«

»Du bist doch schon Jahre nicht mehr dort gewesen«, wandte Elysia ein.

»Danke, dass du mich daran erinnerst.«

»Ich wollte nur sagen, dass dir dein Gedächtnis vielleicht einen Streich spielt.«

»Nein. Die Stadt ist berühmt für ihre Backwaren. Wir sind bald dort, und dann führe ich dich in einen Laden, der einem Meister der Bäckergilde gehört. Sein Brot schmeckt köstlich.«

»Es gibt eine Gilde nur für Brotbäcker?«

»Oh ja. Und guter Proviant ist die Grundlage für die Versorgung jeder Armee. Vergiss das nie!«

Xavir spürte Regentropfen und eine deutliche Brise auf dem Gesicht. Die Händler ringsum packten ihre Waren zusammen, zumal es kaum noch Kundschaft gab und die Dämmerung bald einsetzen würde. Xavir nahm die Gelegenheit wahr und machte Elysia auf einige seiner Beobachtungen aufmerksam. Zum Beispiel wies er auf die schiefe Gangart eines Mannes hin, der wahrscheinlich einen Sturz vom Pferd erlitten hatte. Ein anderer hatte einen gebeugten Rücken und krumme Finger und verbrachte sicher viele Stunden am Schreibtisch. Außerdem erklärte er seiner Tochter, welche Seite eines Steins nach Westen wies, wenn man nachsah, wo Moose und Flechten wuchsen. Ihm war auch aufgefallen, dass die Passanten den Innenhof mieden, in dem sie saßen, und lieber einen Umweg machten. Andernfalls wären sie zu dicht an einem benachbarten Standbild vorbeigekommen. Xavir erklärte Elysia, man müsse die Menschen nur lange genug beobachten, um ihr Verhalten zu durchschauen und ihre Absichten im Voraus zu erkennen. Wie bei der Jagd lasse sich das dann zum eigenen Vorteil nutzen. Ob ihr etwas an seinen Ausführungen lag oder nicht, vermochte er nicht zu deuten. Zumindest musterte sie ihn mit neugierigem Blick und meinte, nützliches Wissen sei doch überaus wichtig.

»Jedenfalls vertreiben wir uns die Zeit auf angenehme Weise, denn Landril und Birgitta brauchen sicher noch Stunden bis zu ihrer Rückkehr«, sagte Elysia.

»Da hast du wohl recht«, gab Xavir zurück.

»Man kommt in eine Stadt, um Menschen zu töten«, fuhr Elysia fort. »Man beobachtet sie für eine Weile. Welche Schritte sind dann als Nächstes zu unternehmen?«

»Birgitta fände es wahrscheinlich abscheulich, dass du von mir derart dunkle Künste lernen willst.« Xavir lachte still in sich hinein.

Elysia hob die Schultern. »Der Tod ist Teil des Lebens.«

Mit gerunzelter Stirn betrachtete Xavir seine Tochter. »Solche Äußerungen erlebe ich eher selten bei jungen Frauen, vielleicht häufiger bei älteren. Aber du stehst in der Blüte deiner Jugend. Wo hast du deine Lebensfreude gelassen?«

»Ich bin nicht wie andere junge Frauen«, erklärte Elysia. »Zumindest nicht wie meine Gefährtinnen in Jarratox, die

Einzigen, die mir als Maßstab in den Sinn kommen. Aber wie es scheint, war auch meine Mutter anders als gewöhnliche junge Frauen.«

»Ja, da stimme ich dir zu«, erwiderte Xavir und starrte in die Ferne. »Sie scherte sich nur wenig um die Regeln der Schwesternschaft. Vielleicht sind solche rebellischen Züge in jungen Jahren häufiger, als du vermutest. Mag sein, dass du über deine Leidensgenossinnen und ihre Unterwürfigkeit zu hart urteilst.«

Elysia dachte über diesen Einwand nach und schüttelte den Kopf. »Nein. Sie hatten so viel Angst, dass sie nie aufbegehrten. Jedem Befehl folgten sie aufs Wort und wehrten sich nicht – kein einziges Mal.«

»Eigenständiges Denken ist nicht zwingend eine Frage des Alters. Manchmal trifft sogar das genaue Gegenteil zu. Du darfst dich glücklich schätzen, eine Freidenkerin zu sein. Aber ich glaube kaum, dass du diese Haltung Birgitta verdankst. Wenn ich es richtig verstanden habe, wurde sie deine Lehrmeisterin, *weil* du ein besonderes Wesen hast.«

»Sie redet viel …«

»… und glaubt, der Umstand, dass ich dein Vater bin, mache mir zu schaffen«, ergänzte Xavir.

»Nun, vielleicht habe ich ja mehr von dir, als ihr lieb sein kann.« Elysia biss sich auf die Lippen und starrte zu Boden.

Xavir lachte. »Ja, möglicherweise bist du mir wirklich sehr ähnlich. Und vielleicht möchtest du auch erfahren, wie ein Mann wie ich zwei wohlhabende Menschen umzubringen gedenkt. Willst du meinen finsteren Überlegungen folgen und es wirklich wissen?«

»Ja, es reizt mich sehr, deine Gedankengänge zu erfahren«, gestand Elysia.

»Die Sache ist vertrackter, als du wahrscheinlich vermutest. Es gibt Regeln darüber, wie Menschen ums Leben kommen dürfen. Nimm als Beispiel nur unsere eigene Lage. In gewisser Weise bin ich ein Abgesandter des Schwarzen Clans, den Landril gerade zusammenstellt. Wenn ich zwei Menschen heimlich, still und leise im Schlaf töte wie ein gewöhnlicher Mörder, wer erführe dann vom Schwarzen Clan? Wer würde Furcht oder Anerkennung vor unseren Fähigkeiten zeigen? Niemand.«

»Also erzeugst du ein großes Spektakel«, schloss Elysia aus den Worten ihres Vaters. »Dann fürchten dich alle und schenken dem Schwarzen Clan ihre Aufmerksamkeit.«

»Haargenau. Aber wir wollen gar nicht, dass *jeder* uns fürchtet. Was Mardonius seinem Volk antut, schafft ihm sicher keine Freunde. Genauer gesagt, fürchtet man ihn allerorten. Und daher wird dieses Attentat ein Zeichen setzen. Ein Zeichen dafür, dass sich innerhalb des Landes etwas zum Besseren ändert. Was für die Opfer und deren Familien ein schwerer Schlag sein mag, ist in Wirklichkeit ein Akt der Gnade an einer ganzen Nation.«

»Handeln wir hier um unserer Sache willen? Oder geht es nach wie vor um Vergeltung?«, fragte Elysia.

»Versteh mich bitte nicht falsch! Hier geht es natürlich auch um Vergeltung. Diese Menschen haben ein Massaker an Hunderten von Unschuldigen zugelassen, nur um meinen guten Ruf zu zerstören. Ich habe einen Teil meines Lebens verloren. Wegen dieser Menschen habe ich meine Brüder, meine Ehre und meine gesamte Existenz eingebüßt. Ich kann mir diese Zeit nicht zurückholen, aber ich werde mich an ihnen rächen.«

»Ich hatte nicht den Eindruck, dass dir der Mord an General Havinir Freude bereitet hat.«

»Im Töten findet kaum jemand echte Freude«, räumte Xavir ein. »Es ist ein Auftrag, der erledigt werden muss. Viele scheuen davor zurück. Männer und Frauen dürfen ruhig für ihr Land sterben, doch mit dem Blutvergießen selbst will man nichts zu tun haben. Und danach will man einfach nur noch vergessen, dass es einen solchen Vorfall überhaupt gab. Es wäre eine zu heftige Erschütterung der heilen Welt. Und so wird der alte Soldat, der sein Leben dem Schutz heimatlicher Grenzen geopfert hat, von der Allgemeinheit kaum beachtet. Und die Menschen in ihren behaglichen Häusern mit ihrem abgeschotteten Dasein erfahren nie, unter welchen Albträumen er leidet oder wie viel Schuld er empfindet, anderen das Leben genommen zu haben.«

Elysia wirkte nachdenklich, und der Blick ihrer wachen blauen Augen huschte hierhin und dorthin, während die Menschen an ihr vorübergingen. Xavir wurde nicht recht schlau aus ihr.

»Wie kommt es, dass du nachts so sehr um deinen Schlaf kämpfst?«, fragte sie unvermittelt. »Manchmal wachst du schweißgebadet auf. Liegt es an der Schuld, die du des Tötens wegen empfindest? Sucht dich die Erinnerung heim?«

»Das Töten? Nein, das ist es nicht«, entgegnete Xavir. »Das Töten ist mir inzwischen zur Gewohnheit geworden.«

»Was hält dich dann wach?«

Xavir überdachte ihre Worte gründlich. Niemand hatte ihn in der Höllenfeste je so unverblümt danach gefragt, und es überraschte ihn, dass er mit ihr darüber sprechen konnte. »Es fing an, als ich ins Gefängnis kam. Mehr weiß ich nicht. Ich wache schweißnass auf. Manchmal fühle ich mich in alte Zeiten zurückversetzt. Doch das ist nicht immer schlimm. Es geschieht einfach. Was mich nachts heimsucht? Ich kann es nicht sagen. Vielleicht trauere ich um mein früheres Ich. Aber sobald ich erwacht bin, dauert es nur wenige Herzschläge, und ich bin darüber hinweg.«

»Dann muss ich also nicht mit Ähnlichem rechnen, nachdem ich getötet habe?«

»Ist es denn bisher geschehen?«

»Nein«, sagte sie. »Kein einziges Mal.« Ihr Tonfall verriet nicht das Geringste über ihre Gefühle.

Xavir musterte sie und wusste nicht recht, was er sagen sollte.

»Musstest du Missioner wie diese auch in der Sonnenkohorte durchführen?«, fragte Elysia. »Attentate und dergleichen? Ich dachte eigentlich eher, dass du hoch zu Ross in die Schlacht geritten bist.«

»Damals waren wir keine Meuchler.« Xavir straffte die Schultern. »Wir vertraten den König auf dem Schlachtfeld, da ihn das Alter trotz seines Tatendrangs an den Palast fesselte. Er war ein guter König, und wir hielten es für eine Ehre, in seinem Namen kämpfen zu dürfen. Nach einer Schlacht erstatteten wir nur ihm in seinen Privatgemächern Bericht. Man servierte uns feinste Weine und erlesene Speisen, und wir rauchten allerlei exotische Kräuter. Er wollte wissen, was wir gesehen und empfunden hatten. Er genoss die Kameradschaft und Ausgelassenheit. Durch uns erlebte er die Schlachten nach.«

»Du sprichst über ihn wie über einen Vater«, murmelte Elysia. Ihre Worte klangen unschuldig, doch im Hinblick auf seine Beziehung zu ihr konnte Xavir nicht anders, als ihnen eine unterschwellige Bedeutung beizumessen. Wünschte er sich insgeheim, dass Elysia eines Tages mit ähnlicher Zuneigung über ihn sprach? Das war für einen Soldaten wie Xavir ein völlig neues Gebiet, das ihn verunsicherte und auf den er sich erst mal zurechtfinden musste.

»Ich glaube, er betrachtete uns als seine Söhne. Ganz konnte ich nie ergründen, wonach er suchte, wenn er Männer für die Kohorte auswählte. Es gab doch viele tüchtige Soldaten in den Legionen – warum ausgerechnet wir? Vermutlich sah er in jedem von uns etwas von sich selbst, und er hatte Freude an unserer Gesellschaft. Selbstverständlich gab es unzählige Höflinge, aber er war ein Kriegerkönig. Menschlich lagen wir ihm einfach mehr.« Xavir hielt kurz inne. »Wahrscheinlich langweile ich dich mit meinen Geschichten über einen alten Mann.« »Nein«, widersprach Elysia rasch. »Keineswegs. Für dich mag das alles ganz selbstverständlich sein. Ich hingegen habe nie etwas anderes kennengelernt als das Leben innerhalb der Mauern von Jarratox. Daher finde ich es ... aufregend, etwas Persönliches über einen König zu erfahren. Bei der Schwesternschaft brachte man uns bei, dass Könige unnahbar und unzugänglich sind. Aufgrund meines Wesens eignete ich mich angeblich auch nicht dafür, einem Clan oder einer Familie mit hochherrschaftlichen Verbindungen zugewiesen zu werden.«

»Nach deinen Worten scheint die Schwesternschaft ein Orden zu sein, auf den die Welt gut verzichten kann. Wer sind diese Frauen schon, um *dir* etwas vorzuschreiben? Die Welt wartet nur darauf, dass du Anspruch auf sie erhebst. Nimm sie dir! Niemand wird sie dir überreichen. Die alten Hexen klammern sich an ihrer Macht fest und halten dies für die letzte Möglichkeit, sich noch Geltung in der Welt zu verschaffen. Mit aller Kraft wollen sie verhindern, dass andere ihnen den Platz streitig machen. *Sie* sind die wirklich Schwachen.«

Elysia lächelte, und auch Xavir verzog die Lippen.

Während der nächsten Stunde schlenderten Vater und Tochter durch die dunklen Straßen der Golaxbastei. Sie betraten schmuddelige Tavernen oder Läden und sammelten überall nützliches Wissen über Fürst Kollus und Herzogin Pryus. Die Einheimischen schwatzten ohne Bedenken über die Herzogin und deuteten zum Hügel hinauf, wo ihr Anwesen die

Stadt überragte. Um die Moral zu fördern, hielt sie angeblich jeden zweiten Abend ein Bankett ab. Hin und wieder wurden auch Einheimische eingeladen, aber es waren zumeist kleine Zusammenkünfte, an denen nicht mehr als fünfzig Würdenträger aus verschiedenen Gegenden Stravimons teilnahmen. Der Gedanke an diese Feierlichkeiten schmeckte Xavir ganz und gar nicht, wenn er sich vorstellte, wie im ganzen Land Menschen in Armut lebten und aus ihrer Heimat vertrieben wurden. Manche der Befragten raunten voller Erregung etwas über Orgien zu Ehren vergessener Götzen, schwiegen aber auf Nachfrage zu näheren Einzelheiten. Xavir stellte fest, dass der Tempel zwar Balax geweiht war, doch die Verehrung des uralten Kriegsgottes und auch der Göttin war schon längst aus der Stadt verdrängt worden. Nur ein Schrein des Großen Auges hatte die Umbrüche bisher überstanden. Was sollte mittlerweile auch noch angebetet werden außer der Genusssucht?

Xavir und Elysia hielten vor einer Taverne inne, einem weiß getünchten Gebäude am Rand eines kopfsteingepflasterten Marktplatzes. Im Gastraum beugte sich Xavir über den Tresen und sprach den Wirt an. »Weit und breit sind kaum Männer auf Patrouille zu sehen. Gibt es denn keine Wächter in der Stadt?«

Der Alte zuckte mit den Achseln. »Das war einmal. Ich weiß nur, dass immer mehr Männer zum Hauptheer eingezogen werden. Hier sind kaum noch welche übrig, Kumpel. Die meisten verschwinden in Richtung Hauptstadt. Von manchen hören wir was, von anderen nicht. Du siehst mir wie ein Kämpfer aus. Also wage ich mal die Behauptung, dass du weißt, wie das in Kriegszeiten so ist. Man hört die üblichen Geschichten über Barbarenhorden im Norden, aber die erfahren wir nur über die königlichen Sprecher. Wer weiß schon, wo die Soldaten schließlich landen? Kurz und gut, es gibt kaum noch Wächter so wie früher.«

Weiter erzählte der Wirt, dass Fürst Kollus vor zwei Jahren seine Gattin verloren hatte. Sie war an einer Halsentzündung gestorben. Es wurde aber auch gemunkelt, sie sei erdrosselt worden. Die beiden hatten sich nie sonderlich nahegestanden, und Kollus' Affären waren allgemein bekannt. Herzogin Pryus hingegen hatte nie geheiratet, auch nicht während der Zeit, die Xavir im Kerker zugebracht hatte. Sie gebot über den Reichtum ihres Vaters und brauchte keinen Finger zu rühren. Dieser Umstand führte zwingend dazu, dass sie die Aufmerksamkeit der ehrgeizigsten Männer auf sich zog. Die umschwärmten ihr Anwesen, als wären sie Arbeitsbienen und die Herzogin ihre Königin. Daher blieb sie auch genau das, was sie schon für Cedius gewesen war – eine wichtige Verbündete des Throns. Sie und Kollus waren schon immer eng miteinander, doch nun machte es den Eindruck, als teilten sie ihre Macht auch auf andere Weise.

Am nächsten Abend sollte eine weitere Zusammenkunft auf dem Anwesen der Herzogin abgehalten werden.

Xavir teilte seiner Tochter mit, dies sei der bestmögliche Zeitpunkt zum Zuschlagen.

IM STILLEN FALKEN

»Landril hatte recht«, verkündete Xavir. »Dies ist eine behagliche Taverne.«

Sie saßen an einem Tisch in einer Nische des *Stillen Falken* und blickten durch das Fenster auf den Tempel, der im Abendlicht glänzte.

Die Taverne war gut gefüllt, aber nicht mit den üblichen Zechern, die in einer gewöhnlichen Schänke zu erwarten waren. Der Kleidung und dem Zungenschlag nach stammten die Gäste eher aus gutem Haus und trugen dicke Geldbörsen bei sich. Die angebotenen Weine kamen aus Jahrgängen und von Weingütern, die Xavirs Wissen nach heiß begehrt waren. Das Bier besaß angeblich das persönliche Gütesiegel von Mardonius, was wohl seinen bitteren Geschmack und seinen hohen Preis erklärte. Die Einrichtung war von guter Machart, mit schönen Butzenscheiben und sauberen Böden. In der Mitte der polierten Tische standen Kerzen, die für eine besinnliche Stimmung sorgten.

Xavir und Elysia lauschten eine Weile einfach nur den zwanglosen Gesprächen. Die Golaxbastei schien völlig losgelöst vom Rest der Welt. Wo andernorts die Menschen litten, drehten sich die Unterhaltungen hier um den Handel, das Wetter, das Glücksspiel und die Gesellschaft im Allgemeinen. Die Einwohner dieser Stadt lebten abgeschieden, und entsprechend banal waren auch ihre Belange. Sie kümmerten sich nicht im Geringsten um die Fragen, die den Rest der Nation umtrieben. Kein Wort über den König, kein Wort über Truppenbewegungen oder Schlachten. Auch nicht darüber, wer wann und wo gestorben war.

Vater und Tochter bestellten Wildeintopf mit Brot und warteten auf die Ankunft von Landril und Birgitta. Eine Stunde nachdem sie ihre Mahlzeit beendet hatten, schlenderten der Meisterspion und die Hexe durch die Tür, schüttelten den Regen von den Umhängen und traten an Xavirs und Elysias Tisch. Landril wirkte geradezu übermütig, und das bedeutete, dass er das Gesuchte offenbar gefunden hatte.

»Ah, da seid ihr ja!«, rief Landril, als hätte er auf die beiden gewartet.

»Ihr habt euch ziemlich viel Zeit gelassen.« Xavir nahm einen Schluck aus seinem Becher mit einem der guten Chambreker Jahrgangsweine.

»Und die Zeit war bestens genutzt.«

Birgitta nahm neben Elysia Platz. »Darf ich davon ausgehen, dass ihr doch noch niemanden abgeschlachtet habt?« Ihr Ton war vorwurfsvoll, ihre Miene ungerührt.

»Das sogenannte Abschlachten findet morgen statt«, erklärte Xavir mit ruhiger Stimme. Dann berichtete er von seinen nachmittäglichen Entdeckungen und erwähnte, dass im Haus der Herzogin ein wichtiges gesellschaftliches Ereignis bevorstand.

Landril setzte sich neben ihn. »Dann versammeln sich dort zweifellos etliche einflussreiche Leute«, vermutete er.

»Leute, die leicht einzuschüchtern sind«, ergänzte Xavir.

»Wenn möglich sollten wir es zunächst mit dem Überreden und erst später mit dem Einschüchtern versuchen«, erwiderte Landril. »Vermutlich verfügen die Gäste über private Schutztruppen, die sich unserer eigenen Streitmacht einverleiben lassen. Vielleicht haben manche auch einfach nur Geld, Zugang zu Schmieden, einen Vorrat an Erz, Stallungen voller Pferde ... Gib dir doch bitte Mühe, nicht *alle* zu töten!«

»Meine Aufmerksamkeit gilt nur zwei Personen sowie allen, die mir unterwegs entgegentreten.«

»Meiner Schätzung nach gibt es in Stravimon kaum noch Helden. Insofern wirst du auf wenig Widerstand stoßen.«

»Das könnte mir die Arbeit enorm erleichtern«, grinste Xavir. »Was hast du herausgefunden?«

Landril sprach von seiner alten Freundin in der Bibliothek und winkte einen jungen Kellner herbei. Bei dem erkundigte er sich nach dem Chambreker, den Xavir trank, und fragte nach, ob es Wein von derselben Lage auch zwölf Jahre älter gab. Der Bursche bejahte und brachte ihm und Birgitta je einen Trinkkelch.

»Das ist ja alles schön und gut«, meinte Xavir. »Aber ihr habt doch nicht die ganze Zeit in gemeinsamen Erinnerungen geschwelgt, oder?«

»Nein. Ganz und gar nicht.« Landril warf einen Blick zu Birgitta hinüber.

»Bei der Quelle, was haben wir alles über das Volk der Voldirik erfahren!« Birgitta nippte an ihrem Wein. »Diese Kreaturen sind ein weit größerer Anlass zur Sorge als Mardonius, und das aus gutem Grund. Für mich persönlich ist auch der Treueschwur der Schwesternschaft gegenüber dem König längst nicht so bedenklich wie der Ansturm der Voldirik. Vielleicht sogar noch bedenklicher als die Vernichtung der Gläubigen. In diesem Punkt wird mir Landril aber sicher widersprechen.«

Unbekümmert hob Landril die Schultern, ließ den Wein im Kelch kreisen und erschnupperte seine Aromen. »Alles ist mit allem verknüpft.«

»Sprich weiter!«, forderte ihn Xavir auf.

Verschwörerisch steckten Landril und Birgitta die Köpfe

zusammen und forderten die beiden anderen zum Näherrücken auf. Niemand sollte sie belauschen.

»Was wir entdeckt haben, stammt nicht allein aus den Aufzeichnungen der Bibliothek«, begann Birgitta. »Auch General Havinirs Tagebuch hat uns weitergeholfen. Darin gibt es seitenlange Aufzeichnungen in einer Geheimsprache. Manche Passagen sind sogar mit einer Tinte geschrieben, die mithilfe herkömmlicher Mittel nicht lesbar sind. Landrils Freundin Jamasca unterstützte uns bei der Übersetzung. Möge die Quelle sie segnen!«

»Es stellte sich heraus, dass die Voldirik tatsächlich jene Irik sind, die unsere Gestade im Zweiten Zeitalter verließen und in den fernen Westen segelten«, fuhr Landril fort. »In Reiche, die sich unserer Wahrnehmung entziehen. So viel wussten wir schon. Aber ist es nicht sonderbar, dass sie ausgerechnet im Neunten Zeitalter zurückgekehrt sind? Nun, allerdings nicht zum ersten Mal. Sie haben über die Jahrtausende hinweg zahlreiche Invasionen durchgeführt, die immer mehr an … Schwung gewannen, wenn ich es so nennen darf. Es gab sogar einen bedeutenden Einfallversuch zu Beginn des Neunten Zeitalters. Königin Beldrius aber besiegte die Angreifer, obwohl in den Archiven keine Einzelheiten über die genauen Ereignisse zu finden sind. Vielleicht war dies ein Anlass für die erste Königin, so viele Bibliotheken zu gründen. Wie dem auch sei, anfangs waren die Überfälle der Voldirik eher harmlose Versuche, so als ob die kleinsten Barbarenstämme ihre schlecht ausgerüsteten Schiffe mit dem Wind losschicken, um hier alles zu erobern. Sie scheiterten stets.«

»Aber diesmal stellen sie sich gar nicht so ungeschickt an«, wandte Xavir ein.

»In der Tat. Sie sind von höchst sonderbarem Äußeren, denn mit der Zeit haben sie sich verändert, in welchem

Reich sie derzeit auch leben mögen. Sie haben sich weiterentwickelt und können kaum noch als Menschen bezeichnet werden. Die geisterhafter Geschöpfe sind schlank und hochgewachsen, leichenblass. Doch was ihnen an Körperlichkeit fehlt, machen sie mit ihren Kenntnissen wett. Um genau zu sein – sie horten Wissen. Aus allen Ecken und Enden sammeln sie Informationen und halten ihre Entdeckungen penibel fest, und zwar in einer Form, die uns unverständlich bleibt. Ihre gesamte Kultur basiert darauf, möglichst viel Wissen über die Welt vorzuweisen. Philosophen, Astronomen und Baumeister gelten bei ihnen als höchste Autoritäten. Zumindest ist das der Eindruck, den die Historie über sie vermittelt. Wenn man jedoch tiefer in die Aufzeichnungen eintaucht, stellt sich heraus, dass ihr Wissensdurst einem anderen Zweck dient.«

Landril trank einen Schluck und seufzte zufrieden, denn der Wein schmeckte ihm.

»Und der wäre?«, wollte Xavir wissen.

Der Meisterspion stellte seinen Kelch ab. »Sie haben einen Gott erschaffen.«

»Wie soll ich das verstehen?«, fragte Xavir nach. »Erklär mir das!«

»Sie haben einen Gott erschaffen. Oder gezüchtet. Wir glauben, dass genau das in den Chroniken steht. Es heißt, sie hätten einen Gott durch Magie hervorgebracht, und zwar über jene Kanäle, die auch die Quelle nutzt. Vielleicht haben sie diese Kanäle sogar selbst angelegt. So wie es aussieht, dient ihre ständige Suche nach Wissen nur dazu, den Durst dieses Gottes zu stillen. Kurzum, sie haben einen Gott der Magie erschaffen. Vermutlich hat ihnen dieser Gott erlaubt, ihren Einfluss durch die Zeit hindurch geltend zu machen. Und nun wollen sie – wie bereits mehrmals zuvor – ihr Imperium ausdehnen. Aber neuerdings setzen sie ruchlose

Mittel ein und haben eine Allianz mit Mardonius geschmiedet. Auf welche Weise auch immer sind sie in seinen Geist eingedrungen und haben seine Überzeugungen beeinflusst – er wurde gänzlich von ihnen vereinnahmt. Allerdings kann das nicht sonderlich schwierig gewesen sein, denn er war schon immer willensschwach und gierig. Ich möchte fast behaupten, dass die Voldirik Stravimon bereits ohne jedes Blutvergießen erobert haben. Es kommen immer mehr von ihnen. Oh ja, immer mehr. Und sie üben ihre Macht über den Thron und damit über das gesamte Königreich aus.«

Xavir lehnte sich auf seinem Stuhl zurück und verengte die Augen zu Schlitzen. Er hatte in seinem Leben schon viele unglaubliche Geschichten gehört, aber was er hier erfuhr, stellte alles andere in den Schatten. »Und die Verbindung zu Havinir?«

»Meine Freundin Jamasca hat uns gezeigt, wie Havinirs … nun, nennen wir es einmal Forschungen … ausgesehen haben. Versuche an der örtlichen Bevölkerung. An Menschen, die verschwunden waren. Sie dienten als Versuchsobjekte seiner Zusammenarbeit mit den Wegseherinnen der Voldirik, den magischsten und mysteriösesten unter ihresgleichen. Havinir forschte über lebensverlängernde Methoden und wollte eines Tages unsterblich werden. Die Voldirik sollten ihm dabei helfen. Zweifellos verwendeten sie die gesammelten Erkenntnisse auch für sich selbst. Es wird angedeutet …« Er schwieg eine Weile und sah zu Birgitta hinüber. »In seinen Notizen erwähnt er bei einigen der Materialien die Unterstützung mehrerer Schwestern, die er durchgängig die *Dunklen Schwestern* nennt. In den frühen Notizen seines Tagebuchs wird hier und dort auf sie verwiesen, lange bevor die Voldirik die örtliche Bevölkerung angriffen. Also hatte der General ein ungewöhnliches Bündnis mit einem üblen Seitenzweig der Schwestern geschmiedet.«

»Ich glaube, dabei könnte es sich um die Schwestern handeln, die seit einiger Zeit als vermisst gelten«, fügte Birgitta hinzu. »Nicht einmal die Matriarchin wusste etwas über ihren Verbleib. Dass sie sich solch dunklen Machenschaften zugewandt haben, sehe ich als stichhaltige Erklärung für ihr Verschwinden.«

»Nachdem sich Havinir aus dem Geschäft mit dem Tod zurückgezogen hatte, setzte er sich also mit den Geheimnissen des Lebens auseinander«, fuhr Xavir fort. »Wenn wir davon ausgehen, dass Mardonius und die Voldirik gemeinsame Sache machen, wäre es nur naheliegend, dass Mardonius den Voldirik die Zusammenarbeit mit Havinir erlaubt hat.«

»Ich hatte ein ähnliches Gefühl, und das Tagebuch legt es ebenfalls nahe.« Landril trank einen weiteren Schluck von seinem Wein. »Die Voldirik segeln zu den fernen Gestaden im Westen und nach Phalamyshafen. Sie kommen in unsere Welt und lernen viel, um dem von ihnen geschaffenen Gott zu gefallen.«

»Falls das alles wahr ist . . .«, gab Xavir zu bedenken.

»Ich sehe keinen Grund, daran zu zweifeln.«

»Und ich sehe keinen Grund, daran zu glauben«, widersprach Xavir. »Wie sollte ich überzeugt sein, solange nicht alles belegt und bewiesen ist?«

»Ein Großteil der Geschichte bleibt unbewiesen, und wir können uns nur auf die Aufzeichnungen und Chroniken verlassen. Ist das also alles nur eine riesige Lüge? Nein. Natürlich müssen wir zwischen den Zeilen lesen, aber es wurde mehr als genug über die Voldirik geschrieben. In meinen Augen hat die Theorie Bestand.«

»Dann bin ich in dieser Hinsicht wohl wesentlich einfacher gestrickt als du«, entgegnete Xavir. »Ich habe dieses neue Volk gesehen, die Nachfahren der Irik. Daher glaube ich auch an ihre Existenz und daran, dass sie wahrscheinlich ihr Imperium ausweiten wollen – mit einem Mindestmaß an Gewalt. Den angeblichen Gott habe ich noch nie gesehen, und in diesem Punkt muss ich erst noch überzeugt werden.«

Landril hob die Schultern. »Für uns ist das kaum von Belang. Wir wissen, woher sie kommen und dass sie die allergrößte Bedrohung darstellen. Mittlerweile habe ich einen recht guten Einblick in die Aktivitäten dieses Volks. Es gibt allerdings noch viel zu forschen. Daher kehre ich morgen zu Jamasca zurück, während du deiner Blutrache frönst.«

»Diesmal könnte ich Birgitta gebrauchen, denn sicher ist zusätzliche Magie vonnöten. Ich vermute nämlich, dass der Herzogin eine Hexe zur Seite steht.«

Birgitta nickte zustimmend. »Nun gut, wenn es sein muss. Aber vor allem werde ich dafür sorgen, dass du dieses Mädchen nicht noch mehr mit deinen tödlichen Gepflogenheiten verdirbst«, spottete sie und wies auf Elysia.

Sie verbrachten die Nacht in der Kammer eines heruntergekommenen Hauses neben dem *Stillen Falken*, das dem Wirt gehörte. Eigentlich ein Lager, vermietete er die freien Räume gern an Reisende. Die Taverne selbst bot nur Speisen und Getränke, und er freute sich über das eine oder andere lohnende Zusatzgeschäft. Das Gebäude entbehrte allerdings jeglicher Behaglichkeit. Sobald die vier Gäste die kahlen Lagerräume durchquert hatten, betraten sie einen leeren Schlafsaal, der notdürftig mit Betten, Tischen und Stühlen ausgestattet war. Der Geruch von Hartkäse und Pökelfleisch hing in der Luft. Xavir zündete eine Laterne an, nur um zu entdecken, dass es nirgends ein Fenster gab. Dennoch war die Umgebung immer noch annehmbarer als die Höllenfeste, und so beschwerte er sich nicht.

Nachdem sich alle vier eingerichtet hatten und die Klagenden Klingen auf einem der Betten lagen, begann Xavir mit dem Angriffsplan für den kommenden Abend. Landril beschrieb ihm, wie er sich den ungefähren Grundriss des herzoglichen Anwesens auf dem Hügel vorstellte, und fertigte eine entsprechende Skizze an. Wie er sagte, war das Grundstück überraschend groß, weil die gegenüberliegende Seite der Steilwand nur ein leicht ansteigender Hang war, der ausgesprochen sanft nach unten verlief. Demzufolge verteilten sich darauf vermutlich mehrere Gebäudeteile, und alles erstreckte sich von einem zentralen und gut befestigten Haupthaus aus ein ganzes Stück nach hinten.

»Wie gut ist das Gelände gesichert?«, fragte Xavir. »Ich habe in der Golaxbastei nur wenige Soldaten gesehen. Die meisten waren nicht im Dienst oder schon im Ruhestand. Ein Mann erzählte mir, dass es an Kämpfern mangelt.«

»Vielleicht hat die Herzogin alle diensttauglichen ehemaligen Legionäre aus der Golaxbastei um sich versammelt, obwohl ich das eigentlich bezweifle«, meinte Landril. »Allerdings habe ich Ähnliches gehört wie du, und ich mache mir allmählich Sorgen, dass wir nichts Neues aus der Hauptstadt erfahren.«

»Du kennst dich mit Kriegsführung besser aus als wir«, mischte sich Birgitta in das Gespräch ein. »Ist es üblich, dass ganze Städte in Stravimon derart schlecht geschützt sind?«

»Bis zu einem gewissen Grad scheint das so zu sein«, erklärte Xavir. »Für manche Feldzüge mussten die Clans aus Städten wie dieser ein gewisses Kontingent an Männern zur Verfügung stellen. Es gab immer wieder Kriegszüge gen Westen, die völlig planlos durchgeführt wurden und mit hohen Verlusten endeten. In der Regel entsprangen sie den Launen eines Königs. Grendux, Cedius' verrückter Vater, verstand sich besonders gut auf völlig nutzlose Unternehmungen. In der Regel werden die Legionen mit Clansmännern aufgestockt, sobald die Barbaren, Zehntausende wilder Kämpfer, wieder einmal den Norden bedrohen. Ab und zu schließen sich Stämme wie die Gous und die Joakal zusammen und versuchen, innerhalb der Grenzen von Stravir zusätzliches Land zu gewinnen. Das ist nichts Neues und wird wahrscheinlich für die nächsten tausend Jahre so weitergehen. Unter Cedius patrouillierten die Legionen ständig über diese Hügel. Ruhm erlangte dort nur selten ein Krieger. In der Kälte war es eine elende Aufgabe, die Barbaren am Vordringen durch Stravimon zu hindern. Denn das war ihr Ziel – dem Glanz von Stravimon ein Ende zu bereiten und eines Tages vor den Mauern der Hauptstadt aufzumarschieren. Nachdem es im Norden gerade besonders schlimm sein soll, werden sich viele Männer den Legionen anschließen. Schon als wir aus der Höllenfeste flohen, war mir der Mangel an guten Soldaten sehr wohl bewusst. Vielleicht hat Mardonius einen Fehler begangen, seine Truppen zu weit auseinanderzuziehen und eine interne Säuberung durchzuführen, während er gleichzeitig dem Druck aus dem Norden standhalten muss. Es ist zumindest sehr unklug, sich so breit aufzustellen.«

»Die Situation kann uns doch nur gelegen kommen«, meinte Landril.

»Vielleicht, vielleicht auch nicht«, erwiderte Xavir. »Alles hängt davon ab, wie viele Legionäre sich bisher gegen den König auflehnen. Aber ich gehe davon aus, dass einige von ihnen einen klaren Kopf bewahren und sich uns anschließen. Ich rechne mit zwei- bis dreitausend Mann. Und dann marschieren wir auf Stravir los.«

»Nur so wenige?«, fragte Landril.

»Mehr wären besser. Doch wir müssen die Herkunft unserer Soldaten im Auge behalten. Lupara hat sicher in ihrem Heimatland Verstärkung angefordert. Es liegt gar nicht so weit entfernt von hier. Allerdings sollte es eine Streitmacht aus Stravimon sein, die schließlich in die Hauptstadt einzieht. Es müssen unsere eigenen Landsleute sein, sonst ist uns kein Erfolg beschieden. Die Menschen würden unseren Einmarsch als Überfall wahrnehmen und nur umso heftiger Widerstand leisten. Wenn es aber wir Stravirer sind, dann schließen sich uns die Bürger wahrscheinlich freiwillig an. Ganz besonders dann, wenn sie vorher unterdrückt wurden.«

»Nun, dann lasst uns das Beste hoffen!«, seufzte Landril.

EIN FEST

»Nein, nicht dort drüben!«, rief Herzogin Pryus. Verärgert winkte sie ihren Bediensteten in den schwarzen Tuniken, die Amphoren mit Wein für die bevorstehenden Feierlichkeiten herbeitrugen. Dieser Abend war ein wichtiges Datum im Kalender der Voldirik, und sie würde dafür sorgen, dass ihrem Gott die gebührende Ehre zuteilwurde. Es war jammerschade, dass keiner der Fremden bei ihrer Veranstaltung zugegen wäre, aber das spielte keine Rolle. Die Geste dem König gegenüber lohnte den Aufwand. Sie würde ihn fröhlich stimmen – zumindest hoffte sie das. Aber schon seit Monaten hatte sie nicht mehr persönlich mit Mardonius gesprochen.

»Stellt den Wein dort drüben ab! Nachdem die Gäste gesungen haben, müssen sie anschließend nicht erst einen anderen Raum aufsuchen, um etwas zu trinken. Nein, wenn ich es mir recht überlege, bringt die Amphoren doch lieber ins Zimmer nebenan! Es gibt nichts Schlimmeres als das Grölen von Betrunkenen. Nun macht schon!«

Zufrieden trat die Herzogin einen Schritt zurück und stemmte die Hände in die Hüften, während sie ihre Diener bei der Arbeit beobachtete. An diesem Abend würden mehr als siebzig Gäste erscheinen. Viele kamen aus ihren gut gesicherten Anwesen im östlichen Stravimon. Die Herzogin hoffte, dass die Adligen einen Teil ihrer Besitztümer, ihrer Ländereien und Leibeigenen der Sache der Voldirik verschreiben würden. Das würde dem König gefallen und sein Band zu diesem fremden und wunderbaren Volk noch weiter stärken. Nur rückwärtsgewandte Anhänger der verdammten Göttin oder dieses einfältigen Gottes Balax wollten ihren geplanten Fortschritt noch behindern. Diese einfältigen Hinterwäldler, die sich an ihrer Heimat festklammerten und Gebete an irgendwelche falschen Götter richteten, kamen ihren Bestrebungen ständig in die Quere. Je früher sich Stravimon ihrer entledigte, desto besser. Doch das war leichter gesagt als getan.

Sie hoffte, dass die Arbeit, die Fürst Kollus bei den erwarteten Gästen bereits geleistet hatte, nun auch Früchte trug. Seit Monaten hatte er sie auf Geheiß des Königs zu überreden versucht, sich der neuen Welt gegenüber zumindest ein wenig aufgeschlossener zu zeigen …

»Eure Hoheit«, sprach sie einer ihrer Diener an. Völlig außer Atem stand er vor ihr. Über seiner schwarzen Tunika trug er zusätzlich noch eine dunkelrote Schärpe. Hinter ihm stieß jemand beim Tragen einer Statue eine exotische Pflanze um, und die Herzogin seufzte gereizt. »Immer … noch nichts von General Havinir.«

Herzogin Pryus verdrehte die Augen. »Gute Güte, Celix! Er muss meine letzte Nachricht doch inzwischen längst erhalten haben.«

»Dem mag sehr wohl so sein, Eure Hoheit.«

»Schneidet er mich womöglich?«

»Das ist schwer zu sagen, Eure Hoheit. Ich glaube nicht. Er war beim letzten Mal ziemlich berauscht und könnte vergessen haben, was er getan hat und was nicht.«

»Dieser schmutzige alte Bock lässt es immer darauf ankommen … Nun, wohlan. Wir setzen ihn auf die Liste der Fernbleibenden. An die Arbeit, Celix!« Sie entließ den Mann mit einem lässigen Wink, und er eilte in den kreuz und quer durch den Raum prozessierenden Zug der Bediensteten.

Die Herzogin wandte sich um und erhaschte in einem goldgerahmten Spiegel einen Blick auf sich selbst. Sie war beinahe fünfzig Sommer alt, doch die Frau, die sie da anblickte, sah keinen Tag älter aus als fünfundzwanzig. Alles dank der Weisheit und der Hautformungskunst der Voldirik. Dieses Volk wusste um die Feinheiten des Lebens und vor allem der Langlebigkeit. Ihre Magie war tatsächlich von Dauer und nicht so kurzlebig wie die der Schwesternschaft. Zum Glück hatte sich die Herzogin jedoch nicht nach dem Abbild der Voldirik formen lassen müssen. Ihr eigenes Aussehen gefiel ihr letztendlich doch viel besser.

Ihre eigene Hexe Marilla traute den Methoden der Voldirik nicht und war wenig geneigt, auf deren Angebot einzugehen und sich die Haut formen zu lassen. Daher sah sie auch aus wie die Mutter der Herzogin, obwohl beide gleichen Alters waren. *Wo steckt diese Frau überhaupt?*

Der prunkvolle Saal war endlich gebührend vorbereitet worden. Er maß achtzig mal fünfundneunzig Schritt. Rote und purpurne Tücher hingen von der Decke, die mit Fresken geschmückt war, welche die Herzogin unlängst in Auftrag gegeben hatte. Die Statuen ringsum waren ebenfalls dem Gott der Voldirik gewidmet. Natürlich hatten ihn nur wenige Menschen je gesehen, und deshalb blieb seine Darstellung eher abstrakt. Allsehendes Wissen. Weisheit. Macht. Stärke. Diese Konzepte und Eigenschaften wurden durch Formen und Farben verkörpert, durch eine Schild- und Buchmotivik sowie durch die komplexen Schriftzeichen, die viele Gegenstände voldirischer Machart zierten. Dieselbe Schrift lief vom Boden zur Decke hinauf und füllte dabei alle Ecken und Nischen aus, die sonstige Verzierungen noch freigelassen hatten. Für den eher konventionellen Geschmack der Herzogin war das alles ein wenig zu ausladend und protzig, doch sie fügte sich gern den Erwartungen, die an sie gestellt wurden. Dass die Voldirik zu diesem Anlass ihre eigenen Künstler geschickt hatten, war ein wahrer Segen, den sie zu schätzen wusste. Sie stand in ihrer Gunst. Man hätte auch sagen können, sie war bei ihnen gerade in Mode. Und sie musste das Beste daraus machen. Mochte es kosten, was es wollte.

Bald war Herzogin Pryus in ein wunderschönes Kleid in Weiß und Bronze gewandt, dessen tiefer Ausschnitt möglichst viel von der verjüngten Haut zeigte, die die Voldirik für sie erschaffen hatten. An den Füßen trug sie weiche weiße Tanzschuhe. Das lange blonde Haar fiel ihr in dichten Locken über den Rücken. Noch ein Hauch Duftöl auf die Handgelenke getupft – dann war sie bereit, ihre Gäste willkommen zu heißen.

Am Eingang zum großen Saal traf sie sich mit Fürst Kollus. Auch er hatte die Techniken der Voldirik genutzt und wirkte nicht älter als dreißig, obwohl er die doppelte Anzahl an Jahren zählte. Groß und kraftvoll schritt er auf sie zu, begrüßte sie und küsste ihr die Hand. Er trug ein Lederwams, eine rote Tunika mit bronzenen und goldenen Applikationen sowie ein Schwert an der Seite. Sein geöltes schwarzes Haar und seine dunkle Haut verrieten, dass sich seine Blutlinie aus Chambrek ableitete, obwohl der Stammsitz seiner Familie bereits seit über hundert Jahren im Norden lag. Er hatte schmale Augen, eine vornehme lange Nase und ein ausgeprägtes Kinn. Wann immer sie ihn erblickte, schien bereits sein Aussehen zu rechtfertigen, warum sie seit vielen Jahren seine Geliebte war. Es schien unvermeidlich, dass sie sich gegenseitig anziehend fanden. Der Grund dafür reichte jedoch tiefer und hatte nicht ursächlich etwas mit ihren veränderten Körpern zu tun.

Hand in Hand standen sie sich einen Moment lang im Gang vor dem Ballsaal gegenüber. Durch einen steinernen Bogen hindurch sah die Herzogin, wie die Sonne hinter den verwaschenen Hügeln in der Ferne unterging und die Landschaft rings um die Golaxbastei in Schatten tauchte. Dort unten standen fünfzig Mitglieder ihrer Garde, und die rot und grau uniformierten Männer nahmen vorschriftsmäßig ihre Posten ein, um für den Schutz der Anwesenden zu sorgen. Viele der an diesem Abend Eintreffenden hatten der Herzogin geschrieben, dass sie ihre eigenen Leibwächter mitzubringen gedachten. Daher schätzte die Gastgeberin, dass sich derzeit etwa zweihundert Krieger der einen oder anderen Familie auf ihrem Anwesen aufhielten. Ohne Zweifel trug Hauptmann Deblan, der Kopf der Garde, Sorge dafür, dass sich alle zu benehmen wussten. Herzogin Pryus und Fürst Kollus zogen in den großen Saal ein. Alles war bereit. Gäste traten ein und ließen sich auf den Kissen zwischen den Statuen nieder. Die Herzogin trank einen Schluck Wein und beließ es fürs Erste bei diesem Becher. Schließlich hatte sie noch einige Arbeit vor sich. Die anderen würden sich betrinken und auf animalische Weise dazu verleiten lassen, die konservativen und starren Sitten der stravirischen Kultur abzustreifen. Die Herzogin sprach lange und enthusiastisch über die Kunst der Voldirik, während viele Männer sie begafften und deren Gattinnen angewidert die Blicke senkten. Einige der Gäste suchten sie später am Abend noch auf, und sie wusste, dass auch andere am nächsten Morgen noch fragen würden, wie sie wohl ihr Verständnis für die Voldirik vertiefen könnten.

Dies war der Moment des Triumphs. Ein Schritt in die Zukunft. Ein Weg für die Voldirik in eine Welt, die sie ohne jede Gewalt zu verändern gedachten.

Sie beobachtete, wie Fürst Kollus den Gästen berauschende Kräuter anbot. Substanzen, die das fremde Volk gespendet hatte, denn die Feiernden sollten eine angenehme Zeit verbringen. Man trank und plauderte. Die anfänglich steife Stimmung wurde immer lockerer. Und das war gut so. Die Gäste würden den Voldirik ihre Ländereien und ihr Vermögen zur Verfügung stellen, und die Herzogin würde dafür reich belohnt werden.

Alles lief nach Plan. Welch ein Segen ...

Dann aber hörte die Herzogin Geschrei und laute Rufe in der Ferne.

Xavir zog die Klagenden Klingen und schlug sich eine Schneise zwischen den heranstürmenden Wächtern hindurch. Unter dem dämmrigen Himmel und in der Enge eines Innenhofs mit hohen Mauern sprang er auf die drei Männer zu. Mit klirrenden Rüstungen gingen sie zu Boden.

Der Hof war frei. Er rief nach seiner Tochter und verlangte, ihm nach drinnen zu folgen.

Sie landete hinter ihm, den Bogen in der einen, einen Pfeil in der anderen Hand. »Hättest du die Männer nicht besser gefesselt?«, zischte Birgitta Xavir ins Ohr. »Ich verabscheue unnützes Gemetzel.«

»Wir haben keine Zeit«, gab er zurück und nickte seiner Tochter zu. »Zeig keine Gnade!«

Birgitta zog eine finstere Miene und eilte ihnen in die nächste Gasse hinterher. Sie schritten an dunklen Mauern entlang, die zu beiden Seiten des gepflasterten Wegs aufragten. Xavir deutete nach oben, und Birgitta hob ihren Stab, um mit seinem Licht die Gebäude ringsum näher in Augenschein zu nehmen. Dann schüttelte sie den Kopf. Niemand blickte von dort oben auf sie herab, nirgends patrouillierte ein Soldat.

Die drei rückten weiter vor.

Als die verwinkelte Gasse breiter wurde, stürmten ihnen mehrere Wächter entgegen. In rascher Folge schoss Elysia ihre Pfeile ab, und drei Männer brachen schreiend zusammen. Nur vier schafften es bis zu Xavir. Aber wie beiläufig parierte er ihre Schläge mit einer seiner Klingen, während er sie mit der anderen aufspießte. Kraft seiner Gedanken beschwor er seine Waffen, so geräuschlos wie möglich zu werden. Und ganz so, als wären sie vernunftbegabte Wesen, kamen sie seinem Drängen nach.

Birgitta stöhnte angewidert laut auf.

Umgeben von Toten auf dem Kopfsteinpflaster, lächelte Xavir seine Tochter an. »Gute Arbeit!« Mit geneigtem Kopf schloss er die Augen und lauschte angestrengt. In einiger Entfernung und über einem wahren Netz aus Treppen lag der große Saal. Vermutlich benötigte ein Angreifer eine ganze Weile, um es bis nach oben zu schaffen, selbst wenn er sich beeilte und nicht auf Widerstand stieß. Xavir gab seinen Begleiterinnen ein Signal, eine Route zur Linken zu wählen, die Landril ihm zuvor beschrieben hatte. Mit leisen Schritten folgten sie ihm durch mehrere Durchgänge. Als Birgitta ihm schließlich mit ihrem Stab sanft auf die Schulter schlug, hielt er inne.

»Hier gibt es Magie«, raunte sie.

»Wo?«

»Im nächsten Hof«, erwiderte Birgitta leise. »Im inneren Teil der Anlage. Hier lebt eine Schwester.«

Marilla lautete ihr Name, wie Landril ihnen mitgeteilt hatte. Sie war die Hexe, die Herzogin Pryus zugewiesen worden war. Xavir spähte um die Ecke und sah sie prompt im nächsten Innenhof stehen. Eine Frau in dunklem Mantel, die in ruhiger Haltung beide Arme ausgestreckt hatte und sich in Trance zu befinden schien. Xavir vermutete, dass sie die Anwesenheit der beiden anderen Hexen wahrscheinlich schon spürte.

Unter einem eisengefassten Leuchtfeuer, das sich glitzernd im nassen Pflaster spiegelte, marschierten in Dreierreihen Dutzende von Soldaten auf den Hof. An ihren unterschiedlichen Uniformen und Rüstungen war abzulesen, aus welchen Gegenden und Häusern sie stammten. Es waren Privatmilizen, keine königlichen Soldaten.

»Kannst du es mit der Hexe aufnehmen?«, fragte Xavir die neben ihm stehende Birgitta.

Die Stirn gerunzelt, betrachtete sie die Frau in ihrer Trance. »Oh ja, packen wir's an!«

Mit einer unauffälligen Geste forderte Xavir seine Tochter zum Weitergehen auf. Sie nickte, und hintereinander betraten sie zu dritt den Hof. Die Hexe Marilla ließ die Arme sinken und wandte sich den Eindringlingen entgegen. Elysia schoss einen Pfeil auf sie ab, doch Marilla hielt einen Hexenstein in der rechten Hand, und mit einem Wink der linken schickte sie das Geschoss klackernd gegen eine Wand hinter sich. Birgitta trat vor, und Marilla sandte ihr einen Impuls aus Licht entgegen. Birgitta blockte ihn ab, indem sie ihren Stab ausgestreckt vor sich hielt. Der Lichtimpuls glitt um sie herum, schlug in ein Gebäude hinter ihr ein und schleuderte splitterndes Gestein quer über den Hof.

Xavir und Elysia wandten sich den Soldaten zu, die durch den magischen Zweikampf kurze Zeit wie gelähmt gewesen waren, nun aber ihre Fassung zurückgewannen und sich vorwärtsbewegten. Wie abgesprochen, stellte sich Xavir vor seine Tochter, um sie vor Angriffen abzuschirmen und ihr Gelegenheit zum Abschießen ihrer Pfeile zu geben. In der Abenddämmerung heulten die Klagenden Klingen laut auf. Zu Xavirs Füßen brachen drei Soldaten zusammen.

Vorsichtig näherten sich weitere Männer und fanden ebenfalls ein rasches Ende durch die tödlichen Klingen.

Als sich eine gegnerische Formation in einer Ecke des

Hofs kampfbereit machte, schoss Elysia einen Zauberpfeil ab. Die Kristallspitze des Pfeils zerbarst, und eine zischende grüne Wolke breitete sich aus. Mit weit aufgerissenen Augen, die Hände um die Hälse gekrallt, versuchten die Soldaten der Wolke zu entkommen. Vergeblich. Das Gift verflüchtigte sich rasch nach oben und ließ acht Männer zuckend am Boden zurück.

Hinter ihnen blitzten immer wieder grelle Lichter auf, als Birgitta und Marilla sich mit tödlicher Magie bekämpften. Währenddessen lotste Xavir seine Tochter durch weitere labyrinthartige Durchgänge. Wächter stellten sich ihnen in den Weg, doch Elysia zielte geschickt um ihren Vater herum. Ihre Pfeile schrammten über das Mauerwerk und trafen die Gegner mit voller Wucht. Wer noch auf den Beinen stand, wurde von Xavirs Fechtkunst niedergemacht und brach blutend in die Knie.

An jedem Ausgang bedeutete Xavir seiner Tochter, sich eng an die Wand zu lehnen, damit sie ungesehen blieben. Er wollte nicht grundlos Männer töten, die sich vielleicht noch dem Schwarzen Clan anschließen würden, je nachdem, ob er ihre Herren und Meister erreichte und diese zur Vernunft bringen konnte.

Drei weitere Soldaten in fremdartigen Uniformen schlenderten fröhlich an einer dunklen Mauer vorbei, ohne etwas von dem Massaker zu ahnen, das nur wenige Schritte entfernt stattgefunden hatte. Dass an diesem Abend verschiedene Trupps unterwegs waren, erwies sich als Vorteil für die Eindringlinge. Schließlich unterstanden die Wachleute keinem gemeinsamen Befehl und sahen wenig Grund, sich untereinander abzusprechen. In rascher Folge schoss Elysia drei weitere Pfeile ab und zielte jeweils in die Lücken zwischen den Rüstungsteilen. Blut spritzte in hohem Strahl aus den durchtrennten Schlagadern, und die Getroffenen kippten vornüber. Zum Schluss war kein Gegner mehr am Leben.

Unbehelligt stiegen Xavir und Elysia die Treppen hinauf.

Der Klang zwanglosen Geplauders. Eine Leier, die eine zarte Weise spielte. Gerüche nach scharf gewürzten Gerichten und exotischen Parfüms. Xavir und Elysia schlichen sich durch die Flure und kamen an kleinen Bogenfenstern vorbei, die den Blick auf einen purpurnen Himmel und den hellen Sichelmond preisgaben. Xavir hatte Elysia befohlen, keinen der Gäste mit ihren Pfeilen niederzustrecken – nicht einmal jene, die zum Angriff übergehen wollten. Allenfalls sollten sie außer Gefecht gesetzt, aber nicht getötet werden. Die Soldaten hatten dem Fest fernbleiben müssen. Also war der Saal nur mit Bediensteten und reichen Landbesitzern von weit her bevölkert. Als eine Geste guten Willens steckte Xavir seine Schwerter weg, und Elysia hängte ihren Bogen über die Schulter.

Begleitet von den überraschten Schreien der Gäste, betraten beide den großen Saal. Xavir musterte die Gesichter durch einen Weihrauchschleier hindurch und erkannte einige von ihnen wieder. Offenbar war er für viele auch kein Unbekannter. Fürst Kollus, der seit ihrer letzten Begegnung keinen Tag gealtert war, sah ihm entgegen, als er auf ihn zuschritt. Zwei Diener wollten sich in den Weg stellen, doch Xavir stieß sie beiseite. Hilflos stolperten sie über eine Gästeschar, die auf Sitzkissen Platz genommen hatte. Immer mehr der Geladenen flüchteten vor dem Vormarsch der Eindringlinge und stürzten mit angsterfülltem Geschnatter auf die Seitentüren zu.

Xavir blieb stehen und starrte Fürst Kollus entgegen. Alle verstummten. »Ich bin Xavir Argentum, ehemaliger Anführer der Sonnenkohorte von König Cedius«, verkündete er.

452

Fürst Kollus, der in die entgegengesetzte Ecke des Raums zurückgewichen war, schloss die Augen und ließ die Schultern hängen.

Mit donnernder Stimme, die weithin durch den Saal hallte, erhob Xavir seine Anklage. »Ich habe Beweise, dass dieser Mann gemeinsam mit anderen die Verantwortung für das Abschlachten unschuldiger Dorfbewohner trägt. Er ist mitschuldig an der Hinrichtung meiner Brüder von der Sonnenkohorte und meiner Einkerkerung an einem finsteren Ort, der als Höllenfeste bekannt ist. Fürst Kollus, General Havinir und Herzogin Pryus unterstützten Mardonius' Anspruch auf den Thron und waren maßgeblich daran beteiligt, dass König Cedius getäuscht und unser Land verraten wurde. Diese drei erlaubten es einer fremden Macht, Angehörige unseres Volkes zu vertreiben und umzubringen. Heute Abend bin ich gekommen, um Fürst Kollus und Herzogin Pryus hinzurichten und im Namen Cedius' des Weisen Gerechtigkeit walten zu lassen.«

Irgendwo im Raum fiel eine Frau in Ohnmacht, eine andere stieß einen gepeinigten Schrei aus. Ganz in der Nähe eilte Herzogin Pryus auf Fürst Kollus zu, und beide umarmten sich.

»Was du sagst, ist falsch«, behauptete Kollus vor allen Anwesenden.

Xavir zückte die Klagenden Klingen und beobachtete, wie Kollus schwer schluckte. »Erklär mir das!«

»Nun, äh ... Welche Beweise hast du denn?«, fragte Kollus.

Die Herzogin vergrub das Gesicht an seiner Schulter. Er verscheuchte sie mit einem Achselzucken, während seine rasenden Gedanken offenbar nach einem Ausweg suchten. Xavir war überzeugt, dass er seine Geliebte kaltblütig zurücklassen würde, falls sich für ihn die geringste Gelegenheit zur Flucht bot.

»Ich bin im Besitz eines Briefwechsels mit Schriftstücken, die von einem ehemaligen Meisterspion an Mardonius' Hof abgefangen wurden.«

»Wo stecken bloß diese nichtsnutzigen Wächter?«, rief Kollus und warf gehetzte Blicke nach allen Seiten.

»Die sind allesamt tot.« In der Ferne hörte Xavir die Geräusche magischer Schläge, die aufeinandertrafen.

»Oh«, ächzte Kollus. »Verflucht!«

»Ich gewähre dir einige Augenblicke, damit du mir sagen kannst, was dir deine Untaten gebracht haben. Ob dein widerwärtiger Plan aufgegangen ist, ein fremdes Volk in Stravimon einmarschieren zu lassen, damit es das Land und die Menschen unterdrückt. Sag es mir, Schurke! Hat es sich gelohnt?«

Kollus seufzte und sah sich erneut nach allen Seiten um. Seine Eitelkeit war so groß, dass er eher verlegen als verängstigt wirkte. »Nicht vor den vielen Leuten!« Er wies mit dem Kopf in Richtung einer Tür am Ende des Saals.

»Hast du mir eine Falle gestellt?«, fragte Xavir.

»Wie sollte ich auf einen solchen Überfall vorbereitet sein?«

Xavir nickte. »Wirklich weise von dir, keinen Fluchtversuch zu unternehmen!« Während Elysia einen Pfeil auflegte und auf Fürst Kollus zielte, folgten sie ihm und der Herzogin durch den Saal zu einem Hintertürchen. Die Gäste starrten sie noch immer an, manche neugierig, manche voller Angst. Zwei, drei Männer nippten lässig an ihren Weinkelchen und schienen das Spektakel zu genießen.

»Willkommen daheim, mein Sohn!«, raunte einer der älteren Männer Xavir im Vorübergehen zu.

Sie betraten einen unauffälligen Vorraum, der nur von Fackeln beleuchtet war. Kollus scheuchte die Bediensteten hinaus, die hier offenbar die Bewirtung der Gäste vorbereitet

454

hatten. Aus mehreren Fässern roch es intensiv nach Wein. Überall standen Säcke voller Kräuter, die für Halluzinationen oder Entspannung sorgen sollten. Die Wände waren holzgetäfelt, und jedes Paneel war mit derselben alten Schrift überzogen, die die Voldirik dort hineingeritzt hatten.

»Töte uns nicht!«, flehte die Herzogin und rang die Hände. »Hab Mitleid! Ich bitte dich!«

Xavir bedeutete seiner Tochter, ihren Bogen nicht zu senken.

Kollus flüsterte der Herzogin etwas ins Ohr, und sie schloss mit gequälter Miene die Augen. »So oder so, wir bleiben zusammen«, versprach er ihr.

»Und nun sag mir, warum du mich eingekerkert hast!«, verlangte Xavir. »Und warum meine Kameraden sterben mussten.«

»So war es doch gar nicht vorgesehen!«, hob Kollus an. »Wir hatten ganz andere Ziele, wollten eigentlich nur die Kohorte außer Gefecht setzen. Wie konnten wir ahnen, dass sich alles so entwickeln würde? General Havinir leitete diesen Teil der Operation. Wir hatten nicht erwartet, dass alles in jene Richtung lief.«

Xavir konnte nicht entscheiden, ob Kollus log oder die Wahrheit sagte. »Du, Pryus, Havinir und Mardonius – ihr wart alle Teil des Komplotts.«

»Ja«, seufzte Kollus. »Es gab nur uns vier. Niemanden sonst.«

»Eine Schutzbehauptung, wie mir scheint. Falls jedoch noch andere Personen in die Intrige verstrickt waren, werde ich sie finden und ebenfalls töten.«

»Vertrau mir! Könnte ich anderen die Schuld in die Schuhe schieben, glaub mir, ich würde nicht zögern.«

»Warum sollte die Sonnenkohorte außer Gefecht gesetzt werden?«

Herzogin Pryus klammerte sich an Fürst Kollus' Schulter. Ihre Blicke flackerten zwischen ihrem Geliebten und Xavir hin und her.

»Du und Cedius, ihr wart zu rückwärtsgewandt. Ihr wart so altmodisch. Euch fehlte jede Weitsicht, und ihr habt so viele positive Entwicklungen verhindert, die die Welt weitergebracht hätten.«

»Ach, nachdem Mardonius nun so überaus gute Arbeit leistet!«, warf Xavir sarkastisch ein.

»Oh ja, das tut er und wird es auch weiterhin tun«, beteuerte Herzogin Pryus trotzig. »Immerhin muss er sich nicht vor einer Horde Wilder rechtfertigen. Cedius brachte der Sonnenkohorte viel zu viel Ehrerbietung entgegen. Ihr wart wie Söhne für ihn, nicht wahr? Er traf keine größeren Entscheidungen, ohne sich mit euch zu besprechen. Insbesondere mit *dir*«, höhnte die Herzogin.

So hatte es Xavir nie gesehen. Er hatte einfach nur eine enge Beziehung zum König gepflegt. »Die Kohorte hat euch persönlich nie ein Unrecht getan.«

»Ständig und zu allen Zeiten habt ihr unsere Pläne abgelehnt«, gab Pryus zurück. »Jeden einzelnen.«

»Ich kann mich kaum an eure Pläne erinnern«, entgegnete Xavir. »Wahrscheinlich wurden alle jene Vorhaben zurückgewiesen, zu denen der König unseren Rat einholte. Vermutlich waren wir der Auffassung, dass sie den Bedürfnissen der Bevölkerung widersprachen. Und deshalb wolltet ihr den König aus dem Weg schaffen?«, fragte Xavir weiter. »Habt ihr auch seinen Tod gemeinsam ausgeheckt?«

»Nein«, antwortete Kollus. »Wir wollten ihn überreden. Der alte Bursche war sehr gebrechlich. Wir wussten, dass er nicht mehr allzu lange leben würde. Er war in schlechter gesundheitlicher Verfassung. Warum also die Mühe? Wir mussten nur alles für den Augenblick vorbereiten, wenn er das Zeitliche segnete. Glücklicherweise dauerte das nicht mehr lange. Zumal eure Truppe bald zerschlagen wurde.«

»Erklär mir das!«, verlangte Xavir. »Warum? Warum die Falle? Warum habt ihr uns die Falle gestellt?«

»Der Voldirik wegen natürlich.«

»Natürlich.« Fast schämte er sich, gegenüber dem Listenreichtum der Fremdlinge so blind gewesen zu sein. »Es ging immer nur um die Voldirik.«

»Sie werden unsere Welt verändern, Xavir«, versicherte ihm Fürst Kollus mit ernster Miene. »Du ... wir könnten dir so vieles bieten. Die Aussicht auf Macht und Größe von solchen Ausmaßen, wie sie dir bislang völlig unbekannt waren. Ein Mann von deiner Statur weiß das doch sicherlich zu schätzen, oder? Wie es wäre, für immer eine gute körperliche Verfassung zu bewahren. Die Jahre zurückzugewinnen, die du im Gefängnis verbracht hast.«

»Ich durfte viel Macht und Größe erfahren«, erklärte Xavir. »Ein solches Privileg stillt nicht zwingend jeden Durst im Leben.«

»In Stravir pflegt man eine ganz elende Sicht auf die Welt«, nörgelte Kollus. »Nun, ich spreche aber nicht von den simplen Möglichkeiten dieser Welt. Ich spreche davon, über Leben und Tod in Gänze hinauszuwachsen. Die Voldirik sind in der Lage, dich in unvorstellbarer Weise neu zu erschaffen. Sieh mich an!« Er schlug sich auf die Brust. »Gib zu, dass du einen jungen Mann vor dir siehst! Nie habe ich mich besser gefühlt. Die Voldirik verfügen über Körperformer, die alles an einer Person verändern können.«

»Zu welchem Preis?«, blaffte Xavir. »Experimente an unseren eigenen Landsleuten? Der Vertreibung von Menschen aus Städten und Dörfern im ganzen Land? Du würdest alles vernichten, was Stravimon ausmacht, nur damit du hübsch aussiehst, nicht wahr?«

»Ein Preis, den zu zahlen sich lohnt«, sagte die Herzogin. Mit der linken Hand umfasste Xavir seine beiden Klingen. »Wie viele von unserem eigenen Volk hast du umgebracht?«, fragte er lauernd. »Wie viele Menschen aus deinem eigenen Land hast du als Opfer dargebracht?«

»Derlei Kleinigkeiten zählen bei uns nicht«, prahlte Kollus. »Wer wie wir mitten im Leben steht, muss das große Ganze im Blick behalten, nicht den Pöbel, der sein armseliges Leben geistlos und unter der Knute primitiver Götter fristet.«

Xavirs rechte Hand umfasste eine der Klingen und löste sie aus der linken.

»Hör zu und lass uns nichts überstürzen!«, flehte Fürst Kollus. »Ich garantiere dir ungeahnte Größe, wenn du unser Leben verschonst. Denk wenigstens darüber nach!«

Mit einem gleichzeitig geführten Streich beider Klingen trennte Xavir Fürst Kollus und Herzogin Pryus den Kopf von den Schultern. Blut spritzte quer über zwei Wände. Herzogin Pryus' Kopf rollte in die Ecke, während der von Fürst Kollus in ein Weinfass platschte. Die toten Körper brachen nebeneinander zusammen.

»Dies war die Vergeltung für alle, deren Leben ihr ausgelöscht habt, um euer eigenes zu verbessern«, murmelte Xavir und starrte angeekelt auf die beiden Leichen. Er säuberte sein Schwert am Kleid der Herzogin und wandte sich an seine Tochter. »Bist du angesichts meiner Tat jetzt sehr entsetzt?«

»Nein«, sagte Elysia. »Ich mochte ihn nicht. Er wirkte wie ein grausamer, selbstsüchtiger Mann, und sie war genauso widerlich. Ich frage mich, wie viele Menschen sie wohl wegen ihres Pakts mit den Voldirik getötet haben.«

»Es waren zahllose Opfer«, sagte Xavir. »Solange ihr eigenes Leben angenehm blieb, scherten sie sich nicht darum, welche Auswirkungen das für alle anderen hatte. Zu welchem

Preis haben sie ihre neuen Gesichter bekommen? Damit die Voldirik in unser Reich spazieren und ihr eigenes Imperium ausweiten können. Damit sie sich nehmen können, was uns gehört – unser Land, unser Leben. Wenn fremde Völker in ein anderes Land einfallen, geschieht dies niemals mit guten Absichten, und das wird immer so bleiben. Die Eindringlinge rauben das Eigentum anderer. Sie beuten ihre Opfer aus, damit es ihnen selbst besser ergeht. So ist das in der Welt nun einmal.«

Xavir steckte seine Klingen in die Scheiden zurück und nahm die Köpfe der Toten an sich. Den von Kollus schüttelte er so kräftig, dass die Weintropfen in alle Richtungen spritzten. Dann packte er beide Köpfe an den Haaren, wandte sich um und kehrte in den großen Saal zurück. Elysia hielt ihm die Tür auf.

Dort hatten sich die Gäste mittlerweile den Rauschkräutern und dem Wein hingegeben. Einige waren gegangen, doch viele hatten auf Xavirs Rückkehr gewartet. Manche richteten sich auf und starrten voller Entsetzen auf die abgetrennten Köpfe. Vorsichtig legte er sie zu Füßen einer Statue ab und trat in die Saalmitte.

»Für den Fall, dass ihr mich vorhin nicht gehört habt – mein Name ist Xavir Argentum. Einst war ich Anführer der Sonnenkohorte und für König Cedius mit der Militärstrategie betraut.« Er deutete auf die Köpfe. »Ich habe die Verräter hingerichtet.« Er legte eine Pause ein, damit das Publikum die Botschaft verarbeiten konnte, und beobachtete, wie ihn alle neugierig anblickten. Wieder einmal stellte er fest, dass schreckliche Ereignisse in den meisten eher Neugier als Abscheu weckten. »Heute Abend hatten sie es auf eure Ländereien und seine Bewohner abgesehen. Dann wollten sie alles jenem Volk übereignen, das als die Voldirik bekannt ist. Vielleicht habt ihr von diesen Fremden gehört und auch von der erstunkenen und erlogenen Mär über die ewige Jugend. Heute Abend solltet ihr euch ihrem Wahnsinn anschließen. Sie wollten euch dazu zwingen, unsere große Nation Stravimon an ein anderes Volk abzutreten. Und viele von euch wären der Forderung wahrscheinlich auch nachgekommen.«

Im Saal herrschte Schweigen. Mit starren Gesichtern blickten ihn die Gäste an.

»Es ist keine große Nation mehr!«, rief jemand.

»Unsere Bürger werden von Mardonius' Militär ermordet«, erwiderte Xavir. »Das ist eine große Schande, die zum Zusammenbruch von Handelsrouten geführt hat. Und es bedeutet, dass Stravimon auf den Knien liegt. Da wundert es mich nicht, dass der Fürst und die Herzogin euch einreden wollten, gleich hinter der nächsten Ecke warte etwas Besseres auf euch. Ich versichere euch, dass das eine Lüge ist. Hinter der nächsten Ecke liegt allein die Ausrottung unseres Volkes.«

Ein alter Mann, der einen Stock mit sich trug und nicht im Geringsten angeheitert wirkte, kam Xavir entgegen. Mit einem weißen Bart, der ein rundliches Gesicht umrahmte, war er einen Kopf kleiner als Xavir und trug prächtige purpurne Gewänder unter einem blauen Mantel.

»Ich kenne dich, mein Sohn«, begann er. »Ich bin Ratsherr Trevik, und ich stehe drei Siedlungen an der Nordgrenze des Landes vor. Zweimal hast du meine Stadt besucht, und jedes Mal warst du ausnehmend freundlich zu mir.«

Xavir musterte das Gesicht des alten Mannes und erkannte die Sorge in seinem Blick. »Daran erinnere ich mich, Ratsherr.«

»Der Göttin sei Dank, dass du zurückgekommen bist«, sprach Trevik mit rauer Stimme. »Ich habe von dem Vorfall mit dir in Baradiumsfall gehört. Es liegt ganz in der Nähe einer meiner Städte. Ich habe den Erzählungen nie Glauben geschenkt.«

»Es war wirklich traurig.« Xavir seufzte. »Doch es war eine Falle, wie ich in Erfahrung bringen konnte. Dahinter steckten General Havinir, Herzogin Pryus, Fürst Kollus und Mardonius. Die Sonnenkohorte sollte entehrt und aufgelöst werden, und man wollte Cedius dafür in Misskredit bringen, dass er uns überhaupt geschaffen hatte.«

»Dann töte den falschen König!«, forderte ihn Trevik auf. »Töte den Schlächter, der ihm zur Seite steht und seine Befehle ausführt. Die Welt ist auf so schlimme Weise auseinandergefallen, wie es sich niemand bisher vorstellen konnte.«

»Ich werde ihn töten«, verkündete Xavir und wandte sich an die übrigen Gäste. »Doch ohne euch kann ich dem Wahnsinn, der ganz Stravimon befallen hat, kein Ende bereiten.«

Ein Raunen lief durch die versammelte Menge.

»Manche von euch lassen sicher Vorsicht walten«, fuhr Xavir fort. »Bestimmt halten sich in diesem Saal Spione auf, die von Mardonius beauftragt wurden und die euer Verhalten beobachten. Mit Sicherheit wollte er abwarten und herausfinden, wer sich ihm und seinem perversen Kreuzzug mit den Voldirik anschließt und wer Widerstand leistet. Was viele Jahre lang ein sanftes Vordringen des fremden Volkes war, hat sich nun zu etwas wesentlich Ernsterem gewandelt. Diese Wesen sind ein Krebsgeschwür, das uns zersetzt.«

»Aber wie sollen wir das Unheil aufhalten?«, fragte eine Frauenstimme rechts von Xavir. Er konnte das Gesicht nicht erkennen.

»Die Dame hat recht«, sagte ein großer Mann höflich und trat bedächtig einige Schritte nach vorn. »Die königlichen Verwalter nutzen die Legionen als Unterpfand. Lehnt der Anführer eines Clans eine Einladung zu einer Veranstaltung wie dieser ab, muss er feststellen, dass seine Ländereien –

oder das, was davon übrig ist – plötzlich nicht mehr so achtsam von den Legionen geschützt werden. Daher müssen wir zusehen, wie wir uns allein durchschlagen. Und dann bedarf es nur eines einzigen Barbarenstamms, der allmählich nach Süden einsickert oder aus der Ferne anrückt, und schon ... Nun ja. Das Leben ist nicht einfach. Mardonius mag ein verrückter König sein, aber er verteidigt seine Sache.«

»Und keiner von uns kann sich Zugang nach Stravir verschaffen. Die Hauptstadt ist schon seit Monaten abgeriegelt. Mardonius hat viele Einwohner vertrieben. Andere verschwinden spurlos.«

»Was genau hast du vor?«, rief jemand.

Xavir drehte sich so, dass er dem Mann zu seiner Linken in die Augen blicken konnte. Er wunderte sich, dass es ihm gelang, nach wie vor die Aufmerksamkeit so vieler Anwesender zu fesseln. Viele von ihnen hätten eigentlich längst fliehen müssen. Aber vielleicht gab es doch in allen Gesellschaftsschichten den Wunsch, Mardonius loszuwerden.

Xavir stellte sich neben seine Tochter, die ihn erwartungsvoll ansah, und überdachte seinen nächsten Schritt. »Ich war mit einem Mann namens Valderon vom Clan Gerentius in der Höllenfeste eingekerkert. Er war einer der obersten Befehlshaber in der Ersten Legion. Ein ehrenwerter Mann, ein tapferer Krieger. Niemand wäre besser als Anführer geeignet. Wir beide haben uns mit der ehedem ins Exil gegangenen Königin von Dacianara verbündet.«

»Die Wolfskönigin ...«, hauchte jemand.

»Ebenjene. Valderon und die Wolfskönigin heben eine Streitmacht aus, um mit ihr gen Stravir zu marschieren. Ich bin Teil dieser Streitmacht, obwohl ich sie nicht anzuführen gedenke. Mein Ziel ist klar – ich will Mardonius töten. Das Ziel meiner Verbündeten ist ebenfalls klar – sie wollen Mardonius die Krone aus den toten Fingern reißen.«

Im Tumult nach dieser letzten Ankündigung schlich sich jemand ganz hinten aus dem Saal, gewiss irgendein Spion, der die Bedrohung weitermelden würde.

Schön, dachte Xavir. *Möge diese Drohung dem König ruhig zu Ohren kommen.*

»Wir halten das Anwesen von General Havinir unweit der südlichen Grenze besetzt und nutzen es als Hauptquartier«, fuhr er fort. »In diesem Augenblick tritt unsere Streitmacht an verschiedene Rebellengruppierungen heran. Wir brauchen viele Tausend Kämpfer, bevor wir uns Zugang nach Stravir verschaffen und es mit jener Armee aufnehmen können, die die Voldirik und die Legionen gemeinsam bilden.«

»Die Stadt wird hinter einer Blockade liegen!«

»Falls wir sie belagern müssen, lässt sich dies nicht vermeiden. Ich weiß von Schwächen im Aufbau der Stadt, von denen Mardonius nicht das Geringste ahnt. Wir wollen keine Unschuldigen töten, aber wir werden alle jene Legionäre erschlagen, die nicht die Waffen strecken. Jeder, der gegen uns kämpft, ist unser Feind.«

»Was ist mit den Voldirik?« Eine schlanke kleine Frau in einem blauen Gewand trat vor. »Wir haben schon von diesen Jägern und diesen Wegseherinnen gehört, die viele der Befehle des Königs überhaupt erst in die Tat umsetzen. Hast du vor, auch gegen sie zu kämpfen?«

»Ich bin bereits gegen sie angetreten, meine Teure, und ich habe herausgefunden, dass sie für ein vernunftbegabtes Volk recht schwach im Kämpfen sind. Ich habe schon viele ihrer Jäger getötet. Ich heiße die Gelegenheit willkommen, sie möglichst alle zu töten. Und bei den Wegseherinnen werden wir sehen.«

Diese Aussage schien die Stimmung im Saal endgültig zu entspannen. Auch wenn diese Menschen beileibe keine Kämpfer waren, so hatten sie offenbar doch in Angst und

463

Schrecken vor den Voldirik gelebt. Es war die Furcht vor dem Unbekannten.

»Ich bin kein Tyrann«, versicherte Xavir seinen Zuhörern. »Ich bin ein einfacher Krieger. Ihr könnt dieses Anwesen heute Abend ungehindert verlassen. Auch eure Leibwächter dürfen euch begleiten, wenn ihr dies wünscht. Falls euch die Vorgänge hier und heute Scherereien bei der Heimreise bereiten, so möchte ich mich dafür entschuldigen. Und ich möchte mich gleich noch einmal entschuldigen, falls ihr feststellt, dass eure Eskorte nicht mehr unter uns weilt. Einigen von euch bin ich schon in einem anderen Leben begegnet, und die wissen mich bestimmt einzuschätzen. Doch die Zeiten haben sich geändert. Ein Wahnsinniger herrscht über Stravimon. Er möchte, dass ein anderes Imperium die Herrschaft antritt und alles für sich in Anspruch nimmt – im Austausch für eine verheißene Unsterblichkeit.« Er deutete auf die abgetrennten Köpfe. »Doch wie ihr seht, führen am Ende alle Straßen in den Tod. Ich gewähre euch einige Stunden, damit ihr alles überdenkt. Ihr findet mich auf dem großen Platz vor dem Haupttor, falls ihr euch meinem Unternehmen anschließen wollt.«

Mit diesen Worten verließ Xavir zusammen mit seiner Tochter den Saal.

ZERSCHLAGENE MAGIE

Ohnmächtig lagen Birgitta und die gegnerische Hexe auf dem Kopfsteinpflaster im Hof. Eine Kuppel aus Licht umgab die leblosen Gestalten, ein magischer Schutzschild, den keiner der umstehenden Soldaten zu durchdringen vermochte. Als Elysia den Zustand ihrer Lehrmeisterin erkannte, erschrak sie sichtlich. Xavir wertete dies als gutes Zeichen.

»Macht Platz!«, rief er.

Die Soldaten fuhren herum und griffen nach ihren Schwertern. Xavir gab sich unbeirrt. »Herzogin Pryus und Fürst Kollus sind tot. Eure Vorgesetzten hingegen sind noch am Leben. Ich trete gegen keinen von euch an, bis sie eine Entscheidung über eure gemeinsame Zukunft getroffen haben. Manche von euch werden sicher schon bald an meiner Seite kämpfen. Macht Platz und lasst uns durch!«

Verunsichert und sichtlich verwirrt, senkten die Männer ihre Waffen und bildeten eine Gasse.

Elysia schritt auf die Lichtkuppel zu, gefolgt von Xavir, der sich an den Soldaten vorbeidrängte. Keiner hielt seinem Blick stand.

Als er seine Tochter eingeholt hatte, legte Xavir die Hand an die leuchtende Barriere. Knisternd schoss ihm magische Energie durch die Finger, und als er die Hitze spürte, zog er sie rasch zurück.

»Auf diese Weise kannst du die Barriere nicht durchdringen«, warnte ihn Elysia.

»Was ist geschehen?«, fragte er.

»Beim Einsatz von Hexensteinen kommt es manchmal zu einer Reaktion, bei der ... um es einmal simpel auszudrücken ... verschiedene Kräfte eine Verbindung eingehen. Birgitta und ihre Gegnerin wandten offenbar wechselseitig ähnliche Techniken an, und so bauten die Steine die besagte Verbindung auf. Du siehst ja selbst, wie fest sie die Steine noch immer umklammert halten. Wenn so etwas geschieht, bedarf es starker Gegenkräfte. Und das werden die beiden erfahrenen Hexen sicher schaffen.«

Xavir rieb sich das Kinn und wog seine weiteren Schritte ab.

»Ich frage mich, was Marilla plant, nachdem ihre Gebieterin gestorben ist«, warf er ein. »Eine weitere Hexe wäre uns nämlich eine große Hilfe.«

»Birgitta und ich könnten sie überreden, zu uns überzulaufen«, schlug Elysia vor. »Sobald sie wieder bei Bewusstsein ist.«

Xavir hatte seit einer gefühlten Ewigkeit nicht mehr geschlafen, und erst jetzt, da sein tödliches Vorhaben beendet war und er sich entspannen konnte, machte sich bleierne Müdigkeit bemerkbar. Das Bett in der Taverne rief geradezu nach ihm.

»Wie lange werden die beiden Hexen in diesem Zustand bleiben?«

»Theoretisch sogar bis zum Sonnenaufgang. Sie können aber auch jeden Augenblick zu sich kommen. Ich bleibe bei ihnen und spreche mit ihnen über die Magie, die sie in diesen Zustand versetzt hat. Andernfalls schätzen sie ihre Situation womöglich ganz falsch ein.« Sie wies auf die Soldaten. »Währenddessen könntest du mit den Männern dort drüben reden und nachforschen, ob sie sich dem Schwarzen Clan anschließen wollen, selbst wenn ihre Vorgesetzten die Lage anders beurteilen.«

Xavir runzelte die Stirn. Offenbar fühlte sich Elysia inzwischen so vertraut mit ihrem Vater, dass sie ihm Anordnungen zu erteilen wagte. Innerlich schmunzelnd, wandte er sich an die Soldaten und forderte sie auf, ihm in eine Ecke des Hofs zu folgen, wo mehrere Holztruhen und Fässer als Sitzgelegenheiten herumstanden.

Kaum saßen sie im Kreis zusammen, stellte sich Xavir den Anwesenden vor. Die meisten kannten seinen Namen, und binnen eines Wimpernschlags änderte sich alles. Der Ruhm der Sonnenkohorte war legendär, und jegliche Verbitterung angesichts der Ermordung ihrer Kameraden verwandelte sich in tiefe Verwirrung. Wie sollten die Männer mit der Tatsache umgehen, dass ein verehrter Held ihre Kameraden umgebracht hatte?

Xavir sprach von Ehre, von der Verteidigung des Landes und dem notwendigen Widerstand gegen die Invasoren. Es dauerte nicht lange, bis er spürte, dass die Soldaten ihm vertrauten und an seiner Seite kämpfen wollten.

Nach einer Weile, kurz vor Sonnenaufgang, blickte Xavir zur anderen Seite des Hofs hinüber, sah seine Tochter durch die Lichtkuppel hindurch und ging zu ihr hinüber. Sie hatte Bogen und Köcher abgelegt und murmelte vornübergebeugt die sonderbaren Worte der Schwesternschaft vor sich hin. Birgitta dagegen bewegte sich hin und her und warf den Kopf von einer Seite auf die andere. Offenbar befand sie sich in Trance. Elysia rief laut ihren Namen, und Birgitta richtete sich kerzengerade auf. Die beiden unterhielten sich leise durch das Licht hindurch, und irgendwann begriff Birgitta offenbar, wo sie sich befand. Sie ließ ihren Hexenstein los und reichte Elysia eine Hand, um sich vom Boden hochziehen zu lassen. Und dann erlosch das Licht ganz plötzlich.

Zusammengekrümmt und außer Atem, brauchte Birgitta einen Augenblick, um ihre Fassung zurückzugewinnen. Schließlich legte sie Elysia eine Hand auf die Schulter. »Wahrhaftig ein komplizierter Spruch, den du da angewendet hast.«

Elysia hob die Schultern. »Zumindest daran konnte ich mich aus meiner Zeit in Jarratox erinnern.«

Xavir kniete neben der anderen Hexe nieder. Marilla war ein weniger älter als Birgitta, und ihr schmales Gesicht mit den edlen Zügen wies eine Narbe an der rechten Wange auf. Ihr Gewand bestand aus einem ungewöhnlichen blauen Material, das im Sonnenlicht des frühen Morgens schimmerte.

Als Marilla sich regte und ganz plötzlich die Augen aufschlug, trat Birgitta näher. Ihr Tonfall wurde weicher, und sie hob beschwichtigend die Hände. Marilla, sichtlich benommen, mühte sich in eine kauernde Haltung. Elysia streckte ihr die Hand entgegen, und Marilla beäugte sie misstrauisch. Erst nach einer ganzen Weile schien sie den Sinn der Geste zu begreifen und ließ sich von Elysia aufhelfen.

»Unsere Quellenenergie war eine Verbindung eingegangen«, sagte Birgitta. »Wir waren beide über mehrere Stunden ohne Bewusstsein.«

»Fürst Kollus und Herzogin Pryus sind tot. Du bist nicht länger an deine Gebieter gebunden«, verkündete Xavir mit lauter Stimme.

Marilla nahm seine Worte ohne sichtbare Regung zur Kenntnis und musterte Xavir mit ihren stechend blauen Hexenaugen. Sie war größer als Birgitta, aber kleiner als Elysia. Eine Aura vollkommener Ruhe und nobler Anmut umgab sie, während sie ihre Umgebung wie ein Raubvogel beäugte.

»Wir möchten, dass du dich unserer Sache anschließt«, begann Elysia.

»Ach, wirklich?« Birgitta legte die Stirn in Falten, und

468

Xavir bedeutete seiner Tochter mit einem Nicken, sie möge fortfahren.

Marilla blieb scheinbar ungerührt, während Elysia beschrieb, was geschehen war und was sie hierhergeführt hatte. Sie sprach von den Vorgängen im Land und was Mardonius' Untertanen derzeit zu erleiden hatten. »Wir wollen gen Stravir ziehen. Als Rebellenstreitmacht. Und du könntest ein Teil davon werden.«

Endlich sprach Marilla. »Und was hält die Schwesternschaft davon?«

»Gern erzähle ich dir alles über die verabscheuungswürdige Schwesternschaft«, sagte Birgitta und sprach von den Veränderungen und der sklavischen Ergebenheit gegenüber Mardonius.

»Also verfügt die geeinte Streitmacht aus Mardonius' Truppen und den Voldirik über eigene Schwestern«, folgerte Marilla.

»So ist es, und genau deshalb brauchen wir dich«, setzte Elysia hinzu.

»Du bist eine sonderbare Schwester. Eine junge Frau, die mit dem Bogen kämpft.«

»Das macht sie nur umso nützlicher«, bemerkte Xavir.

»Wir werden sehen. Ich wusste, dass die Schwesternschaft Mardonius die Treue geschworen hat. Das hätte ich schon vor Jahren vorhersagen können. Eine Zusammenkunft wie heute Abend fand schon viele Male statt.« Marilla brauchte einen Moment, um sich zu fassen. »Genau wie die reichen Herrschaften knüpfen auch ihre Schwestern enge Bande zum König. Diesen Schwestern wiederum war es sicher ein Leichtes, die Matriarchin auf ihre Seite zu ziehen. Doch sag mir, was weißt du über die Dunklen Schwestern?«

Birgitta linste zu Elysia hinüber, die nur mit den Achseln zuckte.

»Das dachte ich mir schon.« Marillas Edelmut hatte etwas Anmaßendes. »Ehrlich gesagt, bereitet mir das nämlich größere Sorgen.« Sie wandte sich an Birgitta. »Du hast mich herausgefordert, und ich hielt dich für eine der Dunklen Schwestern, obwohl du nicht deren schwarze Gewänder trugst, mit denen sie sich von der herkömmlichen Schwesternschaft abzusetzen versuchen.«

»Ich habe Gerüchte über ihr Wiedererstarken gehört, aber wenig mehr«, entgegnete Birgitta vorsichtig, um nicht zu viel preiszugeben.

Marilla lächelte kalt. »Die Voldirik haben etliche der Schwestern ... umgedreht. Nicht einmal wenige, wie mir zu Ohren kam. Wir Schwestern dürsten danach, mehr über die Beherrschung der Elemente zu erfahren. Du kannst dir gewiss vorstellen, welche Neugier ein Gespräch mit einer Wegseherin der Voldirik in uns weckt. Ich habe mich gar nicht erst in diese Gefahr begeben, doch andere ließen sich verführen und gingen an Bord der Schiffe – zurück in die Heimat der Voldirik.«

»Haben sie seit ihrem Sinneswandel an Macht gewonnen?«, fragte Birgitta.

»Darüber kann ich mir noch kein Urteil bilden. Gewiss, ihr Geist erfuhr eine tiefe Veränderung. Bei allem, was sie tun, sind sie leidenschaftlicher geworden. Und ihr Moralkodex wurde vollkommen auf den Kopf gestellt. Das macht sie hochgefährlich und unberechenbar, denn ihre Magie folgt nicht mehr unseren Regeln. Daher sollten wir uns auch nicht mit den herkömmlichen, sondern mit den fehlgeleiteten Schwestern befassen. Sie stellen Mardonius' wirksamste Waffe dar.«

Birgittas unsicherer Blick wanderte von Elysia zu Xavir. »Mir hat schon der heutige Kampf schwer zu schaffen gemacht. Der Macht dieser entarteten Schwestern habe ich ehrlich gesagt nichts entgegenzusetzen.«

»Schließ dich uns an!«, forderte Elysia die Hexe Marilla auf. »Wir sind im Begriff, eine Streitmacht zu bilden. Jede Schwester, die zu uns stößt, ist uns eine große Hilfe. Da wären ja schon einmal alle jene, die den Gästen des heutigen Abends zugewiesen wurden, falls sie dazu bereit sind. So weit haben wir es immerhin bereits geschafft. Der Mann neben mir ist übrigens Xavir Argentum und diente früher einmal König Cedius. Er will Mardonius zur Strecke bringen.«

Über diese Bemerkung schien sich Marilla zu amüsieren. »Ich kenne ihn.« Sie wandte sich zu Xavir um. »Du rechnest also damit, in den Palast des Königs einzudringen, nicht wahr?«

»Die Schlacht wird der Höhepunkt unserer Anstrengungen sein. Mit allen anderen Widrigkeiten hoffe ich fertigzuwerden.«

»Außer mit Magie«, wandte Marilla ein.

»In der Tat.«

»Schließt du dich unserer Sache nun an oder nicht?«, hakte Elysia noch einmal nach.

»Welche Wahl habe ich denn, nachdem meine Gebieter tot sind? Wenn sich eine Schwester in diesen Zeiten der Welt verweigert, findet sie doch keinen Frieden mehr.«

»So ist es, und gemeinsam sind wir stark«, erklärte Elysia.

»Ja, wir brauchen Stärke, um unseren Gegnern auch nur annähernd die Stirn bieten zu können«, bestätigte Marilla nach einem Augenblick des Zögerns.

DAS GROSSE SCHMIEDEN

Mit Luparas Wolf Vukos vermochte Valderons Pferd kaum Schritt zu halten. Die Pfoten des Raubtiers hämmerten in die feuchte Erde, während die Königin von Dacianara vorausritt und sich Havinirs Herrenhaus näherte.

Der Tag war schwül, der Himmel bewölkt. Ein Sturm, der die Luft gereinigt hätte, war längst überfällig und brach doch nie los. Sie ritten über Pfade, die von Eichen und Ulmen gesäumt waren und durch eine Landschaft mit üppigem Bewuchs führten. Das Laub verfärbte sich, und aus den Augenwinkeln nahmen sie Tupfer in Gelbrot und Ocker wahr. Ein berauschender Duft nach Jasmin lag in der Luft, und ein alter Strauch mit weißen Rosen breitete sich in alle Richtungen aus. Lupara schätzte, dass das Herrenhaus seit Jahren nicht mehr gepflegt worden war, obwohl es nach wie vor Bewohner gehabt hatte. Die Anforderungen an Ordnung und Sauberkeit waren irgendwann offenbar nicht mehr erfüllt worden.

Lupara brachte ihren riesigen Wolf zum Stehen. Valderons Pferd galoppierte näher und erreichte sie schließlich. Sie lächelte nachsichtig, weil er im Gegensatz zu ihr so langsam war. Gemeinsam warteten sie und spähten den Pfad entlang, denn sie hörten Geräusche, die Lupara schon seit geraumer Zeit mit halbem Ohr wahrgenommen hatte. Der Boden erbebte, und kurz darauf brachen zwei Dutzend Reiter aus dem Unterholz hervor, Männer und Frauen mit Schwertern und Lanzen. Farblich waren sie höchst unterschiedlich gekleidet, trugen meist aber keine Uniformen. Es waren ehemalige Clanskrieger aus den umliegenden Dörfern.

Ein hochgewachsener dunkelhaariger Mann führte die Horde an und entpuppte sich auch als ihr Sprecher, der Valderon und Lupara entgegentrat. Er hatte ein edles Profil und das Auftreten eines Adligen. Auf diesen Stand schien er sich in seiner derzeitigen Situation als Rebell jedoch nicht berufen zu wollen. Sein Name war Grauden, und er hatte fünf Jahre lang als Hauptmann in der Zweiten Legion gekämpft. Als treuer Anhänger der Göttin hatte Grauden zusammen mit anderen die Legion verlassen, nachdem sie auf Mardonius' Befehl hin eine ganze Stadt von ihren Bewohnern hätten säubern sollen. Grauden hatte sich dem Befehl verweigert, anfangs allerdings so getan, als würde er ihn befolgen. Mit Bedacht hatte er eine Handvoll Krieger ausgewählt, die seinen Abscheu angesichts der Mission teilten, und war mit ihnen an den Rand der betreffenden Stadt marschiert. Dort hatte er die Menschen mit Nahrungsmitteln und Waffen versorgt. Anschließend war er mit seinen Anhängern in die Wildnis von Burgassia geflohen.

Nachdem sie sich neue Bewaffnung besorgt hatten, waren sie nach Stravimon zurückgekehrt, um Flüchtlingen Hilfe und Schutz zu bieten. Über ein Netzwerk örtlicher Dorfbewohner war Valderon an die berühmte Rebellenbande herangetreten. Auf einem verlassenen Bauernhof hatten sich er und Lupara vor fünf Tagen mit Grauden getroffen und ihm angeboten, sich dem Schwarzen Clan anzuschließen.

Grauden hatte Lupara und Valderon schon vom Namen her gekannt, war aber besonders begierig gewesen, an der Seite von Xavir Argentum zu kämpfen, und nahm das Angebot an. Er wusste auch von weiteren bewaffneten Trupps und frommen Anhängern der Göttin, die eine Widerstandsbewegung gebildet hatten. Einzelne Rebellenbanden konnten dem Ansturm der Legionen natürlich nicht standhalten. Daher hatte Grauden Botschafter ausgesandt, um versprengte Einheiten zu einer größeren Streitmacht zusammenzuziehen. Alles in allem würden sich mehrere Hundert Mann zu Havinirs ehemaligem Anwesen aufmachen. Demnach schien der Schwarze Clan schneller als erhofft Formen anzunehmen.

Grauden gab seinem Trupp das Signal zum Anhalten und lenkte sein Pferd neben Luparas Wolf, um an ihr vorbei zu Valderon hinüberzuspähen. »Wie ich sehe, ist selbst dein Reittier im Vergleich mit ihrem Tier ein lahmer Esel.«

Der große Wolf schnaubte und schien sich für das Kompliment zu bedanken. Dann wandte er den Kopf zum Unterholz hinüber.

Valderon lächelte. »Er hält die Augen offen«, sagte er. »Aber ich kenne das Gelände mittlerweile in- und auswendig. Schließlich haben wir uns nun schon seit zehn Tagen in dieser Gegend verschanzt.«

»Glückwunsch, dass ihr euch eine gute Unterkunft besorgt habt!«, erwiderte Grauden und deutete auf das Herrenhaus. Über den Kronen der nächsten Bäume war bereits das Dach zu erkennen. »Haben sich die Fremden denn hier nicht blicken lassen? Diese Voldirikkrieger?«

»Es waren so wenige, dass wir uns keine Sorgen machen mussten«, erklärte Lupara. »Die anderen haben wir uns unterwegs geschnappt.«

»Ich habe auch noch nicht allzu viele von ihnen bekämpft. Sie schlagen in kleiner Zahl und selten mit geballter Kraft zu. Und doch wird das stravirische Heer Woche um Woche weiter ausgedünnt und durch diese Kreaturen ersetzt.«

»Ich glaube nicht, dass sie allzu großes Kampfgeschick besitzen«, pflichtete ihm Valderon bei. »Was mir indes Sorgen bereitet, ist ihre Gesamtzahl. Und natürlich ihre Magie.«

»Sie machen sich die Schwachen zur Beute«, fuhr Grauden fort. »Größtenteils unbewaffnete Dörfler. Uns sind schlimmste Gerüchte zu Ohren gekommen.«

»Sie besitzen keine Fähigkeiten, die sich einer geschärften Klinge widersetzen könnten«, meldete sich Lupara zu Wort. »Diese Botschaft müssen wir aber erst noch in ganz Stravimon verbreiten.«

»Gibt es in den Städten und Dörfern irgendwelche Botschaften vonseiten des Königs?«

»Ab und zu lässt Mardonius Aushänge an Gasthaustüren anbringen«, sagte Grauden und lachte bitter. »Auf diese Weise will er dem Volk vermitteln, wie großartig er ist.«

»Und glauben ihm die Leute?«, fragte Lupara.

»So dumm sind sie nicht. Sie werden ungehalten, wenn sie lesen, wie großartig ihr König ist, derweil das Land auseinanderfällt. Während sie einen drastischen Rückgang des Handels bemerken und wissen, dass viele Menschen spurlos verschwinden. Sie sind klug genug, nicht einfach jedem Pergamentfetzen zu glauben, der irgendwo angenagelt wurde.«

»Was stand genau in diesen Verlautbarungen?«

»Nichts Denkwürdiges. In erster Linie nur, dass alles bestens ist. Dass ihr König der Größte ist. Dass er für sein Volk sorgt. Alles nur Lüge. Und das wissen seine Untertanen.«

Valderon nickte. »Kein Vergleich zu Cedius. In seiner Jugend war er berühmt dafür, dass er nach seinen Feldzügen überall in Stravimon unerkannt in Gasthäusern auftauchte. Dort erläuterte er den Menschen das Vorgehen des Königs und was er hätte besser machen können.«

In Erinnerungen versunken, schüttelte Grauden den Kopf. »Ja, Cedius war noch ein echter König!«

»Kommt!«, rief Lupara. »Wir sind fast da.«

Sie führte den Tross gemächlichen Schritts durch das

Unterholz, bis sie auf einer Lichtung vor dem Ostflügel des Herrenhauses ankamen.

Hier war erst unlängst das Gras gemäht worden, und die ehemaligen Häftlinge waren eifrig bei der Arbeit. Sie hämmerten Metall, schärften Klingen und hängten erlegte Wildtiere zum Ausbluten auf. Während der letzten Tage hatte im Herrenhaus geschäftiges Treiben geherrscht. Man hatte alles geputzt und gelüftet und das Anwesen in ein ordentliches Hauptquartier verwandelt. Inzwischen herrschte überall ein gewisses Maß an militärischer Ordnung.

Grauden war verblüfft. »Wahrhaftig, ihr wart sehr fleißig!«, rief er zu Valderon hinüber. »Bei der Göttin! Ich erinnere mich noch, dass das Herrenhaus wirklich arg heruntergekommen war, als wir die Gegend vor einem Jahr erkundeten. Wir hielten Havinir schon damals für verrückt, aber ihr habt das alte Gemäuer gerettet.«

»Dort drinnen gibt es Schlafräume für eure Kameraden. Ihr müsst nur euer eigenes Bettzeug mitbringen.«

»Schlafräume?«, fragte Grauden spöttisch. Er wandte sich an seine Soldaten. »Habt ihr das gehört? Schlafräume! Ein Dach über dem Kopf. Ungeahnter Luxus, obwohl hier niemand verweichlicht werden soll.«

Valderon blieb ungerührt. »Ich habe viele Jahre in einem Kerker auf einem entlegenen Berggipfel verbracht. Obwohl ich meine Nächte inzwischen unter daunengefütterten Decken verbringe, bin ich immer noch ein harter Hund.«

Grauden verbeugte sich leicht und straffte die Schultern. Über ihnen kreischte eine Krähe in einer Baumkrone. »Ich bin mir sicher, auch wir werden keine Memmen. Meine Soldaten sind auch deine Soldaten.«

»Sie vertrauen dir sicher mehr als mir«, gab Valderon zu bedenken. »Daher empfinde ich deine Freundschaft und deinen Rat als besonders wertvoll. Du weißt viel über das

Leben in dieser Gegend und über das Gelände ringsum. Ich sehe dich als Gleichgestellten.«

Valderon hatte in Havinirs Herrenhaus die Überwachung fast sämtlicher Abläufe übernommen. Nicht zuletzt deshalb fühlte sich Lupara immer mehr wie eine Herrscherin, die selbst keinen Finger mehr krumm machen musste und nur das Gesinde arbeiten ließ. In Xavirs Abwesenheit hatte sie einige der Gefährten im Schwertfechten unterrichtet – in den guten altmodischen Techniken aus Dacianara. Damit wollte sie sich jedoch nicht zufriedengeben, sondern sehnte sich nach dem Kriegsgeschäft. Ja, sie dürstete geradezu danach.

Mit Genugtuung beobachtete sie, dass Valderon und Grauden während ihrer kurzen gemeinsamen Reise eine überaus respektvolle Beziehung aufgebaut hatten. Die Krieger aus Stravimon hielten sich stets an vorgegebene Vorschriften und wichen kaum jemals davon ab. Valderon war Xavirs Wünschen ohne jede Widerrede nachgekommen, weil er dessen höheren Dienstgrad respektierte. Das Gleiche traf auf Grauden und Valderon zu, und der Neuankömmling ergriff begeistert die Gelegenheit, an der Seite eines ehemaligen Offiziers der Ersten Legion kämpfen zu dürfen.

Lupara führte ihren Wolf Vukos zurück zu seinem Artgenossen Rafe. Dann stieg sie ab und ließ die beiden Tiere frei. Ein heftiger Windstoß brachte das Laubwerk der Bäume zum Rascheln, während sie mit aufrechtem Gang auf das Herrenhaus zuschritt.

Bevor sie und Valderon vor einigen Tagen aufgebrochen waren, um Kontakt zu Grauden aufzunehmen, hatte sie den flinken Faolo mit einer Botschaft nach Dacianara entsandt. Nachdem sie sich in die Einsamkeit zurückgezogen hatte, hatten sich die Verhältnisse in ihrem Heimatland verändert. Vor allem quälte sie die Einsicht, Schande über ihr

Volk gebracht zu haben, ein Gefühl, das sie mit Xavir teilte. Ihre Strafe dafür mochte nicht so hart ausgefallen sein wie bei ihm, aber ihr Entschluss war nicht allein ihrer eigenen Entscheidung entsprungen. Höflinge hatten sie umkreist wie Aasgeier, die ein waidwundes Tier erspähen, und es gab Gerüchte über Anschuldigungen, die man gegen sie erheben wollte. Sie hätte sich liebend gern mit jedem nur erdenklichen Gegner duelliert, um die Blutkrone zu verteidigen. Und so hatte sie statt vor einem einzelnen Herausforderer vor ihrem ganzen Volk die Waffen gestreckt. Ihr Exil hatte zur Folge, dass sich niemand der Blutkrone allzu sicher sein konnte. Aber es führte auch dazu, dass ein gewisses Chaos entstanden war. Allerdings wusste sie mittlerweile nicht mehr so genau, wie die Machtverhältnisse in Dacianara derzeit wirklich verteilt waren

Die Botschaft, die sie ihrem Wolf Faolo mitgegeben hatte, wäre nun der Schlüssel zu ihrer Zukunft. Sie hatte nicht darum gebeten, dass sich die vorübergehend eingesetzten Herrscher und Verwalter im Licht neuer Beweise noch einmal mit ihrem Fall auseinandersetzten. Der Wolf war auf kürzestem Weg zu jenen unterwegs, denen sie vertrauen konnte – zu den Truppen, mit denen sie so oft in den Krieg gezogen war. Die Stammesführer würden alle rechtlichen Bedenken außer Acht lassen und ihr ohne Zögern zu Hilfe eilen. Sie hatte alte Freunde, zum Beispiel Jumaha von den Vrigantinen und Katollon den Seelenräuber. Diese Männer würden keine Zeit verlieren und auf der Stelle ihre Gefolgsleute zusammentrommeln, um Lupara beizustehen. Die Treueschwüre, die ihre Familien miteinander verbanden, reichten Jahrhunderte zurück. Auf ihr Vertrauen konnte sie zählen. Zu Hunderten würden sie an ihre Seite eilen.

Doch die Streitkräfte, die gen Stravimon marschieren und das Land von den Voldirik befreien sollte, wären selbst dann kaum mehr als tausend Mann stark. Reichte das? Nein. Noch nicht. Und nicht nur sie war voller Ungeduld, die Mission zu Ende zu führen, auch ihre Gefährten waren wild entschlossen. Je länger sie warteten, desto größer wurde die Gefahr, dass sich die Voldirik auf Dauer im Land festsetzten. Unterwegs hatte ihr Grauden von Menschen erzählt, die aus der Hauptstadt in die Berge, in die Wälder und an die Küste geflohen waren. Nicht nur Anhänger der Göttin, sondern auch Bürger, denen die Anwesenheit der Voldirik in ihrer Stadt unerträglich geworden war.

Berichten zufolge hatte Mardonius schon vor vielen Monaten ein gigantisches Schauspiel veranstaltet. Neben seinem rot gewandeten Leibwächter auf dem Balkon seines Palastes thronend, hatte er dem Volk hochrangige Würdenträger der Voldirik vorgestellt. Das Spektakel wurde zum *Bündnis jenseits aller Gestade* ausgerufen, doch dafür musste harte Überzeugungsarbeit geleistet werden. Als Bürger die Voldirik mit Schmährufen bedachten, hatte der König dies als persönliche Kränkung empfunden. Als die Menschen mit ihrem Protest dann sogar offen auf die Straße gegangen waren, hatte er vor Zorn geschäumt.

Bei der womöglich größten Zurschaustellung seines Wahnsinns hatte Mardonius im Schutz der Nacht seine Soldaten ausgesandt, um die schlimmsten Abweichler zur Strecke zu bringen. Soldaten hämmerten an die Türen der Wortführer. Männer und Frauen wurden aus den Betten geholt und auf die Straße gezerrt, wo man sie vor den Augen ihrer Angehörigen mit dem Schwert hinrichtete. Binnen weniger Tage waren alle lauten Rufe gegen die Anwesenheit des fremdartigen Volkes innerhalb der Mauern der Hauptstadt verstummt. Der Protest war in den Untergrund gedrängt worden. Niemand leistete Widerstand. Niemand nahm Blickkontakt zu den wachhabenden Soldaten auf. Niemand wagte noch ein offenes Wort.

Diese Ereignisse lagen laut Grauden nun schon einige Zeit zurück. Was mochte seitdem noch alles geschehen sein? Bisher waren lediglich Jäger und Wegseherinnen der Voldirik gesichtet worden, die in den Waldlanden und auf vergessenen alten Pfaden umherstreiften. Die stravirischen Legionen schienen verschwunden zu sein.

Wem würde der Schwarze Clan bei der Rückeroberung der Stadt schließlich gegenüberstehen?

DIE ANKUNFT

Zum wiederholten Mal hielt Lupara den Schriftrollenbehälter in der Hand. Er war von einem jungen Mann auf einem wackeren Pferd überbracht worden. Der Bote war in prächtiger roter Gewandung herangeritten und hatte nur die Schultern gehoben, wenn man ihm Fragen stellte, und war zusammengezuckt, wenn man ihn anschrie. Er war im Morgennebel zwischen den Bäumen zurückgetrabt und bald danach nicht mehr zu sehen gewesen. Das war nun zwanzig Tage her. Lupara stand im morgendlichen Regen, öffnete die Lederröhre und entnahm ihr die Schriftrolle. Die Botschaft war so verfasst, wie Xavir sprach – knapp und auf den Punkt gebracht, ohne überflüssige Einzelheiten.

Sei unbesorgt. Alles nimmt seinen Lauf. Die Streitmacht wächst. Wir werden wohlbehalten vor Ablauf von dreißig Tagen eintreffen. XA

Zwanzig Tage waren seither vergangen, und Luparas Besorgnis wuchs. Was genau meinte Xavir mit dem Satz *Die Streitmacht wächst*?

»Es ist zwecklos, die Nachricht immer wieder zu lesen«, sagte eine Stimme hinter ihr. Es war Valderon. Mit seinem imposanten schwarzen Harnisch, den er in der Rüstkammer des Herrenhauses gefunden hatte, sah er tatsächlich wie ein siegreicher Anführer aus. Solche Äußerlichkeiten waren durchaus wichtig. Lupara wusste, dass allein dieser Anblick seine Mitstreiter mindestens ebenso beflügelte wie sein Geschick in der Schlacht. Und seine Kampffertigkeiten waren natürlich über jeden Zweifel erhaben. Es war allerdings nicht nur seine Erscheinung. Der von ihm angesetzte Drill und sein großes Geschick bei Übungskämpfen führten dazu, dass alle ihm aufs Wort gehorchten, sobald er die Stimme erhob. Und weil er auch für die täglichen Sorgen seiner Männer stets ein offenes Ohr hatte, hielten sie sich in allem an sein Wort. Selbst Graudens Soldaten und Kämpfer, die aus den benachbarten Siedlungen in den Schwarzen Clan aufgenommen worden waren, fanden rasch Gefallen an ihm. Er war das Paradebeispiel des guten Kameraden.

»Bahnnash, uns läuft die Zeit davon!«, rief Lupara. »Wenn Xavir nicht bald zurückkehrt, sterben immer mehr Menschen in Stravir. Täglich erreichen uns Berichte über Grausamkeiten gegenüber der Bevölkerung. Ein Balaxpriester berichtete uns, wie seine Gemeindemitglieder mitten in einer Gebetsstunde abgeschlachtet wurden. Ehemalige Stadtwächter brachen im Wald zusammen, nachdem sie Grauden die Sünden gebeichtet hatten, die sie auf königlichen Befehl hin begehen mussten. Für die Menschen in Stravir sind die Zustände schier unerträglich geworden. Wir dürfen nicht mehr lange warten.«

Valderon ließ sich auf einem großen Stein nieder und genoss den schönen Blick auf den Garten und zum Herrenhaus hinüber. Anfangs hatte ihn Lupara für einen leicht einfältigen Mann gehalten, und womöglich war er das auch. Sie hatte ihm schöne Augen gemacht, und das war ihm anfangs nicht einmal aufgefallen. Als er dann endlich doch etwas gemerkt hatte, war ihr sein Verhalten nur noch seltsamer vorgekommen. In Dacianara hatten Männer die Ehre ihrer Aufmerksamkeit entweder gefürchtet oder genossen. Doch Valderon schien in Liebesdingen irgendwie verletzt zu sein, und sie wollte nicht an diesem schmerzenden Punkt rühren, damit die Wunde nicht wieder aufriss. Weitere Einzelheiten hatte sie nicht ergründen können und war jedweder erfolgloser Versuche auch überdrüssig.

Sie saßen in einträchtigem Schweigen nebeneinander, bis Vukos und Rafe an Luparas Seite trotteten. Einer der Wölfe winselte leise und stieß ihr sanft gegen die Schulter. Plötzlich aber erschien Faolo, der dritte Wolf. Rasch erhob sie sich und umarmte ihn. Sein Pelz war feucht, und er schien gerade eine Mission beendet zu haben, diesem Umstand aber keine große Beachtung zu schenken. Seine beiden Artgenossen schnüffelten an ihm, begrüßten seine Rückkehr und trotteten schließlich von dannen.

Lupara befühlte Faolos Körper und suchte nach einer Nachricht, die vielleicht in seinem Fell versteckt war. Vergeblich.

»Keine Botschaft«, murmelte sie. »Erreichte meine Nachricht ihren Empfänger überhaupt?«

Schon wenige Augenblicke später sollte sie die Antwort auf ihre Frage bekommen.

»Lupara!« Mit langen Schritten näherte sich Tylos über den Gartenweg. »Lupara, Valderon, das müsst ihr euch ansehen!«

Er führte die beiden an den Rand des Anwesens, und auch Luparas Wölfe verließen ihren Rastplatz und kamen an ihre Seite.

Vor ihnen, zwischen den Baumstämmen und unter dem Blätterdach, erklangen dumpfe Trommeln. Eine größere Menschenmenge schien sich zu nähern. Luparas Herz setzte kurz aus, denn sie hörte das Geheul dacianaranischer Wölfe im Wind, der durch den Wald strich. Wenig später erschienen sie, Aberdutzende ehemaliger Landsleute, die zielstrebig und triumphierend auf sie zuritten.

Lupara starrte ihnen ungläubig entgegen. Wie lange war

es her, dass sie so viele Mitglieder ihres eigenen Volkes erblickt hatte? Sie musterte die Entgegenkommenden auf der Suche nach einem bekannten Gesicht. Und tatsächlich entdeckte sie Katollon den Seelenräuber, der auf seinem großen schwarzen Wolf über die weite Lichtung ritt. Als Lupara und Valderon vortraten, eilten kleinere Wölfe auf sie zu und umringten sie mit freudigem Gewinsel. Luparas Wölfe umkreisten das Rudel und begleiteten es dann über die Wiese zu den Entgegenkommenden. Die Dacianaraner hielten am Rand des Gartens inne, während Katollon absaß und auf Lupara zuging. Wie bei Männern der Wildnis üblich war er in Leder und Felle gekleidet. Mit den Federn im Haar und den schwarz umrandeten Augen glich er ganz und gar einem grausamen Raubvogel. Über die Schulter hatte er eine doppelköpfige Axt geschlungen. Sie war, wie er stets erklärte, der eigentliche Seelenräuber.

»Unsere vergessene Königin!«, rief er in der alten Sprache. »Dein Wolf versteht sich wirklich gut darauf, den Weg nach Hause zu finden.«

»Katollon!« Lupara hielt kurz inne. Dann schlossen sich die beiden mit der Intensität von zwei zupackenden Ringern in die Arme. Schließlich ging sie ein wenig auf Abstand und betrachtete sein wettergegerbtes Gesicht. Sie hatte ihn als Mann von etwa vierzig Sommern in Erinnerung. Nun war er fast fünfzig und hoffentlich erheblich weiser. Einst war er für sie so etwas wie ein Mentor gewesen, und seine Ankunft bereitete ihr nicht nur große Freude, sondern schenkte ihr auch Zuversicht in Bezug auf die bevorstehenden Herausforderungen. »Die Jahre haben es gut mit dir gemeint.«

»Die Ebenen Dacianaras machen aus jedem einen Mann«, gab er zurück. »Wir kamen so schnell wie möglich, nachdem wir von dem Unheil erfuhren, dem du die Stirn bietest.«

Während sie sprachen, spähte Lupara hinüber zu der

Ansammlung wilder Krieger und Wölfe, die den weiten Weg bis hierher auf sich genommen hatten. Hinter der vordersten Reihe entdeckte sie Gesichter, die nach alter Sitte blau bemalt waren. Banner, die stilisierte Blutstropfen, Fänge und Klauen zeigten, brachten ihr Blut in Wallung. Mehr denn je zuvor sehnte sie den Angriff auf die Hauptstadt herbei.

Der unbändige Lärm, den die Krieger bei ihrer Ankunft veranstaltet hatten, war inzwischen einer tiefen Stille gewichen. Hinter Lupara und damit auf der anderen Seite der Wiese standen Valderon und Tylos, und sie winkte sie näher.

»Was wisst ihr über die Voldirik?«, fragte sie ihren alten Freund.

Katollon nickte nachdenklich. Er hatte ein langes Gesicht und eine breite Nase. Seine mit schwarzer Farbe umrandeten Augen waren so faszinierend wie eh und je. »Sie suchen unsere Grenzen nun schon seit vielen Monaten heim. Anfangs leisteten ihnen der Seelenräuber und die Seinen keinen Widerstand. Nein. Wir beobachteten sie in aller Stille. Sie kamen in die Grenzdörfer, wo Dacianaraner und Stravirer einträchtig nebeneinanderleben. Und natürlich kündigten sie den Dorfbewohnern ihr Erscheinen nicht an. Stattdessen konnten wir beobachten, wie sie sich die Feldarbeiter holten, einen nach dem anderen, so wie die Wölfe über verirrte Lämmer herfallen. Hinterhältig und feige. Das waren keine großen und heldenhaften Schlachten, sondern Übergriffe auf hilflose Menschen. Nachdem wir die ersten Opfer nicht retten konnten, weil es für sie einfach zu spät war, mischten wir uns schließlich unter die Landbevölkerung. Der Stammesrat legte fest, dass sich die Anführer dabei abwechseln sollten. Der alte Nalama, dein Onkel, ist auf seine alten Tage ein weiser und in deiner Abwesenheit viel geachteter Mann geworden. Und so schickte er den Seelenräuber als Ersten los.

Wir versteckten uns inmitten der Dörfler oder in den

Höhlen neben den Feldern, auf denen sie arbeiteten. Als die Voldirikkrieger angriffen, waren wir gerüstet. Sie zählten nur einige Dutzend und näherten sich in kleinen Gruppen. Sie wussten nichts über uns und ahnten nicht, wie sich Menschen vor den Blicken anderer zu verbergen verstehen. Also warteten wir ab, bis sich alle in einem Tal sammelten. Wir brachen zwischen den Bäumen hervor und stürmten die steilen Berghänge hinab. Unsere Äxte leisteten gute Arbeit und machten sie nieder. Keiner von ihnen blieb am Leben. Wir nahmen ihnen die Rüstungen ab und verbrannten die Leichen, damit nichts von ihnen übrig blieb.«

»Wie viele Angriffe gab es?«, fragte Lupara.

»In jüngerer Zeit mehr, als wir uns gewünscht hätten. Jumaha von den Vrigantinen war recht erfolgreich im Kampf gegen die Invasoren, auch wenn er viele Krieger an die Wegseherinnen verlor. Doch dann kam er ihren Schwächen auf die Spur.«

»Ist Jumaha auch hier?«

Katollon schüttelte den Kopf. »In Dacianara können wir nicht auf ihn verzichten, aber viele andere sind mir gefolgt. Neunhundert Krieger, alle die wir aufbieten konnten. Wir wissen, dass sich die Katastrophe mit den Voldirik auch auf Stravimon ausgebreitet hat. Der Narrenkönig holt sie von irgendwoher. In den vergangenen dreißig Tagen konnten wir zwanzig Angriffe beobachten, bei denen sie in unser Gebiet vorzudringen versuchten, jedes Mal mit noch mehr Kriegern. Sämtliche Stämme haben ein Bündnis geschlossen und wurden an den Ostgrenzen zusammengezogen. Nun patrouillieren zwanzigtausend Krieger in der Wildnis. Dann bekam der Seelenräuber deine Nachricht. Dein Wolf kennt meinen Geruch.«

Lupara lächelte. In diesem Augenblick traten Valderon und Tylos an ihre Seite. Sie wechselte die Sprache, um sich mit ihnen zu verständigen, und erinnerte sich, dass Katollon des Stravirischen nicht allzu mächtig war.

»Dies ist Katollon«, stellte sie den Freund auf Stravirisch vor. »Er ist als der Seelenräuber bekannt und hat eine große Anzahl Krieger aus meinem Heimatland hierher begleitet.«

»Seid mir gegrüßt!«, rief Valderon so laut, dass ihn alle hören konnten. Daraufhin fügte er einen ähnlichen Gruß in holperigem Dacianaranisch hinzu.

Katollon lachte, aber nicht aus Spott, sondern weil er die Geste offenbar zu schätzen wusste. In ihrer Muttersprache stellte Lupara Valderon und Tylos als Männer vor, die den Schwarzen Clan anzuführen gedachten. Ihr alter Mentor lauschte mit großer Aufmerksamkeit und nickte gelegentlich.

Er streckte eine Hand aus, und Valderon ergriff sie. Dann wiederholte Katollon die Geste bei Tylos. Plötzlich aber grinste er und legte die Arme um die beiden neuen Verbündeten. Während er weiter in seiner Muttersprache auf sie einredete, lotste er die drei durch den Wald.

»Was sagt er?«, fragte Valderon.

»Er will etwas mit dir trinken«, antwortete Lupara.

»Trinken?«

»Trinken«, wiederholte sie.

»Aber es ist noch früh am Morgen.«

»Das ist ihm einerlei«, sagte sie lächelnd.

Es war eine alte dacianaranische Sitte. Sie sollte den Verbrüderungsprozess beschleunigen, aber Lupara war davon noch nie so ganz überzeugt gewesen. Katollon hatte nicht nur seinen Stamm der Seelenräuber sowie zwei kleinere Stämme mitgebracht, die Gebrochenen Tränen und die Blutsbringer, sondern auch große Mengen dacianaranischen Wein. Selbiger war für seine Fähigkeit berühmt, einen Mann ebenso schnell in die Knie zu zwingen wie eine dacianaranische Klinge.

Die anderen, darunter auch Graudens Trupp, schienen sich nicht im Mindesten an der Willkommensgeste zu stören. Es dauerte nicht lange, und das bis dahin disziplinierte Lager vor dem Herrenhaus hatte sich in das Chaos eines orgiastischen dacianaranischen Fests verwandelt. Ein gewaltiges Feuer war entzündet worden, Trommelschläge hallten durch den Wald, und männliche wie weibliche Krieger heulten gemeinsam mit den Wölfen.

Nur Valderon beäugte die Vorgänge mit mürrischer Miene. An der Seite des Seelenräubers heiterte sich seine Stimmung aber bald wieder auf. Lupara fungierte als Dolmetscherin zwischen den verbündeten Truppen, und wo Worte nicht ausreichten, verständigte man sich mit Gebärden und lautem Gelächter.

Der Seelenräuber erzählte Geschichten aus guten alten Zeiten, die Lupara ebenso erwärmten wie das Lagerfeuer. Und je länger sie lauschte, umso mehr vermisste sie ihr Land. Katollon sprach von Jagdgründen in den fernen Bergen und von alten Ritualplätzen, die sich in jenen Wäldern verbargen, in denen das Grab ihres Vaters lag.

Später fragte sie ihn nach den Nachwehen von Baradiumsfall, wo sie beim Niedermetzeln unschuldiger Bewohner einer verbündeten Nation mitgeholfen hatte. Obwohl er schon etliche Becher Wein in sich hineingestürzt hatte, drängte er sie weder zur Rückkehr nach Dacianara, noch bestärkte er sie zum Verbleib im Exil. In seiner gewohnt klaren Art meinte er, dass sich dieser Tage niemand mehr an den Vorfall in Baradiumsfall erinnere. Falls sie den Thron zurückgewinnen wolle, werde sie auf keinen Widerstand stoßen. Vielmehr werde man sie willkommen heißen, auch wenn sich die Gebräuche in ihrem Land gerade veränderten. Die Menschen sahen den Ältestenrat nun als Mittel zur Entscheidungsfindung und weniger als gesetzgebendes

Gremium, dem ein einzelner königlicher Krieger vorsaß. Bislang waren den anderen Kriegern die Entscheidung, ob sie nun kämpften oder nicht, stets abgenommen worden. Aber natürlich forderten derzeit die Voldirik ihre volle Aufmerksamkeit, und der Rat hatte sich einstimmig dafür ausgesprochen, sämtliche Kräfte des Stammes für Angriffe zu nutzen.

Wie Katollon mit einem Grinsen erklärte, war es nach dem Erhalt von Luparas Nachricht nur eine Frage weniger Augenblicke gewesen, bis man die Streitkräfte Dacianaras zusammengerufen hatte.

NACHGANG

Xavirs nächtliche Träume handelten fast ausnahmslos von seiner Vergangenheit. Beim Erwachen war er allerdings jedes Mal dankbar, nicht länger schweißgebadet aufzuschrecken. Es gab keine Dämonen mehr, die seinen Verstand bedrängten, keine Horrorbilder, die ihn peinigten. In der jetzigen Welt fernab der Höllenfeste hatte er wesentlich realere Träume.

In dieser Nacht befand er sich im Hof der Aszendenz, des obersten Gerichts von Stravimon. In dem großen Saal, der viel Ähnlichkeit mit einem Kirchenschiff hatte, saßen jedoch keine Gemeindemitglieder, sondern Richter und Anwälte in üppigen Roben. Unter ihnen und ganz hinten versteckt hatte sich Mardonius neben General Havinir niedergelassen. Die beiden wirkten völlig unbeteiligt, und ihre Blicke blieben kühl und distanziert.

Auf der erhöhten Bank am Nordende unter einem gewaltigen Bogenfenster, das auf die Stadt hinausblickte, hatten die drei Obersten Advokaten Platz genommen. Zwei grauhaarige Männer und eine grauhaarige Frau in grauer Tracht, die der stravirischen Gesellschaft weit entrückt zu sein schienen. Und doch waren sie letzten Endes für das Leben aller verantwortlich. Hinter ihnen auf dem goldenen Beobachterthron saß ein bedrückt dreinblickender König Cedius. Den Platz, den man ständig für ihn frei hielt, nahm er nur selten ein, doch an diesem Tag hatte er keine andere Wahl gehabt.

Die in schwarze Seidenroben gekleideten sechs Mitglieder

der Sonnenkohorte saßen nebeneinander auf einer halb im Boden versenkten Bank und somit so tief unten, dass alle auf sie herabsehen konnten – vor allem die Obersten Advokaten. Auf den Straßen vor und unterhalb des Hofs der Aszendenz hörte Xavir den Pöbel schreien. In der echten Vergangenheit hatte es so geklungen, als habe man lautstark den Tod der Sonnenkohorte verlangt. Nun aber – im Traum – war sich Xavir dessen gar nicht mehr so sicher. Vielleicht forderten die Menschen auch die Freilassung der Angeklagten.

Jeder der Obersten Advokaten hielt eine leidenschaftliche Ansprache. Der erste befasste sich mit der Vergangenheit der Personen, denen aufgrund des schrecklichen Vorfalls in Baradiumsfall Verrat angelastet wurde. Der zweite beleuchtete den Vorfall selbst und rief Augenzeugen auf, die über das Geschehen berichten sollten. Der Wachmann Jorund lieferte dabei die umfassendste und genaueste Schilderung der finsteren Taten der Angeklagten. Der dritte Advokat – die Frau – beschrieb die möglichen Konsequenzen für die Delinquenten und welches Schicksal sie im Fall ihrer Verurteilung erwartete. Xavir ärgerte sich, dass so viel Aufhebens gemacht wurde, nachdem die Ereignisse doch so offenkundig waren. Alle sechs Mitglieder der Sonnenkohorte leugneten die Vorgänge in keiner Weise. Warum also der Aufwand?

Ganz zum Schluss sollten sie sich selbst äußern. Gatrok und Jovelian schwiegen. Felyos entschuldigte sich nur. Brendyos, für gewöhnlich der Fröhlichste von allen, bat reumütig und einsichtig um Vergebung. Dimarius erhob sich und hielt eine flammende Verteidigungsrede. Er führte die Ehren auf, die der Legion zuteilgeworden waren, und welche großen Taten sie für das Land vollbracht hatten. »Wir sind Eure Söhne, mein König«, schloss er seine Ausführungen. »Unser ganzes Handeln war stets darauf ausgerichtet, Euch Ehre zu erweisen.«

»Aha, aber stattdessen habt ihr euch mit Schande bedeckt!«, krächzte einer der Obersten Advokaten.

Dimarius kochte vor Wut. »Wenn die Taten eines Helden
von verknöcherten Schreibtischtätern beurteilt werden, die
keine Erfahrungen mit der Welt jenseits ihrer engen Mauern
haben, dann sieht es wohl so aus.«

»Deine Worte können uns nicht retten, Dimarius«, flüsterte Xavir seinem Freund zu.

»Wir sind des Todes«, gab Dimarius zurück, und seine
Worte hallten laut durch den Saal. »Warum sollen wir der
Welt dann nicht mitteilen, dass diese Parasiten keinen Grund
und keinen moralischen Anspruch haben, uns Vorhaltungen
zu machen? Sie tun nichts anderes, als die Tinte beim Trock-
nen zu beobachten, wollen uns aber erzählen, wie wir Brüder uns verhalten haben.« Bei diesen Worten schlug er sich
auf die Brust.

Stille lag über dem Saal. Hocherhobenen Hauptes nahm
Dimarius wieder Platz.

»Und du, Xavir«, meldete sich Cedius mit rauer Stimme
zu Wort. »Was sagst du?« Es wirkte eher wie ein Flehen denn
wie eine Frage.

»Was soll ich sagen, mein König?«, gab Xavir zurück und
stand auf. Er ballte die Fäuste. *Sag, dass du den Berichten nicht
traust, die an uns weitergegeben wurden. Sag, dass es deine
Befehle waren. Sprich aus, was du denkst, Cedius!*

Er entspannte die Finger und sprach ruhig weiter. »Was
geschehen ist, ist geschehen. Wir sind Stravirs wirkungs-
vollste Waffen, nicht mehr, nicht weniger. Das Land ent-
scheidet darüber, wie wir am sinnvollsten eingesetzt werden
können.«

Die Obersten Advokaten berieten sich tuschelnd, Götter
in dunkler Kleidung, die über das Schicksal einfacher Sterb-
licher debattierten. Die Sonne ging unter, und ein himmli-

sches Licht erfüllte den Saal. Die versammelte Menge blieb still und unbewegt.

Die Advokatin beugte sich vor und begann ihre Rede. »Unter dem wachsamen Auge der Göttin entscheiden wir, dass die hier versammelten Mitglieder der Sonnenkohorte des allerhöchsten Verrats schuldig sind und die Ehre des Königs sowie das hohe Ansehen der Sonnenkohorte in Verruf gebracht haben. Sie sind in vierhundertsiebzehn Fällen des Mordes und siebenundachtzig Fällen schwerer Körperverletzung an stravirischen Bürgern angeklagt.«

Die Zuschauer hielten den Atem an.

Nach einer kurzen Pause sprach sie weiter. »Hiermit werdet ihr dazu verurteilt, an der Außenwand des Palastgartens aufgehängt zu werden.«

Dimarius sprang von der Bank auf. »Und das nach allem, was wir für dich getan haben!«, schrie er. »Nach allem, was wir im Namen des Königs geleistet haben!« Mit dem Finger wies er auf König Cedius und spottete damit jeder Etikette. »Für dich!«

Die Kameraden der Sonnenkohorte starrten Xavir an, doch dieser konnte den Blick nicht von Cedius' Gesicht lösen. Der König wirkte völlig überrumpelt von einem Urteil, das er eigentlich hätte abwenden können. Dimarius wandte sich nach hinten um und schien einen Blick auf Mardonius zu werfen. Dann ließ er sich zornig auf die Bank zurückfallen. Xavir legte ihm eine Hand auf die Schulter. »Unser Schicksal ist beschlossen, Bruder«, flüsterte er.

»Nein!«, rief König Cedius. »Nein!« Kein Laut war zu hören. »Einer aus der Kohorte soll am Leben bleiben, um weiterhin die Bürde zu tragen und allen als Warnung zu dienen.«

Die Obersten Advokaten berieten sich, auch wenn sie keinerlei Befehlsgewalt über den König besaßen. Sie neigten die Köpfe und ließen Cedius fortfahren. Dimarius warf Xavir einen besorgten Blick zu. Als die Vision sich diesmal abspielte, hörte Xavir nicht, wie die Menschen im Gerichtssaal durcheinanderschrien. Voller Zorn waren die einen der Auffassung, dass man der Kohorte unrecht tat. Die anderen, konservative Kleriker, empfanden nichts als Abscheu angesichts der Gräueltaten der Angeklagten. Diesmal sah Xavir zu, wie der alte König jedes einzelne Mitglied der Sonnenkohorte noch einmal musterte. Die Sechserlegion. Seine Soldatensöhne.

»Als Kommandant der Sonnenkohorte soll Xavir Argentum mit dieser Bürde leben«, verkündete der König. »Er soll in den fernsten Kerker innerhalb unserer Lande geworfen werden. Und dort soll er bleiben, als fortwährende Erinnerung an diese Schmach ...«

Nun erkannte Xavir die Entscheidung als das, was sie in Wirklichkeit war. *Verschwinde von hier!, sagte der König mit seinem Urteil. Ich schicke dich für eine Weile weit weg von diesem Hof, fern aller politischen Ränken, die ich nicht verstehe. Was hier geschieht, kommt mir befremdlich vor. Du musst am Leben bleiben. Eines Tages wirst du zurückkehren. Nur dir vertraue ich ...*

Als sich Xavir eine Stunde später dem Herrenhaus näherte, war die Erinnerung an den Traum noch lebendig. Er hatte allerdings das Gefühl, nach und nach jenes Unrecht wiedergutzumachen, das Cedius als solches erkannt hatte.

Fahles Morgenlicht fiel gedämpft durch das Eichenlaub auf einen Platz, an dem es viele Männer niedergestreckt hatte. Es waren jedoch keine Toten, die überall im hohen Gras lagen. Alle atmeten noch, manche warfen sich hin und her, andere stöhnten. Ohne genauere Kenntnis der Umstände hätte Xavir durchaus glauben können, dass die Dacianaraner, die am Rand der Lichtung beisammensaßen und schwatzten, die Soldaten massakriert hätten. Er kannte aber die Wahrheit. Er hatte es mit zwei Dutzend Kriegern zu tun, die nicht allzu viel vom dacianaranischen Wein vertrugen.

Xavir entdeckte seinen früheren Kerkerkumpan Davlor, der auf dem Rücken lag, einen Becher umklammerte und etwas von seiner Mutter ächzte. Xavir stieg von der weißen Stute, die er in der Golaxbastei gekauft hatte, und kniete neben dem Burschen nieder. »Guten Morgen!«, brüllte er ihm ins Ohr.

Davlor fuhr hoch, erkannte, dass es nur Xavir war, starrte ihn mit weit aufgerissenen Augen an und übergab sich in die Wiese.

Grinsend erhob sich Xavir, während sich nun auch einige der anderen Zecher regten. Vielleicht hatten Lupara und Valderon gar keine schlechte Arbeit geleistet, als sie dem Schwarzen Clan neue Mitglieder beschaffen wollten. Möglicherweise taugten diese Männer doch noch zum Kämpfen, nachdem sie ihren Rausch ausgeschlafen hatten.

Eine Gestalt näherte sich aus der Richtung des Herrenhauses. Es war Valderon.

»Deinen Männern mangelt es an robusten Mägen«, teilte ihm Xavir mit.

Valderon lächelte und hob entschuldigend die Hände. »Der Wein, den diese Dacianaraner aus ihrer Heimat mitgebracht haben, hat eine wahrhaft verheerende Wirkung.«

»Und trotzdem stehst du noch? Was war dein Kniff dabei?«

»Ich würde ja gern lauthals damit prahlen, aber mein Kniff bestand darin, einfach weniger zu trinken als die anderen.«

»Mit solch edler Zurückhaltung kannst du doch wahrhaftig lauthals prahlen«, meinte Xavir. »Wer ist denn überhaupt gekommen?«

»Er nennt sich selbst der Seelenräuber und brachte eine geeinte Streitmacht mit.«

»Katollon.« Xavir nickte. »Von ihm habe ich gehört.«

»Ich freue mich, dass du zurückgekommen bist«, bekannte Valderon, und die beiden Männer schlugen sich auf die Schultern. »Was hast du in der Golaxbastei erlebt? Du warst lange weg.«

»Der Aufenthalt verlief durchaus erfolgreich.« Xavir fasste seine Erlebnisse in der Stadt, den Angriff auf die Residenz der Herzogin und die Hinrichtung seiner beiden Erzfeinde in aller Kürze zusammen. »Aber es gibt noch mehr zu berichten. Hol dein Pferd und begleite mich ein Stück!«

Die beiden Reiter trabten über die Waldwege. Wie es in Stravimon stets der Fall war, verblasste das strahlende Morgenlicht bereits wieder. In dieser Gegend wirkte die Vegetation wesentlich üppiger als anderswo. Vögel flatterten zwischen den Baumkronen umher. Vor ihnen erhob sich die Ruine einer alten Zinnmine, die fast völlig überwuchert war, bis dahinter wieder Eichenbäume aufragten.

Xavir berichtete von seinen Beobachtungen in der Golaxbastei und beschrieb deren Beziehungen zu Stravir. Gelegentlich beantwortete er eine von Valderons Fragen.

»Empfindest du nun eine gewisse Genugtuung?«, erkundigte sich Valderon in Bezug auf Xavirs Rachefeldzug.

»Noch bin ich nicht gänzlich zufrieden«, entgegnete Xavir. »Ich finde die Tatsache verdrießlich, dass meine Beseitigung – und die Beseitigung der Sonnenkohorte – nur ein eher unwichtiger Zug in einem großen politischen Spiel war. Ich hätte mir wenigstens gewünscht, dass das Vorgehen unserer Feinde irgendeinen tieferen Sinn gehabt hätte. Doch den gab es nicht. Sie wollten uns nur aus dem Weg räumen und unseren Einfluss auf Cedius unterbinden.«

»Wie sieht die Wahrheit hinter der ganzen Sache aus?«, fragte Valderon.

»Dazu gibt es kaum etwas zu berichten«, meinte Xavir. »Irgendwann in der Vergangenheit ging Mardonius einen Pakt mit einem Vertreter der Voldirik ein. Wie und wo sie sich begegneten, bleibt unklar. Vielleicht waren die Voldirik auf der Suche nach einem leicht zu gewinnenden Partner und haben Mardonius die Königswürde versprochen, wenn er Stravimon für sie öffnet. Angesichts ihrer früheren Versuche, ihr Imperium auszudehnen, ist dies eine wesentlich raffiniertere und hinterlistigere Methode zur Eroberung fremder Territorien. Schließlich überredete Mardonius andere, sich seinem Vorgehen anzuschließen, indem er ihnen Zugang zu den magischen Künsten der Voldirik versprach. Aber auch andere Vorkommnisse sind besorgniserregend. So scheinen die Hexen ihre ganz eigene Krise zu durchleben, und zwar heftiger, als Birgitta es uns beschrieben hat. Es gibt Gerüchte über die Dunklen Schwestern, die sich ebenfalls mit den Voldirik zusammengetan haben. Viele sind von Phalamyshafen aus in die Lande der Voldirik gesegelt, und kaum eine ist je zurückgekommen. Es besteht Grund zur Annahme, dass Mardonius sie hinter den Mauern von Stravir zusammengezogen hat. Das würde unsere Aufgabe erheblich erschweren.«

»Und die Beziehung zu deiner Tochter?«, fragte Valderon.

»Die Angelegenheit liegt dir anscheinend sehr am Herzen«, spottete Xavir.

»Ich habe keine eigene Familie«, erklärte Valderon. »Meine Mutter und mein Vater starben, als ich ein kleines Kind war. Eine Hinterlassenschaft sicherte mir eine gute Ausbildung. Daher wurde die Legion für mich so etwas wie meine Familie. Je mehr man etwas entbehrt, umso deutlicher fällt es einem bei anderen auf.«

»Berufssoldaten sind gute Geschwister«, meinte Xavir. »Doch ich will deine Frage beantworten. Eigentlich weiß ich nicht so recht, wie ich zu Elysia stehe. Zumindest ist sie gut im Bogenschießen. Sehr gut sogar. Ich hätte sie gern an meiner Seite. Wir konnten eine gute Beziehung als Kampfgefährten aufbauen.«

»Ich glaube, das weiß sie zu würdigen.«

»Mag sein.«

»Doch, es stimmt. Ich sehe, dass ihr die Schwesternschaft kaum etwas bieten konnte. Das gemeinsame Kämpfen mit dir gibt ihr ganz bestimmt das Gefühl, etwas mit ihrem Leben anfangen zu können.«

»Wir tun also so, als wüssten wir ganz genau, was gut für sie ist, nicht wahr?«

»Ja, aber mit besten Absichten«, sagte Valderon. »Doch nun sag mir – was hältst du wirklich von ihr?«

»Sie ist still, doch sie folgt meinen Anweisungen ohne Murren.«

»Das sind rein äußerliche Beschreibungen!« Valderon lachte. »Was *empfindest* du für sie? Verspürst du so etwas wie Zuneigung?«

Xavir dachte eine Weile über diese Frage nach, während er sein Pferd um einige große Felsbrocken herumlenkte, die auf dem Waldweg verstreut lagen. »Meine Neigung, Liebe zu empfinden, habe ich schon vor langer Zeit abgetötet«, erklärte Xavir schließlich. »Diese Antwort gefällt dir wahrscheinlich gar nicht.«

»Ich bin nicht auf Antworten aus, mein Freund«, erwiderte Valderon. »Nur auf einen entschlossenen Kameraden.«

In freundschaftlichem Schweigen ritten sie weiter, und Xavir genoss den Frieden und das Geräusch von sanftem Regen, der auf das Laub der Bäume tropfte. Beide Männer holten ihre gewachsten Umhänge aus den Satteltaschen und legten sie um die Schultern. Irgendwo in der Ferne hörte Xavir den Schrei eines Falken.

Die Krieger wichen vom Pfad ab und ritten einen steilen Hang hinauf, der bald eine baumlose Höhe erreichte. Vor ihnen lag ein Plateau, und der Weg wurde immer rutschiger. Xavir zog den Kopf ein, als ihn die Regentropfen trafen. Am Rand des Plateaus zügelte er sein Pferd und deutete mit der flachen Hand nach vorn. »Dort.«

Valderon runzelte die Stirn und wirkte verblüfft. Dann stieg er vom Pferd. »Du warst fleißig, mein Freund.«

Tief unten im weiten Tal und inmitten von üppigem Grasland erstreckte sich ein Lager mit etwa zweitausend Kriegern.

Mehrere Männer stellten große Zelte aus Öltuchplanen in akkurat geordneten Reihen auf.

»Hier siehst du verschiedene Clans, die vor allem aus den nördlichen und den westlichen Provinzen Stravimons gekommen sind«, erklärte Xavir. »Diese Krieger hätten Mardonius wahrscheinlich endgültig die Treue geschworen, wäre es nach Herzogin Pryus' Plänen gegangen. Nach der Zusammenkunft schworen mir elf Großgrundbesitzer und Angehörige wohlhabender Familien ihre Treue. Als sie erkannten, dass der Schwarze Clan in der Hauptstadt womöglich die Macht übernehmen könnte, sahen sie dies als Gelegenheit für einen Regimewechsel. Sie wollen sich mit uns verbünden, zweifellos weil sie sich wichtige Posten bei Hofe versprechen, sobald Mardonius erst einmal entthront ist. Um ehrlich zu sein, habe ich ihnen diese Aussichten schmackhaft gemacht, und sie rechnen ganz fest mit solchen Gefälligkeiten. Ob sie sich bewahrheiten, liegt dann natürlich ganz bei dir.«

»Wir werden sehen«, meinte Valderon mit einem Schulterzucken. »Hauptsache, wir sind uns ihrer Beihilfe sicher.

Aber erst stürzen wir das Regime. Danach können wir uns immer noch Gedanken um Diplomatie und Politik machen.«

»Eins sollte ich klarstellen«, fügte Xavir hinzu. »Diese Soldaten gehören nicht zur Legion. Einige Männer sind nicht einmal ausgebildete Soldaten. Ihre Zahl indes ist beeindruckend.«

»Wir sind gut ausgerüstet«, beteuerte Valderon und nickte nachdenklich. »Wirklich ausreichend. Noch dazu stehen uns fast eintausend Dacianaraner zur Verfügung, und wir haben den Schwarzen Clan mit Angehörigen benachbarter Rebellengruppen aufgestockt.«

»Und wann gedenkst du gen Stravir zu marschieren?«, fragte Xavir, der es gelegentlich bedauerte, sich nicht zum Anführer des Vorhabens ausgerufen zu haben. Nachdem er nun schon so viele seiner Feinde vernichtet hatte, hätte er ohne Weiteres das Ruder an sich reißen und beim Angriff auf Mardonius' Streitkräfte die Speerspitze bilden können. In seinem Innern regten sich alte Triebe, doch die Entscheidung war anders ausgefallen. Er hatte vor, sich von der Hauptstreitmacht zu trennen und mit einem handverlesenen Trupp Getreuer vorzurücken. Dann würde er den Palast stürmen und den König erschlagen. Schließlich kannte niemand die dortige Umgebung besser als er.

»Die meisten Männer müssen noch ausgebildet werden. Viele von ihnen sind von Berufs wegen keine Soldaten. Zumindest sollten sie unsere Parolen kennen und mit unserer Taktik vertraut sein. Wir können nicht einfach blind und völlig unvorbereitet in der Hauptstadt einmarschieren.«

»Weise Worte«, murmelte Xavir.

»Vor allem sollten wir die Ausbildung nicht allzu lange hinauszögern. Wie es scheint, brauchen uns die Menschen in Stravir ganz dringend.«

FRAGEN

Der Regen hörte auf, und schräges Sonnenlicht fiel auf die Zelte. Ein diffuser gelb-roter Glanz umflorte das Lager und die Menschen, die unter flatternden Bannern ihrem Tagewerk nachgingen.

Elysia beobachtete ihren Vater aus der Ferne. Xavir und Valderon waren während des Nachmittags an den Reihen der Clanssymbole und Zelte entlanggeritten und zeigten sich beeindruckt von den vielen Farben und Wappen, die von der Brise und dem Rauch der Feuerstellen umweht wurden. Wie Valderon feststellte, blickten die Soldaten mit großer Ehrerbietung zu Xavir auf.

Birgitta nahm Elysia an der Hand, und beide schlenderten am Lager und am nahe gelegenen Waldrand entlang. Zwei Krähen landeten auf einem Ast und beäugten sie, während die Sonne unterging und die Luft kühler wurde. Das Gelächter der Soldaten drang bis zu ihnen herüber.

»Und wie findest du das alles, kleine Schwester?«, fragte Birgitta leise.

»Ich weiß nicht ... Aber immer noch besser als auf Jarratox.«

»Das sagst du so ...«, meinte Birgitta mit ernster Miene. »Wenn die Kämpfe beginnen, wird sich das ändern. Blut wird fließen.«

»Ich habe schon reichlich Blut gesehen.«

»Ja, das hast du«, stimmte Birgitta ihr nachdenklich zu.

»Und ich muss dich zu diesem Thema auch noch einiges fragen. Immerhin bist du nach wie vor meine Schülerin.«

Elysia lächelte nachsichtig, denn sie fühlte sich nicht länger wie eine Schülerin. Sie fühlte sich nicht länger wie die junge Frau, die sie bis vor Kurzem gewesen war. Xavir hatte ihr so viel Neues und Hilfreiches über ein freies Leben beigebracht, von einfachen Holzarbeiten bis zu verlässlichen Wettervorhersagen. Auch Landril ließ keine Gelegenheit aus, ihre Geschichtskenntnisse zu verbessern. Seine Leidenschaft war ansteckend, ganz anders als auf Jarratox, wo sie missgelaunte alte Weiber mit überflüssigen und engstirnigen Auslegungen vergangener Ereignisse belästigt hatten. Mittlerweile war Elysia von Menschen umgeben, von denen sie lernen konnte und die ihr alle etwas beibrachten, ohne ihr fades Wissen aufzudrängen. Allerdings sah sie sich außerstande, Birgitta ihre Einsichten schonend beizubringen. Und so schwieg sie einfach.

»Du hast dich zu einer Person entwickelt, die mich an eine andere Schwester erinnert«, fuhr Birgitta fort. Sie drangen tiefer in den Wald vor und folgten einem Wildwechsel, der durch dichtes Unterholz führte. In Stravimon herrschte eine ständige Feuchte, an die sich Elysia nicht so recht gewöhnen konnte, und in den Wäldern fand sie es noch drückender. Außerdem gab es hier so viel Historie und eine so sonderbare Mystik, dass anstelle von Wasser die Quelle selbst durch die Bäche und Flüsse zu strömen schien. Doch wenn es tatsächlich Magie war, dann handelte es sich um eine fremde, archaische Abart. Obwohl kein Meer zwischen dieser Gegend und ihrer alten Heimat lag, fühlte sie sich weltenweit davon entfernt. Hier, in den Wäldern, fühlte sie sich eher zu Hause.

»Wie hast du das eben gemeint?«, hakte Elysia nach.

»In den alten Geschichten waren diese Frauen als Kriegerhexen bekannt«, erklärte Birgitta. »Vor Hunderten von Jahren gab es noch viele wie dich, vor allem im Siebten und Achten Zeitalter. Die Schwestern gaben sich alle Mühe, gefügigere Schwestern hervorzubringen, denn die Kriegerhexen ließen sich nicht bändigen. Sie verstanden sich vor allem auf den Gebrauch von Waffen. Man erzählt sich, der große Dellius Compol, den die Soldaten so verehren, habe Liebesbeziehungen zu so mancher von ihnen gehabt und mit ihrer Hilfe zahlreiche Geräte für Kampfhandlungen erfunden. Diese Hexen, die sich in Gruppen zusammenfanden, widersetzten sich den Anordnungen ihrer Vorgesetzten. Überall in dieser uralten Welt fanden Kriege statt, und um ein Haar wäre die gesamte Schwesternschaft ausgelöscht worden. Was aus den Kriegerhexen wurde, weiß ich allerdings nicht. Die Schwesternschaft wollte angepasste Schwestern heranzüchten, die mehr Sinn für Gemeinschaft und Zusammenarbeit zeigten. Dein Hang zur Unabhängigkeit ist bemerkenswert und unterscheidet dich von den meisten deiner Mitschwestern. Mag sein, dass dies an deiner Abstammung liegt. Jedenfalls haben deine Eltern mit dir eine ganz außergewöhnliche Tochter hervorgebracht.«

»Ich könnte damit leben, als Kriegerhexe bezeichnet zu werden«, meinte Elysia. »Ich hatte sowieso nie Schwierigkeiten mit dem Wort *Hexe*, auch wenn der Ausdruck allgemein verpönt ist.«

Birgitta lächelte sonderbar. »Du hattest nie viel mit den anderen gemein. Aber hättest du denn Freude an einem solchen Leben, Elysia? Du wärst keinem Clan verpflichtet. Du wärst niemandem unterworfen, es sei denn, du würdest dich persönlich dafür entscheiden. Das ist eine Seltenheit für eine Schwester. Die anderen müssen in die Welt hinausziehen und Verbindungen mit den Familien eingehen, denen sie zugeteilt werden. Das ist unser vorgegebener Weg, das Weltgeschehen zu beeinflussen.«

»Ich wäre in der Lage, mein Leben auf andere Weise in die Hand zu nehmen«, stellte Elysia fest.

»Und dein Vater?«

Das Wort hörte sich immer noch seltsam an – nicht weil es so neu war, sondern weil man sich in der Schwesternschaft stets nur auf Mütter, Töchter und Schwestern bezog. Eine Beziehung zu einem Mann auch nur zur Sprache zu bringen war ihr nach wie vor fremd. Sie sah in Xavir eher einen Kampfgefährten als einen Vater im eigentlichen Sinn. Und doch ähnelte sie ihm charakterlich offenbar ganz stark.

»Ich habe eine Aufgabe an seiner Seite, obwohl ich noch nicht genau weiß, worum es sich dabei handelt. Die Zusammenhänge durchschaue ich ja selbst nicht.«

»Dir macht das Kämpfen Spaß«, stellte Birgitta mit harter Stimme fest.

»Spaß ist nicht das richtige Wort«, entgegnete Elysia vorsichtig, kannte sie doch Birgittas Abscheu vor jeglicher Gewalt. »Es macht mir Spaß, meinem Vater zur Seite zu stehen. Das ganz sicher. Er ist ein Meister auf seinem Gebiet, und es gibt wohl keinen Zweiten wie ihn. Für mich ist es eine Ehre, dass er mir Aufgaben überträgt. Wir arbeiten wirklich gut zusammen. Dabei fühlt sich alles so einfach an. So leicht. So richtig.«

»Ihr ergänzt euch«, bestätigte Birgitta und nickte zur Bekräftigung.

»Da magst du recht haben«, sagte Elysia. »Sei's drum. Aber ist das denn von so großer Bedeutung?«

»Ich denke an die Zukunft, wenn ich dieses Thema anschneide«, erläuterte Birgitta. »Marillas Erwähnung der Dunklen Schwesternschaft bereitet mir Sorgen. Ich kann nur hoffen, dass unsere Mitschwestern, die in jener Nacht Jarratox verließen, etwas von unserer Art in die Zukunft retten. Ich fürchte nämlich, dass unter unseresgleichen ein Krieg ausbricht – in Anlehnung an die politischen Ereignisse in Stravir. Falls dem König Dunkle Schwestern zur Seite stehen, die über das Wissen der Voldirik verfügen, stehen wir vor einer gewaltigen Herausforderung. Seit Äonen hat Schwester nicht mehr gegen Schwester gekämpft.«

»Und du meinst, dann brauchen wir Waffenkundige wie mich, um gegen andere Schwestern zu kämpfen?«, fragte Elysia und schüttelte den Kopf. »Da zeigen meine Techniken möglicherweise doch gar keine Wirkung.«

»Nun ja, bisher bestand kein Anlass, Jagd auf sie zu machen«, räumte Birgitta ein. »Doch ein solcher Zeitpunkt könnte schon bald kommen. Marilla ist eine kenntnisreiche Schwester, aber vielleicht gelingt es uns, ihre scheinbar unüberwindliche Verteidigung niederzuringen. Mag sein, dass wir unsere Techniken verfeinern müssen – deine, meine, die unserer Schwestern und vor allem jene, die sich dem Schwarzen Clan angeschlossen haben.« Sie deutete zum Lager hinüber.

»Dann hältst du die Dunkle Schwesternschaft also für eine große Bedrohung?«

»Ich habe mich ein wenig umgehört. Während wir in den letzten Tagen unterwegs waren und du deine Zeit mit Xavir verbracht hast, sprach ich mit allen sieben Schwestern der Clans, die sich uns angeschlossen haben. Ihr Wissen war zwar begrenzt, doch ich konnte mir ihre Aussagen zu einem schlüssigen Bild zusammensetzen. Offenbar hatten viele Schwestern ihre Schwierigkeiten mit den Machtstrukturen auf Jarratox. Ihre Ablehnung gegenüber der Matriarchin und ihrem Klüngel machte sie anfällig für die Verführungskünste der Voldirik.«

»Dann hat sich die Matriarchin also alles selbst eingebrockt?«

Birgitta seufzte und lächelte sanft. Ihr Mantel bauschte

sich in einer Brise, die durch den Wald strich und das Laub aufwirbelte. »Nun, es ist alles etwas komplizierter, kleine Schwester, aber ganz unrecht hast du nicht. Die Politik der Schwesternschaft gefiel nicht allen. Doch offenbar spürten die Wegseherinnen der Voldirik die Unzufriedenheit der Schwestern und boten ihnen eine Alternative an. Etwas Verlockendes. Ich weiß nicht, was geschehen ist. Womöglich gibt es im Heimatland der Voldirik Hexensteine. Vielleicht ist auch etwas noch Mächtigeres im Spiel. Ich weiß es nicht. Noch ist unklar, was die Wegseherinnen mit den Schwestern angestellt haben. Noch habe ich keine dieser veränderten Frauen mit eigenen Augen gesehen. Erst dann könnte ich den Unterschied erkennen. Sind sie mächtiger geworden? Wir werden es herausfinden.«

Sie gingen weiter und besprachen ihre Sorge um die Schwesternschaft, bis Birgitta die Unterhaltung erneut auf Xavir brachte. »Eine Sache raubt mir den Schlaf ... wenn du mir meine offenen Worte verzeihst.«

»Warum so höflich?«, fragte Elysia. Sie blieben vor einem umgestürzten Baum stehen und setzten sich auf den Stamm. »Worum geht es?«

»Es geht darum, wie ... unbekümmert du andere Menschen ... umbringst«, stammelte Birgitta.

»Oh! Nun, es fällt mir einfach leicht.«

»Ich werde nie vergessen, wie ich vor vielen Jahren zum ersten Mal ein Lebewesen tötete. Die Tat verfolgte mich wochenlang. Jede Schwester ist anders. Aber du ... Bei dir kam mir das Töten so mühelos vor. Und du hast es immer wieder getan.«

Elysia runzelte die Stirn und dachte nach. »Ich kann es nicht näher erklären, aber es macht mir nichts aus. Wo liegt der Unterschied zwischen einem Reh und den Feinden, die wir auf der Straße bekämpfen?«

»Diese Feinde sind Menschen mit einer Seele.«

Elysia zuckte die Achseln. »Blut ist Blut. Vielleicht habe ich mich während unserer früheren Beutezüge auf die Wildtiere daran gewöhnt.«

»Soldaten sind weder Rehe, deren Anzahl verringert werden muss, noch dienen sie uns als Nahrung.«

»Nein, aber Xavir sagt, es handelt sich um Soldaten, die diesen Beruf erwählt haben ...«

»... und daher zulässige Beute sind«, brachte Birgitta den Satz zu Ende. »Ja, das erwähnt er oft.«

»Und es trifft zu! Soldaten sind auf den Tod vorbereitet. Das liegt im Wesen des Soldatentums.«

»Was weißt du denn schon über das Wesen des Soldatentums, kleine Schwester?«

»Xavir hat mir genug darüber erzählt.«

Birgitta sah zu Boden. »Die Blutsbande zwischen euch sind wirklich stark.«

»Vielleicht ...«, murmelte Elysia und betrachtete ebenfalls das feuchte Laub zu ihren Füßen.

»Dieser Mann ist einfach nicht in der Lage, über Gefühle zu sprechen. Manche Menschen verständigen sich mit Worten, andere setzen lieber auf Taten. Indem er dir erlaubt, an seiner Seite zu kämpfen, zeigt er dir seine Zuneigung ... auf eigentümliche Weise, wie ich finde. Wahrscheinlich will er, dass du den Weg mit ihm zu Ende gehst. Ganz bis zum Ende, kleine Schwester. Ich hoffe, das weißt du.«

»Was meinst du damit?«

»Er erwartet von dir, mit ihm in den dunkelsten Winkeln von Stravir zu kämpfen. Vielleicht sollst du im schlimmsten Fall sogar an seiner Seite sterben.«

»Dann kehre ich eben früher zur Quelle zurück.«

»Oh, kleine Schwester! Wer jung ist, geht viel zu leicht tödliche Risiken ein. Diese Haltung ändert sich mit dem

Alter. Man wird vorsichtiger. Was hat dich nur so abgestumpft?«

»Das geschah womöglich schon vor langer Zeit«, entgegnete Elysia. Eigentlich wusste sie gar nicht, was die ganze Aufregung sollte. Töten war töten. Der Tod war ein Teil des Lebens, und damit hatte es sich schon. Welchen Unterschied machte es denn aufs große Ganze bezogen? Wenn sie starb, würde sie zur Quelle zurückkehren und dort Frieden finden. Was gab es da zu fürchten?

»Dann komm!« Birgitta stand auf und ächzte vor Anstrengung. »Ich bin zu alt zum Kämpfen.« Sie presste sich eine Hand in den Rücken. »Auf dieses Duell mit Marilla hätte ich gut verzichten können.«

Sie stapften durch feuchtes Unterholz, bis sie wieder im geschäftigen Lager anlangten. In gleichmäßigen Abständen loderten die hohen Flammen der Lagerfeuer in den Himmel. Männer und Frauen saßen im Kreis und sprachen voller Begeisterung über die bevorstehenden Abenteuer. Sie hatten schwarze Banner gehisst, schlichte, ernste Zeichen von Xavirs Schwarzem Clan. Inmitten eines friedlichen Tals schien über Nacht eine Stadt aus dem Boden geschossen zu sein.

Sie entdeckten Xavir, der von mehreren Frauen aller Altersstufen umringt wurde. Sie trugen Mäntel in unterschiedlichen Farben sowie graue und rote Tuniken, die den Clan anzeigten, dem sie zugewiesen waren. Strahlend blaue Augen musterten die beiden Ankömmlinge. Marilla befand sich unter ihnen, und ihrer Unbekümmertheit nach wusste Birgitta auch gleich, um wen es sich bei den anderen handelte.

Mit ihrem Lederwams, ihren Stiefeln, dem robusten Mantel und dem Bogen, den sie wie immer über der Schulter trug, fragte sich Elysia, ob sie inzwischen nicht eher eine

Kriegerin als eine Schwester war. Insofern sah sie keinerlei Veranlassung, sich zu den Frauen zu gesellen.

»Diese Frauen wollen, dass wir für die bevorstehende Schlacht den Einsatz von Magie besprechen«, erklärte Xavir. »Ich stimme ihnen zu. Wir treffen uns heute Abend im Herrenhaus.«

»Wann kämpfen wir?«, fragte eine der Frauen, ihrem weißen Haar und der wettergegerbten Haut nach die älteste.

»Diese Entscheidung liegt nicht bei mir«, antwortete Xavir. »Was in Zukunft geschieht, hängt von der weiteren Ausbildung unserer Truppen ab.«

»Wir brauchen keine Ausbildung«, verkündete Marilla.

»Das mag sein«, entgegnete Xavir. »Aber ich bitte dich um Geduld.«

»Ohne die Launen meines Gebieters wäre ich nicht hier. An einem Tag ziehen wir los, um dem König einen Besuch abzustatten, und am nächsten kämpfen wir gegen ihn.«

Xavir schwieg, doch am Funkeln seiner Augen erkannte Elysia, dass die Grenzen seiner Höflichkeit erreicht waren.

»Bei Sonnenuntergang im Herrenhaus«, entschied Xavir schließlich, wandte sich um und ging davon.

DAS WARTEN IST VORÜBER

Drei Wochen verstrichen, bis der Schwarze Clan zum Marsch auf Stravir bereit war. Landril genoss jeden Augenblick der Truppenausbildung. Berechnungen wurden angestellt, Pläne geprüft, Taktiken durchgespielt. Selbstverständlich unterzog er sich selbst kaum einer körperlichen Ertüchtigung. Seine Rolle, so hatte er beschlossen, lag vielmehr im Organisieren. Wie es schien, hatten die anderen nichts dagegen, ihm diesen Aufgabenbereich zu überlassen.

Die Hände lässig auf dem Rücken, verschaffte sich Landril ein Bild von der Lage und schlenderte im Morgenlicht gemütlich um das Herrenhaus herum. Unglaublich, welche Veränderung die Männer durchlaufen hatten, die aus dem Gefängnis geflohen waren! Sie hatten ein klares Ziel vor Augen, auf das sie hinarbeiten konnten, und eine Sache, an die sie glaubten. Infolgedessen strahlten sie auch einen gewissen Stolz aus, wenn sie ihren Tätigkeiten nachgingen.

Er beobachtete, wie sich Davlor schwitzend gegen Tylos' Scheinangriffe verteidigte. Der junge Tor wusste dem Mann aus Chambrek kaum etwas entgegenzusetzen. Allerdings musste Landril zugeben, dass sich Davlors Technik in letzter Zeit merklich verbessert hatte.

Landril schnalzte mit der Zunge, als Davlor das Schwert aus der Hand geschlagen wurde und er mit dem Gesicht voran ins Gras fiel. Ein Mann hinter ihm lachte.

»Arbeitest du eigentlich auch irgendwann einmal?«, schrie Davlor gereizt und kam mühsam auf die Füße. »Oder stehst du nur einfach da und hältst Maulaffen feil?«

»In meinem Verstand herrscht bienenfleißiges Treiben«, konterte Landril lächelnd und ging weiter.

Mittlerweile, so schätzte Landril, sollten der Barde und der Dichter in den Ortschaften im Umland von Stravir und in der Hauptstadt selbst eine gewisse Unsicherheit verbreitet haben. Die Kunde vom Schwarzen Clan hatte erstaunlich rasch die Runde gemacht, und jeden Tag schlossen sich mehr Menschen der Truppe an. Jeder, der kam, hatte seine ganz persönlichen Gründe. Manche waren von den Legionen des Königs vertrieben worden oder hatten deren Grausamkeiten miterlebt. Andere waren Soldaten, die sich der Tyrannei des Königs entziehen wollten. Viele fragten, ob der berühmte Xavir denn König würde, und Landril redete ihnen diese Vorstellung nicht aus. Allerdings hatte er nicht die geringste Ahnung, wie Xavir selbst zu dieser Aussicht stand.

Außerdem beunruhigte es ihn, dass er aus der Hauptstadt keinerlei Nachrichten erhielt. Er war ein Mann, der sich stets auf Fakten stützte, doch über die Vorgänge innerhalb der Stadtmauern von Stravir erfuhr er nicht das Geringste, sosehr er sich auch darum bemühte. Und so rechnete er mit dem Schlimmsten.

Inzwischen hatte sich der Schwarze Clan zu einer schlagkräftigen Streitmacht gemausert und zählte etwa viertausend Mann sowie weitere neunhundert Krieger aus Dacianara. An keinem Tag der Woche wurde die Ausbildung unterbrochen. Xavirs Plan zufolge schulten die besten Krieger die weniger fähigen in allen Kampftechniken, während Valderon und Landril unter Berücksichtigung der geografischen Bedingungen rings um die Hauptstadt die günstigste Angriffstaktik ausarbeiteten. Die Hexen hatten sich die größte Mühe in

Bezug auf ihre Eingliederung in das Heer gemacht. Mittlerweile wussten sie sich jedoch einigermaßen anzupassen. Mit äußerster Anstrengung hatte Birgitta sie von ihren beliebten politischen Ränken und Machtspielen abgebracht. Die Neuigkeiten über die Dunklen Schwestern hatten sie jedoch so verstört, dass sie ihren übersteigerten Stolz ablegten. Um diese Tageszeit waren die Frauen nur selten zu sehen. Stattdessen fanden sie sich bei Sonnenuntergang zusammen, um fernab neugieriger Blicke aus ihren Hexensteinen Waffen zu fertigen.

Landril musste sich eingestehen, dass alles gut lief und er mit seiner Rolle mehr als zufrieden sein konnte. Doch wie lange mussten sie noch warten?

Die Antwort sollten sie schon bald erhalten.

Am Nachmittag desselben Tags sprengte ein Mann hoch zu Ross auf den Hof. Es war einer von Graudens Spähern, der losgeschickt worden war, um Stravir auszuspionieren. Sein Mantel flatterte hinter ihm her, als seine Stute auf das Herrenhaus zuritt. Er saß ab, bevor das Tier ganz zum Stehen gekommen war, sprang auf die Füße und eilte zu Valderon und Landril, die in General Havinirs Bibliothek eine Lagebesprechung abhielten.

Vornübergebeugt und mit schlammbespritzter Kleidung, stand der Bote vor ihnen.

»Die Menschen werden in Voldirik verwandelt«, keuchte er und presste die Hände auf die Knie.

»Ganz ruhig!«, mahnte ihn Valderon und half ihm auf. »Erzähl uns alles!«

»In Stravir«, fuhr der Späher fort, »werden die Bürger … sie werden in Voldirik verwandelt. Transformiert. Der Prozess beginnt erst, wird aber bald in großem Maßstab weitergeführt. Die Menschen werden zusammengetrieben und in

Behälter gepfercht, die sich Bruttanks nennen. Dort werden sie verändert, damit sie zu Voldirik werden. Ihre Körper verwandeln sich. Ihr Geist wird ausgelöscht. Letztendlich sind sie tot und erinnern sich an nichts.«

»Woher weißt du das?«, fragte Landril voller Entsetzen. »Welche Beweise gibt es dafür?«

»Ich habe alles gesehen. Es gelang mir, einen deiner geheimen Zugänge zu nutzen – die südliche Kanalisation.«

»Ja, den aufgegebenen Teil.« Landril nickte. »Sprich weiter!«

»Ich sah, wie es sich zutrug. Die Tanks stehen überall in der Stadt. Was ich beobachten konnte, glich einer Massenhinrichtung. Auf die Menschen, bei denen die Wandlung erfolglos bleibt, und auf jene, die sich zur Wehr setzen, wartet ein noch schlimmeres Schicksal. Ihre Leiber verzerren sich, bis sie grauenhaft entstellt sind. In einem weiteren Tank werden sie dann in einen anderen Körperzustand überführt. Sie verwandeln sich in Kreaturen, die ich nur als Monster bezeichnen kann. Zwei, drei oder noch mehr werden miteinander verschmolzen. Ihre Haut verliert die Farbe und ändert die Beschaffenheit. Augen sprießen aus den Flanken, und es bilden sich zusätzliche klauenartige Gliedmaßen. Ich beobachtete alles so lange wie möglich und machte mich dann schleunigst auf den Rückweg. Seit zwei Tagen habe ich keine Rast mehr eingelegt.«

»Bei der Göttin, das erinnert mich an die Wesen, die uns im Wald angegriffen haben«, stöhnte Landril und wandte sich an Valderon. »Was uns dieser Mann beschreibt, verrät die Herkunft der Bestien.«

Valderon bedankte sich bei dem Späher und entließ ihn. »Das ist doch schlichter Wahnsinn!«, stieß er hervor und drehte sich zu Landril um. »Wie kann sich ein König für so etwas hergeben? Nach allem, was wir gehört haben, müssen wir uns nun sputen. Andernfalls werden Tausende dieser entsetzlichen Wandlung unterzogen. Das ist mit Sicherheit schlimmer als der Tod.«

Landril trat ans Fenster. Fahles Licht fiel ihm auf das Gesicht. »Aber irgendetwas passt hier nicht zusammen. Ich kann nicht glauben, dass selbst ein Schurke wie Mardonius solchen Irrsinn gutheißt.«

»Wir können uns nicht noch länger vorbereiten«, entschied Valderon. »Schluss mit der Ausbildung! Schluss mit dem Anwerben von Kämpfern! Unsere Zahl mag klein sein, doch wir können nicht länger warten. Bist du auch der Meinung, dass wir beim ersten Morgengrauen losmarschieren sollten?«

Landril nickte grimmig. »Zuvor aber müssen wir Xavir und Lupara in Kenntnis setzen.«

Hornstöße hallten durch das Tal. Das Gemurmel Tausender Soldaten verstummte. Aufgeschreckte Vögel flatterten durch die Baumkronen und das Blätterdach davon. Im schwindenden Licht der Nachmittagssonne kam Bewegung in den Wald.

Soldaten bauten die Zelte ab und packten ihre Habseligkeiten zusammen. Pferde wurden aufgezäumt, und Karren mit Proviant rumpelten durch das Lager, um die gesammelten Vorräte aufzuladen. Über der gesamten Szene schwebte eine Aura des Unbehagens, wie Landril von einer Hügelkuppe aus beobachtete. Trotz genauer Planung herrschte nun, in der Stunde der Wahrheit, eine gewisse Verunsicherung, was die Zukunft des Schwarzen Clans betraf.

Die Dacianaraner waren die Ersten, die in der Nacht verschwanden. Landrils Pläne sahen vor, dass ihre Barbarenverbündeten weit vor den stravirischen Kämpfern zum Einsatz kommen sollten, und die wilden Krieger waren begierig auf jede Herausforderung, die sich ihnen bot. Mit schwarzer Farbe um die Augen, in Pelze gehüllt und mit Federn geschmückt, preschten sie auf ihren mächtigen Wölfen durch das Tal. Allen voran ritt Lupara, dichtauf gefolgt von Katollon. Das Geheul der Raubtiere war noch in weitem Umkreis zu hören, während die Dacianaraner selbst das Anwesen ohne ein Wort des Abschieds verlassen hatten.

Landril eilte zurück zu einem Treffen mit Xavir, der neben Tylos in Havinirs ehemaligem Esszimmer stand, das inzwischen als Lager diente.

»Meisterspion«, sagte er und trat einen Schritt beiseite, »ich habe meine Männer ausgewählt.«

Landril linste um Xavirs massige Gestalt herum und sah die ehemaligen Häftlinge aus der Höllenfeste am staubigen Tisch sitzen. »Bist du sicher, keine weiteren fähigen Männer zu brauchen?«, fragte er. »Es wäre mir eine Genugtuung, wenn du es unbeschadet in die Stadt hineinschaffst und deine Pläne verwirklichst. Für das gesamte Vorhaben ist es nach wie vor von entscheidender Bedeutung, dass du zu Mardonius vordringst.« Dabei verschwieg Landril, welch geringes Vertrauen er in die Fähigkeiten der einstigen Sträflinge setzte.

Xavir zeigte ein wölfisches Grinsen und drückte damit unausgesprochen aus, dass er Landril durchschaute. »Diese Männer sind aus einer uneinnehmbaren Feste hoch oben in den Bergen ausgebrochen. Dann schaffen sie es doch sicher auch mit Leichtigkeit, ungesehen in eine Stadt einzudringen, die lediglich von einer Mauer umgeben ist. Außerdem werde ich sie begleiten und kenne alle Schlupfwinkel. Sofern Menschen in Gefahr sind, werden wir alles daransetzen und ihnen helfen. Zumindest können wir die Gräueltaten der Voldirik so lange hinauszögern, bis der Schwarze Clan die Tore der Stadt aufsprengt. Allerdings hoffe ich nicht, dass wir zu spät sind.«

Landril runzelte die Stirn. »Und deine Tochter? Bleibt sie doch bei den Hexen?«

»Ich begleite ihn!«, erhob sich plötzlich eine Stimme hinter ihm.

Verblüfft drehte sich Landril um und entdeckte Elysia, die den Bogen über der Schulter trug und die Arme vor der Brust verschränkt hatte. »Könntest du es bitte sein lassen, dich so anzuschleichen?«, knurrte er.

»Oh, diese Fertigkeit wird uns noch des Öfteren nützlich sein«, gab sie zurück und nahm neben ihrem Vater Aufstellung.

»Weiß Birgitta, was du vorhast?«

»Ja, ich habe es ihr gesagt.«

»Und was hält sie davon?«

»Sie meint, ich könne für mich selbst entscheiden.«

»Nun, dann wäre das ja alles geklärt«, stellte Landril fest und wandte sich an die übrigen Anwesenden. »Wenn ihr euch in das Herz der Hauptstadt begebt und zu Mardonius vordringen wollt, dann liegt der Ausgang der Schlacht letztendlich in euren Händen.«

»Wäre es dir lieber, er läge in irgendwelchen anderen Händen?«, fragte Xavir mit bissigem Unterton.

Landril schüttelte den Kopf. »Dann macht euch vor uns auf den Weg! Erzwingt euch Zutritt zum König! Reißt der Schlange den Kopf ab! Mit etwas Glück stirbt dann auch ihr Körper.«

»Unsere Pferde stehen bereit. Wir brechen sofort auf«, erklärte Xavir und klopfte Landril auf den Rücken. In seiner Stimme schwang nicht der geringste Hauch von Furcht mit. Der Plan war bestenfalls dreist, schlimmstenfalls zum Scheitern verurteilt. Hier stand ein Mann, der lange auf diesen Augenblick gewartet hatte und nun losschlagen wollte.

Landril betrachtete Xavirs riesenhafte Erscheinung, die

schwarze Kriegstracht und die Klagenden Klingen in ihren Scheiden. Auch Landril hatte sich danach gesehnt, Mardonius' Vorherrschaft zu brechen. Doch nun fragte er sich, ob Xavir dieser Aufgabe tatsächlich gewachsen war. »Du bist kein Mann für rührseliges Abschiednehmen«, fuhr Landril fort. »Aber ich wünsche dir von Herzen viel Glück.«

Xavir nickte und verließ den Raum, gefolgt von seiner Tochter und den Männern aus der Höllenfeste.

Davlor ging als Letzter und schenkte Landril ein breites Grinsen. »Keine Sorge! Ich passe auf unseren Anführer auf.«

»Du kannst doch kaum auf dich selbst aufpassen«, erwiderte Landril und hielt Davlor am Arm fest. Die beiden Männer sahen sich an. »Versprich mir, dass du wirklich alles Menschenmögliche tust, damit deinem Anführer nichts zustößt. Verstanden? Er ist unsere wirksamste Waffe. Lass dich durch nichts ablenken! Lauf nicht los, um andere zu retten, weil du von Heldentaten träumst! Dringt bis zum König vor!«

»Keine Sorge!«, rief Davlor mit erhobenen Händen. »Ich kann inzwischen gut mit dem Schwert umgehen.« Er lachte und verschwand.

Landril beobachtete den Auszug der Mitstreiter aus dem Herrenhaus. Die Pferde galoppierten los, und er spannte sich innerlich noch mehr an. Im Verlauf der letzten Monate hatte er so viel geplant und in die Wege geleitet. Was von nun an geschah, entzog sich seinem Zugriff.

Doch er hatte noch etwas anderes zu erledigen. Also machte er sich auf den Weg und benötigte eine Weile, bis er sein Ziel erreichte. Vor Wochen schon hatte Birgitta ihm versprochen, Augenzeuge einer wahren Großtat zu werden, wenn er sich zu dieser Stunde hier einstellte, und diese Stunde war nun gekommen. Elysias Mentorin war bereits vor Ort, obwohl er ein wenig zu früh gekommen war. In

Mäntel gehüllt, hatten die anderen Frauen im Dunkel unter den Bäumen einen Kreis gebildet. Birgitta selbst stand neben dem Denkmal des alten Königs Vaprimok aus dem Sechsten Zeitalter, auf dem sich zwei große braune Falken niedergelassen hatten. »Du bist zu früh«, tadelte ihn Birgitta. »Ich wusste, dass du es nicht erwarten kannst.«

»Wie gut, dich nicht enttäuscht zu haben!« Landril beäugte die Frauen im Schatten, die ihn genauso scharf beobachteten wie die beiden Vögel.

»Dann war es also keine falsche Versprechung«, fuhr er fort.

»Bei der Quelle! Dachtest du, ich wolle dich täuschen?«

»Nein, nein! Ich hielt es nur für höchst unwahrscheinlich. Aber gelegentlich gefällt es mir, wenn mich jemand eines Besseren belehrt.«

»Nun, sie sind gekommen.« Birgitta deutete auf die Frau in Schwarz. »Marilla besitzt die herausragende Gabe, sich mit diesen Geschöpfen zu verständigen.«

Landril sah wieder zu den Falken hinüber. Beide waren edle Kreaturen mit glänzendem Gefieder, einer mit weißem Kopf, der andere vollkommen braun.

»Und du bist überzeugt, dass es gelingt?«

»Nein«, antwortete Birgitta »Nicht überzeugt, aber zuversichtlich.«

»Dann mach weiter, was immer du vorhast!«, bestärkte Landril die Schwester.

Birgitta näherte sich einer anderen Hexe, die den Blick auf ein Netz hinter sich freigab. Darin befanden sich Gegenstände, die wie Hexensteine aussahen, die von hölzernen Rahmen eingefasst waren. Mit der Rechten holte Birgitta einen der Steine hervor und zeigte ihn Landril.

»Zwei Hexensteine entgegengesetzter Kräfte wurden miteinander verbunden. Dieser Vorgang gestaltete sich äußerst schwierig, ganz zu schweigen von den Gefahren, die damit einhergingen. Es ist uns aber gelungen, bei der Quelle! Lässt man die Steine aus großer Höhe fallen, erzeugen sie eine mächtige Reaktion.«

Landril hob die Brauen. Alle anderen Hexen hatten bislang geschwiegen und bewegten sich nicht von der Stelle. »Und du erwartest, dass die Falken das bewerkstelligen können?«

»Nein.« Birgitta lachte. »Das wäre lächerlich und viel zu riskant.«

Einer der Vögel kreischte laut, und nur die dicht beieinanderstehenden Bäume dämpften das schrille Geräusch ein wenig.

»Ich wollte dich nicht beleidigen, mein Freund«, sagte Birgitta zu dem Falken und wandte sich wieder an Landril. »Nein! Die Falken werden diese fünf Dutzend Gerätschaften zu den Akero befördern. Die Vogelmenschen werden uns helfen.«

»Sie kümmern sich doch nur um ihre eigenen Angelegenheiten«, wandte Landril ein.

»Wann hast du das letzte Mal mit einem Akero gesprochen?«

»Zugegebenermaßen noch nie«, gab Landril zu.

»Nun, ich traf sie erst kürzlich, und sie haben geschworen, uns bei der Befreiung von den Voldirik zu unterstützen. Wir sind nicht die Einzigen, die unter dem Vordringen der Fremdlinge leiden«, fuhr Birgitta fort. Plötzlich erspähte Landril eine Nachrichtenröhre inmitten des Netzes. »Ist das deine Botschaft an sie?«, fragte er.

»Ja.«

»Dürfte ich sie sehen?«

»Nein, das darfst du nicht.«

Landril seufzte.

»Nicht alles unterliegt deiner Aufsicht«, erklärte Birgitta.

»Umso schlimmer«, meinte Landril. »Erläutert diese Nachricht unsere Taktiken für die große Schlacht?«

»Vertrau uns!«, beschwor ihn Birgitta mit drängender Stimme.

Landril ließ die Schultern sinken. »Nun gut.«

»Also ...« Birgitta bedeutete den anderen Hexen mit einem Wink, vorzutreten und das große Netz vom Boden aufzuheben. Marilla reckte sich zu den Vögeln hoch und zischelte ihnen etwas zu. Währenddessen befestigten ihre Mitschwestern das Netz an den Beinen der Vögel.

Dann traten alle Schwestern gleichzeitig zurück.

Die Falken breiteten die großen Schwingen aus und erhoben sich mit kräftigen Schlägen vom Denkmal. Sie schienen mit dem Gewicht zu kämpfen und bewegten sich auf eine Lücke im Blätterdach zu.

Einen Augenblick später waren sie mit ihrer Fracht verschwunden. Landril sah sich um. Die Hexen waren zurückgetreten, als hätten sie eine religiöse Zeremonie vollzogen. Landril hatte das Gefühl, gar nicht gemerkt zu haben, was hier gerade vor sich gegangen war.

»Nun, das wäre erledigt!«, rief Birgitta mit heiterer Miene, und ihre ernste Stimmung schien gänzlich verflogen zu sein. Hatte hier eine sonderbare Magie auf alle gewirkt?

»Lasst uns den Rückweg antreten!«, schlug Birgitta vor.

»Wie lange wird es dauern, bis die Vogelmenschen Stravir erreichen?«, fragte Landril.

Birgitta hob die Schultern. »Sie kommen, wenn sie kommen.«

»Worte, nach denen sich eine Schlacht wohl kaum planen lässt.«

»Bei der Quelle! Muss ich ab jetzt mit deiner schlechten Laune rechnen?«, spottete Birgitta.

Landril zog es zurück zum Herrenhaus, denn er hatte genug gehört und gesehen. »Wir müssen packen. Die Dacianaraner sind schon unterwegs, genau wie Xavir und Elysia.«

»Dann ist sie also fort«, stellte Birgitta fest.

»Sie begleitet Xavir.«

Birgitta nickte. »Beten wir, dass er auf sie aufpasst!«

»Den sichersten Platz, den ich mir für Elysia vorstellen kann, ist an der Seite ihres Vaters«, hielt Landril dagegen.

»Aber bedenk doch nur, was er vorhat!«, warf Birgitta ein. Tränen stiegen ihr in die Augen, doch sie drängte sie zurück. »Er schreitet ins dunkle Herz des Chaos und nimmt die kleine Schwester mit.«

Landril wollte schon den Rückweg durch den Wald antreten, wandte sich aber noch einmal um. »Warum nennst du sie eigentlich kleine Schwester? Sie ist größer als du.«

»Weil sie nicht immer größer war als ich.« Birgitta hob ihren Stab, und binnen eines Herzschlags war sie aus Landrils Sicht verschwunden.

DER GERUCH

Xavir roch noch immer Blut.

Schon seit seinem Aufbruch aus dem Herrenhaus vor einem Tag und einer Nacht hatte er den Geruch in der Nase, obwohl es nichts zu riechen gab. Eine Erinnerung hatte ihn geweckt. So hatte immer alles im Krieg gerochen. Blut. Pferdekot. Schlamm. Eitrige Wunden und verkohltes Fleisch. Zum Schneiden dick hing der Geruch dann in der Luft. Vor vielen Jahren hatte er sich das letzte Mal auf eine Schlacht dieser Größenordnung vorbereitet, und nun holten ihn die Erinnerungen ein. Auf merkwürdige Weise waren diese Empfindungen beruhigend, denn sie allein hatten sein Leben bestimmt.

Dann gab es noch den Geruch nach Regen von letzter Nacht, und die Blätter hingen schwer an den Ästen. Vor ihnen lag ein trüber Schleier aus Blau und Grün. Der Wald hellte sich auf. Er und seine Männer hatten nur zwei Stunden geschlafen. Manche waren allerdings auf dem Rücken ihrer Pferde eingedöst. Bevor sie die Stadtmauern erreichten, wollte er ihnen eine weitere kleine Rast gönnen.

Die Männer sprachen nicht viel. In Rüstungen gehüllt, die im Herrenhaus ausgebessert und schwarz gefärbt worden waren, wirkten sie durchaus wie Soldaten. Würden sie sich auch wie Soldaten verhalten? Xavir spürte eine gewisse Verantwortung ihnen gegenüber. Sie waren ihm aus der Höllenfeste in die Freiheit gefolgt, hatten aber eigentlich keinen

Grund, mit ihm in eine Schlacht zu ziehen. Es war nicht ihr Kampf. Und doch blieb ihre Treue zu ihm unerschütterlich. Mehr hätte er selbst von seinen Brüdern in der Sonnenkohorte nicht verlangen können. Und so waren Männer wie Tylos, Grend und Davlor *seine* Männer, und er würde auf sie achtgeben. Wenn er schon nicht in der Lage gewesen war, seine Eidbrüder zu beschützen, konnte er sich doch bemühen, dass diese Männer die bevorstehenden Kämpfe überlebten.

Da näherte sich Tylos, um ihm etwas über die Geländebedingungen in mittlerer Entfernung zu melden. Der Mann aus Chambrek zeigte meist eine ruhige und freundliche Miene, doch diesmal schien ihn etwas zu bedrücken.

»Ich bin auf dich als mein zweites Augen- und Ohrenpaar angewiesen«, sagte Xavir.

»Es ist mir eine Ehre, Xavir.«

»Ist es so?«, hakte Xavir nach. »Warum sollte es ausgerechnet für dich eine Ehre sein, an meiner Seite eine Stadt zu betreten, die so fernab von deinem Heimatland liegt?«

»In jener Stadt gibt es Menschen, die es zu befreien gilt«, erwiderte Tylos.

»Aber wir beide wissen doch, dass jeden Tag irgendwo in dieser Welt Gräueltaten begangen werden.«

Tylos' Blick wurde weicher, und er wirkte nachdenklich. »Unsere Jahre in der Höllenfeste – wir hätten verrotten können. Ich wäre zu einem Irren geworden, der in der Finsternis schöne Verse vor sich hin murmelte. Bitte lächle nicht! Du hast dafür gesorgt, dass wir Haltung bewahrten. Du hast uns in der Dunkelheit zur Arbeit angetrieben, bis uns jede Faser im Körper brannte. Du hast uns davon abgehalten, uns gegenseitig aus nichtigen Gründen an die Gurgel zu gehen. Gelegentlich hast du Angst als Mittel eingesetzt, um deine Ziele zu erreichen, doch wir wussten, dass diese Maßnahmen nur dazu dienten, dass wir uns nicht aufgaben.«

Die Worte wärmten Xavir wie ein loderndes Lagerfeuer.

»Nun, die Weisesten unter diesen Männern …«, fuhr Tylos fort.

»Zu denen du dich selbst natürlich zählst«, unterbrach ihn Xavir.

Tylos grinste breit. »Natürlich. Die Weisesten unter uns … sagen wir jene, die sich an der Dichtkunst erfreuen … sie begriffen, dass du auf uns achtgeben wolltest, weil dir deine Brüder fehlten. Du hast die Kameradschaft vermisst, falls man die raue Kumpanei in jenem Verlies denn so nennen mag. Ja, inzwischen verstehe ich, dass du eigentlich die Sonnenkohorte vermisst hast. Morgen werden wir nur ein schlechter Ersatz für deine Brüder sein.«

»Ihr seid mir alle gefolgt, als es keinen zwingenden Anlass dafür gab. Ihr hättet nach eurer Flucht in euer altes Leben zurückkehren können, aber ihr seid bei mir geblieben. Ich kann mir keine treueren Kameraden vorstellen.«

Tylos zuckte mit den Achseln und nahm eine entspanntere Haltung an. »Warum wir nicht einfach in der nächtlichen Finsternis verschwanden? Weil wir dir etwas schuldig sind.«

»Ihr schuldet mir nichts«, widersprach Xavir.

»Es gibt Formen der Schuld, die über stofflich Fassbares hinausgehen. Der Dichter Tharmantalus sagte einmal …«

»Ihr Chambreker könnt euch wohl nie im Zaum halten, wenn es um eure Dichter geht.«

»Daran bemessen wir unsere Größe.« Tylos lächelte.

»Genug jetzt mit diesem sentimentalen Unsinn!«, rief Xavir. »Ich muss dich um einen Gefallen bitten.«

»Du brauchst ihn nur zu nennen«, forderte Tylos mit geschwellter Brust.

»Sollte ich in der Schlacht fallen, während du überlebst,

möchte ich dich bitten, Elysia zu beschützen. Welche Schuld du auch immer mir gegenüber wiedergutzumachen trachtest, übertrag sie bitte auf meine Tochter!«

Tylos hob die Brauen. »Natürlich, natürlich. Das Anliegen kommt vielleicht nicht völlig überraschend, aber dürfte ich dennoch fragen, welchen Gefühlen so viel Besorgnis für eine junge Frau entspringt, die du erst seit Kurzem kennst?«

»Blut ist Blut«, sagte Xavir.

Darüber musste der Mann aus Chambrek lachen. »Wie du wünschst, Xavir. Du hast das Wort eines Ehrenmanns aus dem Süden.«

»Das reicht mir«, entgegnete Xavir.

Später am Nachmittag, als die fahle Sonne von einer Wolke verdunkelt wurde, spürte Xavir den Blick seiner Tochter auf sich ruhen. Sie ritt an seiner Seite. Irgendwie verblüffte es ihn, wie groß und edel sie auf dem Pferderücken saß und so gefasst wirkte. So elegant. Als ob sie sich trotz der Gefahr, der sie sich bald entgegenstellen musste, völlig sorgenfrei durch die Welt bewegte. Allerdings argwöhnte er, dass sie sich hinter einer Maske versteckte.

»Glaubst du, uns steht der Tod bevor?«, fragte sie wie beiläufig.

Er antwortete, ohne lange zu überlegen. Vor einem Kriegszug führten die Menschen gern solche Gespräche. »Eines Tages ganz gewiss. Vielleicht schon heute. Womöglich in der Schlacht. Unter Umständen in einem Jahr oder auch in zehn Jahren. Der Tod ist die einzige Gewissheit, die wir im Leben haben.«

»Dir scheint die Aussicht auf das Sterben nicht viel auszumachen.«

»In hundert vergleichbaren Situationen habe ich mir schon dieselbe Frage gestellt. Aber irgendwann langweilte mich das

Thema, und ich sprach nicht mehr darüber, wenn ich in den Krieg zog.«

»Nun, ich habe Angst.«

»Es ist in Ordnung, Angst zu haben«, sagte Xavir.

»Wirklich?«

»Wirklich.«

»Aber alle anderen wirken so unbekümmert. Sie erzählen, wie sehr sie sich auf den Krieg freuen. Sie können es gar nicht abwarten, Mardonius vom Thron zu stoßen.«

»Wahrscheinlich lügen sie«, meinte Xavir. »Die meisten von ihnen sind verängstigt. Sei zuversichtlich! Es ist deine erste Schlacht. Eine Schlacht unterscheidet sich stark von einem kleineren Scharmützel wie etwa dem in der Golaxbastei. Scharmützel erfolgen ganz unerwartet, man hat weniger Zeit zum Nachdenken und kann kaum Ängste entwickeln. Schlachten sind bedrohlicher und von der Bürde der Politik und der Taktik belastet. Alle denken zu viel nach und verändern den Blick auf die Lage. Alles wirkt gewichtiger. Doch ganz am Ende heißt es auch in diesem Fall nur – Hauen und Stechen. Allerdings in einem größeren Maßstab.«

Xavirs kleiner Trupp setzte seine Reise auf der ungepflasterten Straße in Richtung Stravir fort. Er musterte seine Männer noch einmal: Mit ihren schwarzen Helmen, ihren Schilden und ihren Schwertern am Gürtel wirkten sie durchaus wie Krieger. Sie hatten eine gute Ausbildung durchlaufen und führten ordentliche Waffen mit sich. Mit ernsten Gesichtern waren sie bemüht, ihre mögliche Beunruhigung im Zaum zu halten.

Diese Männer waren nur noch einen nächtlichen Ritt von der Hauptstadt entfernt, würden sich aber nicht auf direktem Weg nähern. Während die Dacianaraner kurz vor Sonnenuntergang des nächsten Tages angreifen wollten, würde Xavir seine Männer auf eine gänzlich andere Route führen.

DIE FLUT DES KRIEGES

Sie stürmten hinunter in das baumlose Tal und boten dem Wind die Stirn. Tausend wilde Dacianaraner. Die meisten ritten auf ihren großen Wölfen, während ihnen hundert Bogenschützen hoch zu Ross als Nachhut folgten.

Darum ging es im Leben! Wie hatte Lupara das nur vergessen können? Während sie auf ihrem gewaltigen Wolf Vukos den Hang hinabdonnerte, Faolo und Rafe reiterlos an ihren Flanken, merkte sie, dass sie einige ihrer wahren Neigungen viel zu lange vernachlässigt hatte. Blaue und schwarze Gesichtsbemalung zierte ihre Augen und Wangen, ihr Haar war mit silbernen Spangen und Wolfszähnen geschmückt. Sie trug ein Breitschwert in einer Rückenscheide und hielt die Axt fest umklammert. Katollon ritt nur wenige Schritte hinter ihr und hatte sie ermutigt, die Spitze der Reißzahnformation einzunehmen, die dem Tal dort unten tödliche Bisse zufügen sollte.

Steinerne Wachhäuschen in den Außenbereichen der Hauptstadt, die von je fünf oder sechs stravirischen Soldaten bemannt waren, wurden von den Dacianaranern im Handstreich niedergemacht. Ihre Äxte schlugen Köpfe von den Schultern, während die Münder der Angegriffenen vor Schreck weit offen standen. Die Mäuler von Wölfen zerfetzten die Wächter, die zur Abwehr ihre Schwerter zu heben wagten. Die Flut der Stammeskrieger schwappte über brach liegendes Ackerland, verlassene Weiler und zerbrochene

Zäune hinweg, um krachend gegen die Verteidigungsanlagen Stravirs zu prallen. Auf der Hügelkuppe wurde ein Leuchtfeuer entfacht, um die Stadtbewohner zu alarmieren. Gut. Genau das kam ihren Plänen entgegen. Wenn es ihnen gelang, sämtliche Verteidiger aus den Toren zu locken, war dies Xavirs Mission nur dienlich.

Stunde um Stunde, Zug um Zug dezimierten die Dacianaraner Versorgungsstellen und Wachposten, bis sie jenseits matschiger Felder das Lager der Voldirik erblickten, dessen Zelte so hoch aufragten wie Segel auf einem Schiff. Dahinter erhoben sich Stravirs hohe Mauern, ein ernstes Schwarz vor dem Graublau des diesigen Tages.

Unter Luparas Stammesgenossen brach ein wildes Geheul aus.

Vor ihnen tauchte in schimmernder Bronze eine vierzig Mann starke Reihe eleganter Krieger auf. Instinktiv rannte Vukos auf die Feinde zu, und Lupara hielt die Axt zum Schlag bereit. Die Voldirik reagierten nur träge auf den jähen Ansturm und wirkten völlig überrascht, als Lupara ihre Wolfskrieger mitten in die gegnerische Phalanx hineinführte. Es krachte laut, als Morast, Blut und Splitter aus Holz und Rüstungsteilen davonstoben wie Funken auf einem Amboss. Leiber in bronzenen Panzern stürzten zu Boden. Lupara durchbrach die Reihe und trieb ihre Krieger auf drei Dutzend weitere gut gerüstete Streiter zu, die hastig eine Formation bildeten. Immer mehr Dacianaraner setzten ihr nach, um sich die erste Reihe der Voldirik vorzunehmen. Mit den verbliebenen Kriegern hatten sie leichtes Spiel. Danach suchte Lupara die Reihen ab – keine Wegseherinnen, keine Magie.

Plötzlich kamen von links geiferndes Gebrüll und ein dumpfer Schlag, der den Boden zum Erbeben brachte. Ein riesiges Monster torkelte auf Lupara zu. Hoch wie ein Kirchturm kroch es aus einem alten Minenschacht hervor.

Umherwirbelnde Holzgerüste begleiteten seinen Aufstieg. Mit unzähligen Gliedmaßen, grauer Haut und drei missgestalteten Mäulern wankte es in die Schlacht.

Lupara beorderte die linke Flanke zum Angriff auf die neue Bedrohung, und Katollon löste sich aus dem Getümmel, um einen Sturmangriff auf das gigantische Wesen anzuführen. Sie selbst konzentrierte sich auf die feindlichen Krieger, die sich vor ihr zusammenrotteten. Jeder von ihnen sah sich sowohl einem Wolf als auch dessen Reiter gegenüber.

Und so fiel ein Voldirikkrieger nach dem anderen unter der geeinten Schlagkraft von Luparas wolfsreitenden Mitstreitern. Eine Handvoll bronzebehelmter Krieger bewies mehr Zähigkeit und streckte auf mutige Weise einige Männer von Luparas Streitmacht nieder, doch auch diese Verteidiger Stravirs waren rasch überwältigt. Die schiere Wucht des Angriffs überrollte sie förmlich.

Die Voldirik dieses Lagers waren erledigt. Daraufhin wandten sich die Reiter um und beobachteten, wie Katollons wilde Krieger immer engere Kreise um die riesige Bestie zogen. Ein Horn rief die dacianaranischen Schützen zu Hilfe. Hundert Männer und Frauen ritten heran, die Gesichter rot bemalt, die Schultern von Fellen umhüllt. Mit beiden Händen umklammerte jeder seinen Bogen und zeigte ein Maß an Gleichgewichtsgefühl und Geschicklichkeit, das Lupara fast schon vergessen hatte. Salve um Salve feuerten sie auf die große Bestie ab. Sie kreischte zwar bei jedem neuerlichen Pfeilregen, der auf sie niederging, auf, doch viele der Geschosse prallten einfach an ihr ab. Die Schützen erkannten bald, dass die Haut der Kreatur zu dick war, um von den Pfeilen durchschlagen zu werden. Daher zielten sie lieber auf eine ihrer vier Augen oder auf die geöffneten Mäuler. Währenddessen umkreisten Katollon und seine Wolfsreiter die Bestie, preschten für schnelle Attacken immer wieder vorwärts und wollten sie so zu einem Fehltritt verleiten. Bald wurde sie von Schwindel überwältigt und glitt im Schlamm aus. Seitlich taumelte sie zu Boden und landete krachend auf einem der Reiter. Der Wolf wand sich aus dem Schlamm hervor, doch der Krieger hatte das Bewusstsein verloren. Kaum war das monströse Ungeheuer gestürzt, hieben Katollon und seine Stammesbrüder wie wild mit ihren Äxten auf seinen Schädel ein. Dicke Blutspritzer tränkten die drei Reiter von oben bis unten. Die Arme des Wesens zuckten, doch schließlich traf ein letzter Axtschlag einen lebenswichtigen Nerv in seinem breiten Nacken, es stieß ein lautes Brüllen aus … und verstummte schließlich.

Aus dem Nieseln wurde dichter Regen. Wege verwandelten sich in blutigen Schlamm. Das Geheul der Dacianaraner erfüllte die Luft, und die tausend Mann starke Streitmacht überflutete das Gelände. Die Stammesstreiter bemühten sich, rasch die Hänge zu erklimmen, da sie nicht in der Talsohle festsitzen und einen vernichtenden Gegenangriff von oben riskieren wollten. Die geschmeidigen Wölfe überwanden den Anstieg ohne Mühe.

Lupara und ihre Dacianaraner stürmten der Hauptstadt entgegen.

Ruhig ritt Xavir an der Spitze seiner kleinen Streitmacht. Aus dem benachbarten Tal erhob sich Schlachtenlärm, als Luparas Heer auf Stravir vorrückte. Unmittelbar über ihnen auf der Hügelkuppe loderte ein wildes Leuchtfeuer, das die Städter zur Warnung entzündet hatten. Der helle Schein dort oben verhinderte, dass die Wachsoldaten den Trupp bemerkten, der heimlich auf sie vorrückte.

Xavir wählte einen selten begangenen Weg, der von der Hauptstraße abzweigte und zu einem matschigen Trampelpfad wurde. An vielen Stellen war er fast völlig überwuchert.

Xavir musste sogar absteigen, um mithilfe seiner Klagenden Klingen das dichte Gestrüpp zu beseitigen.

Sie kamen nur langsam vorwärts.

»Wo zur Hölle wollen wir eigentlich hin?« Davlor wischte sich die Nase am Ärmel ab.

»Wir dringen durch den Hügel ein.«

»Wie? Was?«

»Dieser Weg führt in die Stadt«, erklärte Tylos.

»Wieso weißt du das?«

»Das hat man uns doch gesagt«, wies ihn Tylos zurecht. »Hast du denn nicht gehört, was Landril und Xavir besprochen haben?«

»Na ja, schon. Aber ...«

»Du bist und bleibst ein Trottel.« Jedral schüttelte den Kopf. »Warum du bei so viel Dummheit noch immer auf zwei Beinen stehst, bleibt mir ewig ein Rätsel.«

»Ruhe!«, zischte Xavir. »Die Wächter können uns zwar nicht sehen, aber hören.«

»Entschuldige!«, raunte Davlor und hielt sich die Hand vor den Mund.

Xavir zerhackte einen widerspenstigen Fichtenschössling und ebnete ihnen den Weg, bis sie vor einer Felswand voller Flechten standen. Xavir lächelte, beugte sich vor und hielt inne. Ringsum war es völlig still.

Der Stein war mit uralten Zeichen bedeckt, Cedius' Initialen und der Nummer des Tunnels. Dieser war der dritte. Xavir tastete über den Fels und fand schließlich eine schmale Ritze. Er schob eins seiner Schwerter wie einen Hebel in den Spalt und bedeutete Tylos, es ihm mit seiner Waffe gleichzutun.

»Überstehen das unsere Klingen?«, fragte Tylos.

»Gewöhnlicher Stahl eher nicht, aber unsere Waffen sind äußerst stabil«, antwortete Xavir.

Die beiden Männer stemmten sich gegen die Felswand. Eine gewaltige Granitplatte bewegte sich Stück für Stück und glitt zur Seite. Aus dem Innern drang ihnen ein fauliger Geruch entgegen. Dahinter breitete sich tiefste Finsternis aus.

»Was ist das?«, fragte Davlor mit offenem Mund.

»Einer von vier alten Minentunneln, die sich König Cedius als Fluchtwege ausbauen ließ. Für den Fall, dass er irgendwann einmal verfolgt würde.«

»Woher wusstest du, dass es solche Geheimgänge gibt?«

»Ich selbst habe diesen Tunnel graben lassen. Nur diesen einen. Die anderen existierten schon vor meiner Zeit, aber es gab zu viele Mitwisser. Von diesem Gang hatten allein Cedius und ich Kenntnis.«

In der Ferne erhob sich ein Gebrüll, das der Wind zu ihnen herantrug.

»Wir sollten uns hineinbegeben«, schlug Xavir vor. »Die Dacianaraner machen Fortschritte, und Valderons Heer wird wohl schon bald die Stadt erreichen.«

»Wohin führt der Tunnel eigentlich?«, fragte Davlor.

»Hinter die zweite Stadtmauer und unter eins der alten Bankhäuser. Seid vorsichtig in dem schmalen Gang! Die Luft ist sicher kaum zu atmen, aber haltet durch! Elysia, hast du den Pfeil?«

Ohne Zögern trat Xavirs Tochter vor und zog einen Pfeil aus dem Köcher. Sie flüsterte einige Worte in der Hexensprache, und die Pfeilspitze erstrahlte in einem weißen Licht, das den Tunnel erhellte.

Xavir legte Elysia eine Hand auf die Schulter und schob sie sacht in die Dunkelheit hinein. Gemeinsam betraten sie den alten Fluchttunnel von Cedius dem Weisen.

DIE SPEERSPITZE

Darauf hatte Valderon seit Jahren gewartet – an vorderster Front einer tausend Mann starken Streitmacht zu stehen und sie in die Schlacht zu führen. Nur hatte er sich nie träumen lassen, dass sich seine Vorstellung auch in dieser Form verwirklichen würde. Eine Truppe aus Abtrünnigen marschierte auf seine Geburtsstadt zu, um sie dem Griff eines tyrannischen Königs zu entreißen. Allerdings hatte niemand laut darüber nachgedacht, was danach geschehen sollte. Soweit Valderon die Lage überblickte, endete seine Zukunft mit diesem Angriff.

Seite an Seite mit Landril und den Hexen näherte er sich seinem Ziel. Nach einem Tagesritt hatten sie die Nacht im Freien verbracht. Allen anderen Reisenden auf der Straße hatten die Späher verboten, die Nachricht über ihr Kommen in Stravir zu verbreiten.

Mit jeder weiteren Meile nahm Valderons innere Anspannung zu. Er und seine Truppe bildeten die Nachhut der Dacianaraner, die wie wild über das Ackerland und durch die verwaisten Weiler getrampelt waren und sich einen Weg zur Hauptstadt gebahnt hatten. Gelegentlich entdeckte Valderon einen toten Voldirik im Schlamm, dann wieder einen Dacianaraner.

»Die Kampfspuren sind noch frisch«, stellte Landril fest. »Lupara und ihr Stamm sind uns wohl um eine Tagesetappe voraus.«

»Sollten wir uns nicht mehr beeilen?«, fragte Valderon. »Das Leben vieler Menschen hängt doch von uns ab.«

»Wir liegen gut in der Zeit«, entgegnete Landril. »Bei der Göttin, wir sind auf Kurs!«

»Dann beginnt der Kampf morgen früh.«

»Sofern Lupara ihre Aufgabe erfüllt hat«, warf Landril ein.

»Man kann nie völlig darauf vertr...«

»Sicher hat sie ihre Aufgabe erfüllt!«, knurrte Valderon. »Man *kann* ihr vertrauen. Du bist doch derjenige, der zu niemandem Vertrauen aufbaut «

»Da magst du recht haben«, bestätigte Landril. »Müsstest du das Kämpfen übernehmen, könnten wir jede Hoffnung auf einen Sieg vergessen. Luparas Können liegt im Kampfgeschick, genau wie das meine.«

»Nun, du bist auch auf anderen Gebieten recht gut«, meinte Landril.

»Inwiefern?« Auf sonderbare Weise sah Valderon in Landril einen Menschen, dem er vertraute. Der Meisterspion besaß einen messerscharfen Intellekt, und Valderon gab viel auf seine Meinung auch wenn er sie nicht immer teilte.

»Du hast ein Händchen für den Umgang mit Menschen«, stellte Landril fest. »Das zeichnet einen Anführer aus. Jeder Narr kann den Pöbel anführen und mit dem Schwert in der Hand sterben. Du aber verstehst dich darauf, andere mit der Leidenschaft eines stravirischen Helden zu begeistern und für dich zu gewinnen.«

Valderon hob die Schultern. »Du hast viel Vertrauen in einen Mann, den du kaum kennst.«

»Ich habe dich beobachtet. Du verbringst deine Zeit mit den gemeinen Männern. Während ich im Herrenhaus nächtigte, hast du bei ihnen im Freien geschlafen. Du hast dich auf Anhieb mit Grauden und seinen Leuten verstanden und sie zu Mitgliedern einer Bande entflohener Sträflinge gemacht.

534

Selbst bei Xavir wirkt deine Anziehungskraft. Bei dir ist er weniger kritisch als bei uns anderen und nimmt deine Ratschläge widerspruchslos an. Diese Qualitäten machen einen Mann zum Anführer. Gern gebe ich zu, dass ich Zweifel an deinen Fähigkeiten hatte. Ich hätte es lieber gesehen, wenn Xavir die Führung übernommen hätte. Womöglich haben ihm die Ereignisse der Vergangenheit doch großen Schaden zugefügt.«

Valderon blieb still.

»Lupara ist ebenfalls von dir bezaubert.« Landril ließ die Aussage bewusst offen, doch Valderon schluckte den Köder nicht.

»In dieser Angelegenheit gibt es nichts zu besprechen«, antwortete er grimmig.

»Du bist ein Ehrenmann, wie ich weiß. Trotz aller Verlockungen durch die Wolfskönigin.«

»Das ist kein Thema, Meisterspion. In dieser Hinsicht sind sich Xavir und ich sehr ähnlich. Herzensangelegenheiten haben uns schlimmer zugesetzt, als alle Waffen es je vermochten. Und nachdem wir uns wieder zusammengeflickt hatten, blieben wir doch nur gebrannte Kinder. Die Mauern in unserem Geist sind so hoch, dass nicht einmal die Wolfskönigin sie erklimmen kann.«

Darüber musste Landril lächeln.

Die Nacht verging ohne Zwischenfälle. Den Schlaf der Männer unterbrachen nur die Schnarchlaute der Umliegenden sowie die derben Scherzworte, die gelegentlich hin und her flogen. Und früh am nächsten Morgen fanden sie sich auf der Straße dicht vor der Hauptstadt wieder. Anfangs war es ein heller Morgen, der das nasse Grasland hinter ihnen in ein sattes Licht tauchte, doch wie gewohnt ballten sich bis zum Mittag dichte Wolken zusammen.

Valderon, Landril und Birgitta ritten weit voraus, ein gutes Stück von der Hauptstreitmacht entfernt. Sie folgten einer Schneise der Verwüstung, die die Dacianaraner geschlagen hatten, und es dauerte nicht lange, bis die Stadt in Sicht kam. Es war Jahre her, seit Valderon Stravir das letzte Mal betreten hatte. Die zahllosen Türme, die in den inneren Stadtvierteln vorherrschten, schimmerten im Nieselregen leicht verschwommen. Für einen kurzen Augenblick brach sich ein weiches Licht Bahn, das die verspiegelten Dachziegel des gewaltigen Palasts erhellte, jener Residenz, die König Mardonius sein Zuhause nannte. Vor der Hauptstadt erstreckten sich zwei hohe Mauern aus Granit. Der Stein war vor Jahrhunderten aus den benachbarten Anhöhen geschlagen und so verbaut worden, dass es so aussah, als schlössen die Hügel zu beiden Seiten der Stadt ihre Arme um die Bewohner und deren Häuser. Gleich dahinter im Osten gab es einen breiten Fluss, der in die Rhamansee mündete. Das Watt glitzerte im graugrünen Licht.

Valderon war vom Anblick seiner Heimatstadt derart abgelenkt, dass ihm das Geschehen auf den Ebenen vor den südlichen Haupttoren Stravirs fast völlig entging. Die Dacianaraner waren da! Landrils Berechnungen nach waren sie schon seit dem vorigen Abend in der Stadt. Ihnen gegenüber schwärmten Tausende bronzegepanzerter Krieger der Legionen und der Voldirik über das Land. Das Stammesheer hatte sich in fünf bewegliche Einheiten aufgespalten. Da Wölfe deutlich schneller waren als Pferde, vermochten sie mit ihren Reitern immer wieder die stravirischen Reihen durch Scheinangriffe und rasche Rückzüge zu zerstreuen. Wie es aussah, hatten sie an der linken Flanke schon viel erreicht, doch die reine Mannstärke der stravirischen Streitmacht, die in diesem Fall überwiegend aus Voldirik bestand, war um vieles größer als erwartet.

Der Boden erzitterte unter den Erschütterungen der kriegerischen Auseinandersetzung. An Valderons Seite entfaltete der Meisterspion eine regionale Karte aus Wachspapier. Nachdem er sie ausführlich studiert hatte, nahm er das Geschehen vor seinen Augen zur Kenntnis wie ein Prophet, der in die Zukunft blickt. Die Karte bewegte sich im Wind, der auch weit entfernte Schreie zu ihnen herübertrug.

»Wir sollten weiter auf der Talstrecke bleiben«, erklärte Landril. »Es besteht kein Anlass, hinter den Hügeln zu verschwinden. Lupara wollte die Streitkräfte der Voldirik und der Stravirer aus der Stadt heraus auf freies Feld locken.«

»Das ist ihr gelungen«, stellte Valderon fest. »Wie mir scheint, bist du verblüfft darüber.«

»Nein, nur erleichtert.«

»Worauf warten wir dann noch?«, fragte Valderon. »Um das Wohl der Menschen willen müssen wir weiter.«

Landril wandte sich zu Birgitta um. »Wann erwartest du die Akero, deine geflügelten Freunde?«

»Sie hätten heute Morgen kommen sollen.«

»Großartig! Dann bleiben sie der bevorstehenden Veranstaltung wohl fern«, höhnte Landril und schnitt eine Grimasse.

»Sie werden kommen«, versicherte ihm Birgitta. »Wenn wir dann immer noch schwatzend herumstehen, können wir aber gleich den Rückzug antreten.«

»Oho, so plötzlich packt dich die Kriegslust?«, fragte Landril belustigt.

»Ich habe nur den Wunsch, die Sache möglichst rasch hinter mich zu bringen.« Birgitta kreiste mit den Schultern.

»Sie hat recht«, stimmte Valderon zu. »Lasst uns gehen und die Truppen antreten!«

Sie kehrten zum Tross zurück, und der Schwarze Clan legte die letzte Strecke zum Schlachtfeld zurück – zu den Ebenen

537

vor Stravir. Hexen wurden wieder dem Befehl ihrer einstigen Clans unterstellt und verteilten sich zwischen den Kämpfern. Ungeachtet alter Treueschwüre, waren sie an diesem Tag alle eine große Familie, ein einziger Clan. Als erste Anweisung sollten die Hexen jede Abteilung der Streitmacht nach besten Kräften in Schatten hüllen und ihre Anwesenheit möglichst lange verbergen. Stäbe erhoben sich zum Himmel, und die Hexen murmelten Unverständliches in einer Sprache, die Valderon noch nie gehört hatte. Purpurnes Licht schoss aus Birgittas Stab auf eine der anderen Hexen zu. Deren Stab stellte daraufhin eine Verbindung zu einem dritten auf und immer so weiter, bis alle Hexen in einem knisternden Netz vereint waren. Dann verblasste das Licht und hinterließ einen sonderbaren Schatten über ihnen, so als hätten sich Wolken zusammengezogen. Valderon hoffte, dass die magische Wirkung größer war als die optische Erscheinung.

Zerfetzte Banner flatterten in der Brise, als der Schwarze Clan vom Ackerland im Süden auf die Ebenen vordrang. Eine halbe Meile zu beiden Seiten stieg das Land zu jenen felsigen Hügeln an, die die Hauptstadt von zwei Flanken her schützten. Mit Valderon in vorderster Reihe der Kavallerie rückte das Heer aus den Schatten hervor. Der Großteil marschierte zügig zu Fuß weiter. Der Lärm von Metall, das auf Metall schlug, von Menschenmassen und Pferden, die über das Gelände schwärmten, war ohrenbetäubend und ließ kein Fleckchen der Straße mehr frei.

Valderon schloss das Visier seines Helms und bereitete sich auf die Kampfhandlungen vor. Ihm pochte das Herz. Er ließ den Kopf zwischen den Schultern kreisen, um die Halsmuskeln zu lockern. Seine Finger umschlossen den Griff des Zauberschwerts noch fester, während Birgitta weiterhin ihren Stab reckte und eine magische Anrufung sang. Ihm kam ein Gedanke. War es möglich, dass die Voldirik das eintreffende Heer noch gar nicht gesehen hatten? Valderon gab die entsprechenden Befehle, und die Soldaten des Schwarzen Clans teilten sich in Fünfzehnerreihen in fünf separate Abteilungen auf – Kavallerie, Bogenschützen und drei Infanterieblöcke.

Dann bot sich Valderon plötzlich ein Anblick, der ihm den Atem verschlug. Fünfzehn Gestalten tauchten am Himmel auf, alle von menschlicher Größe und Form, aber mit ausgebreiteten Schwingen wie herabstürzende Adler und als nahezu vollkommenes Dreieck.

»Sieh nur!«, rief Birgitta.

Einen Wimpernschlag später fächerte sich die Formation der Vogelmenschen auf, und sie warfen Gegenstände nach unten, mitten unter die Voldirik. Beim Einschlag schossen Elementarwirbel aus der Erde empor, Spiralen aus Feuer, Wasser oder Wind, und rissen Hunderte feindlicher Krieger mit sich in die Höhe. Der Boden erbebte. Das Geschrei war schier unerträglich. Gepanzerte Gestalten, die in die Feuer gerieten, verbrannten auf grauenhafte Weise. Die Voldirik, von der Magie der Akero nach oben gesogen, wurden über viele Hundert Schritt in alle Richtungen verstreut. Gewaltige Flutwellen spülten andere Krieger zurück zur äußeren Stadtmauer Stravirs, um sie dort zu zerschmettern. Binnen weniger Augenblicke war ein Viertel der Voldirik und der stravirischen Legionen ausgemerzt.

Die Akero flogen der Stadt entgegen und leerten ihre tödliche Fracht aus veränderten Hexensteinen auch über den Mauern aus. Rotes Licht sprühte funkengleich in alle Richtungen, gefolgt von knirschenden Geräuschen, als Gestein zerbarst. Menschen und Trümmerteile flogen umher wie Getreidekörner, die auf einem Acker ausgebracht werden. Valderon staunte mit angehaltenem Atem. Allein die Geistesgegenwart einer Wegseherin, die das Land mittels ihrer

Magie wie eine Decke aufrollte und schützend über sich ausbreitete, rettete etwa hundert Verteidigern der Stadt das Leben.

Die Akero stiegen steil in den Himmel auf und waren bald darauf nicht mehr zu sehen.

Valderon gewann die Fassung zurück und erteilte seinen nächsten Befehl. Nach und nach lüfteten die Hexen ihren Schattenschleier, und der Schwarze Clan wurde wieder sichtbar.

Mit energischem Schenkeldruck trieb Valderon sein Pferd an und zog das Schwert, die Düsterklinge. Dann schrie er aus vollem Hals und führte den Sturm der Kavallerie an.

IM UNTERGRUND

Die Erschütterungen von oben versetzten die Männer in Unruhe. Xavir indes achtete nicht weiter auf das unaufhörliche Beben über ihm. Geleitet vom Licht eines einzelnen weißen Hexensteins, setzten sie ihren Weg durch das Dunkel fort.

»Beim Gesäß der Göttin, was ist das?«, fragte Davlor.

»Über uns wird gekämpft«, antwortete Tylos.

»Um der Liebe der Göttin willen!«, rief Jedral. »Wann hältst du endlich das Maul, Davlor? Seit Wochen höre ich mir dein Gerede an. Wenn du in dieser Enge noch weiter herumlaberst, reiße ich dir den Kopf ab!«

»Was willst du? Vielleicht gefällt es den anderen, wenn ich sie ein bisschen ablenke.«

»Leute, habt ihr etwas dagegen, wenn ich Davlor so lange verprügele, bis er keinen Mucks mehr von sich gibt?«, erkundigte sich Jedral.

»Nein.«

»Nein.«

»Hörst du?«, fragte Jedral.

»Nun gut«, knurrte Davlor. »Euer Schaden.«

Xavir grinste und fühlte sich in die Höllenfeste zurückversetzt. Schließlich diente das Geplänkel nur der allgemeinen Beruhigung, denn alle waren aufs Äußerste angespannt.

Nach wie vor folgten sie Elysia, und Xavir blieb ihr dicht auf den Fersen. Obwohl sie sich tief im Berg aufhielten, fürchtete er, dass ihre Anwesenheit nicht unbemerkt blieb. Abgesehen von Feuchtigkeit und Moder sowie einem kühlen Windhauch, waren sie bisher auf keinerlei Hindernisse gestoßen. Und so kamen sie in den sanft ansteigenden Gängen, die durch die alte Mine führten, zügig voran. Xavir erinnerte sich, dass seinerzeit abzweigende Nebenstrecken blockiert worden waren, damit sich im Notfall niemand verirren konnte. Hätte Cedius fliehen müssen, unter widrigen Umständen auch allein, hätte er gefahrlos den Ausgang gefunden.

Scheinbar stundenlang schritten sie durch die Dunkelheit und legten zwischendurch nur zwei kurze Rasten ein. Alle beschwerten sich über den Mangel an Licht, den schier endlosen Marsch, die Feuchtigkeit und Kälte. »Wir haben es fast geschafft«, versprach Xavir immer wieder, und irgendwann glaubte er sogar selbst daran. Schließlich ging die Mine in ein altes Kanalisationssystem über. In der Finsternis schimmerte Licht, als der Glanz des Hexensteins von einem Wasserbecken zurückgeworfen wurde.

»Verflucht, hier stinkt's mörderisch!«, knurrte Davlor irgendwann, und seine Stimme hallte von den Wänden wider.

Xavir legte einen Finger an die Lippen und gebot ihm Schweigen. Dann führte er seinen Trupp weiter durch das Berginnere ins Herz von Stravir.

»Wie kann es sein, dass wir hier unten kaum Geräusche hören?«, flüsterte Grend. »Irgendetwas scheint mir nicht zu stimmen.«

Xavir ging weiter, bis er eine alte Treppe mit ausgetretenen Stufen erreichte.

»Sind wir endlich da?«, fragte Elysia leise.

»Dies ist einer der Zugänge in die Stadt.« Xavir legte eine Hand gegen den Stein und hielt inne. Er wandte sich um und musterte seine Gefährten, deren Augen im Licht des Hexensteins funkelten. »Diese Treppe führt in mehrere Gebäude, die früher verlassen waren und zum Palastgelände gehörten. Unter Umständen hat sie Mardonius nach Cedius' Tod anderweitig verwendet, was ich aber nicht so recht glaube. Bleibt also weiterhin auf der Hut!«

Einer nach dem anderen nickte schweigend.

Xavir stieg als Erster die Treppe hinauf, während seine Tochter das Licht hinter ihm in die Höhe hielt. Die Stufen endeten an einer Luke. Xavir öffnete sie einen Spaltbreit, stützte die Holzplatte auf dem Scheitel ab und spähte zu beiden Seiten in den Raum hinein – nichts als tiefste Dunkelheit.

»Hier riecht es merkwürdig«, flüsterte er. »Elysia, wie lange wird der Hexenstein noch leuchten, wenn du ihn in den Raum hineinrollst?«

»Nur kurz. Einige Herzschläge lang. Aber sicher lässt sich einiges erkennen. Dann könnte ich ihn wieder aufheben. Und für alle Fälle habe ich noch einen zweiten Hexenstein mitgenommen.«

»Roll ihn rasch hinein!«, verlangte er.

Sie reckte sich über seine Schulter und schnickte den Stein über den Boden.

Tote Augen starrten ihn an.

Auf dem Boden häuften sich blutverschmierte Leichen.

Das Licht flackerte und erlosch.

»Dort oben liegen Tote«, keuchte Xavir und beugte sich nach unten. »Schon vor Längerem gestorben. Wir brauchen einen zweiten Stein.«

In Windeseile hatte Elysia einen weiteren Stein hervorgeholt und das Licht zum Leben erweckt.

»Ich gehe als Erster«, erklärte Xavir. »Danach kommst du.«

Er wartete ihre Zustimmung nicht ab, sondern öffnete die Luke bis zum Anschlag, hechtete in die Dunkelheit hinauf und zückte die Klagenden Klingen, die ihr leises metallisches Jammern von sich gaben. Gleich darauf kam Elysia mit dem Licht nach und unterdrückte einen Laut des Entsetzens. Xavir beugte sich zur Luke hinunter und bedeutete den anderen, auf der Treppe zu warten. Im unheimlichen Schein des Hexensteins musterte er seine nähere Umgebung und die mindestens zwei Dutzend aufgehäuften Leichen.

»Was ist hier geschehen?«, fragte sich Xavir laut. »Komm näher!« Er signalisierte seiner Tochter, das Licht dichter an die Leichen heranzuhalten. Den schäbig gekleideten Männern und Frauen hatte man durchweg die Kehlen aufgeschlitzt, doch irgendetwas an der Szene war überaus seltsam.

Das Glitzern einer Messerklinge fiel Xavir ins Auge. Einer der toten Männer hielt den Griff noch immer fest umklammert. Der glatzköpfige magere Alte trug ähnliche Kleidung wie die anderen, und neben seinem rechten Knie lag ein Buch mit dem Titel *Reiche der Göttin*.

»Sie haben sich umgebracht«, stellte Xavir laut fest. »Ein Todespakt. Sie wurden alle auf dieselbe schnelle Art getötet – durch das Aufschlitzen einer Schlagader. Auch diesem kleinen Jungen hat jemand die Pulsadern aufgeschnitten.«

»Warum haben sie das getan?« Elysias Stimme klang tief erschüttert, und Xavir las ihr das Grauen vom Gesicht ab.

»Weil sie den Tod offenbar für den einzigen Ausweg hielten«, antwortete Xavir.

»Was könnte hinter diesen Selbstmorden stecken?« Sie schwankte leicht, denn der Gestank und der Anblick raubten ihr die Fassung.

»Das finden wir noch heraus« Er legte ihr eine Hand auf die Schulter. »Bist du sicher, dass du alle diese schrecklichen Ereignisse erträgst?«

»Natürlich«, beteuerte sie. »Mich wirft nichts um.«

Xavir war vom Gegenteil überzeugt, wollte seine Tochter

aber nicht weiter bedrängen. Dass sie sich als starke junge Frau darstellte, war für ihren Vater schon der halbe Sieg im Kampf, den sie mit sich selbst ausfocht.

Xavir lehnte sich über die Luke nach unten. »Ihr könnt alle nachkommen, aber ich warne euch! Hier oben ist es nicht gerade gemütlich.«

Hintereinander kletterten die Männer nach oben und zuckten merklich zusammen, als sie den Leichenberg entdeckten. Davlor stolperte in die nächste Ecke und übergab sich.

»Dieser Gestank …« Jedral wich zwei Schritte zurück und ergriff seine Axt, als wolle er zuschlagen. Dann verengten sich seine Augen zu Schlitzen, und er wandte sich von dem Schreckensbild ab.

»Was im Namen der Göttin ist hier geschehen?«, fragte Grend. Der Wilderer wirkte weniger betroffen als die anderen.

Xavir wollte zu einer Erklärung ansetzen, unterbrach sich dann aber selbst. An den Außenwänden des Gebäudes rannten hörbar Soldaten vorbei, bogen um die Ecke und entfernten sich. Eine Weile sprach keiner ein Wort. Xavir entdeckte einen Fensterladen, der mit einem fleckigen Sackleinen zugehängt war, und lugte auf die Straße hinaus.

Er sah nichts als das heruntergekommene grauweiße Gebäude gegenüber.

»Gehen wir!«, befahl er.

»Was ist mit den Leichen?«

»Für die können wir nichts mehr tun.« Xavir zog das Sackleinen beiseite, hebelte mit seiner Klinge den Fensterladen auf und kletterte auf die Straße hinaus. Während ihm die anderen folgten, sog er gierig die feuchte Luft der alten Stadt in sich ein.

Beim Betrachten der vertrauten Architektur blitzten vor

seinem inneren Auge Erinnerungen auf – Triumphzüge durch die Straßen, ein Gelage mit den Kameraden nach seiner Vereidigung als Offizier, die Reisen mit König Cedius anlässlich wichtiger Staatsgeschäfte. Den halb verfallenen Bauten aus Ziegeln, Mörtel und Holz gegenüber hegte er geradezu väterliche Beschützergefühle. Die Stadt hätte seine Heimat sein können. Stattdessen hatte ein machtgieriger, vom Ehrgeiz zerfressener Mann alles zugrunde gerichtet. Und die Göttin mochte wissen, wie furchtbar er die Bürger Stravirs geknechtet hatte.

Plötzlich blieb Davlor mit dem Fuß an einem Holzstück hängen und stolperte mit lautem Getöse über einen Eimer.

»Ruhe!«, zischte Xavir. »Wenn wir deinetwegen entdeckt werden, erspare ich unseren Feinden die Mühe und bringe dich eigenhändig um.«

»Entschuldige, Herr!« Davlor rieb sich ächzend das Schienbein.

Xavir gelangte an eine Straßenecke. Nebel war aufgezogen, aber er erkannte trotzdem die Wächter der Voldirik, die ganz in der Nähe Posten bezogen hatten. Außerdem entdeckte er weitere fünf Gestalten, die den Voldirik zwar sehr ähnlich sahen, aber schmucklose Rüstungen trugen. Noch dazu bewegten sie sich eigentümlich steif und schlenkerten mit Armen und Beinen, als hätten sie die Beherrschung über ihre Gliedmaßen verloren.

»Uns sind Gerüchte zu Ohren gekommen«, flüsterte Xavir. »Demnach werden Bürger mittels einer absonderlichen magischen Kunst in Voldirik verwandelt. Einige dieser Gestalten wirken völlig unnatürlich. Wahrscheinlich sind sie fehlerhafte Ergebnisse solcher Wandlungsversuche. Sie kommen mir vor wie lebende Leichname.«

»Gegen wen kämpfen wir dann in Wahrheit?«, fragte Tylos.

»Vermutlich vor allem gegen die Voldirik. Aber wie verhalten wir uns, wenn sich solche entarteten Bewohner von Stravir darunter befinden?«

»Denk erst einmal nicht darüber nach!«

»Wenn die Voldirik in dieser Form die Macht an sich gerissen haben, dann ist die Stadt doch eigentlich längst gefallen, oder?«, grunzte Jedral.

»Dann wird Valderon sie zurückerobern. Vergesst nicht – wir bleiben dicht zusammen! Solange Valderon den Schwarzen Clan anführt, lenkt er die Aufmerksamkeit auf das Gebiet jenseits der Stadtmauern. Daher bleibt uns ein kleiner Spielraum, um die barbarischen Vorgänge in der Stadt zu beenden und den König zu töten.«

Xavir nahm mit jedem einzelnen seiner Gefährten Blickkontakt auf. Selbst mit Elysia, die es offenbar kaum abwarten konnte, endlich ans Werk zu gehen.

»Meidet nach wie vor die Hauptstraßen!«, befahl Xavir und schenkte allen ein wildes Lächeln. »Passt auf, dass euch keiner vom Leben zum Tod befördert!«

KRIEGSLÄRM

Als vorderste Speerspitze führte Valderon die hundert Mann starke Kavallerie des Schwarzen Clans der Westflanke des Voldirikheers entgegen. Die unzähligen bronzegepanzerten Gestalten waren durch den Angriff der Akero bereits in Unordnung geraten und merklich überrascht, dass plötzlich südlich ihres Standorts eine größere Streitmacht aufgetaucht war. Mit Graudens Männern im Rücken, von denen einer ein zerfetztes schwarzes Banner trug, donnerte Valderon auf die feindliche Infanterie zu. Währenddessen hielt Birgitta Ausschau nach weiteren Anzeichen von Magie. Die Luft barst schier vor gutturalen Rufen und Kriegsgeschrei, als sich der Schwarze Clan in die Schlacht warf.

Wie Landril vorhergesagt hatte, bemühten sich die Voldirik sofort wieder um eine ordentliche Formation. Brüllend hieb Valderon mit der Düsterklinge auf die Masse entgegenstürmender Leiber hinein. Rüstungen wurden mühelos gespalten, Blut floss in Strömen. Bei jedem erlittenen Treffer stießen die Feinde grauenhafte Zischlaute aus, und ihr Inneres schien zu brodeln wie ein voller Kessel über dem Feuer. Helme zerbrachen, und jeder Voldirik, den Valderon zu fassen bekam, sank hilflos in sich zusammen. Die alten Techniken bewährten sich aufs Neue – Muskeln, die über Jahre hinweg trainiert worden waren, bewegten sich mit höchster Geschmeidigkeit.

Valderon drängte sein Pferd Schritt für Schritt vorwärts,

während seine magische Klinge wirbelnde Schläge nach links und rechts austeilte. Doch trotz der hervorragenden Eigenschaften seiner Waffe verlangte ihm das Vorankommen inmitten so vieler Leiber allerhöchste Anstrengung ab. Es war eine langsame, zermürbende und furchtbare Arbeit. Zwei seiner berittenen Kameraden fielen, als sie vom Pferderücken hinabgezerrt wurden und in die bronzene Masse der feindlichen Reihen stürzten. Wie immer während einer Schlacht verlor für Valderon nach und nach alles seinen Zusammenhang, und er nahm keine einzelnen Menschen mehr wahr, sondern nur noch ausgestreckte Arme, Speere und Schwerter. Er konzentrierte sich ausschließlich auf diese Einzelheiten und schlug rücksichtslos mit der Düsterklinge zu. Die Macht der Waffe war derart gewaltig, dass Soldaten, die er vermeintlich nur leicht streifte, mit voller Wucht getroffen wurden, während ihre Rüstungen zerbarsten oder in Fetzen gingen. Erst nachdem er die ersten dreißig Voldirik außer Gefecht gesetzt hatte, war er einigermaßen mit den Eigenschaften der Waffe vertraut.

Ringsum wurde es immer finsterer, und hundert Schritt den Hang hinauf ließen die Schützen des Schwarzen Clans einen wahren Pfeilhagel auf die hinteren Reihen der Voldirik niederprasseln. Sämtliche Verstärkungen, die dem Kavallerieangriff zu Hilfe eilten, fielen nacheinander dem Ansturm der Metallspitzen zum Opfer.

Die Hexen des Schwarzen Clans schleuderten Kugeln aus magischer Energie in das Getümmel. Feuerbälle zogen ihre flammenden Schweife über Valderons Kopf hinweg und schlugen weit entfernt mit lautem Donner in den Boden ein. Der Gestank von verbranntem Fleisch stieg ihm in die Nase. Dann aber wankten missgestaltete Kreaturen zwischen den heranflutenden Voldirik heran. Inmitten des Infernos waren sie erst nur als Schattenrisse erkennbar.

549

Schließlich erhob sich neuerlicher Lärm, und ein weiterer Ansturm erfolgte – die Infanterie des Schwarzen Clans griff in den tobenden Kampf ein. Landril, der sich vermutlich noch immer irgendwo inmitten der Truppe aufhielt, hatte lange genug gewartet, bis sämtliche Voldirik im Kampf gebunden waren, bevor er seine Männer in das Gefecht schickte.

Den beiden Backen einer Zange gleich teilte sich die Infanterie zu einer V-Formation auf. In breiter Umarmung schloss sie die Stelle, von der aus die großen Bestien vordrangen. Gleißendes Licht schoss von den Clanschwestern heran, nur um von anderen Lichtblitzen abgefangen zu werden. Offenbar griffen nun auch die Hexen der Gegenseite in das Geschehen ein. Oder waren es die Wegseherinnen, die sich unter ihnen befanden? Zu Valderons Entsetzen öffnete sich plötzlich dicht vor ihm der Boden wie ein klaffendes Maul. Er lenkte das Pferd um den Schlund herum, während auch andere Soldaten den Folgen des Erdformens zu entgehen trachteten.

Was zur Hölle war das?

Eine Wegseherin in rotem Mantel stand ganz in der Nähe, eine Handfläche auf die soeben geschaffene Zerstörung gerichtet. In der Luft schimmerten spiralförmige Symbole.

Valderon befahl Birgitta, ihm Deckung zu geben, bevor er sich nach rechts wandte. »Grauden, an die Flanke!«, schrie er. »Augen geradeaus.«

Grauden reagierte sofort, und die beiden Reiter bahnten sich ihren Weg zu der Magierin. Birgittas schützender Schatten lag allerdings nur auf Valderon, nicht auf seinem Gefährten. Die beiden Reiter setzten ihre Attacke fort und wichen dabei geschickt einem Trupp Infanteristen aus, die mit ihren Speeren aus allen Richtungen gleichzeitig zustießen. Schwerthiebe verfehlten ihre Schultern nur knapp. Grauden drängte schneller voran und hätte die Wegseherin gewiss als Erster erreicht. Dann aber wurde er plötzlich aus dem Sattel gehoben, und sein Körper leuchtete wie der eines Engels strahlend weiß auf. Schließlich zerbarst er in einem roten Nebel. Teile seines Körpers und die zerborstene Rüstung versprengten sich in weitem Umkreis.

Unter einem Regen aus Fleischfetzen und noch immer in Schatten gehüllt, riss Valderon den Mund weit auf und schrie gellend. Dann schlug er der Wegseherin mit dem Schwert den Kopf von den Schultern. Leblos sank sie zu Boden, als ihr Kopf in einer Blutfontäne nach hinten fiel. Das Loch im Boden schloss sich, und Valderon warf sich herum. Er war gerade Zeuge geworden, wie die Hälfte seiner Kavallerie von der Erde verschlungen worden war.

DIE WAHL

Der Nebel verdichtete sich, und eine unheimliche Stimmung breitete sich aus. Die Straßen der Hauptstadt waren fast gänzlich verwaist. Nur wenige Voldiriksoldaten ließen sich sehen, groteske, aber anmutige Gestalten, die durch die weiße Leere glitten. Ganz offenkundig war der Großteil ihrer Truppen zur Verteidigung der Stadtmauern entsandt worden.

Doch das erklärte nicht, warum sich nirgends auch nur ein einziger Bewohner zeigte.

Gebäude standen leer. Tavernen, Bäckereien, Schlachtereien waren verlassen. Nichts war geraubt oder gebrandschatzt worden. Die Städter schienen ganz einfach verschwunden zu sein.

Xavir und sein Gefolge eilten durch die Straßen, vorbei an weiß getünchten Gebäuden, die von Schimmel überzogen waren. Sie durchschritten verfallene Torbogen, immer in Richtung des Palasts, in dem Mardonius sich eingenistet hatte. Je mehr Zeit sie verstreichen ließen, umso mehr Männer verloren vor der Stadt ihr Leben – das vergaß Xavir keinen Augenblick lang. Unterwegs sahen sie immer mehr Voldirik und überraschenderweise auch einige Offiziere in Legionsuniformen. Während ihres Vorrückens durch schmale Einfahrten und am Rand verlassener Innenhöfe entlang entdeckten sie weitere Voldirikkrieger, die den Zugang zur nächsten Gasse blockierten Sie waren viel prunkvoller

552

gekleidet als ihre Artgenossen. Ihre Rüstungen glitzerten silbern, ihre Gewänder leuchteten hellgrün. Soweit Xavir die Lage zu beurteilen vermochte, versperrten sie genau jenen Weg, den er und seine Gefährten bei ihrem Vormarsch nehmen mussten. Und so bat er seine Tochter, einen Pfeil auf sie abzuschießen.

»Wie stellst du dir das vor?«, fragte sie. »Sollen alle mit einem einzigen Pfeil vernichtet werden?«

»Möglichst ohne großes Aufsehen«, antwortete Xavir. »Ansonsten strömen womöglich Hunderte herbei und behindern unser Fortkommen.«

Sie dachte einen Augenblick lang nach und wählte dann einen Pfeil mit einem bauchigen Hexenstein an der Spitze. »Von denen habe ich nur einen.«

»Was bewirkt er?«

»Er entfernt die Luft ringsum.«

Xavir hob die Schultern und bedeutete seiner Tochter, sie möge schießen.

Sie legte den Pfeil auf und zielte nahezu senkrecht nach oben. Bedachtsam ließ sie den Pfeil von der Sehne schnellen. Er flog einen steilen Bogen und landete mit dem Geräusch von zerspringendem Glas mitten in der gegnerischen Gruppe.

Die Gestalten wichen einen Schritt zurück und starrten zu Boden, um nach der Ursache der Störung zu forschen. Gleich darauf griffen sie sich jedoch an die Kehlen und brachen nacheinander auf dem Kopfsteinpflaster zusammen.

Xavir musterte die Umgebung und wollte weitergehen, als ihn Elysia am Arm festhielt. »Bleib noch eine kleine Weile stehen, damit die Luft auch wirklich rein ist!«

»Gute Arbeit.«

Sie warteten im Nebel, und Xavir lauschte, ob sich Schritte näherten, nachdem auf den umliegenden Türmen und Brücken möglicherweise Wächter stationiert waren.

»Gut. Jetzt können wir gehen«, entschied Elysia schließlich.

Geduckt schlichen sie durch die Straßen der Altstadt. Das Getöse der Schlacht, die nicht weit entfernt tobte, drang zu ihnen herüber. Allmählich reimte sich Xavir zusammen, was in Stravir geschehen sein mochte – die Stadt war in weiten Teilen aufgegeben worden. Keine Menschenseele war in den Gasthäusern und auf den Marktplätzen zu sehen. Aber immer wieder schreckte Xavir zusammen, sobald ihm etwas Ungewöhnliches begegnete. Manchmal war es auch nur eine offene Tür, die im Wind knarrte. Dann wichen er und sein Gefolge kurz in die Schatten zurück.

Beim Blick ins Innere der Häuser gefror ihnen das Blut in den Adern. Die Menschen hatten sich entweder selbst umgebracht oder waren in ihren eigenen vier Wänden ermordet worden. Blutüberströmte Leichen häuften sich in den Wohnräumen. In anderen Behausungen waren die Bewohner an Fleischerhaken aufgehängt worden, als hätte man sie noch weiterverarbeiten wollen. Ihre nackten Oberkörper waren mit den sonderbaren Schriftzeichen der Voldirik bedeckt, die stark an Brandmale erinnerten. Dieselbe Schrift tauchte gelegentlich auch auf weiß getünchten Außenwänden auf. Mit dem Blut der Opfer geschrieben, legte dies die Vermutung nahe, dass manche Gebäude offenbar ganz bestimmten Zwecken vorbestimmt waren.

Am schlimmsten war die Szene, die sich ihnen in einem Innenhof bot. Hoch oben auf einer Mauerkrone schlichen Xavir, seine Tochter und seine Männer einen matschigen Pfad entlang, damit sie vom Boden aus nicht so leicht gesehen wurden. Tief unten zwischen Dutzenden bronzener Krieger standen acht gewaltige Bottiche. Menschen, ganz gewöhnliche Bürger, wurden auf eine hölzerne Plattform geschleppt und von dort in eins der großen Fässer geworfen. Aus anderen Bottichen wurden währenddessen zitternde Gestalten mit Tauen und Haken hervorgezogen, die über und über mit schlierigem Schleim überzogen waren. Die Körper hatten sich jedoch völlig verändert. Sie waren bleicher und hagerer geworden, konnten kaum laufen und wurden eilig mit einfachen Kleidungsstücken und Rüstungen ausgestattet.

»Das ist ja wie in einem Zuchtstall«, raunte Jedral. »Man behandelt die Leute wie verdammtes Vieh. Nur dass sie am Ende nicht abgeschlachtet werden, sondern ... Weiß der Geier, was diese widerlichen Voldirik mit ihnen anstellen!«

»Vielleicht ist ihr Schicksal sogar noch schlimmer, als niedergemetzelt zu werden«, gab Tylos zu bedenken. »Diese Ungeheuer verwandeln die Menschen in ihresgleichen.«

»Genau das dachte ich mir«, bestätigte Xavir kopfschüttelnd und umklammerte die Klagenden Klingen noch entschlossener.

»Ich frage mich, ob diese Behandlung auch den meisten Legionären widerfahren ist«, sinnierte Jedral. »Ja, sie wurden wahrscheinlich in Voldirik verwandelt. Das würde auch erklären, warum wir fast nur diese verfluchten Fremden hier gesehen haben.«

Xavir und seine Mitstreiter sahen weiter zu, fassungslos angesichts dessen, was sich dort unten abspielte. Immer mehr Menschen wurden nach vorn geholt. Schreie erhoben sich aus der Richtung des nächsten großen Platzes, und auch im Innenhof waren gellende Panikrufe zu hören.

»Sollen wir sie retten?«, fragte Elysia. »Es klingt so, als würden immer mehr Opfer herbeigeschleppt.«

Davlor schüttelte den Kopf. »Lieber nicht. Wir sind zu weit weg, und wegen einiger Menschen dürfen wir nicht gleich den Erfolg unserer Unternehmung aufs Spiel setzen.«

»Bist du auch der Meinung, dass wir diese Menschen ihrem

Schicksal überlassen sollen?«, fragte Elysia ihren Vater und betrachtete ihn aus ihren beunruhigend blauen Hexenaugen. Wieder einmal musste er an Baradiumsfall denken und wie er die Menschen Stravimons enttäuscht hatte. Hatte nicht Landril zu äußerster Eile gedrängt? Aber fänden die Gräueltaten letztendlich nicht doch ein rascheres Ende, wenn sie die Verbindung zwischen Mardonius und seinen Truppen kappten? Er schwankte zwischen diesen beiden Entscheidungen. In der Vergangenheit hatte er sich schuldig gemacht und sein Volk enttäuscht. Wie dem auch sein mochte – der Gedanke, versagt zu haben, hallte am lautesten in ihm nach.

»Eine kleine Planänderung«, kündigte er schließlich an. »Was hier geschieht, dürfen wir nicht länger zulassen.«

»Landril meinte aber ...«, setzte Davlor an.

»Landril weiß nicht, was wir gerade sehen«, widersprach Xavir. »Wir müssen einschreiten, denn dort werden ja unsere Leute gemartert. Also darf Mardonius noch ein wenig länger auf sein Ende warten.«

»Wie kommen wir von hier oben dort hinunter?«, fragte Elysia und spähte in die Tiefe. Ihr rabenschwarzes Haar wehte im Wind wie die Banner auf dem Schlachtfeld.

Von der Plattform, auf der ihr Pfad endete, waren Rufe zu hören. Weitere Bronzehelme kamen in Sicht.

»Wir knöpfen uns erst einmal die Burschen dort drüben vor«, verkündete Xavir.

Elysia wandte sich um, schoss drei, vier, fünf herkömmliche Pfeile auf die Voldirik ab und schickte sie über die Kante der Plattform. Mit lautem Gekreisch stürzten sie ab.

Die Klagenden Klingen erhoben, sprang Xavir den herannahenden Kriegern entgegen. Drei stürmten auf ihn zu und starben. Zwei weitere sprangen über eine steinerne Treppe auf die Plattform, wurden mit Pfeilschäften empfangen und niedergemacht. Dank seiner wirbelnden Klingen säuberte

Xavir den umliegenden Bereich von den übrigen Soldaten und ermöglichte es seiner Tochter, sich ihre Pfeile von den Gefallenen zurückzuholen.

Rechts von ihnen enthüllten sich Wege und Brücken, die den Palast wie ein Netz umgaben. Links führte die Route zum großen Platz hinunter. Durch Lücken in der Bebauung sah Xavir nun Dutzende von Bronzesoldaten, die ihnen förmlich entgegenströmten. Weitere Krieger blockierten den gegenüberliegenden Ausgang. Xavir stürmte mitten unter sie und schlug ihnen die Waffen aus den Händen. Seine heulenden Schwerter bohrten sich in gereckte Hälse und schlugen den Gegnern die Arme ab. Falls doch einer der Voldirik an Xavir vorbeikam und die Plattform hinter ihm erklomm, stand Tylos bereit, um ihn zu empfangen. Mit den sengenden Hieben der Immerflamme teilte er die Leiber der Fremden in zwei Hälften. Dem Mann aus Chambrek bereitete die Handhabung seiner Waffe sichtliches Vergnügen.

»Darf ich vielleicht meine schicke Axt auch einmal gegen die Kerle zum Einsatz bringen?«, rief Jedral von hinten.

»Frag Xavir!«, entgegnete Tylos und hielt nach neuen Angreifern Ausschau. »Ich arbeite nur hinter ihm her.«

Die Gelegenheit zu einem echten Kampf ergab sich indessen schon bald.

DIE ERLÖSUNG

Vom großen Platz drang das Klagen Tausender hoffnungsloser Menschen herauf. Wie Vieh waren sie zusammengetrieben worden, um bis zur Unkenntlichkeit verstümmelt und in pervertierter Gestalt neu erschaffen zu werden. Xavir stürmte die Treppe hinunter, bis er eine Stelle erreichte, die ihm einen guten Ausblick gewährte. Seine Tochter und die Kampfgefährten schlossen sich ihm an und duckten sich tief in den Schutz einer Deckung. Xavir spähte über die Balustrade einer leer stehenden Wohnung nach unten.

Der größte Marktplatz der Stadt war mehrere Hundert Schritt lang und etwa einhundert Schritt breit. Hier hatte Cedius seine Reden an das Volk gehalten und nach siegreichen Schlachten seine Legionen um sich versammelt. Die Straße, die über den Platz führte, war durch Schuttberge unpassierbar geworden. In der Mitte erhob sich das halb zerstörte Denkmal der Göttin. Steinerne Wasserspeier bekrönten die Dächer der dreistöckigen Gebäude aus grauem Granit. Mindestens zweitausend Bürger hielten sich hier auf. Männer, Frauen und Kinder, alle verdreckt, abgemagert und elend. Sie saßen auf dem Kopfsteinpflaster, lagen auf Decken oder Kleiderbündeln und hatten sich ihrem Schicksal ergeben. Links unten, am südlichen Ende des Platzes und von der Straße aus nicht einsehbar, verlief der Weg zu den riesigen Bottichen.

Jäger der Voldirik patrouillierten an beiden Enden des Platzes, dreißig Mann pro Einheit, und weitere waren an den Trümmern eines großen Brunnens stationiert. »Elysia«, sagte Xavir und legte seiner Tochter eine Hand auf die Schulter. »Ich brauche zwei Sprengpfeile, einen an jedem Ende des Hofs. Damit solltest du möglichst viele Voldirik unschädlich machen. Kein Gift, damit die Städter nicht in Mitleidenschaft gezogen werden. Unser Eingreifen wird Panik auslösen. Du bleibst hier und bietest den anderen Deckung, während wir uns nach unten begeben.« Er deutete nach rechts. »Wir fangen an einem Ende an und arbeiten uns langsam vor. Bei allem sollte dein Hauptaugenmerk dem Schutz der Bürger gelten. Wenn ein Voldirik sie zu den Bottichen zerren will, tötest du ihn. Handle bedacht und nie hastig!«

Bereitwillig und mit großen Augen nickte sie und wählte ihre Pfeile aus.

»Ich treffe dich später wieder, und dann dringen wir tiefer in die Stadt vor«, verabschiedete er sich.

»Wann soll ich den ersten Pfeil abschießen?«, fragte sie.

»Zähl bis fünfzig!«, riet er ihr noch und rannte bereits los.

Bis Xavirs Bande den Schutthaufen erreichte, der den Zugang zum großen Platz abriegelte, war das blaue Feuer von Elysias erstem Sprengpfeil bereits wieder erloschen. Ein Dutzend verkohlter Voldirik lag auf dem Boden verstreut, und ein weiteres Dutzend stand verwirrt im dichten Rauch. Xavir sprang über die Toten hinweg und fuhr mit einem Wirbel der Klagenden Klingen auf die Lebenden los. Sein Trupp folgte ihm, und Jedral schrie vor Zorn, während er erfolgreich seine Axt schwang und die gegnerischen Rüstungen zertrümmerte. Die Städter wichen zurück und beobachteten mit angehaltenem Atem, was sich vor ihren Augen abspielte.

In kürzester Zeit gab es im Umkreis keine lebenden Voldirik mehr. Xavir folgte der Schusslinie der Pfeile und drang immer weiter auf den Platz vor.

Als er nach weiteren Voldirik Ausschau hielt, hörte er viele Male seinen Namen rufen. Damit jeder das Symbol auf seiner Brust sehen konnte, richtete er sich zu voller Größe auf. Die Menschen machten ihm Platz, als er einen Bronzehelm entdeckte und darauf zurannte. Ein Trupp der Voldirik wandte sich um, wollte sich Xavir und seinen Männern stellen – und starb. Binnen kürzester Zeit setzten Xavir, Tylos und Jedral alle außer Gefecht. Elysias Pfeile schossen heran und töteten selbst jene, die sich zur Flucht wandten. Auch für die anderen gab es nirgends ein Versteck.

Die Masse der Voldirik auf der Platzmitte hatte Elysia ebenfalls bereits ausgedünnt und beschleunigte damit das Vorankommen ihrer Gefährten. Xavir schritt über die Pflastersteine, bis er das Ende des Platzes erreicht hatte. Auch auf diesem Weg wichen die Menschen bei seinem Herannahen ehrfurchtsvoll zurück, und immer wieder hörte er seinen Namen.

»Er ist zurück!«

»Die Göttin sei gesegnet! Xavir Argentum ist zurückgekommen!«

Xavir achtete nicht weiter auf die Rufe und konzentrierte sich auf die bevorstehende Aufgabe. Er hatte die letzte Gruppe von Voldirik vor sich, die bereits von Elysias Pfeilen dezimiert worden war. Ein letzter Wirbel von Klingen und Metall, dann bewegte sich der Trupp über die schmale Straße auf die Bottiche zu.

Die Voldirik auf den hölzernen Gerüsten ringsum sprangen eilends herab und stürmten auf Xavirs Leute zu. Tylos und Jedral rannten ihnen entgegen, um sie abzufangen, und überließen es Xavir, sich um die Feinde am Fuß der Behältnisse zu kümmern – es waren sowohl Voldirik als auch stravirische Soldaten. Zwei Gegner stürmten nach vorn, und Xavir enthauptete sie. Mit den Farben und Abzeichen hochrangiger Offiziere kamen ihm drei weitere Stravirer zögernd und mit geradezu ängstlichen Mienen entgegen. Xavir schäumte vor Wut, dass die Männer den Gräueltaten der Voldirik nicht Einhalt boten, nachdem sie das Volk doch schützen sollten. Der erste Mann, klein gewachsen und bullig, wollte einen Treffer landen, doch Xavirs Parade fiel so heftig aus, dass der Angreifer das Gleichgewicht verlor. Xavir stieß ihm den Kopf in den Nacken und schnitt ihm die Kehle durch. Leblos sank der Mann vor seinen Kameraden zu Boden. Die anderen beiden zögerten, und dieser Augenblick genügte, um ihnen die Gliedmaßen abzutrennen und die Klingen durch den Hals zu stoßen. Dann fuhr Xavir herum und vergewisserte sich, dass seine Kampfgenossen die anderen Voldirik getötet hatten. Grend hatte eine Wunde am Oberarm davongetragen, doch wie immer zeterte Davlor am lautesten, weil er sich den Knöchel verstaucht hatte.

Nun näherten sie sich den riesigen Bottichen, die wie viel größere Ausgaben der Behälter wirkten, die sie in General Havinirs Herrenhaus entdeckt hatten. Es gab insgesamt acht davon, aufgestellt in zwei Reihen und durch ein System aus hölzernen Planken und Stegen miteinander verbunden. Der Gestank war überwältigend, ein Gemisch aus Harn und faulen Eiern. Viele der Menschen in den Behältern waren nicht mehr zu retten. Hände drückten sich von innen flach gegen das Glas, Haar trieb umher wie Laichkraut, und hier und da war auch ein aufgedunsenes blaues Gesicht zu erkennen.

»Das ergibt alles keinen Sinn«, bemerkte Tylos.

»Was?«, fragte Xavir.

»Die Voldirik waren doch nur Wächter. Nach allem, was wir gehört haben, sind sie Fußsoldaten und ganz sicher nicht in der Lage, diese Menschen in eine neue Gestalt zu überführen. Demnach müssten wir hier doch mindestens einer Wegseherin begegnen, meint ihr nicht auch?«

Xavir wandte sich um und bemerkte eine langhaarige Gestalt, die an einem der Behälter am Ende der beiden Reihen vorbeirannte. »Halt!«, rief er.

Es war eine Frau mit kalten blauen Augen und blondem Haar, ganz in Schwarz gekleidet. Einen Moment lang stand sie einfach nur zwischen zwei Bottichen und lachte böse. Dann zog sie den Mantel enger um den Körper – und verschwand.

Seine Axt fest umklammert, stürzte Jedral zu der Stelle, wo die Frau eben noch gestanden hatte. Er kam zu spät. »Eine verfluchte Hexe!«, schrie er wütend. »Freunde, ich schwöre euch, das war eine Hexe!«

»Eine der Dunklen Schwestern«, erklärte Xavir grimmig. »Uns kamen Gerüchte zu Ohren, dass sie einen Pakt mit den Voldirik geschlossen haben. Jetzt wissen wir, dass die Vermutungen stimmen.«

»Und jetzt?«, fragte Tylos. »Auf dem Platz halten sich noch viele verwirrte Menschen auf, und wir müssen dem König einen Besuch abstatten.«

Vorbei an den ratlos wartenden Städtern bahnte sich Xavir einen Weg zur Statue der Göttin. Er stieg auf die Überreste des Denkmals und wandte sich an die Versammelten.

»Jenseits dieser Mauern wird eine Schlacht geschlagen!«, rief er und beobachtete die ausdruckslosen Gesichter. »Damit sollt ihr von dem teuflischen Unheil befreit werden, das euch heimgesucht hat. Der Schwarze Clan, eine Streitmacht aus Rebellen, eilt euch zu Hilfe und will Mardonius aus dem Weg räumen. Mein Name ist Xavir Argentum. Ich bin der Letzte der Sonnenkohorte. Ihr seid endlich frei!«

Ein Raunen lief durch die Menge, und die frohe Botschaft wurde bis in den letzten Winkel des Platzes weitergegeben.

»Sucht euch einen Unterschlupf!«, fuhr er fort. »Kehrt in eure Häuser zurück! Wartet im Keller und verbarrikadiert die Zugänge! Beschützt eure Angehörigen!«

Ein Murmeln erhob sich, als jemand leise seinen Vornamen skandierte. Andere stimmten mit ein. Bald waren es Dutzende und schließlich Hunderte, die immer wieder das Gleiche riefen.

»Xavir! Xavir! Xavir!«

Zum ersten Mal seit sehr langer Zeit spürte der Letzte der Sonnenkohorte, wie ihm vor Rührung die Kehle eng wurde.

Xavir Argentum war zurückgekehrt.

EINE UNERLEDIGTE AUFGABE

Xavirs Männer gesellten sich wieder zu Elysia auf dem Balkon, und er pries ihr Geschick mit dem Bogen. Dann legte er ihr einen Arm um die Schultern und verhieß ihr, eines Tages eine echte Heldin des Volkes zu werden. »Nun zum nächsten Schritt«, fuhr er fort. »Ab sofort beginnt der härteste Teil unserer Mission.«

Die Palastmauern bestanden aus schwarzem Gestein, das mit Glimmersplittern durchsetzt war. An der Fassade loderten in gewaltigen Fackelhaltern große Kugeln aus Feuer. Zahlreiche Türme, die man jeweils für einen anderen König oder eine andere Königin Stravimons errichtet hatte, erhoben sich in mehreren Reihen vor der wolkenverhangenen königlichen Residenz. Feiner Nieselregen fiel vom Himmel. Am Fuß der vordersten Mauer hatte ein Dutzend Voldiriksoldaten Posten bezogen, unter ihnen auch einige Männer in Legionsfarben. Der Krieg, der jenseits der Mauern tobte, schien sie nicht zu kümmern, oder sie wussten nichts davon.

Xavir, Jedral und Tylos stiegen von ihrem erhöhten Gang hinab und stürmten auf die Soldaten zu. Diese traten vom Eingang vor dem Torbogen zurück, während einige von ihnen auch weiterhin Wache hielten. Xavir warf einen Blick nach hinten und beobachtete, wie Elysia im Schutz ihrer Gefährten erste Pfeilschüsse auf die Gegner abgab. Zwei kurze Explosionen später lagen alle tot übereinander. Danach wandte Elysia ihre Aufmerksamkeit den zwölf Kämpfern zu, die mit erhobenen Waffen auf Xavir zustürmten. Unter ihren Treffern gingen zwei weitere zu Boden. Die verbliebenen zehn wurden von Xavirs Attacken niedergemäht wie Grashalme.

Xavir ließ nur einen Legionär am Leben, schleppte den schrill kreischenden Mann zur schwarzen Mauer und stieß ihn mit dem Kopf dagegen.

»Name und Rang!«, verlangte Xavir.

»Galwyx. Feldwebel.« Der Mann wand sich.

»Weißt du, wer ich bin?«, wollte Xavir wissen.

»Ich sehe ... das Abzeichen ... der Sonnenkohorte.«

»Richtig«, knurrte Xavir. »Wie sieht es mit der Verteidigung jenseits der Mauern aus?«

»Drei Dutzend Mann auf der nächsten Ebene. Die meisten patrouillieren bei den Hauptmauern.«

»Was gibt es noch zu berichten?«

»Ich weiß von nichts.«

»Was soll das heißen? Du weißt von nichts?«

»Ich war seit Monaten nicht mehr jenseits der Mauer. Niemand weiß etwas. Wir führen nur unsere Befehle aus.«

»Wie genau lauteten deine Befehle? Die Bewohner dieser Stadt abzuschlachten?«

Keine Antwort.

»Sprich!«, rief Xavir und zog dem Mann eine Klinge über den Oberschenkel.

Der Getroffene schrie vor Schmerz laut auf. Blut rann ihm aus dem Mund. »Ich weiß es nicht. Ich bin nur den Befehlen gefolgt. Ich habe getan, was mir aufgetragen wurde.«

»Diese Voldirik, diese Fremden ... leiten sie die Operation hier?«

»Nein. Befehle ... vom König.«

»Wo hält sich Mardonius auf?«

565

»Hoch oben in seinem Palast.«

»Wer bewacht ihn?«

»Männer, denen er vertraut. Der Rote Schlächter. Wir ... sie ... alle fürchten ihn.«

Der Mann wirkte verzweifelt.

»Der gefürchtete Rote Schlächter, hoho!«, höhnte Xavir. »Aber sobald ich auftauche, sollte er wirklich um sein Leben bangen.« Dann schnitt er dem Soldaten die Kehle durch und ließ ihn wie einen gurgelnden Sack zu Boden gleiten.

Als er von dem Leichnam aufblickte, entdeckte er einen Trupp bronzegewappneter Krieger, der in seine Richtung steuerte. Unter den Voldirik befanden sich weitere Elitesoldaten der Legionen mit ihren gehörnten Helmen.

»Für diese Kerle haben wir keine Zeit mehr«, erklärte Xavir seinen Männern, und gemeinsam betraten sie die Palastanlage.

Korridor um Korridor, Marmorsaal um Marmorsaal rückten sie vor, stets wachsam und immer dem gleichen Ablauf folgend. Xavir presste sich gegen einen Türrahmen und spähte in den nächsten Raum, bevor er sein Gefolge hereinwinkte. Dann schlossen sie die Türen hinter sich und verbarrikadierten sie mit Möbelstücken. Über Treppen gelangten sie ins nächste Geschoss. Bogenfenster öffneten sich auf Innenhöfe, wo zahlreiche Voldirik zu sehen waren, die bunte Kleidung trugen und an weiteren schrecklichen Bottichen hantierten. Alles machte den Eindruck, als hätten die Fremden den Palast schon seit Längerem zu ihrem Hauptquartier gemacht.

Im nächsten Raum hielt sich eine Wegseherin auf. Ihre Miene unter der Kapuze blieb auch angesichts der plötzlichen Störung vollkommen ruhig. Mit ausgestreckten Fingern fuhr ihre Hand nach vorn. Gleich darauf wurden sämtliche Gemälde von den Wänden gerissen und auf die

Eindringlinge geschleudert. Wie in einem unsichtbaren Mahlstrom gerieten Statuen und Büsten in Bewegung und wirbelten mit schier unglaublicher Geschwindigkeit umeinander. Xavir hechtete nach links weg und befahl Elysia und den Männern, sich breiter aufzustellen. Elysia schoss ihre Pfeile auf die Wegseherin ab, doch die wischte die Angriffe mit lässigem Fingerschnippen beiseite.

Als Davlor in eine Ecke abtauchen wollte, wurde er von einem steinernen Standbild getroffen, und sein Kopf prallte hart gegen die Wand. Mit entsetzter Miene schrie er auf, bevor er zu Boden ging. Bruchstücke der Statue prasselten auf seine leblose Gestalt herab.

Tylos und Xavir stürmten vor, duckten sich unter den umherfliegenden Gegenständen hinweg und schlugen sich mithilfe ihrer Schwerter eine schmale Schneise. Elysia lag flach auf dem Boden und schoss einen Pfeil ab, der diesmal die Verteidigung der Wegseherin durchdrang. Die Frau krümmte sich und umklammerte ihren getroffenen Fuß. Umgehend stieß Tylos der Magierin seine brennende Klinge in den Arm. Die Wegseherin zischte schrecklich, heilte sich aber sofort wieder selbst. Xavir traf sie mit seinen Klingen in den Hals und in den Oberschenkel, um zu verhindern, dass sich ihr Körper allzu rasch erholte. Ihre Glieder bewegten sich allerdings noch, und so hob Tylos seine Klinge und stieß sie der Magierin durch die Brust. Flammen leckten ihr über den Leib, bis nur noch eine verkohlte Masse übrig blieb. Schließlich rührte sie sich nicht mehr.

»Wenn wir es bis zu Mardonius schaffen wollen, dürfen wir uns nicht weiter aufhalten lassen«, erklärte Tylos atemlos.

»Sie ist tot. Nur das zählt.« Xavir wandte sich zu den anderen um und sah, dass sich alle um Davlor kümmerten.

Jedral, der so oft mit ihm gestritten hatte, versuchte vergeblich, dessen Kopfverletzungen mit einem Stoffstreifen zu verbinden.

»Er ist tot«, stellte Xavir traurig fest und legte Jedral eine Hand auf die Schulter. »Er starb auf seiner Queste und war ein Held. In diesem Sinn werden wir uns seiner immer erinnern. Aber nun müssen wir weiter.«

Jedral nickte und erhob sich.

Bevor sie den nächsten Raum betraten, bemerkte Xavir, dass der Saal, in dem sie noch standen, eine seltsame Eigenart aufwies. Durch die Farbe und die Behänge hindurch zeichneten sich auf den Wänden lang gestreckte Gesichter ab. Zunächst hielt er sie lediglich für Zierelemente knapp unterhalb der Decke, doch in Wahrheit waren sie überall im Raum zu sehen.

»Diese Köpfe … sie bewegen sich!«, stieß Tylos hervor.

Die Münder der unheimlichen Erscheinungen öffneten und schlossen sich, als sängen sie ein lautloses Lied.

»Wer weiß, welche Unaussprechlichkeiten … wir hier noch … entdecken«, stammelte Tylos und wischte sich den Schweiß von der Stirn.

Xavir beschloss, den anderen nicht zu erzählen, dass er die Gesichter wiedererkannt hatte. Es waren ehemalige Adlige an Cedius' Hof.

Jeder Raum, den sie nun betraten, war in Dunkelheit gehüllt und hallte vom Echo Tausender wispernder Stimmen wider. Ungewöhnlich heftige Windzüge strichen durch die Korridore und schienen der Witterung ausgesetzt zu sein. Die Türen aber waren alle geschlossen.

Sie bogen um eine Ecke und hielten inne.

Am Ende des Gangs waren Soldaten in den Farben der Legion und mit Hörnerhelmen postiert. Sie bewegten sich im Gleichschritt und marschierten auf die Eindringlinge zu.

»Schieß, Elysia!«, befahl Xavir.

Und sie feuerte ihre Pfeile ab. Die Geschosse widersetzten sich dem Gegenwind und blieben nur mit Mühe auf ihrer Bahn, doch Elysia zwang sie mit ihrem Willen ins Ziel. Nach den ersten drei Schüssen hatte sie sich an den Widerstand gewöhnt und lenkte die Pfeile an die Schwachstellen der gegnerischen Rüstungen. Zwei der Soldaten fielen zu Boden und umklammerten die Pfeile, die unter ihre Helme gedrungen waren. Elysia brachte zwei weitere Geschosse auf den Weg, die nun mit der Macht der Hexensteine aufgeladen waren. Feurige Explosionen schalteten vier Krieger aus, bis hinter ihnen weitere Verstärkung eintraf und in Zehnerreihen auf dem breiten Flur anrückte.

»Schieß weiter!«, rief Xavir. »Aber triff bitte keinen von uns und pass auf deinen Rücken auf!«

Elysia nickte, während sie einen neuen Pfeil auflegte.

»Jedral, Tylos, mir nach! Grend, du beschützt Elysia.«

Xavir winkte mit einer Klinge und führte den Sturm gegen die näher kommenden Verräter an. Er prallte gegen die ersten beiden Gegner, und seine Klagenden Klingen wirbelten unablässig mit todbringendem Geheul umher. Abgetrennte Köpfe prallten gegen die Wand, und Xavir schleuderte die enthaupteten Toten in die nachfolgenden Reihen hinein, die daraufhin ins Wanken gerieten. Zwei weitere Männer starben.

Jedral und Tylos warfen sich an Xavirs Seite in die Schlacht. Tylos' Klinge zog eine Flammenspur hinter sich her, während er eine Schneise durch Fleisch und Metall schlug. Männer gingen schreiend zu Boden. Trotzdem wogte vor Xavir und seinen Gefährten noch immer ein Meer aus Helmen. Während Xavir sich durch die Reihen hackte, verwandelte sich das gesamte Schlachtfeld in ein einziges glitschiges Chaos aus Blut, Fleisch und zerschlagenen Rüstungen. Pfeile schossen an der Kohorte vorbei und in die Angreifer dahinter, explodierten und stifteten in der Enge des Korridors ein heilloses Durcheinander. Schritt um Schritt führte Xavirs Weg an dem anwachsenden Leichenberg vorbei. Mann für Mann schlug er die verbliebenen Verteidiger nieder. Er atmete stoßweise, und angesichts seiner Erschöpfung kamen auch einige Angriffe gegen ihn durch. Am Oberarm erlitt er einen tiefen Schnitt, und seine Schulter wurde von einem harten Gegenstand getroffen. Das Blut, das ihm am Körper hinunterlief, stammte allerdings nur zum geringeren Teil von ihm selbst.

Hinter ihm schwang Jecral weiter seine Axt, und die Soldaten schienen genau das richtige Ventil für seine Wut zu sein. Tylos hingegen tänzelte geschickt hierhin oder dorthin und erhob seine glühende Klinge nur dann, wenn sich eine günstige Gelegenheit bot.

Die drei Männer kämpften sich weiter vorwärts, bis schließlich nur noch wenige Legionäre auf den Beinen standen. Elysias Pfeile verwandelten ihre Rüstungen in nach innen gewandte winzige Schrapnelle und zwangen sie auf die Knie. Dann hatte Xavir leichtes Spiel, ihnen das Leben zu nehmen. Doch als er sich umwandte, bemerkte er zu seiner Verärgerung, dass weitere Voldirik am gegenüberliegenden Ende des Korridors auftauchten und damit aus der Richtung, aus der sie selbst gerade erst gekommen waren.

Die Kreaturen nahmen einfach kein Ende. Seine Kampfgefährten indes waren bereits zurückgeeilt, um sich um die Neuankömmlinge zu kümmern. Wie es aussah, hatten sie allerdings bereits einen Verlust erlitten. Grend war gefallen. Sein Leichnam lag zerschmettert im nächsten Durchgang.

Elysia schoss schnell und schien mit jedem Herzschlag einen weiteren Pfeil in ihre Feinde zu bohren. Einen nach dem anderen streckte sie nieder, bis die Entgegenkommen-

570

den auf ihrem hastigen Weg über den Flur regelrecht übereinanderstolperten. Als Elysias Pfeilvorrat allmählich zur Neige ging, nahm sie einen grünen Hexenstein aus ihrer Tasche. In Verbindung mit dem dazugehörigen Pfeil flog er durch die Luft und breitete grünes Licht über die Gefallenen. Pfeile, die sich in das Fleisch ihrer Opfer gebohrt hatten, befreiten sich wie von Geisterhand, flogen zurück und landeten mit klappernden Geräuschen zu Füßen der Schützin.

Tylos erreichte das Ende des Korridors und schickte den herbeihuschenden Voldirik einen Flammenbogen entgegen. Nach einem gewaltigen Hieb prallten qualmende Arme und Schwerter von der Wand zu seiner Linken ab.

»Bleib zurück!«, rief Elysia, als Xavir sie erreichte.

Tylos sprang aus dem Weg und sah zu, wie ein Pfeil mit blauer Spitze auf drei Voldirik zuschoss, die sich an den aufgehäuften Leichen ihrer Kameraden vorbeidrängen wollten.

Binnen eines Wimpernschlags erstarrten sie wie Statuen, überzogen von blauem Frost. Elysia musste Tylos nach hinten zerren, während alles, was den fleischigen Morast aus Blut und Eingeweiden berührte, gleichermaßen von der kalten Substanz bedeckt wurde.

»Das ist Eis«, erklärte Elysia. »Um diese Barriere zu überwinden, bedarf es einer Wegseherin.«

»Über die sie mit Sicherheit verfügen.« In tiefen Zügen sog Xavir die stickige Luft in der Enge des Korridors in seine Lunge.

Währenddessen kniete Tylos neben Grends Leiche nieder. »Er war ein guter und fähiger Gefährte. Was den Chambrekern die Dichtkunst ist, war diesem Mann die Kunst des Kochens.«

»Wir werden später um ihn trauern.« Xavir spähte zurück zum anderen Ende des Korridors und wies seinen Begleitern mit ausgestreckter Klinge den Weg. »Wir müssen dort entlang. Die schlimmsten Kämpfe haben wir womöglich schon hinter uns.«

Plötzlich nahm er eine schemenhafte Gestalt wahr. Sie trug eine rote Rüstung und stand im nächsten Raum.

Der Rote Schlächter, dachte Xavir. *Der Beschützer des Königs.*

Ohne einen Augenblick zu zögern, ging er auf die Gestalt zu. Jedral, Tylos und seine Tochter folgten ihm.

GETÜMMEL

Eine Frage beschäftigte Landril nach wie vor. Was im Namen der Göttin trieb er hier eigentlich?

Vor ihm wogten Tausende Soldaten als blutige Flut vorwärts und zurück. Metall krachte auf Metall, und laute Schreie schmerzten ihm in den Ohren. Dem Getümmel entströmte der Gestank von Blut und Schlamm. Wie hatte es so weit kommen können? Sollte das Chaos Teil eines Plans sein? Er war kein Anführer. Ein Taktiker womöglich, doch in dieser Situation fühlte er sich völlig überfordert. Gut, dass wenigstens Valderon wusste, was er dort unten tat. Dennoch geschah hier etwas, das sich seinem Einfluss entzog. Wann immer er der Infanterie den Befehl erteilte, die Stellung zu halten, kam irgend so eine vermaledeite Wegseherin daher, versetzte den Boden in Erschütterung und zerrte seine Formationen zu kläglich dünnen Reihen auseinander. Jeder Mann, der dann in den Tod stürzte, häufte ihm schwere Lasten auf das Gewissen.

Landril hatte es mit Attacken versucht, bei denen er seine Kohorten zu kurzen Ausbrüchen wilder Brutalität antrieb, doch die Voldirik zeigten sich seinen Bemühungen gegenüber völlig unempfindlich. Die erfolgreichste Strategie bestand immerhin darin, die Infanterie in kreisförmigen Formationen vorrücken zu lassen und einen schützenden Ring um eine Bogenschützeneinheit zu bilden. Pfeile schwirrten hoch oben über den Himmel und bohrten sich in Voldirikkrieger auf dem Vormarsch, während die Infanterie dem Feind mit Schwert und Speer zusetzte und ihn allmählich aufrieb.

Folglich verkündete Landril, dass diese Taktik auch bei dem Rest der Truppen Anwendung finden sollte. Wo immer es möglich war, verlegten die Männer ihre Stellungen im Einklang zu diesem neuen Ansatz. Landril musste fortlaufend die Erfolgsaussichten einer jeden Taktik neu abschätzen, je nachdem, wann und wo sie auf dem Schlachtfeld zum Einsatz kam. Von der Kuppe des Hangs und vom Pferderücken aus behielt er die Szenerie genau im Blick, um selbst kleinste Veränderungen in den Abläufen nicht zu übersehen. Er achtete besonders auf die Standartenträger, den Rhythmus der Pfeilsalven und die Windrichtung ...

Die Dacianaraner blieben auch weiterhin der Fluch der städtischen Verteidiger. Sie hatten ihr Kampfgeschick gegen die Streitkräfte der Voldirik bereits auf den Hügeln ihres Heimatlands geschult und stürmten nun zur linken Seite des Schlachtfelds, um immer mehr Gegner ins unausweichliche Verderben zu locken. An einer Stelle waren sie bis auf wenige Hundert Schritt an Landrils Stellung herangekommen und hatten einen Ansturm der Voldirik mitten in Valderons Kavallerie hineingeführt.

Und irgendwie hatte sich durch alle diese Vorgänge die Mannstärke der Voldirik halbiert. Das war Anlass genug für eine gewisse Zuversicht.

Das einzig weiterhin bestehende Ärgernis waren die beiden Wegseherinnen dort draußen, deren genauer Standort sich mit dem Hin und Her der Schlacht ständig verlagerte und deren Zauber seinen Truppen große Schwierigkeiten bereitete.

Landrils neueste Taktik sah vor, die Hexen in weniger berechenbaren Manövern ins Feld zu führen, und so befahl er ihnen, sich den von der Infanterie umringten Bogenschützen anzuschließen. Dann sollten die Hexen ihre Fähigkeiten nutzen, um die Infanterie bei ihrem Vormarsch auf die Mauern von Stravir zu unterstützen. Die Magie der Hexensteine machte den Soldaten schwer zu schaffen. Rüstungen zerknitterten, und das Fleisch darunter schmolz, wenn die Kämpfer der bronzegewappneten Krieger ausgeschaltet wurden.

Valderons Männer lösten sich aus der eigentlichen Schlacht und kehrten an Landrils Seite zurück. Die Zahl ihrer berittenen Truppen war inzwischen auf ein gutes Dutzend geschrumpft.

»Gefällt dir das, Meisterspion?« Valderon brachte sein Pferd zum Stehen.

»Ich vermag hier nur sehr wenig auszurichten«, erwiderte Landril. »Also lautet die Antwort auf deine Frage Nein.«

»Aus sicherer Distanz konnte ich noch nie Theorien aufstellen.« Obwohl Valderon mit Blut und Schlamm bedeckt war, lächelte er. »Ich bin lieber dort, wo ehrliche Arbeit verrichtet wird.«

»Hier gibt es keine ehrliche Arbeit. Vielmehr ist es ein abscheuliches Geschäft.«

Valderon gab keine Antwort, sondern ließ den Blick über die Szenerie schweifen. Letzte Sonnenstrahlen erhellten die Umgebung. Bald würde die Nacht anbrechen. Und was dann?

»Lohnt es sich, auch im Dunkeln zu kämpfen?«, fragte Valderon.

»Die gegnerische Infanterie ist so anfällig, wie ich bereits vermutete. Wenn wir nicht nachlassen, könnten wir sie aufreiben.«

»Ein riskantes Unterfangen, so ein nächtlicher Kampf.«

»Keine Sorge! Was das betrifft, habe ich Erfahrung. Wie steht es um die Hexen?«

»Die Schwestern sind noch am Leben, und wie es scheint,

suchen sie nach wie vor nach den Wegseherinnen. So hattest du es doch angeordnet. Vermutlich haben sie vor, den fremden Zauberinnen gemeinsam den Garaus zu machen.«

»Wir für unseren Teil halten uns doch recht wacker«, meinte Landril abschließend. »Wenn Xavir allerdings scheitert, könnte auch uns der Untergang drohen.«

»Keine Nachricht von ihm?«

»Keine Nachricht«, bestätigte Landril. »Also machen wir weiter, bis wir ein Signal von seiner jungen Hexe erhalten.«

»So sei es denn«, stimmte Valderon zu und lenkte sein Pferd um Landril herum. »Wo werden wir als Nächstes eingesetzt? Du hast eine bessere Einsicht in die Geschehnisse als ich.«

Landril musterte noch einmal die Szene, und ihm fiel auf, dass der Angriff an der rechten Flanke viel von seiner Wucht verloren hatte. Die Bogenschützen und die Hexen drifteten ins Zentrum des Schlachtfelds ab. Die Reiter, die sie von der rechten Seite aus mit Nachschub an Pfeilen versorgten, waren verwundbar geworden. Falls sie vom Rest der Truppe abgeschnitten wurden, waren die Bogenschützen zur Untätigkeit verdammt, und die gefährlichen kleinen Kampfeinheiten wurden völlig nutzlos.

»Wende dich nach rechts!« Landril deutete in die entsprechende Richtung. »Der Schutz der Straße, die wir als Versorgungsroute festgelegt haben, steht an allererster Stelle. Andernfalls können wir uns hier nicht mehr lange halten.«

Im Nu hatte Valderon sein Pferd gewendet, rief nach den anderen Reitern und galoppierte mit einem wilden Schrei den Hügel hinunter.

Xavir betrat den riesigen Saal, an seiner Seite die Tochter, hinter ihm die beiden Männer. Der Wind fuhr durch die Öffnungen der zerschlagenen Fenster. Die Gobelins schlugen schwer gegen die steinernen Wände. Draußen trieben Wolken über den verdüsterten Himmel.

Dies war einer der ehemals glanzvollen Achtecktürme von König Cedius, aber inzwischen konnte von Pracht keine Rede mehr sein.

»Ich kenne dich«, erklang eine zischende Stimme.

Eine Gestalt tauchte in der Mitte des Saals auf. Ihre Rüstung glühte wie glimmende Kohlen. Xavir bedeutete den anderen mit einem Wink, einige Schritte zurückzutreten.

Statt Augen hatte der bleiche Kopf nur schwarze Kugeln, doch die Form des Gesichts war Xavir hinreichend vertraut – die edle lange Nase und das markante Kinn, obwohl die Haut mittlerweile einen unnatürlichen Glanz besaß. Auch die Uniform kannte Xavir. Die Brustplatte zierte der zinnengekrönte Turm mit der darüber aufgehenden Sonne. Über die Schultern der Gestalt ragten die Griffe von zwei Schwertern.

»Dimarius«, flüsterte Xavir. Und er lachte.

»Was findest du so komisch?« Das Leuchten von Dimarius' Rüstung pulsierte schwach und schien an seine Stimmung oder seinen Herzschlag gekoppelt zu sein, während er in der Saalmitte auf und ab schritt.

»Deine Anwesenheit füllt bei mir eine Wissenslücke«, befand Xavir. »Baradiumsfall – du warst also in das Komplott eingeweiht. Das erklärt vieles. Du hast dich mit Mardonius verbündet und für unser endgültiges Verderben gesorgt. Du hast Mardonius auf den Thron verholfen und bist dafür belohnt worden – wie auch immer diese Belohnung aussehen mochte.«

»Du irrst dich! Auf dem Thron sitzt nicht Mardonius«, erwiderte die glühende Gestalt abschätzig.

»Dann erklär es mir!«, knurrte Xavir.

»Den Thron nimmt ein König von anderen Gestaden

ein. Der Gott eines anderen Volkes«, zischte Dimarius, und das letzte Wort hallte von den Wänden wider. Im Saal über ihnen, vermutlich dem Thronsaal, war das Stöhnen einer urtümlichen Kreatur zu hören.

»Und du hast auf Geheiß dieses anderen Volkes gehandelt?«, fragte Xavir weiter. »Du hast deine eigenen Landsleute umgebracht? Sie zu Zwecken mutiert, die wohl nur die Göttin kennt?«

»Alles geschieht ausschließlich zum Wohl der Menschen«, antwortete Dimarius. Bevor seine Augen wieder schwarz wurden, glommen kurz helle Funken auf. Rauch quoll ihm aus dem Mund. »Großes erwartet sie in ihrem Leben.«

»Du hast keine Ahnung, wovon du redest, Dimarius. So war es doch schon immer.«

Bei dieser Bemerkung loderte der Krieger gleißend hell auf.

»In den kommenden Jahren wirst du als feiger Verräter in die Geschichte eingehen. Als Schurke, der der Sonnenkohorte niemals hätte angehören dürfen. Als ein Mann, dessen Können schlicht unzureichend war«, höhnte Xavir. »Das ist sicher auch einer der Gründe, warum dir Cedius nie ein Kommando übertrug. Hast du dich deshalb gemüßigt gefühlt, uns zu verraten?«

»Den Verrat an dir, Xavir, habe ich nie als schimpflich empfunden. Du bist der Schlächter von Baradiumsfall. Du standest für die alten Sitten. Zu stur, um dich auf Besseres einzulassen. Den Blick ewig auf das Vergangene gerichtet. Da ich meinerseits die größeren Zusammenhänge in dieser Welt sehe, stelle ich fest, dass du nur eine flüchtige Eintagsfliege bist. Ein kleines Hindernis, mehr nicht. Der Schoßhund eines ehemaligen Königs.«

»Dann war die Eifersucht auf mich offenbar der einzige Antrieb für dein schändliches Handeln.«

»Nicht alles dreht sich nur um dich, Xavir«, widersprach Dimarius. »Das war schon immer dein Problem. Du bist nicht der Nabel der Welt, doch das hast du nie begriffen. Und Cedius war dir dabei auch keine Hilfe. Sieh es endlich ein – ohne dich wird sich die Welt zum Besseren wenden.«

Dimarius zog seine beiden Schwerter aus ihren Rückenscheiden, und Xavir hob als Antwort darauf eine seiner Klagenden Klingen.

»Ich bin bereit, wenn du es bist, Verräter«, erklärte Xavir.

Elysia nahm ihren Bogen hoch, aber Xavir schüttelte den Kopf. »Haltet euch alle im Hintergrund! Dies ist allein meine Angelegenheit.«

Die Warnung kam nicht von ungefähr, denn dem neuen Feind konnte kein anderer auch nur einen Herzschlag lang Paroli bieten. Die folgenden Minuten würden zeigen, wie sich die geheimnisvollen Veränderungen auf Dimarius' Fertigkeiten ausgewirkt hatten.

Xavir schritt dem Roten Schlächter entgegen und achtete dabei genau auf jede seiner Bewegungen, und dann umkreisten sie sich. Als sie in den Übungsquartieren gegeneinander angetreten waren, war Dimarius stets ein angriffslustiger Kämpfer gewesen, der sich mit seinen Manövern bisweilen als übereifrig erwiesen hatte. Daher wartete Xavir nun darauf, dass er den ersten Schritt wagte. Oder den ersten Fehler beging.

»Du siehst müde aus«, zischte Dimarius.

»Ich musste wieder zusammenfügen, was Mardonius zerbrochen hatte«, erwiderte Xavir. »Sei versichert – in wenigen Stunden kann ich mich gründlich ausruhen. Aber sehr freundlich, dass du dir Sorgen um mich machst.«

»Nach allem, was ich getan habe, bist du sicher wütend auf mich«, zischelte Dimarius.

»Tragen wir unser Gefecht wirklich nur mit Worten aus?«

Dimarius' Miene war nicht zu deuten. Er hatte schon immer zu einer gewissen Gefühllosigkeit geneigt, doch der sonderbare Glanz auf seiner Haut schien sein Gesicht vollkommen eingefroren zu haben. Wer wusste schon, was genau er mit seinen schwarzen Augenkugeln überhaupt wahrnahm?

»Ich verspüre keinerlei Zorn«, log Xavir. »Sollte ich wütend sein, dann nur auf denjenigen, der dir diese Verwandlung angetan hat. Auf Mardonius und die Kreatur, die den Thron innehat. Und ich bemitleide dich, weil du auf so üble Weise den Verstand verloren hast. Ich erkenne, dass hier tatsächlich eine höhere Macht am Werk ist. Sicherlich bist du einen Pakt mit ihr eingegangen. Wenn ich dich aber so betrachte, kannst du mit dem Ergebnis kaum zufrieden sein.«

»Du bist und bleibst ein hochmütiger Narr«, knurrte der Rote Schlächter.

Xavir zuckte mit den Achseln. »Meinen Hochmut verleugne ich nicht, aber ich bin kein Narr, Dimarius. Der Kerker entließ mich mit einer einfachen Mission – mit dem Wunsch, mich an jenen zu rächen, die mich ins Gefängnis brachten und meine Brüder ermordeten. Es gibt viel Unrecht in der Welt. Daher muss jemand einschreiten und alles wieder ins Lot bringen, was Verräter wie du und Mardonius zerschlagen haben.«

»Und du hältst dich für den großen Retter?« Dimarius stimmte ein tiefes, grausames Lachen an.

»Nein«, entgegnete Xavir, und Dimarius verstummte. »Zeit meines Lebens habe ich beobachtet, wie die Gezeiten der Macht an- und abschwellen. Allerdings bin ich keineswegs der richtige Mann, der die Wogen glätten kann. Falls ich sterbe, dann soll es eben so sein. Doch vorher will ich Mardonius noch die Krone vom verräterischen Schädel reißen.«

580

Mit diesen Worten erhob er eine der Klagenden Klingen, und sein rechter Arm schnellte durch die Luft. Ein gewöhnlicher Mann wäre in diesem Augenblick des Todes gewesen, doch Dimarius war kein gewöhnlicher Mann. Ein brennendes Schwert parierte den Hieb, und ein Funkenregen ergoss sich gleißend bis in den hintersten Winkel des Saals, als wäre ein Hammer auf den Amboss einer Schmiede niedergefahren.

Dimarius' zweites Schwert zielte auf Xavirs Beine, doch der hatte die Bewegung bereits erahnt und sprang mit angezogenen Knien in die Höhe und nach links. Ohne eine weitere Parade versuchte er vielmehr, mit der zweiten Klinge Dimarius' Oberarm zu treffen. Der Rote Schlächter wich nach hinten aus, bis sich die beiden Krieger wieder in der Anfangshaltung gegenüberstanden.

»Was genau ist bei dem Pakt mit den Voldirik eigentlich für dich herausgesprungen?«, fragte Xavir lachend. »Du bist genauso leicht zu durchschauen wie eh und je.«

Dimarius ging auf Xavir zu und entfesselte einen Wirbel aus Schwerthieben. Beide Männer strahlten eine Hitze aus, als würde unmittelbar vor ihnen die Klappe eines Schmelzofens geöffnet. Dimarius' Rüstung brannte hell, und Xavir schien die Flamme seines Zorns immer weiter anzufachen. Xavir parierte jeden Hieb, wich hinterhältigen Ausfallschritten aus und wehrte sämtliche Angriffe ab. Dimarius knurrte enttäuscht. Seine Technik hatte sich noch nie durch besondere Anmut ausgezeichnet.

Xavir warf sich auf den Fersen herum und arbeitete sich durch viele der klassischen Schlagserien, mit denen der Rote Schlächter stets Schwierigkeiten gehabt hatte – mit dem Adler, dem Titanen, dem tanzenden Wolf. Jede Finte löste ein leichtes Stolpern oder eine Lücke in der Verteidigung aus. Dank der einzigartigen Natur seiner Rüstung mochte

Dimarius sich zwar eine gewisse Leichtfüßigkeit bewahrt haben, in seinen Bewegungen war er dennoch eingeschränkt.

Als er diesen Umstand erkannte, zwang Xavir seinen Gegner zu Bewegungen, bei denen dieser die Arme weit ausstrecken musste, um direkte Angriffe gegen den Körper durchzuführen. Die Klagenden Klingen sangen ihr wildes Lied, als Xavir seine Attacken unerbittlich fortsetzte. Weit von den Flanken entfernt und unmittelbar zur Leibesmitte hin, hoch und tief. Dimarius musste sich fast ganz auf die Defensive verlegen und zeigte erste Anzeichen von Erschöpfung.

Xavir nutzte die günstige Gelegenheit und stieß Dimarius eine der Klagenden Klingen durch den Ellbogen. Aus diesem loderte jedoch ein Flammenstoß hervor, der Xavirs linkes Handgelenk verbrannte. Beide Männer ließen ihre Waffen fallen.

Dimarius' Arm wurde durch den Treffer abgetrennt, und er wandte sich zur Flucht.

Xavir hielt sich eine Weile die Hand und verdrängte den Schmerz aus seinen Gefühlen. Zorniger denn je hob er die Klinge vom Boden auf und trat dem Roten Schlächter in den Rücken.

»Jämmerlich!«, schrie Xavir. Dimarius wandte sich mit seiner verbliebenen Klinge um, doch aufgrund seiner Verwundung konnte Xavir sie ihm mühelos aus der Hand schlagen. Die brennende Waffe landete neben ihrem Gegenstück auf dem Boden.

Dimarius wandte sich an seinen Kontrahenten. »Wir sind quitt.«

Da rammte ihm Xavir eins seiner Schwerter in den Nacken. Diesmal rollte Xavir sich nach rechts ab, um dem Feuer und der Hitze zu entgehen, die aus Dimarius' Körper hervorbrachen. Der Leichnam sank in sich zusammen und zerfiel zu einem verkohlten, rauchenden Aschehäufchen.

Was immer in den Adern des ehemaligen Kriegers der Sonnenkohorte geflossen war, konnte kein Blut gewesen sein, wie Xavir eindeutig feststellte. Eine unbekannte Substanz musste ihn zusammengehalten haben.

Xavir ging in die Knie und umklammerte das brennende Handgelenk.

Elysia eilte an die Seite ihres Vaters. »Deine Hand ... Was ist geschehen?«

Die verbrannte Stelle färbte sich schwarz, und sonderbare Funken stoben auf. In kürzester Zeit breiteten sie sich aus, als wäre die Wunde lebendig.

»Schon gut«, murmelte Xavir. Der Schmerz pochte durch den ganzen Arm, die Schulter brannte höllisch. »Und nun zu Mardonius! Vermutlich hält er sich hinter dieser Tür hier auf.« Xavir wies mit dem Kinn in die Richtung, in der er den König vermutete.

Dann führte er Elysia, Jedral und Tylos durch einen Bogengang und eine Treppe hinauf. Eine schleimige Masse kroch die Stufen herunter. Aus dem Korridor über ihnen wehte ihnen ein übel riechender Wind entgegen. Xavir konnte die beiden Klingen kaum noch halten und bemühte sich, den Blick von den Mündern abzuwenden, die ihn von den Wänden herab angrinsten. Menschliche Gesichter, die lautlos klagten und vergeblich Antworten auf ihr Flehen zu erwarten schienen.

»Was ist das für eine Teufelei?«, fragte Tylos.

Xavir schwieg und konzentrierte sich einzig und allein darauf, einen Fuß vor den anderen zu setzen. Er musste Mardonius töten, und nichts und niemand konnte ihn davon abhalten.

Der Thronsaal lag vor ihnen, ein befremdlicher und sonderbar veränderter Raum, der kaum noch Ähnlichkeit mit jener Örtlichkeit hatte, die ihm einst so vertraut gewesen war. Hier waren ihm die Klagenden Klingen überreicht worden. Hier hatten er und König Cedius Pläne geschmiedet, gelacht und die edelsten Weine des gesamten Königreichs getrunken. All das schien in einer anderen Welt geschehen zu sein. Xavirs Körper pulsierte vor Schmerz und gemahnte ihn an die harte Gegenwart. Aus den Augenwinkeln nahm er plötzlich dämonische Gestalten wahr, die es wahrscheinlich gar nicht gab. Mit reiner Willensleistung unterdrückte er den Schmerz und versuchte, den Saal in aller Klarheit zu sehen.

In einer Saalecke saß eine gebeugte Gestalt leicht erhöht auf einem schlichten metallenen Thron. Aus der Entfernung wirkte sie schwarz, und aus ihrem Kopf sprossen seltsame Formen, so als wänden sich verkohlte Schlangen auf dem gekrönten Haupt. Doch es waren keine Schlangen. Es waren Schläuche, die mit einem Glasbehälter neben dem Thron verbunden waren. Zur Linken bot sich ein freier Blick über die Stadt. Anstelle eines rechteckigen Panoramafensters gab es nur ein schroffes Maul aus zerfallenem Mauerwerk. Draußen verschwammen die Türme der Stadt im dichten Nebel.

Xavir spürte das Pochen der verbrannten Haut und wusste, dass ihm die verbliebene Zeit zwischen den Fingern zerrann. Und so befahl er seinen Gefährten, am Eingang des Saals zu warten, während er sich dem Thron näherte.

»Dimarius lebt nicht mehr. Niemand bietet dir noch Schutz. Deine letzte Stunde ist angebrochen, Mardonius.«

»Xavir Argentum, Xavir Argentum, Xavir Argentum«, erhob sich plötzlich eine Stimme. Xavir wandte sich zu seinen Leuten um, doch die schienen nichts gehört zu haben.

»Dieses Wesen spricht zu mir.« Xavir wies mit dem Kopf in die Richtung des Thronenden. »Ihr könnt es nicht hören. Aber es hat meinen Namen genannt.«

»So weise, so töricht …«

»Mardonius, du siehst schlecht aus!«, rief Xavir.

Das Wesen lachte. »Mardonius … Ja, ich erinnere mich

an ihn.« Zwei Augen öffneten sich, und die Gestalt hob den
Kopf, als hätte ein Marionettenspieler an den Fäden gezogen.
Eine trübe Flüssigkeit strömte schubweise aus dem Glasbehälter und wieder hinein. Überall an dem metallenen Rahmen, der alles zusammenhielt, verliefen voldirische Inschrif-
ten.

»Wer oder was immer du sein magst – wir beide haben
noch etwas zu klären«, knurrte Xavir. Er spürte ein heftiges
Brennen im linken Arm. Seine Hand glühte rot auf, und er
begriff, dass er sich bei Dimarius und seiner unerklärlichen
Krankheit angesteckt hatte. Folglich musste er handeln, bevor
es zu spät war. Rasch durchtrennte er mit seiner Klinge einen
der Schläuche, und die Flüssigkeit aus dem Behälter ergoss
sich über den Thron. Mardonius zischte und lachte in Xavirs
Kopf. Wo die Flüssigkeit sich ausbreitete, bildeten sich Bla-
sen. Xavir nahm den Gestank fremdartiger Magie wahr.

»Elysia!«, rief Xavir und brach vor Schmerz auf die Knie.

»Was ist?«, fragte sie, eilte an seine Seite und legte ihm
eine Hand auf die Schulter.

»Mit mir geht es zu Ende«, antwortete Xavir und empfand die Kühle ihrer Hand als wohltuend auf der brennenden Haut. »Bald werde ich mich in ein Wesen wie Dimarius
verwandeln. In einen Dämon oder eine andere Perversion
der Voldirik. Das musst du verhindern und mich auf meine
Bitte hin töten. Dafür benutzt du am besten einen deiner
Pfeile. Den mächtigsten, den du besitzt. Es ist wichtig, dass
nichts von mir übrig bleibt.«

»Was sagst du da?« Das Ansinnen schien sie zu überrum-
peln. »Das kann ich nicht. Ich weigere mich ...«

Xavir griff nach ihrer Hand. »Ich verstehe dich und
bedaure, dass uns nicht mehr Zeit füreinander blieb.« Er
hielt inne, als sich Mardonius weiterhin höhnisch in seinem
Schädel zu Wort meldete. Er schüttelte den Kopf, um sich

von den fremden Gedanken zu befreien. Seine Schulter schmerzte höllisch. »Aber du musst es tun. Ich werde sterben, und es soll geschehen, solange ich noch ich selbst bin und nicht das Wesen, in das mich diese schreckliche Magie verwandeln wird.«

»Ich kann dich nicht töten. Das bringe ich einfach nicht fertig. Du bist doch mein Vater.«

Elysias Reaktion verstörte Xavir, und er erkannte sie kaum wieder. Doch für derartige Gefühle war die Zeit denkbar ungeeignet ... und würde es immer bleiben.

»Du sollst mich vor einem Schicksal bewahren, das schlimmer ist als der Tod«, sagte Xavir mit Nachdruck. »Wenn du irgendetwas für mich empfindest, musst du mir meinen Wunsch erfüllen. Wirst du es tun?«

Elysia schwieg mit Tränen in den Augen.

»Versprich es mir!«, verlangte Xavir.

Sie schluckte schwer und nickte.

»Jetzt bist du die Familie Argentum«, sagte er und streifte mit ruckartigen Bewegungen die Rückenscheiden der Klagenden Klingen ab. Klappernd landeten sie auf dem Boden. »Was immer mein war, gehört nun rechtmäßig dir. Nimm die Klingen und behandle sie pfleglich.« Er holte keuchend Atem, als ihm ein brennender Schmerz durch den Leib fuhr. »Sie sind ... ein Beweis für ... unsere Blutsbande.«

Xavir wandte sich von der Kreatur auf dem Thron ab und bedachte seine Begleiter mit einem Nicken, das sie erwiderten. Es bedurfte keiner Worte zwischen ihnen.

»Tritt möglichst weit zurück!«, befahl er seiner Tochter. »Halt die anderen von hier fern!«

Während Elysia die Klagenden Klingen an sich nahm und sich zu den anderen gesellte, kämpfte sich Xavir schwankend auf die Füße. Mit bloßen Händen zerriss er die Schläuche, die Mardonius' Körper zusammenhielten. Sonst gab es nichts mehr für ihn zu tun. Nachdem es keinen echten König mehr gab, konnte er sich auch keine Befriedigung angesichts eines Siegs über ihn erhoffen.

Es gab nur Leere.

Während aus jedem Schlauch, den er kappte, stinkende und brennende Flüssigkeiten in den Saal spritzten, überkam ihn die Erkenntnis, dass es auch keinen Triumph in der Schlacht mehr geben würde. Und manche Fragen blieben wohl auf ewig unbeantwortet. Seine Familienangelegenheiten indes hatte er geklärt und seine Waffen an die Tochter übergeben. Durch Elysia würde er weiterleben. Der Gedanke, dass er in ihrem Blut Bestand haben würde, schenkte ihm die Hoffnung, dass doch nicht alles vergeblich gewesen war.

»Mach dich bereit, Elysia!« Xavirs Stimme hallte durch den Saal. Die Winde frischten auf, und schrille Geräusche ohne Sinn oder Zusammenhang stachen ihm in die Ohren. In der Luft lag die Verheißung von Gewalt, doch er riss weiterhin an den Schläuchen und beobachtete, wie die Flüssigkeiten sich über Mardonius' Zerrbild ergossen, das mit jeder Sekunde wilder zuckte.

»Wer oder was zur Hölle bist du?«, keuchte Xavir der Karikatur entgegen, die einmal der König von Stravimon gewesen war. »Wer oder was bist du?«

Eine zischelnde Stimme drang aus der Mundöffnung des toten Königs hervor. »Ich bin etwas, das du nicht erfassen kannst, Xavir Argentum.«

Mardonius' Mund bewegte sich nicht gleichzeitig mit den gesprochenen Worten.

»Ich bin der Herrscher deines Landes, und ich regiere aus der Ferne. Meine Reise zu jenen Gestaden trete ich erst an, wenn ich dieses Land gänzlich erobert habe. Dieser Körper hat sich mir selbst dargeboten. Seine Seele lebt in mir weiter.

Diese Seele wollte Macht, und sie hat mehr Macht bekommen, als sie je begehrte.«

»Was willst du dann?«, wollte Xavir wissen. Er fühlte sich so schwach, als stünde er unter der Wirkung eines Zaubers, der ihm die Kraft entzog. »Was ist der Grund für das alles?«

»Die Zeit«, antwortete das Wesen, lachte und lachte. »Die Ewigkeit.«

»Was ist nur aus dir geworden, Mardonius?«, fragte Xavir und atmete stoßweise.

»Mardonius ist nicht mehr …«

Schritt für Schritt schleppte sich Xavir die zerfallenen Stufen zum Thron hinauf und spürte, wie sein Arm zitterte. Dann wurde er vollkommen taub.

»Was du vor dir siehst, ist die leere Hülle von Mardonius, dem unrechtmäßigen König von Stravimon.«

Die verbrannte Gestalt von Mardonius' Zerrbild wiegte sich vor und zurück. An mehreren Stellen war durch die geschwärzte Haut der Schädelknochen zu erkennen. Die vertrockneten Lippen verzogen sich zu einer Grimasse und entblößten zwei Reihen fauliger Zähne. Sobald sich die Kreatur bewegte, bildeten sich Aschehäufchen neben ihr. Diese Hülle war von voldirischer Magie besessen. Aber wie lange schon? Wie lange war Mardonius noch am Leben geblieben, um sich an der perversen Partnerschaft zu erfreuen, bevor ihn das fremde Wesen gänzlich verschlungen hatte?

Wie hatte es mit der Pracht Stravirs und seinem Ruhm aus früheren Tagen nur so weit kommen können?

Mit beiden Händen umfasste Xavir Mardonius' verunstalteten Schädel und drehte ihm den Kopf von den Schultern. Zu größerer Anstrengung war er mit seinen brennenden und inzwischen leuchtenden Armen nicht mehr in der Lage. Was aus dem Halsstumpf hervorsickerte, blubberte und zischte, während es sich mit Xavirs eigenem Fleisch verband. Er lachte ein wildes Lachen, das nicht sein eigenes war. Dann nahm er wahr, wie sich sein Körper rot färbte und vor Zorn brannte. Schließlich besaß er immerhin noch so viel Klarheit, dass er sich umdrehen und dem gepeinigten Blick seiner Tochter begegnen konnte. Er nickte und hatte ihren Namen auf den Lippen, als ein grelles weißes Licht seine Sicht ausfüllte und der Schmerz verflog.

Mit allen verbliebenen Kräften stapfte Valderon dem letzten gegnerischen Aufgebot entgegen. Der Himmel verfinsterte sich, und die Ebenen vor der Stadt waren ein einziger blutiger Morast.

Landril gestand sich ein, dass er nichts mehr hasste als die Situation, in der er sich gerade befand. Er zweifelte nicht daran, dass er gleich sterben würde – trotz des Schwerts in seiner Hand.

»Verteidige dich, Mann!«, brüllte Valderon. »Taktik ist sinnlos. Der Kampf ist fast vorbei.«

»Du hast … leicht reden«, entgegnete Landril, während er dem Speerstoß eines Voldirik auswich. Valderon erledigte den dreisten Angreifer, indem er ihm erst den Arm abhackte und ihn dann blutend in einen Trupp seiner Artgenossen zurückschleuderte.

»Bei der Göttin, wäre es doch nur schon vorbei! Bald bricht die Nacht herein.«

»Eine Schlacht endet, sobald sie endet«, entgegnete Valderon und räumte den Weg vor ihnen frei. »Selbst wenn jene, die … halb tot auf dem Boden liegen …« Er schnitt einem Voldirik die Kehle durch. »… den Ausgang noch nicht erkennen und trotzdem weiterkämpfen.«

»Oh … endlich!« Landril war erleichtert, aber auch überrascht, als ein blendendes Licht aus dem Herzen der Hauptstadt wie ein aufsteigender Stern zum Himmel emporschoss. Elysias Signal.

»Sieh dir das an!«, stieß Valderon hervor.

Überall auf den Ebenen vor der Stadt brachen die Voldirik zusammen, als striche ein stiller Wind über das Schlachtfeld. Zerfaserte Reihen von Bronzekriegern sanken im Matsch zusammen. Die plötzliche Stille verwirrte alle. Auch die Überlebenden des Schwarzen Clans waren davon nicht minder überrumpelt, ebenso die verbliebenen Truppen der Legionäre, die voller Grauen auf ihre gefallenen Voldirikkameraden starrten. Daraufhin streckten die meisten von ihnen die Waffen.

In der Ferne heulten die Dacianaraner.

ZURÜCK IN DER WIRKLICHKEIT

Die Nacht legte sich über Stravir, aber auf den Straßen blieb es still. Kaum ein Zeichen des regen Treibens, das Elysias Vater erwähnt hatte. Weder ausgelassene Gelage und große Feiern auf den gepflasterten Straßen noch Menschen, die Freudenfeuer entfachten und auf den Balkonen tanzten. Kein Duft von gegrilltem Fleisch, das man sich schmecken ließ und mit den Nachbarn teilte.

Auch in der Innenstadt blieben die Straßen meist leer. Nur in einigen Gasthäusern und vor dem einen oder anderen verwahrlosten Gebäude herrschte Betrieb. Dort hatten sich die Überlebenden des Schwarzen Clans eingefunden, waren aber zu abgekämpft und zu müde, um groß zu feiern. Die Dacianaraner weigerten sich, die Stadt zu betreten. Sie glaubten, das Böse, das sich dort eingenistet hatte, gehe als Geist noch immer um. Und so beschlossen sie, ihr Lager gleich südlich des Schlachtfelds aufzuschlagen.

Wie sollte es von hier aus nur weitergehen?, fragte sich Elysia.

Kurz nach der Schlacht und nachdem die riesigen Holztore Stravirs mittels roher Kraft und Magie aufgezwungen worden waren, hatte Landril die junge Hexe aufgestöbert. Der Meisterspion war in die Stadt geritten und zusammen mit Valderon und Birgitta die kopfsteingepflasterten Straßen in Richtung des hoch aufragenden Palasts aus dunklem Stein entlanggaloppiert. Dort hatten sie Elysia, Tylos und Jedral erschöpft, aber unversehrt auf den Stufen der gewaltigen Treppe entdeckt.

Die Klagenden Klingen lagen neben Elysia, und sie hatte eine Hand auf die Waffen gelegt. Er reichte ihr ein Stück Brot aus seinem Proviant und fragte sie nach dem Verbleib ihres Vaters. Dabei kannte er die Antwort eigentlich schon.

»Ich habe ihn getötet.«

Vor Verblüffung fuhr Landril zusammen.

»Das ist nicht ganz zutreffend«, meinte Tylos und erklärte, was sich mit dem Roten Schlächter und dem Wesen zugetragen hatte, das einmal Mardonius gewesen war.

»Armes Mädchen!«, murmelte Landril und legte ihr mitfühlend einen Arm um die Schultern.

Sie schob ihn weg. »Ich habe ihn getötet. Auf seinen Befehl hin. Es war sein Wille. Damit ist alles gesagt.«

Landril lächelte, und sein Blick wurde sanfter. »Du gehst mit der rauen Wirklichkeit recht gut um, muss ich sagen.«

»Was hast du denn sonst erwartet?«

Landril war so klug, nicht weiter nachzuhaken.

Doch was genau empfand Elysia für einen Mann, den sie erst in letzter Zeit kennengelernt hatte, der sie dann aber stark geprägt hatte? Für einen Mann, dem sie die Entfaltung ihrer Talente verdankte? Der ihr geholfen hatte, ihre Andersartigkeit im Vergleich zu ihren Mitschwestern als wertvoll zu betrachten? Mit dessen Unterstützung sie die unerklärliche Leere in ihrem Innern gefüllt hatte? Eine Leere, der sie sich geraumer Zeit nicht einmal bewusst gewesen war.

Vom Pferd herab musterte Birgitta ihre Schülerin und hielt Abstand zu ihr. Offenbar erwartete sie, dass Elysia auf sie zukam.

»Geht es dir gut, kleine Schwester?«, fragte sie nach einer Weile dann aber doch.

»Das wird es wieder«, seufzte Elysia. Ihre Haltung verlor an Härte, als Birgitta absaß, auf sie zuging und sie in die Arme schloss.

»Was hältst du von alledem hier?«, flüsterte Birgitta ihr ins Ohr und trat wieder einen Schritt zurück.

»Wovon?«

»Vom Krieg«, antwortete Birgitta. »Vom Kämpfen. Vom Sterben.«

»Es macht mir nichts aus.« Elysia wandte sich halb ab. »Mir tut es nur leid, dass ich mich nicht besser geschlagen habe.«

»Besser?«, wiederholte Birgitta kopfschüttelnd. »Das wäre aber gar nicht deine Aufgabe gewesen, kleine Schwester. Die Gilde der Kriegerhexen gehört der Vergangenheit an.«

»... und sollte ihre Rückkehr feiern.« Elysia straffte die Schultern. »Wenn du mich fragst ...«

Birgitta hob die Brauen. »Was meinst du damit?«

»Die Zeiten, in denen wir keine Härte zeigen durften, sind vorbei. Es gibt Schwestern, die in dieser Stadt viele Untaten begangen haben. Sie waren in unvorstellbare Gräueltaten verstrickt. Sie haben den Voldirik geholfen, unschuldige Menschen in willenlose Monster zu verwandeln. Die Dunklen Schwestern müssen zur Strecke gebracht werden.«

»Und worauf beruht deine Auffassung?«

Elysia blickte zur Seite, und ihr Haar wehte in der sanften Brise. Dann sprach sie von dem Grauen, das sie gesehen hatte, und von der Anwesenheit der Dunklen Schwestern.

Birgitta wollte mit eigenen Augen sehen, wovon ihre Schülerin sprach. Und so führte Elysia Birgitta und Landril zu den gewaltigen Bottichen gleich hinter dem großen Platz, in denen unschuldige Menschen in Schreckgestalten verwandelt worden waren. Es war windstill geworden, als sie nach den Geisterspuren der Dunklen Schwestern suchten. Vergeblich. Sie entdeckten auch keine Leichen, außer jenen, die in Bronze gehüllt und von Xavir erschlagen worden waren. Nichts blieb von der Dunklen Schwestern zurück – nicht einmal im Licht von Birgittas Hexenstein, mit dem sie sämtliche Winkel ausleuchtete. Sie suchte sogar hinter Fässern und Steinsäulen, um die Hexen aufzustöbern. Dennoch nahm sie in der Luft eine gewisse Schärfe wahr – den Geruch nach verblasster Magie.

Den ganzen Abend über durchsuchten die besten Kämpfer des Schwarzen Clans Straße um Straße, Gebäude um Gebäude. Bis zum Morgengrauen fanden sie nichts als immer mehr Beweise für die unfassbar zahlreichen Selbstmorde und die Massaker auf den Straßen.

Von den Dunklen Schwestern gab es nach wie vor keine Spur.

Bevor Landril sich zufriedengeben und Elysia die Erlaubnis zum Ausruhen erteilen konnte, musste er sich noch die Schauplätze der Ereignisse im Königspalast ansehen. Elysia kam ihm seltsam starr vor – was ihn angesichts ihrer Taten, der Anzahl getöteter Voldirik und der Art und Weise, wie ihr Vater aus dem Leben geschieden war, nicht sonderlich verwunderte.

Vor Erstaunen stand Landril jedoch der Mund offen, als er die Trümmer betrachtete, die eingefrorenen Leichen, die Blutflecken, den Haufen toter Krieger in Bronzerüstungen und schließlich die aschigen Überreste des Roten Schlächters. Dann führte Elysia ihn in den Thronsaal. Wind heulte durch die zerfallene Wand zu ihrer Linken. Der Marmorboden war mit schwarzen Streifen überzogen, als wäre ein Feuersturm durch den Raum gebraust.

Auf seinem Thron saß der verkohlte, geschundene und kopflose Leichnam des Wesens, das sich des Königs bemächtigt hatte.

Landril näherte sich der schauerlichen Gestalt.

Plötzlich hörte Elysia das dumpfe, durchdringende Pochen eines schlagenden Herzens.

»Hört ihr das auch?«, fragte sie.

»Hier lebt noch etwas«, stellte Landril fest und sah sich suchend um. »Was hat das mit Mardonius zu tun? Du sagst, Xavir habe ihn genau hier getötet.«

Elysia nickte zögernd. Bei der Erwähnung des väterlichen Namens verspürte sie einen dumpfen Schmerz.

Der Herzschlag wurde lauter, und Landril wich mit Rückwärtsschritten von dem Skelettkönig zurück.

»Wir sollten die Örtlichkeit zerstören«, befand er. »Und zwar so bald wie möglich. Ruf auch die anderen Hexen zusammen!«

Wieder draußen und nachdem die Hexen sich zusammengetan hatten, um den Thronsaal gründlich zu reinigen, stellte Birgitta Elysia leise eine Frage. »Welchen Pfeil hast du benutzt, kleine Schwester? Ganz am Ende ...«

»Den Himmelsstein«, erwiderte sie. »Deshalb gibt es auch keinerlei Überreste von ihm.«

»Du hast ihm einen Platz zwischen den Sternen gegeben«, stellte Birgitta fest und bedachte Elysia mit einem sonderbaren Blick.

»Habe ich etwas falsch gemacht?«

»Nein«, versicherte ihr Birgitta, und Tränen stiegen ihr in die Augen. »Mir ist nur klar geworden, wie wenig ich dir noch beibringen kann. In einer solchen Lage eine derartige Entscheidung zu treffen und dann auch noch den Willen aufzubringen, diesen schier unberechenbaren Stein nach Hause zu schicken ...« Birgitta legte eine kurze Pause ein. »Vielleicht habe ich mich die ganze Zeit über getäuscht. Vielleicht brauchen wir doch Schwestern mit Fähigkeiten wie den deinen. Oh, in der Welt geht es seltsam zu! Für so einfältige Geschöpfe wie mich ist sie keine Heimat mehr. Und nun muss ich schlafen, bevor ich weitere Entscheidungen treffen kann.«

Als die Strahlen der jungen Sonne auf die nahezu völlig verlassene Stadt fielen, suchten Elysia und Birgitta einen Schlafplatz, wo sie die müden Häupter zur Ruhe betten konnten. Man wies ihnen ein Haus zu, das offenbar einer wohlhabenden Familie gehört hatte. Es war verlassen, besaß aber noch einen ordentlichen Vorrat an Brennholz. Und so entzündete Birgitta ein Feuer, während Elysia sich zum Schlafen niederlegte und die Schwerter ihres Vaters in den Armen hielt.

Sie schliefen einen ganzen Tag.

Elysia hatte gar nicht bemerkt, wie erschöpft sie eigentlich gewesen war, bis sie am nächsten Tag im Schein der Nachmittagssonne völlig erholt erwachte. Durch die Tür sah sie die feuchten Mauern der Stadt, und die Luft roch frisch nach dem Regen, der am Morgen gefallen war. Die hohen Türme und Zinnen der Stadt lagen zu ihrer Rechten im Schatten, während zu ihrer Linken auf der Straße zwei Soldaten einen Möwenschwarm mit trockenem Brot fütterten.

»Was geschieht nach einem Krieg?«, fragte sie und streckte sich. Ihr tat alles weh, aber es war ein angenehmes Gefühl. Sie hatte etwas Sinnvolles getan und zu einer Sache beigetragen, die größer war als sie selbst. Die Schmerzen dienten als Erinnerung an diese Erfahrung.

Birgitta seufzte und stemmte die Arme in die Hüften. »Ich weiß es nicht, wenn ich ehrlich bin. Dies war kein gewöhnlicher Krieg, und ich habe auch nicht das Gefühl eines Siegs. Wir haben dem Unheil für eine Weile Einhalt geboten, ja. Aber die Veränderungen beginnen erst. Also glaube ich, dass wir streng genommen noch gar nicht alles hinter uns haben. Noch nicht.«

»Wir sollten uns etwas zu essen besorgen und uns nach Neuigkeiten umhören«, schlug Elysia vor.

»Das klingt besser als gar kein Plan, kleine Schwester.« Als sie auf die Straße traten, stießen sie auf zwei Soldaten, die ihnen erzählten, dass Landril sie zum Wachdienst vor dem Haus eingeteilt hatte. Tylos saß dösend neben ihnen auf einem Holzstuhl. Sein Schwert lehnte an der Wand.

»Und wo steckt der Meisterspion?«, wollte Birgitta wissen.

»Steinmetzgilde. Zwei Straßen weiter. Nach links, gute Frau«, erklärte ihr der größere der beiden Soldaten. »Dort ist unser Hauptquartier eingerichtet worden. Kommandant Valderon ist bei ihm. Wie auch die Königin von Dacianara.«

»Und du, Tylos?«, fragte Birgitta und schlug mit dem Ende ihres Stabs leicht gegen das Stuhlbein. »Was hast du hier verloren?«

Mit einer anmutigen Bewegung erhob er sich und unterdrückte ein Gähnen. Elysia bemerkte, dass ihn die Wächter misstrauisch beäugten.

»Entschuldigt meine schlechten Manieren!«, bat er. »Xavir bat mich, Elysia zu beschützen, falls ihm etwas zustoßen sollte. Und genau das habe ich getan, seit ihr euch gestern zur Nachtruhe zurückgezogen habt. Dieser Stuhl und diese Herren waren in der Zwischenzeit meine Gefährten.«

»Hast du denn gar nichts gegessen?«

Er wandte den Kopf in Richtung der anderen Soldaten.

»Sie haben zwei Äpfel in einer Speisekammer entdeckt.«

»Nun lass doch diesen Unsinn bleiben!«, schnaubte Birgitta. »Anflüge von Ritterlichkeit mögen von guten Absichten zeugen. Aber Elysia ist vortrefflich imstande, selbst auf sich aufzupassen.«

»Darf ich auch etwas dazu sagen?«, fragte Elysia. »Danke

dir für die freundliche Geste, Tylos! Deine Treue meinem Vater gegenüber war immer groß. Aber du musst nicht länger bleiben, wenn du nicht möchtest. Die Kämpfe sind fürs Erste vorbei. Du kannst gehen, wohin es dir beliebt.«

»Auf mich wartet keiner.« Tylos lächelte freundlich und drehte die Handflächen mit einem Achselzucken nach außen.

Gemeinsam schritten sie die Straße entlang. Elysia bemerkte das Schild einer Bäckerei, die an die Bäckergilde angeschlossen war. Sie lächelte traurig und dachte daran, wie Xavir mit ihr über diese Vereinigung gesprochen hatte.

»Ich bin nicht in Eile«, erklärte Tylos. »Falls du eine Eskorte brauchst, übernehme ich das liebend gern.«

»Was, wenn ich zu einer Reise aufbreche? Müsstest du auch dann noch das Wort meines Vaters beachten?«

»Er war ein Ehrenmann und gab mir mein Leben zurück. Wenn du also Reisepläne hast und meinen Schutz annimmst ...«

»Ich glaube nicht, dass ich dich noch umstimmen kann«, räumte Elysia ein. In gewisser Weise war sie dankbar für das Angebot, denn es stellte eine Verbindung zu ihrem Vater dar. Tylos' Anwesenheit gab ihr womöglich das Gefühl, ihr Vater sei noch am Leben.

»Ich bleibe bei meinem Wort«, beteuerte Tylos. »Außerdem sind und bleiben die Nächte lang, und du brauchst unterwegs ein wenig Unterhaltung. Vielleicht trage ich dir das eine oder andere Gedicht aus meiner Heimat vor.«

»Bei der Quelle!«, rief Birgitta. »Wenn du mit deinen Reimen nicht sofort Ruhe gibst, bringe ich dich eigenhändig um.«

Valderon hatte die Stiefel auf die lange Tafel im obersten Geschoss des Gildenhauses gelegt. Landril, Lupara und zwei wild wirkende Dacianaraner mit Kriegsbemalung, die Elysia völlig unbekannt waren, saßen neben ihm. Die Arme vor der Brust verschränkt, stand Jedral hinter ihnen. Ein Streifen Sonnenlicht fiel auf sein Gesicht, das zahllose frische Narben bedeckten. Der Raum war ein einfaches, schlicht eingerichtetes Besprechungszimmer mit Holzboden und geöffneten Fensterläden. Büschel getrockneter Kräuter hingen an den Wänden. Ansonsten roch es staubig. Neben Bechern mit Wein standen Teller mit Käse und Schinken vor den Versammelten. In die Mitte des Tischs hatte Landril eine kleine Büste der Göttin gestellt und ihr Gesicht in seine Richtung gedreht.

Alle erhoben sich, als Elysia und Birgitta den Raum betraten, ein ungewohntes Zeichen der Ehrerbietung. Tylos trat hinter ihnen ein und steuerte auf eine Ecke zu.

»Habt ihr euch von den Ereignissen erholt?«, fragte Valderon und brachte ihnen Stühle, damit sie sich zu ihm an den Tisch setzen konnten.

»Wir sind wieder kreuzfidel«, sagte Birgitta lächelnd.

»Und du, Elysia?«, fragte Landril.

»Von mir aus können wir noch einmal von vorn anfangen«, antwortete sie.

Landril schmunzelte. »In deinem Geist lebt dein Vater weiter. Möge die Göttin seiner Seele Frieden schenken.«

»Welche Neuigkeiten hast du?«, fragte Birgitta. »Für Zeiten wie diese haben wir viel zu lange geschlafen.«

»Ihr habt euren Schlaf verdient, und die Stadt ist sicher, soweit wir das beurteilen können«, antwortete Landril. »Ich trage im Folgenden vor, was wir wissen. Wir haben fünfzehn Voldirik gefangen genommen, die sich nach der Schlacht versteckt hatten. Nach allem, was ich mir aus ihrer Erscheinung und der mühsamen Verständigung zurechtreimen konnte, sind sie echte, ursprüngliche Voldirik. Viele von denen, die auf dem Schlachtfeld gekämpft haben, waren Bürger dieser Stadt, die man in den grässlichen Bottichen einer Verwandlung unterzogen hatte. Unsere eigenen Leute wurden zur feindlichen Brut und zu Geschöpfen, die es niemals hätte geben dürfen. Wer Widerstand leistete oder wessen Wandlung sich als Fehlschlag erwies, der wurde in eine dieser großen Bestien verwandelt. Einen ganzen Tag lang haben wir Menschen getötet, die letztendlich unsere eigenen Landsleute waren, obwohl sie streng genommen gar nicht sie selbst waren. Irgendwie standen sie in einer Verbindung zu jener Kraft, die durch Mardonius' Doppelgänger Macht ausübte. Ohne diese Macht war kein Leben mehr in ihnen. Und Xavir unterbrach die Verbindung. Über Phalamyshafen hoch im Nordwesten haben die Voldirik nach wie vor Zugang zu unserem Land. Es gibt also noch viel zu tun, denn wir müssen diese Verbindung kappen.«

»Bei der Quelle!«, rief Birgitta. »Da befinden wir uns ja in einer schwierigen Lage. Wie sieht dein Plan demnach aus?«

»Wir müssen die Stadt wieder bevölkern«, erläuterte Landril. Erwartungsvoll sah er zu Valderon und Lupara hinüber, die aber beide darauf bestanden, dass er fortfuhr. Den Blicken aller entnahm Elysia, dass Landril die Zukunft für ganz Stravimon festlegen sollte und dass er diese Aufgabe auch gern übernahm.

»Ja, wir müssen die Geflohenen in die Stadt zurückholen. Wir müssen wieder eine Gemeinschaft bilden, auch wenn das viele Monate dauern wird. In einem ersten Schritt könnten wir alles vernichten, was die Voldirik in Phalamyshafen errichtet haben. Wir müssen herausfinden, welche Mächte noch in den Schatten dieser Stadt und in den Wäldern im Osten und im Norden lauern, denn ihre üble Magie ist nach wie vor zu spüren.« Landril wandte sich an Elysia und Birgitta, und sein Blick huschte zwischen den beiden hin und her. »Dazu brauchen wir eure Hilfe.«

»Beim Aufspüren von Geistern in der Stadt?«, fragte Birgitta. »Nun ja, wenn es getan werden muss ...«

»Aber nicht mit mir!«, entfuhr es Elysia.

Alle starrten sie an.

»Wie sieht denn *dein* Plan aus?«, fragte Landril mit gefurchter Stirn.

»Ich will die Dunklen Schwestern finden und unschädlich machen«, erklärte Elysia mit entschlossener Stimme.

»Sie hat recht«, stimmte Landril nach einer kleinen Pause zu und trommelte mit den Fingerspitzen auf die Tischplatte. »Diese Hexen führen etwas im Schilde, auch wenn ihre Rolle in dieser Angelegenheit nicht ganz klar ist. Dass sie an der Züchtung voldirikartiger Krieger beteiligt waren, ist erwiesen und nur ein Teil ihrer Umtriebe. Aber glaubst du denn, dass du sie allein findest?«

»Ich bin nicht allein«, sagte sie und deutete auf den Chambreker, der in den Schatten stand. »Tylos wird mich begleiten.«

»Es gibt noch andere Schwestern, die Jarratox gleichzeitig mit uns verließen«, ergänzte Birgitta. »Auch sie müssen gefunden werden, denn sie stellen wertvolle Verbündete dar.«

»So sei es denn.« Landril erhob sich von seinem Stuhl, trat ans Fenster und blickte auf die leeren Straßen hinunter. »Als ich zur Höllenfeste aufbrach, dachte ich, der ganze Unsinn würde am Ende höchstens eine Handvoll Opfer kosten. Inzwischen kommt es mir aber so vor, als würden noch viele weitere Kämpfe auf uns warten.«

Valderon stellte sich neben ihn und legte ihm eine Pranke auf die Schultern. »Xavir hatte recht, Meisterspion. Weder die Gezeiten der Macht noch die des Krieges enden jemals.«

DANKSAGUNGEN

Ein Buch auf die Welt zu bringen ist immer eine gemeinschaftliche Anstrengung, und das war bei diesem Roman nicht anders. Insbesondere möchte ich Julie Crisp für ihre jahrelange unerschütterliche Zuversicht danken, ebenso dafür, dass sie die Branche etwas spaßiger gemacht hat. Des Weiteren danke ich ebenso ausdrücklich John Jarrold, der mir während des letzten Jahrzehnts meiner Autorenkarriere stets mit klugem Rat zur Seite stand. Ruhigen Gewissens kann ich behaupten, dass ich ohne diese beiden meinem Lesepublikum niemals so viele Wörter zugemutet hätte. Und wie immer danke ich meiner Frau, die darüber hinwegsieht, dass ich mehr Abende an einem Laptop verbringe, als mir eigentlich lieb ist.